U0894770

我也会
爱上／别人的

（上）

自由极光 作品

CNS 湖南文艺出版社 HUNAN LITERATURE AND ART PUBLISHING HOUSE
博集天卷 CS-BOOKY

亲爱的，再也不会有这么一个人了。

你是开始，也是结束。

我好想你。

［序1］

爱就让你知道我在哪儿

丁丁张

我 也 会 爱 上 别 人 的

o n l y l o v e

即便这是作者认为最好的故事，我也爱不起这个故事。

世界上最自以为是的爱，就是你以为这样做对我好，但我并不这么认为。

那些剧里的戏里的女的男的，以为深爱对方就剥夺对方得知自己消息的权利玩消失的，都该不被怀念，并被我挨个用教鞭敲头直到敲明白为止。

在此之前，要先敲这些人的创造者。

比如，我在高铁上看完这故事，发微信给作者，骂了十句浑蛋。

还有比这更可恨的吗?

如导航般把你导入迷宫般的路径，又突然说了句祝福你哦咱们各安天命，然后消失不见。

那愤恨，如同黑夜里迷路，又在“好心人”的帮助下走到黑暗的更深处，这个“好心人”唯一给你的，就是让你的手机都没了信号。

我从不信残酷即美，我不喜欢《颐和园》，我觉得郝蕾这样的女人不可理喻。

所以，都市言情作家极光光和她拉手走开。

可人生大抵如此。

它有能力让平静戛然而止，也有可能让幸福突然降临。

它是可以让你不平凡的，但它大多数时候又似乎顾不上这么一个普通的你。

可在你最狼狈的时候，又不怀好意地再踢上一脚。

这故事最大的魅力就和女主角一样，一开场就是仰着一张大脸闭着双眼站在北京三里屯太古里的楼下，等着被北京命运的大巴掌——爱抚、触碰或者扇。

那些熟悉的地名，那些餐馆那些楼，成了苏青必将遭遇的人生大跳棋。

它那么真切，又那么虚幻。

它把爱人引荐给她，又让她得到另外一个真相。

失去这个，迎来那个，她永远在要继续跳向下一个目的的时候遭遇天坑。

即便是平凡如你我，也能体会，一个弱女子（即便不弱）在面对命运巨手和言情作家之手时的那种无奈和气喘吁吁。

极光光身为一个男性言情作家，在折腾人上一点儿都不手软。

伊一定是个不幸福的男子哦，不然他怎么会让这个女人承受这么多。

伊一定是个幸福的男子哦，不然，他又怎么舍得让她得到那么多。

然后，又让她，滚回侍女的位置。

好在，这并不荒凉，人生给你的甜枣不是别的，是在你摔落尘埃的时候，让你看到前边有个可以洗伤口的水管子。

这是这个故事的可贵之处，也是极光光的可贵之处。

所以，如果你爱我，请你告诉我，如果你爱对方，也请告诉他，即便要死了，也不要消失不见。

不要躲，不要用自己的角度来定义爱，那太自私了。

爱是为你而活，爱也是为你而生。爱最应该的是，爱就让你知道我在哪儿。

[序2]

总要试着告别

鲍鲸鲸

我 也 会 爱 上 别 人 的

o n l y l o v e

看完极光的新小说，是清晨六点，我养的公猫眯仔缩在我身边，君子袒"蛋蛋"地睡着，我轻手轻脚地站起来，穿鞋下楼，去吃早点。

住的地方离工体很近，拎着油条豆浆，穿过酒气还来不及散去的三里屯小街，右拐，红绿灯在空荡荡的十字路口灭了又闪，接着走，就走到了工体门口。

我站在那个大球场门外，仰头看看，闭上眼，脑海里就出现了小说的最后一幕，苏青与李文博那场阴差阳错的相遇。仔细听，身后大妈们练健美操的音乐模糊了，替代的是海浪般的球迷呼喊声。

那一刻，四周的空气很清凉，阳光认生地、试探性地一点点平铺在地上，知了还没开始叫。北京的夏天再怎么罪大恶极，每一个夏天的早上，却都是让人热血沸腾的好时光。那一个早上，因为极光的小说，我比往常更兴奋，就那么一直仰望着球场看台，直到手里的豆浆变凉。

这本小说，极光用最深的感情和最刺人的笔触，写出了一场漫长的告别。故事里的苏青在试着告别李川的过程里，也在愚公移山一样告别着从前的自己。这个告别的过程，没经历过的人，会没心没肺地总结为"只是放下而已"。但只要有过这样的经历，就会明白，这告别，其实就像一次次的透析。

在透析的过程中，病情会衰竭，会反复，会好转，当彻底拔掉输血管的那天，你完成了这场告别。回头看看过去，是胜利。但低头看看血管，那里面流着的血，却没有一滴，还属于当初认识你的自己。

每一场告别，与家人，与朋友，与爱人，都要经历病入膏肓，行尸走肉，和釜底抽薪之后的又见曙光。

极光和我都是很用力在生活的家伙。一门心思往前冲的时候，心无旁骛，和自己的影子单打独斗，有些像潜水，除了呼吸，什么都不记得。但有时候猛一回头，会发现曾经陪在自己身边的人，已经少了那么几个，有的人回头还能看见，正向你招手，用嘴形说着一路好走。有的已经消失在远的看不见的路口，可这时我们都不能回头，也不想回头。

不知道是在什么地方走散了，也不敢想前面的旅途上还会不会遇到一个人可以像你一样，但人生总有际遇做导游，告别你之后，“我也是会爱上别人的”，或是，像苏青和李文博一样，一个人抛开前尘旧梦越跑越远，不肯回头看，但另一个人死守在原地，像失物招领一样，等着那个先走的人回来。

我真的很希望苏青和李文博会有一个好结局，两个人可以在最寻常的场景里重遇，过上最琐碎的生活，会为了“樱桃里到底会不会长蛆”这种问题吵来吵去……

谢谢极光的这本小说，他让这世界上很多的告别，都有了意义。也许我们大部分人的告别，没有那么多波折和风浪，只是一起走到了某个路口，你要去福地洞天，我却想找海市蜃楼，绿灯一亮，大家只好分头走，没理由忧伤，没资格惆怅，连再见都来不及说出口。但这种想宣泄的心情，在这本小说里，全都有。

谢谢极光。谢谢你这场为我们记录的告别。也谢谢于我而言，你的一路相伴，愿永不说再见。

［序3］

理想主义者的生存之道

八月长安

我 也 会 爱 上 别 人 的

o n l y l o v e

我是怎么认识极光的呢，最初也许是因为我们有共同的责任编辑？真的想不起来。

微博上脾气相投的人不少，哪怕实际天差地别，至少在打字的延迟时间里，有足够多揣摩和逢迎的机会。极光给我的印象一直很鲜明，白天亢奋热情，热心公益，热心打抱不平，黑白分明不暧昧，从不端着，愿意给朋友最慷慨的支持和最没有节制的赞美——然而一到了深夜里，一句句细碎却动人心弦的情话就如潮水，彻底漫上白天那片快活的海岸。

怪人。

网络有这样一种魅力，你可以给自己最多的伪装，也可以任由自己袒露最多的内心，没转换好就会让看客跌破眼镜。

然而极光不是。冰火两极之间的转换，于他就像白天黑夜的交替一样自然和真实。他内心有真实的火热和慷慨，也有深沉的柔软与退缩。

其实我也只见过他两面，但总能够在一个小时之内聊出和别人三个小时才聊得完的内容。他语速快，反应也快，聪明敏锐，一点儿都不像双鱼座。白天见到的极光是个亲和忙碌的生意人形象，他混文化人圈子，科班出身，交游甚广，见识颇多，我还在婉转地兜圈子时，他已经能够不耐烦地一语道破了。

所以他不是一个沉浸于个人情感、逃避世事的双鱼。能够看清这个浮华的圈子又不丧失信心和真诚，方能称得上纯粹，我觉得极光是个纯粹的人。他将真挚和现实融合在一起，泾渭分明却不突兀；上帝给了他足以匹配野心的能力，只要一点儿对的风向，不愁上青云。

然而如果仅仅如此，我们恐怕难以成为朋友。

友情不是因为面皮而生，它源于内心。

真正可贵的极光恰恰就隐藏在那些被我平时笑为“午夜双鱼崛起”的微博里，隐藏在他的文字里、他架构的这些故事里。现实中的一切阅历成了他故事里的烟火气，每个人物都深入生活其中，却保存着属于他自己的那一份对感情、对朋友、对道义和洁净的坚持。

唯有能够在午夜时分唤醒自己的灵魂，并说出一些真实得可笑的话的人，才有机会摸到文学的门路。他其实还是一个理想主义者，对于圈子里面的种种怪象和贪婪人性，心中明镜似的，却从没在做人做事上有过一点儿模仿或倾向。现实的外表用于自我保护，也保护周围的朋友，内里那点儿理想主义的神经质，则化成了两条鱼，游向故事的深海。

欢迎阅读这本书，你可以认识一个和我眼中一样的极光。

目　录

目 录

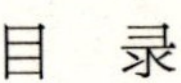

第一章

工人体育馆的绿色海洋，事关我爱你和对不起

1

苏青一早起来就一肚子火，在团结湖的楼下打车。

平常七点钟的话，车多得仿佛不像是北京。

可是今天，她蹬着高跟鞋在路边站了半个多小时，晒得仿佛一只蜕了皮的知了，却没有一辆车停下来载她。

倒是有几辆空车，可是仿佛串通好了一般，缓缓开过苏青身边，要停不停，只问她去哪里。苏青一说中关村，对方摆摆手说要交车，而后就加速开走了。几次下来，苏青怒火中烧，心说去哪里你才肯去，天堂吗？

又等了半天，眼看着一辆空车驶过来，苏青决定一不做二不休，先上车，再说去哪里。对方要是敢让她下车，她就打电话投诉对方拒载。

眼瞅着对方开近，苏青招手，对方停下来，问苏青去哪里。苏青铁青着脸，伸手开车门要直接上车，却发现车门锁了，司机真是鸡贼到飞起。

一看苏青这架势，司机赶紧猛踩一脚油门，苏青只能眼睁睁地看着车消失在路的转角，自己在原地火大到仿佛太阳黑子爆炸。

苏青在内心咆哮了几句脏话，看一眼手表，七点四十多了，跟对方公司约了八点半开会。苏青只能压下心头的火，往后退几步，找个树荫，从包里拿出一双白运动鞋，换下了脚上的高跟鞋。身为一个二十八岁的混过几年社会以能干扎实著称的女性，生活中这样的小技巧，她懂得太多了。

但懂得多了，难免就有些悲凉：只有没人疼的女人，才需要懂这么多，才需要为惶惶不可知的未来，做那么多的准备。

但她无暇悲春伤秋，她早就过了这样的年龄，又不是十八岁，当街哭鼻子也不会有人来心疼，只会让人看笑话。她在路过的几个上班族略带惊讶的眼神中迅速地将鞋子换好，把高跟鞋塞到包里，健步如飞地往地铁站走去。

嗯，还好带了一双 H&M 的小白鞋，跟今天的天蓝色西装裙是搭配的，苏青心想。

衣服和男人就是女人的命，苏青属于命不好的那种，只剩衣服这半条命在苟延残喘。

那鞋子，九十九块，便宜好穿，还百搭。

可因为廉价，洗一水形就没了，所以穿脏了就得丢掉，但总会给人留下一直穿新鞋的印象。自从前年 H&M 推出这款鞋子，三年下来，苏青不知道买了多少双。踏着它，一路从一个职场新人，走到今日的位置。

这个时间段的地铁，人多到像沙丁鱼罐头，苏青等了两班才挤上去，提着自己的包穿过人群往车厢里走，被挤的人，都对苏青怒目而视，苏青坦然自若，装作没看到，终于寻得一个角落，稳妥地靠在车厢上，拿出耳机来听歌。

又经历了一次天杀的换乘，从十号线换到四号线。从中关村地铁站出来，苏青没再抱打车的奢望，提着包又一路小跑，终于到了某知名网络视频公司楼下，离约定开会的时间还差五分钟。

苏青没忘记再找个角落把鞋子换回来，耗时一分钟。看到星巴克，她目测了一下排队人数，估算好时间，要了一杯拿铁，两分钟拿到。

最后两分钟，她冲进楼，往电梯方向冲刺。

眼看着一班电梯门就要关上，她不知道哪里不对劲了，硬着头皮就往里冲，差一点儿夹到自己。她虽然冲上了电梯，可因为加速度太快，她一个没站稳，撞到了某个人的身上，咖啡差点儿就洒在人家的西装上。

这种事情，谁一大早上遇到，都肯定没好脸色，苏青悄声跟对方说对不起，对方没理她，把她当空气。这比骂苏青更让她尴尬，对她来说没有什么比被人无视更羞辱的了，人家大概把她当成了疯疯癫癫的傻女人，摆明了连厌烦都懒得表示。

苏青只能默默地低着头往里移动一下，在电梯边角的位置站定，悄悄长舒一口气安慰自己说中关村这种鬼地方，自己这辈子应该不会再来几次，丢人抑或被蔑视，待她走出这电梯，也就到此为止了。

这栋楼很高，三十五层，每层都几乎有人要下，公司都不同，难免有人就在电梯里闲扯。刚到三层，被苏青撞到的西装男就跟身边的同事开口了。

"唉，今儿估计又是一场恶战。"

"是啊，真不知道怎么跟这些外行解释，微电影跟广告压根儿就是两种不同的东西。"西装男身边的小兄弟也同仇敌忾的。

"昨儿我看到对方公司的修改邮件，差点儿都气炸了。别人是对牛弹琴，我简直是对草履虫弹琴。"

听到"微电影"三个字，苏青的耳朵自动竖了起来。

"对啊，你是不知道对方的负责人有多难缠，写个邮件，做作到恨不得每一句里都带上一两个英文单词。还起一英文名叫苏菲，这部为狗粮做宣传的微电影，恨不得拍出卫生巾广告的感觉来。可能吗？不能你叫一卫生巾的名字脑子里就只有卫生巾啊。"

电梯里有小女生笑出声来，西装男却也不介意，反倒很享受对方欣赏自己的幽默，微笑着朝那女生点头示意了一下，意思是多谢捧场。

苏青在角落里听着这一切，脸都绿了，因为她就是苏菲本人。

苏青开始用狼一般的眼神打量着西装男，单眼皮，圆寸头，身材像是常去健身房，可再正的西装，也掩盖不住他身上那股玩世不恭的气质。

贱男，说话不积德，小心折寿加不举，苏青想。

"那你没当场爆掉？这不符合你一贯的艺术家性格啊。"小兄弟深感不平。

"我干吗跟卫生巾过不去，"西装男笑，"我对女性一向关爱有加，哥们儿我忍了。"

此时，电梯里的人已走得七七八八，苏青脸上的愤怒已经转换成微笑——复仇女神的微笑。可那微笑刚挂上嘴角不到三秒钟，苏青就感到小腹一阵疼痛，她意识到大事不妙，下意识地收紧双腿，知道可能大姨妈突然来袭。

从今早开始，她就一直不顺，此时此刻，她已然要崩溃了。

电梯到了，让“瘟神”先下，苏青等了一下，估摸着两人已经刷卡进公司门了，才出来，别别扭扭地往厕所小步移动，感慨还好今天出门带了生理期用品。

进了隔间，苏青蹲在马桶上，才发现大姨妈没有来，只是虚惊一场。她翻了一个白眼，暗骂自己心理素质何时变得如此之差，犹豫了几秒要不要换上生理用品以防万一，最终想想还是放弃了。她有经验，但凡她换上，大姨妈必定迟迟不来。待她站起身来，很快，心中怒火再度燃起，斗争目标顺利锁定西装男。身为甲方，她今天决定气死乙方。

2

当苏青在前台秘书小妹的引导之下，雄赳赳气昂昂地拿着那杯拿铁迈入会议室时，等在那里的西装男的脸色明显绿了一下。但很快，他站起身来，笑着伸出手向苏青自我介绍：“苏菲小姐吧？我是李文博，你叫我 Leo 就好。”

苏青脸上是职业的微笑，小手伸出跟对方握一握，客气得不得了。

“Leo？真是好名字，狮子座呢，还是小时候很爱看《狮子王》？”

李文博一愣，脸上的笑凝固片刻，瞬间舒展开来：“一切以苏小姐的喜好和认知为基准，您喜欢我是哪个就是哪个。”

苏青嫣然一笑：“我觉得两个基准都不太像。”

李文博俨然听出苏青话中有话，并不接话，无言坐下，苏青心中快意得就差飞起来了。

“苏菲小姐，那咱们来谈谈这个项目的修改意见？”

“好啊。对了，你叫我中文名苏青也可以，怕苏菲你叫得不习惯。”苏青公开宣战。

“苏青，好名字啊。张爱玲好友，民国四大才女。”李文博接收到了苏青的信息，变相认㞞，肠子都悔青了，想说再也不敢在公开场合发表任何言论了。这次的确是他不对，为了风度，他也得厚着脸巧妙地赔不是。

“李兄还真是学识渊博，人如其名。民国四大才女都知道，看来平时对女性的关注度很高啊。”苏菲话锋一转，“那其实我有个疑问，为什么你这么关注女人，却没有把这个心用到咱们这个项目上呢？要知道这款高端狗粮，可是完全针对女性群体的，在您的策划案里，我没看到任何能吸引女性消费者购买的地方。”

“具体是哪里不对呢？”李文博用心做的项目被否定得一干二净，他也有些上火，但还是尽量克制着自己。

“没有具体，整个案子都不对。卫生巾广告我想李兄应该经常看吧？能麻烦你告诉我一下里面最吸引女性的要素是什么吗？”苏青没有见好就收，步步紧逼。

“……”李文博沉默片刻，在心里骂了几句娘，“我真想不出来，要请教下苏小姐。”

苏青笑得仿佛胜利女神，口中缓缓吐出三个字：“安全感！我想这是这个狗粮微电影缺少的最重要特质，我认为你们这个策划有必要重做。”

“安全感？苏小姐，你要我们这边的团队在一款狗粮广告里体现安全感？是不是有些强人所难？你看这个项目我们团队其实做了很久了，咱们能不能不要推倒重来，在原来基础上修改不是更好？”李文博意识到今天遇到了母的马王爷，对方已然亮了第三只眼出来，他在劫难逃，只能丢盔弃甲，摇白旗讨饶。

“不行。”苏青无辜地望着李文博，“Sorry 对不起啊，Leo，我们得对客户负责。”

李文博投来小狗般恳切求饶的眼神，满脸的“女英雄我知错了，放我一马吧”，可此时的苏青已然演上了瘾。

“你们的这个项目 doesn't make sense（说不过去），哦，对了，这个短语对你来说是不是难了点儿？”苏青很贱地摊手，“那我换种说法。这个项目目前给我的感觉 totally wrong（一无是处）。”

苏青吵架神上身，把微博上看来的甲方气死乙方的段子活学活用。

苏青这般，周围的人都看呆了，任李文博脾气再好都忍不了了，他的眼神顿时由小狗变为杀手，苏青把李文博的转变尽收眼底，缓缓调整了姿势，准备大战一场。

可突然，李文博脸色一变，戾气全无，取而代之的是汹涌的幸灾乐祸。

“苏小姐，情绪不要太激动啦，有事情咱们慢慢说。要不……你先解决一下私人问题咱们再谈？”

私人问题？苏青的脑海中飞驰过这四个字，顺着会议室里众人的眼神，她看到了自己天蓝色的西装裙淡淡地晕出一点儿红。

苏青的世界瞬间崩塌了，脑袋“嗡”的一声，立在了那里。

李文博忍着笑意，跟秘书招招手：“王秘书，你赶紧带苏菲小姐去一下洗手间。”

还没等王秘书站起身来，苏青就拿着自己的包夺门而出，耳后的会议室，爆发出一阵冲破屋顶的笑声。

这个公司的人都是变态！苏青欲哭无泪地冲进了厕所，坐在马桶上，差点儿要头撞墙死掉。

三分钟过后，她回想刚刚的自己，不禁也倒吸一口凉气。怪不得人家这样的反应，她今天不像是来谈事儿的，倒像是来踢馆的。

苏青，你怎么了？苏青蜷缩成一团，空调有些冷，她其实很清楚她是怎么了。

不是因为被出租车司机欺负，不是因为李文博说她的名字像卫生巾，不是因为两方沟通不畅，只是因为，她的命中大劫。

3

每个人都会有一个命中大劫，任你英明神武，在对方面前，也只能化为一个婴儿。

苏青的命中大劫是她的大学同学，上大学那会儿正是拉丁舞火爆的时候，两人就是在拉丁舞社团认识的。

他叫李川，经济学院的。苏青第一次见他，他在阳光下微笑，穿着白衬衣，干净得仿佛南极的千年寒冰。

两人四目相接的一刹那，苏青全身战栗，心里有个声音求救了只一秒钟，而后瞬间就被驯服了。

他符合苏青所有对未来男友的构想，性格开朗得仿佛人间四月天。

苏青也是个好说话的人，对他稍微热络一点儿，两人就顺理成章地成了朋友。

日子久了，很有些形影不离的意思，开始被身边所有的人开“怎么还不公开交往”的玩笑，直到后来大家连玩笑都懒得开了，以为两个人爱玩地下情。

但只有苏青知道是怎么回事，李川不爱她，一点儿也不。

苏青不是没有给过暗示，只是李川太会闪。他不拒绝苏青，却也不想再近哪怕一步，每次苏青提点儿什么，都被他无比聪明地挡开。

这感觉挺像温水煮青蛙，直接影响了苏青之后畸形的情感观。

其实，无论在事业上苏青多么“铁娘子”，在爱情上，她就是个儿童，段位还没幼儿园的小姑娘高。起码人家还知道利用女性的性别优势跟男生换取想要的食物。

而她苏青，连这个也不会，就算换，也只会赔光自己手上有的。

苏青的爱是很绝望的，是星火燎原；是野火烧不尽，春风吹又生；是自虐的日子久了，也就习惯了；是习惯久了，就总会自我制造一点儿光，希望这光，能有一天，变成守得云开见月明。

在爱李川这件事情上，苏青对自己手起刀落，毫不留情，至死方休。

苏青相信，她这份绝望的爱不是她的劫难，是牡丹亭，是倩女幽魂，是置之死地而后生。

李川待苏青很好，可苏青要的不是好，她要的是在一起，是爱，是一辈子。

苏青也想过放弃，想过全身而退留下一个华丽的背影，可到哪里找一个李川这样的人呢？苏青试着接触过几次别的男人，每每都能从人家身上挑出一堆缺点来，每每见过一面之后就乖乖打电话给李川，问他晚上要不要一起吃饭。

日子久了，苏青也就放弃挣扎了，她饮鸩止渴一般过着日子，不知魏晋得很释然。

她同李川每周见两次，一起看电影或者演唱会，拉丁舞也没放下，偶尔会一起找个机会跳一场。李川是个球迷，北京国安的比赛有球必看，苏青潜移默化地也开始爱看球，生活又多了个爱好，苏青也乐在其中。

今天周五，晚上工体有球赛，北京国安对天津泰达，苏青一早就买好了票，准备晚上跟李川一起看。

周四晚上，她打电话给李川，让李川别忘了早点儿下班，如果时间来得及，两人还能吃个工体西门的三样菜填饱肚子，吃饱喝足去给北京国安呐喊助威。

李川这一次却犹豫了一下，说下午下班再给苏青准信儿，没准儿会有事情去不了。

苏青特别善解人意又无所谓地挂了电话，可刚挂断，她举着手机躺在床上就睡不着了。

李川从未拒绝过她，这是第一次。

她内心有些莫名的忐忑，仿佛回到了初恋的少女时代，对方的一个小动作都令她胆战心惊。

因为白天工作太累了，她最终还是睡了过去。

这份忐忑，一觉醒来后也并未减轻，而是随着起床后的诸事不顺愈演愈烈。

我这是怎么了，我不能这样，我可是职业女性，一流的。

苏青长长地舒了一口气，这时秘书小姐来敲门，从门缝里递进来一条裤子，说是自己的便装，让苏青暂且换上。

苏青道了谢，把裤子换上，却没马上出门，而是拿着裙子在洗手间用洗手液洗掉了裙子上的那一小点儿"尴尬"，捧着在烘手机旁站了半天，待到干了，又转身进了小隔间，把裙子换上。

再次出来，她对着洗手间的镜子，深呼吸了几下，把表情调整好，昂首阔步地走出了洗手间。在前台，苏青把裤子还给了秘书小姐，再次道谢，客气得很，却保持着骄傲的距离感，前台秘书被苏青的气场震得唯唯诺诺一愣一愣的。

苏青心中冷笑，又回到会议室，人们还都在。刚苏青这么破门而出，众人也觉得有点儿过了，再见到苏青，面子上都有些尴尬。

倒是苏青先跟大家道了歉，说自己因为个人问题耽误了大家时间，众人依旧沉默，倒是李文博干咳了一下回苏青说："苏小姐，刚刚我太没礼貌了，跟你道歉。"

苏青却微微一笑，托塔李天王似的："女性生理期脾气也比较冲，我也有不对的地方。"

李文博暗暗为苏青叫了一声好，想说现代社会的女性要是都这样，男的就不用混了。

两人再次坐下，苏青的谈判攻势就像跟军队里的谈判专家学来的一样，很快杀得李文博片甲不留，在苏青的强大理论体系面前，他毫无招架之力。

两小时过去，结论是，按照苏青这边的意见修改策划案。

李文博拍拍脑袋，长舒一口气，摇着头说：“苏小姐，你赢了。你要是在国外，基本都可以从政了。”

苏青却一脸胜不骄败不馁的样子，起身微笑同李文博握手：“文博兄言重了，我也是拿人钱财替人办事，咱们都是为了这个项目好，没什么赢不赢的。要赢，都是老板赢，咱们这种打工一族在这里计较这点儿鸡毛蒜皮的事情干吗？如果不是甲方和乙方的关系，我让你赢一万次。”

李文博笑着说：“我可不这样认为，苏小姐的字典里应该就没有‘输’这个字。”

“嗯，是没有，只有‘失败’‘挫折’‘坎坷’这些词。”苏青笑道，“家家有本难念的经。”

两人商议了下次交策划案的时间，苏青完美转身，一阵风般地离开了李文博的公司。

她走后好一会儿，会议室的众人都白着脸，最后李文博的小兄弟方信开口打破了沉默：“文博，那……现在怎么办？”

“能怎么办？”李文博把装订好的策划案往桌子上一拍，“大家辛苦一下，照她说的来吧。”

面对这个几乎是外星生物的女人，李文博认栽了。

4

下午五点下了班，李川也没打电话来，苏青一个人跑了趟三里屯，去隐泉吃了餐日本料理。

学生时期的苏青，人生这本字典里完全没有“一个人”这三个字。

她无法“一个人”，连去个厕所都要拉上班里的女生，否则，宁可憋着。

可等她开始工作了，她不仅可以“一个人”了，甚至还能够一人分饰两角逗自己开心。

大家都只看到“一个人”的苏青，那么英姿飒爽、威风凛凛得仿佛灭绝师太。

但内里，苏青依旧是个爱热闹的人，从未变过。

只是热闹不爱她，她也只能咬牙配合。

催眠自己命犯天煞孤星，更催眠自己耐得住寂寞才赢得来喧嚣。

吃完饭刚五点四十，球赛七点半开始，苏青仿佛赌气似的，有意不主动给李川打电话，就干等着。她去楼下的专卖店逛了逛，有一搭没一搭地试了几件衣服，消磨着时间。转眼六点半了，苏青再也没了逛街的兴致，去星巴克买了杯拿铁在外面的座位坐着喝完，刷了会儿微博，看了会儿别人的糟心事儿，自我安慰爽快多了。

六点四十，苏青起身，准备步行去工体。赛场里喧嚣得要死，苏青却心如死水，李川的电话依旧没打来。

正愣着神呢，身后忽然有人拍拍她肩膀，苏青心一阵猛跳，想说莫不是李川，但瞬间就想不对啊，票还在她这里呢。

抬眼一看，竟是李文博，苏青职业地挤出一个笑脸："好巧啊。"

李文博也笑，北京大男孩那种无机心的笑容："是啊，没想到你也爱看球儿，自己来的还是跟朋友？"

"跟朋友……"苏青话说一半，想了想，"不过现在应该是自己了。"

"哦？被放鸽子了吧？我也是，我哥们儿本来要一起来的，可女朋友非得去看电影，那重色轻友的小子就把我给撂了。"

"哦……"苏青没有接话的兴致，李文博却不介意。

"那咱们一起看得了，我坐你旁边不介意吧？"

还没等苏青回答，李文博已经一屁股坐下了，递了饮料过来，苏青没机会说不，只得笑着说好。

七点半，球赛开始，李文博开始跟个小男生一般满嘴"牛B、傻×"地喊，喉咙都快喊哑了。苏青却一脸波澜不惊的样子，满脑子都是李川，每隔三分钟就要看次手机。

直到中场休息，功夫不负有心人，苏青终于等来了李川的电话，场内太吵。苏青把包往李文博怀里一塞，就往场内厕所冲。

刚越过重重人海找到一个僻静角落，李川的电话就挂了，苏青回拨回去。

"喂，怎么？"苏青的声音已经难掩沮丧。

"那个……苏青，对不起啊，现在才打给你，今天杂七杂八的事情实在太多了。"

"没事儿，你现在在哪儿呢？"

“我……在去机场的路上。”李川语气中满是欲言又止。

“啊？”苏青预感事情不妙。

“苏青，有件事情憋我心里好久了，我本来想就此消失，可又觉得这样对你不公平。我必须得跟你坦白，我……”

“等等……”苏青打断李川，深呼吸一下，眼里已经有了泪，“你不会要告诉我你乡下已经有了妻儿老小吧？”

“呵呵……”李川笑得很干很苦，苏青心疼得一颤，“如果是这样，就没什么好难以启齿的了，其实，我一会儿要去美国了，我在那边有爱的人了……”

苏青笑了，是真的笑，她在电话这头乐不可支得仿佛一个未经世事的小女孩：“李川，认识这么久，你知道我是个多骄傲的人，用不着玩儿人间蒸发还有异地情人这一套吧？买卖不成情意在，你这样做可就是看不起我了，我们相处这么多年，你有爱人我能不知道？”

“是真的苏青，我从去年开始就在申请美国的学校，三个月前 offer（录取通知）就下来了，签证下来后，机票订了今天的，我一直想跟你说，可又不知道从何说起。你了解我的，认识这么多年，一切都尽在不言中了，这个时间节点，我还需要跟你扯一个谎？”

“够了！”苏青眼睛沁出了泪，“李川，不带你这样玩儿我的。”

“对不起……苏青。”

“咱俩没什么好对不起的，你是我的谁啊！”

球赛中场休息结束，场内爆发出一阵滔天的欢呼声和哨子声。

苏青怔怔地呆了好一会儿，脚步都是轻的，没有人在意她，她仿佛一只蚂蚁，随时都可以被人无意中一脚踩扁。

她迈着跌跌撞撞的步子往回走，一进场就看到一片绿的海洋，这一面的看台上，所有人都穿着北京国安的队服，那感觉奇妙极了，仿佛一片海，广阔到绝望。

苏青的世界安静了下来，好像可以听到自己心跳的声音。

“扑通、扑通、扑通……”

砰，一个射门踢到门柱上，人们惋惜的声音像浪花一样把苏青推到最高处。

苏青对自己说，不能哭，不能哭，我总得想点儿什么，不然撑不住了。

“《自杀手册》怎么样？”苏青心里的那个小小人给她建议。

对啊，多好的建议，苏青才发现自己的嘴角竟然翘起来了，正在笑呢。

跳楼是性价比最低的死法，必须抱着四分五裂的心才能实行，如果摔成残废那就更惨了；一氧化碳中毒可以让面孔保持美妙的粉红色；还是上吊最好，但是把头伸进那无可挽回的绳索之前一定要去厕所解决好大小便哦，上吊很容易让人大小便失禁，这样会破坏这完美的死法，发现她尸体的人会嫌弃地捂住鼻子：好讨厌哦，还要给她擦身体……

人群爆炸开了，不少人站起来，满脸油光的中年人操着京腔：“犯规！犯规！”

旁边正处于发育期的少年被荷尔蒙拉成了一米九，但整个人瘦弱到必须要大声咒骂对方球员才得以壮声势。

苏青想起小S在《康熙来了》中说过，每次主持大型颁奖典礼之前，都紧张到希望场地赶快被炸掉。此刻，她恨不得在场的几万人陪着她凋零的心一同灰飞烟灭。

站立不动的样子引起了保安的注意，苏青连忙闪身，寻找自己的座位。

她可不想跟三流偶像剧一样，被人抛弃就立马失声痛哭，然后被保安架到休息室里，她一把拉住东北口音的保安：大哥，我被人甩了，心好痛好痛……

对于自己生命里刚刚出现的这一狗血戏码，仿佛是她家祖坟上瞬间冒出的一株桃花树，突兀到仿佛顺理成章。

她只能摊开手心接受。

苏青真想拿AK-47扫射场内，把这些欢呼的人打到血肉横飞，而后她要跟金刚一样爬上旗杆，待到飞机大炮以及电视台的新闻直播车开来的时候，她要对着镜头血泪控诉，告诉全世界：李川转身时，以为袖子挥得很潇洒，没带走苏青天空的任何一片云彩，但其实已经生生地把她的自尊连皮带肉给扯了下来，没有她这块隐形的绊脚石，李川的离开之路走得如练过凌波微步般，殊不知她的自尊已然成为他的减震气垫。

步履成刀，最后把那沉浸在“你转身离开但我还原地不动”的苏青削成人彘，万劫不复。

旧日里他已经成了卫生巾、内衣和隐形眼镜一样习以为常的东西，原以为这关系能相处一辈子，没想到故事急转直下，竟然逼得苏青打碎牙齿和血吞——连分手都不能说，对啊，我苏青是你李川的谁啊！

球场突然沸腾起来，绿色球衣犹如夏天生机勃勃的草坪，随着声浪翻来覆去，苏青狠狠地掐着自己的中指，提醒自己千万别失态。

她跌跌撞撞地凭着感觉回到座位，却发现那里坐着人，假装自己的座位在后排，可也有人。

苏青一时间不知所措，硕大的体育场，她找不到自己的座位了。

她被强大的喧嚣包围，脑海中却是一片静寂，一切的一切，都那么不真实。

此时的她，其实只求一个安稳的位置，就连这么简单的要求，都无法被满足，上天并未因她遭受当头棒喝，便对她有丝毫怜惜。

苏青的眼眶湿了，爱面子如她，因为李川的不告而别没有哭，却因为找不到自己的位置，要无助地哭出来。

电影《当哈利遇到莎莉》中哈利和莎莉本来是想把各自的好朋友介绍给对方，没想到好朋友们却看对了眼，更显得哈利与莎莉形单影只。当哈利与莎莉终于抵挡不住内心的渴望，两人擦枪走火后同时打给早已经成为情侣的死党各自吐槽，莎莉的女友放下电话后对哈利的哥们儿叹气：告诉我，我以后不会像他们这样在情路上这般辛苦。

这大概是所有人的心声吧，天长地久是人类给自己创造出来的最大的谎言，连他们都知道老祖宗在还是猿类的时候，每年的交配期碰到的都是不同的对象，无非是怕麻烦。

得一人心后，就不用再一次经历，初识时使出浑身解数来展示自己美好的辛苦历程。

不用猜测对方喜不喜欢自己，几次天人交战后能否在一起还要看天时地利人和。

不用再经历磨合期无数次地想分手，最终两个人的默契终于同路，然后扯着九元钱一张的结婚证，再被丢入谁人都逃不过的围城。

换一个人也如此，只是既然跟谁都是如此，随便找一个人就是一生，这大概就是人们痴心地相信天长地久的原因。

可是，这一出天长地久的戏，需要两个人来演，苏青自始至终，演的都是独角戏。

她无论是情路还是此刻，都没有找对自己的位置。

此时，苏青湿着眼睛，模糊中，在不远处的万绿丛中突然奇迹般闪出一点红，她揉一下眼睛，双腿跟遇到救星一样向那红点儿飘移。

绿色的一群国安球迷的球衣之中，那个穿红衣服的男人如此耀眼。

她仿佛看到李川站起身来，不顾周围人的冷眼，穿着红色 T 恤的他在周围国安绿色队服的人群中那么显眼。

他本来就长得唇红齿白的，其实最不适合来到足球场这样的场合，也不擅长这种运动，为何偏偏对足球着迷呢?

你还是来了，你是骗我吧，你骗我出国，其实是你想给我惊喜。

认识这么久，你就像是摒除了男女之情的绝缘体，我从来都没收到过一朵玫瑰花，我也从来都没过过情人节，也始终没有牵手旅行。

又进球了！绿色的波浪又翻滚过来，苏青像是怕溺死在里面一样踮起脚看着那一抹红色，李川风姿绰约地朝她招手。

之前身边的所有人都把苏青当成李川的女朋友，开始时她也解释，可时间长了，旁人的洗脑让苏青也恍然觉得好像是这么回事，也许李川就是那种张不开嘴的男人，他没表示，那就等于默认了。

于是无数个时间点，苏青都像是说书的老艺人一样：李川啊，他站在人群里就像是一棵树，一点儿人间烟火都不带。

如果旁人再多问一句，她就一副我俩甜蜜岂能对外人说道的表情。

苏青这个时候越发觉得自己的不值，没得到人也没得到心，只落得了一个虚名，把最美好的几年都浪费在一个木头般的男人身上。

近了，又近了，李川穿着红 T 恤尽在眼前，苏青内心翻涌着一阵阵恶心，一把拉住李川的手，一时间有太多的酸楚翻云覆雨起来，患有选择困难症的人反而不知从哪点说起，只是略微一怔的工夫，李川的眉眼开始融化，顷刻之间玩了一下画皮的法术。

当李川的脸清楚地变成了李文博的时候，苏青的肠胃实在忍不住主人情绪的暗潮翻涌，将晚饭吃的日本料理全部吐在座位前面那个大叔的秃头上，那中年男还沉浸在进球的亢奋中，突然黏腻未消化完全的呕吐物从天而降，他回头破口大骂，李文博把刚刚自己脱下的绿色球衣拿过来给苏青擦嘴，满脸赔笑地安慰这个倒霉的“垃圾桶”。“垃圾桶”的怒气渐消。

大概是眼睛觉得此时不抢镜，说不过去，苏青只觉得眼睛也泻下了一堆混合了芥末的寿司和生鱼片，鼻子此时忙不过来了，一阵眩晕之时，苏青依然清楚地告诉自己：

1/ 好想告诉李川，每次跟他吃完日本料理，回家后都要泡一碗面才会觉得不饿。

2/ 前面被吐一头的中年大叔，请你不要生气，你蔓延的秃顶曲线很像我爸爸，若我爸爸知道女儿被人这般辜负，不知道要难过成什么样。

3/ 多希望那穿着红色 T 恤来指引我找到座位的人，是李川你啊。一个毫无关系的李文博尚能体贴如此，你何时能做出这样的事情。

4/ 李文博，虽然你长了一副讨人厌的模样，但如果有一天你会上天堂，也是上帝记住今日你帮我的善行。

5

按摩店里，李文博忍痛把自己的“御用”按摩师傅让给苏青，被一个手劲儿虽然大力但按得心不在焉的师傅按摩后背之时，他依然不太习惯，当然内心更是满心疑惑，为何一个看球看到吐的女人，吐完之后竟然还有战斗力跟前面那个倒霉的秃头大叔旁边的女的吵架，竟然还吵得如鱼得水。

一小时前，主门东北角看台的群众自然沉浸在主场国安连进三球的喜悦中，却也不会忘记第七排的两个女人快打起来了。

穿得较为朴素的那个女人依然沉浸在“我这么惨刚吐完你还要找我不自在你是不是人”的怨气冲天里，嘴角还带着若隐若现的食物残渣，手边拿件球衣擦嘴。

被吐了一头顶的中年男没生气，跟这女人旁边的高个男人当和事佬，而一边的长腿浓妆美眉则不依不饶得仿佛是道德标杆。

离得比较远的群众倒是听不到什么声音，就是长腿美女指手画脚后，那个朴素女张了几下嘴，长腿妹就跟点燃的火箭一样腾飞而起。

任何伟大而复杂的故事，其实几句话都能说清楚：苏青犯恶心吐了前排的中年男一身，中年男嘟哝了几句倒也没事了，倒是他旁边素不相识的长腿女嫌弃中年男脏让他滚远点儿，苏青这个时候反而不乐意了，这场天赐的呕吐最终的 ending（结果）急转直下为两个女人的战争。

后来，李文博跟别人说起苏青时，由衷地赞叹：“女战士啊！杀人武器啊！你不知道她把那‘大长腿’噎成什么样！”

那个长腿妹迁怒于苏青万一吐到她的名牌包包赔不起的时候，苏青倒是沉得住气：“赔不起？你这拉链被磨得跟你花了的妆似的，用 A 货你也低调点儿啊，用不用我给你介绍一下物美价廉的淘宝店？绝对比你这动物园的好。”

腿从肚脐眼开始分叉的大长腿此时就跟装了弹簧一样：“你才用 A 货，你们全家用 A 货。”

苏青此时已经觉察到对方有点儿泄气，她把身上的球衣脱下来，递给身上还有呕吐物的大叔：“叔，您擦一下，实在不好意思。”

等那女的蹦跶完还在叽叽歪歪的时候，苏青假装哀其不幸怒其不争瞥了她一眼，幽幽地冒出了一句：“腋毛也不知道刮一下。”

李文博和大叔对视一眼，发现爷俩都忍不住想笑，那大叔飘过来的眼神相当的赞美：“行啊爷们儿，你媳妇儿说话够呛人的啊！”

李文博微微地朝大叔点点头，那意思是：“一般一般，要是一寻常女子，能坐在爷身边吗？”

就像是内存不高的电脑突然一下子玩起了游戏中的满血复活模式，大长腿 BiuBiu 地蹦得更厉害了。

身边一群看球的半大小子开始起哄，长腿妹脸挂不住了：“MD，一群穷鬼，要不要脸。”

口不择言的代价是身边的其他人不乐意了，一群北京市民毫无条件地站在了苏青一方：“你说谁呢！”

“哎哟，当然说咱们了，穷得连假 LV 都背不起。”

“谁看球还化大浓妆啊，她这是看球没钓到凯子，等会儿还要去旁边的 MIX 去泡老外。”

“西餐妹啊，她吃得动老外那大家伙吗？”

“哎哟，你是看上她了，今晚要不要为国争光灭了她啊。”

后来李文博躺在按摩床上，回味刚才的骂战时，不免感慨，人生最悲惨的事情，莫过于在工人体育场看球时，口不择言得罪一群国安球迷，最后那长腿妹被欺负得体无完肤，闪着泪光决定：玩凌波微步果断闪人。

李文博在包里翻来翻去，按摩师看了看门外：“烟瘾犯了啊？行，你抽吧，我给你看着点儿老板。”

李文博把包扔到一边：“不给您找麻烦了，烟都给人了。”

刚才从球场临分别时，李文博要拿钱给那大叔干洗衣服，不吐不相识的大叔特别仗义地推了半天，在刚才拉架过程中结下了深厚友谊的这爷俩互相拿烟给对方，依依不舍地告别。

李文博情不自禁地把身上两包软白万宝路送给他以示情深意重，球赛散场时工体北门堵成了一锅粥，车水马龙之间，那大叔与李文博依然十八相送，大叔回头不忘嘱咐：“爷们儿，下次看球见啊！照顾好你媳妇。”

大叔走了几步又回头看了看苏青的肚子：“你媳妇吐成这样，不会有了吧？”苏青因为歉意都快笑得跟打完玻尿酸似的僵脸，听他这么说，就红了：“叔叔，我跟他啥关系都没有。”

大叔坏笑地看着李文博，满身脏渍宛如讲述男性友谊的旗帜。

“哎，那哥们儿真仗义。”李文博给屋里的俩按摩师傅讲刚才发生的一切，丝毫没忌讳是身边这位苏青小妞儿吐了人家一身。

当然了，苏青倒是没介意。她都那样了，她还介意什么呢，能给大家茶余饭后添一乐儿，她觉得挺好，积福。

苏青的按摩师傅就笑了：“留人电话没有？”

李文博义正词严地说：“哎哟，我还真忘了，真该跟这叔喝一回，不过俩大老爷们儿留电话也太怪了。”

苏青哼了一声：“我看你俩都快吻别了。”

俩按摩师傅都笑了，也接了话茬，开始说每周五晚上去旁边的 Gay Bar 玩之前来这里按摩之种种妖孽的段子，李文博觉得这俩师傅也太会找话题了：“师傅，您什么意思啊，我可不是搞基的！”

“也没说你，你在女朋友面前心虚什么？”

苏青懒得解释第二回了。

男人最平静的时刻，莫过于猛打一炮抽事后烟时的风平浪静。

女人最平静的时刻，应该是疯狂刷卡购物和吵架吵得淋漓尽致最后还吵赢了之后的心旷神怡。

苏青在生理和心理上都充分发泄了之后，内心坦然地接受了自己被李川像甩拖布一样甩了的情绪，不过现在苏青面对李文博还是有点儿不好意思。

虽然李文博在苏青眼里就是个不折不扣的贱人，但今天晚上，若没有李文博在身边，成为她全世界的唯一一根救命稻草，她还指不定能出什么事情呢。

李川突然从心底爬上来，依旧是那副喜怒皆平静的样子，他说……

苏青连忙把脸转到一边，闭上眼睛，试图把要浮上来的李川的影子赶出去，不小心牵动了背部一块肌肉，她“哎哟”一声，按摩师傅拍了一下她后背：“姑娘你别乱动啊，不知道的还以为我手艺不行呢。”

“后背您多给我按按，职业病。”苏青假装没事，然而那种人生路上孤独前行的空虚感还是跟夜色一样措手不及地涌了起来。

李文博的按摩师傅正在给李文博拍肩膀，他看了看窗外：“这个点儿了，工体应该不堵车了。”

6

“刚才真应该坚持把那叔给送过去，仗义啊。”李文博手握着方向盘，看车厢里气氛太尴尬，试图拿万能的叔叔找个话题，可惜失败了，苏青没理他。

坐在副驾驶的苏青刚才在按摩店结账时没抢过李文博，老觉得欠了李文博，是的，人家非亲非故的，把你从球场解救出来，看工体北门外面太堵车，还找了个按摩的地儿让你疏解一下情绪。

苏青身为震东单震西单抢着付账的小能手，竟然在李文博手下败下阵来，一时间还接受不了，于是耷拉着一张脸，心里盘算着这笔账自己应该怎么还，以身相许估计人家是不会要的，难不成得把银行存款给他？

李文博这一方，看着苏青板着一张关公脸，周围的小宇宙就差变暗黑，尴尬得每一个毛孔都张开了。

第一次人生里感觉到深深的无力感，还有我李文博搞不定的妞儿？可又觉得苏青这女孩儿，实在是有点儿意思，他有点儿发现了新物种的快感。

苏青略微转了一下头看了一眼李文博，这还是她第一次打量这个在办公室里让人讨厌的家伙。在外地人不断围剿的帝都，北京土著相貌两极分化得特别严重，一部分人迅速发胖，有时候赶上家长接小孩放学，经常是一个大人领着一个胖得很横的小肉团，还有就是北京腔含在嗓子眼说话。

另外一部分人则像是为了宣誓北京是中国的首都一样，在人群中很显眼，鼻子眼什么的都安在适当的地方，每年电视上蹦出来的电影学院表演系的男孩都长成这样。

大概是从小被人哄着，青春期也被女孩成天追着，长得也好，穿衣服不乐于打扮，但打扮起来可以放在琼瑶剧里使劲摇女主角的肩头，但是千万别说话，一说话那股痞劲儿就完全破坏了视觉效果。也因为他们的人生实在不用咬着牙经历踩着尸体要在北京出人头地，一点儿要取悦别人的意思也没有。

他们的聪明，是那种不带心机的人精，让人如沐春风。

比如今天，苏青特别感谢李文博只字不问你为什么这么难过啊，也不炫耀看我对你多好，行事风格非常爷们儿。

当然，也可能跟自己长得不美有关系——苏青看到黑黑的车窗上映着的自己的脸，心想，如果自己长得像刘恋那样，可能李川也不会数年如一日地对她一点儿非分之想都没有。

如果一个男人在你面前特别有绅士风度，其实那无关家教，可能是你长得太冷静了。借用《恋爱的犀牛》中的台词，人是可以依靠二氧化碳活着的，只要有爱情。

同样，男人是可以不用下半身思考的，只要你长着一张让男人冷静的脸……

苏青突然意识到自己沉浸在一个男人不要我的久病成医的专栏女作家的世界太久了，刚才李文博起了个话题，自己没接住，她也不知道问什么，“你什么民族？”

方向盘颤抖了一下，李文博差点儿趴下，妈呀，这是什么问题，“我……满族啊。”李文博长了一副从小就被女孩惯坏的脸，觉得苏青虽然工作时挺厉害，但本人实际上就是那种满大街都是的无公害少女，没想到私下里这么不按常理出牌。

“满族？满族的姓不都是挺怪吗，你怎么姓李啊？”苏青含恨，问民族这个话题可以列到“苏青人生十大最傻时刻”了，没想到这话题还能延展下去，苏青拼尽全身战斗力，决心让这个话题不落地到她下车时。

“嗯，三十年前改的……”

“原来姓什么啊？”

李文博握着方向盘，直视前方，很不想说的样子，他咬了咬嘴唇：“钮……祜禄。”

苏青瞬间憋笑到内伤了。

如果把他俩的对话转化成日本漫画，她肯定得有一张笑得泪流满面还翻白眼的那种脸，她边上的对话框得全部都写着一大堆“哈哈哈哈哈”，才能表达出此时此刻她内心那种万马狂奔三观尽毁般的喜悦。

当然，看漫画的读者们如果不懂这笑点，大概应该是意志坚定、绝世独立、不为潮流所动没看过《甄嬛传》的，这里进行一下科普：被果郡王戴了绿帽子的雍正皇帝为了把甄嬛从甘露寺接回来，就说她是四阿哥的生母，一直都在甘露寺修行，还赐满族大姓钮祜禄。

李文博一脸鄙夷地看着苏青那张笑得乐不可支的脸：“没品位的家伙！看过宫斗戏了不起啊！”

“原来你是甄嬛的后代！牛 × 啊！”

李文博恨恨地说：“挺好的一个姓，现在说出来都跟假的一样，电视剧你也相信啊。”

“你们钮祜禄氏有没有啥名人啊？”

李文博有一种从烈士变成叛徒的一刹那犹豫：“和珅……”

苏青觉得自己在漫画的世界里，那张脸应该要笑得背过气，文字对话框里的“哈哈哈哈哈”应该能把李文博砸死了。

“原来你是奸臣的后代！”

“你说这帮搞电视剧的干吗啊，没事老搞我们满族人干吗。”

“听说和珅还跟皇帝搞基呢！”

“真是我拿真心换绝情，《农夫与蛇》的现代版，早知道你这样，我今儿就应该让你迷失工体，淹没在我国安球迷大军中，叫天天不应叫地地不灵！”

笑到一定程度后，大脑就感觉缺氧，做医生的朋友说苏青这是肺活量太小的缘故。

苏青笑点不高，为了不成为传说中时刻乐晕的女人，成为一个不苟言笑的职业女性，因此苏青近些年来一直以陈珊妮的《我从来不是幽默的女生》来严格要求自己。时刻严于律己不敢笑得太激烈，当然这珍贵的优良品德，也跟这些年来实在没有什么值得她真心笑的事情发生有关。

工作做得很好吗？虽然苏青指导公司的小朋友工作的时候，偶尔觉得自己像亦舒小说中那些在办公室放个屁，也会有人称赞味道特别的黄金女郎。

但老板觍着脸不说人话自己想拍桌子辞职时，又不见得老板会跪下来求着你，毕竟税后八千的工作，你不乐意做，北京城有大把的人拥上来，那些花了百八十万读书的海归还做着月薪四千的工作呢。

爱情顺利吗？苏青也不见得对李川的情感有多情比金坚，在这段不咸不淡说不上来的关系中，她也本着配置不良资产的态度交往了几个不错的对象。

如果恋爱顺利的话，左右一权衡李川也就是枚草履虫了，只可惜其他男人并不上道。

苏青原想一生只被一个人睡，没想到被睡了一个又一个人，就是写成传记，苏青也会被纯洁的读者说成是不算痴情又不风骚的可怜女人，性经验和天长地久两边不靠，宁为瓦全不为玉碎，人生悲哀莫过于此。

苏青回过神来，发现内心的小人又扮演了一把三流的情感专栏女作家，刚刚抛弃的话题很快又掉到地上碰得稀碎稀碎的。

李文博倒是也没把她当外人，你不说，我也不问好了。

倒是苏青突然对李文博产生了一点儿内疚，自己老是演内心独白，让他这个骑士随时变成路人甲。

自己长得好看也就罢了，可以让他随机产生点儿保护美女的心理满足感。但就她的色相，人家李文博明显在她这里骗不了色，更不想骗。

人家人道成这样，可自己却还在这里仰望天空装坚强的亦舒女青年，冷暖自知个屁啊。

“其实……今天我没事啊。”苏青不想再装了，决定主动敞开心扉，淡淡地说。

“对，你没事。”李文博专心致志地开车，仿佛前方有一条需要若有所思的道路。

苏青被他这种懒洋洋的语气逗乐了，她不相信这个男人能心细如尘什么都明白，更有点儿“我拿真心换绝情”的意思，拜托啊大哥，我可是好不容易才下定决心跟你分享我的私生活的呀，于是苏青撇嘴说：“说得好像你未卜先知什么都知道一样。”

“能有什么事，无非就是感情呗。他爱你，你不爱他；你爱他，他不爱你；你爱他，他也爱你，但是舒淇是小三；要不就是金城武死活要把你搞到手，你不分他就要为你死，没办法必须分手。但其实吧，无论怎么变着法儿来，这都不叫事儿，人活着吧，就只有死这一件事儿，才真值得上心。”李文博满脸写满了“经验老到”四个字，三言两语就把苏青噎得还真没有自怨自艾的理由了。

苏青愣了片刻，却还是不死心：“你不会明白的，你是男人，你不会真正懂女人的，永远！”

“你这就唯心主义了吧，身在唯物主义国家你得改掉这种错误的世界观啊。苏青小姐，这不是男人与女人的问题，这压根儿就不是性别问题。这是两种生物的问题，不分男女。现在咱们回到根本问题上，为了便于你理解，我打个比方吧：有一种生物是猩猩，只想要一根香蕉。但是另外一种生物已经进化到山顶洞人，非要给他一车苹果他才能满足。将心比心，一堆苹果是比一根香蕉要好很多，但需求不一样，在猩猩的眼中一车苹果跟一车大便没什么区别，香蕉才是千金不换的至宝。这从属性上就决定，山顶洞人和猩猩是不能杂交的。”

“你什么都不知道！你就会绕来绕去，说一堆没人懂的鬼话，我们说的根本不是一码事儿。”

“对啊，我什么都不知道，我这不就是牺牲小我现身说法嘛。就跟咱俩围成一小圈儿戒毒一样，你都进行了丰富的心理建设对我敞开心扉了，我也得配合一下不是？你说你不懂？我怎么就觉得你懂了呢？”

苏青被李文博说中心路历程，心里“咯噔”一下，嘴上倒是不甘示弱：“没觉出配合来，倒是闻到一丝高智商男性诡辩术的味道。”

“我诡辩什么了，我都上升到人类学角度了，是你一直在分男女，硬生生地把人民群众按照自然属性分成两拨儿，你这是暴君范儿啊！要不你把我当一女的？怎么说呢，我以前总觉得山顶洞人比较高级，老想给别人一车红富士，还负责削皮，拿着勺子挖果肉送到对方嘴里的那种。结果呢，遇到的都是猩猩，把她们都吓跑了。后来我意识到了，我没那运气一下子就能碰到我想要的那种人，世界上人这么多，你怎么知道老天爷就把你当成亲妈一样供着？你怎么知道人生最后的结局就是完美 ending？感情这回事儿吧，得需要对手，势均力敌，让一打拳击的跟一练体操的玩儿柔道，那是双双欺负人。硬凑一块儿，只有两败俱伤，谁赢了都不高兴。”

“那你觉得我是猩猩还是山顶洞人？”

“嗯……你是什么我不清楚，我只知道你应该比较想当山顶洞人。”

“听你这意思，我对自己要求高一点儿还错了？我无私奉献想给别人一车苹果还错了？”

“要求高一点儿跟幸福一点儿，是两码事儿。比起山顶洞人，我宁愿退化成一只猩猩，不那么贪心，你给我一根香蕉就好。你要是给不了我，我就自己爬树去摘，人生这么复杂了，我不贪心，我就想对自己好点儿。”李文博对着后视镜看了看自己，努力抚平自己越来越皱的眉头，“别为一车送不出去的苹果委屈，大猩猩不适合你，那你把苹果拉到周口店肯定脱销。”

苏青没话接了，跟路边卖的劣质卡通氢气球一样泄了气，敢情这一番谈话就是比惨，李文博还真是滚滚红尘中培养出来的优秀毕业生。

人总是有贱的，即使不是明星，但是这些经营惨淡人生的苦逼，也总希望在比惨大赛上拔得头筹，不管怎么说，终究是某个项目的第一，会有一面奖牌放在胸口招摇过市。

这时，突然冒出来一个人不显山不露水，隐约透露出他的“惨”早就看山不是山，看水不是水，你内心就有种绝望感——MD，不能最幸福，也不能最惨，非要我安心接受毫无出头之日的屌丝人生，想演一下百转千回的苦情戏的机会都没有。

车内的空气有点儿冷，李文博把空调关掉，车窗摇下来，北京夜晚的风一下子灌进来。

路这么宽，两旁路灯昏黄，车很少，两人的小内心，同时都为这一刻北京夜色的美莫名摇曳了一下。

“哈，我也是乱说，有时候我觉得自己是王语嫣，啥高级武功一眼就能认出来，指导别人一套一套的，可厉害了，但一到关键时刻就完蛋了。”李文博吐吐舌头。

苏青笑了：“你偷我的创意，我也觉得自己像王语嫣，不过不同的是，我空有一身本事，但没处释放……哈哈，还是长得比较难看的王语嫣。”

“你这话茬是不是等着我说你长得不难看，你长得可美了？”

“不敢，你那些话留给白富美们说吧。”

李文博假装闻闻腋下：“没良心，难道我身上有一股浑蛋的味道？刚刚夸我是高智商男性我还默默高兴了三秒钟呢。”

“看起来就不像是善类，不过你再罪大恶极，也会因为今天帮助我而上天堂的。”

李文博假装很害羞的样子：“哎呀，真是的，夸奖人家，都不好意思了。”

苏青哼了一声：“你会不好意思？”

此时苏青和李文博倒是可以轻松地谈话了。

这个城市中的人都像是戒备的刺猬一样，平时都立起了刺，一副随时战斗的样子。

这也是有些男人遇到女人总想忍不住要推倒她们一般，倒不是多色欲熏心，只不过滚完床单后，两个人说话能轻松一点儿。

互相看一眼欲望的脸，这是拉近距离最简单的办法。

不是每个人都像李文博和苏青这般幸运，能有上天恩赐的契机，仿佛是责无旁贷一般向对方敞开心扉。

车开到苏青住的小区，一栋栋四层小楼就像是粗胖的鸡腿菇一样生长在郁郁葱葱的杨树之中，苏青的家就在其中一个鸡腿菇的四楼。苏青虽然好面子，被人冷不丁开着 Q5 送到家门口见识这陈旧的老小区是有点儿丢人，不过吐得满地都是还跟人吵架这种事儿都被李文博一天之中填鸭式经历了，苏青觉得日后再丢人也丢不过今天了，倒是也挺坦然的。

车开到楼下，两人坐在车里沉默了一会儿，刚刚两个人还很知识分子地讨论爱情，现在猛一下回到现实世界，又戴上了客气而虚伪的社交面具，还真是有点儿不知道怎么来个告别。苏青又有点儿白天工作时那虚伪的假客气样子了，她假装不在意地开始问一下工作：“这回我们提交的方案都第四稿了，都换我来跟你们沟通了。你们别再应付了啊，把你们艺术家的小清高先放放，下次换一个好应付的主儿，我让你们拍到爽翻天。”

李文博趴在方向盘上，头低下，一副戏剧腔的模样：“不谈工作会死吗？你们老板给你开多少钱？”

苏青本来想给李文博来点儿励志教育，说没钱没势没脸蛋没大胸的外地女孩，要是还不对工作上点儿心，怎么拼得过他们这些北京土著呢，不过转念一想，这地域话题是把双刃剑，说不定会破坏刚刚建立起来的友好气氛，得了，这个夜晚就到此为止好了。

“谁乐意谈工作啊，只不过我这边连主帅都换了，再改下去连我这边手下的小孩都要跟着辞职了。你也行行好，帮我盯着点儿，这事儿结束后咱俩也清闲了，也不必在这上面耗着了。”

苏青边说边开车门，营造出一种不用说再见的自然式分别，她觉得这样还显得自己挺大方的，不过刚下车，她下意识地摸了一下兜，发现手机不见了，回去找，“手机不会落在按摩店了吧？”

副驾驶座上没找到，苏青下车开了后座的门，猫着腰在后座前前后后地摸。

李文博拿出手机拨苏青的号码，通过铃声在副驾驶座位下面找到了苏青的手机，李文博本来想也没想就递过去了，但是瞥了一眼觉得不对劲，那手机屏幕上闪烁的名字是“李贱人”。

这一看，李文博就笑了。

苏青知道自己现在时运不佳，站在避雷针下也被雷劈，厄运仿佛与生俱来，但也不能倒霉到遇到这种千年难寻的尴尬时刻吧。

第一次会面时，苏青就深刻认定李文博是来自贱人星球的奇葩，仗着自己人模狗样竟然在电梯里跟男同事说她的笑话，间接地毁掉了小男生爱上她的可能。

所以，她在存他手机号的时候给了他一个贴心的称谓……

如果没有今天，李贱人将会安然无恙地继续在地球上安度万年，怎知今天他变异成一个颇有绅士风度的骑士，骑着一匹地球上的电子马从球场、按摩店一直护送到家，行为可圈可点可歌可泣……

风云变幻大王旗，苏青将尴尬一仰头抛至脑后，一脚上车，左手按在副驾驶座位上，右手一把将手机抢过来。

风驰电掣间，苏青的大脑反应过来时，却见李文博的手机在手里，苏青恨不得抽自己耳光到嘴角流血，恨自己的动作不协调，恨自己的眼神不敏锐。但右手却下意识地打开李文博的手机通讯录，啪啪啪按得那是一个胆战心惊。

李文博被苏青的动作和表情吓到了，“这个恩将仇报的女人，你应该拿刀啊，拿我手机要挟我没用……”话还没说完，苏青把手机塞回给李文博，另一只手把自己手机夺了过来，拨了一个电话。

此时，李文博的手机响了，屏幕上闪着“苏菲卫生巾”的名字。

“好啦，咱们扯平了，我允许你叫我一个月的苏菲卫生巾，千万别客气，绝对不生气。”

李文博看着苏菲挎着包，像个笨拙的田径选手一样，三两步地跑到树影婆娑的小区里时，背影满满写着尴尬。

此时不知道哪一楼正在放着咿咿呀呀的京剧，市井得很。

李文博在空气中闻到北京老小区树木夜间的独有香气，深吸一口气，有点儿心旷神怡。

今天一天这么折腾，他其实不比苏青轻松多少，可看着苏青的背影消失在转角，他远远地望着，苏青仿佛又活了过来，活力四射到仿佛会有残影在夜色中留下。

他顺手把手机丢到副驾驶，发动汽车，他撇了撇后视镜中的自己，那张枣核脸的嘴角竟漾出一丝微微的笑。

这女孩，有点儿意思。

第二章

无论新光天地抑或东方新天地，总有姐妹等着你

1

情场失意，职场未必得意。

倒不是苏青矫情得要临水照花感慨“憔悴支离为忆君”，应景地弹点儿古筝什么的，古代的女人们伤身时起码有半辈子的失恋假，现代女性哪有这工夫。

你走进办公室跟老板说我被男人甩了我好伤心我要请假去马尔代夫，老板肯定一巴掌呼过来，你以为我是大老王呢。

真实职场上不能上演《失恋 33 天》，我管你恋不恋，不好好干活就赶紧走人，没工夫在一个办公室里你来我往交流感情的。

你就是再想死机，也得留着内存提着神干活，八小时之外你爱怎么死怎么死，你就是第一天从楼上跳下来，尸体送到停尸房，第二天也得满脸带血准时上班打卡，没人管你缺胳膊少腿是人是鬼，公司流水线上一个萝卜一个坑，到点儿了，就得工作。

但苏青感谢这份工作让她没工夫感怀身世，直接一头扎进滚滚红尘，筋疲力尽后躺倒就睡，周而复始，很快大半辈子就过去了。

国贸是一个特别人模狗样的地儿，偌大的办公室里，几种香水混合在一起颇有著名奢侈品牌 Six God 的风味，一走近，看着大家皮笑肉不笑呼唤英文名扮情深的局面，人生想不振奋都难。

今天是广告公司和电影公司两队人马联袂向客户主子请安的时刻，两方其乐融融得仿佛在拍温暖人间公益宣传片。

李文博方的制作公司都是一群大老爷们儿，他们公司的男人大部分都散发着一种委屈下嫁到人间的电影人的气息，个个披头散发胡子拉碴的，每次开会都一股头油味，仿佛不这样就不艺术了，苏青由衷地希望他们赶快接到一个洗发水的 case（案子）。

倒是李文博，在这一群艺术家范儿的男人之中鹤立鸡群，很清爽，头发短得像跟头发有仇一样。

对比一下，苏青欣慰地觉得还是她带领的这群姑娘给力，个个脸生动得跟方便面包装上的图片一样，要什么有什么，秀色可餐得人神共愤。

那天分手之后，李文博倒也不是俗物，没发“你到家没有啊晚安啊半夜发短信叫你撒尿啊”之类男士惯有的三大俗短信。

这次见面后也一如往常，只是俏皮话没私下那么多了。

人后对着苏青，也没有装作“那一夜我拯救了你”的小眼神，客客气气得让苏青浑身舒坦，默默在心中感叹这样的男人真是要逆天啊。

苏青环视一下会议室的众人，发现大家都沉浸在一种磨刀霍霍杀某人的情绪里。

某人正是某国际知名狗粮品牌中国区代表，孟静娴女士。

叫“孟静娴女士”太见外了，叫英文名更加反映不出伊人风采，广告公司和电影制作公司虽然平时因为修改意见刀光剑影的，但在对待客户问题上可谓是团结一心，同仇敌忾。

大家私下里都管孟静娴叫“面膜女”，当然不是赞美孟静娴美容有道天天做面膜护肤。

她要是知道怎么护肤也不至于满脸销魂的蜡黄色，一副久旱未逢甘露许久没有性生活的样子。

“面膜女”这名字是李文博他们公司的导演冰冰给起的，“每次见到她，都有一种拉二斤大便给她做面膜的冲动”，冰冰不是娘炮，是电影学院导演系毕业的一枚纯爷们儿。

满头鬈发长得跟巴基斯坦人一样，在电影拍摄上很有风格，可谓是落霞与孤鹜齐飞，艺术扯淡并一色。

他说话有点儿结巴，介绍自己时老说我叫陈商冰……冰，于是范爷与“李莲花”娘娘俩根正苗红的一线女明星，被逼含恨地与这位威武雄壮的套马汉子并称为江湖三冰。

改了一万多遍的微电影拍摄方案又激起了“面膜女”新一轮的创意，她晃动着三个月前就该重新染一下的短发，满嘴跑“宝贝儿”。

是的，这位中英文说得都很温州风的女士见人就呼喊宝贝儿，她觉得叫亲爱的有点儿太不接地气了，“宝贝儿”方能凸显这位自认为洋派的女性跟群众打成一片的性格。

“宝贝儿，微电影是什么，是艺术，看完了要让人家睡不着觉，要让他们在微博上转发啊，感动啊，不弄好玩不行，你看人家泰国弄的广告，银行保险的，看得我那是哭死了，我内心是最柔软的了。”

“面膜女”停顿了一下，等着众人附和赞美，众人面面相觑，但是冰冰突然变得非常会察言观色，他咳嗽了一声。

“面膜女”期待着这位年轻导演的发言：“宝贝儿，你是不是也觉得我是个柔软的女人？”

冰冰狡黠地笑了笑：“孟小姐啊，您绝对是个儿顶个儿的柔软。可我们电影工作者也是柔软的呀，我的小心脏真是受不了一丝一毫的伤害了。您刚刚说的那是广告啊，广告和微电影，这其实是两回事儿，对吧。再往小了说，其实微电影和电影，别看只多了一个微字，那都是有区别的……”

“面膜女”面色一变，不由自主调高了嗓门，打断了准备长篇大论的冰冰，以显示其权威性：“你别打岔，我当然知道微电影是什么，微电影是……总之啦，我们要下功夫，以情来打动人，我看前阵子，我们日本市场的竞争对手做了一个什么广告，他拍了一个专门给猫看的电影，多狡猾啊，你一下子就记住了，要大力创新，我们的微电影就是跟别人不一样，不！一！样！”

苏青的同事方怡然觉得这事儿就有点儿不靠谱了：“孟小姐，上次咱们提的宣传意见不是要贴合市场，不玩虚的吗？怎么这次又要走感情路线啊？形式完全变了，这在广告公司基本上就是推翻重新做了。而且，这次的意见怎么跟 Eric 总裁说的有点儿差别呢？”

“面膜女”有点儿不太高兴：“什么叫有差别，我这是特别深入地贯彻 Eric 的想法后进行的中国式适应，就是为了接地气！怎么？方小姐是不是没明白，我说呢，方案改了这么多次，怎么还是没有创意，原来是广告公司根本不知道我们要什么呢。”

“面膜女”耸耸肩，轻微地翻了一个白眼，并且同时在心底为自己鼓了掌。

方怡然毕业刚没两年，有点儿直肠子，刚想反驳，苏青见势，赶紧把话接上去。

“哎呀，孟小姐，这您可就错怪我们了。每次开会的时候，我们都非常认真地做了采访录音。开完会，还会有专人做会议记录整理，做方案之前都会一起学习呢。您的话就是集团的意思，我们都当圣旨。不过大老板那边有什么指示，您也跟我们传达一下，这样我们做出来的东西就算还要修改，大方向还是对的，总不会让集团上层觉得我们老是领会不到精神呢。您也知道的，Eric 那边，您说一句，比我们说十句都管用。”

苏青说得很慢，上句在委婉地指出“面膜女”不着调的时候，下一句还奉承一下对方，还拿大老板最开始开会时的意见来压一压“面膜女”拿着鸡毛当令箭，话说得密不透风。

“面膜女”突然笑得跟一朵花一样：“哎呀，说到 Eric，他前几天送给我一个包包，真是的，太奢侈了。”

她不甚爱惜地拿出 H 打头的包，以一种仿佛伴随着“当当当当”背景音乐的架势丢在了桌子上，看包丑成那样子，也只有死贵的价钱才能配上这卓越的设计。

“Eric 真是的，人家是走森女风的啦，非要让我走贵妇范儿，我还是个女孩呢。”

方怡然低下头偷偷乐了，冰冰强忍着，脸都变形了。

“哎呀妈呀，这不是荷米丝嘛，老贵了，艾总……”冰冰觉得叫英文名太装逼了，于是他管 Eric 叫艾总，“艾总真是有钱‘淫’。”

冰冰开始挤对人的时候，东北口音就特别重。

方怡然只有在冰冰挤对人的时候，才不跟他吵架，她也开始添油加醋：“天哪，这难道就是传说中的……”

“面膜女”低调而华丽地沉下声音：“没错，这就是……”

苏青觉得演技那是相当浮夸啊，姑娘们非常没有见识地围在“面膜女”周围，像擦地板一样来回抚摸那只包。

李文博那边的大老爷们儿也不是什么好东西，冰总大喊一声：“你们轻点儿摸，别给摸坏了。”

其他男人七嘴八舌：“只有这种包才能配得上孟小姐的气质。”

“孟小姐，他这话我就不乐意了，像您这样的女强人，家里这种包多得是呢。你看陈红在电影《搜索》里，每次出场，就没有拿过重样的，孟小姐肯定有过之而无不及。”

“面膜女”一副很受用的样子：“年轻人，努力工作，该有的你们都会有。”

李文博也加入了战场：“孟小姐，让您见笑了，要不是您，我们哪儿能见到这么好的东西。”

方怡然扶着“面膜女”的肩膀，笑得那叫一个灿烂：“哎呀，孟小姐可别怪我们没见过世面，只是这包实在太好看了，让人忍不住啊。”

“面膜女”看到了她手上的那块表：“哎呀，你换新表了。”

“淘宝买的，好几百块呢。”姑娘大大方方地说。

“瞅着跟真的一样。”

这群懒蛋工作时拖延症那叫一个严重，一听要干活跟僵尸一样，但是为了让客户赶快过稿，哄客户那功力可就不一般了。

为了少改，甚至不改，在场诸位无自尊起来还真是无底线……

何况大家也没指着拿这美其名曰微电影实为广告的半吊子影视作品进军戛纳。

佳佳宝—— 一向标榜自己是国际知名狗粮品牌，但是实际上就是中国制造标了个外国名字而已。Eric 早年在冰岛注册了一家公司，这个山寨品牌就挂在这家公司名下，摇身一变，摆脱了山寨味道。

后来 Eric 也不知道从哪里弄来几个名声挺唬人的宠物界食品安全的标准，再加上包装做得漂亮，满包装袋上找不着几个中文，不知道的还以为是外国的零食，嚼起来一股花椒味道。

此狗粮的宣传口号是："宝宝吃好，您吃也好"，敢情把人和狗划在一个进化层面了。虽然抄袭了强生婴儿用品的广告词，但是碍于用的是英文，强生这样的跨国公司，也懒得理它。

而"面膜女"大概是Eric的小五，每年能从他这里骗个一百多万。

苏青一直对这对跨国孽恋怀有慈悲之心，一直挺心疼他俩的。

看"面膜女"那洗一把脸能把五官洗去的样子，估计Eric对她是真爱吧，要不然找小五谁找她这样的。

而"面膜女"也不容易，良家妇女的貌，西餐妹的心，注定让她无法走被包养这条很有发展前途的道路，而她一手要抓佳佳宝在中国区——唉，苏青安慰自己，也许外国真有卖这个牌子的——的生意，一边还要抓着Eric裆下晃悠的家伙，白天拼命上飞机晚上还要帮Eric打飞机，卖身又卖艺，不免让苏青在做案子的时候饱含着唇亡齿寒的深情。

都是女人，女人何苦为难女人呢？

当然，如果"面膜女"也这么想就好了，那样就不会让他们改到一万遍了。

看着"面膜女"的妆容都浮到头顶形成一个光圈了，苏青默默在心底流下了心酸的眼泪："孟小姐，您看我们这帮没见识的，都忘了说这工作了，您看这案子……"

"面膜女"翻了翻方案："哎，女主角的狗狗换成泰迪犬吧，我喜欢泰迪，看到泰迪我的心都要化掉了。台词再多提佳佳宝的名字……"她望了望李文博，"文字脚本的效果图是你们做还是影视公司做啊？"

苏青泪都快流下来了，这意味着要定稿了："制作公司提要求，我们直接出手绘稿。"

"面膜女"从那死丑的包里拿出粉盒，照了照镜子，自认为很有风情地扑了半斤粉，龇着牙照了照："虽然案子不是百分百满意，但是你们能力也这样了。把报价单和电子稿给我一块儿发过来吧，合同中英文一式三份，脚本签好字后，寄到上海的公司，走流程吧。"

李文博与苏青互看了一眼，两人都有了一种想和对方舌吻的感觉。

大家起身恭送老佛爷"面膜女"起驾，"面膜女"临走的时候还掐了一下李文博的胸："宝贝儿，你又壮了好多哦。"

李文博已经掐死了孙楠，生怕《你快回来》不合时宜地冒出来再被"面膜女”蹂躏。

大家送至电梯口，临上电梯，“面膜女”突然回头问方怡然：“亲，你那表在哪家淘宝店买的，太真了！把地址给我！”

2

在麻辣诱惑犒劳完五脏庙后，大家的眉眼都长出来了，连冰冰那副恐怖分子的脸都慈悲得跟弥勒佛一样，姑娘们小脸红扑扑的，意犹未尽，叽叽喳喳的。

苏青和李文博走到后面，两人开始商定工作细节。

走到停车场，冰冰看了眼方怡然的车。

“换车了？”

方怡然按了一下车钥匙：“大车抗撞，那 Mini 也装不了几个人啊。每次跟朋友们出去，人坐我的车，都得把前排的车座推开，爬着才能进去，太麻烦了，我恨两门车。”

苏青掐着方怡然的脸，咬牙道：“还真是中戏表演系出来的啊，刚才瞧你那奉承‘面膜女’的样！”

方怡然毕业后嫌当演员太累，家里给她安排了一个文化部的清闲工作，就等着她嫁人呢。

这姑娘也是小姐身丫鬟命，嫌没意思，跑到广告公司当客服，那点儿工资还不够每月油钱呢，可她不为赚钱，就为天天有人陪着她玩。

李文博也指着方怡然的手腕：“还真是文章白百何的师妹哈，当着‘面膜女’的面说你那十多万的表是两三百的淘宝货，脸不红心不跳啊。”

方怡然卖萌道：“案子做得那么完美她还挑刺儿，不就是缺乏性生活，精力没处释放只好折腾咱们呗。她高兴了，我也不用干活了，撒谎算什么，为了大家我怎么着都成。”

方怡然拉着苏青，一脸不敢领头功的模样：“我的表演还是太话剧腔了，不比大家表演接地气。你看冰总，周六周日还去北影厂门口兼职当群众演员呢，就为了今天这场最后的战役。”

冰冰也睁眼说瞎话：“还管盒饭呢。”

李文博也笑："还好'卫生巾'你沉住气把戏路调整了，刚才大家都演疯了。"

方怡然唯恐天下不乱："天哪，苏青姐，他叫你'卫生巾'，是可忍孰不可忍！"

大家嘻嘻哈哈笑作一团，不愿散去。

"怎么着，这就散了，没下一趴啊？"

"先去三里屯喝酒！然后咱去唱K呗。"

李文博倒是很同意："喝，把委屈都溺死在酒精里，明天下午一点再去公司。"

姑娘们撒娇："苏青姐，你看文博哥人家多仗义啊！"

"你们这帮小贱货，谁喝吐了自己打车回家啊。"

男生们一副淫魔样："喝多了住我家呗，我床特别大。""这么多姑娘你晚上搞得动吗？""大家晚上一起来。"

"滚，我就是喝大了，一见你就清醒了。""要吐就吐你身上。"

苏青和李文博对视了一眼，李文博笑道："可劲儿吐，哥最会伺候吐的姑娘了。"

李文博长得好，性格也随和，平时姑娘们见他都相当骚气蓬勃了，听他这么说，都腻了过来。

冰冰提出了关键的一句："晚上喝酒，公费私费啊？"

李文博打了一下他脑袋："祖宗啊，这顿饭都超出标准了，财务那边还不知道怎么对付过去呢。"

冰总拉过来方怡然："她说她给弄发票。"

方怡然一点儿都不客气，拍拍胸脯："放在我爸身上。"

苏青可不愿意占便宜："喝酒李文博请，晚上唱歌我请。"

众人欢呼，呼啦一声，开始分配谁坐谁车。

姑娘们都愿意坐李文博的Q5，苏青跟冰冰他们这群大老爷们儿一起挤在方怡然的路虎极光里。

方怡然发动汽车："这帮骚娘们儿太重色轻友了，我这车不比Q5舒服啊。"

冰冰不乐意了："我们不是色啊？！"

方怡然回嘴："一天不收拾你是不是骨头轻啊，哦，对不起，轻跟你没关系，忘记你那一身肉了。"

此时苏青的电话响了，她拿起电话，看到名字就觉得头都大了。

冰冰偷看了一眼她的手机："怎么，男人打来的电话啊？"

苏青竖起手指让大家都别说话，假装平静地接起电话，然而电话里的女人声音也不大，但效果很强烈："苏青，你翅膀硬了啊！"

苏青放下电话："你们先去三里屯，把我放到东方新天地，等会儿唱K跟你们会合。"

方怡然不乐意了："姐，你这才是重色轻友呢，为了一个男人就抛弃我们，不带你这样的。"

苏青像抚摸小孩一样拍了拍方怡然的头："要是男人也就罢了，姐要是解决不了这女的，可真就是众叛亲离了。"

方怡然不情不愿地把车停在东方新天地对面的那条街，苏青背着包赶紧下，冰冰在后面大喊："赶不上喝酒也就算了，唱K一定得过来啊，我们等你结账呢。"

苏青转身，从包里掏出信用卡："没密码，随便刷！"丢下卡就往路对面跑。

方怡然发动汽车，自言自语道："肯定是个男人吧。"

这话苏青当然没听到，不过即使她听到，也会认为，在这个城市里面，有些女人比男人要重要。

苏青闯红灯过马路的时候，紧绷了一天的脸开始松垮下来。

1/ 世界上还有那么多人命悬一线食不果腹呢，她实在没什么可说的，世界末日还没来，日子还得过下去。

2/ 如果她对男人像对刘恋那么用心，李川说不定也不会跑了。

3/ 苏青模拟了等会儿与刘恋一见面，肯定要骂她这么大的事儿怎么不跟她说的场景，就感动得热泪盈眶起来——关键时刻，还是好姐妹的肩膀最靠得住啊。

3

苏青知道自己是走霉运的时候，工作上没办法拉下脸发泄情绪，余下的时间也就学鸵鸟一头扎进沙子里不想说话了。

李川跟她“撒有那拉”这事儿还没跟刘恋提呢，但北京城就像是男人那话儿似的，该大的时候不大，该小的时候那是真叫小。

一个人倒霉了周围人跟打鸡血一样满北京城传诵，苏青记得李川有个哥们儿不知天高地厚地明恋刘恋好多年了，估计消息就是从他这里传出去的。

社会机器的运行消耗，让她把一部分朋友 pass（排除）掉，而另外一群朋友也在权衡后把苏青新陈代谢掉。

爱人同志是某些人最为珍重的瑰宝，只是爱人这种稀有动物已经少得跟大熊猫一样了，与同志一起携手继续靠谱地在北京玩命死磕，仿佛才是苏青这类人的正经事。

北京实际上不太适合人类居住，城市整容师好像跟上了瘾一样，道路年年铺，胡同拆了再建假古董，不亦乐乎。

雾霾那是家常便饭，至于四季呢……

夏天来的时候，所有人都会笼罩在干热的空气和灰尘中，一同蒸脏桑拿。如若天降大雨，落后的排水系统真心会跟歌里唱的那样会让整个城市倾倒。

秋天短得直逼齐 × 小短裙，冬天雪化后，整个城市就变成个硕大的墨水砚台，至于春天，呵呵，见过可爱的沙尘暴吗？

更让人沮丧的是像苏青这样的在京务工人员，时常会处在一种尴尬的不平衡中，以至于在付出的时候，每每都很想狠狠地问一句：“奉献时，需要交五年个人所得税，需要摇号，需要限购吗？”

而无数人赖在北京不走的原因，无非是这里的人。

这里汇集着全世界最极端的品种，奇葩、冤家、爱人、贱货和朋友，而朋友是具有丰富层次的多样性物种，有些朋友可以谈谈情，有些可以喝喝酒，有些是如同首饰、衣服和名牌包一样可以壮声势，有些人则可以一起鬼混偶尔擦枪走火滚床单什么的。

还有极少数，如果你被绑架，绑匪给有些人打电话，他们会说：别杀他啊，我给你汇钱。

如果有一天你不幸接到绑匪电话要求汇赎金，恭喜，在被绑架的那个人心里，你就是北京，北京也是你。

而如果有一天有幸选择被撕票与不撕票的时候，苏青真希望绑匪第一个就把电话打给刘恋。

刘恋，往夸张里说，是苏青对北京唯一的留恋。往不夸张里说，苏青把她当亲人。

奢侈品店的店员上班第一天都经过培训：不要给顾客好脸色，把自己当成顾客的后妈就是了，这样才会符合本店的高端定位。

某奢侈品店门口，店员用目光从头到脚把苏青撸了一遍，确认对方几年之内无任何购买力，不会给她增加提成后，冷漠地继续慢动作在空旷的店里像鬼一样飘着，苏青敏锐地接收到了对方那一瞬间的讯息，依旧硬着头皮迈步走了进去。

爹妈打小给苏青灌输一个道理：在物质上委屈自己是人类的一大美德。

二老的初衷是好的，然而在目前这个物欲横流的时代，执行这个策略，很容易造成一种“我不配拥有这么好的东西”的畸形心理，而此种心理造成的影响，那就见仁见智了。

反正就苏青来讲，当她有经济能力之后，根深蒂固的家庭教育与内心不断膨胀的欲望纠缠在一起发生了十分有趣的化学反应，所以她一进这种店，就仿佛被毛毛虫爬遍了全身般浑身不自在。

没走几步，老远就能在宛若停尸房一样没有人气的店里，看到仿佛瘦成了一道光的刘恋。

今天她立志要走美艳小寡妇路线，齐胸的黑色连身裙即使搭配黑色小西服，纤瘦到山盟海誓，可那也抑制不住那胸前的春桃灿烂及波涛汹涌。

苏青觉得这么穿上《康熙来了》可能会被小 S 说保守，可在北京这个大工地这么穿的确够妖的。

“现在猪肉这么贵，这白花花的肉，也不能让人白看啊。”苏青用一种近乎道德楷模的口吻跟刘恋打趣说。

外企女精英刘恋同志，则连头都没抬：“就因为这年头通货膨胀成这样了，我才爱的奉献，照顾下广大买不起房子娶媳妇儿的未婚男青年，这是为自己积德好吗？”

“……”苏青有些无语，“好嘛……又不是我的肉，我也无所谓，你说什么都对。”不知为何，伶牙俐齿如她，一在刘恋面前，就蔫了，这已经近乎生理反应。

不过，刘恋倒不是天天都穿得这么满身杀机一点儿余地都不给旁人留，她抬头对着苏青笑了，略带娇嗔地解释道：“今天跟合作方谈合同细节，让那帮IT男分点儿神。”

她忽然愣一下，从头到脚打量了一眼苏青：“你这就跟优衣库死磕上了？”

随手拽了件裙子，比量了一下苏青的身形：“你试试呗？”

“我这大象腿怎么穿啊？”苏青瞥了一眼衣服后面标着的几个零，一点儿也没听到她两条小细腿委屈地嘟哝：要实事求是啊亲，你倒是拿你那平胸说话啊，给我增肥干吗？

苏青衣橱里倒是留着几件衣服用来关键时刻压场子的，毕竟这社会吧，先敬罗衣后敬人。但是，日常穿衣方面，她倒是尽量避免自己走进名牌的无底洞。

这笔账，苏青算得很清楚：买件小一万的裙子后，发现鞋不对，是不是得买？鞋子有了，另外总得换个配得上这身衣服的包包吧？全身都门当户对了，发型那也得不求好看但求最贵。她这张奔三的老脸也得捯饬捯饬，是不是得定期来几针玻尿酸？全身无懈可击已经废掉半条命了，剩下的半条不能扔在公交地铁没电梯老小区里吧，可……她苏青消费得起吗？

苏青知道自己没这命。

她觉得做人啊要不就无懈可击，要不然就甭满身名牌露怯了。

虽然她富贵又能淫威武也能屈的，可是富贵和威武在哪儿呢？

她没有命好到有山靠，只能靠自己，所以啊，还是给自己留条后路吧。自己没有金刚钻，瓷器活儿还是留给广大非她之女性友人吧。

刘恋歪着脑袋又比了一下，倒也觉得这件衣服太霸气外露了，苏青不是这种范儿，她是挺润物细无声的范儿。

反手又挑了件简单一点儿包得严严实实却又在细节上隐隐约约的裙子，比了比她的身子，觉得挺满意的：“那试试这件吧。”

“啊，三个月房租穿在身上，穿给谁看呢。”

“就要这样，一会儿优衣库一会儿三个月房租，让人摸不透你的路数。”

“得了，我们家方怡然还满身动物园呢。”

“她那种潜伏在办公室微服私访的富二代，出身摆在那里，披条麻袋都是有性格，有恃无恐。你披麻袋站在大街上，可就有人朝你丢钢镚儿呢。”

苏青也觉得失恋后老去超市买一堆吃的实在宣泄不了购物欲，咬咬牙就叫店员，“小姐，麻烦给找件我能穿的。”

店员像被召唤的女鬼一样面无表情地飘来：“小姐，这条裙子 8999 元。”

苏青何等敏感：“所以呢？”

店员持续僵着脸，维持着与品牌一样高贵的形象：“您确定要这件裙子吗？”

苏青不愿意去大牌店的一个原因，也是知道会遇到这种狗眼看人低的店员，没想到她最近点儿有点儿背，还真碰到了。

苏青很没志气地把衣服放在一边，摆摆手，心想算了。

刘恋在一边却挑了好几件衣服，比了比身上的：“把这几件给我包起来吧。”

苏青扫一眼，脑袋里的计算器瞬间噼里啪啦一番，估计着这几件得小五万吧。

店员也不知道刘恋是什么路数，有些迟缓地把衣服接了过来，脚却没挪。

直到她拿出 BV 钱包，递上来一张白金卡，才意识到这女人不是开玩笑。

如果以服务刘嘉玲的职业微笑作为标准，服务刘恋时她用了大概百分之六十吧。

待到她怀着懵懂而一头雾水的心情包完每一件衣服，刘恋在刷卡单上签完字后，甜甜地对着她笑说：“谢谢你啊。”

依旧是一副“后娘脸”的她，才依稀进化成有点儿良心的后娘，她最终还给了刘恋一个微笑。

可当“后娘脸”的微笑度，持续由百分之六十上升到百分之六十五的区间之时，还没上升完呢，就看到刘恋又抛出甜甜的一笑，那笑，却转瞬添上了杀机：“麻烦你再帮我把这些都退了。”

“后娘脸”笑容还没散去呢，蒙了。

她不是没见过几个姑娘飙着劲儿比着买衣服的，事后后悔了，第二天退衣服时集体相遇还一笑泯恩仇。

但刘恋这个妞儿要的是哪门子武功啊，她摸不清。

“小姐，对不起，您这是……”

“没有为什么啊，就是突然觉得不好看了。”刘恋眼睛里全是汹涌的无辜。

苏青心里“哎哟”了一下，刚才原本还想劝刘恋不要意气用事买这么多，也不能为了争口气就跟钱包过不去啊，没想到刘恋使的是另外一招。

不过这也符合刘恋的风格，上帝创造刘恋的时候，在完成白富美的硬件基础建设后，给她写人生代码的时候一定喝高了，直视她那双大眼睛，你能看到里面藏着一个打家劫舍的梁山好汉灵魂。

“后娘脸”果真不好看了，不过要退衣服，也不能拒绝吧，可一向只是她给顾客脸看，什么时候遇到过这种情况，一时反应没有那么快，僵在了那里。

刘恋也不着急，就这么直直地盯着她，想想还拿出化妆镜检查了一下妆容。

“新买的粉底真好，都一天了脸上也不浮，我把家里那些大牌都一股脑儿送保洁阿姨了。”刘恋跟苏青交流身为美容大王的心得。

苏青也是没有节操的：“看来还真不能迷信大牌子，日系药妆还真是便宜又好用啊。”

“所以啊，什么事情都要做好自己的本分。就是头顶的名头再响，也是一个伺候擦脸的玩意儿，说甩一边，就甩一边。做人也一样啊，摆不清自己的斤两得罪了人，暗着的路姐不爱走，光明着收拾你的办法就多得是呢。”刘恋跟苏青调笑。

苏青看着一脸奸妃相的刘恋，恨不能原地蹿起一丈高，手持捧花为刘恋喝彩。

恨不能再接上一句“谁说不是呢”之后，同刘恋四目相接原地爆发大笑，双双成为欺负人的小贱货。

可看一眼“后娘脸”，小姑娘脸上已然挂不住了。

刘恋那可耻的怜悯心又起，觉得受的气都找补回来了，还是算了。

此时，跟“后娘脸”穿不太一样制服的某店员察觉到这边儿情况不对，走了过来，两人用余光看一眼，知道应该是这家店的店长。

店长跟伺候章子怡 shopping（购物）一样露出了百分之百的笑容：“小姐，请问您需要什么帮助吗？”

刘恋矜持地点了一下头：“刚才我朋友想试一件衣服，可能这小姐忙着给我退衣服吧，抽不出时间。没事，我有的是时间，等她退完之后，再麻烦她找一找吧。”

店长赶快给“后娘脸”台阶下：“你去帮这位小姐找她的号码，我来退。小姐，不知道您要试什么号？”

店长想赶快解决这事情，在店里闹起来可不好玩，特别是面前这两位小姐，有一位绝非善茬。

苏青一直在S与M之间举棋不定，对于自己的身材，她那是相当的优柔寡断。

最终还是决定要试M号的，她觉得这么贵一件裙子，待会儿试了肯定得买，还是买个大一点儿的号，胖了也能穿。

“后娘脸”在衣架前折腾半天，还跑了几趟库房，估计压抑着怒火，脸上的妆都快掉到脚面上了。

今儿可能该她倒霉，找了好一会儿，她最终还是可怜兮兮地跑去跟店长说：“没有M号了。”

店长笑着对苏青说：“要不您先试试S号的吧。”

苏青也不想为难人家，刚想答应，刘恋却抢在了前面：“刚上货还没到一周呢，你们店就没有货了，是不想给我们找还是怎么的？”

店长赶紧接上：“小姐一看就是我们家的大客户，这季是刚上架没几天，但真是走得太好了，所以我们每个款的号不全，要不先试试S号？万一特合适呢。”

“号码这种事情哪能将就啊？你们这儿又不是路边摊品牌，一个号三个体形都能穿。”刘恋没有要放过对方的意思。

店长为难道：“您要是真喜欢这件衣服，今天也着急买，我们国贸那边也有个店，要不您去那里看看？您要是真想在我们店买，可以留个电话，我们给您调货，货到了给您打电话。”

“呵呵，让我们去国贸是要赶我们走吗？我这人就爱胡思乱想，你们这么说，我总误会你们不乐意帮我们找，这样吧……”刘恋掏出一张粉色百元大钞，对着“后娘脸”，“麻烦这位小姐，您去国贸店取一下M号行吗？来回车费我私人给你报。”

店长知道这位姑奶奶铁了心要找“后娘脸”不自在，自己也不愿意把这事儿揽在身上，忙说“哪用您给掏车费呢”，转身就给国贸店打了个电话。

那边的确有M号，“后娘脸”老大不乐意就去了。临出门，刘恋还不忘给她加油：“最好快点儿哦，取到了我就发微博@你们官方微博，让总部表扬你。”

刘恋和苏青出店门后，苏青问她：“待会儿还真回去啊？”

刘恋白了她一眼：“在江湖混，要信守诺言。再说我还没撒够欢呢，待咱们吃点儿东西，我要让那‘后娘脸’知道，仇来自内心，不来自美宝莲。”

4

“我吃饱了，你就点你的算了。”选择困难症患者苏青嘱咐。

苏青不吃这个又不吃那个的，最后刘恋干脆也不管她刚才吃没吃饭，连菜单都没看，掰着手指头点了一圈。

服务员离去后，两个人跟魔怔一样各自玩了会儿手机，气氛尴尬了一瞬间。

“他去美国后跟你联系了吗？”

“他对我那么好，一定是在美国街头被人枪击爆头了。”

“一点儿联系也没有了？”

“嗯，微博都不更新了。”

“你有点儿骨气行不，现在还看他微博啊！”刘恋怒其不争。

“唉，我取消他关注了，但还是每次都忍不住搜他微博看啊，其实就是想看看他是什么时候准备走的，可翻微博还真一点儿都没看出什么来。后来有一天，我夜里睡不着，翻墙google他常用的用户名。这才发现他春天就在淘宝上买了一堆行李箱啊什么的，原来人家计划好远了，只是我不知道而已。”

“你已经贱得可以参加2016年奥运会的射箭比赛了。”

苏青捂住脸：“道理我都懂，喜欢这么多年了，都成为一种习惯了，你让我怎么办。”

“那你就改掉这个坏习惯呗。”

“心理学都说21天改掉一个坏习惯呢，你就容我贱几天行不？”

服务员端上来两杯饮料，刘恋拿吸管搅拌了一下，吸了一口。

“你这人就是仪式感太强烈，分开就分开呗，还非要兴师动众地演失恋难过的戏码。难过也就算了，还非得演笑着流泪的内心戏，目标群众直指我们这些看得懂的身边人，你等着谁给你颁奥斯卡奖呢？”

苏青这点倒是承认得干净利落：“我要是长得像章子怡那样，演艺圈那群小骚货还能有戏拍！”

刘恋嫌弃地撇了撇嘴：“得得得，又把惨淡的人生归结到你长得不美上了，你收拾收拾吓唬那些穷屌丝，也能唬得一愣一愣的。”

服务员摆了一堆点心，苏青也不客气地尝了几口，又吩咐服务员：“给我来碗皮蛋瘦肉粥。”

刘恋特别鄙视地看了看苏青：“不是不吃吗？”

“刚才在店里陪你演了大段的戏码，现在有点儿饿了。”

刘恋放下筷子，从头到脚打量了一下苏青：“还行，能吃能睡的，愣是没瘦下来，脸还是这么大，说明你还没贱到骨头里，还能恢复。”

公鸭嗓苏青特别做作地唱了段辛晓琪的《承认》：“虽然是曾经也是唯一，若要忘记，两三年就可以。”

“我去，还要两三年。”

“你又不是不知道我，重新谈段恋爱跟玩命一样，特别不容易。”苏青自己也承认，古时候女子失恋动不动就终身不嫁常伴青灯了，但到庙里还要跟尼姑的小团体们斗智斗勇呢，不管有多不乐意，就是前面摆着无伴终老孤独一生的命运，也得闭上眼咬牙走下去。

“你跟金城武谈恋爱那是难一点儿，但找个神清气爽的两条腿的爷们儿，遍地都是啊。”

“哪儿呢？爷们儿在哪儿呢？现在他出现我现在就从了他。”

苏青话音刚落，店里就进来一个肩宽腰细翘臀的“小狼狗”，环视了一周，最后在靠窗的位置坐了下来。

刘恋拍桌子赞叹：“好肉！”

苏青也觉得这男生不错。

看帅哥是继逛街、品美食、讲八卦和谈恋爱之外，另一项广大妇女喜闻乐见的活动。

“小狼狗”估计奔三了，皮肤不太光滑，黝黑的脸，留着修剪整齐的小胡子，简单却又有设计感的印花黑T懒洋洋地裹着一身腱子肉，正在打电话。

他似乎觉察出了餐厅的另一边，有两个淫娃目露凶光，半边身子靠着桌子，像深夜加班结束后注视 7-11 的火腿三明治一样往他的方向看。

他往两人的方向扫了一眼，分别对视了一下，也不尴尬，像是习惯了，低头玩手机。

“行啊，还挺坐怀不乱的，见过世面。”苏青赞叹道。

刘恋今天穿得杀气腾腾的，一点儿活口也不给其他女人留，稍微屌丝点儿的男人眼睛都得直了，苏青这一路上看男人们对刘恋行注目礼都麻木了。

可这位小胡子，跟阅兵似的，眼神压根儿就没在刘恋身上比她苏青多停留那么一秒钟。

刘恋瞧了瞧苏青：“你看，你现在恢复得不挺好的嘛，我还以为李川走后，你支离破碎的眼神瞅其他男的都跟坨屎似的。”

“酒肉穿肠过，李川心中留，我觉得他没李川好看。”

“男人好看有屁用，靠谱才是最关键的。不过食色性也，妇女也有好色权。可你家李川充其量也就是长得清秀点儿，勉强就往中人之姿算吧。让这样一人，把你迷得五迷三道的，你有点儿出息行不行？”

“我喜欢李川又不是因为他的脸。”

“那因为什么？”

“你不会懂的。”

因为苏青的关系，李川和刘恋也见过好多次。

两个人对彼此的态度，说好听点儿，就像是唐伯虎尊重老娘一样尊重石榴姐；说直接点儿呢，就是彼此都看不顺眼对方。

刘恋觉得李川也就是大学电线杆子砸下来随处可见的小男生，也就是苏青这种对男人的口味还没断奶的能看上。

没钱没权没男子气概也就罢了，关键是用大拇脚指头也能看出来李川对苏青就是闺密的意思——“他更像是你的姐妹，我在他身上都没闻到什么雄性的味道”，刘恋不止一次如此评价李川，平时老是动员苏青赶快寻找其他目标，但苏青压根儿就没听过她的，连耳旁风都算不上。

平时三人行的时候，只要有苏青在，这两人也能聊到一块儿去。

但只要苏青稍微离开一会儿，这两人就沉默得跟兵马俑一般。

嫁不出去的专栏女作家们，都在文章里循循善诱千万不要让自己的男人和闺密见面，防止擦枪走火，爱情友情皆背叛。

苏青虽知她家刘恋也不是吃素的，但是显然李川不在她的这条食物链上。

当然李川对刘恋却表现得比较节制，节制的表现就是对刘恋不评价。

不是因为他绅士，只是他觉得这姑娘太俗气了，仿佛不按照人生计划表走就会被雷劈一样，一点儿闲情逸致都没有。

不过，在刘恋看来，李川这回直接消失，对于苏青这种死心眼也算是一剂猛药，苏青不接受也得接受，往开了说也算是积德放她一条生路了。

“苏青啊，新欢就像是一块狗皮膏药，甭管旧爱给你多深的伤口，先糊上再说……”刘恋拍了一下苏青，“我跟你说话呢。”

苏青看着门口呢。

门口进来了个小白脸，唇红齿白的，庆幸的是没有跟门帘一样厚刘海的非主流造型，剃个平头清清爽爽的，看到翘臀“小狼狗”后，笑得跟朵向阳花一样，径直朝他座位走了过去。

如果刚才翘臀“小狼狗”是块肉欲的五花肉，这小白脸就是块刚割下来的鲜肉，热气腾腾地等待着被人扑倒。

苏青眼睛一亮：“现在的小孩都怎么长的！吃什么了？父母都是整形医生吗？”

刘恋叹了一口气：“经过李川之后，你还是没长进，还喜欢这型号的。”

“江山易改本性难移啊，我光看看不行啊。”

苏青少女时期没遇到什么称心如意的暗恋对象，这么多年一直引以为憾，因此不免对男人的口味也没变，喜欢青草系男孩。

刘恋挺纳闷的，这种浑身上下不带着性欲的男的，除了挥舞着白纱在沙滩上奔跑，现实生活中还适合办点儿啥啊。

一度，刘恋为了培养苏青正确看男人的目光，曾使出浑身解数，费了九牛二虎之力，打开了苏青身上看男人的阀门，为苏青后天养成了时刻看帅哥鉴赏帅哥的美好习惯。

可看归看，苏青喜欢男人的类型却像是天山童姥一样，时光流转，少年情怀仍然是最爱。

刘恋摇了摇头：“行，那我就让你一条道走到黑了。”

说罢，刘恋噌一下站起身来。

“你干吗啊？”苏青突然觉察到一股危险的气息。

刘恋冷笑道：“老娘亲自出马帮你搭讪啊。”

“姑奶奶我就是嘴上说说，我可不想老牛吃嫩草啊，你可别玩真的。”苏青连忙拉刘恋。

“我是看出来了，一个李川还伤不够你，你还需要更多的小白脸前仆后继地往你伤口上撒盐。也好，就当以毒攻毒了，又不是玩儿不起！”刘恋想了想，拿鲁迅的句子开刀为苏青壮行，“世界上本没有怨妇，伤得多了，便成了没人要的出土文物。但是能成文物，也总比无人问津，被当作废品丢掉强。”

“姐，我真错了，这种男的是我克星啊，只有他吃定我的份儿，哪有我玩儿他的可能，你别主动点火然后把我推入火坑啊。而且，你看看那孩子的年龄，没几年我都能生他了。”

“一边玩蛋去，采阳补阴才是王道，年轻小男生才是你这样失足妇女的微整形手术。反正现在你的性生活就是靠那个粉红振动棒，闲着也是闲着。”

在这里温馨提示一下，粉红振动棒是去年生日时刘恋送苏青的礼物。

苏青眼见着刘恋大步流星地朝着那桌走去，她脑中迅速排演起被帅哥拒绝，顺便还给挤对了几句，刘恋搭讪不成，再把自己搭进去的种种戏码。

她低着头，伸手把包拽过来，胡乱地开始翻，真心希望能翻出一个电钻，好让她可以即刻打条地缝钻进去。

一种习以为常的情绪又涌上来：“如果不是你李川，我至于会沦落到今天这种局面吗？”

今天在办公室，她率领一帮妖精集体演戏赞美“面膜女”的铂金包时，她就硬生生地把这种情绪给压了下来。

现在她有点儿收不住了。

刘恋很快就折了回来，苏青纳闷半途而废也不是她的风格啊：“怎么了？”

刘恋沉默，拿起桌上的一杯水一饮而尽，稳定了一下情绪，招手叫服务员来埋单，不由分说地拉着苏青转身离开。

苏青临走时斜着眼恋恋不舍地看了一眼那小白脸，视线却不小心撇到桌下，他的腿跟翘臀“小狼狗”的大毛腿纠缠在一起，那么缠绵。

苏青终于理解了刘恋那一脸波涛汹涌的“愿赌服输”。

一阵风，两人留下千古遗恨，仓皇而逃。

亲们。

硕大的北京城里，像刘恋这种红颜祸水为何情路坎坷，像苏青这样的屌丝女为何想遇人不淑都不可得呢？

1/ 贱男人太多了。

2/ 好男人都有男朋友了。

3/ 没有男朋友的好男人迟早也会有男朋友的。

5

刘恋掐着点儿赶到店里，“后娘脸”跟遇到瘟神一样，下意识地调整了僵硬的笑容，店长连忙上前递过衣服。

刘恋也没什么表情，嘱咐苏青：“你把衣服试一下吧。”

苏青不太习惯两个店员伺候老佛爷一样地跟着，她逃进试衣间，硬着头皮脱掉了汗透了 N 轮的优衣库衬衫，穿着散发出仓库味道的裙子，皮肤有种陌生的愉悦。

不知道是最近近视加深看什么都有朦胧感，还是这裙子的“三个月房租”的重量感——镜子前面的这个人还挺人模狗样的。

衣海茫茫，找一件看得上眼的衣服有时候比找个男人还要艰难，苏青此时觉得自己像台刚刚升级完内存的电脑，嗖嗖地在脑袋里运行应该配双什么样的鞋子，剪个什么样的发型。

刘恋嫖客一般的眼神转了一圈，拍了拍苏青：“提胸，收臀，腿站直了。”

也不忘伸手掐了掐裙子的腰部：“心理素质够好的啊，最近还有脸吃胖了。”

苏青把头发绾起：“要是有善良的编剧能给我来个美好的大结局，我也舍得吃不下去饭睡不着觉……我觉得还行，你觉得呢？”

刘恋若有所思的样子：“试试 S 号的吧。”

苏青假装没看到“后娘脸”从脚指头到头顶的一脸无奈，这都下班了，差不多就行了。

苏青套上 S 号的“三个月房租”后，就感觉浑身舒展了一下，忍不住赞叹：“哎呀妈呀，也太合身了吧，写满了我的名字。”

“瞧你那没出息的样。”刘恋跟老鸨挑新姑娘一样捏着苏青全身，“我是败给你了，身上没几两肉，全胖到脸上了。”

“脸大好啊，前几天北京下雨，水淹全城的时候我打不到车，就仰起脸走路，到家的时候就只有脸湿了，身上干得跟撒哈拉沙漠一样。”

刘恋被逗笑，拍一下苏青：“少没正经的，没有女的这么说自己的！”

店长在一旁小心翼翼地问刘恋：“小姐，您觉得这衣服怎么样呢？”

苏青觉得还真是不能给她们好脸啊，明明是她在试衣服，店长却在看刘恋的脸色，生怕这个姑奶奶再起什么幺蛾子。

“嗯。”刘恋终于满意了。

苏青咬咬牙：“行，不过了！老去超市满足购物欲也太不像话了。”

刘恋补上一句：“我们要S号的。”

苏青差点儿笑出声来。

结账的时候，“后娘脸”因为抑制不住“我大老远地去拿M号最后你们要S号你们这两条母狗SM我呢”的脸色而被店长支到后面去整理衣服。

苏青把卡递过去，却被刘恋一把推了过去：“行了，把钱省下租个好点儿的房子吧，你那房子不是人住的。”

她递上自己的白金卡。

“干吗啊，要包养我啊？”

“庆祝你终于从李川的魔爪中挣脱出来，重获自由，姐送礼给你压惊。”

苏青从“后娘脸”手中拿过袋子里装的三个月房租，在店长的殷勤告别下，走出店门口，百感交集：“好想每个月都失恋啊。”

刘恋指了指她脑袋：“别说我看不起你，你要是有那能耐能天天换男人，我出去站街赚钱给你买大牌。”

苏青把头靠在刘恋肩膀上来回蹭，娇撒得十分拙劣，被刘恋一脸嫌弃地推到一边：“三个月房租就把你收买了，这要是有人拿钱砸你，你肯定跪下了。”

“何止跪呢，我还一边被他踹一边跪着把钱一张张捡起来，我还舔他的鞋！”

“你要是找男人的时候也这么没骨气就好了。”

“我也想没骨气啊，长成你这样的没骨气，那是招蜂引蝶；长成我这样的没骨气，那就是贱。”

刘恋拍拍苏青的脑袋：“以后听姐话，靠谱点儿，姐天天给你买新衣服让你招蜂引蝶。别忘了，就是男人想做你的裙下之臣，你也不能光等着，也得先准备好一条像样的裙子，穿好战衣等他们跪倒在地啊。圣斗士看过吗？纱织也是穿上圣衣才变雅典娜的啊。”

“行，我这就磨刀霍霍找人来跪我……你跟我一块唱K去不，都是同事，他们还等着我埋单呢。”

“你们公司唯一两个男的最后还成了一对儿了，都是女的，有什么好玩啊。”

“有男的啊，今天我们和李贱人他们一起刚干掉‘面膜女’，李贱人他们公司都是男的啊。”

刘恋冷笑：“一群打工的有什么好玩的……他们那边男的有没有靠谱点儿的？空窗期的时候可以适当发展一下窝边草啊！”

“一群不得志的文艺男青年，头发比我都长，李贱人虽然人模狗样的，但是人太贱了。”

“我看你比谁都放荡，听你这话你把他们个个都考虑一遍了吧。”

“哪有，办完这个案子，我可一点儿不想见他们……你真不去啊，那你开车顺道送我一下。”

“待会儿我还有个约会呢，你自己打车去。”

“啊，你说你是不是又有男人了！你个重色轻友的家伙！忍心让我一个弱女子流落街头求那些出租车大爷拉我去同一首歌吗？”

“滚蛋，再废话把你那条裙子给我交出来。”

苏青抱着裙子一脸烈士样：“别啊，你再去退货她们该哭了，我可不能让你这么欺负人家小店员。”

刘恋的Mini Cooper停到了商场隔一条街的偏僻位置，苏青特别不乐意地陪她过地下通道，抱怨：“你说你都开Mini了，怎么不把车停到新天地的停车场啊，就差那几个钱啊？”

“外人觉得在外企干活可风光了，可不知道那操的是卖白粉的心，赚的是卖白菜的钱，你以为我这有房有车是怎么来的？人前显贵要花面子钱，背后受罪就省点儿小钱吧。”

“你就白白背了一身的艳名，找个有钱的男人，这一切解决了多省心。”

“老娘我能赚能花挺有能力的，凭什么用原始本钱换钞票。”

“那你想找什么样的？”

那辆蓝底白顶的Mini车在一群车中显得颇为小清新，颇像车的主人，长了一张活口都不给别人留的艳星脸，但也是“但求一心人，白首不相离”的主儿。

刘恋开了车门进去：“想找什么样的？穿衣显瘦，脱光肌肉；白天绅士，晚上禽兽。”

苏青觉得这姐们儿太不真诚了，难得交心的时刻还贫嘴：“不想理你了，我去找文艺男嚎叫去了。”

苏青伸手在路边拦出租车，回头发现刘恋的车还没开出去，跟一辆出租车狭路相逢。

北京最有权势的不是富豪权贵，而是以挑活儿嫌客著称的出租车师傅们，那师傅也没给刘恋啥好脸：“你丫会开车吗，不会把车往左揉两下啊！”

刘恋把脑袋伸出车窗，脸上一种介于矜持和放荡的表情：“师傅，你帮我揉两把呗，道儿这么窄，我这揉的技术没达到，万一给您把车蹭了就不好了。”

那师傅哆嗦了两下子，还是一脸不耐烦地往后倒了倒车，把车停在了一边，下了车帮刘恋把车开出路口停下。

刘恋甜甜地对着出租车师傅说：“哥，对不起了，耽误你赚钱了，我这边有个姐们儿要去天坛那边，要不您别嫌弃把她捎一段？”

师傅从喉咙哼一声，对着苏青说：“还戳在哪儿干吗啊，这个点儿谁拉你去那边，麻溜儿地赶快上车。”

苏青特别乖地拉开后车门，跟刘恋说再见。

两车交叉的时候，刘恋嘱咐苏青：“别忘了要发票，我攒出租车票报销，这月还差不少呢。”

第三章

雍和宫的合租房，往事像一记巴掌，打得响亮

1

出租车上，苏青特别小心地偷看出租车师傅的表情，颇有伴君如伴虎的意味。

开了一段之后，车上电台开始放邓丽君的《甜蜜蜜》，师傅一副老爷们儿的嗓子哼哼唧唧地也跟着唱小曲，整个表情都化了。

苏青莫名其妙地松了一口气。

此时电话却响了，吓了她一跳。她接起来，是李贱人的来电："你不用来了！"

苏青眉毛一皱："什么意思，我这车马上都到地方了。"

"冰冰和方怡然都喝吐了，我们正送他俩回家呢，今天的局散了，下回咱们再说。"

"那你看好冰冰啊，他身上还有我的信用卡呢。"

“你怎么回事啊，也不问问你家小姑娘喝得怎么样，就惦记你那俩钱，还是透支的。”

“啊，她怎么了？”

“怎么喝多了老哭啊，她都蹭了我一身的鼻涕了。”

“赶快送回家啊，别让她再玩了。”

“没事，现在她和冰冰都在我后车座上抱着睡呢，放心吧，其他的姑娘我们这边都挨个送回家了，我把他俩分别送回家，然后给你打电话。”

“用不用我过去啊？”苏青自问自己不是义薄云天的汉子，其实一点儿都不想过去，伺候喝大的人是特别吃苦的事情。

“哎哟，这么讲义气啊，那赶快来，我把车停到路边，你啥时候来我啥时候开车。”

苏青就是跟他客气一下，结果李文博还真不客气。

“啊，那我怎么找你啊？”苏青真想扇自己一巴掌，不过一想方怡然那喝多的姑娘跟冰冰和李文博在一起，也是有点儿不放心，去一趟也放心。

“得了吧你，这两个祖宗就够我忙的了，你要过来，少不了还得让我开车送你回去，你是多想见我啊。”

可能是苏青刚跟刘恋在一起获得了无限的能量，嘴皮子的战斗力颇强：“我特别想你，你就是我人生的一盏明灯，虽然是煤油灯，但是在这暗黑的人生还真少不了你。”

“哎哟，我这么重要，那我得可劲儿冒黑烟，熏得你眼泪淌成护城河。得了，我不跟你胡扯了，冰冰家快到了，把他们送回家后，我再给你打电话。”

苏青挂上电话那一刹那，突然想到一个问题：他又不知道方怡然的家，怎么送她回去？

正在愣神，师傅开腔了：“还去不去同一首歌了？”

苏青连忙挂上尊敬的笑容，赔不是：“麻烦您，咱们掉个头，去团结湖。”

师傅鼻子里又哼了一声，苏青心想这师傅周六周日应该去北影厂门口当群众演员，不然怎么戏瘾还这么重啊。

一路上，苏青心里惦记着方怡然。

虽然李文博看起来挺靠谱的，可万一方怡然喝得不省人事瘫坐在后面，李文博再聪明机敏也从那丫头嘴里问不出地址来，可怎么送她回去啊。

苏青这个时候有点儿后悔刚才图省事没赶过去，不过她也不知道方怡然家住哪儿啊，另外李文博不会占方怡然的便宜吧……

一脑袋糨糊似的胡思乱想一直纠缠到她下车，她付了钱，莽莽撞撞地要往家走，出租车师傅回头叫她一声："你发票不要了啊？"

苏青千恩万谢地接过出租车发票，听着出租车师傅哼着"甜蜜蜜，你笑得甜蜜蜜"，有些呆滞地目送着师傅开车远去。

车尾灯在夜色中划出两道迷蒙的红，落到苏青的视网膜上，凝成了圈圈的暖。

北京夜晚的凉风一吹，苏青这才顿悟，在师傅心间绕梁三日的不是邓丽君的天籁之音，而是她上车前，刘恋介于矜持和淫荡之间的那句"师傅你帮我揉两把呗。"

这都快一小时了，副作用还没散呢。

苏青相信这师傅今儿这晚班心情应该不会差到哪里去，挑活儿的概率估计会大大减小。

刘恋用自己的个人魅力，间接地改善了北京出租车司机的服务质量。

苏青此时对自己忽然有点儿疑问：我这种㞞货怎么会有运气认识刘恋这种尤物呢？

2

旧式的小区黑灯瞎火的，楼间的声控灯估计在尖叫救命时才会懒洋洋地闪一下。

苏青借手机微弱的光亮照亮路面，小心翼翼地开门，经过两个电冰箱那么大的客厅的时候踢到一个大家伙，那个到胸部高的家伙直接捶地，咣当一声，苏青觉得整个世界都安静下来了。

对屋的门开了，一个瘦得筋骨分明的扎小辫男人穿着裤衩冲出来，"哎呀妈呀，我的贝斯啊"，东北男人根本没正眼看她一眼，仿佛苏青是个无生命的垃圾桶。

苏青心想，今天室友进步了，带回一个摇滚乐手，还是人高马大的东北人民呢，是要办老乡联谊会吗？

一蓬乱糟糟的黄头发从门边伸了出来："姐，你回来了……"

女室友为了省钱，已经三个月没有修剪头发，本来想染个颜色平衡一下发型，从超市买来了染发剂却配错了颜色，最后变成了像假发一样的金黄色，然而如此戏剧感的造型仍然遮盖不了她热气腾腾的生命力。

这丫头是个胖姑娘，体重并没有离奇到像美国大屁股的黑人妇女，但已经胖出了中国未婚女性的及格线。

苏青有时候对人有点儿实心眼，她曾经痛心疾首地跟这个比她小四岁的姑娘说："妞儿，你再这么胖下去，只能穿越到建国初期了，那时候的男人看你一眼，就会觉得你肯定是个能干的生产能手。"

然而名言警句总归都是自己的，言语再警醒，也依旧挡不住胖姑娘以身试法的决心和勇气。

苏青眼睁睁地看着室友这个好好的东北胖姑娘，在某个秋天掉进摇滚女青年的大坑后，再也没爬上来。

看着那一双双仿佛长在身上的各色网袜、马丁靴，以及从鼓楼附近的小店淘来的古拙风格但很像是cosplay（角色扮演）上世纪八十年代工厂时髦女工的衣服，苏青就知道这姑娘被几任贱男友伤透了心。

虽然整个审美都走偏了，却仿佛饮鸩止渴，在夹杂着文艺和摇滚的风格中获得了安全感。

更具有现实意义的安全感则是，改变风格后她的异性缘似乎更好了。

女室友的床上，躺过她从北京各大摇滚现场带回来的各种匪夷所思的男人，基本上是喝多了揣在怀里偷带进现场的小二，在POGO（夜店名）的时候碰撞出了性欲，精虫上脑饥不择食的摇滚乐迷。

量变终于促成质变，她今天终于完成了摇滚骨肉皮们的终极梦想：睡了一个发迹前的摇滚乐手，万一这人日后声名鹊起，已具备骨肉皮资格的室友，也可以老练地吐一个烟圈道："哼，我年轻时跟他睡过。"

"对不起啊对不起，我一转身就碰到这个了，没摔坏吧……"

瞥到长发男冷冽的眼神，苏青知道现在说啥都没用，默默把视线移开了。

这个时候她才注意到女室友没穿衣服，只用一件沾满了猫毛的毯子裹住了E罩杯。

女室友的妆没卸掉，厚重的眼妆让摘掉美瞳的小眼睛更看不清黑眼仁，"没事，哪有那么容易就摔坏了，又不是玻璃做的。"

女室友朝着贝斯手叫道："行了，摔就摔了，还能摔坏怎么地。"

见那男的还在嘟嘟囔囔地看地上的贝斯，女室友的声音又提高了一点儿："你听见没有啊，不会拿回屋看啊。"

贝斯手扣上琴盒，搬琴时斜着眼瞪了苏青一下子，背影带着气就回屋了。

屋门关上，女室友身上那股混合着荷尔蒙味道的狐臭味也淡了许多，苏青没工夫再去细听他们背后说什么，因为这时候响起了敲门声。

对门的邻居又来敲门了："第几次了？！大半夜还让不让人睡觉，你们这些人还要不要脸！"

苏青懒得开门应付这个永远没有好脸色的老年失婚女邻居，见女室友又仿佛地鼠般伸出脑袋，苏青朝她摆摆手，示意她别说话，自己也回屋去了。

躺在床上，拖延着不想去卸妆洗脸睡觉。

女邻居半夜骂街的戏份没有得到伸展和配合，只能临走时用脚狠狠地踢了一下门："明天我就让你们搬走！"

等了一会儿，苏青确定那女邻居离开了，准备洗个澡就睡了，她觉得自己今儿这一天过得挺日理万机的。

然而这边唱罢那边和，苏青隐约听到动静不小的叫床声，声声入耳，堪比如家。

苏青的房间挨着大门口，狭长的走廊连着卫生间和室友的屋子，她刚推门走出房间，年久失修的门发出了一声不好意思的"咯吱"声，室友房间的炮火便停了，估计也跟门一样，觉得不好意思。

苏青走到卫生间门口准备开灯，一墙之隔的室友那屋，依旧安静得可以用掉一根针来检验。

苏青手刚伸到开关位置，便听到墙那边一下子又嗯嗯啊啊了起来，男人的喘气声和女室友介于不爽和爽之间的快感声音，势不可当。

苏青叹了一口气，成全他人鱼水之欢是当代雷锋应尽的义务，她又蹑手蹑脚地回屋了。

她把床上堆积如山的衣服往里推了推，躺了下来，看着表希望这贝斯手是个快枪手，十分钟能结束战斗，好让她能在不醒人事前有时间洗个澡。

她侧过身，黑暗中借着窗外因路过车辆反射进房间的光，看见扔在地板上的纸袋的名牌logo（商标），在这个陈旧的房子里显得特别刺眼。

她伸手拽出裙子，摸着有一种奇妙的舒服感。

苏青套上裙子，蟑螂一般偷偷摸摸地光脚走至客厅。

在电冰箱大小的客厅里，有一面一人多高宜家打折时买来的镜子，苏青望着脏得色迹斑斑的镜子里的女孩，有些陌生，又走前一步，趴在镜子前往里看，镜中那个陌生的自己仿佛也挺顺眼的，刘恋的眼光真不错。

从一堆衣服当中，不求最漂亮的，不求最抢镜的，也不求最便宜的，只求最适合自己的。

苏青挑衣服和挑男人的功力都不行，不过她挑朋友的功力还不错，三年前在那个早就忘记新娘叫什么名字的婚礼现场把刘恋给挑了出来。

呀，那时候可是自己最惨的时候呢。

每当苏青脑中的那根弦快要被生活的六指琴魔弹得不胜负荷时，她总会在崩溃前，跟原来的老板和同事诉诉苦。

检阅一下还在那家小小的广告公司，快四十岁还在熬着的同事的脸，她就知道，自己过得还算不错。

是啊，以后的生活还能怎么难，还会比拿一千块的基本工资，依旧被老大吐槽“招你还不如招个保洁阿姨，起码她每天都能给我擦地板”“你不就是个打字机吗？连字都打不好你活着还有意义吗？”更难一些吗？

应该不会吧。

苏青也不知道自己当时的脸皮为什么那么厚，听到老大说这些话的时候，还能嬉皮笑脸的。

或许是年轻，穷啊不如意啊被侮辱以及被损害作为生活的基本配备，当事人并不会觉得怎样。

雪上加霜的是，尽管如此惨了，她还得从每月一千块人民币的基本工资里，忍痛掏出五百作为礼金，参加一个其实八竿子打不着的学姐的婚礼。

那学姐的名字早就忘了，但是她记得这学姐是同班同学的男朋友的前女友，那时的苏青还不太会驳人面子。

尽管肉痛，赶到婚礼现场新娘都开始扔捧花了，但不影响她接下来的婚礼看得泪流满面，或许是在婚礼上，看到同样泪流满面的人总是有一种“咱们都是地球人”的亲切感，她不由得多看了那位抢到捧花却哭得惊天动地的姑娘几眼。

而那姑娘当天的打扮也的确有点儿抢风头了，她哭得脸上的妆都成为印象派的水彩画，手里的捧花在她悲伤的加持之下，都快散架了。

那姑娘，便是金不换的刘恋。

3

很多年后，苏青跟刘恋说，第一次见她，还以为她是新郎的前女友。

在婚礼上女人的眼泪要适可而止，否则会被人当成新郎的前女友前来砸场子。

苏青含蓄的泪水呢，让旁人看了最多是觉得这姑娘感慨自己嫁不出去好羡慕啊好羡慕，可旁边坐着的刘恋则是饮泣，那种需要哭得很真性情哭出真自我式样的哭法。

弄得多看了她几眼的苏青略有点儿感伤：姑娘，长成你这样，还怕嫁不出去吗？哭个毛啊。

渐渐地，苏青觉得整个婚礼的焦点都不在台上，全汇集到刘恋这个区域，连台上的新娘都开始怒视新郎了。

当然，这跟刘恋穿了一件 One Piece 的红裙有关系，即使苏青这个土鳖也知道这条裙子的别名叫“杀红了眼睛不留一个活口”。

那颜色红得比新娘的敬酒旗袍还要过分，新娘在颜色上败下阵来也就罢了，刘恋身上的那股妖媚劲儿，更显得新娘端庄得一如任何一个婚礼上出现的蜡人像般乏味，不如角落里这个风情万种的女郎活灵活现。

问题就出在这儿，长一张刘恋这样祸国殃民的脸，还在婚礼上哭得如此梨花带雨，很难让人不联想到最容易出现的戏份：我最爱你，可是新娘不是我，我得不到你，别人也甭想好过。

想到这儿，苏青不由得往旁边坐一点儿，以防待会儿这姑娘掀桌子跑到台上抢新郎时城门失火殃及她这条池鱼。

苏青搬椅子时瞥到了桌子下面的裙角，裙子后面一道口子，裙角黑乎乎的，定睛一看原来是血，苏青吓得站了起来，或许是反应太大了，苏青再看刘恋的眼神有些歉意：“你没事吧？”

刘恋嘴角向上，想做个笑脸说没事，嘴刚咧了一半，没想到眼泪却又决堤了。

人在难受的时候，最经不起的，就是别人的关心。

苏青急了："还哭个屁啊，去医院啊！走，我扶你去打车。"

如果只是在人群中萍水相逢，在刘恋眼中，苏青就会跟她的名字一样寡淡，看过之后就忘掉了。

没想到这个毫不起眼的女人会在这个时候看出她的为难，她感激地看了苏青一眼，却仍然没有站起身来。

苏青顺着她的目光才注意到裙子的口子早就拉到后背部分，要是站起来肯定春光外泄。

苏青咬了咬牙，把外套脱了下来，披到刘恋身上，扶着她站起来。

此时一对新人与双方父母正在台上举杯感谢各位亲友的到来，服务员跟小强一样四处乱窜上菜。

婚礼上的菜都像是刚从马王堆汉墓里挖出来一样令人毫无食欲，宾客对食物的厌恶终究抵不过饥肠辘辘，纷纷动筷子。

苏青扶着刘恋从红地毯上走到门口，刘恋忽然停住，回头望。

苏青还纳闷，刘恋看她神色，只说了两个字："捧花。"

苏青皱了皱眉头，心想这姑娘是哭傻了吧，刘恋看苏青面露不耐烦，也没再说什么，乖乖地让苏青扶着出了门。

苏青临到门口，忍不住回头望了一眼。

新郎新娘加双方父母仿佛被杜莎夫人制成了蜡像，举着酒杯直勾勾地看着红地毯另一端渐行渐远的刘恋及女雷锋苏青，无言之中透露出"赶快走啊扫把星你赶快走啊"的潜台词。

苏青心里开始有点儿恨这位严格算来形同陌路的学姐新娘了，你让一个刚毕业拿一千块钱实习工资的穷逼来充当结婚礼金的分母，有人性吗？内心恨不得自己跑到台上一把握住新娘的手，向众人高呼："你竟然为了这个臭男人抛弃了我……"

当时把刘恋当成新郎前女友的苏青还暗自感叹，若论砸场子，谁能比广告公司小公主的她砸得更创意十足呢？

求了祖宗一样的出租车师傅将刘恋送到最近的医院，苏青拍拍手向刘恋拜拜，把嘴里那句“人家都结婚了你还是忘记他吧”咽回了肚子里。

非亲非故的，也不至于这么掏心窝子吧。

一个人的好人能量是有限的，苏青觉得自己今天已经仁至义尽了。

这生活又不是《新闻联播》，难道还要把刘恋送到医院跑前跑后送到家里第二天再送鸡汤……

扪心自问，那些透支好人能量的人起码也是有所图的吧，苏青能图刘恋什么？等着《新闻联播》做“好人好事”专题时要一脸冰清玉洁状说这一切都是我应该做的吗？

回到那小小的办公室，苏青自动加班了两小时把报价单图文并茂地整理成 EXCEL 表格，老大脸上此恨绵绵无绝期的颜色才稍稍转淡。

毕竟，苏青是请假参加婚礼的呢，也是的，大周六举行什么婚礼呢，不知道大把公司周六正常上班还没有加班费吗？

苏青以低至没天理的薪水在那里做了快半年，工资终于提到了两千五百块。

加薪日，老大在二楼放了一首萨顶顶的《琴伤》，她在 QQ 上说：这首歌，送给苏青。

老爱玩这类游戏，有时候一点儿都不像老板。

苏青第一次见到老大，还以为她是个 T。

长头发，素面朝天，眉宇舒展，眼神谨慎又精明，牛仔裤外面套了一件很民族风的长 T，高跟鞋仿佛从未走进过她的人生。

进入她公司很长一段时间后，才知道她在苏青那个年纪已经生女儿了，属于早婚一族。

面试苏青时，老大也没看简历，两人隔着黑色办公桌，她在另一边剪指甲，聊了很长时间的村上春树，然后老大说，你啥时候上班？

那时已经是三月，马上就要大学毕业了，苏青原本以为自己要经历一段人仰马翻的找工作时期，因此第一次面试相当草率，穿了一件大羽绒服就去了。

为了让自己看起来不那么小孩，苏青喷了大卫·杜夫，那还是李川送的呢。

入职后，苏青仿佛是装了永动机一般在工作，图什么呢？苏青不知道。

在公司里，她的身份依旧是最低层的员工，即使来了新的实习生，苏青也得领着小朋友到旁边的饭店去给大家买加班饭。

只是，渐渐地，工作成为苏青的避风港。

面对加班、低报酬、无福利、一周工作七天及白耗时间的工作内容，苏青毫不怨天尤人地认为，这是她这个年纪应该面对的。

有次苏青发高烧，那时刚进公司没多久，还没转正呢，也不好意思请假。

晕晕沉沉地来公司加班做个案子，客户宣传单上的一个资费列表让老大抓住了把柄，搬来一把椅子坐在苏青身旁盯着她改完，也许是刚吃完感冒药的关系，苏青脸上也分不清是汗还是泪了。

老大可没有感动她带病工作，只是在苏青做完后冷冷地说：你发烧不要紧，耽误我们的工作可怎么办？

苏青望着窗外，天色已经一片黯然，跟她的心一样。

4

那天下班后，苏青跑去三里屯苹果店找李川，苹果店的一楼永远熙熙攘攘的。

走上玻璃楼梯，二楼都是拿着电脑来上课的顾客，穿着苹果公司蓝色工作装的李川，正英姿飒爽地在给一位刚买了电脑的顾客讲课。

也许真的是工作中专注的男人是最吸引人的，苏青在不远处望着李川，隔着喧嚣的人群，觉得他在人群中像一棵郁郁葱葱的树般英俊，那个女顾客不知道说了什么，李川笑得那个叫一个山清水秀。

也许是发烧烧糊涂了，再加上刚在公司受到了老大的侮辱，苏青就这么浑浑噩噩地站着盯着李川看。

李川身边的某位同事注意到了苏青诡异的视线，大概觉得这姑娘有点儿不正常，移至李川身边，捅了捅李川。

李川看到苏青，愣了一下，敷衍了一下女顾客，连忙赶过来，脸上依旧是一片温和。

“怎么不打个电话过来？”李川补上一句，“赶快假装问我问题，工作时间不让闲聊。”

苏青看了看李川的脸，真想把头靠了过去大哭一场：“我刚加班完，顺便来看看你，你几点下班啊？”

“我后面还有两堂课呢。”李川拿出 iPhone 看了看日程表。

李川考入苹果公司之后，苏青才知道苹果店里的那些“店员”干的不是销售的活儿，其他公司卖的是电子产品，苹果公司卖的是文化。

好不好，你来到体验店自己玩一玩展台上的产品自己做决定，买过来不会用，就去二楼上课，由李川这些中英文俱佳还有耐心的培训师来帮你熟悉这些产品。

这份工作，李川干得是相当带劲，毕业这半年他都去美国总部培训两次了。

满腹的委屈宛若三峡大坝里的水，找了个不大不小的口子想宣泄一下，这个口子叫李川。

然而面对着他，反而说不出来什么了。

可聪明如李川，一见她脸色，也就知道她为什么来了。

“在公司受气了？”

苏青想了想，点了点头，又摇了摇头：“算是吧……其实也不是。”

李川皱了一下眉头，“你就是太后知后觉了，总是事情过去后情绪才爆发，老板欺负你时怎么一句话都不说呢，反射弧别这么长行吗？”

“我还没转正呢，能说什么啊，当面跟老板拍桌子说我不干了？”

“那种小公司有什么可做啊，工资不高，干的活还多，周六也不休息，如果我没记错，你是不是还没跟老板提让她给你交五险一金的事儿啊？”

“我问公司老人了，挺多人也没有的。”

“人家每月开多少钱，你每月开多少钱，人家那是不想多缴税，跟你不一样。你现在没五险一金，生病还得自己掏医药费，你这工作一无是处，还干着有什么劲儿啊。”

“那我去哪儿啊，来你们公司？”

二楼的人特别多，苏青站的位置人来人往的，李川拉着苏青站到边上：“你英语也不好，一见陌生人就说不出话来，怎么做这工作啊？”

李川边说话边回头看顾客：“你吃饭没？没吃饭的话要不先在附近找个地儿去吃个饭？我得去工作了，你看人家还等着呢，我工作完联系你。”

说罢，李川转身走了。

“咣当”一声，苏青的心掉在地上摔得稀碎。

她终于发现原来三里屯苹果店的地板是什么颜色。

职场不得意，情场也一定失意，可总不能一直失意呀。

为了不把自己逼上绝路，苏青只能自己给自己找出路，她开始投简历。

终于，她守得云开见月明，老大的老东家，一家很大的广告公司给了苏青 offer。

薪水虽然差不多，但胜在福利齐全，而且整个机构完美得跟蜂巢一样。

面试时那里的副总得知苏青的老板是谁，明里暗里开始打听上兵广告现在的情况，并作为曾经的同事，滴水不漏却狠毒无比地说了她不少坏话。

苏青这才知道看似一副文艺女中年调调的老大，当时作为这里的广告总监辞职创业，曾心狠手辣地带走了不少能手，迄今为止还被副总恨成这样，俨然手段可以。

只是，苏青听到副总这样诋毁老大，竟然莫名有点儿不开心。

面对这样的跳槽机会，换别人早就头也不回走了，可偏偏苏青又犯了嫌麻烦的老毛病，犹豫着怎么跟老大开口提辞职这事儿。

当时老大已经买了一个复式当办公室，装修得很漂亮，人手不够，内忧外患的。

苏青最终想想就算了，还是默默留了下来，为了莫须有的义气。

圈子不大，苏青跳槽成功却未去的风声，很快变为一段神秘的小段子，传到了苏青老板的耳中。

她自然也懂得苏青的放弃，没过多久就给苏青加了薪，苏青的薪水高涨到了两千五百块。

因为老大跟李川都是巨蟹座，弄得苏青对巨蟹座的感情很复杂，忽然有一天发现，自己生活里都是巨蟹座。

爱苏青的是巨蟹座，发薪水的是巨蟹座，不爱苏青的也是巨蟹座，折磨苏青的还是巨蟹座。

时间不抗造，连公司的大龄女文案及小龄男设计都突然结婚了。

苏青的爱情和事业，依旧一筹莫展。

在温水煮青蛙的故事里，她就是锅里的那只青蛙。

随着日头的推进，她开始恍惚觉得，自己仿佛是没了爹妈身中玄冰掌之毒的张无忌，只待跌落悬崖跟火头陀学会九阴真经了。

再推进，苏青随便爬个山，都想找个悬崖跳了。可是，她没时间爬山。

再再推进，苏青都已经快要忘记《倚天屠龙记》这个故事里的悬崖了。

终于，某一天，有人仿佛小天使一般从天而降，不由分说一掌把她推进了这个已经进入遗忘序列的幸运悬崖。

那个小天使，就是婚礼上仅有一面之缘的刘恋。

而跟刘恋的再次相遇，不光让她收获了一个比男人更值得依靠的好闺密，也在职场上救她于水火之中。

5

这天上班，苏青刚给老大刷完昨夜扔在茶水房里的咖啡杯，习惯性地冲了杯咖啡送到二楼老大的办公室。走到门口，敲门却没动静，这才想起来老大出差去了，她还真是被虐出良好的习惯了。

坐在座位上正在擦护手霜呢，QQ 闪动，是对方公司的那个客户代表，“你什么时候来啊？”

难缠的客户代表虽然年长两岁，但是对于幼稚比苏青驾驭得更加得心应手——失恋时连活儿都不干。

苏青这人热心肠，在 QQ 上给她开解了一个月，聊天记录如果整理成书就成了《失恋女子恢复期备忘录》，估计不比脑残情感作家的骗人畅销书要差。

虽然合作了那么久，但苏青一直都闷头干活，跟这位客户代表基本只能算网友。

老大也是怕手下的人跟客户关系走得太近，将来跳槽时再带走客户资源，也从来不让苏青去客户公司走动，往往都是屈尊带直系亲信亲自去谈项目。

赶巧这回老大带着骨干飞去广州参加广博会，公司里能管事儿的人都走了，而客户这边有个急活要做，老大就只能让苏青去客户公司跑一趟。

跟那个客户代表同甘共苦了这么久，今天终于要见面了。

然而见面的气氛并不融洽，客户代表陪着自己的上司走进办公室不长时间，跟苏青才眉来眼去没多久，就眼见着一个管理高层模样的女人给客户代表一顿暴风骤雨式的痛骂，指责她工作不认真。

那丫头边哭边辩解，弄得苏青都想在桌子下猛踢她一脚：亲爱的，你们老总这是表面骂你实际上在给我脸色看呢。

在上兵广告一年的工作量大概能比得上其他公司三年的工作量，这也逼得苏青快速成长了起来，因此职场上这种挂羊头卖狗肉的伎俩她看得很清楚。

这次开会时对方的团队来的全是生名字，愣是一个没听说过。

苏青提前做了下小功课，小范围内打听了一下，这才知道对方公司的团队全换了。

上兵广告服务这家公司有两年了，这次公司内部政治斗争，很可能会踢走上兵广告。

苏青心想这广博会开的真是时候，老大和老员工正巧都躲过去了，派她一个新手对付他们这帮牛鬼蛇神。

苏青觉得自己大脑有点儿不够用了，她听到一个女人假装镇定的声音："服务贵公司的都是我们团队的精英，只有好的广告人才能参加广博会啊，这也说明我们对贵公司的重视，这次的确事出有因，他们还在广州呢，所以才没赶回来。"

苏青看着硕大的会议室里，会议室的一面坐满了人，而会议室的另外一面只坐了孤零零的一个女人，势单力薄，让苏青都觉得这人也太可怜了，她后背溻湿了优衣库的白衬衫，短发乱糟糟的，满脸油光，这让右边脸颊鼓出的闭合性粉刺更显得红肿，她奋笔疾书地记下对方团队信口开河提出的意见。

苏青仔细端详这个人，忽然发现自己飘到了天花板上，而这个说话的女人就是她自己。

钢筋水泥森林中，常常造就很多灵异现象，比如压力太大想逃避时，人神分离。苏青只愿把肉身留在那里当箭靶，希望自己的魂魄飘出去。

飘到哪儿呢？逃不掉，就像是亦舒笔下那些魂魄与肉身分开的城市传奇一样，飘在半空的魂魄见到肉体受难快要支撑不住了，明知道自己回去也无济于事，但仍见不得自己受苦。

苏青回过神，闭了一下眼睛。

再次睁开，眼前尽是一些杀人不眨眼的人，年纪也不比自己大几岁，这么拼命干什么呢，大家和和气气地完成一件事情不好吗？都是给人打工的。

在电视剧里那些女人为难女人的戏份出现时，苏青都想替受欺负的女主角加句台词："我也是别人家的女儿，如果你受到跟我一样的欺负，你妈妈就不心疼吗？"

然而这样温柔的台词，于这残酷的现实是无用的。

苏青知道她要是真说出这句话来，不只对方，大概荒谬到自己都会觉得自己是神经病。

两军交战之时，既然无力还手，那就安然接受。

平白说出这些绵长的小女儿话，反倒泄了自己的气。

苏青觉得自己的眼皮下面藏着小浪底大坝，随时都有泄洪的可能。

对面那个气势最盛的女人大概发现自己射下的剑都毫无抵抗地被这个小丫头接受了，太没劲了，拍了一下桌子："你们老板雇用你，是因为你是哑巴吗，你今天来这儿到底有什么用？"

苏青听到自己假装糊涂的声音："挺多案子都不是我负责的，我也一时说不上来应该怎么解决。"

"你们是混日子的是吗？"女人说到这儿，又把眼神射向客户代表，"他们对付，你也蒙混过关是吗，你还想不想干了？"

这女人刚接手这摊活儿，自然先拿苏青他们开刀，骂客户代表其实也是指桑骂槐，最后推翻之前苏青绵薄的努力，找个借口换掉上兵广告。

苏青现在忍住一切回嘴的可能，也是怕回到公司后老大卸磨杀驴，最后反倒说是苏青解释不当而造成这样的后果，没想到客户代表这个二愣子突然爆发了。

刚才还抽泣的客户代表，突然把笔记狠狠往桌上一拍："喊什么喊，我在公司的时候你还不知道在哪儿骚呢，新官上任三把火，先烧到我这里来了，我干得好不好，不是你来评价的。我的工资也不是你发的，都是打工的，你牛 × 什么，人家上兵广告每次的案子，最后签字的又不是我，有能耐你朝上面说啊！"

苏青松了一口气，希望双方多吵一会儿，但毕竟同甘共苦过，又怕客户代表吃亏。

那女人大概一直精于更高层次的中国式钩心斗角，习惯了趾高气扬，对方都像苏青这样低头认错。

首次遇到这种东北老娘们儿抡拳干架式的言语冲突，她反而慌了神，一时间什么话都说不出来，只能弱弱地指着客户代表："你说什么呢！"

客户代表呼啦一下站起来："指指指，你指个屁！你就知道伸个手，谁不知道你这位置是跟外国人睡出来的。美国总部来人，你跑到厕所给人家服务，全公司都当成一个笑话，你还有脸在这儿狂喷呢。"

苏青已经想好客户代表的下一个工作是什么了，大概是电影编剧吧。

三言两语就把一个集密室、制服诱惑、办公室桃色、中国妹洋人及颜射等众多少儿不宜的戏码，极具画面感地表达了出来。

苏青不用闭眼都能想象出，这女人刚在厕所的小隔间给老外那啥完，于男厕所镜子前匆匆检查好仪容，假装没事地扭着屁股出去了，而一堆来自大洋彼岸的蛋白质却坚贞不移地挂在她后脑勺上的精彩画面。

那女人大概是没遇到过这么血淋淋一点儿余地都不留的原始攻击，整张脸都扭成一坨，开始拿英文骂人，想要在语种上压倒对方。

没想到用英文这一骂，反而增添了这场骂战的喜剧成分，而她是今日最佳女谐星。

她还没骂几句，就用余光发现身旁憋笑已快气绝的众下属，不禁怒火中烧，形象什么的立即付之一炬，张口就骂了一句国骂，下意识地把手机了扔过去，直砸向客户代表脑门。

客户代表"啊哦"一声，眼泪鼻涕都下来了："你打我，你这个婊子敢打我，我活这么大我爸妈都没动过我一指头！"

她也不是吃素的，不知哪里来的天赐神力，直接踩着高跟鞋跳上会议桌，大步流星地向那女人扑上去，那女的向后退，客户代表扑上去没站稳，两个人摔到地上，扭成一团。

苏青大学宿舍的三个室友都是东北人，这仨东北姑娘绘声绘色地跟她讲正宗东北老娘们儿打架时的生猛之状，但怎及这摆在眼前的言传身教啊。

苏青眼瞅着要扑向她这边，连忙护卫着 IBM 小黑本往后退，后来想自己退什么啊，都没什么退路了。

苏青这时才明白过来，老大让她过来这一趟就是十有八九让她当炮灰的，客户 fire（解约）掉上兵广告，老大也找借口再 fire 掉她。

心想工作也保不住了，她还真放开了，不计较能不能回去交差了，心里惦记着不能让客户代表这姑娘吃亏啊！

高层女只会扯头发，不及具有纯正东北血统的客户代表扇巴掌来得立竿见影。

旁边站的几个男的平时人模狗样的，一看就没打架经验，关键时刻手无缚鸡之力往后退，生怕弄皱自己的西服。

苏青看得那叫一个怒其不争啊，吼了一声：“傻站什么啊，赶快拉开啊。”

她抱着 IBM 小黑本上前几步，试图假装拉架实际上踹那高层女儿脚出出气，没想到却一把被人拉住往办公室门外推。

苏青心里“哎哟”一声，心想对方不会展开群殴行动了吧，但是看这姑娘的动作好像是友不是敌，一时竟有些摸不清头脑，倒也就随她出去了。

这姑娘眉目清楚得让人分不清到底化没化妆，即使没有明显的 logo，但苏青也能看出她身上那套灰色西装挺贵的。

这时的苏青，还沉浸在刚刚开会时，被那气势强盛的高层女喷得体无完肤的氛围里，有点儿惊魂未定的意思。

为了分散想回家找妈痛哭一场的冲动，她只能把视线汇聚一点，集中在这姑娘做的宛若蔡依林般的手指甲上。

与此同时苏青心中满是天真的疑惑，是老大管她太严，还是现在外企的风气都如此开化了，这姑娘把指甲弄成这样可怎么敲键盘啊。

姑娘瞄了眼屋内正上演的女人为何为难女人的精彩戏码，小声地对苏青说：“狗咬狗一嘴毛，你躲开不给咬到就不错了，还往前凑。你怎么什么时候都往前扑，那么实心眼呢，吃秤砣长大的啊。”

苏青听这姑娘半抱怨半关心的口气，想想也是这个理。

不过什么叫“什么时候都往前扑”，什么什么时候？她们之前见过吗？

这美妞儿拉苏青往不远处角落的茶水间走，走廊里一堆同事跃跃欲试地往前探，好容易看到个从事故现场出来的幸存者，忙拦住问怎么回事，这姑娘朝会议室努了努嘴：“新官上任三把火，烧错对象了呗，西餐妹把火烧到皇亲国戚那边了。”

苏青没明白怎么回事，但是那帮同事却是一点就通，都笑嘻嘻地窃窃私语。

茶水间，美妞儿抓过一个女同事：“帮我照顾她一会儿。”

女同事上下打量一下苏青，问美妞儿：“这谁啊，长得也不像你家人啊。”

"是我朋友，反正你看好了，别弄丢了。"美妞儿嘱托完同事，拍了拍苏青的肩头，"乖啊，别乱跑，现在你也不适合走，不然回去怎么交差。我去找人收拾残局，你今天受的委屈，肯定会有人替你报仇的。"

话说完，她扭着扭着就出了茶水间，那女同事带着一群妇女，盘问苏青在办公室都看到了什么，苏青自然如实以告。

至于会议室往后发生了什么，苏青就不知道了，也没兴趣知道。

在茶水间里喝完了两杯咖啡，也不知道是听那美妞儿的话就在这里待着，还是拍拍屁股回办公室收拾东西，回公司等老大 fire 掉她。

待到咖啡烫得上牙膛都快掉皮了，才见那美妞儿领着一个高大男子走进茶水间，两人边走边说话。

苏青看周围的女同事都站了起来，叫了声徐总，退潮般都出去了，苏青也站了起来。

苏青这才知道这个说话 ABC 腔的男人是这个公司的一号人物，他非常有礼貌地跟苏青再三说抱歉，说事后会跟她老板解释发生的事情。

客套了半天，苏青觉得自己脸上的肌肉都快因为客气僵掉了，说了几十遍不用。

后来美妞儿还亲自把苏青送了出来。

苏青手里捏着那男人的名片，丈二和尚摸不着头脑，总觉得这结局美满得不像是她世界里的故事。

"行了，把心放到肚子里吧，今天你也受了不少委屈，回去赶紧睡一觉。一觉醒来，什么都忘了。"

"谢谢啊。"苏青拿出名片跟这美妞儿交换。

"谢谢？还真没看出来，你还挺给人留面子的啊，假装不认识我还行。"美妞儿歪着头看了苏青一会儿，饶有兴趣地，仿佛在看一只突然出现在路边的狸猫。

苏青脸有点儿红，被美女这样盯着看也挺不好意思的，但也疑惑她为什么会这么说。

美妞儿甜甜一笑："你前阵子参加了一个婚礼吧，我坐在你旁边。"

苏青仔细盯着美妞儿的面孔看了一阵子，这才想起来，她是婚礼那天疑似要砸场子的姑娘。

6

人和人的相识，都是一个圆。

婚礼上，刘恋裙子扯坏了，腿也擦伤了，哭得厉害。

是苏青傻乎乎地以为这个姑娘是新郎的前女友，还假装聪明地扶着她出去。

但仅仅有这样的相识还不够，苏青和刘恋两个人因为天不时地不利人不和的关系，反而在这鸡飞狗跳之际遇到，这下子，印象想不深刻都难了。

苏青猛拍脑门："想起来了，我还说怎么在北京看到的漂亮姑娘都长一个样儿，敢情我遇到的都是你啊。"

"夸人还挺委婉的啊，我脸皮厚，就笑纳你这句不辨真伪的称赞了。"

不知道怎么接话的苏青开始傻笑，想通过打哈哈就把这事儿给支过去，毕竟刘恋哭得衣不遮体的，也不是太光彩的事情，她就是再不通人情，也知道遇到这种事情能忘就忘。

苏青的傻乐也把刘恋惹得笑了："你这人还真有点儿意思，我还真看不出来你的路数，是真没认出我，还是给我面子假装认不出来？"

苏青想了想，从包里拿出眼镜戴上，仔细地端详刘恋的脸，特别实心眼地说："我平时为了臭美不戴眼镜，看人就能分出男女，是真没认出来。不过就是戴上眼镜，我也认不出来，你这回妆比较淡。另外，就是认出来了，张口闭口提这事儿，我觉得挺没眼力见儿的。"

像苏青这样没才没貌也不聪明的货色，从小到大最珍贵的品质就是有自知之明。

知道什么都不太出色，因此只好闷头干活少说话。

吃了几回亏后，暗地里察言观色的功力就非常厉害，知道什么时候做什么样的事情比较招人待见。

比如，你帮助一个人，下次见面时可千万别提这件事儿，因为人家可能不想回忆起自己惨到被别人帮忙的时刻。

刘恋一下就明白苏青这半真心半小心的回答指着是什么，这让她心中的某个角落，默默地被击中了一下。

在这个城市里，人精和大智若愚就像是星座中永远合拍的组合，彼此不用废话，沟通起来就是痛快。

天雷勾动地火，两个人这就算是正式地搭上线了。

后来，刘恋私下里找苏青吃过几次饭，几次闲聊下来，苏青整合了下情节线，终于明白当时在会议室里为啥客户代表要跟新团队的头头打架。

本来女高层仗着美国总部的小高管是她的新任姘头，在派系斗争中，想把跟广告公司对接这种油水比较大又容易见成绩的活儿给抢过来。

哪想到这女人得意得忘形了，不知道原来负责这块的客户代表是公司老臣的女儿，官二代呀，谁乐意被你那么劈头盖脸地说啊。

第一把火没烧起来，最后还燎到了自己人。

刘恋那一派人趁此机会把打架这事儿给闹大了，最后把对接广告公司的权限给拿了过来。

而上兵广告那边，苏青假装天然呆，在周一的例会上绘声绘色地把当天的情形讲了一遍，逗得大家哈哈大笑。

老大也在笑容中隐藏了要开了苏青的念头，可因为早做好了放弃的打算，反而一时不知道这案子要怎么接，于是暂且让苏青先管那摊事情。

月薪两千五的广告小喽啰苏青，虽然干的是总监的活儿，但也不是没有好处。

起码她在这个项目中，终于有发言权了。

且随着项目的推进，她闷头干活儿的好处也现出来了，在公司的地位一瞬间凸显出来，新来的小朋友，开始叫她苏青姐了。

然而差点儿被人当成炮灰牺牲这事儿，让苏青对老大有了种甄嬛从甘露寺回来后对皇帝半真半假的感觉，对于人生这第一份工作，反而没那么上心了。

刘恋跟苏青讲过一个道理，为何中国人这种吃苦都能吃出花样来的民族，如今却跟去了势的男人一样，只能回忆自己一夜七次郎的辉煌岁月，关键就在于中国人做事情不讲究结果，太注重做事的姿态。

事情做得好不好没关系，只要你做事的态度把我哄舒服了就行。

苏青知道自己一周工作七十小时，有时候还不如周五晚上陪着老大去各种奇形怪状的小酒馆，看莫名其妙的欧洲艺术电影来得舒心实惠。

但在这方面，她偏偏就有点儿固执，她苏青做事，讲求的是对得起自己的内心。

后来的一段时间，苏青渐渐上路了，知道了那些国外电影节上美丽到对实际销售一点儿作用都起不了的飞机稿广告，是大公司为了获奖而一门心思投其所好做出来的。

苏青知道自己在广告方面没有太多天赋，她出奇制胜的法宝也只有在投其所好这件事情上。

客户的审美基本是没审美，老板的审美往往是客户接受不了的，怎么样弄出一个最后肯定不会用，但看起来很美的炮灰稿来平衡老板和客户之间的审美，这是她苏青擅长的。

尽管老大对苏青实用主义的方式略有微词，但也看出来公司里的老人都在混日子，苏青这个只管干活从不抬头喊冤的苦力正是她需要的，因此渐渐地，把公司两个最赚钱的大客户都交给了她。

可也大概就是这个时候，一个中等规模的本土广告公司缺人，刘恋帮忙推荐了苏青。

终究还是要走了，在公司接到的一个发布会执行的案子中，苏青与老大手忙脚乱被客户逼得鼻孔喷血的时候，某天加班到凌晨，吃着外送的麦当劳，苏青平静地跟老大说，我要养病，我要给自己放个假，身体和心理都受不了了。

老大一愣，却调试得很好，瞬间恢复了老板的样子，两个人聊未来聊过去聊心理状态，苏青终于明白，自己为何在这个有些小气的老板手下干了将近两年。

她应该无形中把这个老板当成了未来的自己。

老大现在的样子，就是她未来希望的那样，在现实生活中在金钱在自信度上保持得恰到好处，还可以由着自己性子保留着一点点的与众不同。

一番谈心过后，老大又戴上了勇者无敌的面具，无所惧怕的样子。

毕竟，开公司，谁跟谁都不是一辈子的关系，结婚还能离呢。

但一个低薪和高强度工作压力都没赶走的苏青，老大也许以为没脾气的她会一直干下去吧，干到死干到她赚到足够的钱可以把公司卖掉移民。

可现在，她竟然要走了。

想想始终有不舍，老大终于还是软了软，露出了挽留的意思来，说苏青你应该得到你应得的再走啊。

高薪水、小领导、公司分红……

苏青微笑着婉拒了，她早已学会了不相信空头支票。

她还没去过越南，还没学会游泳，还沉浸在与李川没有结局的悲哀故事中，跟她手头残留不多的青春相比，她是真的耗不起了。

"我已老到不能回头重新再来，你要前程似锦。"

临走时，老板在 QQ 上跟她说了这句话，苏青盯着这句话看了好久。

看到眼睛有些酸。

收拾了电脑，整理了办公室桌面，看着插在笔筒里的棒棒糖避孕套，苏青犹豫了一下，还是伸手拿起，塞到了背包里，后来还带到了新的格子间去。

她的第一份工作，就这样结束了。

同样结束的，还有苏青大学毕业后兵荒马乱的日子。

她这才真正地踏入了成人世界，有点儿小钱、有点儿底气，甚至眉宇间的那点儿学生气也被现实生活消磨殆尽。

在刘恋的帮助下，苏青又跳了一回槽，税前的薪水也终于可以有五位数了。

不过她依然时不时地会回到上兵广告看看老大和前同事们。

老大这两年业务开展得很好，公司又换了新的办公地点。

空间开阔到可以在办公室骑自行车，老大的办公桌有两张双人床那么大，重到需要用小型起重机吊到二楼，露台被弄得很田园，但种得最多的却是西红柿和黄瓜。

老大笑着跟苏青说，要是被客户欺负得不行了，她就跑到露台摘条黄瓜啃着吃。

老大的道行越来越深了，那么骄傲的人当然不会说如果你没走会怎样，她只是定定地看了苏青不再年轻的面孔，说样子变好看了。

刘恋说苏青孺子可教，天资不强，但是慧根深。

这话不差。

跟生活搏斗了一段时间后，从小到大事事都 just so so（差不多）的苏青，把自己的人生摊开来一看，竟然也会比很多人浑浑噩噩的状态要强。

所以说，苏青如此看中刘恋，除了刘恋对她也的确有几分真心外，这个美妞儿像是人生地图的坐标，初时识于微，今日定当拥臂而行。

苏青穿着刘恋送的裙子，在隔壁室友的叫床声中，回忆了自己的小半生，突然心生感慨。

联想到自己心爱的李川，在自己最艰难的时刻，戏份少得可怜，只有刘恋伸出援手。

若是刘恋在她面前，定要抱住哭一场，哭一哭自己并不如意的青春，那些爱和恨。

拿过手机，苏青想了想，发了一条短信。

“最美好的年纪，最爱的人却不在身旁。最配得上这青春的日子，其实细看也是脱节的。即使日后有多么如意、心想事成，可青春却再也没有了。”

发完短信后，苏青舍不得新裙子带来的陌生又美妙的触感，飞身跃到床上，在床上滚来滚去，玩一玩就害羞起来，自己跟自己玩得很开心。

那么悄无声息的快乐，仿佛不曾受过伤。

手机短信响，苏青爬过床上的衣服堆，拿过手机，是刘恋的回复，内容十分干净利落：“傻 ×。”

对于朋友来讲，这二字的潜藏含义是：“继续傻吧！出什么事情由我来扛着。”

其实这条短信，苏青发给了两个手机号。

一个自然是刘恋的，而另外一个号码，则是李川出国前的最后一个号码，现在已经是空号了。

苏青知道，这个号码，余生永远不会再回复她。

永远，永远。

第四章

团结湖金鼎轩的夜，生活就是一个七日，接着另外一个七日

1

狗粮的微电影拍出来了，苏青看得目瞪口呆。

就是一个山寨狗粮品牌嘛，脚本恨不得写了一万多个版本，后来“面膜女”却选用了最开始那一稿。

到了拍摄阶段，苏青本来想对付对付就过去了，没想到李文博他们公司的人还真把这坨狗屎捏成了一个仿佛米开朗琪罗手制的雕像，看起来像模像样的。

就连最后的那句狗血广告词“宝宝吃好，您吃也好”在片子里都闪着金光，那只泰迪犬小眼看着镜头眨呀眨的，眨得屏幕这边的人心都化了。

方怡然啃着一个苹果，连声称赞：“看来他们也不是不学无术啊，有两下子。”

苏青把方怡然的苹果抢了过来，自己也咬了一口：“专业的，好吗！人

家冰冰哪儿毕业的呀？北京电影学院啊，李文博还是海归呢。”

其他的姑娘围过来，那苹果像击鼓传花一样，大家一人啃一口。

其中一个戴金丝边眼镜的姑娘说：“我怎么看不出好来呢，我就觉得这外国女模特胸真大，半边奶子跟腰一般粗，腿长得都到我下巴了。”

姑娘们聚在一起容易跑题：“胸是隆的吗？”

方怡然不以为然：“据我目测应该是纯天然的，你不知道，在北京的外国模特都穷死了，恨不能去三里屯站街了，哪有钱隆胸啊。”

其他姑娘不信：“要我长那样，我也乐意穷。”

方怡然白了讲话的人一眼：“好像你现在不穷似的，不穷干吗吃我苹果，一个得十块钱呢，美国人种的。”

“都听听，不知道的还以为你是破落户呢。这么小气，要脸不，把你那十多万的表摘下来再说行吗？”

方怡然美滋滋地露出手腕：“不好意思，我今天戴的是卡西欧，才三百出头，《那些年我们一起追的女孩》里柯震东示范款哟。”

苏青看了一眼：“怎么还买块男装表……”话没说完，突然觉得有点儿不对劲，“你家淘宝店卖旧表啊！这是从哪个野男人手腕上撸下来的？”

姑娘们拉着方怡然看那块表：“哎哟，苏青姐你眼睛真毒，这野男人是汗族的吧，这表带都快被汗水浸透了。”

“方怡然，你不会交男朋友了吧？”

方怡然本来想展示自己艰苦朴素的一面，没想到自己给自己深挖了一坑，把手使劲往后放：“朋友的表，我戴着玩的！你们别瞎说。”

“哎哟，脸怎么红了，我们这还没说什么呢，你自己就先招了。”

苏青拍了拍脑袋：“唉，女大不中留啊！这孩子真是长大了，才进公司多久啊，就有男朋友了……”话还没说完呢，苏青电话响了，手机显示是李贱人。

苏青接电话：“巧了，我刚看完佳佳宝的成片，拍得真不错。”旁边的姑娘们还在严刑拷打方怡然的男女问题，叽叽喳喳成一片，苏青挥了挥手，“你们小点儿声。”

李文博在电话那头也挺好奇：“你在哪儿呢，怎么这么热闹？”

自从上次李文博在工体英雄救美——当然李文博不是英雄，苏青也觉得自己不是美人，苏青对李文博客气了不少。

这种客气包含着一种刻意的亲近感觉，意思是，喂！我开始把你当朋友了。

但在实际交往中，其实苏青也不知道除了工作，还应该跟他聊些什么，他俩不是一个语系的。

听李文博这么好奇，她恨不得把祖宗十八代的传奇都跟他说一遍，以此冲淡自己内心这种介于熟悉与不熟悉之间的尴尬感："哎哟，我跟你说，我们家方怡然有男朋友了！"

方怡然在办公室那边听到后，急了："怎么跟谁都说啊。"

苏青以一种极不把李文博当外人的开朗感，从丹田振出笑声，对着方怡然说话，但嘴还是紧贴着手机："哎哟，是你的文博哥，不是外人哦。"

方怡然则隔着电话对那边的李文博解释，用几近破音的声线喊："别听这三八婆乱说啊，文博哥，我冰清玉洁的，真心没男朋友。"

方怡然这股紧张劲儿可是以前没见过的，苏青本来觉得就是开个玩笑，但是见她反应如此激烈，就明白过来这姑娘此刻是明显的少女怀春，估计真的有主儿了。

看着方怡然红扑扑的姣好小脸，苏青微微笑了，她觉得真美好。

李文博在电话那边也嘻嘻笑了两声："行，多笑一会儿吧，接下来你就不知道该怎么笑了。"

大概是旁边方怡然她们的嬉笑声太大了，老板路过办公区的时候挺不高兴："笑笑笑，你们卖笑的啊。"

其他姑娘刚要围上去跟老板分享方怡然谈恋爱的八卦，只听苏青大吼一声："你们给我闭嘴！"

老板脸色略沉，觉得这丫头脾气也太大了，自己在呢怎么还没大没小地脱口而出这样的话，是要自己也一并闭嘴吗？

苏青也意识到自己失态，但她来不及向大家解释了，因为李文博说的事情太让人有反社会的倾向了。

"狗粮的微电影估计要重拍！"苏青这句话脱口而出后，办公室里炸了锅，连老板都自己扇自己巴掌，"哎哟，当时我怎么这么欠，非接这个活儿哦，我穷疯了吧我！"

苏青早就想好了各种最坏的可能，但仍然没想到最可怕的一点——大功告成之前，客户突然非要补拍几个镜头，也不说理由。

可微电影这样的东西，补拍几个镜头，跟重拍有什么分别呢。

天降大任于“面膜女”也，是以苦别人的心智，劳别人筋骨的方式而完成的。

苏青跟吃了苍蝇刺身一样，忍住怒火去“面膜女”那里确认完最后的脚本，联系摄影棚，去宠物店租上次拍摄的那只叫牛奶的泰迪犬，跟杀千刀的模特经纪人搞定模特档期。

上次拍片的摄影棚租不到，还是李文博出面找了一个朋友的摄影棚。

等到重新拍摄这天，苏青已经累得不想跟地球上任何生物发生言语上的交流。

这件事除了李文博一个人，其他人心里都压着一股火，掌机的冰冰满脸被蹂躏的委屈艺术家的模样，磨磨叽叽不愿意干活，让李文博安慰了好一阵子，弄得苏青都有点儿着急了，但又不好意思发火，毕竟冰冰又不是自己人。

冰冰眼睛四处溜达了一圈，问苏青：“你们家富二代呢？”

“接模特去了，这种鸟不生蛋的地方都快到河北了，外国人肯定找不到。”因为这次拍摄地点实在偏僻，苏青最近受到的打击太多，脆弱的心灵实在遭受不了任何意外。

方怡然这丫头虽然平时好吃懒做不愿意干活，但这个时候义气地开着自己的路虎去接外国大美妞儿了。

冰冰不乐意了：“怎么不来接我呢？”

李文博拍了一下冰冰的头：“好意思让女生接你啊，咱们就是补拍几个镜头，瞧把你委屈的。”

冰冰仿佛找到了可以发泄的话题：“重拍几个镜头？哥哥，片子也要重新剪好吗？你是口头上的功夫，我那可是体力活。”

冰冰的话还没说完，一个清脆的女声便传入众人耳中：“不愿干活儿就直说，找什么借口，跟个娘们儿似的。”

方怡然拎着大包小包进来了，冰冰刚想回嘴，一个腿从肚脐眼开始分叉的外国妞儿也跟着进来了。

冰冰一愣，赶紧箭步上前跟模特来了一个深情的拥抱，然后把自己还苟延残喘认识的英文单词都争先恐后地往外蹦，压根儿没理身负重物的方怡然。

方怡然翻了个白眼跺了个脚摔摔打打地开始整理样品，恨不能买凶派人杀冰冰。

外国妞儿特别大方地给了大家每人一个拥抱，算是福利。

众人的口语基本都是英文只能聊三句的水平，因此交流重任交给了李文博这个海归。

李文博却没什么兴致跟外国妞建立联系，用流利的伦敦音略略寒暄了几句，就千恩万谢地让模特去化妆了。

见苏青一脸没表情的样子，李文博跟小狗似的摇着尾巴跟她没话找话："这妞儿的巴西英语这次标准了很多，比上次强多了。"

苏青两眼无神愣愣地看着李文博，一点儿闪躲都没有。

李文博双手捂住胸，一副贞洁烈妇的模样："淫魔，这样看着人家，再看我……再看我就喊人了。

苏青看了看表："这荒郊野岭的，你多喊几个人来也行啊！直接帮我顶着，我现在心理建筑也就是个豆腐渣工程，再也经受不了任何打击了。"

然而乱子是人为可控的，拍摄用的泰迪犬却是不可控的。

小孩与动物永远是演技之神们最害怕的对手，何况是只会在镜头前风情万种的巴西大美妞儿呢。

巴西妞儿捧着泰迪一副宜室宜家的姿态，然而泰迪却满世界乱转，最后直接从她怀里蹦出来了。

冰冰脑袋从摄影机器后面伸出来，对着狗一脸不满意："哥们儿，那么大的胸都满足不了你啊！"

巴西妞儿连忙去抱狗，两枚肉弹在胸前展示着不同凡响的视觉效果。

冰冰和李文博对视了一下，露出会心的微笑。

2

门前长着两棵枣树的鲁迅说过，走得人多了，便成了路。

同理，衰的时间长了，苦逼的状态慢慢就跟空气和水一样，成了生活必备。

苏青呆在那里，看着巴西大长腿嘴里说着葡萄牙语，心想这葡萄牙语还挺好听的，脑袋又愣神了："她是不是去澳门发展就语言无阻了？"

还是方怡然在一旁反应快，当然也可以说她被冰冰一脸没见过女人的色坯样给激怒了，大吼一声："还愣着干什么啊，捉狗啊！"

大家反应过来，连忙下场子去追那只泰迪犬。

冰冰假装场面混乱，双手直奔巴西妞儿去了，耳朵却被方怡然揪住："想吃奶回去练瑜伽吸自己的乳头去！赶快干活。"

冰冰本想反抗，但是方怡然揪耳朵揪得太实在了，好汉不吃眼前亏，他恨恨地挣脱魔爪，开始紧跟狗的步伐。

小祖宗被抓住后，还是不能拍，得培养情绪。

方怡然把车上的零食都拿出来喂它，但它却对苏青的帆布鞋鞋带更感兴趣。

没办法，片场它最大，苏青把左脚鞋子脱下双手呈给它，巴西大模特手持鞋子陪它玩了好一会儿，人家才乖乖进入了拍摄状态。

接来下的拍摄，冰冰原本还抱着拿金马奖的心态拍，但看这架势，他先降低标准，三下五下拍完。

金鸡独立造型的苏青有点儿担心效果，李文博挥挥手："片子在剪不在拍。"

冰冰冷笑："哼，不相信我的技术吗？"

苏青单脚站得久了，干脆把右脚的鞋子也脱了拿在手上，赤脚模仿歌手原生态，"'面膜女'那么事儿，我怕她又挑毛病。"说着拉起冰冰的手，"相信你啦亲，你这双妙手，一堆屎你都能剪出《阿凡达》的效果。"

冰冰有点儿不乐意："这是夸人的话吗？"

方怡然拍拍冰冰的脑袋："还真是受虐成性了，对夸奖还不适应了是吗？"

苏青觉得最近方怡然有点儿太没大没小了，生怕冰冰生气："方怡然你怎么老欺负冰冰啊，好在他宽宏大量不生气。"

冰冰嘟嘟囔囔："终于有人为我做主了，苏青姐啊，方怡然在你们公司也这么飞扬跋扈的吗？"

苏青笑了："然然在我们公司跟吉祥物一样，人人都喜欢。"

"那怎么一见我就跟吃了兴奋剂一样那么生猛。"

方怡然伸手去拍拍冰冰的肚子："华山论贱，你是中神通，我实在忍不住在替天行道啊。"

现场慌乱得跟偷情的狗男女刚刚结束战斗的双人床一样，苏青默默翻找了整个摄影棚，才找到了自己那只沾满狗口水的鞋子。

闻一闻，味道臭臭的，她也不嫌，甚至连眉头也没皱一下，穿上鞋子后就转身拿起扫把收拾起现场来。

方怡然和冰冰特别有闲工夫地在斗着嘴，李文博回头看，硕大的摄影棚里，一盏落地摄影灯还没关，与高高天花板上的顶灯，将苏青映在墙上的影子照成深浅不一的两层，更显得影子主人的弱小。

扫地的苏青其实是带着戏的，戏份是“虚无的世界里，我们被朝九晚五的生计，弄得奄奄一息真想驾鹤西去”，却没想到她这出独角戏，竟捎带着让李文博也加入了进来。

当然，如果你对生活有经验，当然知道，衰是条不归路，目前的状况其实咬咬牙也能挺过去。

没想到第二天上班后，“面膜女”心情愉悦地跟苏青补充：他们换包装了，之前片子中的样品都要重新换，但是补拍的预算不会太多。

老板看了一下重拍的实际费用和对方报给的预算，头都大了。

但是对方目前只给了百分之三十的定金呢，现在要是撤出，之前干的活儿就白干了。

而且也没办法去告对方，人家完全可以说还没收到满意的成片呢。

总之，这是一场强奸式的工作，无力反抗，只能坦然接受。

现在就看能不能让对方加个套，让这场浩劫式强奸的损失小一点儿。

老板在办公室大吼了一声苏青，发现没人理他，顿时感觉很没面子，只能转而从办公室伸头看苏青。

疯癫状态可以让一个处处谨慎的女人变成一个荡妇，此时的苏青正对着Hello Kitty的小镜子猛给自己化夜店大浓妆，还是三里屯后街勾搭洋鬼子的丧尸范儿。

在老板咽了咽唾沫要说话的那一刻，苏青甜甜地朝老板笑：“Boss（老板）啊，你说绿色的眼影适合我吗？”

旁边的一群姑娘仿佛在cosplay哭坟的场景：“苏青姐，你疯了，你不要这样，你醒过来！”

苏青挥着手跟老大说：“别让我思考，你再让我大脑运转，我就死给你看。”

这般装疯卖傻老板依旧不为所动，拿着预算表示意苏青赶紧滚进办公室。

苏青伸手往怀里拽，方怡然一把拉住她："姐，你这是干什么啊？"

苏青鄙夷地看着她："挥舞着奶罩裸奔啊！我想做这个好多年了。"

老板哼了一声："你戴不戴奶罩有区别吗？少给我装痴呆！"

老板最终给出了两条路：第一，在李文博他们公司那里扣钱，反正对于他们来讲，咱们也是甲方。第二，硬挺着，反正如果"面膜女"他们再找新公司弄也来不及了，看看能不能多拖出一点儿预算来。

不过，无论哪条路，都得苏青亲自去走，她谁都指望不上。

见到李文博，苏青心事重重地在良心与职业能力之间犯了选择困难症，但是没想到李文博给出了第三条选择。

"他们耍赖，咱们对付呗，有什么肯犯难的。"

方怡然贡献了一堆毛绒玩具，在李文博他们充满泡面和臭脚丫子味道的办公室一角，堆成一个看似温馨的小空间。

两盏灯一打，李文博还拿橡皮蹭了蹭墙上的黑道道。

巴西模特是没钱请了，也再没精力去跟模特经纪公司折腾档期了，把新产品包装放在一角，看起来还挺像样的。

"如果有只狗蹲在那里就好了。"冰冰叼着烟在镜头里看了半天。

"少废话，赶紧拍，拍完咱们就走人了。"

折腾了几个角度，苏青还冒充手模特把狗粮倒进狗盆里，几份老套的素材拍完后，直接上苹果机开始剪片子。

按照李文博的方法，所有之前拍过有旧包装的镜头都不用，然后穿插新包装的特写镜头。

说起来简单，冰冰操作了几下后，大家重新看，总觉得不对劲。

"啊！"冰冰大吼一声，双手摆出气运丹田要发功的姿势。

"奶奶的，老子跟你拼了……方助理，给我捶肩！"

方怡然使劲给他两下子："少废话，赶快弄，有三个人在你身边为你呐喊助威呢。"

虽然苏青身为一只广告界的老鸟，也拍过不少片子，但这么同甘共苦地跟后期制作，却是破天荒头一次。

乍看之下还挺有意思的，看冰冰啪啪按着快捷键和鼠标，操作着剪辑软件，行云流水得一塌糊涂，不由得心生敬佩。

都说工作状态中的男人最性感，尽管冰冰满脸油污坐下来一肚子肥肉，但是依稀从他专注的神情中，可以看出这位壮士年少时也是一名翩翩帅公子啊，只叹命运不济，一不小心就被岁月这把杀猪刀毁容了。

冰冰皱着眉头，也没工夫耍贱了，眼睛盯着屏幕，嘴里叼着烟，烟雾缭绕之中，他的眼眯成一条缝，几近消失。

这场景，看得方怡然一下子心软了，化身为人肉按摩器，给他按摩肩头。

此情此景，苏青这几天紧绷的神经貌似放松了一下，她瘫在工作台后面的沙发上，桌子上有一包中南海，她也掏出一根，叼在嘴里。

寻找打火机的时候，被李文博看到，他随手把苏青嘴上叼着的烟给拿掉，自己拿了一个打火机点了起来。

苏青连白眼都没力气翻了，没抢回也没再拿一根，而是软软地靠在沙发上睡着了。

3

苏青醒过来时，坐在工作台上剪片子的是李文博，iMac 旁边的烟灰缸里，已经堆积了成山的烟头。

李文博也变得满脸是油污，戴了一副树脂黑框眼镜，胡楂儿像洗不干净的下巴一样。

苏青知道，他绝对是那种不对着镜子抓半小时头发不出门的男人，而此时他却像是一夜没卸妆的艳女一样，脸油了，头发也塌了，看起来跟下班时挤地铁时遇到的大部分男生都一样。

苏青忽然觉得这个李文博有些亲切了，离她开始没那么远。

她喜欢这个蓬头垢面的他，远超那个光鲜亮丽的他。

苏青见他抓了抓桌子上的烟盒，没烟了，他顺手团成一团扔到垃圾桶里，并没有带着坏脾气。

他开始翻烟灰缸里比较长的烟头抽。

苏青凑了上来："两包烟一晚上都抽完了？"

李文博脸都有些绿了，但眼睛还是很跳跃，仿佛一个少年。

他拿着一个长烟头回苏青说："你知道吗？就是因为觉得半夜没烟抽，

只能在烟灰缸里翻烟头，村上春树才戒烟的。”

刚睡醒不久的脑袋像是休眠已久而且内存不够的机器，苏青略带呆滞地想了想：“是《1973 年的弹子球》还是《寻羊历险记》里说的？”

两个人在工作台前一人一口烟屁股，看完了冰冰和李文博奋战了一宿的片子。

比之前的版本看起来要更顺畅一些了，但是还是有几个镜头怎么改都像是后贴上去的，有点儿不太舒服。

李文博保存了一下一通宵的工作成果：“我技术只能到这儿了，剩下的找冰冰他们同学帮忙修补一下吧。”

苏青还想收拾一下今晚的残局，李文博拦住她：“等早晨他们上班收拾吧，咱们回家睡觉去。这样工作下去，会得癌。”

此时方怡然在另外一张长沙发上枕着冰冰的大腿，睡得跟一只猫一样。

冰冰仰头靠在沙发背上，嘴微张，口水流啊流。

在口水马上要滑到方怡然脸上的瞬间，苏青拿出手机拍了张照片，再拍醒了他们俩。

苏青不是那种处处拿手机拍照发微博的文艺女青年，这个微博是给老板看，用来请假的。

方怡然困得五迷三道的，冰冰不太放心，就开她的车送她回去。

苏青上了李文博的车后，两人都懒得说话，车安静得开着，很安稳。

此时凌晨五点的城市依然在贪睡，路上没什么车，一路畅通无阻，仿佛可以通向未来。

等红灯时，苏青像是想起了什么，问李文博：“上次你们怎么送方怡然回家的？”

车内的空气，有一种放了一夜的方便面的味道，李文博并没有搭话。

苏青转头看，发现李文博已经闭上眼睛睡着了，薄薄的嘴唇上沾着一堆白沫。

苏青侧头看了一眼后视镜，自己也是难看至极。

苏青头靠在车座上，看着前方红色的秒数一步步归零。

在这几十秒里，她沉浸在一种难以言语的安全感里。

她侧过头近距离地看李文博的脸，微微笑了。

1/ 如果后面有一辆大货车撞上他们，她和李文博算不算因公殉职呢？这种死法还真是符合她骨子里挥之不去的灰暗心情。

2/ 他俩要是真死了，方怡然和冰冰两人，应该可以不用遮着掩着隐藏他俩的地下恋情了吧。不过，他俩是什么时候好上的呢？

红灯变绿灯，在苏青叫醒李文博之前，李文博自动睁开了眼，分秒不差。

他揉了揉眼睛，像尊神像一样毫无生气地继续开车，苏青则若无其事地看着前方。

呀，李文博跟李川都是薄嘴唇啊，苏青想。

4

实在混不过去了，苏青终于肯打电话给刘恋，让她安排个地方见见，自己请客埋单。

最近一个月的工作时间都没在朝九晚五的范畴内，苏青每天下班都累得仿佛一只狗，完全不想从事任何社交活动。

整一个月，她都由着自己的性子，下班后在家安心发霉，拒了刘恋的好几次邀约，宅家里连《康熙来了》都看到 2005 年的了。

在刘恋通过微信、QQ、电话痛骂了她几顿后，苏青终于肯恋恋不舍地收拾了屋子，仰头出门去，在刘恋推荐的发型师手下，剪了一个一百二十块的头发。

从头开始，从头再来。

看到镜子里的自己，稍微露出了点儿人模狗样的端倪后，她终于下定决心，在周六的晚上，出来见见人，示一下众。

刘恋怕苏青又犯懒，于是在她家附近找了一家二十四小时营业的茶餐厅。

时间不早了，可这茶餐厅依旧乱哄哄的，人们一堆堆，大快朵颐得仿佛群蝇。

苏青长久不见人，乍一进这样的喧嚣场所难免都有点儿心跳加速，捂着胸口上二楼后，她看到坐在角落的刘恋，正跟一个男生聊得不亦乐乎。

“哎哟，这不是美少年嘛。”

苏青一入座，就假装见多识广特别开朗地跟那个戴眼镜的男生打招呼。

之前于刘恋组织的 KTV 局上，她就见过这个男生，白白嫩嫩的，细眉细眼，脸颊上还有两坨年画娃娃专属的高原红。

那天人挺多的，刘恋像花蝴蝶一样跟各路牛鬼蛇神聊天，最后挪到角落里，问苏青："感觉怎么样？"

苏青低头喝了一口伏特加兑冰红茶，"太小了吧？"

"你这个荡妇！没上就知道人家尺寸小！"

"少打岔，这小孩不是你吃剩下给我的吧？"

刘恋给她一个白眼："还小孩，就比你小一岁，你也知道，我对这种身世清白的男生一向不来电。"她拿化妆镜照了照，觉得今天自己还行，"按照水嫩度而言，他跟李川有一拼吧。"

苏青望向那男孩，今天穿了一件红色衬衫，配上白白净净的长相更是显小，她摇了摇头。

"你不知道李川还比我小几个月吗？我这辈子就没交往过比我大的，我是天生当妈的命啊。"

"我觉得你俩挺合适的，你再单下去，下面都快挂蜘蛛网了。"

"我不喜欢戴眼镜的。"

苏青找了个莫须有的理由，气得刘恋干瞪眼，甩手走开，不理她了。

苏青自己属于一戴眼镜，整个人就会被眼镜吸进去的家伙，所以天然地对眼镜有排斥感。

虽然这只能怪自己长相太过寡淡，但她真心不爱男生也戴眼镜，这算是她小小固守的偏执。

我都这样了，还不能有点儿小偏执吗？苏青愤恨地想。

不过，世界上也有戴眼镜好看的，只是她现实生活中见得太少了。

有几个人戴眼镜能像《逃跑新娘》里李察·吉尔那样好看啊？

要是自己身边有，苏青能舔他，只要人家不报警。

那次见面苏青也没放在心上，以为就是连插曲都算不上的一段间奏。

没想到刘恋这人做红娘还赠送追踪服务，直接送货上门了。

说实在的，这男人最多是唇红齿白，有点儿少年气。

苏青还是觉得刘恋不太了解她对男人的品位，她喜欢青草味的男人，不是说长得一脸吃素的忧郁样就能符合了。

因为实在没啥共同话题，现场的气氛有点儿尴尬。

美少年和苏青的眼神对上，两人都连忙笑笑，苏青又看了眼刘恋，发现这妞儿还真没客气，知道她苏青肯定会试图放空消极抵抗，也知道她在冷场之时会充当谐星，打开大家的话匣子。于是竟然先发制人，索性连一句话都不说，拿着手机低头猛按，逼着苏青开动身上开朗又自在的小开关。

服务员看苏青坐下了，走过来给她递上一杯水，苏青看了他一眼，平头小脸，精精神神的二十啷当岁，苏青的话题决定从他身上下手："哎，真是吃得好了，现在服务员都长这么好看。"

刘恋在刷微博呢，抬头看了一眼那服务员离去的背影："哟，我真不知道，你还喜欢这一型呢。"

苏青抚了抚额角："我觉得，你作为闺密非常不称职，这么多年对我的个人爱好还是了解无能。"

刘恋用鼻子哼了一声："不能再了解了，我觉得再了解下去，我都要跑到你的审美范围之外了。"说罢，她用眼神递个信号过去，意思是让苏青多跟美少年说话。

苏青不能再装没看见，只能朝着男方笑笑："不好意思啊美少年，我们姐们儿斗嘴，让你见笑了。"

美少年挺不好意思的："得，换个名字吧，这么叫我真瘆得慌，旁人听到还以为我有病呢，还是叫我时一鸣吧。"

刘恋甜甜地笑："我看还不如叫美少年呢，你这名字真显得我爹妈起名时偷懒了，你和苏青的名字听起来都特别有气质，以前有个女作家是不是叫苏青？你俩名字倒是挺搭的，民国范儿。"

苏青默默叹了口气，心说这刘恋撮合人还是那么直来直去，这让她和时一鸣除了微笑尴尬对视外，还能做点儿啥？

这顿饭吃得还真是干如撒哈拉呢，苏青特别仔细地扒拉饭碗里的饭粒，以此展现自己把生命都溺死在食物身上的显著缺点，摆明了想搞砸这场荒谬的相亲。

终于熬到时一鸣坐不下去了，伸手招呼服务员说结账，苏青以女柔道选手般孔武有力的姿态抢到了付账的权利，时一鸣捏着信用卡在手上，被这气势震成了一座雕像。

5

事情的转机是大家起身准备离开时，时一鸣恭恭敬敬地递上了一张名片。

苏青一看那白色名片上印着缺一口的银色苹果标，兴致竟一下子来了。

“你在三里屯苹果店工作啊，那你认识李川吗？”

年初的时候，刘恋买了台 11 英寸的 Air，不太会用苹果系统电脑的她，在三里屯苹果店二楼上课的时候，时一鸣是他的一对一授课老师。

刘恋一边上课一边摸清了时一鸣的底细，觉得这个男人还挺符合苏青审美的，使了几个小手腕，便跟时一鸣热络了起来。为的就是找准一切机会，把他推销给苏青。

大概是李川在刘恋心中，已经贱到连记住他曾在苹果工作过也不配，所以刘恋还真忘了这一茬儿。

“糟糕，我忘了你和李川都是苹果店的。”刘恋拍了拍脑门，脸上写满了后悔。

就像是有些守寡多年的贞洁寡妇，一旦遇到合适的机会，就会推倒贞节牌坊变成淫娃。

刚才还一副死活要搞砸这场相亲饭样子的苏青，瞬间止不住闸开始抛出一切关于李川的话题。

“李川，长得挺帅的，话不多，人挺好的……”时一鸣大概看出来这位李先生在苏青心目中地位不一般，也非常配合地开始仔细回忆这位其实并不熟悉的男同事。

苏青闪出跟听到隔壁邻居夸自己女儿漂亮一般的眼神，以一种家长之姿客气地说：“哎哟，他长得还叫帅啊，最多算是平头平脸，大路货罢了。”

刘恋一脸的哀其不幸怒其不争，告诉时一鸣：“你就把李川当成她儿子回忆就行了。”

时一鸣知道刘恋开玩笑，却又略带忐忑和好奇地问苏青：“李川是你……男……男友吗？”

苏青组织一下语言，发现她与这个名为李川的旧人还真是没什么名分，她该怎么说呢。

这时，一旁按捺不住的刘恋用齿音蹦出了几个字："他是贱人，要是友，也是最佳损友。"

当曾经深爱的人，千回百转还是不爱你，曾经沧海难为水，爱人变成了贱人。

在爱情这件事情上，人人都挺势利的。

她没想成为电影里深情的女主角一辈子不嫁，忘记一个人最简单的方式，就是赶快投入下一场恋爱，让新一轮的情感纠葛变成橡皮擦，来擦掉过去的痕迹。

否则时间久了，心里的那点儿心结就变成石刻，那就只能固守着这点儿回忆，最后变成一座毫无实际意义的贞节牌坊了。

苏青其实并不是那么难追的女人，时一鸣这种像水葱一样新鲜的男人在硕大的北京也不算太常见。

如果换个时间点遇到，苏青扪心自问，这会是个不错的对象。

即使走不到天长地久，若无缘分，日后怀念起来也是不错的。

只是，现在是特殊时期，苏青无福消受。

吃过茶餐厅，刘恋倒是也没再强求，让苏青和时一鸣老套地喝喝咖啡什么的。

于是三个人各回各家各找各妈。

"你坐刘恋的车回去得了，这时间我们家这块儿不太好打车。"苏青家就在附近，可以步行回家，为了表示这顿饭的有始有终，东道主苏青主动安排了时一鸣的交通问题。

没想到话说完，刘恋却没说话，毫无表示要送时一鸣。

时一鸣歪头想想，主动说不用麻烦刘恋了，自己还是打车回去吧。

苏青心里刚嘀咕今天刘恋可真心疼油钱，让人家时一鸣坐坐顺风车怎么了。

后来转头就明白了，今天明摆着是刘恋安排她和时一鸣见面，刘恋自然要避嫌，饭局过后，孤男寡女坐同一趟车太暧昧了，尤其是刘恋这种长了一张容易出绯闻的脸的适龄女性。

估计时一鸣也不想日后有什么误会，人也聪明，反应不慢，真心是个可造之才。

苏青想明白了，就大大方方地帮时一鸣拦车。

初秋的夜晚已经有点儿凉了，树叶落了一地，萧瑟又温柔。

站了许久才等到一辆车，发现旁边三个女人也过来抢，她们见一个男人也不主动让车，不乐意了："蹲着尿尿啊，还跟女人抢。"

时一鸣往后退："让她们先走吧……"

话还没说完，苏青就一把把时一鸣推上了车后座。

虽然说谦让是一种美德，但是于在北京拦出租车这么高难度的项目上，还是能抢就抢，多讲点儿实惠，少讲点儿美德吧。

苏青斜着眼看了那三个浓妆艳抹的女的，一点儿都没客气。

对方虽人多势众，可看着苏青那阵势，连嘟囔都没敢，一摇一摇地走得离苏青远一点儿。

在目送时一鸣的出租车和刘恋的 Mini 开出去后，她大步流星地回家，拍拍手，今天相亲任务终于完成，她松了一口气。

此时电话却响起，她拿起电话，隔着稀薄的空气，传来一个男声："老婆，你怎么这么久不接电话啊？"

老婆当然不是结婚后丈夫对妻子的叫法，而是热恋期的男人女人互相亲昵的代号。

婚后男女们的称呼，基本是"喂"。

苏青还没跟刘恋说呢，她已经恋爱两个多月了，她怕刘恋吐槽，所以决定先地下情一阵子。

要是无疾而终了，她就隐下这段露水情缘，把它如隔夜垃圾般丢到楼下垃圾桶，仿佛从未在这个世界上存在过。

这个电话里称她老婆的人，就是她的新男朋友白凯南。

"我跟刘恋吃饭呢，今天她带一个朋友过来，刚把他俩送走。"

"是刘恋的新男友啊？"尽管白凯南跟刘恋没见过面，但是在苏青不断的念叨下，他也知道这位刘姓闺密在自己女朋友心中的无上地位。

"不是，今天的鸿门宴是相亲饭，刘恋想让我跟这人好。"

"你还没跟刘恋说咱俩的事情呢？"

"嗯，不是还没到三个月吗？"就像是怀孕仨月后才公布的民间习俗，苏青以"等两个人感情稳固一些，再向周围朋友公布"的借口，数次给白凯南洗脑。

他身为一个三观较为正确步入成熟期的男性，在几次循循善诱之后，变相接受了这个谬论。

而事实真相是，在李川飞往美利坚，苏青把痛苦溺死在苦逼工作未遂之时，她也意识到，要想从李川这个大坑里爬出来，光有刘恋的帮助是不够的。

除了自救和朋友施救，关键还是对症下药，借助外力，踩着炮灰们的肩膀爬上来。

因为自我封闭到整个人都发霉了，苏青开始积极参加周围朋友的聚会寻找炮灰。

然而由于她之前的深居简出，适应新的社交生活估计也要一段时间，所以一阵子赶场下来，她除去酒量变大了，根本毫无成果。

丧心病狂之际，苏青病急乱投医，决定去雍和宫烧香。

在佛前，她破罐子破摔，咬着牙许愿：从此刻开始，今年第一个向我搭讪的穿格子衬衫男人，只要四肢健全，性取向正常，我就跟他交往。

而白凯南，则如同上天垂怜，成了苏青治疗失恋的第一剂汤药。

6

那是许完愿望不久，苏青参加了在工作中认识的一个女孩的生日 KTV 局。

可除了寿星，她谁都不认识。

周围人都是一个小圈子一个小圈子地聚在一起聊天或是玩色子，她成了一朵自斟自饮自我浇灌无人理睬的壁花。

更乏味的是，本来是大家唱唱歌乐呵一下，但在场的一部分男男女女歌唱得都像是来参加《中国好声音》的，唱得有多完美，就有多不放松，最终逼得众多自认身怀绝艺之人轮番献艺。

一组高水平 K 歌之人如同蝗虫一般招摇过境，弄得唱功不好的人，到了自己点的歌时，只能喊“这是谁的歌啊”假装没事，而后果断切歌。

其实按照苏青这么屄的个性，她也应该是切歌大军中的一员。

大概是多喝了几杯，也可能从小到大身边这群民间的张惠妹和张学友欺人太甚，苏青悲从中来，破罐子破摔反而走出了自己的一片天找回了真自我。

一位花腔男高音刚刚展示完信天游版《死了都要爱》，赢来稀稀拉拉的一片掌声。

液晶显示屏上突然出现了一种八十年代台湾自制卡拉OK乡土风的录影带。

一女的皱眉头，没想着掩饰下自己略带鄙夷的声调："哎呀，谁会唱这种歌啊，土死了。"

公鸭嗓苏青从那麦霸手里夺过麦克风，脸不红心不跳地开始唱了一首《女人爱潇洒，男人爱漂亮》，勾起了大家上幼儿园时，大街小巷飘着的，那股子肆无忌惮的流行回忆。

其中的"有爱情还要面包，有房子还要珠宝，潇洒漂亮怎能吃得饱"唱段震惊了四座。

这首歌唱完，大家纷纷将各式各样的目光，投向了这个不知道什么来头的女人。

连最专业最配合的KTV听众，都忘了礼貌式鼓掌。

太震撼了！

一切反应都在苏青意料之中，纵横歌坛多年的经历让她培养了与众不同的歌单，这次她下了死手，《走过咖啡屋》《粉红色的回忆》为她赢得了满堂彩。

为了不让大家误会她是保养太好的大婶，她的ending部分是吴佩慈的《闪着泪光的决定》，副歌部分用念经的频率来唱。

伴随着破音，苏青气不够了，捂着胸口告诉大家切歌。

刚才还是一副央视青年歌手大奖赛风格的飙高音炫技风格，一下子让苏青搞到了怀旧场面，场子终于不再死气沉沉。

坐回角落里，苏青牛饮了一杯酒，于心底自我嘲笑了她这副死猪不怕开水烫的屌丝样，只能当壁花小姐孤独终老了。

豪迈心起，她从桌上不知道是谁的点八中南海盒中抽出一根烟。

烟叼在嘴里，却找不着火机，一双大手将火机送到她嘴边。

昏暗灯光闪烁的包厢内，刷着微博的手机照亮的是不合群的人们的脸庞，这个火机点燃苏青嘴边香烟的同时，也点亮了这个一直隐藏在人群中的黑皮肤男人。

他身材高大，却长了一副"杨柳青"年画娃娃的眉眼，苏青闻到他身上的香水味，是KENZO的AIR，她曾在李川身上闻到过。

那香水的主题是，男人童年时的纸飞机，做广告的苏青当时看到海报，差一点儿给跪了。

“你唱的第一首歌，原唱是韩宝仪还是李玲玉？”薄嘴唇的男人头发很短，右边额发有一块胎记般的白发。

他穿了一件黑白细格衬衫，旧旧的仿佛皮肤一样，长在他那副宽肩膀上。

苏青对自己说，哦，格子衬衫一号。

第五章

不管朝阳门还是白石桥的钱柜，每夜都会有新爱情在萌芽

1

人和人之间的缘分就是那么奇怪。

那天的场子那么无聊，其他女人穿得跟闪亮三姐妹一样化着“快来快来约我，我是你的新宝贝”的浓妆，反而显得苏青鼻子是鼻子眼睛是眼睛。

若不是唱完歌后他离她比较近，若不是桌上的那包中南海勾起并无烟瘾的苏青想抽烟的冲动，若不是身边举目无亲伸手范围内没有打火机，白凯南就不会有机会跟苏青搭话了。

可生命中，哪儿来的那么多“若不是”呢。老天给你了，你接着就行。

叽叽歪歪瞻前顾后的，死了之后牛头马面都懒得来勾你去地狱。

磨磨叽叽地吃了四次饭，苏青终于开始了人生中最迅速的一段恋情。

这对苏青来讲，简直快得有些怀疑自己被唐朝豪放女上身了。

后来在苏青那张咯吱咯吱的小床上，白凯南跟苏青说：“你那天走进来

的时候，我就心想啊，今天运气还不错，终于看到一个美女了。”

苏青彼时正专心致志地用手指在他胸口画着无意义的圈圈，听到这句话却笑了。

“我希望你一直都这么没见识。”

世界上无异议的定理有好多，比如平行线不能相交，比如地球是圆的，以及新欢是治疗难忘旧爱的一剂最猛的药。

猛药先生上段感情是在两年前，拿着一把刀把一颗火热的心剖出来献给对方，女孩人前开心地拍手说你人好好哦，人后却在跟另外一个人约会，转瞬就把这颗热腾腾的心丢入马桶，毫不犹豫地冲进了下水道。

“不过那时我长成那个鬼样子，她不喜欢，也是情理之中的事情。”白凯南打开手机，向苏青展示了以前的旧照片，海边，一个胖胖的男生戴着黑框眼镜，头发厚而油腻。

质朴和淳朴尽管只差了一个字，但是放在一个男人身上却是天壤之别。

伤害是人进步的动力，眼前这个男人拥有一片美好的内心世界的确值得嘉奖，可也得有个看上去不太糟的皮囊衬托才好。

不过交往了一阵子，苏青逐渐发现这剂猛药并没有看上去那么美好。

白凯南看起来很成熟，丹凤眼却增加了他的孩子气。

如果以白凯南的样子，经济稍微殷实一点儿，其实也算是个不错的男朋友。

可当苏青发现以他的年龄，还是个不停换工作、月薪一直停留在四千块的初级设计师时，心就凉了半截，又发现他花钱大手大脚毫无节制时，心就又凉了剩下半截的三分之一。

在他们确定关系还没超过三个月，白凯南竟开始计划两个人要搬到一起住，丝毫现实问题都不想时，苏青的心是彻底凉了。

苏青心里十分苦恼：虽然老娘不想让你养，可是我也不想养你啊。

住一起的事儿，苏青以保持爱情新鲜度为由，轻轻松松就推了。

但心凉归心凉，白凯南这一剂药，她才刚喝了几口，审时度势，她决定喝完。

反正是养药，喝不死人的，苏青想。

渐渐地，苏青开始后悔装大方独立开明体贴了，白凯南一副小白兔的模样，但她没想到的是，随着韩国电视剧热播，市面上他这一型憨憨的单眼皮高个男人颇受欢迎。

当苏青意识到白凯南是个玩咖的时候，她心里咯噔一下。

在衣服的世界里，苏青喜欢黑白灰蓝这些基本色。

苏青穿这几个颜色，是因为它们低调而安全。

但她没想到的是，这几种颜色虽不高调，却也不是无人问津，它们在低调的同时，还是万年不退流行的高级时尚色。

反正很难有男人可以媲美李川，那自己就实际点儿，找个差不多的就行了。

所以她找了白凯男，她不想再做一个走钢索的人。

她要安全，她想享受一下那种别人爱她更多仿佛亏欠般的愉悦感。

但是按照众多蛛丝马迹来推算，白凯南未必会对她死心塌地。

苏青本来觉得恋爱三个月才公布这一行为还挺大气的。

但是随着时间的推进，苏青开始意识到，太高估自己的大方程度了，两个人恋爱保密是一回事，但白凯南一直在外面号称自己单身是另外一回事。

苏青从来没有享受到男朋友带她出来，说这是我的女人的那种满足感。

因此她觉得把另一半介绍给自己的朋友，是一种类似于结婚证一般的承诺。

苏青藏着掖着一段时间后，决定把白凯南介绍给刘恋和她的——苏青已经无暇顾及刘恋的现任男友是不是上次见到的那个——男朋友。

她还特地选了一家大家都熟悉的夜店，假装漫不经心地将自己的男友和闺密胜利会合，一切水到渠成，结果当天刘恋跟男朋友吵架，打电话说不来了。

这让在夜店苦等的苏青火冒三丈。

而那边白凯南根本还没出现，夜店闹哄哄的音乐让她头疼，本想到门口喘口气，没想到在门口遇到白凯南了。

他正在跟两个帅气的短头发女生聊天，苏青拍了一下男朋友的背。

白凯南丝毫没表示出很亲密的样子，苏青说："怎么不上去呢，等你半天了。"

白凯南拿出手机看了看："再等十五分钟就不用买门票了。"

苏青心里腾起一股火，也太没出息吧，好在刘恋没来，如果第一次见面就让这位姑奶奶等着，就是金城武来恐怕也入不了她的法眼。

但旁边那两个明显是les（女同）的女生审视的目光让她觉得难堪，苏青心想算了，自己八百年来一次还能装装大方，他们这种夜店咖，熟知各种省钱方法。

她站在那里，跟两个 les 对看，白凯南也没有将她介绍给这两人的意思。

苏青觉得站在那里跟路障一样，于是跟白凯南昂一下头："我上趟厕所啊，在上面等你。"

离开时，她听到个子比较矮的那个帅气女生问白凯南："她是谁啊？"

苏青加紧脚步，不想听到白凯南的回答。

人家能问出这样的话，听到一个是与否的回答，又能如何。

白凯南上来之后，也没太管苏青，倒是带了几个人过来，跟他们相当熟稔地打了招呼聊起了天。

苏青今天晚上就认识白凯南一个人，只能紧紧地跟在他身边，看着他热火朝天地跟各类男男女女互动。

苏青太习惯在这种谁都不认识的场合当壁花小姐了，多年茶水妹的经验，让她有很强的自娱自乐的能力。

卡座旁边是音响，她将手里的酒杯放在上面，看着酒杯一点点地被这声音震动得 high（兴奋）了起来。

苏青心里又翻云覆雨起来：如果不是你——李川，我也不会把日子过成如今尴尬的局面。

就这愣神的工夫，白凯南就消失不见了。

苏青慢悠悠地用吸管吸了两杯长岛冰茶后，她知道，如果再喝第三杯，她整个人就断片儿了，往常断片儿她可能变成僵尸，但在今天，难保她不会当场大哭。

她好委屈。

太委屈。

苏青感觉眼底含着两摊长江汛期的支流，貌似随时都有泄洪的可能。

趁着尚存清醒，她跑到门口喘口气，心想今天这局面该怎么收场。

是，无论事情糟糕成什么样，姿态总要漂亮，这是苏青的底线。

刚出门口，一拨又一拨的长腿浓妆妹，潮水一般将苏青妄图姿态漂亮的火焰浇灭。

白凯南此时则打来电话，成功地在将熄的火焰之上，盖了一车土。

"你在哪儿呢？"白凯南的声音中有醉意。

"门口，我回家还得赶 PPT，你什么时候走？"

"你现在往停车场的东面走，我刚才送一个朋友走，咱俩在那里能碰到。"

"不能你过来找我吗？"

白凯南电话那边一阵喧闹，苏青想这就是传说中铜铃般的笑声吧。

"谁啊凯南，这时候还给你来电话，老相好吧！"一个陌生而尖锐的女声传过来，一群夜店女放浪的笑声适时充当了背景音乐，这让一向风平浪静的苏青怒从心中起，只想动手铲除这些小妖精。

还没等自己回过味儿来，苏青已经发现自己朝着电话那端的白凯南发火了。

"什么是东面，哪儿是东面，你不知道我分不清东南西北啊！"

"找不着咱们就换个地方，你急什么啊！"

"对不起，我何止分不清东南西北，我看男人的眼光够差的，赶快去找个分得清东南西北的姑娘吧，我看那些大长腿妞儿个个都是大奶人肉导航仪。"

挂掉电话，苏青拦了一辆出租车，坐在车上，苏青后悔说这句话了。

虽然苏青知道自己的肉都长在了不该长的地方了，但她有自信在人生的十字路口，这种一根筋式踏实生活的质感，比 36D 的大胸和狐狸精一样的五官更靠得住。

然而今天她突然自卑了起来，原来原始本钱是这么迷人，如果她但凡再漂亮一点儿，也不必遭受今天这样的侮辱。

白凯南一直追到了家里，苏青脑中闪过要快刀斩乱麻马上分手的念头，但是一见到白凯南那张年画娃娃式的脸，苏青就心软了。

她给自己的坚持找理由：谈恋爱也要有职业道德，不能一遇到问题就退缩啊，把分手当成唯一解决方式算什么好汉。

白凯南承认了错误，哄哄苏青，两个人卿卿我我一下，一会儿也就好了。

苏青立定从此以后要做一个姿态大方的女人，不再生这些肤浅的气，她安慰自己，一切慢慢来吧，走一步算一步。

洗完澡后的苏青擦着头发回到自己屋，室友不知道又去哪个摇滚演出现场，遭遇一段崭新的刻骨铭心追风般的感情去了。

躺在床上玩电脑的白凯南早就困得仰成了一个大字。

这时 QQ 响，苏青怕吵醒他，蹑手蹑脚地把笔记本电脑搬回书桌上，屏幕右下角的小企鹅蹦跶了许久。

床上的白凯南都睡得打呼噜了，苏青想，不看我 QQ，这人还挺有职业道德的。

点开蹦跶的小企鹅，打开的是美少年时一鸣发来的消息："干吗呢……还在写 PPT 吗……不理我……"

苏青心满意足地关掉电脑，用脚趾想也知道时一鸣对自己有好感。

电脑关机后黑黑的屏幕变成了镜子，映出了苏青的脸。

这么模糊地看，皮肤没有斑点和痘痘，肉有点儿松，轮廓不那么明显了，但是外人看不出来，她好像还是挺能唬人的。

她关掉灯，就着外面的灯光钻进被窝。

苏青惬意地把鼻尖抵在白凯南的胸膛上，嗅他身上的味道，这是与李川不一样的味道。

看上去她终于走出了李川带给她的影响，至于这段感情以后怎么走，他俩貌似暂时达成了一种表面和平的协议。

比如两个人保持各自玩乐的生活圈子，白凯南努力储蓄，每天都有一通电话交流，相处三个月后介绍给各自的朋友认识……

苏青脑袋里开始盘点这些，想想头都有些大了，这时白凯南翻了个身，把她冰凉的手夹在腋窝的地方，迷迷糊糊地说："手这么凉……"

我妈妈一定很喜欢你，因为小时候她也是这么暖我的手的。

苏青想，却又叹了一口不为人知的气。

窗外，有夜行的运货卡车经过，车灯为墙壁洒出了一面暗淡而转瞬即逝的黄。

好冷啊，冬天是不是要到了，李川还会穿那么少吗，纽约下雪了吗？

想着这些，苏青终于睡了，不知是否会做一个安稳而牵挂的梦。

2

办公室。

苏青恶狠狠地对方怡然说："别跟我磨叽。"

方怡然扭成了蠕动的毛毛虫："人家晚上有重要事情，必须得马上走。"

苏青看了看公司墙上的挂钟，这才八点半。

方怡然也不知道怎么回事，最近迟到早退得厉害，要不是她会来事儿跟管出勤的副总关系好，那点儿工资早就被扣完了。

每次晚上五点下班就坐不住想走，今天偶尔加次班还要临阵脱逃，不知道还想干否？

苏青鄙夷地看着她："生活对你还真不是杀猪刀，而是蒙汗药，我看你最近迷迷糊糊的，一身懒肉，宝贝儿，这不是玩啊，这是工作，啥重要事情也比不上工作啊。"

方怡然满脸不愿意，原地转圈，转得苏青眼晕。

"姑奶奶，服了你了，周六周日你自己看着办。"

方怡然几乎要把嘴贴上去了："苏青姐，你最好了，我最爱你了，摸摸哒，舔你哟。"

"滚开，没有节操的女人。为了不干活，我看让你站街都愿意。"苏青把方怡然那张粉嫩小脸推到一边去。

方怡然对着电脑屏幕画了画嘴唇，霹雳红唇像是吃人的前奏。

苏青在电脑前继续熬着PPT，敲了半天键盘，看她还没走，吓唬她："你再磨叽就留下来给我写PPT。"

方怡然以国产偶像剧女主角劣质演技的惯用姿态，甜美一笑，还挺唬人的："讨厌，不跟你说啦，Bye。"

说罢，她扭着小屁股，踩着十厘米的高跟鞋，"噔噔噔"地下了楼。

苏青伸了伸懒腰，起身，站在窗前做广播体操，那叫一个朝气蓬勃。

透过落地窗，不小心看到方怡然和冰冰跟做特工一样小心翼翼地保持着距离，出现在楼下的停车场。

苏青在某同事兵荒马乱的办公桌上翻出一个望远镜，像个狗仔一样监视二人走得越来越远身子却离得越来越近的身影。

当二人即将消失在望远镜的视野之中时，她看到方怡然和冰冰的手拉在了一起。

苏青一个人在办公室"嘿嘿嘿"地笑了半天，但是反应过来后，觉得自己跟中年失婚心理出现问题的妇女一样，傻死了。

方怡然走后，她连装勤奋的力气都没有了，在办公室里转着圈，就是不想跑到电脑旁做 PPT。

既然 Windows 系统的发明让人们提高了效率，也会发明 PowerPoint 这种以折磨人为乐趣的工具，让无数的苏青头疼欲裂。

MD，三句话能说明的事儿，偏偏非得来回说车轱辘话做个幻灯片演示，这不有病嘛。

白凯南在短信那边说自己正参加一个朋友的 party（聚会），叫她早点儿下班回去休息。

苏青冷笑了一声，他花天酒地，自己跟狗一样加班，这男朋友要来有什么用啊？

未来在哪里？她看不到，大概在隔壁邻居的厨房里吧，反正跟自己没关系。

苏青苦逼着脸咬牙写了两页 PPT，实在不想干了，她泄愤式地捶了一下键盘。

此时，李文博的电话解救了处于水深火热的她。

李文博在电话那边乐呵呵地说："快出来玩！多叫几个姑娘啊，我这里都是帅哥。"

苏青忍不住想挤对他："帅哥？不会比你还丑吧，你已经是我能承受的审美底线了。"

李文博一点儿也不在乎："比我强多了，你干吗呢？大晚上的别宅在家里了，老天就是安排金城武是你的真命天子，他也没机会见到你啊。"

此时电脑上的 PPT 露出了狠毒的嘴脸，苏青一想到白凯南还在外面玩，自己在这儿苦逼地加班，反社会倾向很严重，关掉电脑："去！我这就给你叫姑娘去。"

一小时后，苏青以一副匪夷所思的模样，独自一人去工体西路赴约。

李文博来 COCO 门口等苏青，看了看她身后："别开玩笑，妞儿呢？我身边一群兄弟嗷嗷待哺呢。"

苏青翻了个白眼："这是找姑娘还是找奶妈呢，北京的哺乳期妇女我可不认识。"说完两手一摊，"我没办法找我们公司的妞儿啊，她们现在还以为我在办公室加班呢，老娘这回可是舍命陪君子，偷偷溜出来为你壮大声势的。"

卡座里，李文博一脸苦相，给他的朋友介绍苏青，"这是苏青，我战友，跟我一起伺候那些傻 × 客户的，”看着兄弟们都一脸失望的样子，李文博解释，“把她当成男的就好了。”

李文博的朋友都是满口京腔，嘴不饶人的模样。

瘦得跟猴一样的那家伙叫胖子，李文博介绍说他小时候特别胖，因为找不着女朋友，下狠心才减成如今这模样，其过程，满满的都是血泪。

胖子的嘴最不给人面子了，看了看苏青：“姐们儿，您今天是来砸场子的吧？”

真不是。

为了来这局，苏青还特意回家换了身衣服，本来想穿刘恋送的那件价值三个月房租的裙子，临出门还是换掉了。

穿那件裙子怎么也得个大浓妆，她平时随便惯了，这么不接地气的造型容易让人感到用力过度，跟常驻夜店里那些妖精相比，太显露怯。

而且半夜穿着这么隆重坐出租车回来，她怕司机问她价……

算了，还是以舒服为主吧，不过这下子，她舒服得有点儿过了头了，穿了夹脚拖鞋就出来了，整个一个泰国度假风。

李文博也颇有微词：“你也打扮打扮啊，你好歹也是一个年轻妇女啊，你穿的这是什么啊，这不丢我的人嘛。”

胖子坏笑一下，听出了苗头：“哎哟，敢情她是你的人啊，行啊，几年不见你口味变化够大的。”

不再年轻，也是有好处的，脸皮没那么薄，苏青听出胖子嘲笑她的姿色不在李文博审美及格线之上，不过这个时候不说话或是恼羞成怒都太小家子气了，姿态太难看。

胖子的话仿佛是催化剂一般，逼得苏青体内为数不多的八面玲珑细胞涌到了最前线，这个时候输人不能输阵，苏青一边想，一边指指身上的衣服：“别小看姐这一身好吗，我这背心，可是日单，淘宝好几十块呢，这夹脚拖鞋，Havaianas 的，专柜三百多块，淘宝买也得一百三，巴西直邮呢，你们谁的夹脚拖鞋能比姐的贵？”

苏青这人平时风和日丽的，一旦有人逼就有种破罐子破摔的气势。

李文博眼瞅着平时看起来劲劲儿的苏青突然变得满嘴跑火车，把她拎到一边：“见我哥们儿，收着点儿行吗，你也不害臊。”

李文博的那群哥们儿这时候却乐了，大家都觉得，这姑娘厚脸皮的泼辣劲儿，还挺有意思的。

这时有人说别光站在那儿，坐下来玩点儿什么啊，一群人“呼啦”一声开始玩色子。

苏青被一群人排挤在外面，胖子心说也别这么不理人家啊，就问苏青会玩什么，苏青转了一下眼珠：“咱们玩十五二十吧。”

划拳游戏总要有点儿输赢，男人们说要是女生多，输的喝酒还有点儿意思，今天就一个女生，有啥意思啊。

苏青牙缝里吐出来的话特别霸气：“咱们输的扇巴掌，怎么样？”

大家大眼瞪小眼，心想这姑娘没精神病吧。

苏青用机枪般的眼神冲这群男人扫视了一圈：“你们不会这么孬种吧？”

李文博瞪了她一眼：“今天看你就不对劲，不要把你工作上的怒火，发泄到我这人畜无害的朋友身上，他都瘦成这样了。”

胖子打圆场：“一巴掌把你扇哭了就没劲了。”

苏青哈哈大笑说：“那咱们就打得轻一点儿。”

胖子说行，两人换个位置，坐近了点儿，就开始比比画画起来。

苏青属于那种游戏智商不高的人，各种花样都不会，不过既然自已笨，专门钻研一样总行了吧。

于是“十五二十”这看似简单的游戏被她抓住窍门后，竟顺手得仿佛为她量身定做，在她苏青的小手翻滚之下，基本上，不留活口。

胖子本来以一副做慈善的心态跟苏青玩这个简单到不能再简单的游戏，开始输了几次，大家也跟说好的一样，轻轻拍一下脸就好了，哪想到连玩十把，他竟然没赢一次。

大家看在眼中，都惊了。

这种靠概率碰运气的游戏，出现这种情况基本上属于撞邪了。

可眼看着苏青泰然自若，出拳迅速，不会有作弊耍赖的机会。

几个大男人不信邪，轮番跟苏青玩，竟然也如数败下阵来。

最后李文博上场了，照样输。

但他挺爷们儿，没跟前几位一样，输了就各种叫唤。

李文博玩游戏上了心，全神贯注，继续输了几次后，终于赢了一次。

"使劲扇！给我们报仇！"李文博的责任大，众男人的冤仇深，男人们异口同声，仿佛苏青是人民公敌。

苏青把一边脸露了出来，一脸的"来吧，少年！老娘我玩儿得起"。

李文博作势很使劲的样子，最后拍苏青的脸时，掌风就弱了下来。

就这轻轻一拍，情场高手李文博的脸，竟不为人知地偷偷红了一瞬。

3

李文博第一次发现这游戏太色情了，有一种员外和花魁相互调戏的互动感。

大家开始起哄，说不玩了，一群人互相扇巴掌也太变态了。

苏青站起来，伸伸懒腰："你们这群男的真没出息，让我上个厕所，等姐回来，待会儿咱们玩真的，使劲扇。"

女卫生间排队很长，苏青排了一会儿，看男卫生间没什么人，就大大咧咧地跑进去解决。

坐在马桶上，苏青的脸色沉了下去。

真没意思，今天可真没意思。

刚才调动了身体里所有上进活泼的细胞后，苏青觉得今晚自己很可笑，这么出来玩的目的是什么呢？连开心都是装出来的。

苏青知道自己的问题出在哪儿，她并不是大方到可以容忍男朋友天天泡夜店的女人，没认识白凯南之前，她没心思来夜店做壁花小姐。

但现在，她也想不清楚，这灯红酒绿的生活到底乐趣在哪儿。

今天打扮成谐星一样假 high 的经历，让她悲哀地发现，自己跟白凯南终究是两路人，她做不到放养男友，她还是希望把男朋友圈养起来，两个人与世无争地过过小日子。

情感专家们都教导女人为了长久，要给男人自由的空间，可是这个自由的度在哪儿呢？

这场恋爱真是让人头大，苏青终于知道，原来那种对李川一根筋式的苦逼恋爱方式才是最适合她的，放之四海而皆准的大方姿态，她做不到。

从卫生间出来，苏青发现也许是刚才笑得太久了，脸都有点儿僵了，来夜店玩实在没意思。

她决定跟李文博和他们那群哥们儿打个招呼，直接回家好了。

反正自己装见多识广的招数就这几招，刚才都用完了，被他们发现自己很乏味可就前功尽弃了。

卫生间的门口，一个大肚子满脸油污的男人，正在跟一个大眼妹拉拉扯扯。

这年头美女的口味都怎么回事，怎么都喜欢找这种土大款的男人配对呢。

苏青替这大眼妹可惜，多看了她几眼。

这一看，就看出不对味来了。

那男人大概是喝多了，将身体紧紧贴着大眼妹，恨不得嵌进去。

大眼妹一直用手推，不过估计是这男人肚子太重了，怎么都摆脱不了这纠缠。

大眼妹急得都快哭了："我不认识你，你再这样我叫保安了。"

MD，性骚扰！

刘恋在职场上就吃了不少性骚扰的闷亏，不过她的长相太骗人了，不知情的人还以为是刘恋主动勾引呢。

苏青知道自己长相属于那种让对方毫无性冲动型的，因此理解不了女孩为啥面对这种情况都闷声不说。

她实在看不过眼，掂量了一下动武的可能性不大，她灵机一动，拉着姑娘假装很熟的样子："你怎么在这儿啊，我们找你半天了。"

大眼妹没反应过来，苏青趁机狠狠地踩了一下大肚男的脚。

那男的"哎哟"一声，就开骂苏青没长眼睛，趁着他身体不往大眼妹身上贴了，她一把拉过大眼妹，三下两下就往人多的地方窜。

大肚男也想跟着往前冲，苏青回身就利落地朝他膝盖蹬了一脚。

大肚男本来就喝得摇摇晃晃，重心不稳一下子就跌落到人群中，大家鱼一样散开。

苏青拉着大眼妹，跑到吧台边才停下，回头看，那大肚男还没起来呢，保安看他喝多了，怕他闹事，连忙架走了他。

大眼妹这才回过味来，从吧台拎起个空啤酒瓶，就要冲过去。

苏青心想这姑娘刚虎口脱险怎么又要再入狼圈啊，忙一把拉住："你这是要干吗啊？"

大眼妹大眼一翻："刚才有点儿吓到了，这不是我风格啊！敢占我便宜，我大嘴巴抽他！”

苏青一下子就明白过来，这可能是姑娘给自己台阶下，都是女人，凭什么你仗义行侠我就柔弱女子，总得显得自己也孔武有力才行吧。

苏青理解这一套，连忙拉住：“放心吧，多行不义必自毙，那男的肯定有人收拾。”

大眼妹爽了，觉得现在面了找回来了，连忙招手叫两瓶啤酒：“刚才我是没反应过来，但姐姐，我还是谢谢你。”

苏青有点儿尴尬，装熟真不是她的路数，她也不知道是这啤酒接还是不接。

大眼妹反应过来，解释一下：“姐，你真够精的啊，我就怕你多心，特意要了瓶装酒。”

苏青也明白过味了，她这一停顿，别人还以为自己不接陌生人送过来的杯中酒，怕下药什么的，大眼妹想多了。

苏青拿过啤酒，跟她碰了一下：“哎哟，妹子谢谢你啊，长成我这样还值得被下药吗？”

大眼妹哈哈哈地笑，连说“姐姐你真幽默”，哈完之后两人有点儿冷场。

苏青正准备知趣地拍拍她，就此分手，回到李文博的卡座，即刻闪人。

没想到一眨眼的工夫，大眼妹被一堆同样裙子跟T（T恤）差不多长的姑娘给包住了。

姑娘们纷纷埋怨她这厕所咋上这么长时间啊，大眼妹怒吼：“刚才一个男的要揩我油，可不要脸了！”

“哎哟，那你没大嘴巴抽丫的啊！”

“我没反应过来，刚想抽他，这个姐姐就从天而降帮我解围了，姐妹们快帮我谢谢这姐姐啊。”

苏青今天没背包，要不然会把包里的电钻拿出来钻条地缝自己钻进去。

本来今天知道没啥女的，她也就随便穿穿了，哪想到遇到这群妖精啊！

苏青觉得大眼妹的海拔也算给人面子，但她这群姐妹，自己都得仰着脖跟鹅一样跟她们说话呢。

女人看女人，都是三百六十度立体环绕托马斯全旋无死角观察的。

苏青今天外形的战斗力级数明显太低了，就看到这群姑娘的肩明显耷拉下来。

刘恋刚认识苏青那阵子就是这样由战斗状态转为松弛状态，苏青太明白了，这 body language（身体语言）的意思是“这女的长得这么安全，不会跟老娘抢男人”。

离苏青最近的那个姑娘，胸口的衣服明显被撑成了两间经济适用房，跟苏青头一般大的双奶都挤得快爆青筋了，她打量一下苏青：“姐，你第一次来夜店吧？”

这话怎么接呢，说不是第一次来，这身衣服也不像是第 N 次来的，苏青干脆答非所问：“跟朋友一起过来的。”

爆奶妹撇撇嘴：“男的吧？他们平时可绅士了，一过来就把咱们都扔下了。姐妹们，咱们自己不找点儿乐子不行啊。”

十一点还空的场子，现在跟国庆时期的长城一样人挤人。

苏青发现她们这位置有点儿挡人，在去卫生间的必经之路上，谁去解决生理问题都得路过她们，且带着一脸的不耐烦。

大眼妹跟姐妹们怒吼：“咱们找个地方坐啊，再站下去咱们都姓路，叫路障好了。”她用手护着小矮人苏青别被人挤着，“姐姐，你不走吧，要不然跟我们玩会儿。”

爆奶妹说：“这个点儿了，上哪儿找位置啊？”

苏青眼前突然浮现出李文博那几个朋友缺妞儿缺到嗷嗷叫的脸了，她一手抓起一个妞儿：“跟我走，我给你们找地方去。”

大眼妹有点儿不放心：“姐，你认识这地儿的老板啊？”

4

苏青终于领略到电影里妈妈桑的快感，几个乳房高度跟她发际线同一海拔的妹子，被她雄赳赳气昂昂地领到了李文博他们的座位旁。

妹子永远是男人的电子起搏器——能起死回生。

刚才还有点儿强作欢笑的一群老爷们儿，这个时候才像是真活了过来。

苏青这个时候有点儿理解白凯南为何老往这个地方跑，她今天的功用也终于从壁花小姐变化成了领班的角色，负责泡妹子，为大家各种倒酒，苏青觉得自己就差搂着姑娘们的肩膀浪笑说女儿们要陪好各位大爷了。

胖子和大眼妹一起过来给苏青敬酒："知道吗，我和小天原来都是方家胡同小学毕业的！"

苏青没反应过来："小天？谁啊。"

大眼妹把手搭到苏青肩膀上："我啊，姐，刚才咱们还没自我介绍呢。"

大眼妹的爷爷给她起名叫徐龑，但现在没文化的人太多，大眼妹干脆管自己叫徐龙天了。

胖子此时更佩服苏青了："你连她名儿都不知道，就把这么大一个姑娘给弄过来了？你家祖上有没有做过人贩子？"

大眼的小天白眼翻得那叫一个山清水秀："你以为我跟你一样拿肚脐眼看人呢，本姑娘看人还是准的。"

胖子没皮没脸地凑上来："那你看看我怎么样呗。"

小天瞥了一眼："今年万圣节，你就用这模样参加吧，千万别化装。"

"什么意思？"

"本色出演屌丝样呗。"

胖子一脸很骄傲的样子："我屌丝我骄傲，起码不被奶牛压。"眼神却飘向李文博那边。

双乳挤得要爆青筋的爆乳妹倒是反应快，分辨出这桌儿李文博的魅力综合指数最高，缠着李文博正做访谈节目呢。

李文博跟吃了哑药一样，手忙脚乱地拿喝酒掩饰尴尬，眼睛瞄到苏青他们也往这边看，突然呛到了。

苏青及时递了两张纸巾过去，爆乳妹特别自然地抢了纸巾帮他擦，另一只手及时放在李文博的胸上，爆乳妹眼角还斜瞅着，苏青太懂得这眼神了，叫"别想跟我抢男人"。

苏青一直坚决认为，女人这种从生物学角度上高男人一等的生物，生产力之所以干不过男人，就是把心思都用在跟同胞抢男人上了，女人为难女人的事情，众位姐妹做得那叫一个异彩纷呈。

小天这时冷冷地说了一句："什么男人都往上贴。"

胖子不乐意了："我这发小值得贴吧，人长得精神，还是富二代呢。"

小天摇了摇头："我吧，现在就不乐意跟外地的姑娘玩，功利心太强了，虽然我们北京姑娘也不是要立贞节牌坊，但春天发春也行了，这都马上秋天了，一年四季都是发情期太不安定团结了。"说完想想不对，试探性地问苏青说："姐，你是北京的吧？"

苏青喝了口酒："我山东的。"

小天连忙笑了："看你这大气的样儿，我还以为你是北京姑娘呢，你跟我小时候的一个姐姐特别像……你别多心啊。"

苏青笑着摸摸小天的脑袋："咱能别这么滴水不漏行吗，说话太不放松了。"

小天看苏青脸上没有不乐意的样子，松了一口气："哎哟，我这嘴就是词不达意……以后我不带她了，姐，咱们一起玩吧。"

胖子连忙打圆场，也厚着脸皮对苏青说："苏青姐，你面子大，下回她带着你玩，你也带我一个呗。"

小天特别郑重地对着胖子看，"你把嘴张开，让我看看你的牙。"

胖子顺从地张了嘴露出他的牙，小天评价道："小牙还挺白的。"

胖子反应过来："我发现你说话怎么老是转圈呢，看牙干吗，你找男朋友还得先看牙啊。"

"不是，我看看你牙口，看你这满脸褶子的，怎么还好意思管我苏青姐叫姐，我这 90 后都快管你叫叔了。"

"你 90 后？你这大浓妆是 1890 年的吧？"

苏青看这两人斗嘴看得起劲呢，李文博一屁股坐了过来："一见如故啊。"

苏青下意识地朝反方向挪了挪，李文博一把拉住她："干吗啊，躲我啊。"

胖子笑嘻嘻地说："苏青姐……"小天瞪他一眼，他连忙改口，"我们苏青对牛奶过敏。"

小天听明白了，也接话，"帅哥，艺术人生聊完了，待会儿是不是参加奶牛有约啊？"

李文博不太懂小天对爆乳妹的复杂感情："怎么这么说自己的姐妹，本是同根生。"

小天鄙夷地看着一眼爆乳妹："我呸，我的基因还真不是她比得了的。这么丢人，下回不带她了。"

爆乳妹踩着高跟鞋，噔噔噔地贴过来："哎呀，你们搞小团体呢。讨厌死了，把人家扔一边，聊什么呢，带我一个呗。"

苏青觉得自己有点儿碍事，转瞬即逝一个嫌弃的表情："我去上厕所。"

上过卫生间，苏青用湿漉漉的手捋了捋自己的头发，心想好在手没欠，以现在的功力，就是捯饬也得弄得匪夷所思的。

苏青仔细看自己，一张脸不讨厌，果然大眼小天说得没错，在哪个朝代长得都不像人贩子，洗一把脸就能把五官给洗没了。

嘴唇有点儿干，她下意识地咬了咬嘴唇上的死皮，旁边的洗手池边上，爆乳妹过来对着镜子补妆。

苏青赶紧不看了，假装洗手，也知道这姑娘就乐意别人注视她，两人眼神对上，相互笑一下，爆乳妹边画嘴唇边问："姐，李文博不是你男朋友吧？"

"只是朋友啦……也不算朋友，工作上老碰到。"

"我说也是，你俩明显不像一对。不过他跟我说话，总是心不在焉地往你那里瞟几眼，我还以为我自己看走眼了呢……"

"哈哈哈，那是他怕我嘴巴大，嘴上跑火车渲染他今晚的艳遇。"

爆乳妹涂唇膏的样子其实更像是若有所思，在苏青准备先行离开的时候，她突然问苏青："他是单身吗？"

苏青终于知道为啥小天觉得外地姑娘太功利了，这姑娘的目的性都蜿蜒盘旋在她那张好看的小V脸上了，没好气地回答道："嗯，单身父亲算单身不？"

自卫生间回来后，爆乳妹就跟变了一个人一样，立即展开对另外一个男生的攻势，李文博霎时被当成空气，胖子委屈地说："第一帅她贴完了，该贴我了，我连第二帅都不是吗？"

小天给他打气："加了个油，倒数算，你肯定前两名哦。"

苏青在旁边哈哈哈地笑，李文博咬着吸管，听着小天和爆乳妹各种斗法。

5

半夜三点，人群开始散去，刚才还和和乐乐一家亲的人，在门口打个招呼就都不见了。

工体西路站着大概十万人拦车，苏青自己踏着夹脚拖鞋到前一个路口拦出租车。

李文博跟了上来，叉着腰站在苏青身后："别拦了，这个点儿怎么能打到车呢，咱们吃点儿东西去吧。"

李文博本来想走到鹿港小镇，但苏青三转两转领着他到一个角落去吃小脏串去。

这个地方，还是上次跟白凯南和好后，他领苏青一起来吃，苏青则一吃成瘾。

李文博看着红色汤底中滚动的麻辣烫串串，无从下手。

苏青哼了一下，装什么贵公子，拿了一条泥肠给他。

“吃吧，以形补形。”

“新闻里说，这里面不是都有止泻药吗？”李文博小心地跟苏青咬耳朵。

“你恶不恶心啊！”

“这儿才恶心吧，吃这种不卫生的东西，还让我以形补形……”

“别瞧不起这地方，你知道吗？我一个朋友就在这个摊子上，跟一个日本 AV 女优吃过饭。本人！不是充气娃娃。”

李文博吃在嘴里的东西差点儿喷出来，摊主若无其事地在他面前擦了一下，其他食客的行动明显放缓，用眼睛余光瞄他，显然很介意他把口水喷到长方形的锅里。

白凯南认识的人太杂了，他有阵子跟另外一拨朋友玩，在这个摊子吃麻辣烫的时候，抬头跟对面的日本女孩目光碰到一起了。

那女孩礼貌地对他笑一下，却露出满嘴不太整齐的牙，一下子把美感破坏了，事后，有朋友告诉他，那可是在中国相当有知名度的日本 AV 天后，人家来内地参加一个代言活动呢。

果然过阵子，就见到这位天后跟某知名民歌手以及梅派京剧名家在某活动中不搭调地合影了。

“姐们儿，你认识人够杂的啊，这种奇遇都能有，还真是小看你了。”李文博拿签子扒拉了一下盘中的串儿，突然问，“今天怎么没叫方怡然过来啊？”

“怎么，想她了？”

“好像最近最想她的人不是我哟……你怎么不问问我今天为啥没带冰冰过来？”

“为什么？”

“今天是冰冰生日……”

“两人一块儿过生日去了？小日子过得不错嘛。”

李文博和苏青两人都沉默地吃着东西，李文博先开口："他俩什么时候开始的？"

"别那么八卦，俩小孩谈恋爱这么低调，咱们也给点儿面子，就装作不知道好了。"

李文博嘿嘿一笑："我发现吧，咱俩在一起，特别能撮合人，今天一散场，胖子和小天就相约吃消夜去了。"

"那你还那么没眼力见儿，咱们不来这儿吃，去鹿港小镇吃，吃消夜就有数这么几个地方，当场碰到人家得多尴尬啊。"

"嗯，得沉住气，他们不说，咱们也不问……你说咱俩这么旺别人的桃花，怎么自己都还单着呢？"

"您老可别自降身价跟我这种女屌丝一个命啊，明着就有大胸的姑娘贴上去了，暗地里还不知道多花呢。"苏青原本想用爆乳妹的事情挤对一下他，后来一想不对，自己其实现在也不是单身，但跟刘恋都没说，干吗要跟李文博说。

李文博微微一笑，不再说话，苏青把爆乳妹问她的问题转问李文博："你现在单身吧？"

"嗯，单着……你还是第一次这么关心人家的归属问题，好害羞……"

"滚开，我是想，通过这么久考察，我觉得你还不错……"

李文博心里突然"咯噔"一下。

苏青继续说："我给你介绍个女朋友吧，我有一个闺密不错，比白富美还高个档次……"

麻辣烫摊子，李文博原本与苏青坐在一排，听到她这么说，把头郑重地转过去："说话能不能别大喘气，你演偶像剧呢……你先找个男的要你，再有资格关心我吧。"

"什么叫找个人要我！我现在有男朋友好吗！"苏青说出这句话的时候，也没意识到自己这么没心防。

但是说实在的，她有点儿生气，一直以来，李文博都把她当成无公害的大白菜一样对待，苏青对李文博也没有非分之想，但是一个男人能跨越性别丝毫不顾及你是个女的，要不然就是他喜欢男人，要不然就是作为女人，你毫无吸引力。

苏青受够这种没人把她当成女人的尊重了，这跟小天和爆乳妹觉得她是好人一样，连同性都不排斥，异性又怎能吸引啊，她到底有多糟糕？

“我知道，你一定觉得，像我这样的人的闺密，可能跟我一个 level（水平）的，毫不出色，或者我都这么灰头土脸的，可能河北的大萝卜才肯跟我在一起……但是我也是女人啊，你知道男人对一个女人最大的不尊重，就是在她面前也不用顾忌自己是个男的……”

李文博从来没想过苏青这么想，他一时僵住，不知道怎么说。

“但是也有男人觉得我不错啊，我也有魅力啊，你不能仗着我俩关系还行，就不把我当女人，从精神到肉体蔑视我啊。”

李文博低头吃东西，也不说话，许久，他说：“那有机会我请你和男朋友一起吃饭吧。”

要你请，你是谁啊。

不过这句话苏青没说出口。

深秋的夜半已过，再过几小时天就亮了，工体西路，依旧灯火通明，风起了。

温度很低，长长的麻辣烫锅子的热气飘着辣气，分不清是麻是辣。

就像她分不清现在的情绪是生倒贴爆乳妹的气，还是在幽怨她这么晚不回家，白凯南却连一个关心的电话都不打的冷漠行为。

三点半的夜空像是泼上了小时候用的蓝黑墨水，麻辣烫的温度和适时的低温其实很惬意。

这样的气氛，李川最适合从回忆蹦回现实，陪她吃会儿东西，然后问，明天几点起床。

如果你还在我身边，我可能就不会这样喜悲不分了——可能是刚才发火时看到李文博跟你有一样的薄嘴唇，且让我最后这么没出息地想你吧。

第六章

望京的宜家那么大，绝望过后，总伴随萤火虫的光

1

苏青下楼时，见识到刘恋把两个不到二十的小保安伺候得心花怒放，给她硬挤了个别人的停车位，还见义勇为把后车座的一堆纸箱子搬到没有电梯的楼上。

“没事儿，姐，你们可劲儿见吧，车我给你好好看着。”河南口音的小保安平时可没这么如沐春风，在苏青央求他们帮忙收快递的时候，他们可是另外一副嘴脸。

刘恋也没多说什么，笑笑，关上门之后，一副“后娘脸”：“妈的，今天涂的粉底液比他们月工资都贵。”

“早干吗了，为了个停车位至于卖笑吗？”

“不卖笑能行吗，咱俩从小区外面把这堆纸壳箱子抱回来啊。”

“得得得，让你拿个东西，瞧你委屈的。”

“还不是为了你这个穷 ×！你搬个家就买几个箱子呗，还得让我拉下脸管销售部那帮宅男要十个大箱子，楼下杂货店没有卖的啊！”

“一个箱子十块钱呢，十个箱子一百块钱呢。”

苏青在这房子住了两年，懒得搬家，即使室友不爱干净，她要把堵在下水道的头发捞出来才能洗澡，她也能忍。

猫厕所在阳台，为了不让晒着的衣服满是酸臭味，她每天动手收拾猫粪，白凯南每次都劝她搬出去，她也不乐意。

直到有一天她加班到早晨才回来，一打开卫生间，一个长头发裸男在里面刷牙，苏青愣在那里，第一反应是一大把年纪发出少女的尖叫是不是有点儿太矫情了，她又不是第一回见男生裸体，结果室友跟另外一个裸女从房间里跑出来。

苏青不反对人在肉欲上太过放纵，即使跟李川苦恋的时候，她也早不是处女了，白凯南虽然人长得高大，在床上却是个快枪手，心理和身体都对这个男人极端失望。

但你要是 3P，也拽两个男人过来啊，俩女的伺候一个男人，他金城武吗？值得吗？床上都不能占据主动性！

室友养出来的那只猫在她脚下蹭来蹭去撒娇，苏青低头看着一脸卖萌的喵星人，她明白，她这辈子跟别人合租房子的日子到头了，应该搬家了。

刘恋嘟哝着，看着苏青满屋的东西：“你这满屋是什么东西啊，你也不是乱买东西的人啊。”

刘恋一眼就看到她送给苏青的那件小黑裙子：“没出息的玩意儿！标签还不舍得剪掉，你准备遗体告别那天穿上直接火化吗？”

“太贵了，再说我也没有机会穿，要不等你死了我穿去给你遗体告别。”

“滚！你都投胎了老娘还会好好活着。这裤子你妈穿都过时，怎么不扔啊？”

“我不是不舍得嘛。”

“不舍得就捐掉，这样的囤积是一种近乎犯罪的浪费你知道吗？”

刘恋翻来翻去，翻出一个方便面箱子，刚打开，苏青眼尖，一把夺过，用手重重合上。

刘恋抢过来：“是不是偷藏的震动棒？”

一打开，一本发黄带有油污的理工科系发的笔记本，一管用光的理肤泉洗面奶，已经停产的KENZO的AIR香水瓶，德国巧克力的包装盒……

唯一明显昭示物品主人身份的物品，是一个照片已经粘在玻璃上的相框。

皱皱的照片，李川揽着年轻而土气的苏青，两个人都笑得毫无负担。

那是另一个世界，照片上的男女，永远不会知道，他俩的关系最终将有一个可笑而无法收尾的结局。

刘恋的第一反应是："不要脸！我呢？你怎么把我给剪掉了，明明咱们仨人一起拍的啊。"

苏青把照片归到原处："我和他连张合影都没有，要不是你在，我也不敢跟他一起照相。"

刘恋想想觉得刚才没说到点儿上："这些东西你八百年前就该扔掉，知道咱们现在为啥都还处在'发展中'？就是你们这帮人不把心思放在有用的地方，你准备以这份痴心到痴呆的演技拿明年金马奖吗？"

苏青一件件地把盒子里的东西翻出来："这些作业本是我跟他上自习的时候偷过来的，你看，他人长得人模狗样的，写出的字却像毛毛虫扭来扭去……那时候我长痘，他把自己用的理肤泉洗面奶给我，理肤泉对刚毕业的我来说是天价，我就用这个药妆牌子用到现在……这款AIR的香水，我记得他特别爱用，喷在身上可好闻了，像是刚洗过澡一样干净的味道。后来他知道我喜欢，就送了我半瓶，我从没舍得用，直到有一天忽然发现它竟然挥发没了，我蹲在地上哭了好久……"

刘恋心疼了："你觉得这样有意思吗？"

苏青蹲下来，把箱子合上，用胶带封死，脸上一笑："我怕你见到这些骂我，就想在你来之前把这些藏好。可是你来之前，我翻了翻这些东西，忽然好舍不得。我最美好的年华，都一丝不挂地耗在这个男人身上。我知道他一直不爱我，也不是什么多好的人。他冷漠、绝情，这么多年也不正面拒绝我，狠狠给我一刀，让我有个再生的机会。我没那么深情，跟他在一起的时候，我甚至还像模像样地交过几个男朋友，连第一次都是跟别的男人在学校外面小旅馆的床上发生的。可是我就是不甘心啊，他连碰都不要碰我。可是赌了这么多年，我下不了赌桌了，凭什么让我满盘皆输，一点儿翻盘余地都没有啊？"

刘恋说："有男朋友，就该忘记他了。"

"你见过白凯南了？"

“北京城能有多大呢，我听到风声都派人打听完他了，我知道你耳根子硬不听话。可是苏青，我是你最好的朋友，我还是要跟你说，以我了解的情况，这个叫白凯南的男人……”

“不适合我是吧，我知道，我很早就知道了，你要是前阵子跟我说，我可能说就这么认命了，有人要我就不错了，起码他带出去挺有面子的。但现在你不用跟我说你听到的那些传闻了，我知道的，比你知道的更让我恶心。”

“亲爱的好姐妹，我们分手了，还是我提出来的。”苏青说。

多么可笑，按照他俩的约定，恋爱三个月了，可以告诉身边的朋友了，苏青却提出了分手，哈！

苏青这几天找房子找得大姨妈都推迟了，白凯南不爱戴套，苏青还杯弓蛇影地买来验孕棒，结果虚惊一场。

在找房子这件事情上，白凯南置若罔闻，苏青倒也不在乎。这么多年了，她早就自我进化成了她想要的那种男人，她能搞定。

昨天的例行电话中，白凯南说他下班后跟朋友吃饭去了，苏青没多想，随口问了跟谁吃啊，哪知道白凯南特别老实说，跟个他刚认识的黑人老外吃饭。

白羊座的优点是，他永远光明磊落地出去交际，苏青知道这黑人男人是个基佬，一直想找个中国男朋友，看上了白凯南。

苏青当时还调笑说他魅力已经大到男女通吃了，这个时候却觉得不对劲了。

“你一个离开女人就不能活的直男，明知道他喜欢你，也别给他机会啊。”

“他不是一个4A广告公司的创意总监嘛，我觉得他能帮我，给我介绍工作机会。”

苏青脑子嗡的一下，她愣在那里，任由绝望的感觉翻云覆雨，仿佛某种自我凌迟。

“刘恋，你知道吗，我人生当中绝望的时候没有那么多。”

小学时一次学校大型会演，除了她和一个残疾的女同学，其他女生都被挑去排练节目，她发现自己又丑又笨又不招人喜欢。

上高中时，青春的苦闷，让她只能以学习退步来引起父母的注意。

她甚至写了一封长信，准备交给父母告诉自己这段时间有多难过，只等着父母说对不起啊女儿我们做得太不对了，她就奋起直追豁出命去考北外法语系，为父母增光添彩，为家庭书写荣誉诗篇。然而等那封信交给父母，母亲看信太长，不好意思地跟她说，舅妈还等着她和爸爸打麻将呢。

她知道自己不是玫瑰，但是亦舒小说里，不是还有一型长相不出色但是工作努力的女主角吗？

她在第一个公司里，任由老板骂她“我花钱雇你来当打字机的吗”“你看看你写出来的东西是不是一坨屎”……

终于熬到升了职，却又要开始忍受甲方的各种无理要求，得每天回家听大悲咒，才能确保自己不会得癌。

即使公司来了新人，她也得负责给老板洗咖啡杯磨咖啡豆买蓝色万宝路。老板不舍得请保洁阿姨，每周六下班前她都戴着胶皮手套，把厕所马桶刷得比她出租房的洗脸池还要干净，结果努力了半年，工资只涨了三百块。

后来认识刘恋，人生境遇就顺利了很多，也知道打扮自己不再那么邋遢。

跳了两次槽，工作顺心了好多，但人也奔三，仿佛没什么机会认识新的男人了。

她一门心思等李川发现她的好，然而李川玩消失，把她扔在工体的国安队主场的绿色海洋之中，任由她变成行尸走肉。

原本以为这把年纪了，别林黛玉一样脆弱到动不动就咳血玩绝望，她也决定走出来，选择了白凯南，然而不到三个月，她就发现这个男人不简单……

白凯南在这三个月一直以单身的身份骗吃骗喝，不断接受各路无知少女送他的礼物，最近还接到了一个单反相机的馈赠。

而且白凯南只是他在外面玩的名字，有几个人知道他身份证上的名字叫杜明啊。

平时利用别人的好感取一些蝇头小利也就罢了，但至于为了一个工作机会就玩弄别人的感情吗？

分手的决定终于在这个电话里提出，苏青自己都想笑，她是多想演面对面的分手戏码。

可是人生难得的几次分手都是在电话里，只不过上次是李川主动提出，这次换到她。

“我们分手吧。”这句话说出来后，她自己都觉得解脱了。

三个月的恋情，在这个城市森林的快餐式感情模式中仍显得郑重。

但对苏青来说，余生都不会有如此荒谬的时刻了。

她甚至觉得自己有点儿恶心，之前究竟是有多放荡，荡到毫无底线地忍受了白凯南三个月。

忍着白凯南把她的自尊一次次地摘下，然后由高处释放，坠落，伤痕累累碎成几瓣。

自己默默在黑暗中苦苦爬起，低头次次拾得那原本就已经很卑微的自尊，放回不为人知的衣袋。

犯贱高杆如张爱玲，遇到胡兰成，低到土里，最终还能开出一朵花来。

可自己呢。

却只能像是修建成吉思汗陵墓的匠人，自参与其中那天开始，就注定埋葬后尸骨无存，还会连累周围的土地寸草不生。

2

苏青像是对刘恋讲别人的事："白凯南不是坏人，他只是空长了那高个子，内心没有足够成熟的三观来支撑。他当然不会觉得这些事情有什么不对，一如往常认为自己无辜如小白兔。他当然不同意分手，他要见面谈。然而我说出这些问题的时候，他却一直逃避说别说了我脑袋疼……我很傻×吧，不会慧眼识人，忍到自己都被他同化了，却没想到他不堪到即使发现问题也逃避。"

他跟李川相像的地方，不光是那薄薄的嘴唇，还有逃避，只空留她苏青在名副其实的独角戏里承受这份不知所措后的不堪。

苏青最近的难过不是为了白凯南，她更多是为了自己认识他那天他穿格子衬衫就此认了命而感到不争。

"没办法得到自己喜欢的，那我放低标准，找个稍微看着顺眼的就行了，没想到老天爷并不把选择权交给我。我认真挑选了白凯南，可是他越浑蛋，李川在我心里就越是屹立不倒，最后竟硬生生站成了钉子户。"

原本就不甚整洁的小屋子，并未打包的物品让整个环境，宛如一个失落人的心，没有章法，把一切整理完毕仿佛是不能完成的任务。

唯有大刀阔斧，把一切丢弃。

可是，苏青不舍得。

椅子上已经堆满了东西，人没处坐，刘恋就坐在大箱小箱上，默默地听着苏青不动声色的讲述。

苏青那么淡然，仿佛在讲跟自己没有关系的女人的故事。

看她被感情弄到灰心丧气，看着原本那一点儿有希望的星星之火，最起码可以自我取暖的爱之暖光，忽明忽暗，最终归于一片寂静的黑。

刘恋的心上腾起了雾气，这雾气，不会上浮到眼前。

她是刘恋，刘恋流血不流泪。

刘恋此次来，带来的不光是一堆打包用的纸壳箱子，也带着满肚子的气愤，诸如你谈恋爱为什么连我都不告诉。

甚至，刘恋扪心自问，她内心深处还有一种不为人知的得意感：看吧，你不让我帮你找男人，最后肯定没有好下场。

然而这是苏青啊，她又蠢又笨的好姐妹，这样的好女人，应该配得上这世间所有的温暖的幸福啊。

伊丽莎白·泰勒一生可以嫁七次，可有的女人却要终身做老姑婆。

没有任何理论，可以自信地解释这种不公平。

唯有认命，在苦海里，挣扎出一丝自我燃烧的希望之光。

刘恋从包里翻出一包烟，内心翻江倒海，自己却像个细口瓶子，不知道该是倒点儿无关痛痒的心灵鸡汤给予安慰，还是果断来一剂毒舌辣椒水灌醒苏青。

沉默了半根烟时间，那半截的灰白色烟灰摇摇欲坠。

刘恋找地方弹烟灰，刚站起迈步，却不小心被脚下杂物绊到，烟灰连着未燃尽的烟头掉落身上。

苏青赶快帮刘恋把烟灰拍到一边，胸前的蕾丝立刻烧出了一个不大不小的口子，刘恋骂骂咧咧的："三千块钱的衣服就这么报废了！真丝跟男人一样靠不住。"

她手脚利索地把衣服脱掉，看到胸口皮肤被烫了一个红点："这下好了，不知道的还以为我重口味玩烫烟头呢。"

苏青给她找来一件外套穿上，套上运动服的刘恋把头发扎起来，少有的少女模样就显露出来了。

不过这位“少女”叹了一口气：“刚才好好的一出煽情戏，我培养了半天情绪刚要开导你，一个烟头都给我烫忘了。苏青，你要嚷就嚷，要哭就哭，要撒欢就赶紧，要买凶拍人就赶紧攒钱，祥林嫂的唠叨就是憋太久憋出的后遗症。这个北京城，我就只你这么一个姐妹，我希望你好。”

苏青听话，想挤出几滴眼泪了，可是发现自己情绪还真挺平静的：“我这么做是不是不值？”

刘恋接着说：“值与不值，全看当事人的感受，你乐意痴情也好，把心里的李川守成一座贞节牌坊也好，以后变个大淫娃也成，还找个白凯南这样的贱人遇人不淑也行，你想怎么样都可以。你看你，多么懂事，可是老天爷会因为你懂事赐给你一个好男人吗？男人们不给你机会任性，自己任性点儿怎么着吧，人还不能有点儿情绪地活着了？”

苏青笑了，“我还以为你会大骂我一顿呢，找个男朋友也不让你过过眼，最终落得这样的结局。”

“知道为什么咱俩性格爱好南辕北辙的两个人，我能这么喜欢你？是因为你既不是靠智商也不是靠情商，而是靠直觉活着。你这种人的好处啊，是既不神神道道，又没聪明到不接地气，但坏处就是固执。我知道我后半辈子是没办法让你忘掉李川了，但你别因为一个白凯南就觉得自己红颜薄命情路坎坷，你这手里正经才两个男人，要是直接能遇到 Mr. Right，你怎么不买彩票呢？下一个男人可能也是人渣，但不经历人渣怎么能遇到金城武，谁不是一路爱一路贱呢？等咱们死了，墓碑上要写‘活过，爱过，贱过’，那才是一个女人最无上的荣耀。”

苏青苦笑：“我可真厌倦暧昧、约会、确定关系、期望又失望这一套了，真想赶快定下来。”

“定下来又如何？定下来有定下来的苦，人得自己找乐。运气既然拼不过，咱们就拼概率了。”刘恋用双手捂着苏青的脸颊，“这么看脸也不是很大，我家青青还是能卖出去的。”

“你准备把我卖给谁？”

“你跟时一鸣有后续没？”

“倒是一直约我出去吃饭……白凯南这事儿我倒不伤心，但有点儿内伤，我得恢复几天啊。”

“相信姐，新鲜的货色永远是最好的狗皮膏药，贴瞎眼也能重见光明。”

狗皮膏药也许在某些方面是万能的，但它依旧解决不了单身大龄女青年的房子问题，刘恋的人脉让苏青以一个适当的价格租了三里屯海底捞对面的老楼，尽管搭上刘恋的人情，但是房租也得三千五百元。

肉痛了几天，一向勤俭持家的苏青觉得不过了，开始破罐子破摔找人收拾这个房子，甚至想把那个油迹斑斑的厨房重新贴上瓷砖。

当然不能免俗要去宜家，号称最便宜最温馨的家居场所，苏青当然很没志气地希望自己的新家像其中一个样板间就好了，然而计算了一下一个样板间的价格，她真想拦下一个顾客。

1/ 妈的，你知道吗，宜家连纸桌子的腿都单独收钱啊！奸商啊奸商啊！

2/ 妈的，你知道吗，宜家的设计师说，他们店内的参观路线是故意让顾客绕路，这样可以让顾客花更多的钱。

3

苏青这个时候开始惦记起白凯南的好处了，现在她不少还能见人的照片还都是白凯南在宜家帮她拍的，PS 一下加一个滤镜就能勉强当微博美女。

做设计师他不行，但是拍照和挑家具的品位还行啊，起码他那大个子扛家具上楼很孔武有力啊。

苏青坐在一个沙发上计算，租完房子后多买个大书柜的钱都紧紧巴巴的，A 计划是不行了，只能实行最适合穷 × 的 B 计划了。

隔板区。

满脸是痘的宜家店员热情洋溢地介绍了所有的隔板，甚至每种隔板托儿的承重能力和搭配组合都事无巨细了，但眼见苏青这位奇异的妇女不停点头之余，只是默默买了一车最便宜的十五元塑料隔板托儿。

“您是干淘宝代购的？”

“我自己用。”

苏青面无表情地推车，突然回头跟店员说：“赶紧去皮肤科挂号，查肝功能，然后让大夫给你开一种叫泰尔丝的西药，三个月要是还长痘你找我。”

宜家店员愣在那里，下意识捂着脸上的痘不知道该怎么回答她。

等苏青背着蓝色宜家袋赶到四惠建材城的时候，场内弥漫着一股盒饭的味道。

苏青假装见多识广的样子，终究还是被店主识破，人家没计较，直接把话说清楚：又不是量有多大，稍微给便宜点儿就行了。

价格谈不成，苏青将各种长方形正方形的木板尺寸说给店主听，店主皱眉头："你这是拼七巧板呢。"

最终价格谈拢，苏青把三里屯海底捞对面的地址写下来，交完钱，还有点儿不放心，"木板边缘别太粗糙啊，我当桌面使用呢。"

店主嚼着一个牛肉丸子，不耐烦地挥挥手："您等好吧，你这点儿生意都没啥可唬你的。"

苏青在瓷砖店前面徘徊，心想厨房的瓷砖要不要换成马赛克的时候，手机接到一个陌生的号码，但声音可不陌生，白凯南在电话里说，一起吃顿饭，要把欠的钱还给她。

苏青叹了一口气，多希望白凯南不还她这五百块啊，这样他还能维持一个贱人的美好形象。

她本来想给他一个银行账户，让他直接打过来，可话到嘴边，又转了。

她知道白凯南想见她。她决定赴约，她希望能有个仪式化的结尾。

或许还有一丝留恋，她讲不清。

苏青出现在金鼎轩的时候，依然是晚饭的饭点儿，人声鼎沸，白凯南一米八五的身高，立在桌子与桌子之间像个棕色的电线杆子。

当然，热恋期的时候，苏青会说他像一棵英俊的树。

白凯南脸色不太好，天津杨柳青的年画娃娃化了烟熏妆的效果。

如果你过得比我好，我就受不了。

苏青心里好受一点儿，觉得自己点菜时表现得还挺落落大方的。

但是想起自己刚满北京城拎着宜家蓝色购物袋，戴了副眼镜，满头大汗的样子，实在不是什么体面的样子。

苏青从来没有觉得金鼎轩的上菜速度这么慢，两人大眼瞪小眼的，很尴尬。

不过想想也是，分手男女说"你好吗我很好"的戏份只出现在爱情电影里，他俩都没有美好到像是戏中人。

在苏青看来，这段荒唐的恋情起码到目前为止，没什么值得让她怀念的，因此见面时也没什么旧好叙。

且苏青也不想扮成临水照花人的自恋型怨妇，连呼吸都是“你负我”。

凡事讲究姿态的苏青，依旧还是想留个光芒万丈的形象给前男友，在他受难之时，也会想到过去的日子那么美好，有这么正的妞儿曾经爱过他。

真的爱白凯南吗？难说，但一想到白凯南睡得迷迷糊糊的，还不忘帮她捂手的事情，再加上他壮汉面具下孩子气的眉宇，她心头也一阵热。

真有那么几秒钟，白凯南要是开口说复合，苏青觉得自己会立马答应。

但是食物端上来后，她恢复了理智。

都是挎着这一堆隔板托儿，满北京城跑了一天给饿的，苏青点的营养杂粮粥和芝麻糊很快见底，待她吃完第一个虾饺，白凯南点的炒饭还没上来。

苏青擦擦嘴，准备开始跟这位前男友友好会晤一下，打哈哈说说废话，即使她不是那种敷衍的人，也跟那帮傻 × 甲方客户学得太多了。

“你工作怎么样？”

“我准备辞职了，去上海做教育。”

此教育非教书育人，家长的钱好赚，课余时间送孩子去补习班，于是眼尖的商人就把这所谓的补习班变成了补习集团。

白凯南之前跟她说过，说他朋友做教育咨询这一行，光靠提成，每个月两万多呢。

苏青一向不太喜欢靠形势、靠运气吃饭的职业，总要有一技之长傍身啊。

不过两人已经分手了，苏青也不愿再废话了。

再体己的话，当关系不同，亦不方便再讲了。

“有没有问过你的朋友？”

“我没跟他们说。”

“也是，就你那些酒肉朋友……你还是小心点儿吧。”苏青还是没忍住，小小地吐了个槽。

白凯南消灭了那盘炒饭，也没动别的，苏青看他盯着宜家的购物袋，想起上次去宜家，还是白凯南带着别人送他的新单反，给她拍照片呢。

“宜家的东西真贵啊，不搬家收拾新房子不知道。”

白凯南问：“还是跟别人合租吗？”

“我受够了室友天天带不同的男人回家了，我搬出去自己住。”

白凯南笑笑说：“那时候叫你搬出去，你不搬。咱们分开了，你反而搬了，你还是不想跟我一起住。”

情感专家们都说情侣住在一起，没有私人空间，难免有龃龉的事情发生。

所以即便开始交往了，也最好各自有一个空间，别一下子就同居。

这样各自相处厌了，还能回到自己的小窝待待，总算是有条退路。

理儿是这个理儿，但苏青相信，如果当时她被新感情冲昏了头，搬到一起住，也许两人有了点儿相依为命的意思，自己提分手，也不会那么决绝。

如果自己傻一点儿，反应迟钝一点儿，多容忍一点儿，也许也不会过得那么辛苦。

也许下一段恋情，苏青会试着不那么眼睛里容不下沙子。

也许，也许……

苏青苦笑：“我是想相处一年后，咱们再说住到一起的事儿。没想到三个月，咱俩就分了，计划永远没有变化快。”

爱情中，所有的计划，都会在爱情结束之时，变成一记记响亮耳光。

毫不留情。

用力程度，同计划美好度，基本成正比。

白凯南想想：“有三个月吗……咱们不是八月末才在一起的吗？”

他的话就像是开启平行空间的咒语，让处在十月空间苏青，瞬间回到了两人第一次吃饭时的金鼎轩。

她看到那个空间的白凯南和苏青，两个人点完菜，就这么傻看着。

白凯南说原来两个人就这么看着，也这么好玩。

苏青看到当时的自己一直在傻笑，仿佛中了福彩大奖，白凯南说你怎么这么爱笑，我以后叫你乐乐吧。

那时的苏青点头，丝毫没注意自己的手机在振动，手机的一角写着七月十七日。

“八月末？！你觉得我是坐时光机器到王菲的演唱会现场打电话给你的？！”

八月末的时候，隐退的天后王菲出来圈钱，满北京城一票难求。

那时刘恋不知道白凯南的存在，只搞到了一张票给苏青。

在瘦得没有胸部的王妇女唱《催眠》时，苏青想起李川的偶像王菲这么多歌，她只有这首歌唱得没那么难听，难过得泪流满面。

打电话给白凯南，他静静地在电话那边默默学会了这首歌。

这是“感动——白凯南十大事件”之一啊，那时他们都在一起一个多月了……

“你连我们哪一天在一起都不记得……”

人声鼎沸的金鼎轩，恋人分手后再见面的戏份，真心不适合在这里拍摄。

太市井和嘈杂，太容易让北京城中这群神经无比脆弱的可怜人崩溃。

话噎到喉头，苏青说不下去了，她抓起宜家购物袋，转身就走。

“你等等……”身后是白凯南虚弱的声音。

苏青没等，大步流星。

她怕自己一停，一不小心就再演成了欲拒还休的戏码。

4

走到地坛公园附近，冷风一吹，苏青脑袋清醒了很多。

手上提的东西开始重起来，她暗暗自嘲，你还真是临危不乱啊，这种时刻还不忘拎着这堆宜家的隔板托儿啊。

有的时候感情真经不起考验，对于某些人来讲，在一起的纪念日如此微不足道，还不如这些隔板托儿有情有义有担当，购物单子上时间地点每分每秒白纸黑字，绝无忘记可能。

在这个偌大城市里，一段感情还不如一个十五元的塑料隔板托儿耐用，这不是笑话。

苏青走到地坛对面的小区，真不想就这么丧气地回家继续收拾行李，她真想对着旁边的路灯撒娇。

可能是刚刚得知自己是个连在一起的日期都不值得记住的女人，震惊太大，苏青的胃翻江倒海，她扶住路灯一阵反胃。

未消化的食物仿佛也会从眼睛流出一样，苏青吐得酣畅淋漓，若她在拍周星星的电影，大概周星星也会分配给她一句台词，“好久没吐这么爽了”。

别人特别难过时，会大哭，苏青特别难过时，会吐。

上回这么专心致志地吐，还是李川把她一个人扔在工人体育场，李文博把握了机会从李贱人升级成李骑士之时。

苏青不知道苦胆在哪儿，但是估摸着苦胆此时也全身开动输送出苦水了，整个身体弯成了一张弓，一双手触碰了这根“弓弦”。

白凯南吗？苏青此时多希望是李川一把抱住她，摸摸头说乖，不要难过，这一切只是梦，我从未离开你。

抬起头，生命里的两个男人都消失不见，一个非主流打扮的男孩尴尬地递过一瓶水。

男孩身上质地并不良好的瘦腿裤紧紧包着小细腿，头发梳成鸡冠头，发梢挑染成金黄色，“你没事吧？”

苏青拿过水，漱漱口，才记起路灯旁边是理发店，店内已经没人了。

苏青笑笑，问他：“你还没下班吗？帮我剪个头发吧。”

男孩很迟疑地看着苏青，分不清她脸上的笑容是开玩笑还是精神失常，苏青拍拍肚子：“我是吃坏了，不是怀孕了。”

是，她刚刚吃掉一段腐败的恋情。

男孩拿不准苏青说的剪短是有多短，苏青随手翻起桌上的杂志，指着一个男孩的发型，就这么短吧。

男孩点点头，话并不多，正合苏青意。

理发店的电视机，洪兴十三妹跟着方中信到内地跑路，苏青心想，那时的方中信真好看啊，电影还没演完，苏青看着镜子里的自己，已经是一个小男孩般的发型，苏青感觉整个头轻了好多。

结账的时候，苏青才发现手机、钱包都落在了金鼎轩，她这个守财奴只惦记那袋子宜家的隔板托儿，哈哈，这多像是她的感情，主次不分，但最次等的尊重也不会给她留。

苏青掏出了兜里为数不多的现金，全堆在了前台上，男孩连忙摆摆手，说用不了这么多，20 块就够了。

“留给你买水吧，下回再遇到女孩不舒服，别忘了再帮她递过去一瓶水，这瓶水很重要。”苏青也知道男孩没听懂，笑笑，摆摆手，背着宜家袋子回家。

“夏天夏天悄悄过去，留下小秘密。”

苏青哼着歌，想想自己这无比荒唐的夏天终于过去了。

初秋的夜刮着小风，苏青短得像男孩的头发略微昂起。

是呢，本想靠白凯南在这个夏天在感情上扳回一局，没想到连赌本儿都赔上了。

原来在感情上，还是不能有任何的投机性。

是你的，就是你的。不是你的，即使占据一阵子，依然强求不来。

她是两手空空的苏青，可她输得起。

光脚的不怕穿鞋的，她是野火烧不尽，春风吹又生。

整个楼住的多是老人，入夜了，大多数窗口都暗了，只残留了几盏灯，其中一盏灯是苏青房间的灯。

因为太渴望有人专门为她晚归留一盏灯，愿望太难达成，她每次临走前都不关灯，制造有人在的温暖假象。

这个城市，只要有人为我留一盏灯就行啊，多么卑微的愿望。

弱水三千，苏青连一瓢都不敢饮，她不要消耗品，她只要万古千秋，小小虚幻安稳。

开门，房子内一片慌乱，自从苏青开始整理东西搬家，这个两居室就没人管了，根本下不去脚。

听到开门声，室友怯生生地伸过头，自从上次被苏青撞到她带人来 3P，室友就一直小心翼翼的，但苏青那次过后也没说什么。

胖丫头的黄头发许久没染了，发根处已经渐黑："姐，刚才老白来了。"

苏青把手机钱包都落在了金鼎轩，白凯南因为要结账，没追上苏青，在苏青到理发店剪短头发的时候，白凯南刚好跟她在楼下错过。

上楼敲门，室友见过白凯南几次，尽管她挑选自己男人的眼光很烂，但旁观者清，对白凯南印象很不好。

"等会儿我要出门看演出，我就跟老白说要不然他把东西留下，写一张字条吧。老白在屋子里待了一会儿就走了。"

钱包、钥匙压着五张粉红色人民币及一张字条。

苏青还是第一次见白凯南写了那么多字。

"乐乐，我也不知道说什么，但是一切都过去了，你快乐的、难过的，都已经过去了，希望你向前看。希望你一切都好。老白。"

话很直白，字迹写得一笔一画，跟字的主人一样，多情而忧郁。

屋子里的空气有点儿闷，苏青没打开空调，而是打开了铁窗，初秋的夜风微微吹进屋里，霉味稍微减轻了。

苏青关了灯，将白凯南的字条再用心看了一遍，然后慢慢地将字条撕成了碎片，扬向窗外。

苏青想，自己的道行终究是太浅，她的心还是受伤了，这段恋情的ending，以挫骨扬灰之姿，摧毁了她最后的风度。

还以为因为李川，她早已刀枪不入，但白凯南随便一个忘记何时在一起，就已经让她毒至攻心，而下一剂猛药还不知道藏在多久的未来，她会痊愈吗？

仿佛深海般的黑暗中，苏青笑了。

那一抹笑，那么美好，仿佛幽暗森林里小小萤火虫的绿光，振臂燃烧，无人所见，无人能懂，转瞬即逝，了无痕迹。

却因不自知，胜却了这世间，光彩夺目的无数。

第七章

四九城中，
搬次家就好比投次胎

1

贱人永远是天边最亮的星，指引着我们前进。

早晨起来望向镜中略带陌生的自己，苏青自我安慰：尽管还看不到什么峰回路转，但剪短头发也算一种前进的姿态，心若在梦就在，大不了从头再来什么的。

她没在失恋恢复期咳血，现在还兵荒马乱地一个人搬家，还真是一枝独立寒风不叫苦的傲骨蜡梅花呢。

苏青转念，又挺知足地想，其实老天爷对自己也不薄，“剪短了我的发，剪短了牵挂”这么稍显做作的戏份，都有机会让她来演，也实在不能觍着脸再感怀伤秋了。

搬家的事情已经不能再拖了，尽管老板哼哼唧唧不乐意，苏青还是半哄半要挟拿了一天假期。

一天假期？周末呀！

其实本来就应该放假，又不是国庆假期前的周末串休，为什么不放假？奸商。

搬家计划实在太赶了，苏青原以为等搬家公司过来之前，也就大致能把客厅的垃圾收一下，结果地都拖得可以照镜子了，搬家公司还没来。

开始师傅还说堵在路上呢，结果催了几次，干脆不接电话了，眼瞅着都到中午了。

说是搬家公司，实际上就是一辆破面包车加两个人，苏青图便宜，但别人用这样的阵容搬八百次都平安无事，她八十年才搬一次还被人放鸽子。

苏青迅速上网搜了几家搬家公司，价格肉痛就不说了，还不能立即过来。

她挂掉电话后迅速地盘点：是叫刘恋开她那辆小 Mini 分十次来回搬家，还是干脆改日子再议？

可眼看着新房客就要搬进来了啊！

正满床滚呢，放在桌子上的手机响，苏青扑过去，还以为是搬家师傅良心发现，一看却是李文博。

自上次去夜店玩，两个人在路边摊吃消夜，苏青把满肚子对白凯南的怨气撒在了李文博身上后，这两人还没打过照面呢。

李文博电话那边一堆人噼里啪啦地说话，苏青说你这是掉进狼窝了。

“没有，胖子和小天他们在我家无聊得要死，非要打电话叫你出来玩。”

“哎，你们闲得蛋疼，我这边可手忙脚乱地搬家呢。”

苏青絮絮叨叨地向李文博痛骂搬家师傅不靠谱，李文博不乐意了：“打住，我看你把我当成搬家师傅一块儿骂呢。”

李文博让苏青等会儿，他在电话那头跟周围人说：“苏青被搬家师傅放鸽子了……”往后面苏青没听清楚。

苏青还叽叽歪歪地想继续痛骂搬家师傅呢，电话那头的李文博却特别利落地说：“反正我们这边有车，我们过去帮你搬家吧。”

不给周围人添麻烦一向是苏青做人的铁血准则，她还在那里磨磨叽叽客气呢，李文博没惯着她：“少废话，还是上回那地儿吧，我好像没忘记路。”

不到一小时，苏青陈旧的小区内呼啸地停着几辆跑车，楼下没事儿干的大爷大妈受了吸引，脸都快贴上车窗玻璃了，一个老头问胖子："你这车特别贵吧？"

胖子那叫一个不正经："特别贵，卖了能买好几头猪呢。"

小区保安也不知道这几个人是什么来头，站在一旁略有点儿手足无措。

苏青下楼，看了眼这一溜儿的跑车，特别不客气："你开这两个门的跑车来，是帮我运指甲刀的吗，最起码也得开辆金杯啊。"

还没等胖子回嘴，小天就笑得跟花一样从跑车里露出脸来："谁说不是呢，好像全四九城，就他们家的车是两个门的。"

苏青和小天两人特别腻歪地拉着手，相互称赞对方又变好看了，小天说苏青的短发特别时髦，苏青说小天现在活脱脱是一欧美大模。

李文博拍拍手："行了，妹子们，你俩又不是上《新闻联播》，好话等会儿再说。"

说罢，便拉着几个男生上楼搬东西去了。

苏青的东西也不是很多，但几个箱子的书还真要了老命了。

小天特别体贴地要帮胖子搬书，胖子手臂的肌肉都快被撕裂了，还不忘假装孔武有力："别弄脏咱们这么好看的裙子。"

好在李文博的 Q5 还挺像样的，装了不少东西，底下的几个老太太做了一辈子的民间收纳达人，正帮小天努力往胖子的跑车里多塞一床被子。

还剩下一个破烂箱子实在装不下去了，胖子打开箱子，发现是一堆用过的香水瓶、洗面奶、木头相册什么的，"什么玩意儿，大姐，不行咱们就扔了吧。"

苏青小心翼翼地先坐上 Q5 的副驾驶座，把手上的东西先摞在自己身上，在离车顶还有块空间的时候，苏青从一堆东西之间伸出手："搭把手，把东西给我。"

苏青心说，这箱关于李川的东西，她千金不换。

腿上的东西摞得很高，挡住了苏青的视线，她把头歪到一边，给李文博指路："前面上二环，你知道三里屯海底捞那个店吧，对面就是……"

李文博的 Q5 当头车，后面跟着跑车们浩浩荡荡，李文博边开车边笑："像不像婚车？"

"你的婚车还是我的婚车？"苏青说完才觉得自己反射弧太长了，两人同坐一车，要是婚车，还分你我？"你可真会占便宜。"

"哎，今天搬家你男朋友怎么没来，拉上你俩我更像是婚车司机。"

苏青看了看后视镜里自己的样子，"我把头发剪短好看吗？"

李文博瞥了一眼苏青："分了？"

苏青想想分手也不是什么坏事："嗯……你怎么知道？"

李文博清了清嗓子，开始唱梁咏琪的《短发》，"我已剪短我的发，剪短了牵挂"，他不熟悉歌词，最后只能干哼了几句调子作为收尾，"女人剪短头发，不是被甩就是出家。现在当尼姑也要研究生，你学历不够，只能是失恋了。"

苏青叹了一口气，"应该等他帮我搬完家再提分手啊，我这人真是没用。"

李文博目不斜视："那他应该伤心，你剪个毛头发！你俩前一阵子不还好好的吗？"

"我这是防患于未然，反正现在不是我提，过阵子，说不定就有个黑人壮汉过来求我放爱一条生路了。"

苏青不是那种分手后迎着风，打碎牙齿和血吞的亦舒女子，当怨妇这么爽的事情她怎么能放过呢。

她絮絮叨叨地把白凯南身上一切狗血事情都说了一遍，正愁没听众呢。

李文博还真是个好的倾诉对象，适时地嗯了几声，"后来呢？""我去！这么恶心！"

苏青从来没有觉得自己的口才这么好过，说到最后自己都乐了："我怎么这么傻呢，当时我就应该给他一个大嘴巴子。"

李文博若有所思的样子："你跟他在一起，图什么呢。"

"就是图能清清静静地谈个恋爱呗，本来觉得他就是个经济适用男，省心，没想到捡了个流行款。"

"苏青，其实你不是想谈恋爱，你是想结婚。"

被说中心事的苏青一愣。

2

红绿灯，李文博从后视镜看身后那一溜荧光色的跑车："想踏实过日子，就要找踏实过日子的人。跟选车一样，你这样的情况，就得找家用旅行车，虽然长得不好看，但是准保靠谱。你找了个隐藏版的跑车，人家还没跑过瘾呢，凭什么跟你一起开着五十迈周末郊游呢。”

“玩咖脸上又不刻着字，我又没透视眼，怎么分辨啊？”

“日久见人心啊，你就太钟爱一见钟情了，第一眼不合眼缘，直接就给pass掉了。但是你自己都摸不清自己，你那眼光能客观吗？”

“那也不能见谁都给机会啊，我都马上三十了，现在这年纪再投入滚滚红尘里，还来得及吗？再说我这种良家妇女的脸，红尘也不给我滚啊。”

“你应该感谢你那些前男友，现在失恋，剪个头发睡一觉，还能活蹦乱跳地自己搬家。过两年，你再失恋一次，就够能复健得快了。货越用越破，人越磨越光彩，你现在不试着跟各种牛头马面打交道，你就培养不出在一堆烂人里挑出个金城武的眼光来。”

“我比较喜欢小沈阳。”

“行，小沈阳在前方穿着跑偏的苏格兰大裤衩等着你呢，”李文博突然加大声音，“等……着……你！”

李文博方向盘没怎么握稳，一个拐弯，苏青扶着的一堆东西一阵晃悠，装李川东西的方便面箱子落了下来。

李文博“哎哟”了一声，苏青连忙单手收拾东西，李文博一边开车，一边挪地方，另外一只手摸到一个木头相框，他看了一眼，苏青和李川在记忆中笑得山清水秀。

“这就是……他啊？”

“他怎么能跟他比。”

前个他，是白凯南，是个过客。

后个他，是李川，像个钉子户一样怎么轰都轰不走。

有时候，你忘不了那个人，是因为时间这把杀猪刀，把自己砍得面目全非，却把回忆里的那个人磨得珠圆玉润，周身都放着美好的光晕。

在旧时光里一笑倾人城，再笑倾人国。

可实际上，那个人可能只是个丑八怪，笑的时候镜子都会裂的那种。

时间就是有如此魔力，苏青坐在李文博的车里，想着他本家的李川兄弟，沉浸在这种魔力中想得正爽。

李文博突然晃荡一句毁了所有的意境：“看球不来，在工体放你鸽子那个？”

本来今天苏青贡献自己狗血的经历，很大程度上，也是为了取悦李文博。毕竟他这么热心帮自己搬家，有一种我拿狗血换你真心的意思，顺便满足自己当怨妇的夙愿，但李文博这哪壶不开提哪壶毁掉了他所有的好。

苏青狠狠捶了李文博一下："不说话谁能把你当哑巴啊。"

李文博嘿嘿笑了："等你功名成就那天，赶快派杀手干掉我，我知道你太多秘密了。"

苏青嫌弃地撇了撇嘴，"谁稀罕干掉你……你小心点儿，你要是有什么秘密被我知道，我肯定编首歌四处传唱。"

李文博笑了一下："我能有什么秘密。"

"资深人渣的秘密更多。"

"资深人渣"，李文博把这句话在嘴里嚼了几遍。

苏青见他不说话："怎么，勾起了你的人渣往事了？"

李文博顾左右而言他："是这个海底捞不，车停哪儿？"

苏青手舞足蹈让李文博赶快停下，忘记了刚才那一话题，连忙开车门拿东西。

李文博停车熄火，看了一眼头发短得毛茸茸的苏青，像一只英格兰短毛猫。

世界上其实只有两种人，一种是苏青这样屡败屡战一直被人虐的，还有一种就是李文博这种一直虐人的。

李文博希望所有被他虐过的人，事后都能像苏青一样生机勃勃如一头蓝眼睛九命猫。

毕竟，她们都是好女孩。

好女孩得上天堂。

在北京，搬家是一部血泪史，苏青庆幸目前血泪史的这章只写到了三楼。

楼下是一圈儿饭店，管泊车的小弟们兴致勃勃地期待着这几辆跑车都停在自己的地盘，却不想跑车是来搬家的。

大家一起合作把最沉的装书的箱子搬上楼，最后都瘫坐在了地上。

李文博擦着汗，眼瞅着苏青的新家。

老式的格局，客厅和卧室都不大，墙被刷成了灰色，裸露在前面的暖气管被刷成了白色。

客厅一整面墙上钉的都是隔板，一个L形的大书桌特别长，能躺上两个人了。

胖子正在研究这桌子呢："书桌腿是宜家的，但这书桌我在宜家也没见过啊。"

苏青交完房租后没闲钱买大件儿了，买了一堆最便宜的隔板托儿，在墙上钉上隔板当书柜和收纳。

买不起书桌，就去建材市场买了两大块最便宜的松木板，下面钉上宜家买来的桌子腿，看起来倒也像模像样的。

卧室原来的灯太丑了，苏青对比了一圈价钱，换上了一个三十五块的纸灯。

实在没钱买沙发了，苏青把房东遗留到窗台的小木床拿出来，垫上了几层被，找楼下的裁缝店缝了一堆靠垫套子，从淘宝买来一堆棉芯，做了一堆靠垫套铺在小床上，变成一个躺卧两用的沙发。

苏青理想中的房子，就是一码全白，跟随时有用人帮忙清洁一样白茫茫一片，一切杂物都藏在白色入墙的柜子里，所有隔断都打通。

然而现实空间太小，房子太破，涂上白墙太显得冷清，她又没钱买一堆白色家具，只能咬着牙，试图用一屋子的满满当当和DIY逼退这可恨的穷酸味。

装修达人苏青正在给各位开跑车的搬家师傅演示墙面奥妙："这屋子里最值钱的就是我这面黑板漆的墙了，用了一整罐四百多的漆呢，可以拿粉笔在上面写字，写完之后，你这样擦一下，就没了。"

小天拿过粉笔玩得兴高采烈的，画了一个丑小人，李文博问谁啊，小天说是胖子。

胖子特别没节操地说小天是画画像毕加索的人之中，长得最好看的了。

李文博在一边检查着窗户上的白色百叶窗："怎么不买窗帘呢？"

苏青老老实实地说："窗帘太贵了。"

李文博笑了，穷还真能激发创意，这小窝，真心被苏青弄得不像是租来的房子。

忙乎了一阵子，肚子都饿了，胖子吵吵要去吃楼下的海底捞。

苏青摸了摸兜里薄薄的几张纸币，连忙说："海底捞有什么好吃的，我给你们做。”

苏青说罢，也不等众人答应，就拿着钱包冲下楼去买菜了。

李文博在后面喊着不用那么麻烦，苏青头都没回说你们等着我，随手扯着几个塑料袋，就咚咚咚地下楼去了。

她倒不是舍不得请大家吃顿好的，只是觉得人家来帮自己搬家，这份情谊，非得自己下厨才还得上。

三里屯这边，玩乐的居多，买菜的地方还是问了楼下的老太太才找到。

耽误了一会儿时间，她满载而归，沉甸甸的袋子勒得她手上一道红印。

正在感慨早知道菜市场塑料袋不收钱，临走时就不小家子气拿几个环保袋了。

转念一想，李文博这帮朋友都开跑车搬家了，她这么环保，倒也是显得挺别树一帜啊。

低头看，今天搬家，她穿了一身高中时的肥大运动服，刚才买菜的时候菜贩还问她今天不上课啊。

电话响，李文博打来电话说他们翻出了一袋子米，先把米饭给煮上了。

苏青不放心地问你们竟然会煮饭啊，别操作不当，把家给我炸了。

李文博临挂电话时问她要不要接，苏青这个时候顾不上姿态了：“要要要，你快来。”

大概电话没说清地方，等了半天李文博也不来，苏青只好拎着东西一步步往前蹭。

看见李文博时，他迈着两条大长腿站在十字路口打电话。

李文博正想问苏青在哪儿呢，电话没人接，苏青的彩铃在耳边响。

转头看，苏青笨拙地拎着两大袋蔬菜，一步一步往前蹭，李文博刚想过去接她，红灯闪。

李文博忽然有些文艺地想，两个人也许隔的不光是车水马龙的一条街而已。

苏青的短发毛茸茸，硬硬的头发压不下去，还略微打着卷，她身上的那套男生都嫌弃的运动服十分肥大，很像是校服。

黑色的帆布鞋脏脏的，把她扔进放学的人群中也丝毫不觉得突兀，满脸是汗，额头前面的刘海，被手捋到匪夷所思的方向。

绿灯亮了，苏青走路时腿不停地蹭塑料袋，走路跟螃蟹一样。

走近了，李文博才发现她右脸颊有一个痘痘，红肿得生机盎然的样子。

哦，认识时，还穿短袖，在工体看球呢。

现在才是秋老虎的季节，也就短短几个月，李文博却恍惚觉得，两人认识了有好几个年头了。

想想也好笑，在苏青的生命里，他仿佛就是上天派来见证这女人坎坷情路的。

等将来苏青有了孩子，介绍李文博时，应该怎么说?

“这位李舅舅是妈妈年轻时的恋爱见证人？”

苏青一脸不乐意：“你笑屁啊，赶快给我拿东西。”

李文博下意识地伸出手拿过一个袋子，苏青又叫：“都见着我了，还打啥电话啊，手机在我兜里都振出高潮了。”

李文博这才发现，自己右手还保持着打电话的姿势，耳边还响着苏青的彩铃。

“Too many years have been wasted like money，too many nights I wake up with a cry，too many years have gone by without notice，too many times I have wanted to die.”

李文博自诩是十多岁的时候去的美国，英文歌听得跟红歌一样熟悉，但每次给苏青打电话时，这首歌他都听不全，苏青是那种无论何种情况电话响两声必接的人。

他上网搜，终于知道这是一个挪威女歌手唱的，叫《Too many days》。

如果他日后有机会拍一部电影，关于苏青的段落，就用这首歌。

这首歌太像这个女人了，特别丧气，好像是明天不过了一样。

可脖子挺着够英气，扔到人堆里也能看到她昂起的头。

这女人脖子是什么做的？是不是火化后，颈椎那块骨头也能硬得跟铁一样化成舍利？

还有，街上的女人见到他李文博，谁不两眼放光。

但这女人看他的时候，视线就像是能透过他双眼的瞳孔直通到后脑勺一样，毫不在乎，熟视无睹。

他哪受过这种忽略，这已然近乎一种挑衅。

但也正是这份独一无二的挑衅，让李文博暗生珍惜。

他第一次意识到，他对眼前的这个女人，有着不一样的情愫。

他觉得她的身上有香气。也许是香水的味道，也许是荷尔蒙。总之，是好闻的味道。

他喜欢跟她在一起。

算了，不想那么多了。

他把手机揣到兜里，双手帮苏青拿菜，苏青拎着一个袋子往前挪。

是，这女人心中到底有多瞧不起他，很少跟他并排走路。

苏青拎着菜蹦蹦跳跳得犹如一只撒欢儿驰骋的小鹿，根本不能让人控制的样子。

李文博这个时候，特别想见见她的前男友们，看看这种女人到底能看得上哪种类型的男人。

走在前面的苏青突然停下来系鞋带，再站起来的时候，李文博站在身边，爱怜地腾出一只手摸摸苏青的短发："还挺好看的。"

苏青笑了："狗嘴还真能吐出象牙来。"

说罢，她拎着袋子一会儿就跳着上楼了，一点儿女人的矜持都没有，像个男人。

李文博另外一句话藏在嘴里："就是头发有点儿油。"

他遥遥地看着她，上了楼，没意识到自己嘴角，已然把苏青当作自己人在笑。

3

回到家，屋子里已经飘着电饭锅里米饭的香味。

苏青安抚好饿得跟狼一样的各位爷，在厨房当当当地开始敲了起来。

做饭很容易，苏青认为中国人做饭的关键词只有一个字：拌。

例如黑胡椒肥牛这道菜，先把肥牛片用生抽、蚝油和黑胡椒腌好。

下油锅炒到变色盛出，然后下油，炒洋葱到有香味。

再放进炒好的肥牛片，使劲炒啊炒，最后撒点儿黑胡椒，瞬时出锅。

这道菜，用脚趾夹着铲子都能做好，不到五分钟就能华丽亮相，极为下饭。

这盘菜端出来的时候，灶台那边的可乐鸡翅已经开始收汁了。

苏青还有工夫看看电压力锅里的排骨土豆炖豆角放的水够不够多，切了一大堆生菜水果拌沙拉时，苏青还考虑留几个柿子做西红柿炒蛋。

烫生菜准备做蚝油生菜的时候，她才发现李文博倚在门框那儿愣愣地看半天了，“你吓死我了，那么大个子跟路灯似的杵在那儿，也不吱一声！”

李文博见识过做菜的高手，巅峰境界是跟做爱一样，跌宕起伏，有高潮感。

但苏青是另外一种野路子，做菜根本不费脑袋，费时极短，简洁得像是无印良品速成班毕业的。

像宫保鸡丁那种菜根本不在她考虑范围之内，每道菜食材毫不复杂，唾手可得。

她做菜时面无表情，大鸣大放，看起来手忙脚乱的，但咣咣咣一会儿，就端出一盘菜。

倒也是别具一格，自成一派，有一种家常而粗粝的美。

李文博相信，如果她苏青开黑店卖人肉包子，也是这样把人放在案板上，然后匆匆几刀就剁完了，丝毫不管刀法，只管吃大块肉吃到爽。

李文博挽挽袖子：“我来帮你啊，我刀工还不错。”

苏青又大叫：“你别进来！有人在厨房我分心。”

胖子端碗饭，走进来正在嚼呢：“别让谁进厨房？”说完看看厨房，“还有菜吗？”

李文博一听就急了：“你们吃几口也就行了，留几口啊，厨师还一口没吃呢。”

胖子依旧没心没肺，站在门口扒拉饭：“连小天都开始吃第二碗饭了，菜快点儿上啊，另外主食好像不够了，煮饭来不及了吧，要不要下楼买点儿主食。”

苏青又端了两盘菜出来：“你们先吃，我再倒腾点儿垫肚子的东西。”

苏青刮了俩土豆放到保鲜袋里，送进微波炉微波了五分钟，然后用高压锅煮了几个老玉米，又把有点儿硬的切片面包喷了点儿水。

微波炉里的土豆都已经软了，苏青用擀面杖顺着保鲜袋把土豆压成土豆泥，里面放沙拉酱、盐和胡椒后使劲搅，然后在每片面包上放一个起司，抹上土豆泥，放进油迹斑斑的小烤箱里烤。

这边烤着，苏青头也不抬，撕开一袋子有点儿化掉的速冻饺子，放进平底锅做水煎饺子。

等饺子在油和水之间，咕嘟咕嘟冒泡的时候，她取出烤箱里的面包片，土豆泥和起司已经跟面包片融合得跟比萨一样。

此时苏青又快刀剁了点儿香菜末放在上面，在一旁一直保持沉默的李文博不解："你这做法哪里学的？路子不对啊。"

"这不是没薄荷嘛，反正都是香料，香菜应该也差不多吧。"

李文博在厨房看半天了，也饿得差不多了，苏青试探性地把刚出锅的面包放进李文博嘴里，李文博被烫坏了，含糊不清地说："味儿还行，这叫什么名啊？"

"没名儿，我刚才想出来的。"苏青拿铲子使劲刮有点儿干的锅底，又出锅一大盘饺子，把几个玉米都分成段装进盘子里，一挥手，"都送进屋里去。"

不大的客厅里，之前做好的几盘菜都见底了，胖子跟其他人抢了半天，把最后一块排骨抢了过来，放到小天的碗里。

小天啃了半天，肉不太好啃，朝胖子嘟了一下嘴，胖子接过来继续啃。

苏青和李文博端过来几盘菜，原本以为今天战斗已经结束的众人，斗志再次燃烧，干脆站起来吃了。

李文博埋怨大家："你们上辈子都是饿死鬼投胎的啊，不会菜上齐了再吃啊？"

苏青做的烤面包博得众人好评，水煎饺子因为太油剩了几个，玉米因为煮得有点儿老，最后都让李文博啃了。

吃饱喝足的众人在饭前本来还说要喝酒去，但干了一下午体力活儿，酒足饭饱后都犯困了，用苏青笨重的 15 寸 Thinkpad 撑了两集《康熙来了》，都东倒西歪地躺倒了。

小天和胖子跟二重唱一样："姐啊，我的心想帮你刷碗，但身体不听使唤啊。"

李文博也困，但还是强撑着帮苏青刷碗。

忙了一天的苏青终于松弛下来，也不跟李文博客气了，靠在厨房旁边，看李文博跟做实验一样收拾厨房。

苏青赞："干活还挺利索的。"

"哪天让你见识见识我手艺，我做菜比中餐馆都利索。"

李文博开始絮叨他在美国苦逼的留学生活，他是怎样从一个油瓶子倒了都不扶的主儿，变成一个各种中餐都在行的家伙。

"当然，也是美国的中餐馆都太难吃了。"李文博谦虚了一下下。

“留学生都自己做饭啊?”苏青问。

“其他方面可以同化,中国胃可是坚定的爱国者,对付不了。”老海归李文博传道授业解惑。

苏青问李文博“有烟吗”,戴着胶皮手套的李文博示意在右边的裤兜里。

苏青去掏,李文博张开双臂,脸上却一副正爽的模样:“往里面点儿,用力,用力,就是这里。”

苏青不理他,点了一根烟,沉浸在自己的小世界里。

李川爱穿白衬衫,那件白衬衫受得了美国不适合做中餐的厨房吗?

李文博伸出两只戴着胶皮手套的手:“帮我挽挽袖子。”

苏青嘴里叼着烟,熏得眼睛睁不开,糊弄地帮李文博挽袖子,李文博嘱咐:“弄整齐点儿,袖子都皱了。”

哦,李文博今天也穿了一件白衬衫。

干了一天体力活儿了,李文博身上有汗味,胳膊上都是毛,下巴准时地又刷上一层青色。

好在李文博没跟着流行留着小胡子。

李川的毛发少,就是留半个月也只有几根,有一阵子他也想留胡子,苏青忍不住吐槽:“跟鲇鱼一样,爱吃鲇鱼豆腐的人肯定特别爱你。”

李川的蓄须计划于是就此作罢,他眉毛也淡,于是把工作重心转移到了眉毛上。

百度之后,他买了什么新疆的奥斯曼草生眉液,涂上后特像蜡笔小新。

他无数次特羡慕地看着苏青浓得连到一起的粗黑眉毛,说两个人要是能换换就好了。

李文博瞧不过油迹斑斑的煤气灶,擦完烤箱之后,又开始擦煤气灶。

苏青连忙说:“不用收拾,差不多就得了。”

李文博给她一个白眼:“小姑娘家家的,真能凑合。”

她生活爱凑合,所以她特爱李川的不凑合,每件白衬衫的领子洗得跟新的一样,随身还带着除渍笔。

煤气灶露出了原本的玻璃表面,终于见天日了,真难清理,胶皮手套都粘着黏黏的油污。

李文博懒得清，顺手把手套扔到垃圾筐里，靠在灶台上，从兜里拿出烟点上，看了一眼苏青："你最近烟抽得有点勤啊。"

"嗯，我现在发现，只有《康熙来了》和烟不会离开我。"

李文博将烟灰弹到洗碗池里，"这话说的……"开始把挽着的袖子放下来，这才瞧见刚才袖口沾了一大块油渍。

他炫耀地将袖子朝苏青晃晃："就说你挽得对付吧。"

他脱下白衬衣将袖子在水龙头下面冲，苏青抢过来，挤上大团的洗洁精，玩命搓着。

李文博惬意地靠在墙上抽烟，看着苏青跟白衬衫有仇一样发狠搓着。

好多男人跟投胎一样着急结婚，享受的，是不是就是有人帮自己洗衣服这种平庸的幸福呢？

李文博跟玩花样一样吐了一口烟圈："苏青，快看我的才艺！"

苏青回头跟看傻瓜一样地看着他，李文博毛发重，白背心掩不住胸口的那巴掌护心毛。

第二次世界大战时，一位将军觉得海军那群壮小伙儿的胸毛实在有碍观瞻，就创造了白背心，希望士兵们看上去不那么像大猩猩。

后来，这种服装风靡了全世界，在胡同口遛弯时穿着背心的大爷们，应该不会知道自己也是时尚的吧。

哈，知道这么多，还是苏青给时尚杂志写时尚稿子时攒下的见识。

第一份工作实在入不敷出，李川介绍给她帮时尚杂志写稿的机会，一千字三百块的收入着实让她没穷得太丢脸。

时装编辑说苏青稿子写得好，就是穿衣服太邋遢了，要不然她也能变成个时尚写手。

李川当时还笑说再也不看时尚杂志了，苏青这样的穷屌丝也在文章里一副见多识广的样子，告诉读者爱情电影里的服装流行趋势……

糟糕，怎么又想起李川来了，刘恋说每天只让想五分钟李川，今天都快把半个月的量都用光了。

袖口那块油渍仍然是淡淡的黄，怎么都洗不掉，苏青跟赌气一样又挤上一团洗洁精，玩命地搓着。

白衬衫在现实世界脆弱得不能容忍一点儿污渍，只能放在回忆里，随着时光洗刷，最后变成光芒万丈的紫禁城。

即使外面的城墙、四合院都不见踪影，它也坦然地接受着苏青这样的信徒，每天都在心里五体投地地膜拜。

4

胖子和小天站在门口，说待会儿去哪儿玩啊，看到两人挤在这小小的厨房，李文博身上的白背心特别暧昧，小天忍不住笑："怎么洗碗洗到开始脱衣服了。"

胖子一脸坏笑："有点儿不对劲啊。"

李文博咬着牙："去哪儿玩你们定！不对劲儿你妹啊。"

就这么挤在小小的厨房里，不说话，有个女人毫无讨好你的目的，在那儿帮你洗衬衫，这种感觉挺好，小日子的幸福是不是就是如此？

李文博有点儿怨恨胖子和小天打扰了这气氛。

有一句话也被他们的打断给咽了回去。

我们结婚吧，李文博想对这个厨房说，这个场景在他梦里似曾相识。

也许无关厨房里的这个女人，苏青正在以宰人般的狠劲儿，对着灯光检查白衬衫上的油渍洗干净没。

李文博第一次希望苏青再长得漂亮一点儿，这样他可以顺理成章地追这个倔女生，但其实他不介意这一点。

最介意自己长得不够漂亮的，可能是苏青吧。

她介意自己不够漂亮，介意到跟一个穿白背心满身腱子肉的男人共处一室，也一点儿想法都没有，因为她觉得自己的姿色不足以引起像李文博这种男人的兴趣。

为了保护自己不陷入自作多情的境地，她率先斩断了这种可能，然后再于符合自己 level 的下一档男人堆里选择。

厨房没有窗户，苏青打开抽油烟机，把小小厨房的烟味吸了个干净，也吸走了刚才满屋子的暧昧味道。

嗡嗡的抽油烟声音，李文博突然觉得有点儿自卑和伤感，但他也说不清楚自己难过的是哪一点。

也许是刚才的情景，太适合突然把洗衣服的女人推到墙上热吻，是这种难得的浪漫想法实施未遂的空虚感吧，李文博这么安慰自己。

苏青突然一声：“终于洗干净了！”

李文博把烟头扔进水槽，恨恨地说：“你就这么爱洗衣服！”

李文博不知道，他千回百转的心思是出独角戏，苏青给自己安排了另外一出戏。

她想象着这件白衬衫是李川的，洗完之后，李川会笑着摸摸她的头。

嘿嘿，我哪有资格这么幸运，苏青这样想。

我越来越像是一个遥远的国度，随着漂移的大陆远离你的地图。

一别两散，永无瓜葛。

第八章

香山的红叶，明年今日能否一样红

1

群众的电话，雨后春笋般地打过来：“你们老板，真跟小三私奔了？”

苏青觉得，自己二十八岁的人生之中，第一次站在社会新闻的风暴眼，感觉还挺激动的。

公司的老总平时并不出面，挺低调踏实的一个人，没想到上周五突然发了一条微博，宣布自己跟一位事业型女强人私奔。

顿时，沉静许久的微博犹如火山般爆发，被八卦弄兴奋的群众八卦了男女主角的照片及一切人生经历，发现男的也没那么有钱，女的也没那么红颜祸水，正室还没有河东狮吼。

群众被这场不走寻常路的狗血社会新闻震惊了，纷纷表示自己又会爱了。

还有人杜撰正室祝福二人的宣言，好不热闹。

办公室众人无心工作，纷纷充当义务的八卦讲解员，对电话那端的人无私地开始爆料。

苏青也不是什么圣女，刘恋打电话问的时候，她几乎觉得自己是单田芳的关门弟子，讲得那叫一个入木三分啊，跟自己一直埋伏在私奔二人偷情的床底下一样。

但刘恋依然是一枚独立寒风中运筹帷幄的三八女子，听完八卦后，她给苏青提了个醒，兵荒马乱的，赶快找下家。

苏青心里一惊，大家都在看戏呢，却浑然不觉自己也是江湖中卖艺的猴子，光记得围观的掌声了，却忘记树倒猢狲散这一茬儿了。

挂了电话，苏青迅速地找了几个一直要挖她跳槽过去的公司，跟人家联络感情。

但大家绷着半天不说人话后，还是忍不住问她私奔这事儿的来龙去脉，这也太不专业了。

唯一靠谱的是刘恋介绍过来的一家 4A 公司，但他们的钱都花在了漂亮的工作环境上，苏青跳过去，最多也就是个金字塔底层的资深文案。

台湾来的女总监说话时夹着 70% 的英文，翻看苏青带过来的案例时哈哈笑了起来，嘲笑说："Sophie 啊，What's wrong with your boss（你们老板怎么了），这种 case 你们 team（团队）也要做啊。"

苏青这个时候有点儿护主了，心说你们的案子是够大牌，但你们多给点儿工资啊。

按照他们的说法，那点儿工资付完房租后，估计连卫生巾都得环保到两面使用才行。

刘恋跟苏青分析，现在苏青的东家处在风口浪尖上，跳槽显得太功利了，对方当然也不会给出什么好薪资。

"切，好话坏话都让你说完了。"苏青特意拍了一张翻白眼的照片，在微信上表扬这位闺密的热心肠儿。

苏青本想做大难临头各自飞的领军人物，但老天爷猛然拍死了一切可以跳槽的机会，硬塞给她一个忠心耿耿的角色。

热闹过后，大家冷静下来，纷纷开始分帮结派寻找好大树乘凉。

做不成领军人物的苏青决定静观其变。

群龙无首后，据说董事会要任命新的老大，两个高层是炙手可热的人物，他们这个时候也开始拉帮结伙起来。

周围的同事都不住旁敲侧击问苏青是什么立场，苏青统统以神秘微笑回答。

方怡然也不知道该站哪一队，跑来问苏青怎么办。

选公司的二把手，还是业绩最好的少壮派？

苏青正在翻看自己的微博呢，冷冷说还能怎么办，凉拌！

内心却有小感慨：自己的微博还真是只谈风月，不问国事，不表心情，外人猛一看，还真猜不出她的阴晴表呢。

这也是苏青这么多年在职场上总结出来的血泪经验，无论何时，都别把自己的心事透露得太清楚。

一份工作而已，何必弄得跟《甄嬛传》一样，皇后和华妃你支持谁？说不定都不是理想的队伍，指不定还蹦出个甄嬛黄雀在后呢。

苏青很多年前就知道自己是个笨家伙，也并非没有野心，只是七情六欲都写在脸上，一旦心里揣着点儿目的性，她那脸就跟打了肉毒杆菌一样，一脸的不自然。

所以也就乐得抱着置之度外的心态，无目的性地做一头埋头干活的拓荒牛。

天下之大，人精和马屁精再怎么吃香，她这种闷头干活的人，总能生存下去。

无论换成哪个环境，达尔文的进化论也不会把她新陈代谢掉的。

再说，职场最忌讳非黑即白，自己还忙不迭去躲是非呢，怎么可能先往是非上扑？

苏青知道方怡然聪明，但玻璃心肠还是毛玻璃做的，生怕这个小妹子这个时候自己去招惹是非，所以也就故作冷淡点化她一下。

方怡然貌似听明白了，但是使得劲儿有点儿大，开始迟到早退了。

苏青稍微忙点儿东西，转头就找不着她了。

本来想说她几句，可仔细想，这个时候偷懒，总比那些趁着兵荒马乱的时候瞎站队的人强吧，也就随她了。

然而躲是躲不起的，少壮派和二把手这天下班后都要请大家吃饭。

众人在一楼大厅跟逃跑未遂的苏青狭路相逢，两伙人都问苏青：“亲，怎么不跟我们吃饭？”

苏青自知自己没那么大魅力，能引得两边人争抢，真去了，也只不过是做壮大声势的分母而已。

跟这个吃，就得罪那伙人，苏青赔笑：“吃饭诚可贵，约会价更高啊，好不容易有男人约我，你们还挑这个时间吃饭。下次啊，下次。”

两伙人看苏青哪边都不得罪，倒也没再勉强：“那下回带男朋友跟我们一起玩啊。”

苏青长吁一口气，觉得做中间派的日子还真不好过，稍微松懈一点儿就被另一方视为敌对势力，到时候相反一方上台后，必定有小鞋穿。

但愿约会每天都能当挡箭牌，今天的挡箭牌是时一鸣牌。

时一鸣的约会范围，在乏味排行榜上可以排得上前三名，基本都在三里屯苹果店附近，走几步就能看到他下班后的同事。

大家挤眉弄眼的，稍微熟悉一点儿的还挤对时一鸣：“苏青你可真有爱心，不知道他是鸡胸啊，真照顾残疾人。”

有吗？苏青看一眼时一鸣。

时一鸣连忙解释：“以前太瘦了，没胸肌，走路都含着胸，这两年胖，好多了。”

苏青听到后，笑笑，也不说话。

约会的初期，谁主动，谁就被吃定。

跟白凯南在一起那三个月，苏青一直拒绝时一鸣的约会，反而勾起了时一鸣对她的好奇。

在要装得一切很美好的约会初期，苏青在时一鸣眼中最大的好处是不显山不露水。

不显山不露水的真相，也可能是这个人无山无水可以显示。

美好的假象往往来自于误解，而时一鸣的误会，则仅仅来自于苏青的笑容而已。

每一段恋爱都会养成一些习惯，那个叫她乐乐的白凯南，离开北京到上海开启人生新篇章去了，消失得那叫一个干净漂亮，仿佛从未出现过。

而遗留给苏青的那个习惯，就是没事别老绷着脸，多乐一下。

那种爱煲心灵鸡汤的情感专家会说，笑容是女人最好的化妆品，豆瓣上小清新则说，爱笑的女孩运气通常不会差。

其实跟别人都没啥关系，只是笑久了仿佛就能冲淡身上的苦逼气，自我洗脑而已。

十一月的北京，多了点儿萧瑟的风，擦肩而过的男人回头看了苏青一眼，时一鸣误会了说："你回头率挺高的。"

苏青觉得时一鸣有点儿误会了，大概是自己头发太短，还穿了件S号的男装大衣，回头率都来源于分不清我是男是女吧。

两个人就在三里屯太古里溜达，时一鸣提出他家离得近，要不要去他家坐会儿。

苏青想都没想就答应了，两人朝着三里屯SOHO后面的居民楼走去，苏青突然笑了，时一鸣说怎么了。

刘恋告诉过苏青，约会期间最好不要去对方家里，否则约炮的嫌疑会破坏约会的甜美度，也会将所有发展的可能性，最后汇成一条只能滚床单的河流。

你想玩天长地久，谁让你没守住贞节牌坊。

处女座男生的家里果然一尘不染，房间的特色就是各种灯。

宜家特价的大纸灯，从淘宝买的山寨阿凡达星球植物的灯，房东留下的老式落地灯坏了，时一鸣在上面加上一束塑料绳，灯光沿着白色硬塑料绳向上延伸。

时一鸣给苏青倒饮料，苏青看到桌子旁边有几个杯口倒置的牛奶杯，她顺手拿过，翻过杯子想看看是什么牌子，时一鸣嘴角却露出不怀好意的笑。

她纳闷呢，低头看杯子，哎呀，那牛奶杯翻过来后也开始亮了。

还真是个怪人。

时一鸣关掉灯，和苏青一起欣赏自己最近花几千块钱买的星空灯，这是他的心头好。

整个天花板突然变成了小小的宇宙，苏青突然想起读书时，从同学那里借来的残破到没有封面的外国科幻小说合集，九十年代的外国出版物翻译总是肆无忌惮，但亦有种自由美感。

书的大部分内容都忘记了，只记得一个故事。

地球被小行星撞击，偏离了原有的轨道，逐渐因为靠近太阳而走向毁灭。

地球上最后一对具有繁衍能力的男女，不停地造人来缓解末日的焦虑。

故事结尾，终于造人成功的男女躺在大地仰望星空，看着银河离自己越来越近……

回过神来，时一鸣对着她笑："又沉迷在自己的小情绪之中了？"

苏青不好意思地笑了笑，指着墙上他的照片："没想到你还有拍个人写真的习惯。"

时一鸣说都是自己拿三脚架自拍的，连相框都是用公司展览剩下的泡沫割的。

不过他说最近不怎么自拍了，发现自己越来越胖，现在自己都有小肚子了。

苏青拍拍时一鸣的肚子，还真挺肉的。

后来，苏青坐在出租车上，还在反思自己这么亲昵地拍时一鸣肚子是不是太过暧昧了，拍完之后是不是应该给他一个亲吻？

正在这么想，时一鸣发来短信："我的小青青，我们太幸运，把你送走，我刚到家，就发现电梯坏了。"

苏青回短信："你更幸运的还在后面呢。"

时一鸣好奇："是什么呢？"

苏青打出："你更幸运的是认识了我。"

但在发出去之前就觉得这样太挑逗了，还是删掉了。

她短信里问时一鸣，要不要周末跟她的朋友一块儿爬香山，时一鸣说好啊。

大概是苏青给胖子和小天的印象总是不按常理出牌，过腻了夜店生活的他们，突发奇想让苏青安排这周末怎么出去玩，苏青想想秋天枫叶也红了，那周末大家就去香山疯呗。

然而在临出发的前一天晚上，时一鸣发短信说自己在医院里打点滴，去不了了。

苏青嘘寒问暖了几句，放下手机，想想也好，李文博、冰冰和胖子这仨活宝凑在一起，估计书生脸时一鸣也招架不住。

2

凌晨三点，苏青满身登山装地出现在集合的地方。

北京的深秋其实也就是不下雪的初冬了，天气很凉，聚集地那块儿停了几辆越野车，李文博那辆 Q5 显得老气横秋的。

冰冰特别不客气："要点儿脸吗，你身为组织者，好意思来这么晚？"

苏青心里哼了一下，看方怡然在 Q5 里睡得天昏地暗的，心说冰总你还真心疼你那爱吃爱睡的懒媳妇。

胖子朝他瞪眼睛："她为这次神秘活动费尽心思筹划，晚来一点儿也是可以的。"

初次见面的胖子跟冰冰刚才已经凑在一起抽完烟了，过了客套的阶段。

当然，这也跟他发现方怡然没他家小天好看，自己还挺有面子有关系。

胖子穿得跟要打阿富汗的美国大兵一样，朝苏青敬了一个军礼："参谋长，咱们这回的行动方案是啥啊，真人 CS？"

"啥行动方案，就是悠着点儿朝山头爬啊。"

胖子炸了："爬山啊？！"

冰冰把烟头扔在地上踩灭："我就跟你说是爬山，你还不相信，太天真！"

苏青转头看了看李文博："难道那天我传达给你的，是咱们去抢劫？"

李文博举起双手："我理解得没错啊。"

大概是胖子把苏青想象得太有创意了，李文博跟他说的时候，他的脑袋里添油加醋了不少情节。

胖子晃动着满身的户外野战装备："早说啊，我这身儿装备，去解放钓鱼岛也是专业的。"

冰冰对他的一身战衣挺感兴趣的，本来想跟他坐一个车，但看到方怡然睡得迷糊，有点儿不放心，还是跟李文博和苏青都上了那辆 Q5。

冰冰特别避嫌地要坐在副驾驶座，但仍然不时回头看方怡然睡得怎么样了，李文博一脚给他踢出车外："你坐到后面去，她那口水接一锅都能煮方便面了，也不知道帮擦一下。"

冰冰指苏青："不是有她吗？"

李文博开动汽车："方怡然又不是她女朋友。"

话刚说完，苏青横眉冷对，心说人家两个小朋友自以为藏得好好的，你非得戳破了。

冰冰立马不吱声了，小心地看着两人的脸色。

车都跑出去五分钟了，李文博慢悠悠地将一盒烟抛给冰冰："别演了，要不要先抽根烟再老实交代？"

温馨提示一下，办公室隐秘恋情只能出现在少女电影里。

现实生活里，无论当事人自以为隐藏得多好，但那股浓情蜜意，旁观者拿肚脐眼都能看出来。

那次的庆功宴，先去三里屯喝酒后去KTV唱歌，苏青半路跑去见刘恋了，她没见识到在三里屯这几个小朋友都喝大了，尤其是一直斗酒的冰冰和方怡然两位小祖宗最为惨烈。

其他人还能强撑着打车回家，但这两人根本没办法自己走，最后没喝酒的李文博开车送这两人回去。

车刚停到冰冰家楼下，李文博还在犹豫要不要把方怡然关在车里先送醉汉上楼呢，身后面某车猛按喇叭催促他赶快开走。

李文博没搭理后面的狂躁症车主，正琢磨哪儿有停车位呢，结果冰冰特别自助地开了车门，方怡然就跟他手拉手一块儿下车了。

冰冰刚讲到这里，一直在车上猛睡的方怡然一跃而起："明明是你把我拉下去的。"

李文博和苏青都乐了，不愧是中戏表演系毕业的啊，装睡装得还挺像啊。

方怡然连忙解释自己是真困，但是恍惚听到她和冰冰的好事儿被点破了，耳朵就自动竖起来了："你们听到别人说你，你还睡得着吗？"

方怡然的版本是那天自己在车上做了一个梦，吴彦祖和金城武两大男神为了她在三里屯酒吧街决斗，作为战利品的方怡然觉得只要这两人有一人活着，她也就赚了。

身上有四分之一日本血统的方怡然发现自己喊出的话都是日语，吴彦祖满含热泪地觉得这女人太偏向了，拿枪准备爆自己的头，她这时猛然想到吴彦祖的身材比金城武要好很多啊，她扑了过去，抓住吴彦祖的手，高喊雅蠛蝶。

李文博跟苏青交换个眼神，连白眼都懒得翻，俨然方怡然这番话太没说服力。

那天一回屋，他俩就跟商量好一样，瞬间就吐得天昏地暗此起彼伏的。

李文博这边刚拉起方怡然，不让她睡在呕吐物中，那边冰冰又开始吐了。

等两位祖宗都吐得舒服了，李文博一头躺倒在地板上，在干呕二重唱中决定今晚仨人就住在这里了。

方怡然睡卧室，他睡书房，拉着冰冰肥而不腻的身体暗骂："叫你跟人牵手！叫你跟人吐！"

始作俑者被罚睡客厅沙发。

然而半夜，睡得迷糊的冰冰习惯性地回卧室睡觉，压根儿没发现方怡然鸠占鹊巢，两人就这样同床异梦地睡了一宿。

李文博恍然大悟："啊，原来还有这么回事儿。我起床看你没在沙发上，也没多想，迷迷糊糊就开车走了，原来你和方怡然都跟卧室睡着了！"

方怡然连忙摇头："你们可别误会，什么都没发生，我俩就在床上特纯洁地睡了一宿！"

冰冰也猛点头："向党和人民保证真没啥事，我就是蹭了一身口水而已，我俩是清白的。"

苏青不耐烦地打断："清白个屁，没人关心这个，你俩啥时候看对眼的？"

话说那一夜"同床共枕"之后，方怡然这人大方，也没觉得有什么。

但是冰冰觉得人家一个清清白白的大姑娘跟你躺在一个床上，总要对人家负责。

于是方怡然吐槽他的时候，他就虚心接受绝不还嘴。

方怡然逛街、搬东西需要苦力时，他也总是第一时间赶过去当民工。

一来二去，两人竟然成了。

不过按照冰冰的版本，他说其实"那一夜"之前，两人就特别爱斗嘴，私下里微信互相吐槽吐得欢着呢，早就彼此暗许芳心了。

"呸，明明你追的我！"方怡然对此提出抗议。

冰冰睁大眼睛："其他方面我可以让步，这方面咱俩必须达成一致，你敢说你当时不觊觎哥的美色！"

车后座上，仍在热恋期的小情侣吵吵闹闹，根本不管前座一直听八卦的苏青和李文博。

他俩在后视镜看着小情侣打情骂俏的戏码，苏青埋怨李文博："这事我也不知道啊，当时你应该给我打电话。"

"得，送他俩之前我就给你打了，听你那口气虚伪的，大晚上的一点儿都不想过来。"

当时敷衍的口气竟然被李文博听出来了，苏青连忙掩饰："我那时不是失恋嘛。"

方怡然耳朵尖："失恋？苏青姐你啥时候恋上的啊？"

"听你这口气，我谈恋爱还是世界奇观应该开记者发布会与民同乐是吧？"

冰冰也觉得苏青谈恋爱这事儿挺稀奇："你总有一种老娘临水照花不需要男人不需要性生活遗世独立白莲花的感觉，简直就是广告界的张悬啊。"

方怡然说更像是万芳吧，冰冰装出很惊奇的样子："我家小然然竟然知道万芳，好有文化，我以为你最喜欢《爱的供养》呢！"

"我最爱万芳在滚石期间的那些寡妇歌了，一副我这么好的女人你却不要我的样子，太悲壮了！"

李文博侧头跟苏青说："哦，那根本就是你的主题曲嘛。"

方怡然听出里面的玄妙了："文博哥看来你知道不少啊。"

李文博哼了一声："你苏青姐啊，也算是蹚过无数条男人河的女人了。"

苏青哼了一声："我们这种良家妇女有几个前男友就成荡妇了，你这种资深人渣好意思说我吗？"

李文博刚要回嘴，看前面胖子那车停下来了。

他也停下，见胖子从车上下来，走向他们。

苏青开窗户："胖子，你这副打扮，不要随便在公路上停车好吗，还以为拦路抢劫呢！"

"杀富济贫还差不多……小博子，高速公路这段我来开，小天开我那车。"

李文博双手放在方向盘上，看了看前面的高速公路，愣了几秒钟，"嗯"了一声。

冰冰停止跟方怡然打闹了，给方怡然一个眼色。

方怡然也愣了一下才反应过来，跟胖子说："没事，这段我来开吧。"

方怡然一来就在车里睡了，没跟胖子说上话，胖子看她长手长脚的，不太放心："你行吗，不是刚拿驾本吧？"

"我开车满北京溜达的时候，你连妞儿的手都没摸过呢。"方怡然说话一点儿都不客气。

冰冰也挥挥手："哥，她的夙愿就是当的姐，天天挑活儿拒载，你就给她一个机会吧。"

李文博跟痴呆一样朝胖子点了一下头，胖子说我可不管了，关上车门走上他那辆越野车，那边车开动了。

冰冰摩拳擦掌："行了，哥儿几个，咱们换个位置吧。"

他钻出车门，把副驾驶座的苏青拎到后座上。

苏青还在纳闷，方怡然已经熟练地开动 Q5 走上了高速。

副驾驶座上的冰冰从背包里拿出数据线插上手机，许巍的《一江水》放了出来。

李文博刚想闭上眼睛，看苏青奇怪地盯着他，像是想起了什么，突然扑向她……

苏青心想他不会要在车里强吻自己吧，方怡然和冰冰还在前面坐着呢，回过神来发现李文博帮她把安全带系好了。

苏青看了看车上看似平常的三人，总觉得有点儿不对劲：“怎么了这是，车开得好好的，干吗要换人啊，胖子刚才那话什么意思啊？”

见没人理她，苏青觉得车上三人根本就是个小团体，把她排除在外，有点儿生气。

苏青心底腾一下燃起一股火儿，先朝李文博发难：“你倒是说话啊，到底怎么回事，别不说话啊。”

冰冰在前面座位上打圆场：“咱们搭配开车，保存体力啊。”

方怡然也说：“苏青姐，你先睡一会儿吧。”

天仍然未亮的高速公路，就像是不知底细之人的脾气，模糊着揪着人难受。

冰冰给近在咫尺的苏青发来短信：“李文博开不了高速公路，这是病。”

苏青看了短信后觉得特别奇怪，用胳膊顶了顶李文博：“听说过晕车，没听说过晕高速公路的，你怎么回事啊？”

见李文博不说话，苏青就开始逗他。

闭眼睛的李文博闷闷地冒出一句话：“闭嘴吧，没人把你当哑巴。”

这话顿时让车内的空气尴尬了，苏青一愣，也生闷气不说话了。

3

苏青早就发现李文博最近怪怪的，跟小孩一样，老是刚才还挺高兴，突然就不吱声了。

有时候还偷偷看苏青，苏青刚想跟他对视一下一探究竟，他李文博还把眼神给躲过去了。

这次安排爬山也是，本来爬山前要跟他商量具体路线，却发现他在那里咬着吸管发呆，眼神一飘一飘的，不知道在发什么呆。

朝他发脾气吧，他也不吱声，就说什么都你定了吧。

这人太难伺候了，跟谁甩脸子呢，开不了高速公路了不起啊，全世界人都得惯着你这臭毛病啊。

因此车开到目的地之前，苏青一句话也不说，车内气氛一路冰点，冰冰就差当众演二人转了都不顶用。

下车时，胖子和小天都看出来苏青的脸都快耷拉到脚面上了，情绪那是非常不对。

冰冰跟胖子咬了咬耳朵，胖子才恍然大悟。

这一切，苏青都看在眼里，更觉得这帮人就属她多余，你们原来都是一伙儿的啊。

这股气让苏青爬山跟凌波微步一样，一路走在最前面。

口渴了，却发现装水的袋子被李文博拎在手里。

不过苏青可不想先迈出第一步，没脸没皮地要瓶水喝，然后死皮赖脸地笑盈盈，说刚才是我错了，你开不了高速公路这毛病跟得艾滋病一样，我得关怀备至不歧视你才对，我怎么这么没有爱心呢……

正想着，苏青脚底一滑，一双手扶住了她。

苏青欣喜的情绪也就持续了三秒钟，但不用回头也知道，这只能是李文博那双骨骼分明体毛都快长到指甲上的大手。

是胖子特别好心地跟了上来，他嘴上还不留情："你该减肥了，小天比你高半个头，但体重也就你一半吧。"

苏青没好气地说："那你继续黏在小天旁边啊。"

两百米开外，方怡然一手拉着冰冰，一手拉着小天，两个北京姑娘一见如故。

胖子跟欣赏战利品一样，看着山坡下的小天与方怡然："我听说方怡然是中戏表演系毕业的，但怎么看，我家小天更好看吧。"

情人眼里出西施，何况人家真是个西施。

苏青还是自顾自地往前走，不理胖子，没想到胖子竟跟了过来。

每个减肥成功的瘦子，必然经历过卓越的体力锻炼。

胖子爬山也不喘，轻松得很，他边走边说："我跟小天还说呢，将来我俩举办婚礼，你肯定坐头桌，你是我俩的媒人啊。"

"哼，还有在夜店捞媳妇的啊，将来我参加你俩婚礼是不是不用随份子钱啊？"

"不用，你和李文博都不用随份子。"胖子终于扯到李文博了，他看了看苏青的脸，"你别跟李文博一般见识，别看他一副人模狗样的，其实毛病特别多……你俩这么好，我以为你知道他不能开高速。"

胖子说，李文博以前不这样。

自从他在高速公路上出车祸，让副驾驶座上的姑娘毁容了之后，他就在高速公路上开不了车了。

胖子的口才也挺好，说起当年自己哥们儿在江湖上的盛名，跟说评书一样。

他说最鼎盛时，李文博每天带来的姑娘都不一样，这让他身边一起玩到大的发小恨得牙根痒痒的，但是也没办法，他的这些大妞儿，真心不是泡来的。

他话不多，立到人群里，说话前就先笑，小白牙把姑娘们晃得都直晕。

本来他们有一伙儿朋友，每周都约在东单打篮球，李文博参加过几次，可大家小范围内商议了一下，就把他给开除了。

他个子长得高，条儿也顺，夏天打热了脱掉上衣，就能看到一个有搓衣板腹肌的肌肉男在篮球场上晃悠。

好多嫂子和弟妹一开始还矜持，可等到他潇洒地灌个篮，最后都不避嫌地贴了上去。

好几个哥们儿的恋情，因为他都黄了。

可是大家也怪不了他，李文博人长得好，家底厚，又是从国外回来的，有钱有闲有情调，对姑娘也是一副相敬如宾的样子，她们跟上了发条似的自动往上凑，男未婚女未嫁，谁也管不着啊。

福之祸所倚，作为发小，胖子知道，李文博也不是尽得了好。

他也见识过姑娘们对李文博逼婚的疯狂，有姑娘仿佛手腕上安了个拉链，没事就割割腕做出一副自杀的样子，特别吓人。

"还真是个资深人渣。"苏青觉得两人越爬越快，后面几个人都没影了。

胖子没觉察到苏青跟哮喘一样硬撑着爬山，还是在说发小李文博的旧日往事。

"但我这哥们儿真心不坏，他就是想舒舒坦坦地谈个恋爱，但现在的姑娘恨嫁的心理都这么强，让人有点儿害怕。”

终于找到一个不太逼婚的新女朋友，两人相处得挺好。

但是这姑娘也挺工于心计的，有次骗他说出席一个聚会，结果是参加个婚礼。

女朋友当场就问他什么时候娶她，让李文博直接遁地溜走，把那姑娘也逼得没招儿，立即就夺命连环 call。

他嫌烦，带着另一个姑娘去高速上飙车，结果女朋友不断打来电话，他把手机甩到后座，刚回过头来，却撞车了。

他腿上打了两个钢针，同车姑娘被碎的风挡玻璃划破相了，刚拆纱布时的惨状让李文博立马颓了，一个好看的姑娘被弄到严重破相，他自责得要崩溃，把所有的现金都给了这姑娘，还人间蒸发带着她去日本整容。

他几个月不去公司上班，等回来，合伙人早就把钱都卷跑了。

至于女朋友，她早就换了手机号码跳了槽搬了家。

李文博也没再找她，他内心其实有点儿希望这样，唯有这样，才能让他摆脱那个噩梦。

可自此之后，李文博就出问题了。

“啥意思？”苏青一向是把复杂的东西简单化，直接抓重点。

“刚开始时他车都不敢开，然后一见漂亮妞儿就颓了。”胖子看周围也没什么人，把伸直的手指变弯，“就是他那方面不知道怎么回事，就不行了。”

去医院检查，医生说没什么毛病，心理问题。

胖子这群发小也真够狠的，决定以毒攻毒。

李文博过生日的时候，大家凑了巨资，在当时还蒸蒸日上的天上人间请了个绝色，他们事先把李文博灌大了，见形势差不多了，直接把他送入订好的酒店房间。

结果那人间极品衣服都脱了，李文博却抵死不从，直接逃到了房间外，光着身子在走廊睡了半宿。

4

山野之上，一阵女子铜铃般的笑声响彻山谷，在后面爬着的众人以为黑山老妖要出来吃人了，不想却是苏青忍不住心花怒放，放声大笑。

李文博啊李文博，原来你也有这么囧的时刻。

胖子故事越说越兴奋，腿脚也越发快，苏青实在跟不上了，喘着气坐在路边休息。胖子看她实在跟不上他这位前减肥达人的步伐，也坐下来休息。

胖子继续说："后来丫去香港看了一位每小时收费万元港币的心理医生，让他最起码敢在市里开车了，但一上高速公路，还是哆嗦。他这毛病周围熟悉的人都知道，我以为你和他这么好，你也知道呢。"

苏青很嫌弃地说："谁跟他好！"

胖子觉得地有点儿凉，坐了一会儿干脆半蹲，"说真的，这两年，李文博一见女孩就往后退，但跟你不是，我就没见他这么放心地跟一个女孩交往。"

苏青捂住脸："胖子你这么说，我怎么有点儿难过呢，我也是清清白白一女子啊，别的女的有的，我也不缺，怎么就硬生生混成了老爷们儿的地步？"

胖子连忙解释："哎哟，瞧我这张嘴哦，不会说话。这么说吧，这两年李文博何止不近女色，身边连个要好的女性朋友都没有。但我们发现他认识你后，性格变化特别大，比以前敢跟女孩说话了，笑的机会也多了。而且你发现没有，每次出去玩，都是李文博主动打电话叫你出来。我们这帮哥们儿啊，都觉得你根本就是雪山灵芝啊，滋润了我家小博子干枯的心灵。"

胖子说话一向添油加醋惯了，苏青才不想计较他说话是真是假，她自己努力搓自己手上的死皮，一副欲言又止的样子。

胖子笑着说："很感动吧，是不是想以身相许我家小博子啊，说实在的，我们这帮发小还都挺喜欢你的，觉得你俩挺搭的……"

苏青下决心，小声问："他那啥，现在还有毛病吗？"

"哪啥啊……"胖子纳闷，突然明白过来，"你这个色魔！就关心这些没用的！他早好了！"

"你试过了？！"

"我们是哥们儿！哥们儿懂吗？从小一起撒尿看A片长大的！"胖子站起身，看李文博他们也快上来了，连忙小声说，"看在你是我和小天红娘的分儿上，你也不是小姑娘了，我就把我这辈子最大的秘密告诉你。今年夏天啊，有次在我家办party，嘿，我刚换了个大公寓，你是不是没来过？"

"说重点！"

"哥儿几个都喝大了，第二天白天起来，我就发现我家小博子那短裤啊……一柱擎天！硬邦邦，光看，就能让姑娘们死去活来的！”

“好恶心！我不听了！”苏青站起来，朝越走越近的冰冰他们挥手，她突然想起来什么事儿，问胖子，“你说，这么多年他都不找女朋友，会不会变弯了啊？”

“你才弯呢，你们全家都弯！你们祖籍就是南泥湾的！”

苏青哈哈哈大笑，冰冰拉着一摊泥的方怡然，方怡然拉着另一摊泥的小天，很不理解地问：“笑屁啊！”

苏青开始唱南泥湾来好地方，跟疯了一样。

胖子悄悄地朝着冰冰、方怡然和小天一个 OK 的姿势，大家知道终于搞定苏青了。

众人坐那儿休息一会儿，冰冰和胖子都被抽烟的欲望勾得百爪挠心，但是有女生在，也不好意思表现自己没有公德心。

苏青斜眼看着李文博，这家伙，长得好看的人流汗的样子也不狼狈，无怨无悔地背着一堆吃的和水，不过看样子，他不会主动跟她说话。

苏青心想，有心理阴影的人了不起啊，你不理我我也不理你。

大家继续往上爬，当苏青觉得自己的腿已经第三百次没知觉的时候，终于登顶了。

一站到山顶，众人都有些愣，连话痨的冰冰都静了下来。

爬山的乐趣也在于此，尽管最终登顶的只是一个没啥看点的山头，但因这一刻来之不易，所以多糟糕的风景，也会觉得特别漂亮和震撼。

这跟谈恋爱是一个道理，苦追来的人，总归相看两不厌的时间比较久。

胖子这个文盲词汇量贫乏，在美景面前只能骂街，“真 JB 漂亮，太 TM 漂亮了”，赞美了半天词穷了，只能满地打滚把祖宗十八代都骂了。

天已经亮了，时间计算得不好，日出早就过去了。

山顶的风呼呼的，小天地鼠一样“刺溜”一下钻进胖子的军服里取暖，冰冰也不甘示弱，特别亲昵地给方怡然搓手捂耳朵。

苏青觉得自己就是站在山顶的蔡依林，急需要一杯古老神秘恒河水，看着冰冰跟方怡然在哪儿喂水呢，也不顾形象了，直接拿过来干了半瓶。

李文博递过一瓶水，苏青也不拿正眼瞧他，自己一个人闷闷地喝了。

其他人看两人一凑近，赶快四处散开，给他俩独处的空间。

李文博双手插兜，看着风景，幽幽地说一句："咱们水充足，你不用把水都转移到你那俩驼峰上，喝不够还有尿呢。"

苏青喝得急，差点儿呛到，朝他瞪眼睛："我乐意！"

李文博挠挠头："明年今天还真应该庆祝一下。"

"庆祝什么？你不开高速公路四十周年？失敬失敬，没想到你这么大岁数了，驻颜有术啊。"

"这是咱们认识半年来，第一次闹别扭呢，多有纪念意义啊。"

"谁闹别扭了，我才不像你那么小心眼呢。"

远离北京的天空，太阳不再是血淋淋的黄或红，以原本的模样完成着东升西落的轨迹，丝毫不顾人间众生如鲠在喉的心结。

清冽的山风，割得脸生疼。

然而许久不运动的身体，经过这上上下下的攀爬却得到了舒展，人也似乎得了短暂的新生。

手机微弱的信号飘进来一条信息，时一鸣有意无意地撒娇："呜，生病了也不安慰人家。"

苏青原本想拍张山顶的照片发条彩信过去，然而死活发送失败。

苏青不管了，把手机揣兜里，晃悠着双手，突然大喊："你好吗？我很好。"

大家一愣，冰冰先笑起来："真够二的，你以为你演《情书》呢？"

这一声也不知道送给谁，李川吗，不对，白凯南？那更不是了。

也许她真心只是想表达此时此刻的自己很好吧。

苏青觉得自己运气不错，就这样强撑着，竟然真把日子撑到了柳暗花明，有了点儿奔头。

有人追，目前的年纪不太老也不太幼稚。

公司虽然有点儿凌乱，但实在不行跳槽也是有下家的。

手里有点儿余钱，最好的朋友刘恋一直陪在身旁。

虽然偶尔熬夜一把第二天骨头架子就跟散了一样，但身体好歹没啥毛病，目前新租的房子应该在一年内都不会涨房租……

如果用漫画来表现此时此刻的苏青，她小宇宙应该就这样被熊熊地点燃了，摆个架势就能放出大招。

李文博在旁边摆弄着自己的单反给两对情侣拍照呢，看苏青一脸要从山顶上跳下去的豪迈，喊了一声："苏青！"

苏青回头望，头上小男孩式的短发被风吹起，"咔嚓"一声，这一幕被李文博的相机拍了下来。

拍完照片后，李文博跟苏青对视，两个人都笑了。

苏青觉得许久未见的自作多情突然也站在了身旁，它不怀好意地告诉自己：李文博好像没那么讨厌啊，他应该对你有点儿好感。

苏青把衣服裹得更紧些，不给自作多情可乘之机，但仍然觉得，这是最近一段时间以来，最为春风得意的时刻。

得意并不是拥有许多可以瓜熟蒂落的结果，而是悬而未决时，未来稍微露出了些许甜美的端倪。

那端倪，仿佛日出前的一束微光，即便未来也许迎来的是乌云蔽日，但也总归有了盼头。

第九章

后海的灯影随行，你留下了几分情和爱

1

后海酒吧门口拉客的，上辈子都是八大胡同折翼的天使。

苏青一路拒绝了五家酒吧拉客的盛情，终于找到刘恋，埋怨："来后海喝什么酒啊，人挤人的。"

刘恋说 Ethan 的朋友从国外回来，非要听北京特色的酒吧歌手唱歌。

"北京特色的歌手？那应该带他们去天桥剧场听郭德纲去啊。"苏青翻白眼。

Ethan 憨憨地在那里摇动着身体，如果不知道他是刘恋的男朋友，苏青也会觉得这个直男也未免太爱穿紧身花衬衫。

台上，郁郁不得志的歌手声嘶力竭地唱着十年前的情与爱，透着廉价而人工的伤感。

不过这地儿起码不用穿正装，上次刘恋带她去国贸八十层喝酒，结果穿夹脚拖鞋和 T 恤的苏青被服务员有礼貌地挡在了外面。

刘恋特别亲昵地抱着她，拉着她的手，向大家介绍，一群穿着不是那么接地气的男男女女立刻停止了英文交谈。

刘恋说："这是我的闺密，苏青……哎，你英文名叫什么来着？"

英文名八百年不用了，从记忆里倒腾出来不亚于在一个猪圈样的房间里找钥匙。

苏青回忆了这辈子曾经给自己起的几个英文名，张口就说："卫生巾。"

刘恋没反应过来，架在那里愣了几秒。

Ethan 提醒说："苏菲，Sophie。"

刘恋开始挨个介绍，都是一堆英文名，苏青最后也没记住几个，只是跟小姐似的赔着笑。

刚坐下，因为离得近，大家都细细打量着苏青。

有那么一两秒钟的尴尬，大家又开始聊了起来。

苏青有种闯入英语角的感觉，练了一会儿听力，大概能听得两个 ABC 在讨论家乡温哥华最近上映什么电影。

一个看起来和善点儿的女孩很外国人的腔调问苏青："Sophie，你是做什么的？"

反应了几秒钟，苏青才意识到人家在跟自己说话，苏青连忙把酒放下，介绍自己是做广告的。

Ethan 拍了拍穿格子衬衫的小帅哥："Dan，你们两个是同行啊。"

跟长了娃娃脸的台湾 Dan 聊了一下写 PPT 的甘苦史，台湾帅哥觉得苏青太能干了，文案策划客服活动执行一条龙服务，劝她赶快跳槽到他们公司去。

苏青知道对方是客气，不过没放过这个机会，赶快掏出手机记下电话号码。

刘恋趁人不注意，暗自赞她："行啊，学聪明会主动了，不过 Dan 也就是个小孩，你多跟 Rose 聊聊，她下个月就升总监了。"

苏青看着对面一直用英语聊天的 Rose 气场太强大，点点头："行，让我背一下《新概念英语》课文准备一下先。"

凑近了，才发现刘恋今天穿得有玄机，虽然刘恋跟良家妇女一样穿了一件白衬衫，苏青却看出不对来。

伸手摸了摸胸，惊呼："你也太骚了吧，挂空挡！"

说完赶紧帮刘恋系上开到乳沟的扣。

刘恋用手提了提胸："最新出的隐形 bra（文胸），看上去是不是很诱人？"

"至于吗，有男朋友还不留点儿情面啊？"

苏青瞄一眼刘恋的男友 Ethan，他正跟 Dan 用英文聊得火热呢，脸上没丝毫的介意。

刘恋这两年身边的朋友，都是 ABC 或者香港台湾地区的，她苏青算是唯一的大陆货。

并非不是海归的刘恋非要提升自己的档次，只是 ABC 或者港台的小孩，成长的过程中没受过什么苦，相处起来也没那么多事。

好相处这一点，是传闻中的艳女刘恋相当重视的。

苏青特别爱看徐克那部口碑并不好的电影《女人不坏》，张雨绮的戏份如果是 XL 号，刘恋身上那些异曲同工的事情就是 S 号。

电影里，张雨绮仿佛是站在云端的白富美星球的女神，俯视拜倒在她脚下的雄性众生。

然而神似的美女依旧留恋人间烟火，她发觉情深意重的女友并没有邀请自己参加婚礼，原因是她艳名在外，身边所有女人的男朋友见到她后，都甩了身边的旧爱妄想把她变成新欢。

她本意并非要成为家庭粉碎机，自己主动去找女友道喜，没想到女友的未婚夫见到她之后婚也不结了，跟着了魔一样，果真让她感受到情路拆迁办主任的不为人知的苦楚。

这种事在刘恋身上也发生过很多次，好在她练就了一身金蝉脱壳的功夫，没让自己沾了一身腥。

但女人堆里，刘恋的口碑并不好。

女人们比男人更容易嗅到刘恋身上存在的危险气息，再配合男人一脸下半身思考的殷勤样，受到冷落的女人难免会对刘恋心存不满，江湖上便布满了"如果你有男朋友可不能让他见到刘恋啊否则你就等着被甩吧"的箴言。

但其实说实在的，帝都这么大，刘恋真心不是那种穿越到清朝就能让阿哥们急不可待要脱裤子推倒她的美女，她不是那种狐媚到能勾男人魂的红颜祸水。

苏青觉得刘恋也就是三分相貌，七分打扮。

可她身上对男人心不在焉又远又近的态度，大部分把脑壳撬开都是海绵体的男人最爱这型，这倒是也让刘恋背了不少黑锅。

所以，苏青相当理解刘恋爱跟中国脸外国脑的“香蕉人”们打交道，笃定地相信刘恋的不得已：不是她爱选 ABC 做朋友，而是中国人没得挑。而她又不乐意跟洋人混在一起混成了苏丝黄，只好选同样大方的 ABC。

而他们跟刘恋来往，也不是奔着上床去的，在聊天消磨时光方面，刘恋实在是个再好不过的对象。一来二去，也许就恋上了。

在北京，洋人或者 ABC 想找个姑娘带回家太容易了，三里屯后街天天一堆免费的等着呢。但上床易得，知音难寻，刘恋就是众人难寻的那位知音。

而刘恋所谓的风流韵事不过是别人强加的谣言而已，她的恋爱真是谈得规规矩矩的。

比如跟目前的男朋友 Ethan 的认识就是这样，两个人都是一个朋友圈的，认识时就有感觉，但碍于两人都有男女朋友，也就是在朋友聚会时谈笑几句，连私下联系都没有。

等各自都单身了，再次碰到才开始约会，正经约会了大半年，确定彼此午夜十二点都不会变成狼人，才正式确定了关系——换成苏青，她都能跟白凯南这样的人渣失恋三个来回了。

所以，苏青发自内心地觉得，Ethan 还真是靠谱得可以把母猪逼上树的男人。

虽然他不一定知道靠谱是什么意思，当然这可能也与刘恋进退得当有关系。

Ethan 此时带着 Rose 坐在苏青的旁边，Rose 近看并不是什么大美女，但挽着西装袖子，清清爽爽的，姿态大方。

Rose 说：“Sophie，咱俩换一下名片吧。”

苏青翻了半天包，终于在钱包里翻出来一张名片，跟 Rose 交换。

Ethan 从旁边笑：“给我设计的名片那么好看，你自己的名片还这么简单。”

上次 Ethan 过生日，苏青不知道怎么送礼物，两个人还不太熟，因为以前曾听过 Ethan 抱怨自己公司的设计师偷懒，给他设计的名片很糟糕，她就自己帮忙设计了一款名片，最后找相熟的印刷厂用好的特种纸印出了两盒。

Ethan 从名片夹里拿出一张全黑的名片，Rose 拿到手里，初看没什么特别，黑底细白字，十分简洁，正面只有 Ethan 的素描像，极浅的黑色线条勾勒出头发的形状。

可如果沿着浅黑色线条将头像剪下，头像背面恰好是个人联络信息。

Rose 夸赞："你还会设计啊！"

苏青客气说哪有，这创意都流行八百多年了，她弄出的只是山寨货而已。

亲力亲为星球的苏青流落到地球做广告，发现设计师与甲方之间是今生今世永远的瑜亮关系。

她夹在其中左右不是人，只能以良家妇女被逼良为娼的愤慨，在设计师闹脾气罢工时用 Photoshop 修改一下字体大小，换一下图片。

PS 好多年，她终于把自己 P 成了一个半吊子高手。

要是被甲方客户欺负得不行，她就把对方的头像移花接木到色情片明星的身体上，然后发在猥亵男聚集的色情网站去泄愤。

Rose 感慨苏青这样的人才应该去更合适的地方，比如去 4A 广告公司。

苏青笑说自己的英文烂死了，英文名 Sophie 都要想很久才能说出正确的发音来。

不过心里还是嘀咕，这群国际广告公司的香蕉人总监，总是以为他们那里才是与时俱进、具有国际化视野的地方，要真是如此，那工资也别那么本土化嘛。

刘恋也知道苏青想什么，拐着弯地向 Rose 解释："我们家 Sophie 虽然不是 4A 公司体系培养出来的，但她水平和资历摆在那里，跳槽到 4A 做个 senior copy（资深文案）的确太可惜了，她这人也没太多野心，Rose 你水平高，多帮帮 Sophie 呗。"

刘恋端起酒杯敬 Rose，先干为敬，一杯红酒瞬间见底。

自己的英文名从未有如此密集地被人这么叫过，或许是喝了点儿酒的缘故，苏青有点儿头晕。

刘恋拿胳膊碰了碰她，苏青连忙端起酒，跟大家碰杯，手忙脚乱的样子，自己都觉得笨拙死了。

上次有这种笨拙的感觉，还是第一份工作的时候，原本以为现在一切都已经游刃有余了呢。

但是刘恋和 Ethan 努力向 Rose 推销自己的样子，虽然让苏青心存感激，可未免内心深处觉得有些莫名其妙。

刘恋的热情，击垮了苏青的那份日积月累小心翼翼的游刃有余。

现在她苏青再不济，也无须像推销牲口一样努力帮忙找工作吧。

或许是自己给刘恋的印象太没本事了？还是生活的新陈代谢太隐蔽了，让刘恋仍然拿老眼光在看她？

苏青突然有股莫名的闷气，困在胸臆中。

然而刘恋坐在旁边，熟悉的第五大道香水味飘过来时，苏青又觉得是自己以小人之心度君子之腹了，被人介绍工作有什么不好的，何况是4A呢。

想到这儿，苏青用手挽了挽刘恋的胳膊，把下巴靠在她肩膀上。

刘恋回头问："喝多了？不像你啊。"

苏青摇摇头，把头靠得更近一些。

刘恋拍了拍她的脸，闻了一下她头发："以后得天天洗头啊，林志玲被人闻出有头皮味，也会找不到男人的……你跟时一鸣在一起了吗？姐好久都没问你了。"

苏青摇了摇头："还在考察阶段。"

"再考察人就考没了，得给个巴掌赏个枣，勾着对方才行。"

"他挺喜欢我的，但两个人说话总不在一个频段上。"

当然，话不投机，也跟苏青不解风情有关。

上次时一鸣约她去国子监附近的小素食店吃饭，他们两人都觉得此处甚是干净，尤其是厕所。

时一鸣说："真干净，里面放了一盆姜花，很香。墙上挖了一个洞，方便风吹进来。"

苏青立刻纠正说："墙上挖一个洞，是为了方便臭气散出去。"

说完这话后，两人都有些尴尬。

是啊，这话要是伴着寡淡而无味的素食一块儿下咽，那味道肯定好极了。

两个人一起去看电影《刀剑笑》，时一鸣说这电影的风格挺有意思的，苏青的关注点却在八卦上："你说张雨绮拍这戏时，跟汪小菲分手了没？"

刘恋看得挺清楚，这都是苏青自己作的："我就纳闷了，明明你就是个大雅的人，装大俗有意思吗？"

"以前的经历，告诉我，雅是没有好下场的。俗也不一定就好，但起码接地气儿，有安全感。"

“别说得那么好听，你这是讨厌小清新，渴望被推倒。时一鸣这种小清新，现在满足不了你的胃口了？”

苏青有点儿脸红了，觉得也不能向刘恋隐瞒了：“亲爱的，除了时一鸣，其实我还有其他选择。”

刘恋张大嘴巴：“你这个骚货！”

就像是一个乞丐突然中了六合彩终于过上了挥金如土的日子，苏青也不免给各位观众鞠躬，对不起，现在是苏青的桃花爆表的时期，枯木也有逢春时，野百合也有春天呀。

2

苏青的春天是这样满园春色的，跟时一鸣约会期间，她遇到了大学时计算机系的一个朋友，后来联系就紧密了，几次向苏青表达好感；同事的一个朋友，三十二岁，有车有房，急于结婚，看中了苏青的可靠；苏青本想打发几次就不联系了，结果在一个饭局上，这个稳定男的一个朋友竟然也私下联系她，三十七岁的北京汉子，话不多，大眼睛睫毛忽闪忽闪得让人坐不住。

苏青有点儿心虚，寂寞了大半辈子，桃花怎么都在一年爆发出来，好在是生在了新社会，这要放在旧社会，她指不定被乡亲们浸猪笼沉潭什么的。

这状况弄得好姐妹刘恋都有点儿激动啊：“老鸨把一个小丫头调教成京城一朵花的成就感，也不过如此啊，你让我平静一下心情。”

喝完一杯酒，刘恋气运丹田，脑袋转了一下：“有这么多选择，那你还犹豫个毛啊，赶快选一个靠谱的继续谈呗。”

“可是我到底选哪一个啊？”

刘恋定定地看着Ethan，叹了一口气：“犹豫就说明哪个都不喜欢，既然这样，那你就选择一个你能预料到结局的。”

“我就不能等着那个我喜欢的人出现吗？”

“李川你喜欢，白凯南你也喜欢，可这两个人……喜欢并不能得偿所愿，反而伤得更深。”

刘恋突然回过味来，笑了：“哎呀，怎么说深沉了。苏青，人生得意须尽欢，被人追的机会要把握住，以后这样的机会不会太多了，你选择哪一个我都支持你。”

Ethan 那边示意，刘恋站起来走过去。

这不像是苏青认识的刘恋，她以为刘恋起码要预留个一周时间挨个把脉，目标明确地告诉她哪几个选择是在考虑的范围内——从过去的经验来看，刘恋的建议通常都是对的，因为苏青耳根子硬，不太听刘恋的话，最后的结局都是不好的。

但尽管如此，刘恋还是为苏青掏心掏肺的。可这次怎么这么敷衍？

难道觉得我在炫耀？苏青没敢多想，默默拿起面前的红酒，喝了一口。

大家要转场去国贸八十层续趴，苏青已经困得神魂颠倒了，先回去了。

刘恋依旧为人处世无懈可击地帮她打到车，天气冷，穿着单薄而明艳的刘恋依旧踩着高跟鞋噔噔噔地上了朋友的车。

苏青对着出租车后视镜看了看自己的头发，头发又短到令人发指，与刘恋混了一个晚上，她也没有发觉。

然而除了李文博，谁也没有注意到她的头发越剪越短，李文博说“你再剪下去，头发就跟我差不多了”。

自从那非主流的年轻发型师给呕吐的苏青一瓶水，这男孩就成了苏青的御用发型师，每隔两周大老远去修剪越来越短的短发。

看到李文博那平头平时剪一次要两百块，苏青觉得太贵了，拉他一起去那理发店剪头发。

然而非主流装扮的年轻发型师也不是什么发型都能弄，李文博的贴头皮短发看起愣愣的，像越狱在逃的犯人。

效果不如预期，他也不好意思驳苏青的面子，只说挺好，二十块剪一次就可以演《肖申克的救赎》了。

这大概也是李文博特别招人稀罕的地方，情商高，无论何时都能 hold（控制）住情绪，在他身边觉得特别安定。

“天塌下来，也会先砸到比你高的我，你还怕什么。”

或许是最近觉察到苏青公司的群魔乱舞，见她工作上的那根弦绷得过紧，每天中午午休时间，李文博都开车满北京城带她吃好吃的。

然而苏青最近压力大到没有胃口，往往点了一堆东西，都是李文博在吃，然后苏青唠叨最近的烦闷，担心还没找到下家，就先被开掉。

而她年纪和资历高不成低不就，前景堪忧。

李文博觉得苏青最近有点儿想太多："实在不行，就来我公司做呗，人少，事儿少，还不用坐班，钱也给得不少。"

"算了，我怕你当我老板，马上就变周扒皮的脸，咱俩现在的关系挺好啊。"

李文博哼了一声："谁要做你免费的司机兼点菜员。"

苏青又开始絮絮叨叨周围的几个可考虑对象："他长得挺好看的，但是总觉得样子太小了，一点儿性的魅力都没有……我那个大学同学人倒是不错，可是人好也不能在一起啊……做律师这人最大的优点也就是适合结婚，但优点仅限于此，个子还没我高呢，总觉得他油腻腻的……你也知道让我点菜我能从第一篇看到最后一篇还问你吃什么，三十七岁北京男人倒是高高大大的，做事还挺爷们儿的，点菜从来不麻烦我，不过北京婆婆据说挺难相处的。"

李文博摇摇头："谁说的，我妈就挺喜欢你这样的啊，不过这个三十七岁的北京男，先 pass 掉。"

苏青"啊"了一声，很舍不得："我还挺喜欢呢，高高大大的，多有安全感啊。"

"都三十七了，性能力都不行了，考虑到优生优育也不能选他啊。"

"你想得也太远了吧？"

"还有，苏青，你能稍微考虑一下我的感受吗，咱俩吃饭时也是我点菜，我也是北京人，我也高高大大，我年纪还比他有优势呢，怎么没见你喜欢我呢？"

"谁要喜欢你，你这个资深人渣。"苏青嘻嘻哈哈地本想转移一下话题，却看李文博盯着她眼睛看。

"怎么扯到这儿了……"苏青觉得好像敷衍不过去了，认真地想了想："你就是因为适合做我闺密而被派来人间的……"

"扯淡，敢情你把我当女生使啊，狼心狗肺的。你要知道，闺密这俩字，是对一个优秀男性最大的蔑视！"

"不把你当成闺密当什么？当高富帅那样供着？好像你不缺我这样的崇拜者吧。在北京，电线杆子砸下来都是我这样的女生，没车没房没脸蛋，胸前也没二两肉，我们没本钱要女性特征让男孩干这干那。你知道这样的女生，如果还爱自作多情，那不自找羞辱吗？虽然我穷得只剩下这双干活的老茧手，但你也允许我这样的茶水妹还保留一点儿自尊，不把你当成高富帅，就当一个好朋友处着。”

话说了一堆，善于做总结的李文博牌翻译机只翻译成了一句话：Sorry（对不起）啊，这位先生，我对你没感觉！

他从身上掏出烟，服务员是一个服务不积极，但是制止抽烟却特别爽快的物种，李文博只能把想抽烟的心咽回肚子里，直接说：“那我们埋单走吧。”

苏青说还有一大堆菜呢，赶紧打包，自己拎着往外走。

李文博看这架势：“你就是打包硬塞给我，我也半路扔掉，何必呢。”

苏青把这理解成高富帅发现茶水妹对他的魅力无动于衷而耍小孩子脾气：“你不带走我放公司冰箱，晚上回家我煮锅饭，正好省饭钱了。”

“你自尊都用在节约生活成本上了，找个有钱的得了。”

“我也一直在寻找啊，不过北京城瞎眼又喜欢平胸的大款都灭绝了。”

“那你喜欢什么样的，你口味我抓不住。”

汽车驶过不堵车的北京，经过的每一个路口都站了一个李川，苏青努力压过去想他的念头，“对我好就行。”

李文博调笑：“那我看你考虑的那几个男人，对你都挺好的，矬子里拔将军，挑个喜欢的得了。”

李文博的这句话点醒了苏青，她终于意识到问题出在哪儿：“其实我一个都不喜欢，不过我这样的女生有选择权吗？”

自怨自艾是苏青如影随形的习惯，时刻不忘把自己压在土里，好时时刻刻让自己别翘尾巴——有人看得上你就不错了，还一连三个，你有什么不知足。

李文博想安慰苏青，他觉得苏青这严重缺乏自信的行为也不是一朝一夕的了，以后得好好治治她这毛病。

然而这话实在是无从开口，眼瞅着车都停到了苏青公司楼下了，李文博在苏青拎着一堆打包饭菜，关车门转身之时，又看到她那绷得紧紧的脖子上露出的绒毛，忽然心里动了一动。

他打开车窗，突然迸出一句：“苏青，你乐意找哪个男人就找哪个男人吧，先试试呗。大不了，还有我呢，以后咱俩都找不着人，就一起过呗。”

苏青回头：“你吃错药了吧？”写字楼间的风大，冲得她眼睛想淌眼泪，再想说什么，旁边有一群人鼓掌，鼓掌最猛烈的就是方怡然，就差尖叫了，

“好感人啊，文博哥，你真爷们儿！”

唉，连个感动时刻老天都要安排路人打酱油来骚扰一下。

苏青连忙阻拦，“都哪儿跟哪儿啊，你们添什么乱。”

一个女同事说：“行啊苏青，这么大一个帅哥，你藏得够严实的！”

“没有的事儿，他开玩笑呢。你们别添乱，以后我们连朋友都不能做了。”

李文博看到苏青跟一堆人解释，自己也有点儿乱。刚想说点儿什么，楼下的保安催促他说此处不能停车。

他看了看苏青，挥挥手，开了车便走。

人多，也解释不清，苏青也挥挥手，旁边一个女同事唯恐天下不乱：“哎哟，开车都这么帅气。”

方怡然挽住苏青：“唉，盼星星盼月亮，他终于点破窗户纸了，让群众很是‘捉急’啊。”

其他人也就算了，方怡然这嘴没把门的，估计得跟冰冰和胖子小天他们说个遍，她猛瞪方怡然：“你怎么不姓造，改名叫造谣？”

方怡然得意扬扬道：“藏，还藏，文博哥看你的眼神可藏不住啊，我们这帮人都嘀咕好久了，他怎么还不行动。”

“说的跟真的一样，你要是回去跟冰冰嚼舌根，看我不拔了你的小舌头！”

“放心吧，就算我不说，你俩早晚也会手牵手走到我面前说的，看你嘴硬到什么时候……哎，你走快点儿行不，咱俩都成蜗牛了。”

苏青拉着方怡然上了一架没人的电梯，说：“你怎么跟他们混在一块儿了，不知道他们都支持那谁上位啊，我不跟你说了嘛，少站队。”

方怡然噘着嘴：“你跟文博哥天天一起吃午饭，中午下班也没人理我，我只能跟他们一起吃了，要不然一个人吃东西多可怜。”

“你家冰冰呢？”

“冰冰最近不待见我，我觉得他说工作忙都是找借口，你说，他是不是有其他女人了？”

“除了你这种喜欢肚子跟怀孕三个月似的男人，谁喜欢他这样的？”

“文艺男青年，这说不准，一堆银镯女子像绿头苍蝇一样往上扑呢，根本不挑食。以前我烦他腻着我，现在不腻我了，我还真有点儿心慌……”

3

方怡然一路絮絮叨叨到办公室，苏青也没说什么。

情侣间的寻常问题都是自寻烦恼，自己找事儿，作出来的。

不过她也没什么心情当知心大姐，一回到办公间，大家无心干活，她内心莫名烦躁。

左前方永远在吵吵减肥的一百六十斤女正在干嚼薯片，满脸油光看着韩剧，永远处在被男人辜负的痴情女又在给新男友织永远织不完的围巾。

而满脸痘痘的眼镜妹永远不去看皮肤科，一边小心翼翼地往一片月球表面上泛起的新痘上面涂药膏，一边上美容论坛看别人晒化妆品……

公司这么兵荒马乱下去，不找下家还真不行了。

苏青耐着性子写PPT，客户那边打电话说要做新的宣传样稿。

苏青自己先画图，想了好几个备选方案，就差自己动手了。

哄着猛男设计师糊弄了一个稿子，几兆的海报图片却上传不到邮箱。

苏青吼了一嗓子："大家先把视频下载暂停一下呗，小弟我先发个东西。"

坐在身后留着小胡子的娘炮男赶紧暂停了迅雷，苏青不小心瞥了一眼，这小子又在公司下断背山出品的爱情动作片呢。

苏青叉着腰站在办公室里，忽然觉得自己跟这群人怎么这么格格不入，虽然她也不是什么勤奋型选手，但活儿总要有人干啊。

就算是树倒猢狲散，这树不是还没倒嘛，怎么就都下树了。

这要是放在日剧里，苏青还能化身一个喊口号的女主角，号召大家都站好最后一班岗。

不过现实是狗血家庭剧，她只是一个工作快要没了，感情上也没有进展的路人甲，没立场对着众人精神喊话。

工作上的烦乱，让刚才李文博带给她的感动，迅速冷得跟北京的冬天一样。

只要一男的鼻子眼睛都健全，一旦说"多年后，你若不嫁，我若不娶，我们便执手到老"，换哪个正常姑娘，当下都得感动得一塌糊涂。

可是冷静下想起来，这句话其实背后真实的面孔很狰狞：你永远是我的备胎。

呵呵，可能备胎都不是，备胎还有暧昧滋润呢。

可是把李文博对她的细枝末节翻来覆去研究，也就是谈得对味的好朋友而已啊。

何况要是真有感觉，那两人赶快在一起啊，还等多年之后再在一起干吗?

俩年老色衰、更年期或是性能力退化的中年人，还有什么值得在一起的?

说好听了那是执手偕老，说不好听，那就是人生没指望了，凑合凑合得了!

别多想，苏青轻轻地呼出一口气，你这样 level 的人，连当他备胎的机会都没有。

李文博这句“以后咱俩都找不着人，就一起过呗”，大概就像是冬天男人的大衣，他衣柜里一定有一打以上的长大衣，见哪个女孩需要，就帮她披上——估计这也不是李文博第一次说这句话。

想着想着，苏青就笑了，大概是太久没谈恋爱了，周围人稍微对她好一点，她都以为对方对自己有意思，苏青立即把自己的自作多情挫骨扬灰掉。

然而她还是忍不住翻手机，希望这个时候李文博发个短信过来，打个哈哈说开玩笑的，印证这一切都是自作多情，也是好的啊，省得她在这里给自己扮演情感专家分析个没完。

手机翻到了刘恋的名字，苏青真想像以往一样打个电话抱怨一下，让一向把问题看得很清楚的刘恋骂两下就好了。

可手指停留在拨号键上，还是停住了。

最近不知道怎么了，老觉得刘恋离她有点远了。

唉，没注意她剪短头发也不是大不了的事儿，也许刘恋注意到了没说而已，但是……

算了，不想了，再想下去自己头都炸了。

方怡然把椅子当滑翔机一样滑过来，脸靠在办公桌上，可怜巴巴地说：“饿了。”

“活儿没干多少，粮食倒费不少，你要是去地主家做长工，地主家得破产吧。”

“唉，恋爱不顺利，总要把愤怒溺死在食物里。”

苏青捏了捏她的小脸，爱惜地说：“我中午打包了一大堆吃的，在茶水房冰箱里。”

方怡然眼睛一亮，颠颠地跑到茶水间，没过多久，就听里面呕吐的声音。

几秒钟过后，方怡然从茶水间跑出来，直冲到卫生间里。

离茶水间最近的一百六十斤减肥女好奇地看了一眼，惊，“茶水间吐成这样，让人怎么用啊！”

姿态是娇嗔的，只不过一百六十斤的胖子不适合这样，你见过小鸟依人的大象吗？

苏青拎着一个纸抽就过去了，也没等别人发话，自己先收拾了。

方怡然脸惨白，苏青问她怎么了。

方怡然说这几天不知道怎么了，一会儿特别饿，一会儿肠胃不好，大概是胃肠感冒吧。

苏青刚纳闷胃肠感冒也不是这症状，方怡然又觉得不适，又跑到厕所吐了。

苏青见状，给上面领导打电话，她干脆把茶水间的呕吐物拍成照片，用微信发过去，说方怡然肠胃感冒，送她回家休息了——办公室群魔乱舞的，弄得她心烦总想翻手机查看李文博的新短信。

副驾驶座上，方怡然让苏青开车窗，空气有点儿闷。

坐在驾驶座上的苏青摆弄了半天才打开车窗，感慨道：“下回咱能换辆你姐我认识的便宜车行吗？开个车窗都让我着急出一身汗。”

“便宜车不抗撞啊，我爸怕我死。”方怡然嫌苏青开得太慢了，“您这车速得有三十迈吧，竞走呢？”

“开这么贵的车，我心里有压力。”

“可劲儿开，擦了撞了，反正有我爸报销。”

“哎，你爸知道你和冰冰好了吗？”

方怡然不以为然：“可不能让他知道，他手里有一堆门当户对但只会吃老爸的富二代，等着介绍给我呢，要不然我为啥要出来赚这点儿工资，连油钱都不够付呢，就是为了逃避他逼婚，不能助长他的封建社会习气。”

“那总这么躲着也不是回事儿吧？”

也不知是因为刚吐完，还是愁出来的脸色，方怡然的小尖脸惨白惨白的。

“我爸老觉得其他男孩都图我们家钱，才跟我好。苏青姐，别人都说我是含金汤匙长大的，可能我站着说话不腰疼，含金汤匙长大真心是件挺艰难的事。我爸从小就觉得我什么都不会，特看不起我，一点儿都不相信我的眼光，觉得他都对，我都错。可是我喜欢什么，他能知道吗？他不知道。”

苏青跟父母的关系，也不是那么融洽，她还以为父母穷会出毛病，没想到这富二代的亲子关系也一样殊途同归，她问方怡然："那你喜欢冰冰什么？"

谈论起自己喜欢的人，方怡然整个人都放松了起来："你记不记得以前咱们拍一个广告，那明星特别大牌，到了现场直发飙，说不喝国产矿泉水，只喝一个法国进口牌子的水。我和冰冰就开车到东方新天地地下的超市里找，后来我俩拎着一堆水回来，坐电梯的时候，冰冰发现我鞋带开了。他先放下水，然后给我系鞋带，动作特别自然，那时我俩还没在一起呢……我小时候特别笨，上小学了还不会系鞋带，我爸老骂我，逼着我学系鞋带，我姥爷就偷偷给我系。跟我说，妞儿啊，不会系没什么关系，以后你长大了，就随身带着姥爷，姥爷专门给你系……冰冰系鞋带的样子跟我姥爷一模一样。

"后来吧，我俩都有点儿感觉了，但是都不愿意承认，平时还打打闹闹的。有一回我俩逛街，我看见一双鞋子，特别好看，但觉得太贵了，也没舍得买。后来我过生日，以前我爸妈在一起的时候，我妈还能给我做碗日本红豆饭，等他俩离婚了，我妈也回日本了，也没人惦记我生日了。我心想自己这么讨人嫌，也别过生日了，自己回家做了锅红豆饭就当庆祝了，那饭太难吃，噎得我满脸是泪。结果冰冰打电话，让我下楼取东西，我下楼一看，楼下保安觉得他长得不像好人，冰冰正满脸怒气地跟他吵着呢。见我来，也不说什么，把手里的东西扔给我就走了，我打开一看，就是我舍不得买的那双鞋……我看着那双鞋蹲在地上哭了好久，把我们家保安都吓着了。姐，其实我手里的卡都能刷一辆保时捷了，我爸说我过生日乐意买啥就买啥，反正他付账，可是我就是想要关心，我不想自己跟自己说生日快乐，我不想自己花钱给自己买礼物……"

说着说着，方怡然突然傻乐了起来："苏青姐，是不是觉得我身在福中不知福啊？"

苏青沉默地点点头，其实心里挺疼，她忽然觉得活着这件事儿吧，真挺苦的。

"姐，我的人生其实没什么好抱怨的，没吃过什么苦，每天醒来都不用想买房买车。我要是再听话点儿，找个门当户对的富二代红二代什么的，这辈子也就风风光光过来了……可是那是我爸给我设计的人生，不是我的人生，我就想找个像冰冰这样，没房没车没名气但只爱我的穷导演当男主角，这点儿要求不贪心吧，挺符合实际吧？"

苏青曾经想过，如果自己也有父荫庇护，或是长得美一点儿，她眉宇间的苦逼气是不是能减轻点儿？

而方怡然无疑长得又美又富有，拥有了苏青最想拥有的一切，然而这终究不能减少这位白富美内心的遗憾。

苦逼也许是所有年轻女人的主题，金钱、肉身、感情、自由、理想，造物主断然不会让每个人都面面俱到拥有一切。

而在已过往的日子里，苏青把所有的力气，都用在了跟自己人生中的贫乏做斗争上。

情感的贫乏、物质的贫乏、精神的贫乏，能将人生反转到丰沛的境界最好，若不能，也别雪上加霜，她就知足了。

因为人生期望值比较低，反而并不在意人生的残缺了。

因为缺的东西太多，反而缺成为必然，丰沛倒成为意外了。

所以一切的不幸在苏青身上，都是那么波澜不惊，她仿佛活得挺好。

这就是一个悲观主义的好处，只要有一点点好，生活那也是洒满阳光。

方怡然恰好相反，人生像一个太过华美的瓷器，唯一的破口是被爱得不够多，但整体看上去，这个瑕疵却太引人瞩目了。

苏青不知如何回应，她腾出右手轻轻拍了拍方怡然的脑袋："宝贝儿，你要的并不多，好女孩上天堂，你就闭着眼等着享福吧。"

"冰冰会一直爱我吧？"方怡然傻傻地问，"我放弃这么多，老天爷不会这点儿甜头都不给吧？"

苏青安慰："当然会，那小子要是对你不好，姐第一个带刀冲上去阉了他。相信我，你现在做的一切，都会有回报。"

苏青不忍心告诉这个小妹妹，人生一直是条单调乏味孤身走我路的故事线，你如今珍视的一切，仅仅可能是客串出场的。

无论现在多么天长地久，到了某一节点，还是需你一个人来昂头面对这个虚无的世界。

但这想法太悲观了，这个已经开始疑心现男友不爱她的妞儿，未必能接受这血淋淋的现实，苏青不想做泼冷水的情感专家，觉得会折寿。

方怡然还是有点儿不淡然："那冰冰最近是怎么回事啊，我把最近发生的事情想了一下，我肯定没做出什么让他不开心的事儿，他怎么对我的态度一下子就冷淡下了来呢，不是我的问题啊。”

“你想多了，宝贝儿，你现在深陷其中，所以一切细节都会放大到草木皆兵，有时候你要跟冰冰正面谈一下这些问题，毕竟你们现实中还有你家人那边的问题没解决呢，这比那些小情绪重要多了。”

方怡然想想，“也是，都怪我平时太爷们儿了，不愿意像一般女孩那样腻来腻去，我俩的关系中，冰冰倒像个女的，爱操心，”倾诉是一味良药，方怡然显然没有跟别人说过这么多心里话，说完后好受了很多，“现在觉得不难受了，苏青姐，跟你聊天真开心，好多人一听我说这些，立马给我讲人生大道理，谁都不是傻子，我就是想找人聊聊，不想让别人给我上政治课……苏青姐，你心真静，跟你待一会儿，就觉得自己也没那么烦躁了。”

苏青是好耳朵星球流落到地球上的外星人，别人好为人师，她则甘愿当个垃圾桶，别人说完她就忘，也不往外传，这是她的好处。

道理谁不懂啊，谁都做不了谁的人生导师，倒不如做一个安静的倾听者，这才是在积德。

方怡然正说着呢，忽然调皮一笑：“文博哥肯定也最爱你这一点。”

苏青撇了撇嘴：“请问这位小姐，我跟李文博好，你能有什么好处，成天撮合，我俩根本是两个世界的人，我这洗一把脸就能把五官洗没了的女北漂，两人站在一块儿，不像他女朋友，倒像是他助理。”

“姐，我知道你想说什么，但是一个大胸大长腿漂亮脸蛋的白富美就配得上李文博？我不知道是你看低了文博哥，还是看低了你自己……你这人有时候就对自己太严格了，做人放松一下不行吗？”

“再往下说我一脚给你踹下去！你试试。”

方怡然乖巧地说：“你才舍不得呢，我姐最疼我了……好啦，我现在感觉也没事儿了，咱俩下午去逛街吧。”

苏青摇头，“我这 PPT 还没写完呢。”

方怡然不以为然：“全公司也就你还在干活，怎么平时你挺老练的，这个时候却不知道放松偷懒呢，真傻。”

苏青心说我放松，工作没了谁给我发工资啊，我又没有个好爹。

这时她裤兜里的手机响了，响得苏青一阵慌乱。

恰巧此时又开始堵车，大家都在以蜗牛的速度往前挪车，不耐烦的行人穿梭在车流之中，北京城又开始烦躁了。

新手驾驶员苏青腾不出手来，一个劲儿担心跟旁边那辆横冲直撞的金杯剐蹭——修车的钱那是方怡然掏啊还是她自己掏啊，再说下车跟人吵架这戏码，她人生的剧本里没有排演过，怕不熟练露怯。

紧张得满脸是汗，终于在红灯前掏出手机，一看，是李文博。

MD，一下午连个屁也不放，偏偏在最不适合接电话的时候打，接还是不接呢？

还是方怡然反应快，拿过手机，直接开免提，刚要说句什么，看苏青瞪眼，她噘噘嘴，乖乖地举手机到她耳边当人肉手机架。

苏青假装声音里没什么情绪："什么事儿，赶快说，我忙着呢。"

电话那端的李文博还是不显山不露水："你在哪儿呢，方便说话吗？"

苏青心里咯噔一下，不会他要当场告白吧，她赶紧把车停到一边，把电话拿到耳边："你想说什么？"

"就一件事儿，冰冰今天在公司吐血了，你别紧张，在医院刚刚确诊是胃出血，在医院养几天就好了，这事儿先别告诉方怡然。"

苏青失望地"哦"了一声，李文博赞赏："我就知道你遇事最不乱了。"

李文博接着说："我现在在医院呢，这两天我就陪着冰冰了，咱们中午就不在一起吃饭了，你陪好方怡然。"他发现苏青哼哼唧唧地也不说话，"你怎么了？"

"没事。"

还能怎么说，难道要在电话里大声质问一下："中午你说的那句话什么意思？"

苏青失望的面孔还没调整过来，看到方怡然在一边面露微笑，巴掌大的小脸好看得很，说出的话却很胆战心惊："那你帮我问问文博哥，胖子在哪儿住院啊？"

苏青这才看到自己手里的电话依然是免提状态。

4

在住院部门口，没等李文博说话，苏青连忙赔不是："跟你说话的时候，开免提我忘了关了！”

李文博依旧是笑呵呵的，不过苏青觉得这笑是给方怡然看的。

他先拦住方怡然：“说好了，进去后该生气生气，但别忘了冰冰还生着病呢。他这可是怕你担心才不让说的，你可不能拂了他一片好心。”

方怡然也是一脸笑模样，斜眼看了李文博一眼，径直往前走。

李文博愣了一下，那个一直好吃懒做不爱干活爱撒娇的富家小妹何时这么对待过他，他两手一摊，不可思议地对苏青对口型：“怎么了？”

苏青摇摇头，在后面跟着，只觉得方怡然背后隐约浮现了两个字——霸气。

然而霸气这么乏味又有重量的东西，怎么会出现在以卖萌为生的方怡然身上？

见到冰冰时，方怡然也没发火，就问冰冰，医生都怎么说的，需要住多久，用不用找人照顾一下，回头还问李文博给冰冰交医保没有。

冰冰还以为按照方怡然的脾气，会大发雷霆，没想到她这么懂事，甚是欣慰。

他瞬间十分内疚自己之前还调整到战斗状态，心软了，绷不住了：“然然，我没告诉你我住院，是怕你担心。”

“要是得梅毒这种见不得人的病，也就算了，一个胃出血有什么好隐瞒的，我没那么经不住事儿。”

方怡然这话说得特别平静特别顺，也没见什么情绪，冰冰自己先不好意思笑了，不知道该怎么接话。

苏青觉得这时候她和李文博也别在旁边杵着了，拉了拉李文博，没想到李文博会错意了，他搭话：“其实，这回胃出血，是因为冰冰天天熬夜做私活儿，赚钱来着。冰冰现在觉得他不能吊了郎当的，有了你，他得多赚钱。”

方怡然看了看冰冰：“是这样吗？”

冰冰甜蜜地埋怨李文博：“你怎么这么多嘴啊。”

本以为方怡然会柔情似水地扑倒在他怀里，却发现方怡然仅仅面无表情地“哦”了一声。

方怡然脸上依旧挂着笑，僵着笑，暗藏杀机。

“所以，你为了赚钱，这阵子就可以不理我，你就可以和李文博苏青三人联手瞒着我？你赚钱就有理了是吗？”

冰冰没收到表扬，倒收到一堆数落，满腹委屈与不被理解立即开启了他的战斗状态，："我赚钱怎么了！跟你逛街，你都不敢逛好一点儿的店，生怕我买不起，你以为我不知道啊！我一个大男人，自己的女人想买什么都买不起，我还能要点儿脸吗？"

"赚钱？你有意思吗？少拿你的肮脏的小心理揣摩我，名牌对你来说是奢侈品，对我来说就是日用品！我就爱逛华威的小店怎么了？！我爸给我的信用卡都是运通黑金的，我要是图钱，找你干什么？你说你赚钱，你会赚吗？你一辈子赚的钱还没我爸一个月多，你见过钱吗？你需要为了赚钱就不理我吗？你觉得这个借口有意思吗？"

不善吵架的苏青强按住自己要竖起大拇指的念头，听北京妞儿骂人，就是行云流水啊！

冰冰刚才根本找不着说话的机会，气死他了："是，我不能赚钱，你天天说你爸不关心你，但是所有男人你都拿他跟你爸比，你这么爱你爸，你跟你爸好吧！你去找干爹啊！"

"我去你妈的干爹！"

苏青觉得自己的尴尬已经和其他病床上的病人及家属融合在一起了，她赶紧扑上去阻止方怡然用包打冰冰，李文博也跟了过去，结果都替冰冰挨了打。

冰冰在这拉扯之间，突然捂着胃，难受了起来。

一脸没好气的护士闯来进来："这是医院，不是你们家客厅！"一眼看到了方怡然拿的铂金包，"名牌包打不死人，但其他病人还休息不休息了！你们有公德心吗？"

方怡然听到这话，笑了："是，拿我这包打你，真玷污这包了，八万多呢，以后你就可劲儿接私活儿吧，接十个你也能买得起这包了！"

说完，小姑娘头也不回地走了。

苏青和李文博互相看一眼，再看看冰冰，冰冰捂着胃要从床上下来："看我干吗？追她回来啊！这个时候不追，她就回不来了！"

苏青和李文博在医院门口找了半天，苏青看手里还攥着方怡然的车钥匙呢，回过味来，拉着李文博去医院的停车场。

方怡然正在路虎面前翻着包找车钥匙呢，最后气恼地直接把一包东西都倒在了车前盖上，苏青拎着钥匙："在这儿呢。"

方怡然一把抓过钥匙，浑身还气得发抖，苏青捧着方怡然的脸，觉得这人气魔怔了：“妞儿，你别这样，姐害怕。”

李文博赶忙解释：“按理说我不应该再跟你说这事儿，冰冰现在这么努力接私活儿，是为了赚钱买房子，他说不想你俩结婚还租房子住，你爸不会让女儿嫁个连房子都没有的人。”

方怡然却摇摇头：“你别说了，他这种心眼的人，那点儿小心思我还不知道吗？他再怎么觉得买房子重要，但也不能为了钱连日子都不过啊！这事儿我不想再经历第二遍了，我爸当年就这么跟我妈和我说的，可结果他赚到钱了，我妈也跑了。邻居小孩骂我是小日本鬼子，我委屈大哭叫爹喊娘的时候，我爸还在赚钱呢！我真心不需要钱，我只要他踏踏实实跟我在一起，没钱我扯二尺布就嫁过去！房子，去他妈的，钱，去他妈的，只要他真心对我，别的我都不在乎，他怎么就是不明白呢！”

方怡然说到这儿，先把自己感动了，眼眶还没湿，却听到一阵崩溃的哭声。

苏青泪流满面泣不成声，方怡然惊到了：“姐，你干吗哭啊，该哭的是我，你哭什么？”

苏青本想假哭一下，让方怡然好收场，但听到方怡然说“我只要他踏踏实实跟我在一起，没钱我扯二尺布就嫁过去！”心一酸，却真流出了眼泪。

愿得一心人，白首不相离。

要求这么低这么卑微，却是最难的事情。

苏青想到了李川、白凯南，以及目前手里这几个还没办法确定的对象，自己的未来面目模糊一片白茫茫，还假装知心姐姐帮这对情侣当和事佬呢，她有立场吗？

苏青哭得李文博也挺难受的，他点上一根烟，长长地叹了一口气：“我和苏青图什么啊，我俩还都没找到人折腾呢，凭什么管你们啊。”

听到李文博这么说，苏青泪眼看了他一下，越发觉得可恶。

这哭，也可能是她终于想明白，李文博中午那话就是随便说说的，她断定自己想多了。

苏青觉得这样的自己太不要脸太不知羞耻了，还真值得哭一下。

而冰冰捂着胃斜着身子，挪步过来，看到苏青哭了，纳闷：“怎么了？”

凶相的护士随后出现：“你是来住院的还是来演电视剧啊，还自备群众演员是吗？”

哭声吸引了越来越多人围观，路虎极光，一个抽烟的帅哥，一个拎着铂金包的美女，一个哭得灰头土脸的短发女，一个穿着宽大住院服的微胖眼镜男。

这几个元素混合在一起，激发了人民群众无限的想象。

苏青见更多人围观，瞬间觉出这出戏弄假成真没办法收场了，丢脸的感觉像潮水一样把她淹没。

然而那一刻，李川的脸浮上了心头。

亲爱的李川，如果你仍和我在一起，我也不会沦落成一个蹩脚的演员。

在别人的戏码里，为自己伤心。

第十章

东四十条的复式小楼，是谁许下你一生的诺言

1

哭肿了双眼，这代价还是值得的。

因为觉得那天自己哭得丢脸，没办法收场，苏青消失了几天，谁都不想见。

等觉得自己终究可以面对继续丢脸的人生，苏青谁都没告诉，自己一个人跑去医院给冰冰送点儿吃的。

结果撞见两个小朋友在那里玩喂你一口喂我一口的游戏，热恋中的人也够讨厌的了，蹭一脸粥有意思吗？

虽然两人和好，苏青很高兴，然而内心深处，更多是一种嫌弃自己多管闲事的莫名沮丧。

情侣吵架是维系关系的黏合剂，苏青这么上心地燃烧自己照亮别人，也没见他们上心帮她找个男人。

站在病房门外，苏青知道自己还是别讨人嫌破坏冰冰和方怡然亲昵喂粥

的小世界吧。

其他病床的病人和家属看也不是，不看也不是。

唯一淡然的是某个空病床旁边的瘦小中年男人，背对着冰冰和方怡然，不停摆弄自己的公文包。

大概是多年尼古丁的生涯熏黄了脸，他让苏青过目不忘，昨天在停车场哭，被人围观时，这张苦逼脸太让人印象深刻了。

他就像是强迫症一样，把包立在那里，过一会儿又翻包看了看，简直像是小说《舞舞舞》里那个把乏味当成艺术一样供奉的警察，在这个环境下说不出的怪异。

对着那个男人发呆了片刻，苏青也不知道是把吃的送进去，还是直接走。

李文博插着兜，在后面看着苏青。

今天方怡然假装什么事都没发生，撒丫子使出媚术，让冰冰一点招儿都没有。

苏青来之前，李文博也觉得尴尬，出去抽烟。

回来的时候便看见苏青站在门口，鼓起脸在那里扮演熊，短发乱糟糟的，身上的黑色羽绒服大概穿了很多年，洗得有点儿大了，围巾一段耷拉到地上，她也没注意到。

这女的，最近是有点儿对外貌放弃了，脚上蹬的一双马丁靴伤痕累累的。

看了有五分钟，发现苏青发呆发得还挺愉快，李文博探过头："哟，好几天不见，学会偷窥了。"

苏青说话的样子像受惊的小鹿，睁大眼睛，指着他："下次还这么吓唬我，你试试！"

李文博笑了："又不是第一次见他俩起腻，你在外面避嫌个屁啊。"

苏青望着医院走廊的天花板："最讨厌别人秀恩爱了。"

"那你也秀啊，那么多男人喜欢你，到底选哪个啊，吊他们胃口行，但别把人家吊没影了。"

苏青一举手："行了，别说了，烦死了。"

病房里那个不停把皮包立起放下的男人意识到病房门口站了两个人，便停下了，瞥了两眼，背起背包就走了。

李文博问苏青："这人干吗的啊？"

苏青摇摇头："我也看半天了，可奇怪了，老是弄他的背包。"

本来两人想进去了，但是冰冰和方怡然的肉麻行为又上升了一个阶段，冰冰开始给方怡然剪指甲了，都细着嗓子撒娇说话，都模仿幼儿园的小朋友。

苏青看了看表，指了指走廊那边的座椅："咱俩再坐一会儿吧。"

李文博捂着肚子："我还没吃饭呢，要不咱俩吃饭去吧？"

苏青说早晨给冰冰做的病号饭做多了，午饭就在公司吃的这个。

李文博把苏青手中的保温饭盒抢过来："早说啊，冰冰吃方怡然的饭，没工夫吃你的饭。"

苏青拦不过："饿死鬼！那你跟冰冰说我可给他送过饭了。"

苏青带来的病号饭是皮蛋瘦肉粥和几个清淡小菜，特意在网上找的容易消化的菜谱。

李文博大概是真饿了，吃得狼吞虎咽的，最后还把菜汤倒进粥里，呼噜呼噜地一口喝干了。

李文博吃得有点儿意犹未尽："有点儿淡，下回做咸点儿。"

苏青努力把白眼翻得专业一些，给他递过一张纸巾："不要脸。"

李文博擦了擦嘴："下回我住院，你给我送饭不？"

苏青摇摇头："我不送，我拎过来一大堆吃的，发现门外一堆送饭的美女在排队，排到我时，那饭都得长毛了吧，你爱吃长毛的饭吗？"

李文博特别当回事，仔细思考："我会开条特别通道给你，比如窗口放一条软梯，你直接爬上来就行，人可以不到，饭一定要送到。"

"呸，我就不说你不要脸了，还没见过有人诅咒自己住院的。"

"那说不定，人无完人，说不定我死在你前面呢。"

"别，我一定要死在前面，葬礼上要邀请所有不珍惜我的贱人出席，他们一来会看到，呀，原来苏青的品位这么好，在我之后她都没放弃自己，找的男人都比我好，她太棒了，我当时怎么跟她分开呢？"

"那我能参加你的葬礼吗？我挺好奇你到底是爱上什么样的妖魔鬼怪，才把你变成一副浑不吝的模样。"

苏青正拿着手机照着自己的脸，发现最近睡眠不好，脸有点儿浮肿，黑头有点儿多，"就是要这副样子，爱我的才是真爱呢。"

苏青见时间不早了，站起来摸了摸东西，发现公交卡手机钱包都在，嘱咐李文博："我就不等方怡然了，告诉这位姑娘，公司还没黄呢，下午她还得上班。"

李文博叫住她："那我也嘱咐你一句，早晨洗个头行吗？你后脑勺都睡出一个莲花了，也不知道梳梳头发。"

苏青哼了一声，拿出一顶帽子戴上："好在姐懂得藏拙。"

正说着话，一不小心撞到了人，把对方的包撞在了地上。

李文博赶紧站起来帮人家拿东西，抬头一看，正是在冰冰病房里不停摆弄皮包的那个中年男人，他也没等苏青和李文博说对不起，赶紧拿着包走了。

苏青悄悄地跟他说："刚才我就注意到他在一边偷偷看我们聊天呢，这人不是变态吧？"

李文博若有所思地说："是不是变态不好判断，不过一般人也不会在包里藏个相机吧，你看他包上有个洞。"

苏青马上用手机搜索，李文博感到很奇怪，说你干吗呢？苏青一脸八卦激动地说："这狗仔都跟进来了，肯定是哪个女明星在这家医院生孩子吧！"

中午跟李文博待了一会儿，苏青心情很愉悦，足可以支撑她在公司好好干一下午活了。

也难怪方怡然下午旷工，工作间里人零零落落的，给设计师打电话，对方不接，苏青只好耐着性子自己用 Photoshop 修改海报里的文字。

虽然会用 Photoshop，不过以她这种三脚猫功力改完一个海报，一抬头，都六点了，办公室冷清得跟古墓一样。

绕树三匝，何枝可依，落脚到哪儿？人心惶惶。

苏青也想这个时候甩手不干，可是客户那边打电话，自己工作没完成，撒谎找借口的滋味太不好受了。

苏青笑自己，大概是戏瘾太重了，演着演着就定格在劳模的戏份上，下不来台了。

"桃花们"纷纷来问候，态度主动的约吃饭，态度含蓄的告诉注意身体，时一鸣则展现满地打滚一般的撒娇："都好久不见了……"

就像是打开菜谱觉得哪道菜都差不多，无从选择一样，这几个男人的态度都磨叽得跟娘们儿一样。

能不能主动一点儿？

苏青叹了一口气，看了办公桌围挡上贴的工作计划表，再这么自怨自艾下去，这堆工作肯定就没人干了。

苏青大吼一声：“你们这些 PPT，让老娘干掉你们！”

粘贴、复制、战略、数字、案例，时不时地还要增添一些俏皮风，苏青写得都有些热泪盈眶，别管平时自己叫嚣着多讨厌写 PPT，但世界上再也没有比写 PPT 更简单的东西了。

你只需要用心，堆积美好和希望，并用统一色调的标题和图片来美化这个貌似有逻辑的过程，一切困难都会迎刃而解。

把时间花在什么地方，结果是能看到的——除了感情这种毫无逻辑感的东西之外。

而自信心就在这写的过程中不断迸发出来，是的，公司谁 PPT 写得有我好？哪次提案，客户不都交口称赞的？公司那几场漂亮仗，PPT 不都是她苏青自己写的，然后功劳安到别人身上！

然而又能怎样呢？

她干活最卖力气，可最终还不是众人偷懒，自己跟头老黄牛一样闷闷地加班，最终功劳大家平分，然后没准儿新官上任时就把她当柴火一样烧掉了。

当然最重要的是，如果世界上有个 PPT 之神，PPT 之神也不会因为她写得好，就跑到月老前面说好话：“苏青这孩子 PPT 写得好，你给她找个男朋友吧，千金不换，一辈子的那种。”

暮色让办公室的落地窗更像是一面黑漆漆的镜子，四下无人，苏青写着写着，觉得自己这么工作是在做无用功，忽然对着漆黑的落地窗搔首弄姿：“如果你觉得我可爱就请追我好吗？别害怕，别想当然地以为我有很多人追就胆怯了，不敢行动了。我真的没人追的，而且特别好追，你要跑不动，我还可以倒退着跑，来配合你。”

苏青尽量用娃娃音，就听见旁边一个男人的笑声。

苏青汗毛树立，鸡皮疙瘩都起来了。

女屌丝加班到深夜，空无一人的办公室突然有人笑，这绝对是鬼片里的情节。

苏青站起来，四处看，发现门口站着一个男人，黑色西装，手里拎着公文包和一件羊毛大衣。

依旧是短短的西装头，看上去年纪不轻了，带着新陈代谢慢下来的那种虚胖。

习惯性地歪着头，下巴抬得很高，有点儿瞧不起人的样子，但笑时小眼睛都挤没了，他笑说，“见过加班的，没见过边加班边演戏的。”

男人很不客气地走进来，看到苏青面前的电脑：“这个油漆的案子还没结呢？我以为早完事儿呢。”

那是，原本一个团队要干的事情，只有一个人干，速度当然要慢下来，苏青心说还想怎样？

不对，听这男人口气，好像是公司内部人，但苏青工作了这么久，怎么没见过他呢？苏青迟疑地问，“您是？”

男人看了看苏青脖子上挂的员工牌：“你叫苏青是吧？听他们提起过你，我是咱们公司新来的财务，你叫我老张就成。”

公司原来那个女财务那张永远睡不醒的脸，浮现在苏青眼前，也该换人了，每月发工资都要迟几天，要是报销个出租车票跟难产一样，麻烦死了。

苏青“哦”了一声，觉得这么干站着挺不礼貌的，赶紧拉过来一张椅子：“张老师，您坐这儿。”

男人上下打量一下苏青：“不用了，我也马上走了，怎么你们创意部就你一个人加班啊，我每次晚下班都能碰到你。”

现在公司兵荒马乱的，没准这个老张是上面派下来微服私访的，苏青可不愿意当长嘴婆，笑说：“其他人干活快，哪像我做活儿拖拖拉拉的。”不是苏青格调高，只是说人是非，早晚要让别人说自己是非，苏青这点还是很坚定的。

男人大概也觉得自己孤男寡女共处一个办公室挺奇怪的，站起身朝门口走去：“那你先忙，我就不打扰你了……对了苏青，你来公司几年了？”

“三年。”

“哦，我刚来这个公司不久，很多东西都不知道，有空咱俩多聊聊啊。”

随即一阵风般飘走了。

如果此刻是在拍MV，陈晓东一定会拿着麦克风唱着《风一样的男子》，苏青后悔了，刚才怎么没注意老张有没有脚呢。

老张临走时没把办公室的玻璃门关上，一阵穿堂风飘过来——又是鬼片里常出现的场景。

苏青一身的鸡皮疙瘩浮了出来，这时电话突然大响，苏青扑上去，脑中的即时反应是：哪个男的给我打电话，我就跟谁！

当然，上天是不会把这么好的机会送给苦逼没人要的苏青的，电话是Ethan打来的："苏青，你快过来，我有事情需要你帮忙。"

苏青对着落地窗重新打量了一下自己，要跟女朋友最好的朋友搞吗？虽然她还没有"尝"过ABC，但是对姐妹不太好吧……

捂脸，苏青为自己有这样的想法而感到羞耻。

闷骚是有礼貌的淫荡，苏青这骚都外放到毛孔了，长期缺乏正常情爱的熏陶，还真是能把人逼成一个爱胡思乱想的人。

2

洗了一把脸，苏青在公司楼下拦了一辆车，直接奔到东四十条。

地址实在太复杂了，苏青跟着手机地图走，终于到了南新仓一圈矮蘑菇一样的六层民居楼下，爬了六楼，一开门，满屋子鸟文蓬勃地蹦出。

Ethan没有很老套地租住酒店式公寓，找了一套老式的复式，自己装修一下，有一种怪异的和谐感。

一楼是美国佬最爱的中式风格，一堆潘家园买来的做旧家具。

二楼比较有意思，整个阁楼从天花板到墙面都贴着桑拿木，一派森林小屋的样子，整个阁楼没有多余的家具，墙上一个投影仪，地上一堆很沉的乳白色坐垫。

十个洋派男女靠在地上，手里拿着酒，用英文争论着什么。

电脑连着投影，文档里一堆英文，苏青一眼望去，仿佛回到了会议桌上，看得这叫一个头晕。

Ethan给苏青递过一杯酒，改用中文跟大家说："你们别吵了，苏青肯定最知道怎么办。"

大家的目光都集中在苏青这里，苏青不太适应做一个场子的主角，赶紧低头喝了一口酒。

Ethan直盯着苏青，很郑重地说："我要向刘恋求婚！"

苏青一口酒喷了出来！

天哪，从来没想到刘恋跟结婚有什么关系，原本以为她会一直这样活色生香地低调着，渐渐低调成一个传奇，在自己已经变成没人要的老姑娘之后，也会因为认识刘恋获得别人些许的尊重。

等等，只是求婚而已，又不是刘恋想结婚。

但是 Ethan 又有什么可挑呢，他是那种参加《非诚勿扰》一开场就是 24 盏灯，而后女嘉宾会因为争夺他而打起来的男人。

年龄够，长得也不差，家底硬，自己在中国开公司，刘恋也偷偷说床上还挺和谐的。

啊，想起来了，刘恋曾说过，他爷爷还是台湾的一个什么国民党将军。

是，刘恋再怎么挑，往后还能挑到这么好的吗？

苏青忽然觉得眼圈略略发红，自己最好的姐妹即将嫁人了，结婚后，她会跟 Ethan 回美国定居吗？以后自己苦逼到受不了的时候，跟谁说？

对着北京罩满毒雾的天空，流着眼泪嘶吼“天真如我张开双手以为撑得住未来”吗？

刘恋种种的好，海啸般地扑过来，更让苏青觉得将要失去刘恋了，一时说不出话来，哽咽道：“你以后要好好对待刘恋……”

Ethan 台湾腔国语听起来让人很安心，“乖啦，我会好好照顾她的，不过苏青，你除了对我表达祝福，能给我一点儿建议吗？我想了几个求婚的方案。”

苏青觉得自己有点儿失态，一边不好意思地拭泪一边听 Ethan 讲，听着听着就笑了，这货是美国爱情电影看太多了吧。

“找个瞭望塔，刘恋拿望远镜看的时候，我突然消失，刘恋会通过望远镜看到远处我的人形立牌，上面写着 Marry me，这样她还以为是我呢，我突然在她身边出现。”

“你见过刘恋不穿高跟鞋的时刻吗？瞭望塔那么高的台阶，让她爬上去她一定会当场逃走。”苏青一盆冷水泼过去。

Ethan 看着墙上的投影屏幕：“要不然我约她吃烛光晚餐，在酒里放戒指，她喝到戒指的时候，我就跪下来……要不然她过生日，在蛋糕里放个戒指怎么样？”

别说刘恋这样道行深的妖精了，连苏青都觉得 Ethan 的这一切求婚方案，应该叫“怎么求婚让女朋友当场暴走”系列吧。

苏青看着 Ethan 那张老好人的脸，有点儿不太忍心打击他："Ethan 啊，我觉得这一切方案，都有个问题，叫'你爽但刘恋不爽'，你考虑过刘恋的感受吗？"

"所以我才叫你过来啊，虽然我是她男朋友，但是你认识她最久，她在你面前是毫无掩饰的，你比我更了解她，你能说说她喜欢什么吗？"

做广告的苏青知道，否定一个创意很容易，但是想一个创意很难，更何况这不仅仅是一个创意，而是一个女人一生幸福的开端，是一场要记一辈子的求婚。

永远反应慢半拍的苏青，一时僵在那里。

刘恋喜欢什么？

苏青其实可以说出很多。

她喜欢永远保持最良好的状态，一切时刻都不松懈，就是心情差趴在床上都会做后踢腿；她凌晨六点就会起床刷一次牙，雷打不动，她说不知道哪天，男人会在早晨突然亲你，他一定不会喜欢亲一张臭嘴巴；她喜欢永远化那种淡得看不出的妆容，说裸妆才是亚洲女人的王道；她永远不吃酱油，说会让皮肤变黑，大冬天也会擦高系数防晒霜；她膝盖上有小时候磕到的疤痕，所以她永远不穿超短裙和短裤……

然而细节知道得太多，越显得这一切都是表象的，拼不成一个真实的刘恋。

比如，她喜欢什么样的男人？跟苏青这样没事就絮叨自己前男友的人相比，刘恋对于自己的过去绝口不提。

即使喝多了，刘恋也是那种咬碎牙齿和血吞的典范，当然不会跟你谈论她给傻 × 织过的毛衣是什么花样的。

世界上的怨妇分两种：伤得浅，还能有力气强支撑着怨来怨去；伤得多了，便成为出土文物，任凭文物专家仔细辨认，那些情与爱的纹路终究面目模糊，找不着时光的蛛丝马迹。

刘恋就这样埋葬了自己的过去，难怪当苏青钻感情的牛角尖时，刘恋可以那么淡然处之，因为她不准备跟你分享，她也过不了心，绝对不会感同身受。

"我总觉得她对一切都淡淡的，谈不上最喜欢什么，反而让人摸不到头脑。"

Ethan 的絮絮叨叨，让苏青从自己的小宇宙里回到了现实。

何止 Ethan，苏青也觉得太难说清楚刘恋真正喜欢什么，内心有些隐隐的难过，觉得刘恋又离她远了一点儿。

苏青随意地说出了几条，Ethan 觉得这些他都听过："那她想要什么样的婚礼呢？"

苏青摇了摇头："我们从没说起过这个。"

Ethan 皱了皱眉头："那你们平时都说什么啊？"

众目睽睽之下，竟然不能一两句话说清楚自己好朋友的喜好，苏青脸开始发烫。

Rose 赶快解围："你别让苏青压力那么大，让她好好想想。"

"是，你一下子问我，我还真一时说不出来，这几天我想办法问问刘恋的想法吧。"苏青感激地看了看 Rose，不愧是在广告公司坐创意总监位置的，很能察言观色和 hold 住场面。

Ethan 苦恼地抓着的自己头发："求个婚可真难啊！"

说完，这个壮汉山一样倒在坐垫上，不愿意起来。

大家又开始七嘴八舌出主意，苏青趁着 Rose 去卫生间补妆的时刻，也假装去卫生间，鼓足勇气问 Rose，她那里有没有什么工作机会。

Rose 歪了歪头，认真地想了想："我会帮你留意的。"

苏青第一次这么主动管别人要工作，感觉很尴尬。

她觉得自己脸上堆着成山的虚情假意，赶紧转移话题，"Ethan 真是的，也不提前告诉我，好让我准备一下。"

Rose 也笑了："今天的确有点儿太突然了，你一下反应不过来是可以理解的。可是苏青啊，在 4A 公司没时间让你准备充分，考验的就是你的现场反应。你要是来我们公司工作，这点儿可要加强啊，要不然头脑风暴的时候，会一句话都插不上的。"

Rose 跟苏青说完话，亲昵地拉着苏青的手坐回到垫子上，善意地扯了一些闲话。

苏青笑着应和着，却把她的话听到心里去了，这是委婉拒绝的意思吗？但愿是她多想了。

第二天是公众假期，苏青带着一瓶酒去刘恋位于西直门的公寓。

刘恋躺在沙发上边做面膜边看书，她用一根银钗插着头发，穿了一件男式白衬衫，清爽又利落，更显得苏青穿得邋遢。

苏青嘟哝："在家至于还捯饬成这样嘛。"

实在是太熟悉刘恋家了，苏青自己去吧台翻箱倒柜找杯子，开了自己带来的冰酒，把手机插在音箱上，传出白光的《时代曲》，苏青大口喝酒，跟着哼："如果没有你，日子怎么过？我的心已碎，什么事都不能做。"

刘恋瞥了一眼，带笑不笑地说："这个'你'是谁啊？"

"是我的月薪，没有这个'你'，我马上饿死。"

刘恋笑到面膜都掉了下来，她把面膜扔进垃圾桶，用手给脸做轻柔按摩："我还以为你又要提哪个男人了呢。"

"没男人，死不了，没工作，只能饿死。"

苏青挤在沙发上，刘恋怎么踹都赶不走，刘恋一脸鄙视："又怎么了？"

"我最近主动跟 Rose 说，让她给我介绍工作。"苏青淡化了遇到 Rose 的时间地点，把 Rose 的反应说了一遍，还在纠结 Rose 最后说的那句话，"你说她这么说，是暗示我不够她们公司标准吗？我除了英语差，哪儿差啊。"

刘恋哼了一声："她还挺会摆谱的，行就行，不行就不行呗。好像让她费多少力气一样，我再通过 Ethan 问问她到底什么意思，要是不行，咱们再想办法呗。"

说着说着，刘恋就跟不认识苏青一样，仔细看着："妞儿最近成长了，学会主动了啊。"

"不主动不行了，我们公司连个管事儿的都没有，天天就我一个人干活。只开那么一点儿工资，北京的房价这么贵，我现在连买个卫生间的钱都没有。"苏青打量了一下这个一居室，问刘恋："这房子建筑面积多少啊！"

"不大，71 平方米。"

"妈的，你买的时候才一万多一平方米，现在得三万多了吧？"

"前几天我问了一下，都四万多了。"

苏青下巴都要掉了："就是月薪税后两万，我两月工资才能买一平方米啊！"

刘恋放下手里的书："我发现你就是个天生的怨妇，要不怨男人，要不怨工作，现在就开始怨房价，你这种大懒 × 怎么最近都开始琢磨买房子了？"

其实今天来刘恋家，苏青的剧本都写好了，就等她问这个呢："我觉得岁数也不小了，该考虑一下个人问题了，不能老玩痴情啊，有套房子也好找老公。”

“得了吧你，成天倔倔的，还想结婚？”

“谁不想啊，刘恋，你有车有房还能赚钱，还把自己捯饬成妖精一样，你不想结婚？甭逗了，跟姐说说，你想要什么样的婚礼啊？”

“没想法。”

这答案也太敷衍了！苏青从沙发上蹦下来：“哪有女人对自己的婚礼没想法的。”

“婚礼有意义吗？两人穿得跟大马猴一样，强撑着对宾客强颜欢笑，最后累得连洞房都没办法进行。直接登个记，多简单多潇洒。”

绝不能这么回去跟 Ethan 交差，苏青决心问细一点儿：“那戒指呢，你想要几克拉的啊？”

“宝贝儿，想这种事儿有意思吗？你想要三克拉的，结果给你两克拉的，那要怎样？生气了不结婚了？划不来。那忍着？结婚时就要忍，那日后怎么办？你不是给自己找事儿嘛，他给你多少克拉就多少克拉，给你一个顶针你就收着，没有期望就没有失望。”

苏青抓着自己的头发胡乱叫：“你是机器人啊，怎么这么冷冰冰！”

刘恋拿过茶几上的酒杯，喝了一口，皱了一下眉头：“你今天怎么跟你带来的酒一样，味道这么怪。”

苏青连忙拿起酒杯又尝了一口：“哪有，挺好喝的啊……”然而心还是怦怦跳，以往跟刘恋说话从没这么工于心计、目的性这么强，但刘恋多了解苏青，稍微刻意一点儿，便觉察出来了。

刘恋定定地看着苏青：“说实话，你是不是有事瞒我啊？”

苏青假装哈哈大笑：“我有瞒你那聪明劲儿，早就有人要我了。”

刘恋突然恍然大悟：“我知道了……”

完蛋了，苏青悲哀地觉得自己将来要是下地狱，肯定是因为演技不精提前泄露了 Ethan 的求婚计划。

“你不是想跟时一鸣结婚吧，问我这么多结婚的话题。”

听到这里，苏青才放下心来：“哪有，我俩还没确定在一起呢。”

“我告诉你，你别跟那些八百年没人要的剩女一样，平时还高喊独立自主，但是一遇到对她有意思的男人，就恨不得马上托付终身，这样会把男人吓跑的。”

3

苏青迅速把刘恋的警句当成了耳旁风，第二天下班后，她跟时一鸣等着看电影的时候，就在星巴克讨论起什么样的求婚是浪漫的，丝毫不怕把他吓跑。

最近，跟时一鸣走得比较近，一方面是几个桃花之中，时一鸣约人的方式最直白，苏青最近被工作折磨得心力交瘁，闲情逸致都被锁在保险箱里，没工夫理那些太委婉的邀约方式。

另外一方面，比较难以启齿，是他的口气比较清新，而其他桃花也许新陈代谢变慢，或者抽烟，说话稍微近一点儿，口气就出来了。

CBD 的星巴克坐满了外企工作的“杜拉拉”，都在努力 push（推动）这个那个 market（市场），更显得求婚这个话题浪漫得有些不合时宜。

“我觉得求婚现场一定要人多，人不够，临演凑。男人说你愿意嫁给我吗，我深思，热泪盈眶地点头，然后掌声雷动，谁鼓掌大力加五十，谁感动得哭出声加一百。旁边录像还要多角度，几号机器什么的，回头看特有面子，视频一传上微博，转发量立马好几万的那种。”幻想家苏青夸夸其谈。

时一鸣扬了扬眉毛：“我还以为你不喜欢这种大场面呢，直接低调登个记旅行结婚就算了。”

“只有刘恋才有资格那么超脱，我这样的，大场面的求婚才能给我机会满足虚荣心。”

时一鸣很敏感：“怎么？刘恋要结婚吗？”

苏青心里转了几下各种可能，觉得告诉他也未尝不可：“刘恋的男友让我支招，他要向刘恋求婚。”

“这是好事儿啊，不过你可记得别让刘恋知道，要不然惊喜没了，多讨人厌。”

苏青假装一副狰狞的面孔：“现在知道这事儿的人不多，所以如果秘密现在泄露出去的话，一定是你告的密，到时候……”苏青伸出拳头，试图要握得嘎嘎响，然而不行，干脆做出一个杀头的动作。

时一鸣笑得那个山清水秀，清爽程度让苏青想到一个人。

——宛若李川附体。

苏青心想，还真是进步了，都好久都没想到李川了。

如果李川在这儿，面对刘恋的求婚计划，他会说什么呢？

肯定无聊得跟 800 客服电话一样："哦，很好，恭喜刘恋，这个方案不错，那个创意也很好……"

这点，李川就不如时一鸣，他没敷衍苏青，苏青说下次跟 Ethan 见面的时候，把求婚计划弄成一个 PPT，专业一点儿。

"毕竟不是她苏青向刘恋求婚，而是 Ethan 跟刘恋求婚，别把压力揽到自己身上，还是说出建议即可。"时一鸣如是说。

Bingo！苏青被时一鸣的体己话感动了，给时一鸣加高分到爆表。

带着这种愉悦的心情，苏青看《无敌破坏王》时依然很投入，皮克斯惯有的煽情段落，也哭得一塌糊涂。

散场后，苏青解释，她这人臭毛病，看《唐山大地震》都不会哭，但一看动画片就猛哭。

时一鸣也不顾及人多，在电梯里笑着揉揉苏青的短发，揉得苏青心麻麻的。

她和时一鸣站在电梯最里面，人多，电梯超载，有人很有公德地下了电梯，苏青透过人群缝隙往外看，哎哟，这不是李文博吗？

这北京城，当然没有独自看电影的男人，总得拽个女的，这不奇怪。

奇怪的是，李文博身边这女的也太好看了吧。

若是浓妆艳抹，像小天那样往死里化大浓妆也行，那女的眉清目秀，跟水葱一样，穿了件挺中性的黑色大衣，脖子围了一条蓝色的围巾，头发虽然也很短，但是看得出来是设计过的，不是苏青这种街边小店对付的短发，条也顺，跟李文博站在一起，可搭了。

电梯关门的一刹那，那女孩好像在开什么玩笑，李文博生气，亲昵地掐掐她的脸。

这一掐，把刚才时一鸣揉苏青头发的那阵酥麻都掐没了。

行啊你李文博，翅膀硬了，学会暗度陈仓了，我什么事情都跟你说，你还掖着藏着偷偷在外勾搭。

时一鸣眼尖，看着苏青一脸愤愤的样子："认识？"

"哥们儿。"

这话说得，连苏青都觉得奇怪，直接说朋友就算了，哥们儿这么亲密的关系，谁信啊。

男人和女人有纯洁的男女关系吗？有，除非那男的是从断背山来的，否则，有大堆带把的可以当哥们儿，干吗找女的当哥们儿啊。

然而对着光洁如镜的电梯内壁，苏青终于泄了气。

最近剪完短发后，人越发往中性风格打扮了，不小心还走歪，把邋遢当成帅气，这模样，只能当哥们儿了。

李文博当初在三里屯的麻辣烫摊上，信誓旦旦说把一个男人当成闺密，是对他最大的不尊重。

但他李文博是不是更不像话，把她当哥们儿苏青觉得没啥。可是，她一个人掏心窝子，还觉得两人关系不错呢，一到关键时刻，她还是成了被瞒着的外人。

用肚脐眼也能看出苏青见到那哥们儿之后，脸都耷拉到脚面上了。

时一鸣暂时没搞清状况，不过他也没当即八卦问干吗一见那哥们儿带女人就这么生气。

看着苏青气鼓鼓的样子，也没说话，一路送她到街口，本来要送她先回去，苏青说不用了。

上车后，回头看，时一鸣孤零零地乖乖摆手告别，苏青回过味了。

这是吃哪门子醋啊，吃李文博旁边美女的醋？怎么有这么大的情绪？李文博又不是白凯南李川，何必让时一鸣在一边看脸色呢？你谁啊，有资格给时一鸣脸色吗？

本来好好的一个约会，大家说说笑笑各回各家各找各妈，临睡前再做作地发条优雅的晚安短信，然而第二天再水到渠成继续约。何况李文博就是一个生活中走得近的朋友，人家以前差点儿丧失性能力，现在还不敢在高速公路开车呢，好不容易走出来交女朋友了，何必要大张旗鼓地向众人宣誓——自己已经要告别性生活只能靠右手的单身汉生活了。

对于时一鸣，自己一清清白白的良家妇女，情史简单，时一鸣看到自己对李文博生气，李文博长成那人模狗样的，自己又灰头土脸，会不会以为自己是不自量力的花痴？

作吧，本来花好月圆人长久，非要脱光身子坐在药罐里把一切都搞成苦逼的状况，苏青埋怨自己的即时反应能力怎么这么差呢。

苏青掏出手机，百感交集，翻到电话本，正要给刘恋打个电话诉诉苦，让一向冷静有余的刘恋骂醒她。

但这个时候时一鸣发来一条短信："遇到前男友也不用这么生气啊，我比他也不差啦。"

完蛋了，人家还真误会了，苏青正想是打电话还是发万字短信解释清楚，李文博的短信特别煞风景地进来了："《无敌破坏王》好看吗？新男友长得还挺水灵的，我在后面一直想突然打招呼，看看你的表情能有多尴尬，哈哈。"

苏青只觉得一股火轰地直抵头顶，哈你妹啊！

还真是资深人渣，全北京城这么大的地方，非在一个电影院遇到，真影响心情！还恬不知耻上来蹦跶，不说话你能死吗？

苏青一秒钟变战神，法治社会无处杀人泄愤，她拉开车门，把手机直接甩出去。

出租车师傅吓了一跳，从后视镜不住地看这个摔手机的姑娘，车速开始慢了下来。

开了五秒钟，苏青认㞞地说："师傅，咱们能开回我摔手机的地儿吗？不行的话，你在旁边停下，我现在回去取。"

师傅乐了，把车开到路边："就等你这句话呢，我在路边等你，你赶快去，别被别人捡走了，姑娘啊，生气别摔自己的手机啊，要摔，摔别人的啊，谁惹你生气就摔谁的！"

冬日的深夜，一个穿黑色羽绒服的人边跑边骂自己傻 ×，一边祈祷乔布斯的杰作能像诺基亚一样拥有金刚罩铁布衫。

跑这工夫，苏青觉得自己丢脸死了，又心疼手机，百感交集，不免又自怨自艾了起来。

1/ 这一摔！又摔出了几千块！

2/ 手机没摔坏，马上把通讯录里的李文博改回李贱人的称呼，他这人还真是时刻能让她情绪失控，以后可不能给他好脸色。

3/ 怎么跟时一鸣解释她跟李文博的关系呢？干脆直接扑倒他算了！早日跟时一鸣确认关系吧，不为别的，纵观她近段时间一切傻 × 行为，都来源于荷尔蒙失调，性生活是让人保持平静的不二法宝。

第十一章

国贸的城市森林，今夜又在你手下熄灭了最后一盏灯

1

苏青的苦逼森林里，有两棵叫希望的苟延残喘的树，一棵叫好消息，另一棵也叫好消息。

iPhone 虽然屏幕裂了，但是还能用，苏青拿起手机，对着病床上的冰冰说："看，这花纹像不像一朵雪花？"

手机没摔坏，算是不幸中的万幸，是好消息。

另外一个好消息是冰冰的，他胃出血治好了，但又查出来一大堆毛病，还要住院一周。

这也算好消息？冰冰当然这么认为，自从他住院，方怡然对他百依百顺，天天送饭，仿佛田螺姑娘，虽然她做的饭难吃点儿，但偶尔还会有苏青的厨艺改善一下伙食。

工作上不用忙，李文博在公司天天忙成一台机器，为了医疗报销也跑前

跑后的。

冰冰天天搂着方怡然在病床上看各种艺术小电影，爽死了，还不忘哭穷，最近住院钱有点儿紧张，李文博流着泪说院照住，工资照发。

天堂是什么样，冰冰不知道，但天堂的生活，也不过如此了，他甚至问大夫，可以多住几天院吗？

这话刚说完，李文博、方怡然和苏青三人扑了上来，准备撕烂他的嘴："还让我们做牛做马到什么时候……"

虽然住院受点儿皮肉之苦，但冰冰作息正常，三餐清淡，反而瘦了下来。

方怡然反而胖了，不过她也必须胖，体力透支太大。

苏青有次跟大脑抽筋了一样，突然不识相地问方怡然，冰冰住院这么多天，难道就一直清心寡欲的？

方怡然支吾几声后偷偷跟苏青咬耳朵，这几天，她大开眼界，原来医院的男厕所隔间里有这么多门道，卖药的、收肾的、骗医保的、同性恋的……

靠，两人还玩得够野的，苏青不太习惯对周围朋友的性事一下子产生这么强烈的画面感，连忙制止方怡然别说了。

李文博特别欠地跑过来："姐妹说什么悄悄话呢？让我也听听呗。"

自从上次看电影遇到后，李文博满脸尽在不言中的"我懂你，我俩很有默契"，成天跟苏青嬉皮笑脸的，一点儿正行都没有。

苏青一点儿好脸都不给她，但越是这样，李文博反而特别贱地往上面贴。

冰冰嚷嚷身上出汗，觉得黏，方怡然特别贤惠地打盆热水要给冰冰擦身体。帘子拉上后，李文博闲着没事，从兜里拿出一袋跳跳糖，问苏青吃不。苏青摇头，说不吃。

以前跟白凯南在一起时，他不知道怎么在网上知道一种叫沙漠风暴的招数，就是女的含着跳跳糖……而那段时间，苏青又特别爱他，so（所以）……

她此生都不想再见到跳跳糖了。如果可能，她想毁了这世界上所有的跳跳糖。

往事不堪回首，然而现实也够让人难堪的了，苏青清清白白一单身大龄北漂剩女，没享受到女朋友的权利，而时一鸣和李文博都却误会了。

时一鸣还好说，李文博雀跃地扮八婆："你男朋友呢，怎么不介绍那小白脸跟我认识啊？”

苏青急躁死了，这大男人无聊起来，还真是没完没了：“有意思吗？你最近只会说这一句话是吗？都说了一万遍了，他不是我男朋友！”

李文博 45° 角仰望天花板，就差满含热泪了：“你丫为人还真是不真诚，我又不会把你男朋友抢走，真小气。”

“你大气，你身边那大美女怎么不介绍给我呢？我好想问问她短头发在哪儿剪的，为什么她剪短发像安妮·海瑟薇，我剪短发就像尼姑，你快拉她出来一起玩儿啊。”

李贱人名副其实，突然嘿嘿嘿笑了：“吃醋？你这是吃醋！”

“吃你妹的醋，你见过醋吗？你上次见到醋还是你穿开裆裤的时候，帮你妈下楼买醋吧，别拿自己没见过的东西自作多情好吗？”

苏青才觉得自己发挥了三成的功力，就发现李文博跑了出去，苏青一身正气无处施展，一鼓作气要追着骂，“贱人就是矫情！你给我站住，我还没骂完呢。”

医院走廊，李文博开始使出百米速度猛跑，苏青跟了几步觉得纳闷，前面的李文博正在追一个黑衣男子，李文博不断撞到人，医院的护士大叫：“安静，你给我站住！你把医院当什么地方了！《神庙逃亡》玩多了吗？”

跑得肝肠寸断，苏青扶着医院门口的柱子喘着粗气，明显感觉自己的内衣都沾上了一层薄薄的汗，这才见着李文博拎着一件大衣气喘吁吁归来。

苏青鼓掌：“哟，百米赛跑还有奖品呢？”

他一脸不服气：“妈的，还是年纪大了，只能抓到一件大衣，要是五年前，我现在手上提着的就是他整个人！”

“你就是追男的，也追个帅点儿的行吗？而且你攻势这么猛烈，人家会害羞的！”

“你们几个眼神都不好使啊，不知道那小子偷拍咱们啊。”

“狗仔拍我干吗啊，我又不是明星。”

李文博拍了拍苏青：“果然一谈恋爱脑袋就不好使了，谁拍你啊，你想想咱们几个人谁最有资格被拍？”

苏青脑袋转了一下：“方怡然？她中戏毕业后也没拍过戏啊，有啥价值可拍啊？”

李文博抓住她的肩膀，使劲摇："你给我醒醒，你平时没那么笨。"

这一摇还真好使，苏青终于回过味来。

这人只可能是来拍方怡然的。

大概是相处久了，方怡然人也一身傻妞儿的状态，苏青差点儿忘记这丫头来头可是大大的。

任何复杂的故事，几句话都能说明白，方怡然这傻妞儿的背景也可以简略一表。

爷爷是个将军，百度百科上一堆介绍，根正苗壮红三代，如今几位风口浪尖的红色名媛都是她的小时玩伴。

爹倒没参政，经商的，严格说来她是富二代。

至于富有程度，苏青又要说一遍她们有次偶然逛街逛到某售楼处，发现玉渊潭边儿上一豪宅风水还行，出门后方怡然给他爹打电话说了一嘴儿，爹马上派人送来支票全款拍下的故事。

娘是日本人，离婚后在东京天天跟贵妇喝下午茶，最大的忧愁是找什么样的男朋友，聊的都是银座最高级的牛郎店陪酒的小男孩们又讲了一个什么笑话逗她开心。

方怡然要是寻常妞儿，就应该去国外读个书，靠祖荫吃香的喝辣的，安然度过一生。

结果这个死活不拼爹的人非要学表演，在家里抹脖子上吊地闹，他那希望女儿当医生的爹只能由着她去了。

她中戏的班主任因为教出了章子怡而牛 × 烘烘，招她进来是想让她做小章子怡，没想到这妞儿最后长偏了，演技又不精，只能朝着美艳小寡妇的路线发展。

毕业后，她上了几个戏，嫌演戏累，主要是觉得没意思，在片场一等就是一天，她觉得是在浪费生命。

后来她在文化部挂了一个闲职，又嫌朝九晚五更没意思，干脆出来微服私访找份几千块的工作，让大家一块儿陪她玩。

她也不隐瞒自己的身家，觉得这挺好的，没什么可掖着藏着的，压根儿也没引以为傲。

说她傻呢，这姑娘没把自己逼成心力憔悴的红二代，知道自己想要什么样的生活。

说她聪明呢，日子过得又太邋遢，目前看不出什么追求。

苏青脑袋转了转："这……过几天国安不会找咱们吧……可是拍她干什么啊？她家里也没人当官啊……难道她是女间谍？！"

李文博到底是皇城根底下长大的孩子，不会胡思乱想："这偷拍粗糙到都被我看出来了，能是国安局的？你对咱们祖国的特殊战线有点儿信心行吗？"

"难道……有人要绑架方怡然？敲诈勒索再撕票？！"

李文博深深叹一口气："跟你没办法沟通！"

他蹲下来，把刚才抓到的偷拍人的大衣翻了翻，转身不知道给谁打了个电话。

打完电话看苏青还瞪着眼睛在那儿胡思乱想，赶紧把她拉走："绑架你我还可能，绑架她？哪个绑匪想被诛九族啊？行了，别自己编剧本吓唬自己了，我找人去解决这事儿了。"

苏青还是有几个问题没解决，絮絮叨叨，李文博觉得烦了，催着苏青赶快上班去，他看着方怡然就行了，临走时，还嘱咐苏青一句："事情没确定之前，你能先冷静一下吗？本来就是个偷拍，你直接整成007了。"

苏青一蹦三尺高："偷拍啊，我人生第一次被人偷拍！你要是找到那人，麻烦让他再回来下，我化个妆，刚我素颜，不算！"

李文博咬牙恨恨地："你再蹦我踢死你！"

2

小幅度起伏的波澜，终于让死水一样的日子翻起了那么一点儿涟漪，支撑着苏青对生活抱有希望。

晚上七点钟，她边嚼着牛肉米线，边对老张添油加醋地描述中午在医院被偷拍这个小插曲。

在确定老张不是鬼后，经常加班的苏青跟老张结成了加班饭联盟。

苏青觉得老张大概是财务，报销门路比较多，所以他们的加班饭的水平直线提高。

对此，苏青怀着感恩的心。

苏青的人生，永远对无数的小恩小惠怀着感恩的心。

老张呼噜噜地喝完米线汤后，又对着老醋花生猛烈进攻，一点儿都不理苏青说得手舞足蹈。

苏青不满："这么精彩的故事，你怎么就不给我一点儿互动呢？"

老张擦擦嘴，"你爹妈没告诉你，食不言寝不语吗？我女儿要敢这样，我一个大嘴巴抽死她。"

苏青恨恨地咬断米线："跟老年人没办法沟通！"

"我还没办法跟你沟通呢，不会学聪明，偷点儿懒啊，死乞白赖地闷头干活，公司有人知道吗？"

苏青倒也不是那么高风亮节，只是目前公司这状况，身边连个使唤的人都没有，万一案子完成不了，倒霉的还是她，她还指望着拿年底那点儿年终奖换个手机呢。

她一脸无奈："脸皮薄，胆子小，找不着下家，我可不敢不干活。"

"那你找下家了吗？"

上次在 Ethan 家，Rose 半真心半开玩笑地说苏青即时反应能力不强，结果刘恋打听了一下，Rose 所在的 team 正招人呢，估计她不太想要苏青吧。

对着老张，苏青自怨自艾起来："工作好找，但是我都快三十了，我现在这资历，高不成低不就的，现在 leader（领导）都快 90 后了，就是我敢舍下脸到人家手下当小喽啰，人家还害怕我提前更年期呢。"

老张瞪眼："你是提醒我早就中年危机了吗？"

"没有，你是男人，现在正年富力强，老而弥坚，这么兵荒马乱的公司，你也敢在这个时候跳槽做财务，我虽然一看数字就晕，但我们公司的报表肯定一塌糊涂到让人热泪盈眶吧？"

老张吃完饭，人瘫在椅子上，从兜里掏出一包烟，苏青提醒他："抽烟罚款五十呢？"

"谁看着呢，你盯着？"老张不理她，自顾自地点烟，苏青想想也对，看老张抽的烟装在铁盒里，好像挺贵，"给我一根呗？"

老张给了个白眼，把盒子递给她。

苏青抽出来一根，鄙视地说："这烟怎么没过滤嘴啊？"

老张一副朽木不可雕也的表情："土包子，雪茄没见过啊？"

见苏青摇头，他跟教小孩系鞋带一样，提点苏青："第一口别吸在肺里，在嘴里待一会儿，然后吐出来，有感觉了吧？"

苏青煞有介事地点点头，"有一种干嚼树叶子的味道。"

老张叹了一口气："丫头，你这人……"

"是不是人到中年，喉咙就跟前列腺一样，老爱滴滴答答的，有话就说啊？"

"一个大姑娘，说话一点儿形象都不顾。我经常见你加班那会儿，以为你是挺有主意的姑娘，公司乱是乱，但乱也容易熬出头，踏踏实实工作做出点儿成绩，最后上位。但跟你一熟，我就发现，你这姑娘没有情商，也没智商，完全没想法的死心眼干活，我问你，你现在加班为了什么？"

"就……交代给我的事情肯定要完成了啊，要不客户问我案子呢，我也不能说对不起，我们公司最近很乱，我忙于忧国忧民无心工作。"

"那你得使点儿招啊，不能这么死心眼干活啊！"

"老张，我知道你想说啥，让我现在开始抱大腿吗？说实在的，我不是非要做中间派，巴结戏我演得也很好啊，可是使那么大劲儿抱人家大腿，万一啥回报都没有，日后再被人秋后算账，何必呢，做人不必这么麻烦。"

"最后一句话说得对，但过程想复杂了，世界上有人的地方就有不公平现象，躲不了。你想抱大腿？甭逗了，你红了才有资格抱，不红的话，放心，人家连脚后跟都不露给你。"

"那我怎么办？"

"继续闷头干活，但是留一分力气让别人知道你在干。"

苏青捂着脸："脸皮太薄了，大张旗鼓自卖自夸，这活儿我干不了。"

"没人让你跳到办公桌上展示！每隔几天，你就找你的直接上级，跟他汇报你现在在做什么，遇到什么问题，他能帮你决定什么，一举两得省时省力。何必文案策划设计客户一条龙在这儿加班，要是你亲力亲为的形象确立了，以后你稍微让别人帮你一下，就显得你在偷懒了。"

虽然中年男人说话避免不了唠叨，但不得不说，老张的建议还是靠谱的。

以目前这种状态，苏青拼了老命加班，也是两只手在干十个人的活儿，干好了大家平摊好处，干不好责任都在她苏青这里。

苏青嘿嘿一笑："老张，你这么明白，干吗还安心做个财务啊？"

老张没处扔烟头，把烟头扔进牛肉米线的汤碗里："你管我！"

“为什么我只在晚上见到你，刚见你时，都吓死我了。”

“等你混到我这个级别，你想几点来就几点来，你管我！”

“以后你脑门上刻着你管我好了，就会说这句话。”

苏青开始收拾桌子，老张自己坐在电脑前，看苏青写的 PPT 案子，不时还动笔改了几下，边改边啰唆：“你怎么净写罗圈话，别写那么多虚的。”

苏青不太服气，但一看，你还别说，老张改动了几处，还真说在点儿上。

顿时灵机一动，赶紧打开一个 PPT ：“老张，你捎带手帮我看一下这个呗……”

“私活儿啊？”

“我闺密的男朋友要向女朋友求婚，让我给几个建议，我嘴笨，就用 PPT 归拢一下想法？”

老张扫了几眼，问：“那他为什么要问你意见？”

“全北京城最了解他女朋友的，我说我是第二，没人敢说第一。”

“嗯，你比较知道她女朋友的喜好是吧？”

老张又翻了几下 PPT，看着看着就笑了：“弄得还挺下功夫的，不过这些都没用，记住，这个男人不是甲方，将来不会按照你这个路数走，你就甭操心后面执行的事情了。你记住他们对你的需求点：你有他无，你跟你姐们儿相处久了，肯定有些小细节，是反映她内心的，别人不知道的，你要把这些点都弄出来，最后拼凑成一个新鲜的她。至于将来他男朋友怎么求婚，那是人家的事儿，你别在这里指手画脚的，写这么多求婚创意有什么用，跟赌博一样，哪个撞上人家喜好就用哪个，这么写多没劲啊。”

苏青如醍醐灌顶，猛点头，这事儿本来是个温馨又简单的活儿，她自己给弄麻烦了，又不是她向刘恋求婚，她的手干吗伸那么长，最后落个出力不讨好的名声她还不冤死？

看苏青这表情，老张也挺满足的，一副老子很厉害的模样。

苏青打趣：“老张，你看问题这么透，赶快也开个公司吧，高薪聘请我，我一个人当三个人用呢。”

“那你好好表现，以后有你好处。”老张自己上楼干活去了。

老张这话说得没头没脑的，不过，经他这么点拨后，求婚 PPT 的思路很顺，写到最后，苏青都有点儿热泪盈眶。

北京城有大把苏青这样的女人，说情路坎坷都不够格，因为就那几条男人路，一开始就写明了是迷宫，走进去总是得迷路。

大家都一样，一样会受伤。

骑着白马的王子也许在路上正被城管围追堵截，如苏青这样倒霉又脆弱的女人们只能束手待毙，任伤口扩大到无可收拾，只好死心。

但我们亲爱的苏青，为何没被“毙”？为何还能活得这样英姿勃发地一路犯二呢？

生活不是童话，只问风月不懂尘世风情的王子，最终也没有驾着七彩祥云赶来。

可被挤着双奶的女人说成是妖精的刘恋，反而穿着高跟鞋抢着出租车颠颠跑过来护住了她，一边骂她傻 ×，一边摸摸她的头，说一切都会好起来的。

好姐妹不是上帝，生活当然不会就这样好起来。

但因为有她在，那一点点的陪同感，终让苏青有了力气挨过这日积月累的苦。

能再踮起脚，看下一缕苦楚将如何翻云覆雨，却始终微笑地盼着一束光。

（上册完）

我也会
爱上／别人的

（下）

自由极光 作品

CNS 湖南文艺出版社 HUNAN LITERATURE AND ART PUBLISHING HOUSE
博集天卷 CS-BOOKY

亲爱的，再也不会有这么一个人了。

你是开始，也是结束。

我好想你。

第十一章

国贸的城市森林，今夜又在你手下熄灭了最后一盏灯

3

在 Ethan 的第二次求婚会议上，大家七嘴八舌乱出主意，苏青独酌了两杯油漆颜色的酒壮胆，稳定了下情绪，才敢小声说自己弄了一个方案诸位要不要看看。

每个人脸上都写着“Well，你又能说出什么？”

虽然觉得自己不才，但是苏青也曾在大大小小剑拔弩张的招标会上独自阐释方案，然而这次借用不了过往的经验，她觉得面前一堆豺狼虎豹。

但此刻，她仗着酒劲恶向胆边生，毅然决定徒手斗猛兽。

“Ethan 问我对求婚有什么建议，我这个人平时就爱洒狗血，本来弄了好多个创意，但写到最后，我觉得这些方案统统是坨屎，其中有好多是我期望的求婚场面，可不是刘恋想要的。”

说到这儿，苏青看着 Ethan：“Ethan，我们不能弄好多个创意，然后大

家举手，说哪个最好，咱们就用哪个。这样太考验运气了，你知道刘恋永远不是任何情况下都会说 yes 的。而我们今天做出的所有努力，不是为了我们自己爽，而是为了刘恋。她今天不在场，但她才是主角。”

轻轻点击 PPT 的第一页，灰色底儿的封面显得很冷静，上面只有两个白色的方块字：刘恋。

苏青看到这儿，自己先笑出声：“你们都认识刘恋，她是聪明的、漂亮的、出人意料的……你们认识的她是这样的。”

投影屏幕上出现了一堆刘恋的照片，这都是苏青用自己的手机拍的，虽然放在投影上，照片像素不够，但照片上的人仍然无懈可击。

静静地看着大屏幕上的刘恋：“好正的姑娘啊，如果我是男人，我都忍不住喜欢，Ethan，你何德何能，上辈子做了什么好事，这辈子能得到刘恋？”

Ethan 不太懂得“何德何能”是什么意思，后面一个男孩小声跟他解释，他恍然大悟，但是也有点儿不服气：“我也很好啊。”

苏青不理他，继续开讲 PPT ：“这是你们认识的刘恋，那作为她最好的朋友——解释一下，我不是她最好的朋友之一，而是最好的朋友——我眼中的刘恋是什么样呢，跟你们有什么不同之处？”

轻点电脑，投影屏幕依然是刘恋的那一堆照片，并没有改变。

Ethan 很疑惑：“死机？不可能！”

讲 PPT 用的是 Ethan 的笔记本，因为电脑 logo 像个 ET，所以也叫外星人笔记本，市价四万元人民币，任何蹂躏电脑内存的游戏在上面运行都流畅无比，何况一个小小 PPT。

苏青说：“PPT 没出问题，我眼里的刘恋，跟你们一模一样，不是我不够细心，是她无论何时，都那么完美。”

苏青一张张解释屏幕上的照片。

“看，这张是她家，看她的家居服，比我最像样的衣服还要漂亮，她不是不放松，她已经把无懈可击当成一种习惯，任何情况下她都不出错。

“这是她去青岛出差，本来对方安排了商务舱，她死活磨出两张经济舱的票，带我一起去玩，我从来没见过海，很兴奋，提议在海滩前蹦起来拍一张，结果我蹦起来满脸横肉，眼睛都眯没了，但她跟拍广告片一样美。

“这是她睡觉的样子。我心情不好的时候，老跑到她家睡，我甚至在她家有自己的专用牙刷和睡衣，因此，我太熟悉她睡觉的样子，不流口水，没有眼屎，她甚至睡觉前会用一种德国产的口腔凝胶来防止口臭……后来她为了报复我偷拍她睡觉的样子，也在我睡得天昏地暗时拍我的照片。”

两个人睡觉的照片并列放在了一起，大家笑出了声，刘恋睡觉时 cosplay 睡美人可以理解，但一向在人群中擅长隐身的苏青睡得毫无节制，鼻孔外翻，半张着嘴，两个嘴唇凑成了一个诡异的笑容弧度，容易让人想起天桥上卖的做工粗糙的毛绒玩具。

“所以，真对不起，刘恋最好的朋友——我，竟然知道得不比你们多，我在想，有一天，如果我的男朋友问，苏青想要什么样的婚礼，她可能连我婚礼上的捧花是什么颜色的，这样的细节都能确定……她足够了解我，而我却永远不够了解她。”

问题出在哪儿呢？苏青问大家，也在问自己。

一张照片出现在投影屏幕上，刘恋的背影。

这张照片拍摄的日子，是刘恋人生中最难堪的一个下午，起码是苏青认为的。

女秘书跟公司销售总监有一腿，大老婆上来闹事，把刘恋当成小三，上来就是一巴掌。

后来正宫终于找到狐狸精了，两个人扭打在一起，没人注意到脸上还留着一个巴掌印的刘恋。

等苏青赶到的时候，刘恋站在天台上，头发被风吹成了一片慌乱的海。

头发是女人暴露情绪的一种器官。

安妮宝贝跟得病一样让女主角长了很多年海藻般的头发，不过现实中，北京风很大，海藻姑娘们怕被吹成贞子，都把头发扎起来。

尽管头发束得严丝合缝，然而脖子上的绒毛还是不被驯服，刘恋的妈妈小时候一定很疼她，胎毛从未剔去，才会长出这一头好头发。

她转着头，任风吹着头发，闭着眼睛仿佛在想着事情，表情是平静的，然而身体却克制不住要颤抖。

现代生活到底是多么残酷的工厂，坚强是正常的，脆弱才是失态的。

不是我们把自己逼得太狠，而是一旦你流露出真正感受时，其他人总会好为人师给你讲狗屁的人生大道理。

是啊，跟《读者》上那些正能量的心灵鸡汤相比，另一些不为人知的小情绪就像是城市中的流浪狗，只能自生自灭，最后成为一个冷笑话。

苏青原以为那一天，刘恋会完全打开自己，勇斗大奶，以牙还牙。

苏青做好了战斗准备，准备飞踢大奶的平胸，敢欺负刘恋，她要她死。

然而当巨大的侮辱将刘恋的情绪推到崩溃的边缘时，她却咬紧了牙关，只把苏青当成一张长椅，安静地说："你别说话，待在那里就好。"

然后时间分秒流逝，苏青眼看着刘恋在心里任那暗潮汹涌翻滚，最后化成风平浪静。

后来，苏青明白了：刘恋新进入那公司，要做姿态给全世界看，她要一战成名，让人知道她不简单，她忍下了，她成功了。

这故事，太私人，苏青当然不会讲给 Ethan 的那帮朋友听。

4

PPT 接下来的内容，是一段动画。

铅笔手绘的半开半掩的门里面，藏着一颗哭泣的心，苏青把自己画成了大头的弹簧娃娃，一蹦一蹦的，马上到门边的时候，门关上了。

"拍这张照片时，是我跟刘恋真实的内心离得最近的一次，难得见到她卸下心防，我悄悄地向那扇门走近，可是那扇门稍微向我敞开一下，就合上了。"

说到这儿，苏青突然有点儿恼怒。

"其实我有点儿生气，凭什么啊？我什么脆弱都摆给你看呢，你把自己的情绪收得那么好，当不当我是朋友啊。虽然我又懒又笨，没什么本事，如果有箭戳过来，我没办法反击对方，但是我会挡在你身前成为人肉挡箭牌啊，刘恋你应该会了解我啊。"

再继续点击 PPT，投影仪上只出现了简单的三个字：为什么？

PPT 里，宙斯的眉毛中间跳出雅典娜，细看，雅典娜被 PS 成了刘恋的头像。

这部分内容让苏青几乎熬白了头发，她看着投影仪上的画面，心满意足地说："大概是我这个人太屌丝了，我总觉得优秀的刘恋就像是从宙斯眉毛里蹦出的雅典娜一样，简直是智慧和美丽的化身，全副武装无懈可击到令人发指的地步。但我也一直等着她哭倒在我肩膀上的那天，有些幼稚地以为这样才是好姐妹嘛……可是这么想会不会太自私了一点儿？话虽如此，不过刘恋一直没给我这机会，她永远把最好的情绪展现在我面前……”

白色屏幕上出现了一段视频，刘恋家中，她拿着一本杂志翻着，镜头外的苏青喊着，“看镜头”，刘恋敷衍地笑一下，继续该干吗就干吗了。

镜头离刘恋越来越近，刘恋看着镜头不满：“神经病啊。”

苏青继续画外音：“说说你最难过的事情吧。”

刘恋想了想，摇摇头：“你这个赔钱货什么时候能找到男人。”

画外音不满：“说正经呢，其他就没有让你难过的事情吗？”

“父母身体健康，我工作顺利，男朋友对我很好，我满意现在的年纪，不太老又不太幼稚，未来仍然有无限可能。”

苏青在镜头后假装呕吐：“好假哦，你上《艺术人生》呢，这么主旋律。”

刘恋觉得自己说的也挺假的：“但就是这么假的我，还是这么爱你。”

镜头开始晃动，苏青要去亲刘恋。

刘恋嫌弃：“你亲我之前，能擦点儿润唇膏吗？嘴巴裂得跟我爷爷的脚后跟一样。”

画面就在这里定格。

视频里刘恋的样子，毫无防备，卸掉了锐利，有种烟火生活的美，Ethan看得很入迷。

“以上内容，就是我用像素一样琐碎的细节，拼凑出一个我心中的刘恋。对不起，刘恋在我面前，与在你们面前都是一样的，为什么会出现这样的结果呢？”

轻点键盘，投影幕布上出现这样的字：她可能也没把我当成朋友？

“可能吗？有可能！大家萍水相逢，相处的时间也就三年，凭什么她要对我敞开心扉？然而这说不通，她在我每次都发生事情时第一个赶到，在我犯贱的时候先把我骂醒，然后给我一个拥抱，她这么拼命就为了图我这个茶水妹时刻能衬托出她的美？这投入和产出也太不成正比了……唯一可能的原因是……”

幕布上的字体很冷静：她不喜欢倾吐，她倾听。

“很多人都是两面派，见到不熟悉的人是一个样子，见到亲近的人是另外一个样子。有些人是表里如一，不管见到谁，她都是这个样子，永远懂事，漂亮，聪明，干脆，不给人添麻烦。就拿结婚这件事情，我曾经逼问她有什么想象，她说过如果她想要五克拉的钻戒，结果男朋友只送四克拉的，难道就不结婚了？她不希望用过多的想象来给现实生活添堵。”

PPT 灰色的背景，白色的字体依旧在问一个重要的问题：我们知道她是什么样的人，就知道应该给她什么样的婚礼。

苏青直视 Ethan：“很多人觉得，求婚应该是有趣的，独一无二的，具有创意的。然而我刚才说了那么多，大家有没有发现，这是一个永远冷静的女生，那些自以为是的求婚方式，跟这个女孩相比，都太肤浅太做作了。Ethan，刘恋说她是一个遇到喜欢的人，给她一个顶针就嫁过去的女生。所以，千万别被求婚形式的花样迷惑住了，我们这帮人出的主意，永远是站在自己的角度去想象求婚是怎么回事。关键，我们都不是你，在这场求婚中，你即使用最老套最简单的方式，但必须要像刘恋最喜欢的那个你，否则就算花费再多的精力，那也是一场乏味的求婚。”

PPT 最后一个内容，只有问题，没有答案：你的哪一件事情，打动过刘恋的心?

Ethan 低着头想了许久：“刘恋曾说过，第一次对我动心，是我有次在朋友 party 上，为了安慰失恋的女寿星，大跳 Beyonce 的《Single Ladies》，她说我发起疯的时候特别像小孩子。”

搞现代舞的瘦男生说：“OK，《Yesterday once more》。”

大家的思路一下子打开了，反而没人注意到苏青。

这还有几页没讲呢，算了，不打扰大家了。

苏青自己拿杯水，坐在一边听他们讨论，Rose 挪了个位置，坐在苏青旁边。

大概是上次跟 Rose 讨要工作，Rose 没反应，苏青觉得这事儿挺丢脸的，见面反而不知道说啥，只好把满脸褶子堆成尴尬的笑。

Rose 父母都是从上海到美国的，她骨子里还是长袖善舞的上海姑娘，先搭讪：“如果你到我们公司来，可不能写这样的 PPT。”

是贬是赞呢？等会儿，这话什么意思?

没等苏青想明白，Rose 继续说：“这是我见到最跑题的 PPT 了，但是也真感动，我也希望在这个世界的某个角落，也能有个像你这样的 soulmate。不过咱们还是先从同事做起吧，你给我发一份你的简历。”

这大概是苏青写过的最不成体统的 PPT 了，但启发了一个求婚男人的思路，也赢来了一份新工作。

苏青隐隐觉得，每个人生命里都有的七年大运，正在悄悄开始。

第十二章

在三里屯太古里，你总会遇到你最不想见的所有事和人

1

若无闲事在心头，便是人生好风景，苏青一觉睡到十一点，但一想到有新工作了，有了一种不过了的心态，打车去公司。

一到公司，便见到同事们都聚集在走廊上，苏青向大家握手："我不就是晚来点儿嘛，干吗集体迎接我，真不好意思。"

一个同事给她一个白眼："还有心思开玩笑呢。"

只见原本传说要上位的候选人之一抱着箱子，从走廊穿过，众人围着跟看猴似的，他怒了："看什么看！"

曲终人散，苏青不解，这是两派相争，终究有结果了？难道另一位候选人上位了？

公司人七嘴八舌跟苏青说了一堆，苏青渐渐理出了头绪。

公司老总在微博上宣布私奔，但最终还是抵不过现实，回来了。

原配老婆很大度，依然接受丈夫，但公司董事会觉得私奔这事儿影响很不好，把他踢出局了。

而在群龙无首阶段，两位副手自以为能上位，还明着暗着较劲儿呢，董事局通过近段时间暗访，以管理不善开掉了这两位。

公司消息灵通人士说，这次开掉两人的决定，就是即将空降来的大 boss 做出的决定，这仅仅是裁人的开始。

好阵子没人管的办公室告别了放羊期，大家都开始忙工作。

好几个设计师都问苏青负责的案子要怎么做，她拍拍诸位偷懒的同事："放心吧，我都弄完了。"

大家又惊又喜，连声称赞苏青还是靠谱的大姐啊。

靠谱？苏青掂量一下自己，要是公司真开人，她也是可有可无的。

接收 Rose 新工作之前，是直接辞职呢，还是等着被开掉？毕竟遣散费是三个月工资呢。

苏青去财务部准备找老张出出主意，没想到财务部锁着门呢。

旁边房间爱八卦的人事部姑娘说，早晨就见集团的人在财务部翻箱倒柜的，财务部那帮人都被押着去总部了。

"老张也被押走了？"

人事部姑娘满脸问号，问谁是老张。

人事部主管大姐四十多了，是集团的老臣，听到老张二字赶紧蹦出来："老张刚来公司，流程还没走完呢，公司没几个人见过，苏青啊，你怎么认识老张的？"

苏青就说加班时老遇到老张，一起吃过几次饭，大姐意味深长地从头到脚看了一遍苏青，点点头："你跟老张还挺有缘的，你找他有事儿吗，要不然打个电话？"

苏青打个哈哈，说自己闲着没事，就从财务部离开了。

心里嘀咕，这老张，神出鬼没的，现在才发现尽管是加班饭友，但连老张的电话也没有，下回见面时可得管他要。

光洁如镜的电梯门，映出了苏青红光满面的那张脸，她嘲笑自己，还真是藏不住情绪。不过脚下蹬着那双马丁靴布满了灰尘，跟她人一样，人太能抗打击了，即使伤痕累累依然可以横冲直撞。

既然要展开新工作，苏青决定买双新鞋犒劳一下自己，上电梯后，她直接按下一楼，趁着有限的午休时间，打车去了三里屯的 C.P.U 鞋店。

这些店看似平常，但每双鞋都反映出苏青的审美观：实用，百搭，无性别差异，当然也代表着社会主义 shopping 观的优越性——每双漂洋过来绝不 made in china 的鞋子都要比国外贵上几百大元。

苏青闭着眼睛都能知道自己买什么：黑色 10 孔亚光马丁靴，37 号半，不用试，刷卡，谢谢。

刷掉一千余元，抱着新鞋，站在群魔乱舞的三里屯太古里，被风吹着，尽管潜意识里隐隐作痛，但苏青感觉那是相当的爽。

走在前面的中年鬼佬的大衣写着“我很有风格，我很贵”，苏青真想拦住他问，冬天穿黑色大衣怎样才能不沾毛。

跟在后面，研究了半天鬼佬的大衣，觉得自己跟精神病一样，苏青又转头研究鬼佬身边的大长腿姑娘，大冷天穿丝袜冷不?

将秋裤发扬光大的国产时尚女魔头，江湖人称“秋裤苏”的时尚杂志女主编在大头有约的节目中曾说过，当年大冬天穿着丝袜浑身发抖，身边的法国男朋友不断鼓励，不要抖，继续坚持，你要做不一样的中国女人。

虽然国内暖气工程分布那么贫瘠，不是每个人都有车代步，虽然都是遗传性的萝卜腿，但套上黑丝袜，即使漫步在大兴的城乡接合部，也宛若遍地是狗屎的巴黎街头，人立马从翠花变成 Isabella。

苏青看着自己的小短腿，知道这辈子冬天露着腿是自不量力的，世界怎么变幻，自己也没机会从女屌丝苏青变成女神 Sophie。

刘恋应该适合这么穿吧，不行，她腿上有疤，从来不把腿露出来。

而且她也说，不分场合的黑丝袜，容易让人以为是街头流莺。

原来住在一起的东北胖丫头倒是爱露腿，小短腿肉得相当实诚，忍不住想摸，如果她不长年累月地穿网袜就好了。

方怡然走健康路线，挤个乳沟还行，露腿她可不干。

哦，别忘了还有小天，在酒吧里从醉汉的纠缠中把她捞出来那晚，整个酒吧就属她的腿最好看，她大概是因为适合穿齐 × 小短裙而被派到人间的，胖子就拜倒在这双美腿之下吧……

在脑袋里把所有认识的女朋友的脸都PS到前面长腿妞儿的身上后，还是小天最适合。

正想得津津有味，鬼佬和长腿妞儿突然停下来，两人面对面说话，肤白长腿浓妆大眼大波浪，所有流行到俗气的特征组合在一块儿还挺顺眼的。

但！那不是小天是谁？！

原来小天是个西餐妹，混老外啊。

来不及往小天身上贴各种标签，苏青先考虑自己的尴尬处境起来：这个状况，是跟胖子说还是不说啊。

话说胖子跟小天在一起，身边所有人都有一种顺理成章的放弃感。

是啊，胖子这种爱玩的富二代，小天这么上路的美艳女，在一起不正合适吗？

大家都以为他们在玩玩，但玩着玩着，大家都发觉有点儿不对劲，胖子对小天有点儿上心了。

小天也不像一般市面上的夜店混酒美妞儿那样胸大无脑，云淡风轻地几下就把胖子吃定了，分不清这妞儿是想找个有钱男朋友还是在骑驴找马。

李文博说恋爱中的智商都是负的，其中一个例子就是胖子。

遇到小天，他之前泡妞儿的经历就跟不存在一样，以一种极具初恋感的愣头小伙子的姿态死腻着小天。

虽然说正常情况下，就是亲爹挎着一个小蜜在你面前走过，也要像久经考验的革命者一样咬死牙不跟亲妈说，何况胖子这样的朋友呢。

不过真是见着小天跟鬼佬这样亲密，苏青却有一股火儿蹿上来。

既然一条船都站得稳稳的了，何必再去找个外国战舰呢。

身在福中不知福！

几秒钟之内把一切关系都搞成狗血的台剧后，苏青自己给自己吓着了。

一切电视剧里的八婆大概就是这样把一个清白的少女说成淫妇的，小天不过是跟个外国男人走在一起，穿得清凉点儿，自己怎么就跟捉奸在床了一样。

真是吃不着葡萄的心态，该打。

这么想后，苏青放松了一点儿，然而鬼佬和小天像是为了配合让她多想点儿一样，胡子拉碴的鬼佬忽然亲了一下小天侧脸。

亲苏青这样长得风平浪静的妇女，那是外国人的礼节。

可亲小天这种抖搂一下满地是艳的女人，关系不到位能让亲吗?

苏青只想离开这是非之地，待会儿要是这两人手牵手去酒店，这小秘密可真是忍不住不跟天真无邪的胖子说了啊。

然而没等苏青要撤的念头溜达过大脑，鬼佬和小天却突然转身朝着她的方向走来。

周围连个遮蔽物都没有，苏青第一次发现自己还真是碍事。

电光石火之间，苏青下意识地从兜里拿出手机，假装低头打电话，以一副快递员雷厉风行的架势，硬着头皮往前冲。

苏青给自己安排的剧本是客户打电话来提出无理要求，她自己忙于吵架，无视前方任何具有生命体征的物体，一路上嗯嗯啊啊的，以此掩藏，试图瞒天过海。

刚跟这二位交叉而过，就听到小天在身后试探性地问："苏青姐?"

苏青大步流星地继续沉醉在电话中商务女精英的戏份里，没走几步，电话突然响了。

你见过打电话时手机还响着吗?!

苏青心头涌现了一波想骂脏话的波涛，直接想把这个打电话破坏她戏份的人给淹没。

她赶紧按掉电话，想继续演一直忙于打电话的戏份，没想到电话又打过来了。

苏青用后背都能感觉到这拙劣的戏份让小天看穿了，脸一红，赶紧大步往前走，也不敢回头。

确定小天没跟过来，电话又再次响了，裂成雪花状的显示屏平静地提示：李贱人。

李文博是以时刻给她添麻烦为人生目标的吗?苏青没好气地接了电话，张口就骂。

"贱，贱，贱！你贱死了！"

李文博没接她这茬儿，言简意赅："下午翘班，赶快来医院，一小时之内赶到，不来后果自负。"

说完电话就挂掉了，苏青再打回去，忙音。

啊，去医院？冰冰死了？！

2

一路上，苏青决定别那么丧气，可想象了各种可能性，最契合的结果就是冰冰得了不治之症。

天哪，冰冰还没拍电影呢，天妒英才啊，方怡然要守寡吗？怎么安慰对方啊？自己要是哭得不省人事怎么办？李文博会哭吗？男人有泪不轻弹吧……

此时李文博又发来一条短信：“别先去病房，先来停车场。”

对，先商量一下怎么安抚，说不定要瞒着冰冰和方怡然呢。

中午医院的停车场，空得可以拍恐怖片了，一辆“坦克”停在一堆小车之中，给李文博打电话他也不接。

结果那边的“坦克”开门了，胖子招手：“这里。”

哦……前脚看小天和鬼佬在一起贴面吻，后脚就见到胖子，老天爷这是要考验她要不要当八婆。

坐在车里，苏青浑身不自在，胖子打趣她：“怎么，没坐过这么好的车啊？”

苏青没话找话，问胖子：“这坦克是啥车啊？”

胖子连眼睛都没抬：“贵车。”

一句话差点儿把苏青噎死，但苏青贱，想想却为胖子的幽默笑了。

能把悍马认成坦克的女人，也没什么解释的必要了。

胖子头戴着防风镜，穿了一件里面是羊皮的美军皮夹克，苏青不明白：“提前过万圣节啊，你模仿谁啊？《壮志凌云》里的汤姆·克鲁斯？”

“这是战斗状态，你不懂。”

“战斗个屁啊，你就是开着坦克把医院炸了，冰冰治不好还是治不好，咱们要做最坏打算。”

胖子作势要打苏青耳光：“什么人啊，好好的咒冰冰病重干吗？”

“不是冰冰病情加重了？除了这事儿，这么着急让我赶过来是闹哪样？”

胖子电话响了，苏青一看，胖子还换了个特别专业的军用三防手机。

他听电话，点了一下头，看着苏青："安全带系上了吧，赶快坐好。"

苏青刚懵懂地点了一下头。

胖子马上来了一个紧急开动，三百六十度转了一个圈儿，拉腰截住了一辆灰不溜秋的小破捷达车。

估计这车也就值悍马车轮的价钱，但十分灵活，直接倒车想走反方向。

李文博那辆 Q5 直接堵上来，小车还想倒呢，胖子的悍马这时候反应过头了，直接撞了上去，小破车直接很凤地给挤在一旁的柱子上。

苏青第一反应不是担心自己，而是这坦克长了一副不食人间烟火的彪悍样子，撞坏了多可惜啊，然后才意识到自己还坐在车上呢，她开叫了："死胖子，我还坐在车上呢！你不要命我还要呢！"

胖子戴上墨镜，竖起手指，摇了摇："要相信资本主义科技的力量。"

说罢，直接下车捞人去了，打开车门，胖子没跟那人客气，直接把人拎了出来。

保安听到撞车声，吓坏了，不知道怎么办，见胖子穿得跟要开飞机一样，李文博也是一身利落打扮，不知道这事故要帮谁。

胖子朝保安招了招手："兄弟，不麻烦你，我们私了。"

说完还摇了摇手上的那人："是吧，你也不想惹麻烦吧？"

那人倒是也安静，小鸡仔一样点点头。

胖子把那人塞进了悍马车，苏青还在一边检查悍马撞得如何，李文博很不耐烦地朝她嚷嚷："这位太太，逛菜市场呢，快上车。"

苏青嘟哝着，心想李文博怎么回事，一直没好气。

李文博对拎上车那人反而特别体贴："跟我们打个招呼吧。"

还以为谁呢，不就是在医院偷拍的那个男人嘛，苏青对他印象实在太深刻。

矮瘦中年，看起来还没苏青高呢，整个人的皮肤就像是被酱油浸过一样，仿佛前半生被阳光猛晒，后半生躲在暗无天日的地方发酵一般，在太明亮的场合灰扑扑得太过显眼，在群魔乱舞的医院出现倒是相得益彰。

胖子的车用香水味道很香甜，中年男一坐进车，身上的汗味很格格不入。

苏青鼻子认识这种感觉，那是衣服被汗打湿，干了，继续被汗浸透，继续干，最后混合的味道。

中年男人一点儿都不慌，笑了笑，朝苏青点个头，算是打招呼了，但还是不说话。

胖子心急："行，说吧，为啥偷拍我们家小姑娘？"

中年男人看了胖子一眼，还是笑。那笑容，是略带轻蔑的，笑得苏青都有些火大。

这要是在当年重庆的渣滓洞，早就笑出老虎凳伺候了。

苏青是看出来了，胖子这坦克车，这飞行员打扮，都是给自己壮胆的，但硬来也不行啊，这中年男人没哭爹喊娘大吵大闹，已经不错了。

苏青咳嗽了一声，正想动之以情晓之以理，没想到李文博开口说话了，一边说一边盯着他看："王志坤，四十三岁，天津人，做刑警十六年，因殴打嫌犯受到处分。现在做私家侦探，报价还挺贵的。"

李文博从钱包里拿出一张纸："这是我打听到的您去年的价钱，今年的价钱是不是涨了？您看看。"

王志坤拿过这张纸，赞他："路子挺野啊。"

胖子搭话："要不然也不能开辆悍马拦你啊，多配不上你这身份。"

李文博继续说："现在有女孩在场，就是想让您知道，我们绝不硬来，就是跟您谈谈。您偷拍的方怡然是我们朋友，这丫头家底又红又专的，也没什么心眼，万一有人惦记上她，危险挺大的。我上次在医院追您……"

追……李文博这样一个大男人去追一个中年男人，说起来还真逗，苏青忍不住抿了抿嘴巴。

李文博瞥了一眼苏青，继续说："……追赶您……也不是为了干什么，就是想让您告诉我，是什么人花钱让你偷拍的，要是危险呢，我们赶快报警，或者通知他爸。"

全副武装的胖子虎视眈眈的："方怡然她家干吗的，你也调查清楚了吧，她爸要是知道自己宝贝姑娘被人偷拍了，你有好吗？"

王志坤终于出声了："那你就让她爸知道吧。"

胖子高声道："怎么软硬不吃啊？"

李文博倒是很平静："去年您去山西拍一个煤老板的床照，结果雇您拍照的那个女的拿着床照，到大老婆面前示威，那女人的下场你也知道了吧，因为勒索被抓起来了，但大老婆心脏病犯了，差点儿没命。这让她儿子恨得牙痒痒的，正全世界找您呢，刚巧这位孝顺的公子哥儿老跟我们一起玩，现在要是打个电话过来，让他知道您王志坤在我们这儿，别的不说，您之后的日子肯定舒坦不到哪里去。”

说到这儿，李文博顿了顿：“我们不想为难您，您也别让我们为难。”

王志坤突然问胖子：“你这悍马，刚才撞一下，修一下不少钱吧？”

苏青默默地点了一下头，她也关心这个问题。

胖子特别大气：“不是为朋友嘛，没事。”又觉得王志坤这么问怪怪的。

王志坤想了想：“这活儿本来我就不愿意接，婆婆妈妈的，又弄不出什么真东西，杀你们这些小鸡仔，我这把牛刀也用不上啊，你们直接跟我这次的委托人谈吧。”

王志坤打了个电话，伸了伸懒腰，下车看自己支离破碎的小破捷达车。

苏青第一次见到活的私家侦探，因为她还挺同情《1Q84》里那个身世悲惨的私人侦探牛河。

又想王志坤当爹的年纪，被两个小伙子一顿撞，还关在车里吓唬，忽然觉得他挺可怜的，于是特别好心地陪他说话：“这修车费，能报吗？”

私人侦探王志坤看苏青跟看怪物一样：“你怎么就惦记钱的事儿呢？那小子开悍马朝我车撞，你也在车里，也不担心自己的安危，心够大的。”

是啊，我怎么这么后知后觉呢！

苏青这时才感觉到刚才撞击时，自己被安全带勒得肩头生疼，她恨恨地看胖子，又有些埋怨李文博事先不告诉她。

胖子和李文博两人站在悍马旁边抽烟边聊着天，眼睛却一直注意王志坤的一举一动。

这种状态持续了四十多分钟。

苏青看到一辆看起来挺贵的车开到医院的地下停车场。

苏青指着车，问中年的王志坤：“这车B开头，是宝马吗？也是贵车吧？”

王志坤也熟悉了苏青的问话风格，点点头：“是贵车，不便宜，不过叫宾利，显摆呗。”

宾利车停下，下来一个长得很高大的中年人，头发很短，径直朝王志坤这边走来。

苏青见他第一面，就觉得此人跟放在方方正正的培养皿中长大的一般，浑身是磨不平的棱角，一点儿柔软的地方都没有。

他横眼扫了一下众人，苏青不确定那眼光是不是已经穿透了众人的身体。

王志坤指着苏青他们几个人，对着高大的中年男人："老方，这事儿就到此为止吧，你的家务事何必让我这个外人插手呢。我也不乐意折腾，这几个小孩以为是绑架，开着悍马拦我呢。你有什么事儿还是直接问你女儿吧！"

王志坤接着说："你跟他们打个招呼吧。"

此时一个女声幽幽地传过来："爸，你怎么来这儿了？"

方怡然拎着两袋子胖子的脏衣服，呆如一鹅，不知道自己老爹为何跟好朋友们站在这停车场上。

胖子开始埋怨李文博："我就说让苏青看着她吧，你非让苏青跟咱们一起抓人。"

苏青却想，方怡然这丫头看来长得像她妈吧？

3

为了让方怡然知道来龙去脉，苏青觉得自己嗓子都说哑了。

李文博和苏青发现有人偷拍方怡然，李文博出手跟闲出屁的狂热军事分子胖子一路动用关系，终于查出偷拍人是这跟忍者一样隐忍到土里的私家侦探王志坤。

在停车场堵住了他，他倒是主动招了，可没想到这背后的委托人就是方怡然她爸。

然而就像是六方会谈，苏青李文博胖子和私家侦探王志坤都是配角，方怡然和她爸老方才是主角，只不过暂时分不清谁是朝鲜谁是美国，但看这两人剑拔弩张的劲儿，还真是亲生的父女俩。

父女俩就这样把对方从头到脚都撸了一遍，父亲先说话了："还学会给人洗衣服了，我养你这么大，你给我洗过一只袜子吗？"

方怡然叹了一口气："你需要我洗吗？老方，你觉得这样有劲吗？有什么事情你直接问我啊，还学会找私家侦探了，你是钱多得没处花了吗？咱捐了成吗？"

方父一下子就火儿了："那小子你了解吗？一无是处，当导演的有正经人？广告导演也算导演？他图的就是咱家的钱！"

“老方，你这毛病得改改。第一，别人一对你好，你就觉得都惦记你那几个钱，大小你爹也是个将军，能别这么小农意识，给我爷爷丢人行吗？第二，在你眼里，我就是个赔钱货，又蠢又笨没人要，我得劝您，更年期都快过了，赶紧走出你的小世界，看看这地球的变化。人家图什么？当然是图我长得好看性格好不爱慕虚荣吃苦耐劳，你觉得我是个赔钱货，有一堆品质优良的小伙子哭着喊着非我不娶呢。”

“对，你有人要，这么多年你怎么不往家领啊？”

“因为你啊，你是我人生中最大的一个路障，多少人跟我处得好好的，一看咱家条件这么霸道，一看你的横眉冷对千夫指，瞬间就转身跑了头都不带回的，你还以为全世界适龄男性都想做你女婿？甭逗了，谁愿意找你这样有迫害妄想症的人当老丈人啊。”

“你就是不见棺材不落泪，以为自己还不错是吗？看看你这个男朋友背地里都干什么吧！”

方父从纸袋里拿出一沓照片，方怡然翻了几下，脸色大变，用求助的眼光看着李文博和苏青。

他俩凑上去后，胖子的脑袋卡在两人的肩膀上，嘴没闲着：“我靠，这小子脚踏两只船啊，这么丑的女的也泡。”

方怡然一拳头把胖子头打回去：“没人把你当哑巴！”

胖子委屈地捂住头：“我这是夸你漂亮。”

李文博拿到照片后，自己先笑了。

递给苏青，苏青还挺忐忑的，仔细端详照片上那女的。

照片上那女人大概是优衣库代言人，从头到脚一身大路货——这不是苏青还是谁啊，冰冰特别亲昵地捏着她的脸。

苏青恋恋不舍地抚摸了这张照片，她苦逼的披头散发茶水妹造型竟然有被偷拍的待遇，刚才胖子无心说出的实话多清楚，“这么丑的女的……”

不怪方怡然老爸误会这张照片，彼时照片里的苏青还是长头发，因为性欲得不到安抚憋得满脸是肉，跟现在短发男孩的样子判若两人。

冰冰没事就爱调戏那时的苏青，苏青还跟方怡然诉过苦：自己已经没有女人味到任人宰割的地步了吗？连冰冰这种不挑的色狼都没心没肺地调戏她，如对待小狗一般。

方怡然重新拿回照片，刚才情急之下没细看照片，这时候回过神来，终于安下心来。

那个冰冰跟谁在一起都能被怀疑，跟苏青在一起，令人无比放心。

方父看这一圈人又笑又如释重负的神经病表情，以为照片的内容震惊到了大家，忽然对女儿温柔了："搞艺术的，哪有好东西，然然，听爸的话，赶紧跟他分了。你也别在外面玩了，赶快来爸爸的公司接我的班，没人管你，你做那个破工作有意思吗？你要是觉得没意思，爸也投资一部戏让你来演，别这么混下去了。"

方怡然脸上带着鄙夷的表情："爸，你演这出戏有意思吗？别说照片里这个女孩就是苏青，就是一个浓妆艳抹的鸡光着身子跟陈商冰抱在一起，那也是他被打晕了灌醉了被摆拍的。不是因为他正人君子，而是他的智商只能勾引十六岁以下的女孩，这出戏你用得早了点儿，等过几年他的色胆和勾引能力成正比了再说吧。爸，你女儿是学表演的，我再蠢再笨也有你一半基因，你就对你这一半基因这么没信心吗？"

"你听话点儿就不行吗？做个安分守已的女儿怎么就跟要了命一样？那么多门当户对的你都不要，非要跟这穷小子。我跟你说，现在他也就是新鲜一阵子，等你没钱了，那小子就露出真面目了，你醒醒吧，他到底给你吃什么迷魂药了！"

"他对我好，什么事都听我的，这就是他给我的迷魂药。爸，这么多年咱俩关系这么紧张，你就没想过是什么原因吗？咱俩没办法沟通，不是我不听话，是你从来都不跟我沟通，陪我最久的是电视机和保姆小阿姨，我妈最后忍不了跑了，你还不理解吗？有些事情是用钱解决不了的，我什么都不缺，我就缺有人对我好，亲爹都不能给我，他能给我！"

"行，你翅膀硬了，那你就跟他过吧，我看你没钱能支撑几个月。"

方怡然把兜里的钥匙包递给他爸："太好了，我最爱动物园批发市场的衣服和街头卤煮了，我还真用不上什么钱。房、车钥匙都在这儿，哦，我钱包还在病房里呢，要不我给您快递到公司去？收件人写您还是写您的女秘书？这女秘书是我上次见到的您的女朋友吗？我应该管她叫小姐姐还是小后妈？"

方怡然跟吃了兴奋剂了一样，话越说越露骨，胖子这样不着调的都强忍着没伸出大拇指赞扬方爸还真是老当益壮、一直红尘做伴活得潇潇洒洒。

爷俩再交流下去，没准儿方父的性癖好都被刻薄的女儿给爆出来了。

方爸倒是也乖觉，一脸菠菜色，朝宾利车挥挥手，坐车直接走了。

王志坤看也没他什么事儿了，没说什么，开着被撞得支离破碎的破捷达走了。

胖子凑上来："消消气啊，跟亲爸没有隔夜仇，过几天哄哄老头就行了。"

方怡然一扫刚才口吐莲花的得意之相，叉着腰瞪着三个人："三位祖宗，下回能别这么自作聪明吗？跟我有关的事儿先告诉我！"

苏青摆摆手："跟我没关系，我也是一个电话被叫过来，还坐在副驾驶上被撞了，我跟谁抱怨啊。"

那张冰冰和苏青的照片落在地上，被风吹得一飘一飘的，苏青捡起来，问方怡然："这张照片能给我吗？"

"干吗？"

"整成范冰冰之前，这可能是我这辈子唯一能享受到被偷拍的机会了。"

"滚蛋，没出息！"李文博一直在那里边听边抽烟，他把烟头扔在地上，骂苏青。

"干吗啊，这几天一直阴阳怪气的，我惹你了？"苏青委屈，李文博最近跟吃了火药一样。

"你好好检讨自己，有男朋友后，无聊时才给我打个电话，你当我声讯台小姐呢。"

"少在我面前打情骂俏行吗？"跟父亲割袍断义的富二代方怡然把照片攥在手里，两大包脏衣服扔给胖子看管。

躺在病房里玩《保卫萝卜》的冰冰，并不知道刚才自己以不成器的女婿身份，被老丈人嫌弃了。

不知道也好，方怡然给他甩过一张照片："这次你命好，有苏青姐帮你挡着，以后小心着点儿，家里我说了算，你都改了吧。姐虽然不在乎你，你要是真敢出这样的事儿，老娘阉了你！"

"老婆，你这是怎么了？"冰冰丈二和尚摸不着头脑，把求助的目光投向苏青。

苏青想到刚刚跟方怡然解释来龙去脉，已经要了这半条小命，推脱说："以你的智商，还有我的描述水平，我估计你很难理解，还是让爱说的来吧。"

说罢，直接把多嘴的胖子推了过去。

在胖子给冰冰张牙舞爪添油加醋刚才发生的车战戏加家庭剧之时，苏青拉着方怡然问："怎么胖子跟我在一起被偷拍，你就这么放心，姐在你心里就这么没杀伤力啊？"

方怡然冷笑："我对我家冰冰不放心，但对你很放心。姐，你智商和情商达不到脚踩两只船的能力，再说了，有文博哥这种大鱼大肉你不吃，非要吃冰冰这款臭豆腐，姐你不会不走寻常路到这般地步吧？"

李文博"切"了一声："在她眼里，我比臭豆腐还不如呢，说不定她更喜欢冰冰。"

然而苏青的脑袋大概转得太快了，却想了另外一回事儿。

如果城市里的每个人都是没有五官的白面孔，可能方怡然平时爽朗北京姑娘的面具戴久了，连苏青都信以为真了。

然而却忘了，这姑娘从小什么大场面没见过？她只是选择了一个大智若愚的面孔而已，没点破苏青这个自以为是大姐的性格。

想到这儿，苏青问方怡然，以后怎么办。

方怡然忽然一笑："日子且长，现实且残酷呢，日子过一天算一天呗，姐，你说是不是？"

那个好吃懒做，天天追在苏青后面叫姐的好看小姑娘似乎渐渐隐去，一颦一笑其实都藏着主意的人精富二代开始显出原形。

是啊，日子残酷着呢，苏青看了看口若悬河的胖子，他还不知道小天真实的一面呢吧。

最后，想了一圈周围人，苏青终于照顾到了自己的残酷人生：光顾帮别人充场面了，这下午的班儿都忘上了。

她怪叫一声，落荒而逃。

她是谁？

她是一年三百六十五天无迟到无早退永远在加班的苏青呀。

第十三章

和平里的黑暗料理，生存还是毁灭，这是一个问题

1

北京的风很大。

被吹出摇滚发型后，苏青觉得今天的皇历说的是对的，宜沐浴理发，忌出行婚嫁。

三里屯太古里人潮如织，苏青和刘恋站在广场的大屏幕下，等着 Ethan。

“咱们能不在这里当红旗被吹着吗？”像是要去拍杂志封面的刘恋，头发梳得一丝不苟，更显得苏青狼狈，她不停地以刘恋为原点踱出或大或小的圆圈，像卫星一样。

“你今天有点儿怪……是被辞退了，还是跟时一鸣分手了？”

苏青堆出一脸不自然的笑：“连手还没拉，怎么分啊？”

“也该挑明了，你这战线拉得有点儿长，也得主动点儿，再晾下去，这关系就凉了。感情就跟冰激凌一样，暴露在光天化日下时间长了，看上去再

坚定不移，也会化成一汪水。”

苏青望了望几步之遥的三里屯苹果店，时一鸣现在可能露着一张小白脸朝顾客卖笑呢。

谁说她最近没主动呢。

这段关系的初始，苏青是女王，但她稍微上心一点儿，对方意识到了，主动权就握在对方手里了。

以前都是时一鸣约苏青，三顾茅庐后才能约上一次，现在换苏青当被动的刘备了。

怎么办？在这个时候，苏青性格中的㞞便冒了出来，时一鸣偶然发来一条短信就能让她高兴好一阵子，情绪完全被对方掌控。

苏青今天也要邀请时一鸣一块儿过来，见见 Ethan 什么的。

苏青想得挺好，把他介绍给自己的朋友，是不是在某种程度上是一种承认，也是一种暗示：咱俩的关系该定下来了？

不过，时一鸣没来，简单地说了一句有事儿。

一切前景都没按照自己的想法走，但愿是时一鸣真有事儿，苏青想。

此时，天色有些暗了。

苏青看表，已经下午四点零三分了，她心里“哎哟”一下，惊得汗都出来了。

她从包里掏耳机戴上，尽管小心翼翼，但还是让刘恋看出来了：“你干吗呢？”

此时，屏幕摔成花纹的手机依然顽强地接收到了一条微信，是 Ethan 给苏青发来的：ACTION。

眼角纹都快笑出清明上河图了，不知道如何应对，此时广场大屏幕的图像突然暗淡下来。一个男人站在屏幕下，开始拉小提琴。

北京冬天的下午四点，风促使着人们没有耐心，尽管有人短暂停驻，但这位小提琴手的生意并不好。

苏青皱眉岔话题，问刘恋：“他拉的是什么啊？”

刘恋知道小提琴声在苏青这个糙老娘们儿耳中，不亚于刮铁声：“说了你也不懂。”

穿着燕尾服戴着领结的小提琴手看来也是专业的，正深情地拉着呢，大风一吹，单薄的身体快被大风刮走了，手一滑，一个刺耳的划音。

苏青笑了起来。

小提琴手很不好意思，假装很不在意地继续演奏完毕，如果在演奏大厅，应该掌声如潮，有人大声喊 Bravo（好极了），可惜没人理，雪上加霜的是一个塑料袋随风飘啊飘，还一不小心套在了他头上。

小提琴手一手琴一手弓弦，脑袋使劲晃悠试图将这塑料袋晃悠下来，刘恋看不过眼，走过去伸手帮他摘了下来。

尴尬二字力透脸皮，刘恋从钱包里掏出十块钱，放在地上的琴盒里，笑笑，走了。

在十块钱放进琴盒的一刹那，刮铁声仿佛有了重奏，另外一个小提琴手拉着琴走到苏青旁边。

然后是大提琴手、小号手、鼓手……

最后凑成了仿佛是没赶上维也纳金色大厅演出的一个乐团，刘恋顿时化身飞机晚点被群众围攻的机场柜台小姐，被一圈乐器包围着。

以刘恋为原点，外圈是一堆乐团成员，再外面是一群围观的群众，苏青都挤不过去了，有人拍她："护送我过去！"

拍她的不是人，而是一人半高的人偶熊。

苏青连忙扒开一条血路，在刮铁声之中高喊："别碍事，让开让开。"

这才把熊塞了进去，因为用力太大，苏青长久没运动的后背仿佛抻到了。

一头人偶熊吹着口吹琴挤了过来，对着刘恋吹了一首曲子，因为地方太挤，苏青特别碍眼地站在刘恋旁边。

旁边有群众问："哪个是被求婚的啊，长得好看的，还是长得难看的？"

北京变成了一个越来越没有传奇的城市，围观的人群被这不易出现的街头乐队擦亮了眼睛。

人多了，风也不大了，苏青揉着后肩膀的肌肉，第一次觉得这刮铁声也挺好听的。

叽叽喳喳的人群突然静了下来，苏青看大屏幕。

专业的多角度切换，人偶熊摘掉了熊脑袋，满头大汗的 Ethan 单手跪地，拿着一个戒指盒，对着刘恋说了一堆英文。

苏青听不懂英文，但第一次觉得英文这么好听。

情绪随着 Ethan 流利的英文越发浓烈了，苏青眼底的那块皮肤开始酸酸的，为了分散注意力，她开始看 Ethan 身上的那个人偶装。

屎黄色，衣服厚厚的，单膝跪地的那块已经蹭黑了，熊的脑袋被扔在了一边，很孤独。

这身衣服还真不是谁都能穿呢，孩子气面孔的壮汉白凯南适合穿着人偶装，他嘴也甜……

冰冰身上的肉感倒是跟这熊和谐得浑然天成，但五五分的小短腿穿不上去……

要是让胖子穿呢，估计得有把 AK-47 在旁边要挟着他，不过也难说，要是小天好这口，他可能会不收藏美国军服，改收可爱人偶装了……

至于李文博……太了解他了，别看平时未语先笑，但眉眼里都是掩饰起来的骄傲和棱角，任何人都无法强迫他做不愿做的事情……

也许只有李川最适合，春天来了，一头憨憨的小熊说你好小姐，我可以抱着你在草地上打滚吗？嗯，可以，两个人抱着滚下了山坡，碾碎了满地的三叶草，小熊摘掉头套，然后李川笑得那个山清水秀哦，全世界的老虎嗤笑着变成黄油化掉了。

要是摘下头套，露出的那个人是你，我该多欢喜。

然而只是想一想，时间隔得太久了，连白凯南的孩子气现在看都那么可贵，何况是你呢。

单膝跪地的那头熊没有继续说话，呆呆地看着刘恋。

苏青以为 Ethan 说到卡壳了，正想着怎么帮他，刘恋面无表情地递过来一张纸巾："擦擦鼻涕。"

接过面巾纸，感动的眼泪和鼻涕刚刚制止住，刘恋此时冷静地说了一句"我愿意"，苏青的眼泪和鼻涕又止不住了。

哎呀，刘恋可真幸福。

周围人一阵欢呼，Ethan 跪在地上腿麻得站不起来，刘恋这时特别有大哥的风范，自己戴上戒指，捧着 Ethan 那张脸要亲。

Ethan 腿麻支撑不住，两个人摔倒在地上，大家又哄笑起来。

还有比求婚更让人感到这个世界还有美好存在的事情吗？

2

苏青觉得一张纸巾已经不够擦鼻子的了，而在距离刘恋同意嫁给 Ethan 的一小时后的求婚庆祝 party 上，她的鼻涕依然像山地的泉水，喷流不止。

刘恋嫌弃地看着苏青脚下的一堆鼻涕纸。

苏青的鼻头红红的，眼睛肿肿的，身上穿着那件三个月房租的黑色裙子，头发乱乱的，两颊的雀斑更显得粗糙，像一只情绪低落的小狗。

她摸了摸苏青乱乱的头发："Ethan 的朋友问我，那个哭得最厉害的女孩，是暗恋我，还是暗恋 Ethan，我说当然是明恋我，在遇到 Ethan 前我是女同性恋。"

苏青继续擤鼻子，嘟哝着："精神上我跟你能在一起，但你知道我需要男性的肉体。"

"那我把 Ethan 让给你吧？他肉体还挺有手感的。"

苏青想了一下，特别认真地说："我英语不好，床上沟通不了。"

刘恋给了苏青一拳："哭成你这样，好意思在这里装没节操吗？我嫁人，你这么激动干吗？"

"以前周围有人嫁人，那是传说，听听就算了。今天终于见到一个活的准已婚妇女，那是切身之痛……我该祝福你吗？你一个人幸福地嫁人，把我一个人扔在大龄女青年万劫不复的队伍中。"

Party 不断有新人进来，场地是 Ethan 一个朋友开的酒吧，虽然就在三里屯，但地点很不好找。

灯光特别暗，Ethan 站在一角，环顾整个场子，每个人都开心得不行了。

作为整个 party 的女主角，刘恋一边跟苏青说话，一边不断地招呼着来来往往的人，中文、英文、粤语，混在一起用，却丝毫不显得慌乱。

"只要想好了，你也可以明天结婚啊。不过你不能将就，你怨谁呢。"

苏青听到这话，突然有点儿摸不着头脑了。

在北京，只要性格和长相没惊天动地到匪夷所思的地步，谁的情感选择题里都有几个左右为难的选项。

如苏青这种只会守株待兔的女人，都有段可以说上一清明小假期的过去，何况刘恋呢？

但就是和她认识这几年，苏青还真没在她身上发现太多男人的痕迹。

招蜂引蝶的确有，拜倒在石榴裙下的盛世也误打误撞地看到过，但刘恋就一直这样不紧不慢地考察着几个备选对象，其实真正有开始的，并不多。

与此同时，一个叫 Ethan 的美国华裔好青年正在跟朋友说：他去台湾探望外公，外公说现在大陆满是机会，结果他来到群魔乱舞的上海，后来意外认识了叫刘恋的中国女生，最终为了她来到了北京……哦，多好的恋爱故事。

但刘恋说这是将就？

“你……不喜欢 Ethan？”

刘恋看了看这个她是女主角的场子，眼睛里带着笑意：“妞儿，这个世界除了喜欢、不喜欢之外，还有很多复杂的情感，如果按照你的标准，我算是喜欢 Ethan 的。”

这句“算是喜欢”，让苏青毛孔里分泌出一种似曾相识的侵蚀感，让苏青无法淡定。

跟白凯南见最后一面时，苏青就被他那种“我算是跟你谈恋爱”的态度激怒。

在爱这件事情上，爱憎分明比起成熟权衡，要更荡气回肠一些，虽然在现实的社会中往往更容易伤痕累累。

可苏青是坚定不移的爱憎分明派，她觉得刘恋也是。

“你别跟我开玩笑，怎么还算是喜欢啊？你不确定喜不喜欢他，干吗要答应他求婚啊？”

你来我往，不停地有人拿着酒杯跟刘恋说话，那种 social（应酬）的笑容像是假面一样嵌在刘恋脸上。

时间久了，一层疲惫感透着有点儿浮的脂粉显露出来，不再年轻的刘恋显得有点儿不为人知的苍老，此时此刻。

刘恋活动一下脖子：“苏青，你对男人有自己的标准，就是吴彦祖腾云驾雾拿个戒指单膝跪地，你也是一根筋似的喜欢属于你的认知范围内的费玉清。喜欢就是喜欢，绝对不转移。但我是随时会调整自己对男人的认知的，我现在需要的是一份稳定的感情，Ethan 恰好可以给我。我不敢说结婚后他不会出轨，但我能预想到十年后我俩还在一起，这种能控制的感情，多好。”

噎着，胃不舒服，仿佛有一大堆话堵在嗓子眼，但倒不出来。

苏青咽了一口吐沫，努力想理顺自己的思绪。

压力，一种无形的压力扑面而来，也许此时就是刘恋人生的分岔口，若是自己能说清楚自己的想法，刘恋也许就不会这么孤注一掷地走下去。

心底的那个小人儿几乎是在朝着刘恋喊：不能这么放弃，身后的压路机要把你压成粉末，让我们携手往前逃。前面就有你期待的感情，别说跑不动了，马上就好，马上就好，那个人就在前面。

然而一切思绪飘到嘴边，却变成了："你怎么能这样！这是结婚啊，怎么能将就！"

刘恋像是摩挲着自己的身体一样，摸索着苏青的脸："以前，我也是这么想，感情是不能将就的，就是受伤，也被伤得很爽。但现在我不这么想了，我没那么好的运气……"

刘恋的声音越说越小，眼睛看着某一处，思绪却像是飘向了旧日的时光："我也曾信誓旦旦地爱一个人，你不爱我，那我爱你好了。你不肯向前，那我朝着你走九十九步，你迈一步就好了。我无数次幻想着以后我跟他的美好生活，但最后……即使到现在，我也经常做一个梦，他在前面慢慢走，我从后面紧紧追，一边追一边哭，可总是追不到，他连头也不回。我恨不得拿把刀捅死他，问他为什么那么对我。可是分手后，老天连一次让我见他的机会都不给……"

说着说着，刘恋都觉得太可笑了："苏青，我心里也有一个李川，他带给我的伤害，比你那个李川要多多了……"

刘恋不说话了，咬住嘴唇突然抓住苏青的手，一股战栗传到了苏青的身上，刘恋颤抖地说："快送我到卫生间……"

苏青知道，在特别伤心的时候，刘恋不会哭，她会不由自主地抖起来。

她赶紧护送刘恋去卫生间，抱着刘恋，不停地抚摸她的后背："没事没事，都过去了，都过去了。"

两分钟过去，刘恋的脸色恢复了正常，用冷水洗了一把脸后，刘恋补了一个妆，又是那个明艳无坚不摧的她。

苏青真不知道该干什么，两个人之间的气氛有点儿尴尬，刘恋拉了拉苏青的手，笑了："哭丧着脸干吗，好像有什么不对劲一样。"

“我害怕，每次你这样，我就害怕，你都不能百毒不侵，那我这种又蠢又笨的该怎么办？”

刘恋拥抱一下苏青：“就继续这么又蠢又笨地爱下去吧，我坚持不住了，学乖了，你替我好好爱下去。”

很多年后，苏青回忆起这一幕的时候，就觉得，这其实是她和刘恋的告别。

小行星不停地撞击地球，恐龙们有灭绝的危险，有的恐龙学乖了，从食草恐龙变成了食肉恐龙，又变成了杂食恐龙，最后学着进化成鸟类。

有的恐龙，依然坚持初衷，即使冒着遍体鳞伤被灭绝的危险。

刘恋随着聪明的恐龙，融入了进化的队伍中。

而苏青留在原地，一意孤行地继续挑食，她朝着自己最好的姐妹喊，说回来啊，坚持就是胜利，后来却发现连她自己都觉得这样的坚持有点儿危险，怎么能说服别人？只好再挥手，说别忘记我啊，变成鸟类也要记得我！

轰隆隆地进化队伍开始朝着新大陆迁徙，路途中也许被饿死，或者被陨石砸中，但终究有一线生机，而留在原地呢？不知道。

Party 上，女主角刘恋和 Ethan 依偎在一起，接受着大家的祝福和善意的调笑，一对璧人。

而角落里，苏青看着这一切，喝着一杯又一杯不知道名字的调酒，喝到眼眶发酸。

为什么这么难过？

苏青也会自问，继续这么等下去，真的有那个对的人来爱自己吗？

前途凶险，何其凶险！

不能等了，再等下去，只能认命了。

苏青翻着手机，看着时一鸣的号码，突然想好好跟他说一说。

我不是不喜欢你，请你等等我，别因为我的无动于衷而灰心、放弃我。

请让我好好放空一下，我心里有太多的东西需要释放，才可以进入一个新的人，才可以全心全意爱他。

桌子一旁，存放着一大堆求婚用的玫瑰花，求婚已经散场，没人再理这些美丽的花朵，有些都蔫了，花束也散了。

这些花一定很伤心，玫瑰不是应该送给喜欢的人吗？不能这么被冷落。

酒精的作用让苏青决定冒险一下，她拿过花束，在一堆衣服里找到属于自己的外套，冲了出去。

临走前，她还看了一眼刘恋。

刘恋正拿着酒，无懈可击地跟大家笑着，说着，拉着 Ethan 的手。

好姐妹，祝福我今晚的冒险之旅吧。

苏青没有说再见。

3

夜晚的风把天上的星星都吹散了，月亮很随便地定在墨绿色的夜空。

刺骨的风中，苏青用羽绒服护着怀里的花束，伸手拦了一辆出租车。

哈，还真不是一个浪漫的夜晚。

车开到了时一鸣家的楼下，她满脑袋想的都是他接到这些花的惊喜的表情，甚至自己也有点儿激动。

她原本要按楼下的门禁铃，正好有人从楼道里出来，她想，还是不要提醒他了，他喜欢惊喜，自己噔噔噔地跑上楼。

哪个是他家来着，苏青对自己的记忆非常不信任，是这个吧，她砰砰砰地敲了敲门。

过了许久，门开了，一个女生笑容满面地出来，撒娇道："怎么才回来……"

一看是苏青，愣住了，很不友好地问："你找谁？"

苏青觉得自己敲错门了，很不好意思地笑："对不起，敲错门了。"

女孩看到苏青背后的电梯开了，赶紧说道："嘿。"

苏青回头，看到时一鸣拎了一个 711 的袋子，里面装了很多东西，最上面的卫生巾露出了苏菲的 logo。

时一鸣显得很尴尬，及时调好了自己的笑容，但不知道说什么。

门里面的姑娘，拎着卫生巾的时一鸣，拿着玫瑰花的自己，三个人都知道彼此的关系是什么了。

苏青觉得，最正确的方法，是自己扇时一鸣一巴掌，大骂知人知面不知心，原来你也脚踩两只船。

可是她是谁呢？她又不是时一鸣的女朋友，门里面这个急需卫生巾的姑娘跟他才是一对。

那一刻，苏青突然想起一件事，剪完短发后，苏青的着装风格越发邋遢和爷们儿。

公司新来一个很帅气的女生，某天，在茶水间私下问苏青：你觉得我怎么样？

苏青懂，赶紧说自己刚和男朋友分手。

这应该是世界上最可悲的急中生智了吧，苏青磕磕巴巴地试图为时一鸣，也是为自己，留点儿面子："嘿，看我这记性，上错楼层了，原来你也在这里住啊，我女朋友在楼下。"

说完还抓抓自己短得非常 T 的头发。

时一鸣迅速地恢复了正常，也说："好巧啊，下回带她来玩。"

电梯关上的那一刹那，苏青看到了时一鸣感激的眼神和那女孩要发火的神色，她喃喃地在电梯间有些自嘲和伤感地自言自语："一鸣，我只能帮你到这儿了。"

刚出楼道，外面风一吹，酒劲儿上来了。

胃里的食物和酒争先恐后地往外涌，苏青在小区保安的注视下，吐了一会儿，吐得酣畅淋漓。

刘恋最难过时会战栗，苏青最难过时会吐，真是一对难兄难弟。

小区保安过来，是要安慰吗？

苏青擦擦嘴："我没事。"

但他很没好气地赶苏青："你到外面吐啊，吐到门口，别人怎么进来。"

人生中第一次给男人送花的经历，就这样 ending 了。

食草系的时一鸣为了生存，遵守感情上的达尔文进化论，最后变成了食肉恐龙。

按照这种趋势，也许将来会变成杂食性恐龙，只留下苏青孤单地继续留下啃着越来越少的植物。

一切都会好起来的，喜欢食草系恐龙的苏青这样安慰自己，睡一觉之后，一切都会好起来。

风停了，空气凛冽得很，突然想起了一句诗："似此星辰非昨夜，为谁风露立中宵。"

哈，亦舒到底是有多偷懒，好多小说的女主角都说这句话。

是啊，为谁立中宵呢?

空无一人的十字路口，空旷得仿佛地球只剩下她一个人，苏青看到怀里的玫瑰花也沾上了一点点呕吐物，她轻轻地把花放在地上，伸手拦了一辆车。

车开动，苏青打开车窗，街道很干净，玫瑰花很显眼，孤零零地躺在十字路口，仿佛是在祭奠一段被伤害的自尊和一段无疾而终的爱情。

4

时间一下子空下来，以寻找 Mr.Right 为己任的女人，最怕时间空下来。

那个摔裂了屏幕的手机终于休息了，刘恋正忙着计划飞去美国见 Ethan 的家人，方怡然辞掉了工作，专心伺候身体还没恢复的冰冰，李文博把冰冰的工作也捡起来，他说自己忙得跟条狗一样，胖子和小天去泰国玩了，说会给她这个媒人带礼物。

时一鸣不再联系她了，没有约会对象，一个男人也没有，苏青开始后悔前阵子桃花旺的时候，没把握好机会。

她甚至开始找前几个月的话费单，想找到前男友白凯南的电话，说我原谅了你，对比一下，起码你对我好了几个月。

后来才想到，他都去上海了，哪有新号码。

公司动荡，苏青自己的活儿都忙得差不多了，她开始帮不上路的小朋友想策略，设计师一堆海报不知道怎么做，她上网开始下各种素材。

心里有一个黑洞越来越大，苏青真想跟人交流，诉诉苦，疯狂地发微博，然而连一个回复都没有。

这是发春还是寂寞，苏青搞不懂，但她真的需要一个出口。

送水的师傅偷懒不把水桶安到饮水机上，大家就这么渴着，谁也不动手，苏青大吼一声，别动，我来，以一副力拔山河的气势安装了上去。

大家都笑，有苏青这个大姐在，还真好。

有人问，公司人仰马翻的，你怎么心态这么好?

她撇撇嘴，说你关心这个干吗，好好干活，月底拿工钱就行了。

话说完，她拿来一个扫把当麦克风，站在办公室中间，说大家下午都累了吧，我给大家表演十个节目，第一个节目，英文版《粉红色的回忆》。

“Summer summer is over give me secret keep in my heart keep in my heart i won't tell you...”

贱吧，众人笑，说苏青，你怎么了？

苏青说，以后的人生，我想走谐星的路线，下面给大家带来一首《小丑》。

人事部的小姑娘走进来，也乐：“你们部门真欢乐……苏青姐，你来一下，有事找你。”

苏青扔掉扫把：“大家先干活，回来我给大家表演热舞版《男人爱漂亮，女人爱潇洒》。”

走廊上，人事部小姑娘说：“苏青姐你真厉害，到现在了，一点儿风声都不露，对同事还这么没架子。”

啊？苏青摸不到头脑：“我脸上写着失恋俩字吗？”

人事部小姑娘也蒙了：“你不是升职了吗？”

这哪儿跟哪儿啊，到会议室门口，苏青见到创意总监满脸铁青地出来，两人相互点了个头。

苏青进来，发现公司其他部门的头头都在，就她一个群众，苏青不由自主收起了表情。

苏青打小有这个毛病，一混在群众中就跟人来疯一样，特愿意培养阶级感情。

但一见到领导，就浑身不自在，那活泼的性子马上就藏了起来，太客气让人觉得拒人千里，太亲近又让人觉得自己狗腿，还是少跟他们接触为妙。

苏青坐在一堆大小上级的对面，心说是要汇报工作吗？

公司的副总问苏青：“在公司工作多久了？”

“两年多吧……”开始没过脑袋，可后来掰手一算，哟，这都马上过年了，“到今年三月就快四年了。”

“怎么来多久都不知道？”

苏青说：“可不，时间过得真快，刚来公司还见谁都叫哥、姐、老师。”

现在刚来公司的小孩管她叫姐，一问，1989年的，都结婚有老公了，自己还是个老大难。

公司一个挺照顾她的前辈大姐特关心地问："还没男朋友呢？"

"没呢，要不您给我介绍一个？"

大姐特认真地想了想："之前还有合适的，现在跟你条件差不多的，都二婚了。"

说着大家都笑了，气氛没那么严肃了，苏青肩膀就开始软了下来。

副总开始说了一堆公司现在的状况，苏青听明白了，她所在的创意部将要改组，一个做活动执行，一个管创意方案。

会议室阳光很好，晒得人懒懒的，苏青有点儿犯困，为了不让自己睡过去，她使劲注意副总身上的那件白衬衫。

以前觉得李川穿的那种白衬衫很好看，现在看，还是正装白衬衫好看，李文博穿起来就好看。

正琢磨得专心致志呢，副总突然来一句："……公司决定，活动执行组你来负责，有问题吗？"

苏青愣了："啊？"

突然明白了，这是让她升职。

这个决定真有点儿让人措手不及，下意识，苏青竟然摆摆手："不行不行，我管不了人，我只会干活。"

坐在对面的一堆头头，估计第一次看到有人升职后这反应，都偷笑，怎么还有人不愿意升职呢？

正在这时，一个男人走了进来，大家都站起来了。

苏青却还傻坐在那里，一看，这不是老跟她一起吃加班饭的会计老张吗？

"张总……"大家纷纷叫着。

苏青长大了嘴巴，老张这是要干吗，拍《康熙微服私访》吗？

晚饭，老张主动做东，在和平里一家又屌丝又装逼的黑暗料理湘菜馆，安慰惊魂未定的妇女苏青。

该店不断用大喇叭反复广播店主祖宗当时是怎么开创这个菜系的，就差没拍成一部中国版《大长今》了，听得食客们不跪拜着趴着吃，仿佛都对不起这么悠久的传统。

面汤酸骚，空气中弥漫着一种介于腥辣和腐臭之间的味道。

吃了几口，鉴定这家饭店的食材大概都取自前清，反复蒸煮已经快百年，苏青觉得吃完之后应该失望到撞死在楼梯间，反正她现在也生无可恋了。

吃到八分饱后，老张擦擦嘴直接进入主题。

老张首先絮絮叨叨地羞辱了半天苏青下午在会议室的囧样：大张着嘴巴，口水都流下来了，满脸惊讶面前的老张就是这个公司的老大，一下午都处在被僵尸咬到要变身的状态。

见这中年人说得兴高采烈的样子，苏青摇了摇头。

老张又瞪眼睛了："怎么，我说得不对？你下午可真丢人！"

"我丢人，我看是你丢人吧，挺大一个人，玩微服私访上瘾了是不，你没事装什么会计啊。"

因为有 offer 在手，苏青跟自己现任老板还有恃无恐，再加上真不想在老张面前装得跟没见过世面一样，她要为自己下午的失态找回点儿颜面。

"谁说我装了，我真是财务出身！原来我还是四大的呢！再说集团还没公布名单，我也不能见个人就说我是新的总经理，我精神病啊。"

苏青仰天，依旧一副不以为然的样子："原本以为我们是忘年交，但没想到我是你熟悉这个公司的棋子。"

"得了吧，除了见识你成天苦逼兮兮地干活的样子，我熟悉什么了，外卖单？！"

"我开始还想这人为啥老是白天见不着，是不是鬼啊，现在一想我才明白，你这家伙是怕太多人看到，被认出来吧？"

"得了吧，白天我还得收拾集团的事儿呢，哪有时间。也就只能晚上过来熟悉一下业务，你这点儿小心眼，还是留给日后的工作吧，想想你这个组今后怎么干。"

说到这儿，还真戳到苏青关心的地方了，她一脸哭丧的样子："我从小到大连个小组长都没当过，没管过人啊！而且，我也不想管人，让我干活，多给我点儿工资，我就满意到不行了。"

老张吃了几口面前的菜，有些味同嚼蜡，放下筷子，跟端详动物园的动物一样看着苏青："你这姑娘，让我说你点儿啥好呢！别人争着抢着的东西，你却赶快退到一边。别人争先恐后地往后退的时候，你倒是跟占便宜一样全揽过来。”

苏青有点儿不好意思，“我在你眼里是这种五讲四美劳动模范吗？我都不好意思了。”

老张一副没办法跟苏青沟通的模样：“这是说你笨呢，你就不能主动一点儿？”

“是我的，肯定跑不了；不是我的，我争也没用。工作跟找男人一样，强求不来。”

“可是就算那个男人是你的，你就留在原地不动，他怎么知道要不要主动走向你？”

“命会推着他走的……不跟你扯闲了，老张……跟你说句实话，我不想让别人觉得，我是你拔苗助长提拔的。本来我能力就不强，心里没底。要是真出了乱子，别人肯定得算到你头上，我的世界观不允许这样的事儿发生。”

老张嫌弃的表情又浮现上来了：“你以为是我跟他们说，‘把那个苏青提拔起来’的？笑话！公司又不是我家的，我想提拔谁就提拔谁啊？你都在公司做了四年了，能力怎么样，大家有口皆碑。是开会的时候有人提议，说活动执行这块儿，有个人还挺合适的。我一看，这不就是你吗？别人我不熟，但这人我知道啊，不提拔你提拔谁啊。所以啊，你也别感谢我，你这算是瞎猫碰到死耗子，运来了，谁都挡不住。”

说着说着，老张突然停住了：“你这么一门心思地不想升职呢，说实话，你是不是找到下家要跳槽啊？”

一下子说中了苏青的心思，Rose 公司给的薪水、福利和环境都相当令人满意，入职半年后，还能去美国总部培训三个月，虽然不是 4A，但在业界口碑相当良好，弄得苏青心痒痒的。

而在这儿呢，在这种大型民营广告公司混成一个不上不下的小头头，将来再找工作，高不成低不就的，她都快三十了，应该开点儿眼界了。

但这一切怎么跟老张说呢？

老张虽然否认是他提拔苏青的，可是就算是有好心人把她的简历递上去了，那好心人也是看老张颜色行事的。

而且这阵子天天跟他吃加班饭，公司不是没人知道，只是苏青傻，最后一个才知道。

大家大概都把苏青当成新来的老总的人了，哎哟，这可难办了。

苏青试图用傻乐掩饰一切："哪有，我就是懒。"

演技之拙劣，人神共愤。

人精老张哪能看不穿，但也没说什么，默默地喊服务员埋单，突然问了她一句："人事部跟你谈升职后薪水和福利没有？"

苏青摇头说没呢，不过心里也想，在这儿干四年了，升职能涨多少薪水，自己都有数，那么一点儿，有什么可谈的。

老张"哦"了一下，两人就此分别。

出了饭馆的门，苏青觉得今天这饭，自己吃得有点儿给脸不要脸。让你升职都不干，还想干什么，于是就觍着脸略带讨好性质地冲老张撒娇："你不送我回去啊？"

老张没好气："自己打车！"

5

过了几日，苏青才意识到老张为何要问人事部是否跟她谈过薪水问题了。

人事部的大姐特地跟苏青一条一条地说升职后的待遇，这样那样的，苏青以一副见多识广了然于心的样子说我明白了。

从人事部出来之后，到了没人的角落，苏青才敢猛拍大腿一副雀跃的样子。

MD，这薪水几倍几倍地翻，年终有大额奖金，每个项目她还有百分之几的抽成，太让人心旷神怡了。

苏青掰手指头算了一下，买房子仍是不可能，但明年是不是也能买辆小车开开了？

但 Rose 那边毕竟跟国际接轨，去镀层金的诱惑还是太大了。

而且当时求着 Rose，好不容易得来的机会，现在给推了，是不是有点儿驳刘恋的面子？

有点儿拿不定主意，于是给刘恋打了个电话，刘恋那边不知道正干吗呢，一直占线中。

苏青回到办公室，发现下班时间，还跟早市一样，人来人往的。

苏青纳闷："活儿也没那么多啊，你们怎么还不下班呢？"

一向加班就走的小姑娘过来拍她肩膀："苏青姐，你加班饭一般都吃什么啊？"

"就是楼下送外卖的米线啊炒饭啊什么的，要电话吗？我给你单子。"

一堆人聚在一起开始窸窸窣窣地看菜单。

坐在椅子上，苏青才意识到，这帮人敢情想复制加班时碰到老总，一起吃加班饭的经历呢。

她升职的消息，一下子就传开了，大家最近对苏青这个大姐那是相当照顾。

前几天苏青闲得蛋疼要帮他们弄的那点儿活儿，这几个小孩跟商量好一样赶紧重新接过来哭着喊着要自己弄。

每天午饭时原本形单影只，现在一堆人围过来，晚上还有姑娘约苏青一起逛街看电影。

苏青为了表示客气，稍微夸奖一下姑娘妆化得好，过几天就有姑娘递过来个口红，给她钱，她还不要，说没几个钱，要是非想还，那就请吃顿饭吧。

结果又凑了一个局，单也有人悄悄地埋了，跟雷锋似的。

切，这帮见风使舵的小蹄子。

苏青惬意地伸了伸懒腰，倒也心安理得。

在办公室当了那么多年大姐，替他们挡风挡雨，迟到早退请假还帮他们掩饰，这一切倒也显得有些理所当然。

债放出去不少日子了，到了吃利息的时候了。

刘恋的电话这时候打过来，问苏青什么事。

"没啥事，我就是听说一个叫苏青的女人，因为她的朋友重色轻友，不理她，快要上吊了，你快请她吃顿好的。"

刘恋笑骂道："你赶紧死，我眼都不眨。"

苏青和刘恋在电话里碎碎念了一些八卦，各自生活里发生了什么好玩的事儿，约定好什么时候吃饭，电话也就挂了。

挂掉电话，苏青才想起没跟她说起公司要给她升职的事儿，本来要拨回去，想想又算了。

不能再像以前那样，什么事儿都让刘恋出主意了，她也该试着为自己的人生做一次选择题了。

刘恋要结婚了，婚后，最重要的是老公，而不是她这个姐妹。

以防自己到时接受不了，还是现在慢慢地给自己打预防针吧。

这世间的一切相遇，都是缘分。是缘分，就会断的。

苏青想，即便是刘恋，也不例外。

她虽然珍惜，但也得接受，她抗不过命，也从未试图要抗。

那么现在，到底是要在愉悦的老环境中，在老张的庇护下，当个小头头呼风唤雨。

还是在一个看似很高端的新环境里去镀金，孤立无援地等着下一个奇迹发生?

苏青思考了三秒钟，毅然选择前者。

她骂自己没出息，也许后者才是职业发展道路上正确的选择，但是苦了这么多年，还要继续拼下去吗?

这次升职太意外了，苏青准备先抓住。

因为她知道，都市里这种传奇已经越来越少了。

当女强人，还是等着来世吧，她更愿意当只坐在井底的幸福的蛙。

想到这里，苏青拨通了 Rose 的电话，在电话没接通的几秒内，苏青在想更好的说辞能礼貌地拒绝 Rose 的这份 offer。

正想着，夜深了，落地窗变成了一面镜子，映出了苏青的脸。

嘿，还是挺好看的。

挂掉电话，苏青对着落地窗弄了弄自己毛茸茸的短发，忽然问一个女同事，“你上回说那个剪头发挺好的地儿在哪儿?”

女同事娇滴滴地说：“下班后我带苏青姐去吧，我这里有会员卡，能打折呢。”

哎哟，这新生活如沐春风的，苏青还真有点儿不适应。

第十四章

京津高速上，有永远的我爱你和一生的来不及

1

作为“不开手机地图没办法出门”星球上的老公主，苏青拎着从杂货店买来的 LV 编织袋，在鼓楼那边的胡同迷失了方向，最终还是给冰冰打了电话。

周末，鼓楼熙熙攘攘，苏青出神地望着鼓楼。

老北京们都说，鼓楼也是个挺邪的地方，现在鼓楼的大钟不响了，当年敲的时候，尾音里总是带着隐隐的“邪，邪，邪”的声音。

如果身边有老人，他们就该说了：这铸钟娘娘又在找她的鞋了。

说是当年铸钟，怎么都不能成形，天亮就是期限了，大家完成不了都得杀头。

夜里，工匠头头的小女儿来送饭，听说这事儿，啥都没说，一头钻进化钟炉。

工匠头一把只抓住了女儿的绣花鞋，转眼一看，铜水变了颜色。

众人懂了，抓紧时间连夜铸成了大钟。

唉，这故事是不是模仿干将莫邪啊，古时候人说铸剑铸钟，都得跳进去个活人才能弄出个好东西。

哎哟，冰冰还真会搬家搬地方，搬到这么邪气的地方，半夜方怡然上厕所不会害怕吗？

正发呆呢，一双手用力地拍了一下苏青。

苏青转头一看，李文博骑了一辆特别娘炮的轻型摩托车看着她。

那句“好久不见”刚飘到唇边没吐出来呢，李文博一句：“美女，去哪儿啊，需要搭车吗？”

苏青特别配合：“到前面的胡同多少钱啊？”

李文博歪了个头叼根烟：“你长这么好看，不用给钱，亲我一下就行。”

哟，玩激将法：“你敢被亲，我就亲。”

李文博嬉皮笑脸地把脸侧过来，苏青心说哪只手扇巴掌力气比较大？左手吧。

左手刚要甩出去，旁边一个遛狗的大爷指着李文博骂：“大白天的，你欺负小姑娘呢！你再这样我就叫人了。”

玩大了。

苏青连忙安抚：“大爷，我们认识，闹着玩呢。”

李文博倒是处事不惊：“大爷，这是我女朋友。”

老头还是批评他俩：“这是要流氓知道吗？关门在家怎么亲都行，以后可不能在大街上这样！”

李文博特别乖：“大爷，您说得对，我们回家亲。媳妇儿，走着，咱回家亲嘴去！”

老头嘟嘟囔囔就走了，苏青把袋子塞到摩托车前面，坐到后面。

车开动了，苏青开始教训他：“有意思吗？调戏我这样的落难妇女。”

李文博伸手弹了弹烟灰，一只手开着摩托车，“特别有意思，人生最大快事。”

苏青使劲拍他后背，“你就贱吧，我告诉你，都会有报应的！”

“小心点儿，我开车呢。车毁人亡，人家会怎么想咱俩，你想让那大爷指着地上咱俩的尸体说，这小两口……啧啧，我的一世英名……”

"滚蛋，你这大衰嘴！要毁也是你一个人，我还等着幸福来敲门呢。"

斗嘴，让多日不见的两人之间的尴尬气息一扫而光。

李文博左拐右拐骑了一阵子，冷不丁地说："你最近是不是挺忙啊？"

"我现在也忙得跟条看家狗一样。"

苏青升职的信息正式宣布了，裁人，招新人，面试时发现不少学历和条件特别好的，让她又莫名其妙地自惭形秽了。

忙了一天回到家，情绪亢奋到无法睡觉，每天喝完一罐啤酒之后才能有睡意。

不过，工作有多忙，感情就有多贫瘠。

晚上睡觉，苏青特意把床上的右边空出来，仿佛有人在身边一样。

然而找她的只有鬼压床，冥冥之中，说不清面孔的人晃悠，说不动，讲不开。

寂寞太久了，李川的面孔都懒得想了，心底的影子像个无解的方程式。

世界上人这么多，连个投射的对象都没有。

苏青甚至在犹豫，要不要去迷一个韩国男明星，以此来填补情感生活。

胡同的街道有点儿颠簸，颠得苏青不得不搂紧李文博的腰。

再一颠，她连忙把头靠在李文博的肩膀上，原本只是靠一下，但苏青停住不动了。

李文博觉得有点儿异样，稍微偏了一下头："不舒服？"

"累，今天都不想过来了。"

心底响起的却是冷门电影《北京乐与路》的插曲，吴彦祖跟唱摇滚的耿乐、舒淇他们认识了，吃完饭，骑着自行车经过华表旁。

前一晚加班了整晚，但今天实在不敢扫兴，睡了两小时后还是爬了起来，毕竟难得还有人能想起自己呢，苏青这样想。

李文博也不说话，把摩托车开到一个独门独户的小院门前。

下车时，苏青还要帮着拿那装满东西的LV编织袋，李文博一胳膊把她拨到一边，一手推着车，一手推开虚掩的门。

小小的院子，竟然还有棵树，树旁边铺着一堆防潮板，看样子过阵子要把小院的地给铺上。

胖子扶着梯子，冰冰站在梯子上，仔细在屋顶盖很厚的塑料布，应该是防水用的。

胖子跟指挥官一样，往上提着塑料布，嘴里还老嫌冰冰不麻利。

那场面，特别基情。

进到屋里，左手边是个还挺干净的小厨房。

一进屋，方怡然就扑上来，大叫“苏青姐我想死你了”，却想到锅还架在火上呢，连忙说“你随便坐”，便又扑到厨房去。

往右边走，则是一个方方正正的房间，书架靠着床，上面吊着一个宜家的大纸灯，另一边是沙发，墙上也钉着整齐的隔板，上面摆满了酒瓶。

靠窗户的位置，桌面也被钉在墙上，窗台上摆着一堆绿色植物。

不太像家，倒有点儿像个咖啡馆，地上铺着厚厚的地毯，一进屋，就感觉温暖扑面而来。

苏青一看，两台电暖气都开着呢。

厨房那边，方怡然被油溅到了，苏青连忙要帮忙，被方怡然推了过去，说：“你别动，待在那里就行了。”

方怡然说冰冰原来的房东涨价了，正巧他电影学院的同学做咖啡馆的，把这小房子收拾得特别好，他准备跟老婆一起去大理开咖啡馆，这房子就两千五转租给冰冰了。

她美滋滋地说，多合适啊。

苏青歪着头看方怡然笨拙地做菜。

爱情，终究会让一个人心甘情愿地把任何地方变成宫殿。

这宫殿不会有什么出奇之处，只因为有她爱的男人。

有他在，陋室也会富丽堂皇到不行。

因为，心安才是最大的幸福。

百无聊赖，苏青从书架上随手拿了一本书，看了一会儿。

也许是这小窝布置得太温馨了，也许也是太累，她不知不觉就睡着了。

睡得不踏实，老感觉床上的吊灯上趴着一个小孩，苏青怕小孩掉下来，想叫其他人，却没力气。

这时却隐约听见李文博跟众人解释：“让她睡会儿，两只眼睛都熬红了。”

于是这才不管不顾地睡了起来。

被众人小声说话的声音吵醒，看表，才睡了一小时。

方怡然正制止胖子抽烟呢，胖子不耐烦，李文博劝他去厨房抽，方怡然嫌弃地捂住鼻子。

见苏青醒来，方怡然拍手，大叫开饭开饭。

苏青觉得这一觉睡得有点儿丢人，赶紧去厨房帮忙，见方怡然把菜放进盆里。

她赶紧找出她带来的LV编织袋，掏出一大堆盘盘碗碗。

方怡然赞："还是姐你想得最周到，胖子送了一大捧花，不能吃，不能用，只能摆着。"

胖子在屋里不乐意了："你刚才不还跳脚说喜欢嘛，这花，花了我五百多呢，还是我一早去官园花鸟鱼虫市场买的，容易嘛我！"

方怡然把一盘排骨放在离胖子近的地方："送花大使，你最好了。给你吃大肉肉，我都好久没收到花了。等冰冰抛弃我了，我跟你好。"

说完，还拿眼睛瞥了一下冰冰。

冰冰假装看不见，开始铺桌布。

李文博和苏青都看到了，相视一笑。

这小两口，日子真算是过起来了。

两个宜家三十九元的小茶几拼在一起，满满当当一桌菜。

大家都饿了，吃了两分钟才开始说话。

这个小团体好久都没聚了，大家絮絮叨叨地开始说着各自的生活。

方怡然这个时候才想起举起杯子："谢谢大家来我们的新家，干一杯吧。对了，还要恭喜苏青姐职场得意！下次记得请吃饭啊。"

"啊，升职了，怎么不告诉我们啊？"

苏青傻乐，说："公司现在没人，只好矬子里拔大个儿了。"

方怡然才不信："得了吧，同事都告诉我了，新来的老总特别器重你，再说了，就你这能力，你这打成一片的性格，不提拔你提拔谁啊。"

苏青翻白眼："什么同事，那是以前同事。你一声不响就从公司消失了，眼线倒是还留着呢。"

方怡然摸摸头，不好意思地笑："那工作太累心了，我先休息一段时间再回去做你的左膀右臂啊姐。"

"那我还不要你呢，少回来给我添乱。"

胖子高喊请客啊请客，苏青却见李文博不说话，脸色有点儿不对劲。

苏青碰了碰李文博的胳膊："哎。"

李文博看了她一眼，继续吃饭。

"生气了？怎么跟小姑娘似的？"

"这么大的事儿，你也该说一声。"

"我不是没时间嘛，内分泌都失调了！"

"是，忙着约会吧。"

冰冰清了清嗓子："能不搞小团体嘛，别你俩老偷偷说。"

方怡然耳朵尖："姐，你约会？有男朋友了？"

这么多张嘴，苏青都不知道先回答哪一个："我要有男朋友，就不用头疼过几天年会带家属的问题了。"

老张特意交代过苏青，没有男朋友，就从大道上随便拉一个来，输人不输阵。

苏青刚要哭诉自己单身，老张说你成天把心思用在找男人身上，怎么可能没有备选呢，趁着机会，找个最喜欢的，年会完毕直接开房，把生米煮成熟饭。

胖子把脸凑过来："家属参加抽奖吗？"

苏青苦着脸："都有份儿，不带家属就得表演《江南 style》啊，好歹是个广告公司，多没创意啊，我肢体不协调成这样，真心丢不起那人。"

胖子说："那我就勉为其难地借你用一下，抽到的奖品都归我家小天。"

苏青摇摇头："我怕小天挠破我的脸……"

方怡然冒出一句："这不有个现成的吗？"

大家把目光都集中在李文博身上。

苏青和李文博两人倒挺默契，"他有女朋友""她有男朋友"，异口同声。

冰冰放下筷子，"你俩这是怎么回事？心有灵犀成这样了都？"

苏青和李文博倒是没管众人，两人先戗戗起来了："跟你看电影的那个小白脸呢？瞧你俩那浓情蜜意的，啧啧……"

"人家有女朋友，我们就是朋友，你还说我，你跟那个短发的美女呢？你还掐她脸呢，普通朋友能这样吗？"

李文博急了："那是我妹。"

苏青是老歌歌后，开始唱起孟庭苇的《你究竟有几个好妹妹》，李文博见她不信："真是亲妹，我小时候还给她换过尿布呢，不信你问胖子！"

胖子正在死磕面前的红烧排骨，满嘴是饭："苏青，这你还真别误会，真是亲妹，他姑姑家的。小时候天天跟在我和小博后面，她在美国读书好几年了，这次回来办移民手续。别说李文博了，连我都把她当亲妹，上次我家小天见着都没吃我醋，你吃她什么醋啊。"

这事压在李文博和苏青心里挺久了，说开了，虽然有点儿尴尬，但苏青还挺高兴的："真是亲妹啊，哈哈哈哈哈。"

笑声挺大，尴尬就在她头顶盘旋着，她却浑然不觉，反而觉得自己演技挺好。

其他三人见她这模样，相互看看，一阵坏笑。

李文博也被这三人笑得有点儿尴尬："笑什么！"

三人继续笑。

苏青连忙把话题扯开："对了，小天呢？你俩不是连体婴儿吗？"

"她今天有事儿，来不了。"

苏青掰着手指头算："我这可有阵子没见小天了，你俩怎么样了？"

胖子把胸脯拍得狠狠的："毛主席说过，不以结婚为目的的恋爱都是耍流氓，我争取早日脱离这流氓身份。"

说完，还拍拍冰冰肩膀，想想，又拍李文博肩膀，李文博怪叫："你拍我干什么！"

"你也加油啊！"胖子说完，还朝苏青眨眨眼睛。

李文博冷笑："每次谈恋爱，都比女人还着急结婚。吃了那么多次亏，还不记着。这毛病我看你是改不了了。"

苏青假装看不见这调笑，对方怡然说："你俩这都住在一起了，别嫌我唠叨，可做好保护措施啊，我看方怡然这身肉，也是易孕体质……"

冰冰放下筷子，捂住脸，发出害羞少女的声音："苏青姐，你说什么呢，我都不好意思了。"

"尤其是你，作为男人，可别为了省事，让方怡然吃毓婷什么的，那玩意儿对女人身体可不好。"

胖子也听不下去了："你一个女孩家家的，说什么呢。"

“你也要注意。”

胖子怪叫一声，开始拿可乐瓶砸自己的头。

李文博蹦出来：“是啊胖子，你跟小天在一起后，明显瘦了。”说完还给他夹了一筷子菜，“多吃点儿，没有耕坏的地，只有累死的牛，你这头牛得多吃点儿养养精力。”

胖子急了：“我这体力，如日中天！”

苏青也笑了：“哟，这词儿好，如日……中……天，小天的天。”

胖子被说得脸都红了，方怡然也笑。

“今天的话题底线可真低啊，看来得来点儿正能量。反正大家都在，都不是外人，我呢，也顺便跟大家宣布一个好消息。”

冰冰也惊讶：“咱俩除了搬新家，还能有啥事儿？你爸跟你和好了？”

方怡然甜甜一笑：“前阵子太忙了，我也是刚知道，我，怀孕了。”

2

沉默像是方怡然做的这桌子菜。

几日不见，一个大大咧咧的富二代姑娘，就变成了一个在厨房忙活一会儿就端出一桌子菜的小妇人。

虽然厨艺有些许进步，可依旧需要用饭顺下去，总感觉这桌子菜吃不完。

正如现在漫长的沉默，绵延得有些可怕。

胖子没拿稳筷子，掉在了盘子上，“当”一声。

在场的三个男人跟产房外不知道生出的孩子是谁的一样，表情倒是和谐统一。

方怡然还是甜甜地朝着大家笑，笑得跟无邪的玉女一样。

苏青懂。

非婚范围内，女友怀孕，对于男人来讲，这事儿介于悲与喜之间。

这种感觉最难过，感情上他应该高兴，然而理性上，眼前却似乎晃悠着未出生孩子诡异的笑脸，仿佛在问，之后的日子该怎么办。

最怕尴尬气氛的苏青试图调节一下目前的僵局，她心里酝酿了一下，告诉自己，想点儿难受的事情。

嗯？千里迢迢去给时一鸣送花，最后遇到别的女生？这事儿不难过啊？之前白凯南说她只是个好朋友？

……

算了，人生哪有那么多惨事，但她知道，如果没人接这茬儿，这一日也许会成为方怡然的惨事。

苏青决定再次施展自己拙劣的演技，为了妹妹，她拼了。

如果有个镜头记录这一切，就会看到苏青兴奋地红着脸，泪盈于睫，嘴里却骂道："你个贱人！你竟然比我先生孩子！你怎么这么幸运！"

说完她紧紧拥抱方怡然，一副不知其他人尴尬的样子。

苏青这一闹，胖子和李文博也意识到该把这个场子的尴尬气氛尽量疏散，两个人不停地捶着冰冰："行啊你小子，以为你不行呢，没想到这么早就当爹了。"

冰冰也乐了："靠，老子当爹了，你们这些做大爷大姑的，都给我准备好份子钱。"

不是发自心底的喜悦，总是难以延续，冰冰终于忍不住问方怡然："怎么事先不告诉我啊？"

"我也是上周去医院帮你跑报销的事儿时，老是觉得恶心，就去查了一下，结果发现自己怀孕了，怎么，你不高兴？"

"哪有，我太高兴了！"

李文博看看苏青，苏青知道李文博担心什么，也赶紧把控一下聊天的方向，朝着皆大欢喜的角度："这么大的事情你应该提前跟姐说啊，你都有了，还在厨房做什么菜啊。"

"哎，我不是想给大家一个惊喜嘛。"

李文博这时候提了一嘴："大家都别忙着高兴，先帮他俩想想该注意点儿什么。"

胖子突然问："那你俩什么时候结婚啊？"

李文博和苏青眼神瞪他，真没眼力见儿。

胖子还不乐意："瞪我干吗，有孩子了那就应该结婚啊。"

胖子说得真没错，一下子还真把大家问住了，非婚生子这事儿，在中国一点儿也不电影。

是啊，什么时候结婚。

冰冰搂住方怡然："咱们现在这条件，结婚要孩子是不是不太现实？"

方怡然依然很甜美，仿佛没什么情绪："有什么不现实的，有两双手赚钱，还养不活一个孩子？人家农民怎么一个接一个生呢？"

"我是想经济稳定了，咱们先买个大房子，这样你爸也同意你嫁给我呢。"

"哟，昨天你不是还说要不然咱俩就在这儿结婚算了，还跟我畅想美好未来呢，一动真格的就改口了？买房子，我们家缺房子吗？我名下好几套房子呢，你还想买多好的房子？"

房子是冰冰的软肋，戳一下，还真是疼："咱能别提房子吗，说咱俩的事儿呢，你又摆出富家小姐的范儿。"

"是你提的房子，房子问题我能解决，那你还犹豫什么？我看你是不想结。"

"我一个大男人，现在这条件，只能让你陪我一起住四合院！我养你都费劲，怎么养孩子，到时候向家里要钱？你爸还能认我这个女婿吗？"

"现在说的是咱俩的问题，别扯家里，你说现在怎么办，这孩子要还是不要？"

"我没说不要！"

两个人的话题永远是你来我往，方怡然攻，冰冰躲闪，死守。

剩下三人开始还想当和事佬，发现帮不上忙，眼看着两人都快吵起来了。

不告诉冰冰怀孕，突然宣布，方怡然也斟酌了很久。

她了解冰冰有点儿面，方怡然原本希望三个最好朋友都在的情况下，能压一压冰冰。

没想到冰冰软硬不吃，这一剂猛药太猛了，不是她想要的效果，她站起来。

"今天就先这样吧，我和冰冰意见不合，大家也左右为难，我们都先冷静一下，今天就不留大家了。"

苏青还想安慰一下方怡然，见这丫头眼神坚决，李文博也拉了拉苏青的衣角。

主人逐客，三个人只好先走了。

苏青不放心，站在门口停了一下，见里面没动静，心稍微安了一下。

从胡同走到路边，半天打不到车，胖子懊恼："以为今天能喝点儿呢，我都没开车。”

好不容易拦了一辆，大家相互让车，后来李文博急了：“干脆找个地儿坐会儿算了，苏青你不是要参加年会嘛，咱们去买件衣服。”

胖子调笑：“那你参不参加年会？”

李文博把他塞进车，“我一堆西服呢，有什么可买？”

前座上的胖子不停地絮叨刚才结婚生孩子这事儿，他埋怨冰冰：“换成是我，有什么，直接第二天一早领证去。”

李文博坐在后面：“你家大业大的，跟冰冰不一样。”

苏青看他：“那不结婚了？孩子怎么办？打掉？”

李文博笑：“瞧你吹胡子瞪眼的样儿，咱俩能别吵吗？指不定日后还有什么事儿呢，咱们先吵起来，将来怎么帮啊。”

苏青想想也是这个理儿，倒也没说什么。

胖子好奇苏青升职后的待遇什么的，苏青就一条条跟大家说。

也跟大家说放弃 Rose 那 offer 的事儿，李文博一直听，说苏青做得对。

3

就这么一路聊到新光天地，苏青在一楼逛得直吸冷气。

胖子拿了几件说不是挺好吗，苏青只拉着他俩往外走。

李文博笑她财迷，工资都这么高了，买礼服也不能去优衣库啊。

苏青说赚多少钱也不能在这儿买衣服啊，她指着前面挽着中年男人的美女说：“能在这儿心安理得买衣服的，都得像这样找个干爹才行。”

李文博笑说：“那你找个啊。”

“那我得攒钱先去韩国整整容，做个拉皮……”

话说到一半，苏青不说话了，李文博顺着她的目光，也不说话了。

再看胖子，面无表情，愣在那里，更显得那边拎着香奈儿购物袋的小天，对身边疑似干爹状的中年男人的亲昵状，越发活色生香。

胖子要走过去，李文博连忙把他扯到菲拉格慕的店里：“你干吗？”

胖子直愣愣的：“我去打个招呼啊。”

苏青也说：“胖子你别这样。”

好说歹说，见小天和中年男人没了踪影，两人这才松开胖子。

这下子，胖子一句话没说，他也不知道干吗，满脸的失魂落魄。

李文博揽住胖子的肩膀："走，别买衣服了，咱们去喝酒。"

酒吧里还没几个人。

酒保认出胖子了，问都没问就把上次存的酒拿了出来。

胖子坐下就打电话给小天，小天半天都没接。

李文博安慰他："这样的女的满大街都是，别为她伤心。"

苏青尽量往好的地方想："也许那不是小天呢，现在的美女不都穿了一身会得关节炎的衣服，脸也差不多……"然而说到这儿，想起上回在三里屯碰见小天跟那个外国男人挺亲密的样子，这事儿她还守口如瓶呢，联想到刚刚一幕，她还真不敢再往下想。

胖子叹气："你别安慰我了……她不就喜欢一个包吗？我认了。"

李文博戏谑："你爱她长得好看，就应该知道长得这么妖的女人常在河边走，难免不湿鞋。你又不是玩儿不起，这样的女的，三个月一个包嘛。"

苏青不太适应李文博这么物化女人，李文博用眼神安慰她别说话。

胖子低下头，特委屈："我没想玩，我是想把她娶回家当老婆。"

李文博看了一眼苏青，似乎在捋要说的话，掂量来掂量去，终于说出来："胖子，咱们从小玩到大，从初中开始，你就泡姑娘，哪次都是从漫不经心开始，最后都上心了，把自己搞得遍体鳞伤。多不靠谱的女生，最后你都爱得死去活来的。以前你是胖，现在你瘦得多精神，什么样的女人你找不着，非得找这样的。你要真想娶一姑娘回家当老婆，那咱们就好好找，你要娶这样的，你还不如去长虹桥娶个鸡，丫们还有职业道德呢。"

胖子把酒杯"咣当"一声扔在桌子上："你以为谁都跟你一样，谈恋爱不走心呢。"

苏青赶紧站着拦住胖子，看着李文博："你爱过吗？你相信命中注定啊？你不懂，你就别瞎说，你就算找个女的，也是为了传宗接代，跟爱没关系。胖子爱就爱了，管他干什么呢。胖子，咱们都别在这儿生闷气，你明天就去找小天当面谈谈，问清怎么回事，成就好好处，不成咱们就分，干干脆脆的。而且，胖子，我觉得你挺勇敢的，爱就是爱，不问对错，不分输赢，你是个爷们儿。"

胖子揽住苏青："你懂我。"

苏青跟哄小孩一样安慰胖子："咱俩都一国的，你要不跟小天好，就等等我，我整完容，你要是觉得还成，咱俩一起过。"

李文博气得眼睛和鼻子都歪了："干吗呢，显得我里外不是人了，你要真这么爷们儿，明天就娶回家供着啊！"

胖子也倔倔的："MD，明天我就娶她，我现在就回家拿户口本去。"

胖子直接走了，这场安慰大会，不欢而散。

李文博不在乎地埋单："没事，他就这脾气，过几天就想明白了……走，陪你买衣服去。"

"饶了我吧，这一天光看到吵架了，哪有心情买衣服啊，都累死了。咱回家吧，要不然等会咱俩也该吵起来了。"

昨夜加班，都没好好睡，苏青一到家就飞到床上，睡到天昏地暗时李文博的电话把她叫醒了。

"干吗呢？"

"睡觉呢，你非这时候打进来，怎么了？"

苏青揉揉眼睛，还以为早上了呢，一看表，才半夜十二点。

今儿这一天过的，把她一周的量都用光了。

她手拿着电话，惬意地在床上滚来滚去。

"没事，我就是睡不着，想跟你聊聊，要不你先睡吧。"

"我睡醒了，现在命可贱了，不管多累，睡一个半小时保准醒，一晚上不睡都行。"

"真好，我现在天天失眠。"

苏青笑了，这家伙，有什么可操心的，"你失眠个毛啊，你生活里有什么可失眠的啊？"

"我翻来覆去想，今天我说胖子的话是不是重了？"

"是有点儿过分，你那么埋汰小天，不是打胖子的脸嘛。"

"你是不知道，胖子的前几个女朋友也是这样，一水儿的朝阳V姐的打扮，妖得很。最后都从胖子这里发家致富了，你别看胖子平时一副花花公子的样子，其实是个大痴情种。"

"那你可得跟胖子学学，痴情的男人，现在跟大熊猫一样快灭绝了。"

电话里一阵沉默，苏青以为那边挂断了，不停地喂喂喂。

李文博说这边听着呢：“别说这个了，你年会穿啥衣服啊？”

苏青想了想，起身在衣柜里翻了翻，拿出刘恋送她的那件小黑裙，“我这儿还真有一件能拿得出手的。”

李文博不放心她的穿衣品位，让她穿上看看。

苏青嘴上说这大爷真难伺候，凭什么给你看，但还真听话地穿上，开了微信的视频聊天，把手机摆在椅子上，站远一点儿。

李文博呆呆地在视频里看，说还行：“不过能不能换个内衣啊，内衣带子都露出来了。”

“色狼。”

又沉默了一会儿，苏青发现这么长时间，与李文博，已经脱离了害怕沉默的阶段了，就这么相互晾着，想说就说。

那边，李文博问了：“年会哪天啊？”

“这周五……”

李文博“哦”了一声，也没说什么多余的，就说你睡吧，电话就挂了。

什么啊，大半夜把人叫起来，又没头没尾地挂电话！

苏青把电话挂掉后，睡不着了，翻出手机，玩了一会儿《保卫萝卜》，一条微信蹦出来，李文博直愣愣的声音，闷声闷气的：“把你那个裙子拍张照片给我，我看我哪件衣服配它。我是以服装品位著称的，不能丢人。”

切，直接说陪我一起去年会得了。

苏青拍完照片，把手机扔在床上，对着镜子看了看自己。

与刘恋刚送自己这条裙子时比，苏青瘦多了。

瘦都是因为工作操心，她不善于管人，可也渐渐学着板着脸给偷懒的同事看。

生活渐渐有奔头了，工作上略有起色，也有可以说说知心话的朋友，虽然感情依然是一片荒芜，不过不是一直孤单吗？已经是常态了，还在怕什么呢？

何况，无论如何，还有李文博这样可以冒充家属的朋友。

穿着这条裙子，苏青又在床上打了个滚，心中竟然有一种莫名其妙的兴奋感。

李文博打扮起来还挺人模狗样的，挎着他出席年会，还真挺有面子。

年会日益临近，公司也没啥事儿了，大家都忙着排练节目。

苏青刚升职，又是公司新老大钦点的，因此排练总指挥这活儿，就理所当然落在了她身上。

她找场地，大小部门的彩排要关照得事无巨细，还要控制好预算，忙得不亦乐乎。

这些都做完，还得动点儿手腕，假装独家消息一样散布各种夸大其词："听说公关部的人去东方歌舞团找的老师排练""策划组的那帮老爷们儿穿芭蕾裙跳四小天鹅，那腋毛哇，真是吓死人了""你们这点儿露腿的旗袍算什么，人家《金瓶梅》版的《甄嬛传》都排练了，那戏服听说是从横店剧组空运过来的"……

各部门负责排练的人听到后，表情大致分为以下几种：A. 真的？他们太不要脸了吧。B. 敢跟我们抢风头？找死啊！ C. 他们加节目，我们要弄更大的。

苏青终于知道为何有的领导喜欢坐山观虎斗，皇上对后宫很多事都睁一只眼闭一只眼，竞争力都是从这里创造出来的。

看了三个部门的节目表中都掺和了《江南 style》，苏青十分头疼。

这时，她接到了胖子的电话。

胖子也没客气："有时间吗？"

苏青都快哭了："大哥，我以缺钱缺时间缺男人闻名于世，你明知故问嘛。"

"不会连午饭时间都没有吧，你就行行好，给我两小时。"

"到底啥事啊？我出场费一小时十块呢。"

"陪我买钻戒，我准备求婚。"

苏青想，今年冬天是怎么了，求婚的人跟韭菜一样，割了一茬又一茬。

中午在一家高档商场，苏青和胖子跟小学生一样头靠在一起，聚精会神地看钻戒，两个人眼光却并不一样。

胖子觉得看哪个都差不多，就是石头有大有小呗。

苏青虽然眼晕价签上那缠绵不绝的零，但依然看得如痴如醉。

胖子看不懂苏青的表情："有这么好看吗？跟傻了一样。"

"唉，弄得我都想结婚了。"

“你说是不是石头越大越好，这样也能震一下小天。”

“你问我意见干吗啊，我是个失败的范本，我觉得你应该问问李文博。”

“哎，我俩都抹不开面子，这几天他对我客气得都恶心。我觉得挑钻戒这个事儿，还得女生给建议，我身边的人就你最靠谱了，你实在，考虑得又全面。”

苏青乐了：“真会给我灌迷药，我自己都搞不明白，还给你建议，真相信我？”

胖子猛点头。

苏青看了一圈，就挑了一个一克拉的，嘱咐店员：“就这么大，不要这么花哨的，白金圈，越简单越好，克拉可以稍微大一点儿，但别太大。”

几个店员忙乎了半天，找了一枚戒指，苏青对比一下，觉得还不错。

胖子已然蒙了，“你也太会给我省钱了吧？”

苏青摇摇头：“你不懂了吧，钻石是本世纪最大的谎言，不值那么多钱。你弄个麻将牌那么大的，她也不好意思收，平时也戴不了。戴个小点儿的，意思意思就得了。你要真心疼小天，婚礼上弄个大的，求婚才几个人看到？婚礼上拿出来才有面子呢。”

胖子猛点头，就这个，店员问胖子要几号的，他竖起小拇指：“我女朋友手指就这么粗。”

尺寸试好，刷卡付账。

见苏青笑看他，胖子也笑：“哥刷卡结账时特别帅吧。”

“我觉得买钻戒的男人最帅。”

“苏青，你怎么也不劝我再好好想想啊，李文博现在还觉得我疯了呢。”

“胖子……”苏青突然有种同是天涯沦落人的感觉，其实她何尝不想劝胖子，别为了一个找干爹的朝阳V姐付出真感情，可是看到胖子那张为了爱情容光焕发的脸，她又止住了。

青春就这么短，短得也许来不及认识上天安排我们共度一生的那个人。

也许原本他就在那辆地铁上，可是你没赶上；也许他就住你家对面，可是那个原本相遇的早晨你突然睡过了头；本来你俩应该在输液室因为坐得近，无聊便认识了，但那次感冒你还是吃几片药在家挺着；也许空姐不小心把果汁洒了他一身，你会递出纸巾，然后你们留下了号码，但旁边有个女人伸手比你快……

在他走向你的路上，遇到一个又一个障碍，你等啊等啊，就会纳闷：他是死了吗，还是迷路了，还是走的弯路太多最后变弯了？

人生苦短，青春散尽，在还残留青春一点儿尾巴的时候，遇到个可以疯狂的人，又何必假装专栏作家，让理智陪你到孤独终老，最终不得不认命呢？

苏青像是说给胖子，也像是说给自己："爱就爱了，疯就疯了，被伤害就被伤害了，被辜负就被辜负了，人生让人懂事的机会太多了，终于遇到一个可以犯傻的机会，咱可别错过。"

胖子兴奋得鼻头都红了："小天现在在天津呢，你说我怎么求婚啊？"

经历过刘恋的求婚后，苏青知道，这一切，只是表面虚伪的幸福而已，两情相悦最难得。

苏青像是幼儿园鼓励小朋友的阿姨一般："怎么求？直接杀过去，给她个措手不及。台词我都编好了，你的过去我无从参与，你的未来我奉陪到底。这么帅的台词说出来，她就是不同意，咱也值了。"

胖子兴奋地抱住苏青："就这么办，就这么办，苏青你怎么这么懂我呢！"

在商场门口，胖子要拉着苏青转圈圈，苏青嫌丢脸，拒绝了，说下次吧。

望着胖子蹦蹦跳跳离去的背影，苏青心想但愿这次犯傻，不是真傻。

但愿上天别总帮着理智的李文博们，也让一直傻傻的胖子和苏青们有点儿希望。

这么想，胖子的背影更显一根筋式的无辜与可爱。

然而在回公司的路上，苏青还是觉得自己这么煽风点火太不理智了，小天去天津？万一是去天津陪干爹呢，胖子赶去，岂不是自己找不自在？

4

晚上就是年会了，趁着公司找的化妆师给自己化妆的时候，苏青还是拨通了小天的手机。

小天在话筒那边特别亲密地喊："姐，你终于想起我了，你都多久没联系我了。"

也许因为小天是苏青从夜店捡到的，第一次见面，苏青帮小天解围，往后的日子，苏青处处显示出大姐的风范。

小天对苏青那是相当亲密，倒显得苏青客客气气得有点儿过分了。

这么想，苏青更有些为小天心酸了，这么好的女孩，真是靠着干爹生活的人，多可惜啊，也有点儿为胖子不值。

苏青也客气："哎哟，我这破工作啊，大姨妈都不定时了。"

"上次在三里屯，我还看到你呢，看到你当时打电话手忙脚乱的，我叫你都没听到。"

哎哟，小天道行还挺高的，怕我把她和老外的事儿说破了，自己先提了，苏青还准备慢慢套呢。

"天儿，我听胖子说你在天津呢。在天津干吗呢？冰冰和方怡然的暖房趴你都没去。"

"我在天津有点儿事啊。"

"什么事儿啊？"

小天嘻嘻哈哈地说："哎，我回来跟你说吧。"

苏青觉得还是得单刀直入："天儿，有些话我这个做姐姐的不当说，你要是生气呢，你就当没我这个朋友。前几天从方怡然和冰冰家里出来，我和胖子李文博去新光天地了，看到你了。"

"怎么不跟我打招呼啊？"

哟，真是不见棺材不落泪啊，苏青尽量把这话说得客气点儿："你旁边有个男的，看你俩还手挽手呢，感觉挺亲密的。刚从香奈儿的店里出来，我们也没好意思。天儿，你说实话，你跟这男的什么关系，咱们都是成年人了，姐也理解你的选择。但是胖子是个要绝种的好人，我不允许你伤害他。"

小天愣了一下："你们真肮脏，那是我爸，不是干爹，是亲爹。"

苏青半信半疑："亲爹？那他也保养太好了吧？"

小天在电话那头哈哈大笑："那我得告诉他。"小天的声音忽然有点儿远，但能清晰听到，"老头子，有人说你保养得好。前几天咱俩去新光，我朋友看到了，还以为你带我出去，是大款带小三呢。"

苏青还是不信，心一横："上次在三里屯，你看到我了，我其实也看到你了，但是你身边有个老外……天儿，亲爹可以那样，但是跟那个外国男的亲脸，你别告诉我那是西方礼节。"

小天继续笑："姐，我不跟你说了，我待会儿给你发微信。"

挂掉电话，苏青愣在那里，不知道小天说的是真是假。

一会儿，微信叮叮叮地响，苏青一打开，看到的是小天自己的身份证，还有一个中年男人的身份证，两个人都姓张。

跟着又发了张她和这个中年男人的合照，还没仔细辨认，又传来一张小天和这个中年男人及一个中年女人的合照。

小天写道："我，亲爹，亲妈。"

一个卡通的笑脸又传过来。

哎哟，这事儿可闹大了，一张合影又被抛过来，是她和一个高大的老外在三里屯照的，小天写道："你见到的是这个老外吧？"

苏青倒没注意那老外长啥样，但是老外身上那件不沾毛的黑色大衣让她印象深刻。

还没缓过神，小天又发过来一张照片，是这个老外跟一个金发帅哥亲吻的照片，小天写得很俏皮："我也想跟他好啊，可是他有丈夫。"这次又发过来一个哭的脸。

小天的电话打过来，依然笑嘻嘻的，还是一口一个姐的亲密劲儿："姐，我手机里就这点儿照片，下次直接拖出来介绍你们认识得了。那天在新光天地见到我，是我爹给我买了一个香奈儿的包当生日礼物，那老外是我在国外读书认识的朋友……"

苏青臊得很，"天，你看我这心操的……"

"你不是关心我和胖子嘛，我特理解。这事儿怪我，我也没告诉大家我是干什么的，跟你们在一起的时候，天天大浓妆大露背的，弄得跟去海天盛宴赚钱的外围女似的。不光你们误会，其实好多人也误会……姐，我没跟大家说，也是有原因的，我怕说了之后，胖子就不像现在对我这样好了，我也贪心他对我好……哎，我说到哪儿了，算了，还是等我回北京，再彻底跟你说清楚吧。"

苏青赶紧解释："今天我跟八婆一样，完全是……胖子在路上呢，你有个准备。"

"啊，他来天津？干吗啊？天天跟小孩子一样。"

"姐今天嘴碎了，就不能再说了，你就等着惊喜吧。"

挂掉电话，苏青特别高兴，然而一抬头，她还是怒了。

化妆师下笔够重的，完全化了个新娘妆，简直是在往死里化她，苏青自己都认不出来了。

脸色刚露出来，请化妆师的小朋友就搭茬儿了："苏青姐，是不是不太满意啊？你直接跟她说。"

她这个一向在办公室干体力活的粗工，在升职后终于有人在意她情绪了。

苏青一边跟化妆师说化得尽量像她，不用往面目全非里化，一边安慰自己，以后可得收着点儿情绪，别变成自己最讨厌的那种领导。

因为公司重组，年会开得跟电影节一样，还有红地毯，下面一堆相机，连穿着新衣服的保洁阿姨过去，闪光灯也一顿闪。

保洁阿姨害羞，赶紧跑，最后被人拉过来，让她在红背景上签名。

而刘恋送苏青的小黑裙，今天终于派上了用场，当时还抵得上她三个月房租，现在用一个月工资买，剩下的钱还能吃顿好的……

物还没是多少，人已经非到宛若新生了。

老张今天也终于西装领带地出来了，显得还挺正式，但领带系得太紧了，脖子上的赘肉都挤了出来。

他正以皇帝光临后宫的姿态，一扫平时严肃的样子，跟众人聊天谈笑，有心的员工赶紧上前打招呼，介绍自己，忙得不亦乐乎。

副总过来，赞美苏青："今天真漂亮……张总正找你呢……"

苏青提着裙子过去了，恭敬道："张总。"

张总也笑："你是哪个部门的啊？"

要是在私下里，苏青就直接劈头盖脸地说都这么大岁数了，别装嫩开玩笑了，但在众人面前还是得给他面子。

苏青歪头："亲，您不是叫我吗？"

副总在一旁提醒："是苏青啊，有变化这么大吗？"

张总惊了一下，上下扫了一眼，却依旧是一副嫌弃的样子，"原来你的理想职业不是民工啊？"

啊，啥意思，中年人有时候总是出怪问题。

"平时老往邋遢里打扮，现在终于打扮成了个女人，用尽心思就是为了这一刻的反差吧？"

副总赔笑，说："张总真幽默。"

苏青则翻着白眼，负责面瘫。

老张问：“今天带家属了吗？”

“等他来呢。”

“那我得好好过眼一下，要是他配不上，就赶紧分；要是合适，就别老风花雪月的，赶紧结婚。”

苏青表面上非常尊敬，等人不注意，还是悄悄跟老张说：“啰唆！另外，能把领带松一下吗，你脸都勒紫了。”

说完，踏着快乐的步伐离开。

心底，有个小人儿指着苏青冷笑：“知道老张喜欢你这么没大没小的，你就延续这种风格，靠这个继续博得他的欢心，还真有心眼。”

谁说不是呢？吃了那么多苦，做了那么多年的老黄牛，那些苦早就苦成煤矿了。

苏青知道自己永远不会成为聪明写在脸上的人精，但是大智若愚这条路，苏青玩得很是得心应手。

李文博迟到了十五分钟，因为会场信号不好，打电话不通，但是苏青也及时找到了他。

能找不到吗？耀眼得跟结满了霜的冰棍儿一样。

黑色西装细领带，服帖得跟皮肤一样，他一走进会场，苏青想起很小的时候看到的《小二黑结婚》里写的：“说到他的漂亮，那不只是在刘家峧有名，每年正月扮故事，不论到哪一村，妇女们的眼睛都跟着他转。”。

哈，可不是，姑娘们的眼睛都跟着他跑，李文博此时此刻应该已经爽翻了吧。

苏青过来了，李文博上下打量一下，点点头：“胸再大点儿，脸再小点儿，就完美了。”

苏青给他一拳，心里却很高兴。

经过老张和李文博这两人的鉴定，苏青确定今天自己还挺好看的。

走红地毯，公司各色熟悉的面孔都带着家眷过来，先坐在大圆桌旁的同事就不停地起哄，苏青和李文博挎着走过的时候，起哄声更大，竟然有嘘声。

前面一排安排好的相机闪过了，还有同事喊苏青这边看，一堆人举着手机拍，活泼的小女生会喊：“姐夫真帅！”

走到自己的名牌那里，见没人，苏青特郑重地问李文博："你是傻 × 吗？"

李文博很听话："我是！"

"有多傻？"

"傻到全世界的老虎都化作黄油。"

哈，还借用村上春树的话，苏青笑了，李文博也笑："哎呀，我怎么面对胖子啊，我把小天说成那样。"

"还没跟胖子道歉呢。"

"等他回来吧……对了，你知道吗，我来之前，冰冰来我这里借领结，我问他干吗用，他说结婚拍照用。嘿，前几天两人还吵架，现在就和好了，估计这点儿两人都登记完了吧。"

苏青特惊讶："最近怎么了，方怡然和冰冰，胖子和小天，这两对怎么净是好消息……"

"是啊，我是挺高兴的，不过也显得咱两人也太惨了吧。"

苏青和李文博沉默了一会儿，还真有点儿不是滋味。

5

年会节目很快就开始了，开始时老张像模像样地发表与民同乐的讲话，做作死了。

不过看他没戴领带，估计她说的话，这爱面子的中年人听进去了。

开始时，大家还特别配合地鼓掌，哄笑。

可是等菜上来，就没人惦记这节目了。

苏青刚坐下，没吃几口，发现后台朝她招手，她赶紧过去解决问题。

回来时，就见有女员工跟李文博搭讪，见苏青回来，赶紧闪人。

他跟邀功一样："知道吗，我特别乖，对方怎么要我电话号码，我都不给。"

"她品位也真差，你爱给不给。"

吃饭吃到一半，大家就相互敬酒了。

跟大部分人讨厌这种被酒精哄起来的人情不同，苏青特喜欢大家酒劲都上来的感觉，起码半分假，半分真。

李文博特别够意思，跟大家敬酒，竟然也会特不把自己当外人地说：

“第一次见面，多谢大家照顾苏青啊。”

因为苏青升职，主动找她喝酒的人很多，也有人起哄着让李文博和苏青喝交杯酒，他也很配合。

就这么敬着敬着，苏青跟老张在不同的酒桌就碰到一起了，苏青这个时候有点儿喝 high 了，李文博紧拉着她不让她多喝。

看着老张，苏青张嘴傻乐，小黑裙上都洒着啤酒渍，老张也乐，“你就不想跟我说点儿啥吗？”

苏青歪头想了想：“两点：第一，那阵子加班，每次你叫的外卖都没我的好吃；第二，那时候真快乐。”

老张跟她干杯：“我也说两点：第一，以后别埋头干，别那么实在；第二，友谊长存，私下里可以管我叫老张，人前得给我面子，要不开除你。”

说完，老张看了一下李文博，李文博特别会来事儿，自我介绍：“李文博，她家属。”

老张也不说啥，跟她碰杯，“苏青是好姑娘，抓紧了，赶紧领证，到时候我给你俩当主婚人。”

苏青赶紧问：“那也得包红包。”老张说一定，说完就把酒给干了。

老张走后，苏青拍拍李文博：“表现得真好，是不是常常给人出租当家属，业务挺熟练啊。”

李文博捏了捏苏青的小脸蛋，正巧有人拍照，给拍了进去，临走时还说：“真甜蜜啊！”

抽奖环节都快结束了，成堆的 iPad2 和 iPhone5 被人拿走，几台 Air 笔记本也有主了，李文博问苏青：“你怎么不关心抽奖啊？”

苏青看了看台上：“打小就没这运气。”

台上静了一阵子，主持人上台，说今天各位家属也挺给力，最后一个环节表演吃苹果，哪一对吃得最快最好，就获得一部 iPhone5。

有家属自动举手，台上不一会儿就几对，台下也开始叫名字，刚刚升职的苏青，身边又带了个精神十足的李文博，当然不少人叫苏青。

苏青自然连忙摆手，李文博倒是挺大方，拽着苏青就上台了。

苹果被系在绳上，两个人在两边吃，用力不均，苹果就躲闪，嘴唇自然就碰在一起，说是吃苹果，还不如说是亲吻呢。

苏青见这架势，偷偷下台，结果被台下人发现，又给赶上台。

等到李文博和苏青吃苹果时，两个人配合得倒是很好，李文博先咬住苹果，苏青在那里不停地吃。

老张却着急了，在台下大喊："谁让你真吃苹果了！"引得台下大笑。

最后老张忍不住，上台直接把绳子拎起来，苏青和李文博的嘴自然碰到了，惊得苏青被嘴里的苹果噎到了，直接吞了下去。

这两人吃苹果的戏份演足了，自然被众人认为是得胜者，但颁奖时被人摆了一道，说是能奖 iPhone5，结果最后只得了五个苹果，美其名曰，苹果五代。

回到座位上，苏青看着五个苹果："我好想要部 iPhone5 啊，我那个 4S 屏幕裂得跟窗花一样。"

李文博点了一根烟，看着她的可怜样，伸手揉揉她的头："我给你买啊。"

"真的？"

"真的，奖励你一部。"

"奖励的理由？"

"这要啥理由啊。"

"无功不受禄啊，毕竟六千块钱呢，你说得好一点儿，我也心安理得地接受。"

李文博弹了一下烟灰："苏青要个理由，那我得好好想想。"

苏青抱着苹果羡慕地看着旁边拿着真正 iPhone5 的人，两个人也不说话。

终于，李文博拍了一下苏青，眼睛看着一边，不停地眨呀眨。

谨慎得像是嘴里的话是流水，怕说得更重一点儿，水就会漫延整个会场。

然而李文博还是没说出来，甚至年会的后半场，似乎把说话的力气都用在了想理由上。

年会散场，苏青和李文博朝着停车的地方走，依然不说话。

苏青看着手里的苹果，开始揣测这沉默的含义：大概李文博刚刚在苹果游戏中亲嘴，现在想起来太尴尬？或是面子终于盖过义气，觉得当我的家属还挺丢人的？或者刚才说要送 iPhone5，只是随口说说，自己还当真了，这事儿不知道怎么收场？

大概想得太入神了，上了李文博的那辆 Q5，车已经开了五分钟了，苏青才意识到李文博在年会上也喝了不少酒，这算酒驾吧。

苏青试探地问："咱们把车停到一边，打车吧，这要是被查出来可就麻烦了。"

见李文博一直也没理他，苏青一直絮絮叨叨说别开了，停下吧。

终于，李文博把车停到一边，苏青想开车门，却发现李文博把车门都锁了。

苏青抱怨："开门啊，锁着干吗啊？"

李文博的手还是握着方向盘，侧过头看着苏青："我想好理由了，但我怕你听完后跑了。"

嗯，送 iPhone5 的理由吗？这一路都没怎么说话，都在想这个问题吗？这个问题有那么难回答吗？

"是个很好的理由吗？"

"除此之外，我想不到什么更好的理由了。"

李文博把目光移开。

"如果只是朋友，我送你 iPhone5 挺奇怪的。但如果咱俩在一起，女朋友怎么会拒绝男朋友的礼物呢。"

这句话，他说得很平静。

窗外，冬夜，多大的喧嚣，都被这座已经消失了时光味道的古城，化做静谧安详。

苏青听到自己的心，跳啊，跳啊，平静下来一秒钟，继续跳。

苏青笑了："你这么着急找个女人结婚吗？你跟女的不一样，你还正当盛年，条件又好，什么样的女人都愿意跟你谈恋爱的。"

李文博盯着她看，一点儿都不闪躲，苏青也将目光迎过去，"你是在可怜我吗？这不是爱。"

"你怎么知道这不是爱呢？爱有很多种，哪有那么多规则？"李文博说。

苏青被这话噎住了，不知道如何回答，李文博耐心地等着苏青的答案。

没想到手机不断地响，按掉，继续响。再按掉，再继续响。

苏青说："要不你先接电话吧。"

李文博看看手机，还是按掉。

手机还是响了，不过这是苏青的手机，这情况，让苏青笑了。

你大爷的，这关键时刻，谁这么煞风景。

苏青拿起手机，竟是小天的电话，她跟李文博说："要不咱俩都接手机好了。"

暖气开了很足，小小的密闭空间。

两个人跟商量好一样，都是右耳朵听手机，表情也都从平静变成了严肃。

窗外，忍了许久的小雪，终于抵挡不住地心引力，碎碎地飘落了下来。

远处的路灯昏黄，更显得这场雪下得一点儿都不合情理。

两个人几乎同时放下电话，相互望着，李文博先说。

是冰冰打来的电话。

说今天登记前，工作人员随口一句"真想好了吗"，让冰冰临时退缩了，借口上厕所便逃走了。

等回到家时，发现方怡然已经打包好自己的东西走了，现在怎么打电话都不接。

冰冰这时候也慌了，去方怡然的房子找她，也不在。

冰冰特别担心，让李文博帮忙找一下。

李文博说："就这事儿，我说完了。"

轮到苏青说了，苏青张张嘴，发现发不出声音来，努力把刚才小天电话里说的事情过了一下脑袋。

细节太多，苏青总结了一下，斟酌了许久的字眼，简单化为四个字："胖子死了。"

入夜，一场不在天气预报范围内的冬雪，意外地下了很大。

苏青把头伏在了李文博的怀中，李文博的屎黄色 Q5 很快就变成了白色。

天亮后，又该四处泥泞，各路堵车。

打不到出租车，地铁又将挤成一团，浅色的裤子就不要穿了，太容易弄脏。

苏青想，胖子，你走了，谁来跟我转圈圈呢？是你说要跟我转圈圈的。

发生在京津高速公路上的这一场车祸的消息，不出意外，肯定会悄无声息地，淹没在明日的早高峰里。

除去苏青，不会有人再提起转圈圈的约定。

她说下次吧，没有下次了。

我们身不由己，我们自顾不暇。

苏青终于握住了李文博的手，她不想再松开了。

第十五章

人生没几次机会来西郊，亲爱的，我来送你最后一程

1

一时风雨一时晴，连天都贱。

胖子这个人，突然消失在这个世界上，苏青有点儿不适应。

这是死亡第一次如此真实地，环顾在她周围。

没有想象中那么伤心，就像是早就约好的饭局。

提前到，入座，可最重要的那个人迟到了，饿得心发慌，希望那人赶快过来吃饭。

结果旁人说他来不了了，出国了，以后再也见不到了。

你“哦”了一声，开始点餐，内心却有点儿遗憾，早知如此，之前应该多多了解他。

直到胖子死后，苏青才发觉，自己对胖子一无所知，即使鬼压床时游离到奈何桥，她也无法对孟婆描述自己要见的那个人。

胖子，亲爱的胖子。

说是胖子，却是个瘦高的男人，颧骨突出，嘴很大，一笑嘴角能咧到耳根。

富二代，爱炫耀，半夜听到他开着轰隆的跑车，想杀了他的心都有。

但却不能杀，因为他是难得的好心肠的人，每次见到或真或假的乞丐，他都忍不住要扔张百元大票，旁人说你受骗了，他却一脸天真地回问，万一是真的呢？

撕开表面后，再往深处，却发现这个男孩像一个矿，越挖越奇怪。

不学无术，却是北大法语系毕业的。

爱漂亮，品位却甚差，新买的豪宅布置得跟高级洗浴中心一样。

在上大学前，他是个身高和体重都是185的胖子，喜欢美女，也够主动，所以身边不缺女孩。

看上他的女孩都是贪图他家的条件，被骗钱之后，他却说，我也得到开心啦，大家互不相欠，要是细算，说不定还是我赚，我得在家里高唱《感恩的心》。

上大学后，发现用钱实在追不到中文系的某美女，发誓减肥，节食到脸发绿，终于瘦了下来。

变成了名不副实的胖子后，泡中文系美女依旧失败了。可获得一张好人卡后，他自卑转换了个角度，学会了泡夜店，老毛病没变，还是爱好美女。

开始都在玩，但每回到最后都上心，这么大男人了，在外面装成花花公子，失恋后却独自一个人在家掉眼泪。

讲义气，爱抢单，却舍不得雇阿姨和小时工，住的房子大，大半夜拿个小抹布，跟个小媳妇似的在那里擦啊擦的。

苏青听到胖子的细节越多，就越懂他的寂寞。

胖子啊，你为什么从来不说？

她想要掉几滴眼泪，眼前却又浮起胖子的笑脸，眼泪就被风吹散了。

李文博说，你知道吗，我单身好久了，有次喝多了，胖子接我去他家睡，半夜我搂着胖子，说好想要。

胖子事后跟我说，当时他困得不行，我又老不让他睡，他都想献上菊花供我发泄。

现在想想，他真是我的好基友。

原来当时很快乐，只我一个人没发觉。

去西郊墓地的路上，李文博像是胖子没离开一样，一路上喃喃地讲胖子从小到大的各种趣事。

一边开车一边抽烟，车里都是烟雾，跟着火了一样。

烟灰缸都是烟头，坐在副驾驶座上的苏青就默默地听着。

仍然没找到方怡然的冰冰愁眉苦脸地坐在后座，烟灰缸的烟头没掐灭，他拿矿泉水把烟头浇灭。

“刺”一声，烟没了，尼古丁的味道更重了。

李文博正讲去夜店时，胖子拿着一个啤酒瓶，以一敌十的战绩。

冰冰突然“咦”了一声：“你怎么敢在高速公路开车了？”

是呢，早晨七点，天还暗着。

高速路上车很少，孤单的道路指示牌，像是睡不醒一样指着路。

远处，大片被雪覆盖的白色与荒凉，不知不觉就走到高速公路上来了。

李文博笑了。

胖子不在，谁提醒你还有这古怪的习惯？

与永远不能改变结果的死亡相比，这点儿心理恐惧，想想都显得矫情。

年会那一晚，交警从胖子的通信记录里找出的头一个人就是小天，小天哭着给苏青打了电话。

苏青在电话里得知，在开往天津的高速公路上，胖子前面一辆车突然爆胎。

路面滑，胖子的速度太快，直接撞到了上面。

后面七车连撞，其他人还能从车里出来，可胖子的腿卡在车里出不来，血就这样流啊流的。

然后一声巨响，所有人都傻眼了。

两小时后，电视台的晚间新闻播报这事儿时，胖子已经变成了白布单下面的一个冰冷的数字。

重伤三人，死亡一人。

如果从新闻里看，这个“一”跟我们有什么关系呢？不经脑子就忘了。

但当这个“一”是你的朋友时，这个一就瞬间变成了一座山，重重压在你的心头。

只有你知道，世界上又多了一个悲伤的家庭及失魂落魄的几个人。

变成数字的这个人，再也回不来了。

而你们，却连一句再见都没有讲。

到达西郊墓地，胖子的家人还在灵堂里布置。

李文博看到一个井然有序指挥现场的中年女人，跑了过去，像小孩子一样把头埋到那女人肩上，迟迟不愿离去。

胖子妈妈戴着一副金边眼睛，慢慢摸着李文博的头发："小博越来越男人了，阿姨都搂不住你了。"

小时候住的四合院，李文博和胖子是同年的，那一拨男孩之中岁数最小。

大孩子老欺负他俩，后来他俩就老一起玩。

李文博爸妈工作忙，他脖子上永远挂着一串钥匙，胖子妈妈见了几次，就把他带回家吃饭。

胖子能吃，李文博那时候特瘦小，胖子妈妈就心疼他："你多吃啊，别让胖子都吃了。"

都是独生子女，两家就这么因为孩子相好，相互帮衬出了情谊。

先后搬离了四合院后，两家的联系却没断过。

胖子爹去做房地产，李文博妈妈在国企的职位越做越高，工作上也是你来我往。

后来每逢过年过节聚餐，双方家长都有点儿遗憾："为啥都是男孩呢，一姑娘一小子，就成亲家了。"

当大学老师的胖子妈此时没走一哭二闹三上吊的风格，电视剧里播出的白发人送黑发人都是臆想出来的。

眼泪是太廉价的悲痛，痛失独子，那悲哀是延续性的。

如灵堂上的胖子妈妈，除了眼睛太红，平静如水，胖子爸爸更像是在指导一场装修，那么略略的，如同事不关己。

但其实，只是魂丢了。

小天来的时候，胖子妈妈和爸爸表情都有点儿严肃。

她穿了一件黑色大衣，没有浓妆，一张清秀的小脸露出来，头发简简单单扎了一个马尾，差点儿都没认出来。

陪她来的是一个戎装的中年人，苏青想起小天发过来的家庭合照，那是小天的父亲。

小天的父亲握着胖子妈妈的手，低声地说了几句什么。

苏青想，如果没有这场死亡，两家人的见面不会如此无奈。

儿子去看女友的路上车祸身亡，你在葬礼上看到儿子的女朋友，你会做何感想?

苏青不知道，也希望自己永远不用知道。

2

小的时候，苏青去山东乡下的老家参加长辈的葬礼。

虽然是农村，但是大家族，礼数多，站在房顶上，看下面黑压压的一群人，腰间围着白布，跪下时激起一蓬尘土。

一声喊，媳妇儿子女儿女婿侄子外甥女们，高声痛哭。

然而午饭时，大家又都嘻嘻哈哈地说起各家的好事。

那是成熟的、接地气的、可以控制的葬礼，除却死亡，包含很多。

作为孙女，苏青还跟着大队人马，从村头走向村尾，走几步便磕头，爸爸毛料的裤子，膝盖都磨破了。

那是礼仪周全，宛若一场聚会的祭祀。

活着的人就在这天痛痛快快地哭一场，然后在那块土地上，用余下的日子，替亡人活出他们所没经历的部分。

在城市，一切都简化起来。

这是苏青成人后参加的第一场葬礼。

灵堂之上，胖子的黑白照片咧嘴笑着，分不清是遗照还是什么。

亲属朋友稀稀疏疏的，一点儿也没电影里的那样井然有序。

订的场地有些大，白色的花束有些少，胖子爸刚想打个电话，一群沉默的男人迈着整齐的步子，不声不响地搬来几大捆白色花束。

远远地，胖子妈妈朝穿着军装的小天父亲微微地点了个头表示感谢。

默默无语，现场众人的情绪是淡的，然而一种无可名状的力量，让苏青的胃觉得有点儿难受。

她终于发现自己骨子里，依旧还是那个穿着小碎花裙子就坐车到山东老家去参加葬礼的小孩，面对此时成人化的一切，她虽身处高龄，依旧有些接受不了。

在过去，那些熟悉的陌生的带有各自称谓的亲戚的情绪，是可以被控制的，集体的哭声是洗脑的，一切都是肆意的。

她虽也会被那气氛影响着，流下几滴眼泪，可无关真实的伤悲。

那葬礼是无关痛痒的，甚至有些治愈系的。

而在胖子的葬礼上，所有人都把感情节制起来，这种感觉让苏青有点儿害怕。

原来一个人的死亡，可以带给人如此隐秘又无从宣泄的悲伤。

无法痛痛快快地疏泄出来，只能以葬礼为标题，在剩余的人生中，慢慢调整自己活着的态度，挫骨扬灰般，静静供着各自复杂的喜悲。

那种遥远的难过，仿佛钝刀割肉，不见血，不会死，却刀刀疼入骨髓。

众人的表现，也仿佛成为鉴别与亡者关系远近的一个舞台。

如最亲密的父母，因为悲痛已经比哭泣更深一步，哭无可哭了，还得支撑着接待来的亲戚与朋友。他们是平静的，面无表情至仿佛绝口不提伤悲，可你看得到，那些比悲伤更悲伤的情感。

如最知心的朋友，李文博、苏青和冰冰，他们只能不停地站起坐下，时刻盯着现场有什么可帮忙。他们貌似游刃有余，可某一个瞬间，你总能看出他们的手足无措。是啊，我的朋友永久地离开我们了，我们如今在这里，克制住感情，试图人模狗样，想要恰到好处。

如最深爱的女友，小天与他父亲站在家属的后面，还未取得未亡人身份，只能站在亲属队伍的远处，家属答礼时，偷偷在一边鞠躬，胖子的妈妈假装看不到这一切。小天貌似手足无措，可你又能看到她的平静。

那份平静，叫你去了，我也跟着走了。

大致相同的情绪，微微不同的感觉，貌似大同小异，却又泾渭分明。

死亡在这一刻，如此学术，如此哲学，如此黑色幽默。

一水儿黑白静寂的这场葬礼中，唯一带有颜色的，是零零散散美女们的出现。

不敢抢风头的朝阳V姐们，依然穿着看上去会得关节炎的衣服，手捧着白色菊花，不知道交给谁，李文博会上前跟她们聊一下。

是胖子的前女友们，如果非要给她们个角色。

有情有义并不是好男朋友或好凯子的标准，但他谢幕时，却值得这么多人送上最后的尊重，证明这人，这辈子，活得不赖。

苏青曾想过自己葬礼的样子，主题曲最好是王菲的《不爱我的我不爱》。

但必须邀请的人，却是那些已经不爱自己的李川、白凯南们及时一鸣。

感情分手后一拍两散，死亡已经终结了爱和恨，但也送上最后的礼物：前男友们四处打量，发现自己不跌份儿，苏青的爱是不将就的，每一个爱他的人都这么像样。

但今天苏青才知道，她其实不是个好爱人，她误会自己了。

每一段或真或假的爱情之中，对方的爱消失后，滚滚红尘之中早就忘记她的名字，她没这个魅力活在 EX（前任）们的心中。

假若真有她走在前面的那么一天，EX 们听到消息后，应该会问苏青是谁？或是根本懒得记起。

对比一下，胖子真成功。

这才叫好好爱过，认真地爱，连被伤害也会微笑着把最美好的献给对方，总觉得自己赚了，不计较，不抱怨。

那一点点笑脸在对方心里激起的涟漪，漾成一朵尘世中的白莲花，是让她们来参加这场葬礼的动力。

悲伤，在一小时后达到顶点。

到了火化的时候了，多么希望胖子只是跟大家开了一个大玩笑，此时，也不得不接受胖子真正要离开的现实。

胖子被推进了烈焰滚滚中，苏青眼睁睁地看着，觉得眼前的一切，现实又超现实。

所有人的情绪都仿佛都脱缰了一般，一直讲究仪态的胖子妈妈已经处在癫狂状态，大家都愣住了，还好有殡仪馆的工作人员冷静又有经验地处理这一切。

当苏青的第一滴泪夺眶而出时，李文博突然扯着苏青的胳膊："拉我出去，快！"

殡仪馆的空地上养了一群白鸽，被李文博的笑声惊得四处飞散，它们用凌乱的翅膀在相互交流，说，这个人疯了。

李文博乐得蹲在地上，苏青被他吓得说不出话来。

一会儿，笑声停止，李文博抬头望着脸上还挂着泪痕的苏青。

“为什么我哭不出来呢，为什么我想笑呢？”他笑着说。

那一刻，李文博身上所有的光环都消失了，苏青觉得自己认识那种感觉：卑微。

殡仪馆的哭声达到了最大值，焚化炉连接的烟囱见怪不怪地吐出一口日常的白烟。

李文博终于停止了，望着那股白烟，仿佛望着一只飞鸟。

“你终于不再受苦了……”

静了一会儿，李文博搂住早已泣不成声的苏青。

“胖子，咱们天上见。”

3

胖子的葬礼过后，苏青觉得自己记忆力越来越有问题了。

这个案子下个月的今天才交？我怎么记得是今天？

报价单上需要多添一笔费用？什么时候说的？

场地改在侨福芳草地？好，我找错了，马上打车跟你们会合。

在苏青第三次忘记向直接领导汇报工作时，老张指着鼻子大骂了她一顿。

第二周，有个神色伶俐的小姑娘来苏青这儿报到，说是给苏青当助理的，帮她记录一切行程。

助理可以提醒她几点几刻该去跟谁开会，然而却不能提醒她什么时候问李文博。

你确定我是你的女朋友吗？

顺理成章的现状是，在几段不完美但完整的感情之后，快三十岁的女人，应该知道如何调整恋爱中的状态，何时退，何时进，何时发挥女性的柔情，何时有脾气该发就发。

但对不起，尽管我眼角已经有了干纹，但我的情感智商依旧没见过世面，那些李川白凯南，没让我学会我这个年纪的女人应该如何爱。

是做情侣们该做的事情吗？

在4S店看车，他问哪个颜色好看，苏青说屎黄色，最后他却挑了绿色，苏青没发飙说你都决定了你问我干吗，她只是真心觉得无所谓，什么颜色都挺好。

周末时一起逛街，他实在逛不动了，就找个地方待着，她一个人在优衣库试廉价衣衫，也觉得未尝不可。

下班时接她吃饭，两人去电影院看一个人从来不看的爆米花电影，戴着古怪的3D眼镜时，手被他攥得汗津津的。

这一切都有。

可还有点儿什么呢？

哦，应该是可以上床，两个人相拥而睡，最后被他的呼噜吵醒。

大概也算有，两个人尴尬地脱着对方的衣服，李文博从床头柜里拿出套套，嘴撕开包装，苏青不看他，躺在床上等着他自己戴上套套，刚要配合地哼哼唧唧，李文博却盯着她身下，苏青支起身子，发现她身下一阵红。

大姨妈处理完后，大家很熟练地抱着睡。

再次醒来，发现硕大的双人床，两个人背对背，中间隔着条亚马孙河。

清晨，两个人慌乱地挤在卫生间刷牙洗脸。

跟李文博满洗手池的护肤品相比，苏青觉得自己就是个糙老爷们儿。

李文博开着自己的新车先送苏青回单位，堵车堵得人气不顺。

苏青摸着没吹干的头发，看后视镜，她觉得镜子里的李文博，像是行价一万的高端性服务工作者，一夜服务后开车送邋遢的恩客回到性生活不和谐的现实世界。

因为工作压力，苏青最近烟抽得有点儿勤，想抽一支烟。

苏青满包里找烟，未果，焦躁得像个婴儿。

李文博看着她实在难受，抽出一根烟，帮她点上，递了过去。

大概是今日第一根烟的关系，苏青竟然有点儿晕烟，费了半天劲要打开车窗，却不知道按哪里。

李文博靠在方向盘上，微笑着看了一会儿，才帮苏青打开车窗。

“不用帮我，我知道。”苏青怒。

“你知道什么？”

“李文博，我问你两个问题。”

李文博被她不着调的问话弄蒙了。

“嗯？”

在话说出口的两秒钟前，苏青脑袋里闪过了跟白凯南在一起时相同的感觉：前路凶险，前途漫漫。

理智告诉她要装乖，别那么冲动，但那一根筋的性格，却让她忍不住想用两个蠢问题来映衬自己的在乎，来把自己的主动权拱手相让。

“我们俩现在是什么关系？”

“你说呢？”

“我问你。”

“你怎么了？没事儿吧你？”

依旧是堵得快成行为艺术的北京路况，不耐烦的喇叭随时响起，烦得苏青忽然觉得，今天真不想上班了，她决定问清楚。

“我们是在交往吗？”

李文博像是听见了世界上最傻的问题：“不然呢？”

“你从来也没说过你喜欢我，你到底喜欢我哪儿。是不是你现在感觉再也不会爱了，想定下来，你想找个人结婚，胖子和方怡然都在这时候出事儿了，兵荒马乱的，你就随便把我捡起来了，想先试试看，反正没损失！”

这串毫无顺序和逻辑话，说得苏青一阵眩晕。

然而她清楚自己的悲的哀：安全感，稀薄得像喜马拉雅山上的空气一样。总是想要更好的，却又觉得自己配不上。

她讨厌李文博身上的光芒，淡淡的，懒懒的。

那光芒在胖子的葬礼上，曾经消失过一阵子。

然而葬礼结束，回到北京后，又出现了。

这光芒让苏青纠结得无法平静，她欣喜两个人关系更进一步，这一两年的相处，苏青不傻，知道李文博对她好，然而现在她不确定，这种好是关于爱情，还是一种情感上的怜悯：你这么傻，让我照顾你一下下，然后一段时间后，怜悯消失，他就又顺理成章地回到滚滚红尘中了……

李文博什么女的找不到，为什么非得找她！

苏青这时，终于肯承认心底的自卑。

李川白凯南们齐心合力，把她心底的黑洞越扩越大。

一个人的时候，那黑洞回荡着寂寞的声音，洞口长满了悲哀的苔藓。

她每进入一段感情时，总是要把希望降低一点儿，而这些苔藓呢，就像是溺水人抓住救援者一般死死不放，直到对方体力不支，只能把她抛弃。

越是憎恨这样的自己，越是忍不住释放这种负能量。

李文博叹了一口气："你知不知道，你这个样子，让我非常讨厌。"

听完这句话，苏青内心竟然有一种变态的释然。

她仿佛看到，海洋里，鲸鱼集体喷水；森林里，东北虎集体呼啸；非洲草原上，长颈鹿们用脖子 cosplay 千手观音——一切奇观欢呼着，恭喜你苏青，你果然配不上这段感情，你擅长把任何一段感情搞砸，在作这方面，在惹人讨厌这方面，你横跨哺乳、双栖类，无视进化论和马克思主义，世界第一等。

苏青不知道说什么，只好从后座上拿出包，准备开门下车。

李文博眯着眼点了一根烟，抽了几口，按了个钮，车窗升上，门锁"咔嚓"一声启动，好像要杀人灭口。

"你干吗？"

"我怕你听到我接下来的话，你会跑掉。"

第二次，李文博这么说，苏青隐隐约约意识到，也许一切不是她想象的这样：

"苏青，你的直觉是对的，我一点儿都不喜欢你，我讨厌你，世界上我最讨厌你。

"第一次见面，我开了点儿玩笑，你不乐意，就找我的碴儿，说话跟把小刀一样，一刀一刀的，一下子就让我见骨头了。

"后来在球场碰到，我原木是想看你的笑话的，可是我从来没见过，一个女人在公共场合呕吐得那么丑，鼻涕都吐出来了，多丢人。

"可是下一秒钟，你战斗力就恢复了，跟人吵架吵得那么认真，跟玩命一样。

"你工作时非常不要脸，为了案子顺利通过，就差给客户舔脚了。

"弄得我连偷懒的机会都没有，只能咬着牙拼命完成，累得半死，觉得特对不起自己。

“可怎么办，我不想输给一个女人。

“后来我发现，这一切努力，都是无用功。

“你非常不知道好歹，有一搭没一搭的，忽然一阵子亲密，忽然一阵子冷漠，甚至升官了涨工资了也不跟我分享。

“我终于生气了，想冷淡你，心想你有什么可牛的呢，我可是人见人爱花见花开。

“可是你脑袋里跟缺根弦一样，一点儿都不在意我的冷漠，需要我帮忙时才给我打电话，我是声讯台小姐吗？你简直是不把我当男人！

“渐渐地，我开始羡慕那些你喜欢的男人，我特别想见见他们，到底怎样的男人，才能让你牵肠挂肚，才能那么利落地伤害你。

“后来，我又很贱地想，你不重视我，不把我当男人，也有好处，你被人甩掉的时候，肯定会来找我哭诉。

“日子一天天过，我发现了你的很多特质。

“你是找辆车就能自己搬家的女人，你是用冰箱里剩余的东西就能变出一大桌菜的女人，跟草一样，给点儿阳光，自己就傻呵呵地灿烂了，不给你机会，你也能在石缝里自己就开出花了。

“渐渐地，我在你面前自卑了。

“我突然发现跟你比，我有好多毛病，我好面子，我不愿意吃苦，我享受所有人都哄着我、我又不搭理他们的优越感。

“可我发现全世界都吃我这套，但在你面前不好使了。

“我拼了命展示我比其他男人强的事实，我能找出跟踪方怡然的人是私家侦探，我叫你来就是想让你知道，我对朋友多够义气，我人脉有多广，心思又有多缜密。

“我可以在胖子面前说小天跟鸡一样，我其实只想让你知道我三观正得跟《新闻联播》一样，我不屑那些找干爹的妖精……

“我累了，我不想在你面前这么不放松，原来讨厌一个人要耗费这么多精力。

“我特别想顺理成章地一巴掌呼到你脸上去。

“干吗呢，牛逼烘烘什么呢，装什么能干，你消停一点儿，你再这么让我手足无措，我就把你绑了，扔到后备厢里，把车开到河里，然后我在河边抽着烟，看着车咕噜噜地沉下去。

“可是护城河的水早就干了，而我长这么帅，前途这么好，不能因为你而葬送在监狱里。

“后来，我想到一种更好的方法。

“就是我们在一起。

“天天绑在一起，白天也见，晚上也见，我拼了命对你好，你再不重视我，再在我面前想其他男人，其他人就会抨击你，说你不守妇道，这样你受到约束，不得不乖乖地重视我的一举一动。

“等你完全把我装在心里了，我就可以报仇了，把你抛弃，让你也尝一尝拿我无可奈何的狠劲儿，等我到天上，胖子会赞叹我终于报了仇，哥们儿是条真汉子。”

三环依旧堵着，车流半天没有动了。

望着前方的茫茫，苏青想，在北京生活了这么久，第一次发现堵车这么严重，严重到让一个男人可以絮絮叨叨半天有多讨厌一个女人。

叠加的讨厌，却让这缺乏安全感又来大姨妈的女人平静了下来。

苏青有点儿想哭，却怎么样都溢不出泪来，涌到脸上，就成了微微的笑。

她忽然觉得车中有花香。

李文博像是在陈述总结：“你现在知道，刚才你问的问题有多蠢了吧，我那么讨厌你，现在才刚开始，怎么可能那么快结束，就这么轻易放过你？”

停滞的北三环，车流终于犹如被说解开的情绪一样，开始流畅地移动起来。

仿佛一个日常的小奇迹。

李文博发动汽车，两个人快要迟到了，得开快点儿。

“我这么让人讨厌吗？”

李文博左手握着方向盘，另外一只手抓住苏青：“非常讨厌。”

直至车开到苏青公司，两个人也没再说其他的话，苏青想。

1/ 这是我这辈子听到的最好的情话了，高手就是高手。

2/ 李文博的手这么汗津津的，是肾虚吗？

第十六章

灵境胡同的烤肉店，我不难过，只是很想你

1

工作忙得连拉屎的时间都没有。

会议室里，客户絮絮叨叨地提了好多建议，所有的人脸色都变了，苏青却很好欺负地全盘接受，还顺着他们的想法说话，把执行落实到需要多少个电源插座上。

散会时，客户赞叹："苏青，你可真细心。"

苏青微笑得仿佛一只被圣母马利亚上身了的鹌鹑。

客户走后，苏青才变脸，括约肌已经止不住一阵一阵地疼。

痛苦地飞奔到卫生间，一泻千里的快感，让苏青大脑缺氧。

她一手扶着门，气喘得仿佛金鱼脱水。

那一刻的通畅，只有吴彦祖与金城武争着要娶自己这类事件才可以媲美。

瘫在马桶上，酣畅淋漓之时，只听隔间外，高跟鞋噔噔噔地走进来，两

个女生絮絮叨叨地说着公司的八卦。

坐在马桶上的苏青直愣愣地看着隔间的门。

这厕所的门吸取了多少是非，迟早有一天成精。

一分钟之内，苏青就知道了两个办公室桃色新闻，听得她津津有味。

门外话题又转了。

“真没想到，她这人挺会扮猪吃老虎的。”

“是，平时看起来傻乎乎的，哪想到这次升职的竟然是她。她一不是海归，二不是 4A 出身，学历也是野鸡大学……”

“上面有人呗，你说，那个‘吹胡子瞪眼的’，怎么能看中她呢？”

“哎，换成别人，可以说两人有一腿。不过苏青平时弄得跟个 T 一样，老总口味再重，我估计也不会跟她有什么。对这事儿，我只能说，走狗屎运瞎猫碰到死老鼠了呗。”

“嗯，你也听说了吧，当时‘吹胡子瞪眼的’假装财务，微服私访。每天晚上在办公室里总能见到她加班，俩人天天一起吃加班饭，感情就是那个时候培养的。苏青被提拔这事儿传出来之后，好多人都故意晚上加班，看能不能碰到‘吹胡子瞪眼的’，谁让老板就爱老黄牛一样的员工呢……”

“那你怎么不加班？”

“我没那命，我可不想过劳死。”

“不过，我觉得苏青也挺牛的。升职以后，她还是原来那样，身先士卒，没架子。你要是偷个懒请个假啥的，她也很好说话。要我说，升这样的人，总比升那种会拍马屁的强啊，人家起码不会算计人……哎哟，怎么这么臭！”

“隔间有人……”

两个姑娘的高跟鞋噔噔噔地走出去，好怕隔墙有耳呢。

苏青自己也忍了半天臭气，她们走之后才敢按马桶。

竟然有一丝百感交集。

自己终于也有了被人议论的资格了。

第一次参加这个公司的年会，并没有人理会苏青，她只好跟旁边人说话，问对方：“你在公司做什么的啊？”

对方敷衍：“做艺术的……”

艺术？设计还是影视部的？

刚要硬问下一个无聊问题，却见对方眼神一直注意旁边桌的某副总，明显在盘算对方何时才能被人敬完酒，自己好赶快拿杯子赶过去。

苏青悻悻的，只好放弃聊天，自得其乐，一杯接着一杯喝，先把自己灌醉了。

新环境，新起点，原本以为自己爬过了一座高山，以后总会顺一点儿。

却不想自己是从小池塘跳进了一个大池塘，原本以为自己是大鱼，却发现一鱼却比一鱼大，转了一圈，终究要重新开始。

可就这样守着一份工作，渐渐把这份月末发薪水月初就花光的生计守成了一座神像，自己竟然也得道了。

庙宇里仿佛有自己的塑像，虽然香火并不旺盛。

但这点小小的满足，也让苏青觉得，没有任何出众才华及超高情商的自己，竟然也在硕大的北京站住了脚。

回到办公室，苏青从电脑里调出照片，以前的照片，自己或咧嘴，或抿嘴笑，对着镜头总是有些局促和尴尬。

而最近一次跟同事聚餐，有人拍她，她拿着酒杯，眼睛眯成了一条缝，潇洒得不得了。

她终于有些安心，她来北京，差不多十年了。

是一个人的十年。

外人只觉得这一切转变，只源于苏青事业上春风得意。

但她心里知道，其实不仅如此。这一切的安心，更事关李文博。

苏青终于肯承认自己其实是个没自我的人。

就像是流浪狗一样，流浪路途，那些她所爱的人，其实仅仅是比其他人对她好一点儿。

一点点，她就感激涕零了，要跟着人家走，殊不知人家并未要把她领回家。

而李文博对她的好，似乎更特别一点儿。

是细水长流一些？好像又不准确。

李川给予她把爱投射在一个男人身上的能力，尽管这种能力没有得到他的互动；在白凯南身上，她见识到白羊男热情猛烈的爱，来得快，去得也快；而时一鸣，则让她见识到了细水长流的可能性，虽然水流中途开始断流了，抑或是流向了别处。

而李文博，一切都刚刚好。

他并没有像个愣头青那样不管不顾地陷入疯狂的热恋，一切都维持在理智之中，然而细节的铺垫，却让苏青内心黑洞的洞口，以蚕吃桑叶的速度稍微变小一点儿。

有时他下班来接她吃饭，看个电影，或者两人把车开到一处，沿着路灯手牵手地走，一路呢喃着过去现在和将来的一切或幼稚或成熟的想法。

见面并没有频繁到秀恩爱的地步，他有时会发来大段的短信，说着自己对今日生活的感想，抑或用微信随手拍下几张照片来分享行踪，吃到了什么，喝到了什么，看到了一朵很好看的云或者花。

见面时，话不多，但绝不嗯嗯啊啊地敷衍，也没做作到时常送贵重礼物。

有时开车来接她，会递上去报纸包好的小花，说是地铁口看到买的，表情一副淡然习以为常的样子。

但偶尔他也会递过来一塑料碗哈尔滨烤冷面："闻起来挺香的。"

两个人就头顶头地坐在车里消灭这一碗卫生状况不明的街边食物，香味盖过了车用香水，这味道像是什么？

苏青觉得，这大概是爱情，如果四舍五入一下。

自我二字，有太多种解读方法。

有一种人看起来非常有自我，但在感情方面，反而混沌得很。

苏青便是这种人，虽然要求不高，但目前的人生中，反而连这种基本配备的爱情都不曾得到，因此只能硬着头皮在人海里赌运气。

不是不能修炼专栏作家笔下的情爱大法，只是她遭遇的感情模式，一个比一个生僻，每一天都是新的练习。

而她想要的，无非是无论自己在干什么，终究内心安定。

想起他时，回头看，男人在看报纸，他抬头问"嗯？怎么了？"

当李文博第一次出现这举动时，厨房里的苏青愣了片刻，鼻子直发酸，很快又恢复正常，刀下的洋葱刺激得她流眼泪。

以前还是太寂寞了，寂寞到没有自信去印证李文博对她的好是出于爱——因为太知道自己是"自作多情"星球上的人，她拼了命去误解这份爱。

得到了，一切安然如常，苏青甚至想用十年寿命，不换取这种感情模式的天长地久，只愿时间多停留在这一刻。

长点儿，再长点儿，长到她内心的黑洞不再发出寂寞的声音。

即使失掉，也终究不怕。

因为已经有过最好的。

岁月静好得不像话，苏青最近的梦境总是掉入陈旧的往事回忆中。

那些梦，永远像是用劣质颜料画上去的一样。

班上大部分人都去文艺演出了，苏青和几个有残疾的同学没被挑中，只能在班上上自习，跳舞的人有人生病退出，她坐得直直的，假装不在意这机会，却依然失望于老师最终没挑中自己。

举着一把猎枪，想在高中班主任写板书时偷偷将她猎杀，然而最终被同学告密，绑在操场旗杆上等着被枪决，苏青并不怕，嘴里存好了口水，只等着临死前狠狠地啐在班主任脸上。

她赤身裸体在办公间，生怕被人骂她是老被男人甩的赔钱货，然而众人都视她为透明，甚至开会时她坐在桌子上劈开双腿自慰都毫不在意。

或是，她絮絮叨叨地跟别人说李文博对她有多好，之前所有她爱过的男人都变成了黄油融化掉了，然而那人转过身，是胖子疑惑的脸，说他认识的李文博早在十年前就死了。

苏青醒来，依旧是自己灰色墙壁白色天花板，头转向左边，李文博背对着她睡得很沉，背上有很多痣，像个星空。

她闭上眼，手指一点点抚摸上去。

北京已经停了暖气，夜很凉，但沉睡中的男人身体像炙热的炭，头发硬得像针，下巴的胡楂儿已经在睡眠时偷偷长出来。

胸部依然厚实，但腰部已经被自己喂得肉滚滚的了。

多美好的肉体啊，从一个婴儿长成这样的男人，因为那些完整的恋爱训练了他成熟的感情观，已经从一个EX口中的人渣进化成一个有担当的伴侣。

不聒噪，不盲目浪漫，感情细水长流，似乎挑不出错来。

然而越是这样，苏青越想作。

这样的感情想了太多遍了，然而真正拥有时，内心的那个黑洞却默默地帮自己发出画外音："这一切，完美得像是假象。"

苏青越发觉得自己在上演《楚门的世界》，观众们反映真人秀女主角的故事都太苦了，导演便给了被生活打了太多巴掌的女主角一个枣。

如果这个枣叫李文博，那其他人在真人秀这场角色中，都充当什么角色呢？

帮冰冰整理快要长毛的房子时，苏青忍不住看他，他是这场真人秀的男二号吗？他又在她的生活中有什么样的戏份呢？

2

冰冰蓬头垢面地坐在沙发上抽烟，看着苏青帮助整理东西，眼神空洞，犹如在看动物园的长颈鹿。

实在找不着烟灰缸，冰冰便把烟头扔进未喝完的可乐里，“刺”一声，空气中飘着一股莫名的味道。

免费的小时工苏阿姨看冰冰跟看弥留的病人一样。

冰冰又点了一根烟，伸个懒腰：“别看了，我知道你暗恋我，李文博怎么这么放心让你来给我收拾屋子呢。”

苏青点点头：“是，我暗恋你这满脸油光，以及把家弄得跟猪窝一样。”

换床单，发现上面一堆方便面渣，汗水已经让棉床单油腻腻的，上面布满了油渍一样的印迹，“这上面是什么啊？”

冰冰做了一个撸的动作：“你说呢？”

苏青赶紧扔在地上，灰尘已经让地毯变成培养皿，估计扔颗种子就能开花：“冰冰，你这样不行，日子总得过下去。”

“怎么过啊，我的孩子可能早就被打掉了，方怡然现在不知道在什么地方，我要是还跟没事儿人一样，那我还是个男人？”

“方怡然还是没消息？”苏青把那句“早知如此”咽回肚子里。

“我没事就去方怡然朝阳公园那房子转悠，保安老以为我是小偷，差点儿把我抓起来。我去找方怡然他爸，结果被他爸一顿老拳给我揍了出来，我还不能还手。”冰冰指指自己的右脸，“现在是不是还有点儿肿？”

“你左脸也挺肿的。你就是不心疼自己，也得想想，方怡然看到你这状况，她得多心疼啊。”

“她会心疼我吗？大概一辈子都不会再想见到我吧。”冰冰痛苦地捂住脸，

“胖子的死特别刺激我，我就想，如果死的是我，那我得多遗憾。我的女人带着我的孩子走了，被我的胆小给吓走的。你知道吗？婚姻登记处那女的，一看我要上厕所，就冷笑，那眼神我现在都忘不了，我怎么这么浑蛋呢？”

苏青正想说什么，李文博拎着一堆清洁用品走进来，问苏青：“消毒液是这个吗？”看着冰冰捂着脸，“怎么了？”

冰冰恢复正常：“没事，苏青向我求爱，我拒绝了她。”

李文博冷笑，“能先洗个澡再说这话吗，你身上都馊了。”

说着，把冰冰赶到卫生间。

两个人一顿忙活，发现清洁工程太麻烦了，李文博打电话给相熟的小时工。

打完电话，朝卫生间喊：“快点儿，待会儿还得跟小天吃饭呢。”

苏青看着李文博利索的样子出神，她想，如果她是楚门，那胖子是被牺牲掉的角色吧，真人秀的逻辑，总不能大家都幸福。

而小天，她将告别苏青作为主角的真人秀。

退场，告别，谢谢各位观众收看。

她应该是最受欢迎的女演员吧，潇洒、美丽、悲惨。

一如所有影视作品里的女二号，戏份不多，但是讨好到人神共愤。

但苏青知道，此时她面前的小天，不想要全世界的喜欢，她只要一个人。

她们都是女人，她们都懂。

小天头发剪得短短的，说跟苏青算是两姐妹。

苏青说还真像两姐妹，大的往往丑一点儿，小的才是美女。

大家都笑。

小天素着一张笑脸，笑得眉目灵动。

3

灵境胡同的烤肉店，人头攒动，倒是可以削弱这场告别宴里难过的气氛。

小天说法国有一个艺术基金的项目，让她过去玩儿两年。

“呀，还没看过你画的画呢。”冰冰说，大小自己也是导演系毕业的，也挺爱艺术的。

“哈哈，我不是画画的，我是做雕塑的。”小天从包里掏出来一堆小纸盒，上面分别写着大家的名字，递给大家，“送给大家的礼物，等我死了应该会值钱。”

是每个人的头像，小小一块，却把每个人的特点都勾勒了出来。

苏青是真喜欢这礼物：“我在你心目中这么好看呢。”

仿佛胖子的死，并未对这四个人产生任何影响。

五花肉在铁盘上嗞嗞地响，不过没人动。

很快，一箱燕京啤酒被干掉。

气氛热烈，酒正酣，小天和冰冰开始讨论艺术到底会不会让人幸福。

冰冰挥着手：“我在大庆石油学院学得好好的，毕业后让我爹妈弄进大庆石油多好，又清闲福利又好。我觉得闷，自己偷偷考电影学院，面试通过了我就去退了学。结果导演系一毕业，你看我现在，想拍电影没机会，连养活自己都难，跟幸福一点关系都没有。”

小天摇头，大喊 no：“那都是浮云，钱、名利、爱情，都会离开你，你会死，但你的作品能一直活着！”

冰冰把身体伸过来：“你家里有钱，不指望你赚钱！你可以安心玩艺术。但我呢，只能被艺术玩，艺术不是普通人家出来的孩子做的。”

小天拿着筷子，敲着酒杯：“我告诉你，我在纽约上学那会儿，除了学费，就没花家里的一分钱。端盘子，送外卖，光着身子给画家当模特，去给 party 当服务生，还当清洁员，连他们喝完的酒瓶子我都拿来卖！”

冰冰急了：“你那叫体验生活，但你有吃不饱饭的时候吗？我刚毕业那会儿，一包泡面分一天吃，连水煮肉片的辣椒都能当菜吃一天！艺术能当饭吃吗？”

小天觉得他说得不对：“艺术当然不能当饭吃，艺术就是艺术，不是食物，不是金钱，也不是化妆品。你这么想就是利用艺术，你知道为什么我之前不告诉胖子我是搞艺术的吗？以前，我一说我是搞艺术的，其他人就把我当成冰清玉洁的玉女了，玉女？我是欲女还差不多，回国后我一个男朋友都交不到，这把我憋得，后来我化个浓妆，跟几个姐儿们一起去夜店，苏青就把我捡到你们面前，胖子就死命地追我！原来不说艺术，我本人更有魅力。”

小天终于提到胖子了。

酒精，终于破坏了这四个人都避而不谈的话题。

哦，胖子，亲爱的胖子。

小天说得又哭又笑的："我真怀念胖子追我的日子，白天我还在工作室做雕塑，晚上就化着大浓妆穿着丝袜，让胖子带我一起玩。你知道胖子多幼稚吗？开跑车！我家不比他家有钱啊！在北京，最土的人才开跑车！他还玩浪漫，送我一大堆玫瑰！以为这就是浪漫！他不知道，我在纽约交的男朋友，穷得就只剩下浪漫了，幼儿园就开始送花了。可是他这人就是傻傻的，一副浪子的样儿，实际上可㞞了！连我的手都不敢拉！他越㞞，越显得他表面的做派都是假的，多可爱啊！像小动物！"

她拍拍自己的胸口，哽咽道："他的心，多美好，罗丹也不能塑出这么纯洁的心！他美好得我想保存这一切，我不想跟他提我是捏泥巴的，我就想看看我这一身朝阳V姐的范儿，能不能获得真爱。结果，他要跟我求婚，即使你们那时以为我找老外，有干爹，他也要开着他的傻车跟我求婚！苏青跟我说的时候，我就准备告诉他真相了，结果……"

小天的眼睛迷茫了，仿佛回到了车祸现场："我是哭着到现场的，你知道吗？胖子的车都散了，后备厢里的玫瑰被撞得满地都是，跟血染在一起，比世界上最美的雕塑还要美……那一刻，我不哭了，我知道，我不能再哭了！再哭我就破坏掉这一切的美感了！你知道我最爱胖子是什么时候吗？是在葬礼上，她妈跟我说，我恨你，但我儿子爱你，谢谢你来……我就觉得，我这辈子值了，我有这么好的爱！我真想陪他一起去，我真干得出来，你们信吗？"

冰冰也在哭，却在说着另一个人："胖子和方怡然，都是老天派来爱咱们两个浑蛋的……我一直觉得她是跟我玩玩，结果她为了我，跟家里人吵翻了，搬出来跟我住四合院，她多好啊，结果有了孩子，我他妈的还不想结婚……"

两个人都喝大了，嘴里都念叨着各自爱的人。

李文博和苏青怎么都分不开两个人，只好结账，把他俩都弄到附近冰冰的家里。

小时工阿姨已经把冰冰的房间整理干净，小天和冰冰倒在地毯上，两人依旧掰着手，比拼着胖子和方怡然谁比较好。

小天说不过，从包里拿出一个小纸盒子，打开看，是方怡然的塑像。

"我从苏青姐那里知道，她离开你了，所以我没敢送你这个，怕你伤心。

可是冰冰，我多羡慕你啊，不管她是多恨你，多不想见你，但她还活着啊，你还有机会弥补这一切，可我呢？”小天指指天花板，“你这个杀千刀的，你高兴了吧，你终于把我给收住了，我一辈子都忘不了你了，这就是你的诡计吧！”

折腾了大半宿，终于安静下来，小天躺在大床上，嘴里却喃喃地念叨着什么。

苏青凑过去听，却听不清楚。

沙发上的冰冰抱着方怡然留下的玩偶，却睡得平静，有时候还笑出声来。

李文博和苏青坐在地毯上，望着两人，也累了。

李文博让苏青枕着他腿睡，苏青摇摇头，望着他们两人：“有时候我真羡慕他们两个人。”

李文博轻拍了一下脑袋：“你是想让我死，还是让我突然消失？”

苏青摇摇头，靠在李文博身上，并不讲话。

他身上汗水与香水混在一起的味道，再次让苏青意识到，也许，目前的生活显得完美得不像是真的。

这一切，太像是真人秀，并非只是因着冰冰和小天两人离人伤情的爱情故事。

而是，李文博仍然没打开自己的内心，苏青对他性格中致命的缺点，依然是毫无所知。

苏青痛恨自己的悲观，然而却无可救药地相信，只有有缺陷的生活，怕是才配得上残缺的自己吧。

微微地为自己的毫无安全感感到心酸时，冰冰突然坐起身：“我一定要找到方怡然。”

李文博和苏青被他这句没边没际的话弄得哑口无言时，冰冰躺下，翻了个身，又继续睡了过去。

小天也被胖子弄醒了，突然四处翻东西，口里含糊着说：“戒指！戒指呢！”

李文博和苏青想安抚她，却不知道说什么。

直到，颈上的一段红线滑落下来，上面拴着一枚小小的钻戒，一克拉大小，白金项圈。

苏青脑海中浮现出胖子的话：“这戒指也太小了吧？”

是，当时自己怎么说来着：“你要是想显摆，婚礼上再给小天弄个麻将牌那么大的钻戒啊。”

然而没有机会了，苏青甚至有点儿后悔没让胖子买更大的钻戒。

小天傻乎乎地笑：“终于找到了。”

她自己把戒指戴在左手的无名指上，高喊：“我愿意！我和胖子结婚啦！谢谢大家参加我们的婚礼。”

仿佛完成了一项期望已久的事情，小天终于踏实地睡着了。

一室四个人，每个人都有着自己无法完全说清的心事。

只有在夜里稍显端倪。

黎明之后，新的一天又将这心事冲淡，然后又坠入黑暗中。

周而复始，犹如永不停歇的地球转动。

4

胖子的死，终于带来了后遗症，苏青开始慢慢舍弃掉原来过多的欲望。

又是在办公室卖笑卖唱装傻卖萌的一天。

少说话，多笑，多干活。

苏青轻叹做女强人的梦，只能来世再做了。

此生此世，她只愿打好这份工，当个小小的头儿。

不费尽心机往上爬，对得起这份薪水。

让年终奖金厚得能散发出现钞的香味，每次报价单都挖空心思多做一点儿钱，好让提成多一点儿。

若日后每一天都如今天一样，马达开动一天，只为晚上不用加班。

去洗手间洗一把脸，换身可以见人的衣服便能脱胎换骨就好了。

顺便说一句，终于不用穿刘恋送的那件小黑裙做战衣了。

让组内的小女生帮忙化个淡妆，抓抓头发，喷一下小男生桌子上的男用香水。

在众人大骂她秀甜蜜秀恩爱时，依然不要脸地昂首走进电梯，在地下停车场找到李文博的车。

一路往前走，不去想未来所谓阴晴圆缺，只愿意平凡过好这一生。

有人喜你几年，有人陪你几年，有人捧你在手心几年。

只要还活着，还会感觉自己是可爱的——不是指 cute（可爱），而是可以有人爱的可能性，他爱或自己爱自己。

话虽如此，可为何，那悄然的黑洞，又开始有扩大前兆了呢？

她决定跟李文博把这黑洞讲出来，她对他无法憋着。

这是病，她知道得治。

车内的李文博在路上絮絮叨叨地说了冰冰现在的状态，他爸妈的身体，偶遇的中学同学已经胖到面目全非，终于意识到苏青的不对劲，她的脸是平静的，但毛孔里透露出一股挫骨扬灰的丧。

等红绿灯时，李文博摸了摸她抓得像模像样的头发，却摸了一手发胶。

苏青见到，赶紧给他抽纸巾，李文博笑："还学会捯饬了。"

苏青不自信地照了照后视镜，搔首弄姿的："不好看吗？"

"我还是习惯以前的你，你最近有点儿变了。"

"嗯？"

李文博想了想："好像比以前规整了，那股乱哄哄的劲头没了，你最近是不是有心事啊？我老见到你看着我发呆，欲言又止的。"

"可能是跟你在一起后，一切都太顺了，顺得我有点儿慌。"

"顺不好吗？"

"觉得没奔头了……工作也很好，感情也很好，以前天天想要的，竟然有运气马上都得到了，没付出任何代价。我生怕老天爷突然蹦出来，让我付出代价——我不能预知的代价，但肯定是让我撕心裂肺的代价，我这么说，懂？"

李文博摇摇头，苏青咧嘴笑了："算了，其实我也不知道自己怎么有这念头……也可能是要带你见我最好的朋友，难免感慨万千吧。她订婚了，未婚夫特别好，我也突然一切顺利了……"

"嗯，认识你那天开始，你就把你这个朋友说得跟超人一样，无所不能，我也挺好奇，什么样的女人让你这么喜欢。"

但我终于要失去她了，如果没什么意外的话。

今年圣诞节，刘恋就要飞去美国注册，她工作已经辞掉，极有可能在那边拿到绿卡，再不回这个北京城了。

人海茫茫，彼此的生活发生了很大的变化，无可避免地要新陈代谢下去。

成年人的友谊仅仅会比爱情长一点儿而已，只是长一点儿。

但这话无法跟李文博说，她只是顺手帮李文博整理了一下衣领。

到了钱柜 KTV，停好车后，李文博和苏青手牵手进去了。

打开包厢门，先见到 Ethan，苏青介绍，两个男人友好地握手，苏青问：“她呢？”

Ethan 指指角落的小舞台，刘恋正在闭着眼睛唱歌。

苏青自己是老歌歌后，刘恋是丧歌歌后，苏青戏称只要是寡妇歌、怨妇歌，最后都会被刘恋收入歌单里。

刘恋这次丧得还挺阳光的，她唱：“我最亲爱的，你过得怎么样，没我的日子，你别来无恙。”

包厢里，声音嘈杂。

苏青领着李文博入座后，朝着小舞台挥手。

刘恋甜甜地一笑，忽然愣住，麦克风掉在地上。

“咣当”一声，音箱里发出巨大噪声，让所有人都一个激灵。

刘恋从高脚凳上忽然跌落，其他人还僵在划拳喝酒玩色盅的姿势上，苏青已经一个箭步上前把她扶了起来。

这时 Ethan 才在旁人的提醒下赶紧跑过来，李文博站了起来，脚却钉在那里不动，有些微的手足无措。

刘恋没理 Ethan，转头拍拍苏青的头，也抓了一手发胶，“还是你靠得住……”拿起地上的话筒，跟大家说没事，还是就着伴奏继续唱起来，“虽然离开了你的时间，一起还漫长，我们总能补偿……”

声音忽然有些干涩，她把话筒放到一旁，喊了一句：“切！”

接着便坐在沙发上，拿起一杯酒，一饮而尽。

苏青移过来，搂住她：“怎么不唱了？”

“今天没感觉。”

“不够丧是吗？我觉得这歌有问题，‘关系虽然不再一样，关心却怎么能说断就断’。一副释然的样子，我是做不到这点，分手后，最好老死不相往来。”

苏青说得高兴，冷不丁看她这么看，有点儿纳闷：“怎么了？我说得不对吗？”

“真心话吗？”刘恋直看到她眼睛里去，嘴角一丝笑意。

“反正我是做不到分手还是朋友，既然还能做朋友，那干吗还分手？”

刘恋不说话，又倒了一杯酒，苏青把身子贴过去撒娇，刘恋看了一眼李文博。

“男朋友？”

“嗯。”

“你们认识多长时间了？”

“小一年了，在一起也快三个月了。”

刘恋嘴角一丝诡异的笑意，像是不认识苏青一样：“姑娘大了，知道跟我藏心眼儿了。这都三个月了，才让我见着，藏得够深的啊。”

唉，苏青懂刘恋的感受，当时跟 Ethan 相处好一段时间后，刘恋才把他带给苏青看，苏青也难受了好长一段时间。

即使是女人与女人，意外插过来的恋爱也会引得其中一方吃醋。

苏青拉着刘恋猛撒娇：“还像是以前那样，处一个人渣就乐滋滋地带到你面前，没俩月就分了，然后你得花一年时间才能让我走出去。你都要去美国结婚了，你不在，我要是不把关系确定了，不把人看清楚了，以后谁帮我开解，我这是被逼长大。”

刘恋看着李文博，Ethan 很照顾他，他也很自来熟跟大家一起玩色子。

刘恋上上下下打量了一番，喃喃地说：“不一样了。”

苏青把这茬儿接过来：“当然不一样了，我这也是被你调教得好嘛。”

刘恋把目光移到苏青身上，今天的苏青稍作打扮，因为恋爱升职的关系，整个人气色显得很好。

往日里头顶上那挥之不去的“衰”字消耗殆尽，竟也是个挺精神的女人。

刘恋用手摸了摸苏青的脸：“擦粉底了？”

苏青连忙问：“看出来了？怎么样？颜色适合我吗？”

何止会化妆了，刘恋看到她身上衣服也价值不菲：“他送你的？”

“哪有，我自己买的。”

刘恋上下打量这个新的苏青，也笑：“还真是不一样了，记得吗？那阵子你心情不好，我带你逛街。你在店里这不要那不要，可眼睛却一直看那件小黑裙。我知道你喜欢，就买下来送给你，给你当战服，你当时还咬牙切齿地说这是三个月房租呢。可现在这一身，应该不止三个月了吧？”

“哪儿啊，这是公司的小姑娘帮我海淘的，没几个钱。话说当时收到小黑裙，我半夜醒来还跳到床下看那购物袋里的衣服还在不在，我还以为是个梦呢。”

“是啊，那件小黑裙你只有在重要日子才穿，Ethan 跟我订婚那天，你就穿了。你今天说要带朋友过来，我还以为是时一鸣。”

时一鸣这个名字，苏青半天才反应过来，过去没多久，但也是前世今生了。

他这个小白脸还跟她半夜上门送花时，遇到的那个月经女在一起吗？苏青已经不关心了。

“嗨，我跟他也没有什么。”苏青把前尘往事抹得一干二净。

“我以为今天你也会穿那件小黑裙呢……不过这件的确好看，你也终于变了。”

“别老说新衣服，你说说人啊。”

两个人的目光都望了望那边的李文博，李文博觉察出两个人的目光，抬起头，笑了一下。

看刘恋时，他客气地点了一下头，又看了一眼苏青，继续低头玩色子。

苏青骂道：“还玩羞涩，真恶心。”

刘恋冷笑，苏青才意识到，讨饶地说：“我错了。”

刘恋倒不像是往常那样，继续抓着这茬儿不放，而是反问：“你知道你错在哪儿？”

苏青点头，在刘恋怀里磨蹭，仿佛一只小猫。

女人新交男朋友，带到众人面前，不好直接炫耀，就会以骂来反映两个人的甜蜜。

每每遇到这种情况，苏青和刘恋就说这女人可真上不了台面，好像全世界只有她有男朋友一样。

没想到她苏青也犯了这毛病。

刘恋却说：“你不知道。”

苏青撒娇：“娘娘，别赐我一丈红，奴婢下次再也不敢了。”

“还要有下次？那我也太受不了了。”她嘴巴张了张，却不说了，推了苏青一下，“去照顾他吧。”

5

音乐轰隆隆的，离得稍远一点儿，便听不到对方说话了。

苏青在李文博身边坐了一会儿，觉得无聊，准备去点歌，刘恋却拉了她一把。

苏青回头，刘恋像是鉴定宝物一样，双手爱惜地摸了摸苏青的脸："小傻瓜，一定要幸福啊。"

然后走到一边儿去跟别人说话了，苏青看着她的背影，觉得那么寂寞。

却又摇摇头，一定是自己多想了，刘恋此时应该比地球上的任何一个人都要幸福。

她可是刘恋啊，她是童话里的公主啊。

一晚上，苏青心里的黑洞被甜蜜的安全感给暂时关闭了。

小女不才，年逾三十，才有把男朋友介绍给朋友看的资格。

他们本来素不相识，只不过因为小小的她的关系，才在这个世间有了认识的机会。

本来这是钢筋水泥城市最容易办到的一件事情，但苏青直到二十八岁的高龄，才有机会享受这平凡的幸福。

真好。

李文博不多话，未语先笑，大家都很喜欢他。

远远地看，在人群中跟棵树一样，朝气蓬勃，随时散发氧气。

偶然在人群中与他眼神碰到，他会像小孩子一样偷笑，目光缠绵一会儿，再散去。

之前遭遇的那些人，都是为了遇到这个男人吗？

苏青现在才觉得她是幸运的，甚至身上都有了一种脉脉酥麻的幸福感。

李文博，你知道吗，我在这一刻，最爱你。

这个 KTV 的局结束得有点儿早，因为大家喝了酒，都分别打车回去。

李文博开车来的，没喝酒。

让了半天，Ethan 和刘恋才进了李文博的车，一进车，Ethan 就问："新车啊。”

坐在副驾驶座上，苏青拍了一下大腿。

时光荏苒，她终于变成了自己最讨厌的那种女人了。

事前怎么没想到这一点，见朋友就见朋友啊，干吗还让男朋友开车过来，全北京城就你男朋友有车吗？

Ethan 的朋友不是 ABC 就是富二代的，谁的车不比李文博的车好啊。

Ethan 和李文博很聊得来，谈车谈得不亦乐乎，两个女人反而插不上话。

苏青的目光，有时候在黑暗中迎上刘恋，刘恋只是眨眨眼睛，笑笑。

把 Ethan 和刘恋送到家，临走时，Ethan 还把李文博加在他们这一帮人的微信群里。

苏青在车上问李文博：“觉得刘恋怎么样？”

“她现在很幸福吧？”

“跟你想象得有落差吗？”

“我没想到你们能成为朋友。”

换成旁人，苏青听到这句话可能会生气。

但这是刘恋，她心甘情愿做刘恋公主身边的茶水妹。

苏青絮絮叨叨讲刘恋这个人，有些事情李文博已经不是听了一遍的，但苏青仍然不厌其烦。

这一次，李文博没有打断她，他安静地听着。

自己有多丧，有多悲观，刘恋就有多么阳光，多么冷静，“总之，我俩就是一本书，《理智与情感》，我是情感，她是理智。”

“她没有那么好，我觉得你更好。”

苏青感激地看着他：“谢谢你。”又像是想起什么似的，“刘恋说，她答应 Ethan 的求婚，是因为她等不来那个人的出现了，就剩下我一直等啊等的……”

李文博把车停在路边，眼睛看着前方：“我是你等的那个人吗？”

苏青看着外面，指了指天空：“看，今晚的月亮真美。”

外国人，喜欢把爱直抒胸臆。爱就是爱，I love you。

而中国人，不说我爱你，只会闲闲地指天上的月亮，说，今晚的夜色，真美。

李文博抱住了苏青，喃喃地说：“我知道该怎么做了。”

其实北京何时有好的夜色呢？

只因有你在，便是良辰美景。

第十七章

首都机场 T3 航站楼，追爱的少年啊，你慢些走

1

迟到是钢筋水泥森林里香火最旺的神，每月总是时时膜拜，神周遭散发金色光晕。

迟到者，吾爱之，满勤者，非我族类。

大概是每次在李文博家睡，早晨他开车送到公司门口，习惯了。

偶尔自己在家睡，就睡过头了，千辛万苦地拦了辆出租车，在拥堵的车流中郁闷得吐了半斤血，只好开车门飞奔到附近的地铁站。

在车厢里体会罐装沙丁鱼的难处，飞奔到公司，已经近十一点。

旁边的小女生特别纳闷："苏青姐，你又不听歌，身上挂个耳机线干吗？"

糟糕，一摸兜，果然手机被偷了。

小偷都学聪明了，看到地铁上有人挂着白色耳机线，就按图索骥，一偷一个准儿。

大家在确定苏青没有外国血统，不能让警察兄弟贵宾地毯式搜索，以及手机里并没有艳照后，纷纷摊手表示没办法了，只能认栽。

苏青只能在心里怀念那个雪花状花纹屏幕的 4S。

她把手里的活儿都分配出去，就打车去三里屯的苹果店肉痛地刷了一台 iPhone5，还去附近的联通店挂失补办了一张手机卡，十分高效。

在晚上才能回家恢复通讯录前，她把处女拨送给了刘恋。

手机是 2013 年城市人的拐杖，没了拐杖后，苏青只记得刘恋的电话号码。

上来也没客气，大骂了小偷的恶行之后，刘恋那边没说话。

苏青以为信号不好，喂喂了半天，刘恋在电话那边说我听着呢。

苏青疑惑："你干吗呢？"

"没……没干吗。"

"中午一起吃饭吧，我可难受了。"

"嗯，中午我约人了。"

"跟谁啊？"

"没谁……"

"在哪儿吃啊？"

"四季春……我下午再给你打过去吧。"

哦，四季春是个四合院改建的餐馆，以环境优美，菜品优雅到吃完回家还要再吃一包泡面才觉得饱著称，最适合约会初期的男女展现自己风姿绰然的一面了。

这地儿……

大中午的，不好好吃顿饭，约到这儿，而且说话还支支吾吾的，一向义薄云天光明磊落的刘恋，竟然也会跟她藏着掖着。

苏青心中的好奇心逐渐转化为略带愤怒的好奇心，她有点儿想一探究竟。

伸手拦辆车要回公司，司机师傅问她到哪儿，苏青顺嘴就说："四季春……不，还是国贸好了……"

司机师傅不耐烦："你到底到哪儿啊？"

"还是四季春吧……"

车开动，苏青心想，好奇害死猫，九条命的猫都死了，不能怪自己。

在路上，苏青想了很多剧本，比如刘恋背着Ethan偷食小白脸，结婚前把以后不能再联络的鲜肉们都吃干抹净，省得进入围城后，还忍不住后悔。

又或者，她这次要去见心爱的人，明明两情相悦，最终嫁的人终不是你，只能在婚前抛弃闺密的邀约，只想让你当场清唱一下《祝我幸福》，杨乃文版本：我很幸福，真的幸福，却渴望得到你的祝福。从今以后，牵他的手，心为何逗留。我很快乐，真的快乐，却还是觉得依依不舍。他的肩膀，给我力量，才能将你放。

想得热血沸腾，堵车时看到路边小贩推着车卖太阳镜，她还下车以迅雷不及掩耳之势花了二十块钱买了一副戴上。

以至于她到四季春的时候，她都替服务员觉得，自己更像是偷情的人。

中午，四季春人少得可怜，苏青一下子找到了自己要找的人。

顺道，也找到了自己最不想在这个场合找到的人。

刘恋慢慢地喝着东西，依旧是无懈可击的装扮。

订婚后，她的头发盘起来了，露出的美好的额头和下巴线条，干干净净，清清爽爽。

表情既不热络，也不拒人千里。

而从苏青这边看来，刘恋对面的男人背对着他，穿着一件蓝色衬衫。

四十六小时前，她还在熨烫这件蓝色衬衫的纹路呢，李文博在旁边抱怨："以后能不用洗衣机洗衬衫吗？这衣服贵到反社会了。"

李文博的背部不停抖动，他怎么跟刘恋有这么多话呢？他们认识也没多长时间啊？到底有多着急啊？这是第一次出来约吗？两个人上床了吗？在哪儿上的床啊？刘恋能接受快捷酒店吗？她长得这么好看，怎么也得去芳草地侨福那个带游泳池的一万二一宿的酒店才能打炮吧？

但是刘恋，你作什么呢，我家李文博有什么配不上你吗？

他虽然有点儿肚子，但是肩膀很宽啊，搂着你睡觉美死了，性能力其实也不错，时间和硬度都在中等以上，就是爱出汗，如果能接受他爱抽烟臭嘴巴这点，是一个多完美的情人啊。

你是不是都开着Mini好久没坐地铁了，地铁上天天下夜班好几天不洗澡的男人们你是没见过，你应该享受啊，有Ethan这么好的男人娶你，还有李文博这么好的男人，跟你见一面，就能偷偷去约你，你真幸福，我真羡慕你。

苏青这个时候才意识到，这是她人生中做梦都梦不到的情景，自己的男朋友和自己最好的姐们儿偷偷搭上线了，她该怎么办？

管服务员借一壶开水，然后直接倒在狗男女头上吗？

还是忍住假装不知道这回事，直接退出，你问我为什么跟你分手？断交？我什么都不说，我义薄云天沉默是金。

或是打碎牙齿和血吞，你别问，我不说，就当一切都没发生，做一个聪明的傻子。

服务员过来问苏青，小姐你是几个人，苏青伸手指头说三个人，然后愣了一下，转身逃也似的离开。

她走在路上忍不住想笑，之前的感情，她总是在对方出轨之前，便被嫌弃，而后直接被飞掉。

而今，自己竟也交了这好运，在一段感情里，圆满地有了第三者。

是不是有资格去天涯的情感论坛，开一个直播帖要死要活，成为一周内的网络红人了？

哈哈哈哈哈哈哈！

苏青蹲在地上，抱着自己的膝盖，笑到最后有点儿干，对着地面发呆。

一个骑着摩托车的警察，在她旁边停下，问："嘿，你没事吧你？"

苏青抬起头，仰着脖子看警察总是唤起她制服控的感觉，苏青送给这位帅警察一个甜美的微笑："人民有困难，找警察行吗？"

"怎么了？"

"我男朋友跟我最好的姐们儿勾搭上了，这事儿政府能管吗？"

"你能别蹲在道中央问这个问题行吗，后面车都不敢开了。"

苏青回头，一溜汽车按喇叭。

她满脸通红地站起来，移到旁边，警察慢慢开动摩托车。

走了？人民警察不爱人民吗？

应该开着摩托车送她回家啊，然后爱上她这颗破碎而潮湿的心，一段感情就此萌芽，李文博和刘恋顺利好上后，终究不得好死。

呵呵，这是女主角命的人才有的，她这种茶水妹，遇到这种戏份，又该回归到女屌丝的人生里了。

甚至有种莫名庆幸。

心中那种忐忑自己怎么有好运拥有这么完美感情的恐惧感，消失了。

她一阵坦然，是的，一切如她所料，自己怎么配呢？

想到这里，她好受了点儿。

是啊，多大点事儿呢，是真的又能怎样呢？

就算命犯天煞孤星，日子也还是照样过，大不了养只猫。

再说了，也许刘恋是找李文博跟他说："请你好好照顾好苏青哦，加油好吗？"

坚持一下，千万别把自己逼疯。

苏青握紧拳头，里面是一手的汗，抑或，是不为人知的泪。

2

回到办公室，没人注意苏青迟到。

浪费了她脸上挂着的那张不透露心事反而有点儿亢奋的笑脸。

公司走廊上，一个女人在大骂，撒泼。

一群人劝也不是，哄也不是，两难中。

"钟良，你这个王八蛋，你出来啊，你有种乱搞女人，你就大大方方地跟你的同事说啊，你要脸吗！我拼死拼活赚钱养你一年，有孩子你不要，流产还是我自己去的，你他妈的却在外边给我找小三，你有那命吗，你不怕折寿啊你！"

小三是谁呢，苏青也有耳闻，公司设计总监钟良，跟他同组的女设计师搞上了。

狗血的是，这女设计师还是他老婆的闺密。

"王宏颖，你缺男人缺到逼里了吗！我对你那么好，你倒是报答我跟我老公搞上了，你就不怕天打雷劈生不出孩子还得癌吗！"

女人骂骂咧咧的，钟良和王宏颖两人早不知去处。

女人也知道骂也是白骂，可是她不骂又能怎样，憋在心里生癌吗？

最后，她像只剥了皮的虾，靠在墙上哭了起来。

围观的人群早有人散去，没人出来收拾这残局。

一阵尴尬，从苏青心中蒸腾而起。

也许是刚刚发生的那事儿，让她略略地兔死狐悲。

短暂思考后，她决定上前，帮一下这个可怜的女子。

不然这场戏，苏青知道她无法收场。

那僵在台上的感觉，应该不会比老公出轨好受太多。

苏青一撸袖子，抹了抹脸，上前掏出纸巾帮这女人擦泪。

女人开始也挣扎，发现苏青也不是劝她起来，只是拉着她的手，目光关切地看着她。

于是她心里一软，委屈升到脸上，更肆无忌惮地哭起来了。

旁边人说："拉她起来啊。"

有苏青同组的小朋友想过来帮大姐忙。

"让她哭会儿。"苏青说，"能好过点儿。"

是啊，就是闹到公司来，又能怎样啊。

也不会开除对方，最多人家两人挂不住面子离职。

但北京的广告公司这么多，自有留爷处。

道德的谴责？报应？

呵呵……

女人哭了一会儿，也哭累了。

黄着一张脸，被苏青送到休息室，失魂落魄地发呆了一会儿，还是走了。

苏青一直把她送到电梯外面，还帮她拦了一辆车。

女人咧了咧嘴，算是笑笑，也算是感激。

苏青这才看清楚这女人的长相，也是个清秀的姑娘。

想回个温暖的笑，却发现嘴角是硬的。

这个城市，一些恋爱故事动人，更多恋爱故事变恨。

可若不能爱了，还留在这荒凉的城干吗？

她们始终是女子，爱是灵魂的氧气。

若不再爱了，灵魂也便枯萎了。

车开走那一刹那，苏青开始有点儿难过了。

是，其他人恢复正常了，但这女人怎么办呢？

她依旧要面对旧抹布一样的感情状况，无处释放，只能渐渐地徘徊在怨妇与疯妇之间。

她也曾美貌如花，她也曾被人捧在手心，她也曾被世界温柔地相待……

但当感情露出狰狞的触角时，一切都无能为力。

只愿自己同她，有一天能游刃有余，知道该何去何从。

初春，写字楼间的穿堂风，带着诡异的又暖又凛冽的气息。

苏青被风吹多了，想流眼泪，一摸兜，眼泪真的流了下来。

妈的，新买的 iPhone5 又不知丢在哪儿了。

不过也好，终究有借口不接李文博的电话了。

倒也不会造成工作上的不便，如果你想找到一个人，你肯定会找到的。

所以下班后，李文博在打了无数个电话，回去堵她又堵不着之后，还是找到了苏青。

他奔到公司，组里的小孩一路上叫姐夫好。

他笑着 social（应酬），等两个人独处时，他脸拉下来。

上来就劈头盖脸地教训她："怎么打电话还关机啊？"

"手机丢了。"

"你不是又买了一个吗？"

爱情会让所有的人变成福尔摩斯，苏青现在就被福尔摩斯上身了。

哎哟，终于露出马脚了。

苏青冷冷地看着他，看着李文博心里直发虚。

李文博也瞬间意识到自己说错话了，瞬间起了一头汗。

"午饭吃得好吗？刘恋连我买新手机的事情都告诉你了啊？"

李文博沉默。

"中午你俩谁埋的单呢？你从来都不让女孩结账，刘恋也是不愿占男孩这点儿小恩小惠的人，埋单的时候，你俩有没有抢单抢得打起来？"

李文博眼睛看着另外一处，苏青越说越气："你今天中午不是话挺多的吗，现在怎么变哑巴了？"

"你怎么发现的？"

望着眼前的这个变得有些怯弱的男人，苏青忽然有点儿泄气，她懒得拐弯抹角了，但她也不想解释，她为何今日会去四季春。

"除了我同事，只有刘恋知道我手机丢了，你说我是怎么发现的？别告诉我上次年会，你偷偷留了几个女孩的电话当内线，现在我知道，这事儿你做得出来。"

李文博还是不说话，苏青多希望他能说一句什么啊，哪怕是最拙劣的辩解。

然而男人就是这样，越到关键时刻，看着你越是怒火中烧，他们越是沉默以对。

"你们什么时候开始的？"

李文博终于发话了："很早就认识了。"

苏青绝望地，希望下一个问题他能否定："你们上过床吧？"

李文博想了很久，点了一下头。

此时，苏青想起那个来公司大闹的女人。

是的，毫无自尊，犹如泼妇一般，疯狂地在公司于事无补地狂骂男人与小三。

以至于很多人会说，这样的女人，不被小三才怪呢。

可是如果你也遭遇这种情况，你怎么办？

苏青此时觉得自己和那个女人融为了一体。

啊，李文博，我这么爱你。

啊，刘恋，我这么爱你。

你们怎么舍得呢，出轨的机会有很多，无数的吴彦祖金城武章子怡舒淇都在生活中对你们发出诱惑，我最爱你和你，怎么能如此呢。

我不美，我不聪明，我轴，我一根筋，我屌丝，我是茶水妹。

但不代表感情中，我就不配得到尊重。

苏青止不住地开始抖。

不是冷战，而是内心一股强大的力量无处释放，又不得不装作什么事都没发生过。

寻常的控制力，已经无法驾驭内心的情绪——是，脑中不停浮现李文博和刘恋在一起，牵手，拥抱，调笑，亲吻，缠绵，滚床单。

最让自己绝望的是，她此时竟然自暴自弃地觉得：这一切好配，她才是那个不知好歹破坏这一切的人，那个白雪公主的后母。

浑身的战栗已经无法掩饰，苏青心想是不是室内空调开得很足啊，为什么这么冷呢。

她想露出一丝微笑掩盖这一切，但是牙齿都打冷战呢。

李文博伸手要抱苏青，苏青嫌弃地退到一旁："你别碰我，我觉得恶心。"

这是两个人相处以来，他从未见过苏青的一面。

你见过街头的流浪狗吗，受尽虐待与冷暖，却对人依然抱有期望。

你走近，它退后，然而眼神却依然犹豫，这是一个施虐者还是个有心人？

就这样僵持着。

李文博强制地把她拖入怀中，苏青依然在挣脱："你要是喜欢刘恋，我退出。但你不能骗我，我的人生经不起骗，我不想对这个世界绝望。"

李文博搂得紧紧的："苏青，你别这样，我害怕。"

几次挣脱后，李文博的体温传递给她。

苏青有些瘫软，觉得自己很悲哀，原来她是这样贪恋一个人温暖的体温。

李文博抚摸着她的头发，试图简单明了地说明这一切。

"我和刘恋，不是你想象的那样，你还记得我为什么不敢开高速吗？"

是，他逃避当时女朋友的逼婚，烦躁中开车带着其他妞儿去玩，车祸让同车的女孩毁容，他也被这场车祸搞得心力交瘁，才从当时爱玩乱搞的京城少爷，进化成今天这样话少爱笑不爱交际的样子。

"刘恋就是我当时的女朋友。"

这一句话，仿佛世上最强大的魔咒。

苏青突然平静下来了，眼泪毫无预兆地流了下来。

仿佛是将要溺死的人，猛然发现前面有条绳子，可以摆脱这行之将死的状况。

一切都不是我想象的那样的，好险好险。

李文博接着说："我以前对刘恋很过分，最后干脆消失了。这几年，我知道在北京总会遇到她，但我始终想不到她是你的好朋友，我竟然在那种场合看到她。"

一进门，我原以为这是个简单的 KTV 局。

我也知道你很重视这次会面，你要把我介绍给你最好的朋友。

然而我们相见时，我是真的吓到了，这就是报应吧。

其实这几年，我一直都在想，如果看到刘恋，我一定会诚心诚意地跟她道歉。

但真的见面时，我却一句话都讲不出口。

而看她的眼神，她也的确是不想跟我说什么了。

我怕她会当场爆掉，一晚上都提心吊胆的。

好在她没有，后来她那个 ABC 男朋友把我加入你们的微信群。

我想了好几天后，还是加了刘恋。

我不想找她叙旧，我只是想跟她说声抱歉。

希望我们彼此都往前走，也不希望我，会影响你们姐妹的关系。

这就是我们唯一见的一面，除此之外，我们一点儿联系都没有。

她变了，变得更冷静，变得更成熟。

然而，让我难受的是，她跟我说，李文博，你觉得一句抱歉就可以解决一切吗？

刘恋说她终于想明白，我不想跟她在一起的原因，是我们相遇的时机不对，是我们都没错，只是当时不适合。

这一切她早就释然了，没什么对不起的。

然而她依然刻骨铭心的是，我在那场婚礼上，把她一个人抛下，她为了找我甚至把腿都弄伤了，而我却头也不回，把她的全部自尊，统统轻易地一笔勾销。

刘恋说，我难道没别人要了吗，我难道非要跟你结婚吗？你凭什么把我摆在受害人的位置上？你是有多伟大，我是有多卑微？

而她，也是当着我的面像你这样，说着说着就开始抖起来。

牙齿相互抨击，在含着巨大恨意语句之间。

刘恋说绝不原谅我。

你把我捅一刀，现在伤疤还留着，你轻轻一句对不起就完事了？不光这样，你还恬不知耻地告诉我别来打扰你们的感情。我是一个麻烦吗？！我是麻风病人吗？！你躲之不及，你挥之不去，你回想起往事一阵恶心？！我太天真了，我也太贱了，这么多年，我竟然对你还有所眷恋，我竟然无数次幻想过我们重聚的画面，我竟然早就原谅了你，我竟然还……一直存着小小的希望火苗等着你，等你回来，等你继续，等你的一个理由。可此时此刻，你这句对不起，把过去我努力经营的一切美好都瞬间推翻，让我再次无地自容。不，我没有误会，我怎么可能误会，你现在完全是在告诉我，以前的事情不要再提，以后的生活也不要影响你和苏青。

李文博像是说着别人的事情。

她说："李文博你就是个人渣，用不着我出手，人渣自会有天收，我赌上我的一辈子诅咒你。"

李文博发现苏青毫无动静了。

苏青泪流满面。

就像是从濒临死亡的水下，重新到空气之中，心有余悸，心慌不已。

自己的男人和自己的闺密私下见面，除了这个理由，其他的可能都是一刀毙命的。

李文博捧着她的脸，帮她擦掉泪水："我没想到你的反应这么大。"

是啊，美好的一切仿佛要瞬间失去，她差点儿崩溃，她怎能不崩溃？

苏青的反应更大了，顾不得丢脸，狠狠地抱着李文博。

李文博也抱她更紧了一点儿，"可是我又忍不住地高兴，我没想到你这么爱我，虽然……我们早就难以启齿爱情这件事了……"

此时，一个同事路过，煞风景地说："哎哟，感情真好。"

是啊，刚相处是爱情，上心了之后便是感情。

爱情逝去，终究有下一段。

感情分离，却不是愿赌服输就能甘心的。

爱情，像是跟银行贷款，知道总要还。

感情，却是借钱给朋友，知道也许再也还不上，一欠一辈子。

3

刚买的 iPhone5 又不知道丢哪儿了，李文博手拉手给她买了一部新的。

苏青平静地接受了，拿起手机跟李文博自拍，要留下这手机里的第一张照片。

傻傻两个人，笑得好暖。

手机通讯录也恢复了，软件也通过 iCloud 重新下载，一切又恢复平静。

然而这件事情，却也打破了苏青与李文博相敬如宾的感情生活。

旧的模式失去，新的模式又未重新建立，两个人都有些暗流般的尴尬。

苏青开始对自己的身体失去信心，常常以加班之名避免到李文博家住。

一切仿佛又恢复到两个人还是朋友的阶段，亲密浓稠，客气满满。

你吃什么？这个颜色的衣服好看吗？咱们看哪个电影？晚上去我那里？

什么都行；两个都差不多；我也没想法；晚上加班到十点，你就早点儿睡吧……

哦……

哦。

冰冰也觉察到二人有点儿尴尬的气氛，他偷偷地问苏青怎么了。

苏青笑着摇头："我俩很好啊，你想多了。"

T3 航站楼，冰冰背着一个 75L 的登山包，看着苏青："你俩有什么事情可要告诉我啊！"

"先别说这些，"苏青捶了他一拳，"你又不会日语，怎么找方怡然啊？"

方怡然消失许久，可某天她的一条空白微博，意外显示出她现在的地理位置：日本东京葛饰区锦系厅。

那条微博很快就删掉了，可每隔几分钟就要刷新方怡然微博的冰冰看到了。

半辈子都过得随波逐流的冰冰，这个没发迹的导演，倒是做出了他迄今为止最爷们儿和最电影的一件事：去日本找方怡然。

不会日语，不知道确切地址，到了日本也不知道住哪儿。

冰冰说锦系厅在中国撑死就是个街道，挨门挨户去找又能怎样。

李文博不想再劝他了。

万一这个地址，仅仅是方怡然在一个咖啡馆不小心更新一下，然后她也许住千代田或是涩谷，这一次东瀛之旅只是无功而返呢？

可看着冰冰那张兴奋的肉脸，谁也劝不下去了。

或许，找到方怡然，会成为这个内心一直幼稚的男人真正成熟的坐标点。

做朋友的，此时，只能祝福。

事已至此，李文博只能给冰冰递上来一个信封。

冰冰打开一看，一叠日元。

他笑了，从兜里掏出另外一个信封："还真是情侣啊，巧了，苏青也给我同样的东西。"

苏青和李文博互相看了看，依然有点儿尴尬。

冰冰没客气，都揣到兜里："人穷志短，贤伉俪的情谊我心领钱也领，就当是给我孩子随礼了。"

那孩子现在还安然地待在方怡然的肚子里吗？或是已经化做春泥，肥沃着一株莫名的樱花树呢？

三人都故意不谈这件事，仿佛一定能找到方怡然一样。

冰冰背着包进闸口了，他没回头，却挥舞着双手，大喊："一个人走，两个人回来。"

这一嗓子，喊得李文博有点儿热泪盈眶。

回程的车上，苏青问李文博："今天怎么了，这么感性？"

李文博说没事。

然而开了一路后，他终于忍不住说："苏青，如果你怀孕了，我们就马上结婚。"

苏青有点儿纳闷："怎么想起这个了？"

"如果你走了，我真不知道去哪儿找你。"

苏青的左手让李文博的右手握了一会儿，她假装太阳猛烈，把挡阳板拉到一边。

真是年龄大了，眼睛好容易酸。

只是，按照这种状态，两个人怕是撑不到意外怀孕那一天，除非握手能怀孕吧。

但问题出在哪儿呢？

李文博身上的光芒没有变强，是自己身上的光芒渐渐弱了下去。

苏青越发怀疑，自己配得上这段感情吗？

爱情是个迷宫，若困顿不知方向，则需要一剂猛药打通任督二脉。

猛药是什么？苏青不太知道。

公司出轨的设计总监钟良和女设计师王宏颖面子上挂不住，双双辞职不见踪影。

那女人找不到这对狗男女，也来公司闹过几次，让老总做主，最终被保安架了出去。

后来女人学乖了，来公司不哭也不闹，只是坐在楼下大厅的沙发上发呆，看到熟悉的领导便扑上去。

时间久了，有时候谁也不理了，就坐在楼下，朝九晚五，拿着十字绣，或者自己带着盒饭，毫无目的地把自己变成一个地缚灵。

她在等什么？或许只是为了等待而等待。

她唯一对这个公司有好感的，便是苏青。

一是当日大闹时，苏青是唯一一个出手帮忙的。

二是来的次数太多了，连保安都把她当成空气了，苏青是唯一搭理她的那一个。

午饭时，苏青有时候会捎带盒 711 的盒饭给她。

天气越来越热，下午没事打扑克时，输家去买冰棍，苏青会让多带一个，然后送给楼下大厅那女人。

早晨起得太早，星巴克咖啡她会要两份，最终也递给她。

旁人说，你理她干吗啊，一个怨妇而已。

苏青笑笑，说就是搭把手的时间，不费力气，一副女雷锋的模样。

心深处，苏青是希望，如果有一天她也如此怨到骨髓里，终究还能有人照顾到她的情绪。

虽然是这样想，但苏青也期盼，自己永远不会遇到这种情况。

但愿但愿，人长久。

她时刻觉得自己，已然一无所有。

因为，刘恋已经像一块漂移的大陆，渐渐远离苏青的地图。

无论苏青这个国家庆典、战争、饥荒或是海啸。

也仿佛再没办法，从这块大陆里获得，哪怕丝毫的支援。

第十八章

从东京到北京，任你是多浪的游子，也舍不得这北京城

1

北京的春天很短暂，等到柳絮纷飞的时候，裙角已经在街角飞扬了。

电车痴汉最爱这个季节，地铁上每一个姑娘都是他隐秘的快乐源泉；以减肥为己任的人在徒伤悲后继续徒伤悲；簋街的生意迎来旺季，街头小摊在深夜出现，成堆的名车停在某个名气远扬的卤煮摊位旁；气温的攀升，让性欲蠢蠢欲动，很多孩子在这个时候被创造出来。

哦，北京夏天，干热的地面会让所有人都赤裸裸地露出原形。

何止人呢，还有人与人之间的关系。

钢筋水泥森林里的哲理，外在决定了相遇，内在决定了相识后的持久度。

苏青终于意识到，原来自己是个既没有外在，又没有内在的人。

李文博好脾气地迎接她的作：去宜家挑选家具，因为李文博光顾着往前走，没注意她，失散又相遇后，苏青发了半天脾气；李文博陪客户应

酬，一夜未归，苏青把电话打到爆，摸清来龙去脉才罢休；公司有广告片拍摄，老张说既然李文博以前跟公司合作过，那就用他啊，苏青稍微提了一句，李文博觉得这活儿有依靠苏青之嫌，就摇头不乐意接，苏青觉得他艺术家脾气上来了，干吗有钱不赚啊，有什么好回避的，怎么说他都不听，又是一通别扭。

苏青觉得有莫名其妙的经期综合征长期伴随着她。

何时经期能结束呢？

闷得苏青满脸长痘，当然，也可能是性生活不和谐的原因。

胖子死了，方怡然走了，冰冰去追了，小天出国了。

哦，还有什么人消失在生活中了？

在苏青故意要忘记刘恋已经许久没联系她时，她先上门了。

睡到中午，依然处在混沌状态的苏青有一点儿高兴，好在是刘恋，好在她来了。

她是要来解决悬在姐妹之间的李文博这个不能说的秘密吧，多好的闺密。

然而，她一开口便恶人先告状："你没去 Rose 的公司？你还真会做事，你准备在那个破公司耗多久？一辈子吗？不得了，很多事情你自己都耽搁得起了，你本领越来越高强了！要不要我帮你改名叫本领强？！"

苏青呆了一阵子，蒙蒙的，面对刘恋的兴师问罪，她的无明火升上来，很直接地反问一句："跟你有什么关系？"

刘恋何时见过苏青这样的嘴脸，她愣在那里说不出话。

蓝色的海洋，一艘叫恋青号的友谊帆船就此触礁沉没。

但刘恋还努力着："我们是好朋友……"

"是吗，所以我的人生就该由你控制？"苏青愣愣地问。

"你怎么了？"刘恋愕然。

房子还飘散着人睡眠已久的人味道，刚搬到这个房子时，刘恋还曾留宿这里，夸奖苏青在穷开心玩品位方面，还真是一把好手。

其实，在没去 Rose 公司，留在原公司这件事情上，苏青完全可以告诉刘恋，她升职了，工资翻番了，福利很好，每个项目上还有提成，公司新老板非常重视她……几句话就解释清楚了。

然而，刘恋，我们终究回不去了。

苏青还是想努力一把，她撑出了一个笑脸，她还是不想失去她。

“我开玩笑呢，总得惩罚下你多日不联系我。我没换工作的消息，是你从 Rose 那里知道的？”

刘恋沉默了一会儿，换上了有点儿戏谑的脸。

“我不觉得你这像是开玩笑，倒像是积怨多日终于爆发了。别管我是从哪儿知道的，这不重要，今天最重要的是另外一件事情：你跟李文博分手吧。虽然这话说出来，你又要问我跟我有什么关系。但是，就是跟我有关系，我没办法看着你走上不归路。”

“为什么要我跟他分手？总得有个理由。”

“没理由，你选他还是选我？”刘恋望向苏青的眼睛，闪过一丝绝望，她早就知道答案，苏青明白，那一闪而过的眼神，叫飞蛾扑火。

“你有什么事情瞒着我？”

“没有，就算有，你也没必要知道。”

苏青笑了，饶有兴趣地看着刘恋，“你什么都不告诉我，却张嘴就要我跟我男友分手，我们的姐妹情分就是这样？我怎么感觉我是刘恋小姐买来的大丫头，朋友真心不是这么做，还好我有点儿狗屎运，不至于一无所知。”

刘恋愣愣地望着苏青的眼睛，苏青没有回避，那眼神说，“我知道你和李文博见面了。”

还用说什么呢，彼此这么了解对方的性格，苏青说一，刘恋便知二了。

刘恋的阵脚乱了，下意识的话脱口而出：“他不适合你，他是在玩你，他连我都玩，你觉得你玩得过他？”

苏青懂了刘恋这番话的浅层意思：我是与他见面了，但不是旧情复燃，我去见他完全是因为你的关系。

而深层次表达出来的意思，苏青不敢细想，无非是自己真的是个大丫头，自己不配，自己玩不起。

苏青把每个字都含在嘴里，润得温了，才消除了这话的冰冷感，“也许冥冥之中都是有注定的，比如，那天婚礼，我遇到你……”

是啊，我为何会遇见你，如果李文博不走，你也不会受伤，我也不会注意你，更不会照顾你。

那场婚礼上，差一分一秒，我都不会认识你，更不会鬼使神差地跟你的前男友在一起。

蝴蝶效应，最终把生活凑成了一个没办法圆满的圆。

一边是姐妹情谊，一边是爱人相伴，一山不能容二虎。

我只能挑选一只老虎，我没法贪心。

刘恋愣在那里，“苏青，你变了，区区一个李文博就可以瓦解我们之间的感情了？你太让我失望了。”

“我把心都掏给你看，可你连过去都不跟我谈，你有什么资格跟我谈失望？你口口声声是为我好，可你让我怎么相信？这不是一个男人的问题，这是咱俩的问题。”

“咱俩有什么问题？！苏青，你是苏青吗？”

苏青笑得那个阳光明媚，内心却苦楚得很。

说啊，刘恋，你只需要在我面前把前因后果讲一遍，我们这岌岌可危的友谊就能避免崩塌，但是你没说。

更让人寒彻心肺的是，你把我理解成有了男人便忘了你的那种女人。

这不是我们不小心成为一个男人旧爱与新欢的问题，这是我们之间的问题。

长久以来我望着你那座紧闭铁门的秘密花园，你一直不让我进去。

现在一场并不大的小地震后，我期许着，也许你可以主动把锁打开，让我看看你的内心世界，让我也帮你修剪被人伤害的草坪。

我们再合伙种下花，等待满园春色的那一天。

然而，你不懂啊，你不懂。

一个现在爱着我的你的前男友就这样冲昏了你的头脑，你迟迟不露面，留我一人为这场双女主角的友谊大戏苦苦写着剧本。

你终于上场，然而我最终发现，我预想了很多个结局，却没想过这鸡同鸭讲的戏码。

千言和万语，随浮云掠过，本来几句话就可以说明白的事情，错过了最好的时机，便只能眼睁睁朝着毫无回头可能性的路上滑。

“是，看看你的口气，让你失望了。最糟糕的状况不是我怎么样了，而是让你失望了。你把你的观感当成了我生活中最大的目标，是不是我做的一切，都要符合你的要求，否则就是不对？你一向以为自己比我能干、漂亮，你爱骂爱讽刺我，我贱，我没话讲，我把这当亲密。给我点儿小恩惠，你就以为是提携我，恩重如山。在我身上，你是不是能找到特别大的满足感？因为我笨，我轴，我是随随便便的路人甲。我所有的不堪和丑陋你都知道，但是你什么都不跟我说，你在害怕什么，隐瞒什么？我在你心中就是个茶水妹，而你永远是高高在上的公主。”

苏青觉得自己落入一个湖中，沉溺挣扎之间，她灵魂出窍，飘到了这个三千五百元人民币租到的旧民居的天花板上。她看到一个头发睡成主播头的苏青忽然诡异地探出头，头上隐约长满了惊心的触角。

对面的刘恋已经被这狰狞相逼得进退不得，只能立在那里，任由情况发展下去。魂魄呼救：“不要继续说啊，跟李文博分手吧，跟刘恋和好吧，她是你最爱的人啊，宁可孤独终老，刘恋子孙满堂，也不要失去她啊。”

肉身被淹没，沉入湖底，魂魄无归处，只能消散于满是她味道的一居室的空气中。

邪恶苏青终于干掉了善良苏青。

此时，隐约露出魔鬼触角的苏青无情地瞥了善良苏青最后一眼，忽然对着刘恋说道：“再请容我恶意地揣测一下，是不是被我逆袭，你很恶心？是不是捎带着连李文博的脸，都狰狞了起来呢？”

邪恶苏青说：“你难过的，是不是仅仅是，那个死活不想爱你的男人，最终爱上了我这个茶水妹，你愤愤不平呢？”

善良苏青想，说那么多干什么呢，其实你终究最想说的就是这句话，大招放出来了，你赢了。

啪，结结实实地，苏青脸上挨了一巴掌。

善良苏青魂飞魄散。

“你疯了！”刘恋这巴掌，打得真山清水秀。

苏青非常配合地，也打了刘恋一巴掌。

刘恋像不相信一般，反手打了一巴掌。

当苏青再想伸手时，刘恋像是调情一般，嘴角翘着，侧过脸，示威一般的眼神，你打啊，你打啊。

“要打之前，我有个问题想问你，是李文博好，还是李川好？”

苏青清醒过来，扇巴掌游戏结束，伸到半空中的手，终究还是没有落下。

刘恋也笑了：“苏青，在我面前，你不是也一直有种自豪感？我等不及了，找个人就嫁了，你骄傲自己一直等，你沉溺于这种感觉，你是不是特得意自己过得特别惨，跟电影一样。其实不是你运气不好，你今天变成这样子，跟李川没关系，跟谁都没关系，你就是这样一个人，跟每个男人都是这样。你不快乐，不幸福，都是你自己作的。你比我清楚你自己是个什么样的人，收起你可怜的怨妇嘴脸吧，我等着看你从里面一点点烂掉。”

苏青推开门：“你走吧，谢谢你这么多年的施舍，你高高在上地找别人衬托你吧。我陪不了你了，我做够茶水妹了。”

刘恋站起身，高跟鞋在楼道里噔噔噔地响了很久。

苏青不敢看她的背影，生怕多看一眼，自己就会软弱地要求和好。

回到屋里，她坐在沙发上，屁股却硌了一下。

哦，是资料文件夹，塑料封面，厚厚的一沓 A4 打印纸，都是去马尔代夫的旅行攻略。

图文并茂，刘恋弄出来的东西一向无可挑剔，还用荧光笔圈出重点，让苏青注意。

是啊，好早之前，刘恋就说去美国之前，她们要一起去马尔代夫玩一下，就在最近吧。

另外一个平行时空。

刘恋和苏青开开心心地把脑袋凑在一起翻这些攻略，苏青又会摆出“我英文不好啊机票什么的我不管你帮我订了吧”的脸。

刘恋一定会一边骂她，一边跟她商量日期，然后真的就把所有的事儿都给办了。

再然后呢，苏青会纠结地对着淘宝上一堆比基尼流口水，刘恋冷笑，就你那平胸，分不清前胸后背，还有脸穿比基尼。

欢欢喜喜，对比这个时空的一拍两散。

在这个时空里，刘恋从苏青的家中离开，下楼后，坐着小火箭，离开地球。

是啊，地球已经不需要她了，她要回到自己的星球了。

即使月朗星稀，两个星球的人遥遥相望，此生不复见。

你们都走了，只留下我在地球上。

手机上的微信早就堆积一座城，兵荒马乱的。

其中一条是李文博发来的："厨房里那个胶皮管你放哪儿了，天气好，我想下楼洗车。"

啊，差点儿忘了，这个地球上，还有个李文博呢。

苏青去卫生间洗了个澡，从衣橱里翻了几番，终于找到一条冬天打折时买的黑色裙子，还没拆标签呢。

外面套了一件灰色羊仔毛的开衫，在耳垂下喷了几下香水，伸手打车去了李文博家。

天气真好，走进小区，老远就见到李文博拿水管冲刷着车呢。

有些热，他满身是汗，穿着一件脏脏的牛仔裤，上身裹着一件紧身小背心。

远远看上去，真是一身好肉。

背心搂不住胸毛和腋毛，他大大咧咧的，满身是汗，却一脸男孩气。

啊，为了这个男人，跟这么多年的好姐妹分道扬镳，值得吗？

可惜没有机会再后悔了，木已成舟，刘恋撑着独木舟已经远离了，永无回头机会。

苏青远远地看着李文博，李文博发现时，还挺惊讶的。

"为了个胶皮管，干吗还跑一趟啊？"

苏青光傻笑，李文博拎着水管，很仔细地冲着轮胎。

冲了一会儿，发现苏青还是站在那里，"怎么了？"

"没事。"

"想我了？"李文博边说着，边继续刷车。

苏青一时泪盈于睫，还好有风把眼中的潮湿吹干，让她不用解释。

这场景仿佛在哪儿见过。

梦里吗？也许不。

只是，卑微如她，竟然也有这种机会。

她感恩。

我若想你，我若需要一个怀抱，我穿越四九城，只需要一小时，就知道该找谁。

这难道不值得我对上天三跪九叩？

苏青半发呆半欣赏地坐在花坛上，看李文博把一辆车从风尘仆仆变得光洁如新。

关掉水龙头后，他收拾了一下现场，点了一根烟，跟苏青手拉手上楼。

刚进门，他揉了揉苏青的头发："你今天怎么傻乎乎的……"

话还没说完，苏青的嘴凑上来，李文博边被亲边笑："哎哟，宝贝儿，我这还一身臭汗呢。"

然而在性事上从未主动过的苏青，今天却像是春天的母猫一般，充满了探索的热情。

一会儿，李文博就不说话了，再也顾不上洗澡。

他刚要伸手从床头柜拿出套套，才发现主动权其实已不在他手里了。

外面开始下雨，倒也不是晚春初夏的第一场雨，不过这才是一场正儿八经的雨。

有雷，突然就蹦出雨滴，一会儿就大珠小珠落玉盘了，下得酣畅淋漓。

帝都地表积蓄的油腻般的高温迅速退去，从此以后，热就是直愣愣的，再不藏着掖着了。

气象台可能还在疑惑这雨来得没头没脑的，但老北京依据经验，知道这雨下得正是时候。

真是一场好雨啊。

雨不下，夏天不会爽快利索地来。

因为苏青的主动，李文博像个初临风雨的童男一样，全力配合，酣畅淋漓。

身上那层汗还没退，竟然就睡着了。

苏青玩着李文博腰间的痦子，他身上散发着汗水浸透肌肉的味道。

这是他的独家味道，她熟悉又陌生。

床边有一个撕破口却来不及用的安全套，苏青掏出来，像少不经事时那样吹了起来。

手上沾着橡胶与润滑剂混合的味道，轻拍一下，膨胀的安全套气球飘到地上。

苏青仿佛觉得身上轻了好多，与刘恋失和的沉重巧妙地被掩盖了。

一山不容二虎，刘恋那头华南虎退隐山头，她没有退路，只能一头扎进李文博这只西伯利亚虎的怀中了。

她看着李文博睡着的脸，睫毛很长，睡着时噘起嘴巴，一脸少年相。

是，她仿佛有个预感，她原本留给刘恋的时间，忽然嫁接在了这个男人身上。

接下来，她感到，要跟这个男人相处很长一段时间了。

因为，心就那么大。

刘恋走出去，空出的那部分空间，就只能留给原本只占一角的李文博了。

她忽然开始羡慕起这个毫不知情的男人来，他的世界多好啊，永远知道得那么少。

苏青心一软，张开怀抱，紧紧地搂着他。

接下来的时光，就是你同我相依为命了。

文博，不要辜负我。

窗外又开始有雷声了，李文博迷迷糊糊地被惊醒。

他翻了个身，反手把苏青搂在怀里，依然闭着眼睛嘟哝着："今天白洗车了。"

2

有失必有得。

无可奈何地与刘恋决裂后，那场随着雨声而来的性事，让苏青和李文博的关系更进一步。

去除了苏青的烦躁，李文博开始汹涌地觉得，苏青越来越可爱。

小事不计较，大事有判断，保留了原来性格中的大方，大气中又心中有数。

甚至相处时，李文博一抬眼，苏青就心领神会，弄得李文博心里酥酥麻麻的。

感动之余，只能用更多的体贴来回报苏青的默契。

当然，也许是内疚。

李文博懂得苏青的牺牲，为了他，苏青舍弃了刘恋，选择全心全意相信他。

对此，李文博暗地里其实也在想，她心里是否还留有芥蒂？

其实哪有，苏青压根没做什么选择，或许没有李文博，她和刘恋之间也必然经历一段动荡。

现在只不过是过往的情绪，因他这个变数，忽然激发了出来。

钢筋水泥的森林不断侵蚀着村落，栖息这其中的人，也在新陈代谢之中不得不把过往生命中重要的人代谢出去，才好不被淘汰。

女人心里很清楚，男人却自作多情。

自从那天相见后，刘恋就再也没有出现在苏青的生活中。

就像是《1Q84》的理论，在那有两个月亮的世界里，所有过客都是为了把主角推到故事应有的标准，然后功能完成，村上大叔三言两语便让他们下落不明。

刘恋的微博依旧更新，看不出情绪，也没有解除对她的关注，苏青用别人电话试着给她打电话，依然是好听的 hello。

好，你依然是我认得的那个刘恋，苏青利落地挂掉电话。

虽然我们不再相见，可你若安好，我便能安心按照我的步伐，继续我的生活。

苏青也知道是自己多虑了，刘恋怎能过得不好呢?

即使生活是场真人秀，她苏青也不会是楚门。

她也许是楚门妻子的小学同学的初恋情人的二姨外遇家楼下 711 唯一买软白万宝路的那个路人甲。

但是，只要她把自己当成主角就行了。

尽管模式与戏份可能都一样，可因为心理定位不同，愉悦度依然有很大区别。

李文博终于想明白，开始接苏青负责案子的宣传片拍摄。

老张默许，同事觉得顺理成章，客户也很满意，钱少事儿少好合作，何况是苏青的男朋友。

在大郊亭桥东那边的竟园艺术区摄影棚拍完广告片，女客户甚至拍着苏青的肩膀："你男朋友又帅又有才，苏青你太幸福了！"

因为也开始培养健身的习惯，苏青的肿脸消退了一些，短发的她从侧面看，竟然也英气妩媚起来，她笑着对客户说："哎哟，你不知道，他对你们 nice（和蔼），对我脾气可倔呢。"

一切都好，只缺烦恼。

但又怎样，还要求什么呢，为了这目前看似顺理成章的幸福，苏青连刘恋都牺牲掉了。

对不起，苏青对自己说，自己又想起李川了。

以前想他，是满含爱意地怨他，如果不是他，她也不会变成今天这个样子。

现在是想给陈胖子的《好久不见》拍一下 MV，喝喝咖啡聊聊天，谈一下彼此的改变。

你离开后，我发生了这么多奇遇，受制于失意的往日，又如何被动或主动地被命运翻云覆雨。

现在貌似雨过天晴，可是我找不到能倾诉的人了。

最后才寻得在记忆的冲刷下早已毫无缺点的你，跟你说说后，我就释然了。

可释然又是什么呢？

苏青此时没办法看出点儿什么。

最能看出的，是冰冰最近很得瑟。

他的微博，原本是各种电影的分享转帖大集合，可自从他在日本找到方怡然后，微博基本上就充斥着各种孕妇须知的转帖，要不然就是各角度方怡然待产的海量照片。

更令人发指的是，跟他美丽的丈母娘学做饭时，一个大男人还玩自拍。

高潮是方怡然生孩子当天，闺女，七斤四两。

打国际长途汇报时，冰冰号啕大哭，方怡然倒是很冷静："肚子太争气了，差点生个处女座！"

但方怡然也好不到哪儿去，大概是为了找补微博几个月没更新，开始天天发美图。

在她又一次转发情感大师的微博时，苏青终于忍不住屏蔽她，并在视频时要挟她，"你也是有脑子的姑娘，干吗相信这人呢？"

方怡然在那边谦虚："大概胸大无脑吧，苏青姐，我也想像你这么智慧，可是我胸大啊，都从 D 罩杯变成 F 罩杯了，血都跑到胸侧边跟副乳打成一片了……"

苏青咬牙切齿："不用你美，喂完奶后下垂也快。"

"唉，所以我真羡慕你们胸小的，一辈子都能抵抗得了地心引力。"

李文博听不过去了："行了，奶牛，别自豪了，说点关键的，你们什么时候回来啊？"

方怡然和冰冰泪流满面地合唱《我的中国心》。

虽然日本的确是个养孩子的好地方，但两人归心似箭。

一方面还是想孩子回归北方人的粗粝，别学习日本妇女那一套该死的温柔。

另外一方面日本饭菜没什么油水，冰冰立马瘦回大学的样子，“洗澡时，我热泪盈眶地发现能看到自己的小鸡鸡了”，冰冰说再这样下去他就瘦成非洲难民了，何况他日语也不好，哪儿也去不了，买包烟都费老劲了，“还不能随便抽烟，街道比我家都干净，我特怀念北京那个脏兮兮的大工地”。

方怡然也不太舒坦，一生完孩子，就被她那个贵妇妈妈强逼着减肥。

“那教练还是她妈的小男友，我去，比方怡然还小，那美夏管他叫后姥爷还是叔叔？”

孩子的日本名字是方怡然妈妈取的，叫井上那美夏。

至于中国名字，小两口一副“那得让那美夏的姥爷取吧”的孝顺模样，赶紧借机回国。

因此飞机一落地，两人就一副爱国青年的样子：“老婆，你闻到什么了？”

“嗯，沙子，雾霾，空气污染，麻辣烫，卤煮，地沟油！”

“好闻不？”

“好闻！”

苏青一顿老拳把这对小两口揍回原形，李文博接过孩子，死活不撒手。

方怡然得意扬扬地看着那美夏那张小脸，“一路上特别乖，吃完就睡，周围的乘客都羡慕坏了。”

苏青也抱了一下，大概抱得不舒服，孩子醒了，小小的声音哭得不行，李文博赶紧又抱回来：“你得这么抱。”

冰冰赞许：“我闺女跟大爷亲啊，跟大娘不亲。”

“我是大娘吗？”苏青问。

方怡然也蒙了：“这怎么论辈分啊，在我这儿算，苏青姐是大姑，文博哥是姑父。”

三个人掰着手指头在那里纠结辈分问题，李文博却安静地哄着孩子，那美夏倒是瞪着溜圆的黑眼珠，跟他开始嗯嗯啊啊地交流。

弄得冰冰很自我怀疑：“老婆，我是咱闺女亲爹吗？”

“怎么？这孩子还能是我跟日本人生的啊，你非要来个滴血认亲啊？”方怡然火了。

“不是，你说李文博这是干吗啊，抱着不撒手，弄得跟他是亲爹一样。”

“是啊文博哥，你要喜欢，那美夏可以给你养，我俩正好过一下二人生活。”

李文博用嘴逗逗那美夏：“行啊，十八岁之后也别要回去。”

冰冰坏笑：“瞧你那样，要真喜欢，你生一个啊，现成的娘摆在这里。”

李文博看着苏青，笑着不说话。

苏青呢，假装没听见。

一路上，方怡然开始唠叨她的生产过程，苏青开车，李文博仍然抱着孩子不撒手。

车刚开到高速，冰冰才注意车外：“你这是往哪儿开啊？”

苏青这种路痴，不自信地看着导航：“不是你家吗，鼓楼啊，房子我们都帮你收拾好了。”

方怡然住嘴了，拍了一下自己脑袋：“不住四合院了，回我家，先见我爸。我都当妈了，还跟我爸怄什么气啊，走，去我爸那儿，老头在家兴奋好多天了。”

那美夏特别给姥爷面子，刚被方父抱在怀里，回国的第一泡屎就拉在他身上了。

五十多岁的方父本来还绷着脸，柔软的小身体一抱过来，满脸都是柔软的线条，那个高兴哦。

方怡然撇嘴：“爸，你别这样，苏青和李文博都在呢，我看你孙女的屎让你吃，你都吃。”

冰冰对着方父，还是紧张，这时候拽方怡然衣角：“怎么跟爸说话呢，赶快帮忙换尿不湿啊。”

“爸，把孩子给我吧，换尿不湿你不行！”

“我不行？那你是怎么养大的？你妈坐完月子又回东方歌舞团去了，一岁前都是我帮你换的尿布，你比我有经验？”

方父手脚利落地给孩子擦屎擦尿换尿布，转头想起厨房里还炖着汤，回头就去厨房忙乎了。

以至于满桌的菜，虽然味道不错，但总觉得方父手没洗干净，每道菜还都混着屎的痕迹。

冰冰表现得特别客气，除了奶牛和苏青喝饮料外，方父以命令的方式让冰冰和李文博喝白酒。

酒还真不错，八十年代产的茅台，拍卖会弄来的。

李文博边喝边评价，酱香扑鼻，不上头，入口感觉太好，像是春蚕吐丝。

方父拍一下李文博的脑袋："臭小子，喜欢就多喝点儿，喝完再拿一瓶走，别絮叨，像女人。"

李文博得了便宜，各种低眉顺眼，说："您老教训得是。"

被剩下几人大骂有酒就是爹。

三个人快意地喝了几杯后，整体就 high 了起来。

冰冰刚才还像日本人一样毕恭毕敬，一瓶茅台下去，冰冰不喊爹了，直接叫岳父。

而方父呢，也不绷着了，开始大讲自己人生中的闪光时刻。

岳父大人正在讲，小时候的方怡然有多乖。

"她妈回歌舞团上班了，去外地演出，一演出好几个月，我只好当爹又当妈。可我也是个年轻小伙子啊，我也没耐心，有时候趁着她睡着了，我就在她手里扔个苹果，自己偷偷看电影去了。骑着自行车回来后，发现方怡然还在睡呢，苹果就咬了两口，那苹果脸啊，让你真忍不住亲她。"

小时候，每次他上班时，方怡然都跟他生死离别一样，跟他亲得很。

后来呢，他开始辞职下海，跟妻子感情破裂，自己的丑闺女越来越水灵，越来越有主意。

后来偏离他的地心引力，去中戏学表演，又突然说不想演戏了，随便找一个工作，从一个单纯的美少女一步步成长为有风韵的女人。

最终不声不响地找了他认知范围外的男朋友，怀了孩子，生了娃。

"倔啊，真倔啊。真像我年轻的时候，老天爷赏给自己什么机会，抓到手里就不放了，怎么逼也不会松手。"

是，她这人太倔了，冰冰斜着眼，笑看哄着孩子的方怡然。

"一声不响，她就跑去日本了，一下子找不着了。你生气就生气，你可怀着孩子呢，有什么事儿，咱们说清楚啊。她不说，啥都不说，就把我晾在那里。晾到最后，我心说，这妞儿也太狠了，我输了，彻彻底底。最坏的时候，我脑中那根弦嘎嘣都要断了，脑袋里嗡嗡地有个念头，想如果找不到她，我这辈子也许就到这儿了。"

“后来我去日本找她，在首都机场，我特高兴地跟李文博和苏青告别。结果转身上飞机，我心想我这是干吗呢。哦，我要去日本，去日本干吗呢？找方怡然。哦，那方怡然能不能找到啊。我那个时候才意识到，我手里TMD就只有一个不确定是不是她家的google地址哦，你知道什么是google地址不？”

那美夏的姥爷摇头，觉得女婿喝得舌头有点儿闪了。

“那玩意儿，方圆两里地，在地图上都显示同一个地址。我在飞机上一想就慌了，跟做了一场梦醒了似的，我去日本干吗啊。结果飞机特别给力，根本没晚点，直接就起飞了。一飞到对流层，我就难受了，我这不找抽嘛。以前我还能留个念想，这回是实打实要面对血淋淋的现实了。老天要对我好点儿，我有那狗屎运真能找到方怡然，可她要是笑眯眯地跟我说孩子打掉了，我还活不活……

“我捂住脸，本来是偷偷地哭，但是实在太难受了，被坐我旁边的人发现了。他挺害怕，就告诉空姐，空姐特担心地问先生你怎么回事。我说，我要去见我老婆，可我不知道我孩子还活着没。说得空姐都感动了，后来呢，整个飞机的人轮流安慰我。一个小女孩为了让我好受点儿，说我给你算命吧，你抽张塔罗牌。我抽完，小姑娘说这次旅行有老大希望了，是吗？不骗我？她说不骗我。”

结果，我真的找到她了，天时地利人和。

看到她的那一瞬间，我就想，完蛋了，这女人使了这一招，我这辈子都陷进去了！

“应该的！我姑娘这么好，你是积了八辈子德了！你说说，你有哪一点好！”那美夏的姥爷，平时看，说四十也行，说六十也行。

酒喝得酣畅之后，那精神奕奕的社会伪装被酒精溶解，有点儿脑袋大脖子粗的伙夫气息。

那美夏她爸想了想：“她对我好，我也对她好，这是我最大的优点。”

话没说完，他捂脸哭了，想压制自己的情绪，眼泪也止不住了。

那美夏她妈和她姥爷，也掉了眼泪。

3

苏青和李文博相互看了一眼，他们错过了什么？

以此为限，那美夏这个中日混血的小婴孩终于产生了神奇的魅力。

她的三个至亲紧密地结合起来，他们三个才是一家人。

河岸那边，才是好心的挚友苏青及李文博的位置。

苏青在彼岸遥遥相望，只觉得，这看似圆满的幸福，以及三个人不由自主流下的泪，都有不得已的苦衷。

这中间终究有不能说的秘密。

方父心里很苦吧，在这场父女博弈的战斗中，他终于被那美夏这个小小的婴孩给降服了。

至于女儿，选择了他终究不能理解的生活方式，找了他不认同的男人当伴侣，然后未婚生子。

这不怕，怕的是在他最能体现父爱的时候，女儿飞去日本，宁可去找一个依旧跟二十岁出头的小男生谈恋爱的半老徐娘型前妻，也不愿依靠他的庇护。

这个在商海里叱咤风云的男人，终究败给了自己的女儿，完败。

这失败，最可笑的地方，是方怡然如今都没有要跟他斗争的样子，只是把散发着奶味的婴孩推给他。

这只是他一个人的战争，输给自己，输在太在乎。

而冰冰呢，苏青直到现在才明白，原来对于一部分男人来讲，结婚是一个终究需要外界来推动的选择题。

不是不够爱，只是男人的青春期这样长，要他们鼓起勇气下跪求婚，是个多难的过程。

就算是死去的胖子，那场未完成的抵死浪漫的求婚，也多些赌气的成分。

只是死亡像福尔马林一样，能让这美好的保质期，看起来更长一些罢了。

然而，何止男人不情愿呢，方怡然内心也是满腹委屈吧。

冰冰的反应，让自己过去为这段感情的努力，都像是白作一样。

其实之前她与父亲之间的斗争，她心里也颤呢，但是有冰冰在，这个戏就必须演下去。

因为太坚决了，以至于后来远赴东瀛。

冰冰最终追过去的情节太有赌一把的成分在，好在最终的 ending 部分看似花好月圆人长久，否则他也 hold 不住这局面了。

而时间机器回到最初，方怡然与父亲原本都以为，所有的所有，都只是小打小闹。

谁能想到，那是最后的十字路口。

女儿是父亲前世的情人的亲密感，就此消失了，中间隔着那美夏和冰冰构成的河。

冰冰爱她，全世界的女人当中，她是独一无二的，最值得携手共度一生、共赴黄泉。

他目前有限的生活中，怕是再也找不到比你更好的女人。

然而这一切又能怎样呢？

他在婚姻面前的犹豫，却是如鲠在喉，在日后长久的婚姻生活中化不去，终究是牵绊。

白酒比啤酒好，喝白酒的人在吐之前就喝大了，然后晕晕乎乎地展示着自己的酒品。

方父和冰冰在这点上倒是挺相像的，在某个临界点上，冰冰脑袋"咔嚓"一下睡倒在桌子上。

方父摇摇晃晃地站起来，指着冰冰："差劲！跟我当年没办法比！"一个不稳，却摔倒在地上。

大概因为情绪波动不大，李文博虽然喝了不少，却依旧清醒。

把老丈人与姑爷都扶到屋里后，白酒与满桌的残羹冷炙，散发出一种诡异的味道。

苏青的记忆里，闻到这个味道，就是爸爸的那群好哥们儿都喝好走人了，妈妈开始收拾残局，干完时开始跟爸爸絮絮叨叨，她这一天有多伟大。

苏青条件反射地要帮忙收拾，方怡然拦住，说这么多东西，让保姆过来弄吧。

她亲昵地拉住苏青的手，招呼下李文博："这爷俩好不容都睡了，咱们下楼溜达溜达。"

这应该算北京最高档的几个小区之一了，豪华之余，也挺适合夜晚拍恐饰片。

亭台楼阁，小桥流水，绿地比楼盘还要多，偶然深夜会有遛狗的人牵着大犬闪过。

方怡然蹲下跟狗玩了一会儿，小女孩的气息就透露出来了。

她说："跟你俩一块儿走，真像是回到从前了。没生孩子，没老公，成天傻乐傻乐的。"

是啊，掐指一算，方怡然今年不过二十五。

想想看，不过是一年时间，大家的生活都翻天覆地。

孩子瓜熟蒂落，冰冰压力很大，方怡然也想着该怎样在北京这个大工地把孩子养大。

苏青颠沛流离的北漂生活终于有点儿眉目，李文博靠近过来，有些人被她代谢出生活……

哦，还有，最重要的，胖子先去天上那边探探路，终于让小天刻骨铭心地记住了这段爱。

"胖子对我也挺好的，临走时也没能送上他一程，"方怡然开始询问胖子葬礼上的事情，一一询问，她也有点儿难过，"我在日本的时候就老想，如果我和冰冰那天不吵架，你们就在我家好好待着，胖子也不会误会小天，后面也不会出这事儿呢。"

李文博摆手："你别说了，苏青还后悔是她让胖子去天津的呢。在这么算下去，我就得后悔，当时就不应该把胖子带到咱们这个朋友圈，他也就不会认识小天。这么算下去，咱们怎么活啊，胖子在天上也会怨咱们娘们儿似的。"

"是，都跟连锁反应一样，一个连一个。到了现在这样，谁都怨不了。"方怡然定定，"有时候，我也觉得我运气挺好的。当时最乱的一局棋，能走成今天这样，我特别感恩。"

"方怡然，现在觉得挺幸福吧？"苏青感慨。

"幸福？"方怡然不太确定，"我也不知道自己是什么样的感觉，好像人生才刚刚开始，之前都白活了。"

4

冰冰在登记处的厕所，跳窗户跑了。

我愣在那里，登记那女的，平时对谁都挺横的，这种情况见多了。

特洒脱地拍拍我肩膀，说姑娘，这样的男的，咱不能要，不登记也是好事。

后来站在大街上，我发现，我没地儿去了。

我还回四合院跟冰冰住？我不想看见他那张脸。

那我回家？在我爸那儿我挂不住，而且迟早冰冰会找到我。

我了解他，也了解我自己，他哄哄我，说不定我就心软，把这孩子打掉了。

这种事儿，在北京太多了，没人会在乎。

我给我妈打个电话，我妈说你语气怎么这么丧啊，我说没事，就是觉得在北京没什么意思，我妈说那你来东京陪我啊。

也对，我去日本吧，让我一个人静静。

回到四合院，我看着那小房子，心里真难受，心说收拾这房子我花了半天心血的，就这么放弃了。

可是不放弃也没办法啊，冰冰那软塌塌懦弱的样子，真让我恶心。

本来，我准备到日本住一段时间，想清楚了，就找个地方把孩子打掉。

结果我反应太大了，吃啥吐啥，我妈终于忍不住了，说方怡然，你是不是怀孕了？

我否认，说是胃肠炎，结果我这个中戏表演系的，太久没演戏，在亲妈面前刚说完就觉得委屈，没反应过来泪就掉下来了。

我怀孕应该一堆人哭着喊着伺候我啊，怎么我一个人孤零零跑到我妈这儿，还不能说实话？

我这一哭，我妈就骂不出口了，她也跟着一块儿哭。

我妈原来是东方歌舞团的，漂亮，嗓门靓，可惜有日本血统，也一直没红。

后来她跟我爸好了，没结婚就有了我。

那时候未婚先孕可不光彩，没办法，她和我爸就结婚了。

我爷爷不乐意有个一半日本血统的媳妇，民族仇恨在那儿摆着呢，但他拿我爸没办法，只得认。

所以吧，我觉得这人生啊，就是一报还一报。

我爸现在拿我没办法，也算是还了我爷爷的债。

将来，等到了我还的时候，我也没二话。

我妈坐月子就花了大半年，后来呢，团里比她小的李玲玉啊什么的，逮到个机会，就大红大紫了。

我妈为了生我，她的人生都耽误了。

我妈这人生，太TMD戏剧了，她一个中日混血，我爸爸是个红二代，在那个年代怎么在一起的，中间到底有什么故事，我是不是错过了什么传奇呢？一切都不像是真的。

但当我肚子里也有个小杂种，在我妈面前哭得肝肠寸断的时候，我就跟打通任督二脉一样，突然一切都明白了。

一年前，要是有人算命说我怀孕了，我男人不想跟我结婚。我肯定会骂，这么不靠谱的事情，怎么会出现在我这么有主意的姑娘身上？

可你看，我不知不觉就变成这样了，人生啊，真是没办法预计。

等我哭完后，我妈给我递条手绢，问我，别想那么多了，这孩子是生，还是不生？

我愣了，这孩子还能生？

我妈说当然，自己养呗，不行我给你养。我推着婴儿车出去，人家问这是你儿子吗？我说不，这是我孙子。然后他们肯定就特别惊讶，说好年轻的外婆！那感觉应该特别爽！

我惊了，跟她说，妈，这不是养宠物，你不养了就送别人。这是养个小孩，我一生都可能被改变了。当年你要是没有我，不知道红成什么样呢。

我妈就特别惊讶，说妞儿，你觉得我的人生被你毁了吗？你看现在中国开放吧，可反日的时候依旧连车都砸，妈这日本人出身，在那时候，怎么红呢？这是命，跟你没关系。我跟你爸当时爱得特热烈，你就是推动我俩在一起的催化剂，为了你出生，我俩都付出了很多代价，可从来都没想过后悔这事儿。我虽然跟你爸离婚了，但我挺幸福的，因为我俩最好的时候，都特别爱对方。后来我们感情淡了，也不是我俩有问题，是人不能跟命斗，人只能顺着命活。只是顺着命活，也有不同的活法，我选择了清醒的那一种。不清醒的，老觉得对不起过去爱过的那些日子，对不起来世上这一遭……

我妈跟我絮絮叨叨地说了好多我爸当年追她的事儿，说是部队大院里打篮球，我爸光个上身，那满身肌肉，跟包子一样，看得让人眼晕。

她说，特别爱他，就想生个小子，跟他一模一样，结果小时候我丑死了，她还挺难过的。

不过我妈说，妞儿啊，感谢你做我的女儿，这么多年，我一事无成，就忙着自己美、谈恋爱了。想我这一辈子，最得意的事儿，就是有你这个女儿。

真受不了她这么说我，每次我去东京看她，她带我去跟她那些贵妇女朋友喝下午茶。

一下午，她能从头到脚都指责我一遍，哪想到她能这么说我。

又说回孩子上，我妈就说，现在这事儿，简单，甭考虑那么多有的没的，想不想要这个孩子？

我说，这是我的孩子，我当然舍不得打掉。

她说，那行，你考虑，生下这个孩子后，你能不能独立养活。

我摇头，抱着孩子让我爸养？他能吃了我吧。

我妈说，别这么说，你爸打小是真心疼你，他现在也就是闹闹脾气，脾气一过，肯定各种跟你示好。

再不济，还有我这当姥姥的呢，在日本，未婚生子的事儿多的是呢。

北京那么乱，你在日本把孩子养大，也挺好。

我听得愣愣的，关键时刻，还真是亲妈帮你解决问题呢。

我妈还说，孩子的爹，你跟他谈明白没有？不管你要不要这孩子，你们俩别像小孩子过家家一样置气啊，买卖不成仁义在。

一提到冰冰，我就火了，我说妈，你别站着说话不腰疼，离婚之后，我也没见你和我爸客客气气啊，老死不相往来多少年了。

我妈一巴掌把我呼死在那儿，你以为你妈我就会喝下午茶瞎臭美泡小男友吗？太看不起我了，自从你为了那个什么小导演，跟你爸闹掰了，我啥事不知道。这回你来东京，是你爸给我打的电话，给我出的主意，你以为你爸真跟你置气？你以为你妈我真跟没事人一样？

可能是我肚子里有个孩子，血液都涌到脐带里了，脑子不够用。

也可能我爸妈的新形象的冲击力太强，我一时间有点儿晕。

我只能说妈我知道了，你给我一个月时间，这孩子跟我有没有缘分，我一个月后给你准话。你相信我就好，别问为什么。

于是那天，我发了一条莫名其妙的微博，还把我当时的地址显示出来。

我当时跟自己打了一个赌，如果一个月时间，冰冰来找我，就说明这孩子跟这世界有缘分。

如果他不来，得，那我就把这页翻篇，该干吗干吗。

后来的一段日子，我天天跟我妈做SPA，学做日本料理，跟妈妈的小男友四处兜风。

表面上和谐死了，可其实心里挺害怕的，害怕极了。

真TMD要我做选择那天，我比谁都㞞，可是输人不输阵，要让我觍着脸求冰冰说你来日本接我吧，咱们要这孩子吧，你别让我做未婚妈妈。

办！不！到！

我不直接打掉就仁至义尽了。

我肚子一天天大起来，有天我妈突然买了一堆小孩子的衣服，说这衣服太好看了忍不住就买了。

我当时就跟我妈急了，别以为我不知道你什么意思，孩子生下来你养啊，你买这些干吗，显你老得就只能当姥姥了是吗？

那天本来我妈要和我一起去购物的，这样一闹，我哪里还有购物的心情，直接关门睡觉去了。

我妈被我噎得够呛，也摔门直接找她小男友去了。

睡到一半，外面咣咣咣敲门，开门是个日本警察，说井上小姐在不，我们想请她帮忙。

结果他一看我，就指着我的脸惊了，呜呜呜说了一堆关西腔日语。

关西腔就是日本的河南话，我一个北京人怎么能听得懂？

那日本人一脸见鬼的表情，说小姐，你出来帮我一下忙，还不停地给我鞠躬。

我心底多善良啊，就答应了。

沿着我家那条街道走了大概三百米，日本街道设计得都特别小家子气，七拐八拐的。

街旁的樱花开到爆了，花瓣跟雨一样纷纷向下落，好在老娘不娇气，没得什么花粉过敏症，不然哪儿受得了那么澎湃的花海啊。

我捧着肚子，跟肚子里的孩子说，看妈对你多好，这要是在北京，你可看不到这么美的景色。看吧，看吧，也不知道你有没有命，以后能亲眼看到樱花。

你们没见过吧，樱花雨跟雪一样，美得特别梦幻，我一会儿肩头就满是花瓣。

不远处，我看到有个人身上堆着挺厚的一层花瓣，也不知道拍一下。

眼光落到那人脸上，我就愣住了，全身的血，一下子就凝固了。

只听关西腔那警察磕磕巴巴解释说，这个流浪汉这边转悠好多天了，好多人担心安全，就报警了。我跟他说了半天，发现他是中国人。我想井上小姐不是会中文吗，就来找你了。小姐你是会中文吧，你劝劝他，让他离开吧。

行，我跟警察说，行，不用让他离开，让他跟我回家吧。

走近了，冰冰变傻了，还没发现我呢，胡子拉碴的，一身登山服。

走更近点儿，能闻到一身汗臭味，难怪大家把他当流浪汉。

他手里拿着一大张我的照片，那照片，还是我俩没好的时候拍的。

对！就是那次拍狗粮广告，冰冰拿单反偷拍的我，照片上我怒视他，跟门神一样。

我走过去，拍了一下他，质问他说，就不能拿张好看的照片吗？

冰冰看了看我，一点儿也不激动。

他确定是我后，舒了一口气，低下头，说，老婆，你别骂我。

我以为他要跟我承认错误，可你猜他怎么说，他说刚才日本人跟他乌拉乌拉半天，他心说这警察一看就不像是有文化的样子。

冰冰就说，我当时一慌就说，我是……支那……支那人。

老婆，我给祖国抹黑了。

看着他小眼吧唧地扑闪着眼睫毛，我摸着肚子，心说，孩子，你的眼睫毛要是像你爹就好了。

……

5

方怡然像是说着别人的故事。

李文博脚下，落了好多个烟头，他又点燃一支烟。

烟头的微弱火光，随着呼吸，明明暗暗。

难得北京的夜空不是那么乌漆麻黑的，估计快到农历十五了，月亮很圆，圆得跟方怡然被奶水涨得满满的奶子一样。

是啊，以后罩不住她了，苏青还在情啊爱啊地玩着小感受，这姑娘早就玩够了人生的小格局，晋级成一个甜美的少妇。

入夜，大家都喝了酒，方怡然把她爸的司机叫过来，送李文博苏青回家。

车开动了，苏青从后车窗看。

月光映着方怡然，苏青想，多像是画上的圣母啊，皮肤白得发光，每个女人有了孩子都会变成那样吗？

“去我那儿住吧？”李文博问。

“好。”

“明天上午能请假吗？”

“干吗啊？”

“咱们去给那美夏买个长命锁吧，当见面礼。”

李文博看着窗外，像是抚摸自己手指那样，下意识地摸苏青的每一个指关节，就跟没摸过一样。

“手指挺长啊。”

苏青看自己另外一只手：“小时候，老师说我挺适合弹钢琴的。但爸妈觉得差不多就行了，也不愿意在我身上浪费太多钱。”

“没事，他们不愿栽培你，我给你买个钢琴，放在家里弹，扰民玩儿。”

“真的？”

“嗯。”

“不骗我？”

“傻样吧。”

李文博搂着苏青，苏青把头靠在他肩头，此刻想起两件事。

1/ 为什么脑中想起了《花样年华》里，Nat King Cole 的那首“Quizas，Quizas，Quizas”，是因为苏丽珍也靠在周慕云肩头吗？如果李文博还算像梁朝伟，我整容是没希望了，得换个头才能像张曼玉吧。

2/ 早知道现在要大出血买长命锁，那时在机场，就不装大方，少给冰冰点儿钱了。

第十九章

惠新东街的那家烤鱼店，爱情是个梦，而我睡过头

1

苏青，这名字，怎么说呢。

一直都很羡慕李文博这样的三个字的名字，李为姓，文是辈分，博是名字。

三个字，轻轻爽爽，放在百度上查，重名的人也没有这么乏味。

当年起名字时，苏青爸爸有点儿偷懒，随便翻翻字典，觉得女孩叫青很好听。

按照家谱，她是广字辈，按理说应该叫苏广青。

上学时登记，老师觉得拗口，直接改成苏青了：“你知道吗，有个女作家，也叫苏青。”

但老师怕是也忘了，女作家前半生风光与张爱玲齐名，后半生就一直被斗来斗去，挺不吉利的。

姓名学观点，联系生辰八字，苏青命中多木多土少水少金。

老爸说，那就买块金子压压。

“所以不是我一见金子就走不动，实在是命中缺金所致。”

李文博觉得这是狗屁理论：“那你也别货比三家啊，这长命锁有什么好挑的。”

男人啊，真是财不大气却粗心也粗。

流年不利，市面上的长命锁，轻薄得跟个书签一样。

这年头，草民命贱，连长命锁也显得贱了。

而且听听，北京这买金子的地方，叫什么菜百，买菜的吗？

现在是金价降的时候，一群大爷大妈倒是真跟买菜一样买金子。

金店跟菜市场一样熙熙攘攘，李文博想买个金片一样单薄的长命锁对付算了。

金子爱好者苏青却觉得，一个长命锁大小也是几十克，钱既然要花，就得花得漂亮。

菜百的款式太老气了，苏青拽着李文博找了一家有周大福的商场。

在周大福店里，苏青终于在画册上看到一款大小克数都相当不错的小玩意儿，可惜这店没有，四处调货，他们只能去别家店里取货。

等着他们包装时，店里另外一个小姐特别热情，看着他俩，以为是要挑戒指呢，特热情地拉拢苏青。

苏青本来摆手不要，结果看小姐把一排戒指都拿出来让她试，苏青心说闲着也是闲着，看了李文博一眼，李文博毫不在意，说试呗。

说实在的，因为陪着胖子买过一回钻戒，苏青打心眼里觉得，这些身外之物啊，可得少上点儿心了。

因此一排试下来，觉得跟镶着石头的顶针差不多，结果试戴了第三个的时候，店员小姐手欠，对比了下效果，一兴奋，把戒指戴到了苏青的中指上。

戴上去倒是挺顺利，摘的时候，戒指拿不下来了。

负责包装长命锁的店员稍微年长点儿，看到苏青的戒指拿不下来，那管戒指的年轻店员还使劲往下撸，拍她一下：“干吗呢，把人家手弄坏了！”

苏青也是想赶紧走，那年轻店员手劲儿有点儿狠，她也忍着。

可是半天弄不下来，她也急得一脑门汗：“快点儿想办法啊，我下午还上班呢。”

肥皂水用了，还拿丝带来回顺，不过戒指始终卡在手指肚。

全店的店员都聚集过来了，不管怎么弄，戒指都跟赌气一样卡在左手中指肚上的那块老茧上，恋恋不舍，没有要离开的意思。

李文博也围过来帮忙，一群人忙得满头大汗。

店长还给其他店打了好多个求救电话，依然没有解决办法。

哼哼，苏青想到了电视台偷懒的时段，老播黄宏和宋丹丹演的小品，胶水把宋丹丹和黄宏的手粘住了，黄宏演的小贩特别爷们儿，说去医院，把他的手割下来。

宋丹丹那时候真漂亮，带着哭腔说："那我不是成三只手了？"

一遇到突发状况，苏青就胡思乱想。

"怎么办啊？"始作俑者——那个热情推销戒指的年轻店员也带着哭腔说。

店长有点儿生气："哪有戴中指的！还能怎么办，把戒指锯开呗，你全价赔。"

李文博笑："多大点儿事儿啊。"

店长听出意思了："您这是……"

"这种特殊情况，你们也得做出点儿补偿吧。"

"您要是买，就给您员工内部折扣！"

李文博笑吟吟的样子，特别给这群不会解决问题的女人们安全感，"那我可捡着了，"掏出卡，"那就刷了吧。"

苏青汗都下来了："你买菜呢，做好人也不能这么做啊。"

"反正早晚也得买，现在还便宜呢。"

"我也不喜欢这样式啊。"

"那只好委屈你了。"

那些店员也不知道是真心的，还是为了赶快解决这麻烦，觉得李文博太帅了，齐声说真羡慕姐你啊，可真幸福。

店长也挺会做生意的，递过来一张代金券，跟李文博说先生啊，你的戒指从我们这里买，我们也给你折扣。

坐在车上，苏青掰着手指头算了一下，李文博这次见义勇为的行为，花了小五万。

她一想就肉痛，李文博开车呢，看她这心事不宁的样子，揉揉她头发："行了，管家婆，别想这事儿了，午饭还吃不吃啊。"

“我必须回去了，都这个点儿了，我那些小祖宗不知道把房子拆了没有。”

苏青下午两点半到的公司，一进办公室，发现组里的同事还在开茶话会呢。

惊得苏青一身冷汗，这要是被大领导看到了，还以为苏青一向亲和惯了，惯出手下一身毛病了呢。

她一个箭步窜到办公室，以迅雷不及掩耳盗铃之势，把享用下午茶的贵妇们逮个正着，她指着一个一秒钟假装做 PPT 的同事：“装！还装！我一上午不来，你们还真是给我面子，一点儿活不干啊？”

做 PPT 的同事一看装得不及时，连忙撒娇：“姐，人家不是大姨妈来了嘛，心情低落……”

“你一个月来七十多次大姨妈，你一个男的有那么多血可以流吗？”

娘炮男的演技总是无懈可击：“你凶人家……”刚要扮做受伤的样子，他眼尖，看到苏青中指戴着一枚钻戒，“姐，骂我前，你能先说说这钻戒是怎么回事吗？”

啊，苏青对着自己竖起中指，这钻戒其实也挺普通的，这么显眼吗？

娘炮男与办公室的小姑娘相互看看，异口同声地发出尖叫。

“求婚了！文博哥跟她求婚了！”

“啊，姐夫好帅！”

“姐，你快说说，他怎么求婚的？”

“是不是特别浪漫啊！”

苏青大吼一声：“你们这群小蹄子！别转移话题！”

然而在群众或是真心高兴，或是想转移话题的演技中，苏青还真是解释不清，或许说，她忽然挺幸福的。

一下午的时间，传到大 boss 老张那里，就变成苏青马上要结婚了。

苏青竖起中指，老张戴带着老花镜仔细看那枚戒指，他还是那副脖子倔倔的样子，斜眼瞥着：“挺高兴的一事儿，怎么看你这手势，就让我这么想骂你呢。”

“别啊，这是人家店员误戴到这个中指上，拿不下来了，不是什么求婚，你可别误会了。”

“得了吧你，别蒙我了，你结婚我又不是不给你婚假，你以为公司缺了你不能转了？”

“真的！”苏青试图让老张知道，世界上真有送钻戒，只真是送，没其他意思，“我看你是求婚的戏看得太多了！”

“苏青，你这人一到关键时刻就㞞，大方承认又怎么了？他还真跟你说，这就是个钻戒，你别想多了？”

“哎呀，他就是什么都没说啊。我这人天生爱自作多情，你是男人，你应该知道，那种草木皆兵老想着什么时候娶我的女人最讨厌了，我特怕自己想多了。再说，现在不挺好的吗，一个好好的男人，非要逼成丈夫，我于心不忍。”

老张把老花镜从鼻梁上摘下来，跟爹教训闺女一样：“你呀你，工作能力是博士水平，情商连小学都没毕业呢。我也见那孩子了，感觉不错，不是那种只会说漂亮话的男人，你呢，别老胡思乱想，这事儿你要不好意思问，那就看他日后怎么做，你自己在这儿下什么定义啊。”

苏青叹了一口气：“说实话，我真懒得谈恋爱了，真希望时间就这么停止，别再有什么事儿了。可是人生就这么大结局了，我又觉得心里空落落的。”

老张只觉得苏青是无理取闹：“得得得，你又开始丧了。下回年会，你干脆上台，说，大家好，我给大家表演一秒钟变丧逼好了。你这是病，得治。”

苏青哭丧着脸：“你有医生介绍吗？”

“滚出去！”老张把自己的头埋在了一堆文件里。

2

或许是最近，日子过得太顺遂，人生处处都是好消息。

苏青的丧逼人格，开始丧得很家常很平静，并未被太多人发现，且有冲淡的势头。

还是被老张说对了，送完戒指后的一个星期，李文博就很自然地带苏青见了他的家人。

李文博的妈妈是个国企高管，在家里也不放松，虽然亲和，但气场也像是指挥人惯了的样子。

反而是在文物局上班的李文博爸爸，在厨房里忙进忙出的，一副贤内助的模样。

为了表示对李爸爸卓尔不群的厨艺的称赞，苏青在言语上得体与嘴上猛塞菜之间徘徊。

尽管在天涯、豆瓣上，看过太多北京婆婆在第一次见面时就为难外地媳妇的狗血故事。

但李文博的父母表现得很开明，一副“儿子喜欢就是我们喜欢”的表情。

首先人家没问过多苏青的家庭情况，至于是否北京户口、买房买车之类的老生常谈，压根儿提都没提。

算是相谈甚欢，以至于苏青产生了一种，未来过门后拉着李文博他妈的手，可以一起逛街的顺利感。

相处久了，苏青同李文博心中有默契。

一个月后，在北京如火如荼的桑拿天，两人在簋街的通乐吃小龙虾。

她递一只剥好的小龙虾到李文博嘴里，装作随口问李文博说要不要趁着机票便宜，去她家吃海鲜什么的。

李文博说，哦，好。继续埋头苦剥小龙虾。

两人当晚就订了第二天的机票。

关于她恋爱这事儿，苏青的保密工作做得很好，等到她先斩后奏拉着李文博上门的时候，老苏及苏侯氏愣了。

原本一直以为苏青已经无可救药地变成大龄剩女了，没想到领回家一个还挺俊的姑爷回来。

老两口有种热泪盈眶的欣喜，就差握住李文博的双手说，谢谢你帮忙解决我家的老大难问题了。

李文博进门没多久，老两口很快就进入了状态。

苏侯氏一直觉得，她矮胖小眼睛的基因过于强大，导致苏青没有过多遗传到老苏浓眉大眼的基因，深以为憾。

因此打苏青可以合法结婚的年纪开始，就唠叨她要找个大眼大高个的老公。

李文博清清爽爽的样子，以及183厘米的个头，先征服了苏侯氏。

趁着李文博在客厅陪老苏抽烟闲聊的时刻，苏青去厨房帮苏侯氏洗菜，苏侯氏偷偷说：“胡须真重，下巴青乎乎一片，真像你舅。他好帅啊，不会是你租来骗我们的吧？”

苏青白眼都懒得翻。

而老苏一向是话不多的，晚上上演了老丈人与未来女婿都喝大了这一俗套桥段，老苏依然没有展现出真性情的一面。

好在老苏喝多了不耍酒疯，临睡前苏青问他，觉得李文博怎么样，老苏一翻身就快睡着了："你让他以后少抽点儿烟，将来对孩子不好……"

话没说完，呼噜就起来了。

苏青和李文博回去没俩月，老苏和苏侯氏就大包小包地带着山东本地海鲜，坐着火车来北京了。

也没说啥，就说来北京转转。

那就转呗，李文博开着车当导游玩了趟北京两日游。

见老苏还是兴致不高，苏侯氏偷偷告诉苏青："你爸那是想见亲家了。"

苏青一拍脑门，果然是两位老来宝，想一出是一出的。

李文博搂住她，不就是双方家长见面嘛，咱俩都这么懂事儿，爸妈相处得肯定挺好。

本来李文博他爸妈订了个挺好的餐厅，老苏和苏侯氏却说在家吃点儿家常便饭就行。

连苏青都觉得这爸妈真难伺候，结果人家李家老两口却爽快答应了，在家中做了一桌子菜宴客。

老苏给苏青争脸的时刻，体现在了跟李文博家人见面时。

他分辨出了李家是女人说了算，但还是让未来的亲家公如沐春风，给足了面子。

而苏侯氏也展示出山东女人虽然在灶台前转悠了一辈子，也顺便转成人精的功力。

弄得一向叱咤风云久了的李文博他妈握着苏侯氏的手："嫂子啊，你真是女中豪杰。"

等李文博送他们回苏青家，苏青在客厅里鼓捣折叠床，就听老苏跟苏侯氏调笑。

"还管你叫嫂子呢，她比我大好几岁。"

"人家那么大的一个干部，当然显得年轻。"

"行啊，孩子妈，今儿全场就看你了，跟花蝴蝶一样满场飞。"

苏侯氏捋捋满头卷，那是在临来北京前在楼下花了一百五十块重金烫的："他家条件是好，他妈穿得是气派。但他们牛啥，他家小子还不是稀罕咱闺女。我养了这么好的闺女，有啥自卑的。"说完，又臭美地照着镜子试了试在王府井买的苏绸短袖，盛惠二百二十块。

李文博发来微信："累不？"

"苏青已经累死了，我是她的灵魂。"

"你啊，傻样吧。"

躺在不能翻身的折叠床上，苏青望着天花板，才意识到。

啊，这就算要结婚了吗？

苏青忽然坐起来。

没错，尘埃落定，黎明过后，黑暗散尽，皆大欢喜。

但是，等会儿。

电视剧的结婚总是放大了细节，现实中哪有那么戏剧性场面，不过是就事论事。

一旦放到要结婚的流水线上，人就被推着走，然后被烦琐的中国式结婚扒了三层皮后，才恢复生机：哦，这婚终于结完了。

因此，在中国，不大能出现落跑新娘这种事情，也不会上演《毕业生》最后一幕那样的桥段。

新娘仍处在蒙的状态，若是有愣头小伙去婚礼上抢新娘，恐怕也会被新郎家的人揍得比宴席上的肘子肉还要滑嫩吧。

当然，最重要的，苏青有一种大难不死的空虚感。

是啊，蹚过男人河之后，她竟然可以全身而退，依稀能看到一丝幸福的曙光了。

此刻最惬意的，莫过于，磨合期过之后，两个人展现出惊人的默契，李文博还适时做出了承诺。

人生前路凶险，但如果按照此刻的感觉看，似乎再凶险狰狞的笑脸，也能挺过去。

苏青翻过身，专心想了想李文博的脸，内心一片静谧，似乎有了睡意。

手机突然蹦出一条微信，是 Ethan 发来的。

"睡了吗？"

苏青在即将沉溺在睡眠的湖水之前，打了几个字应付过去："嗯，马上睡，怎么了？"

"刘恋离开我了。"Ethan 的中文水平决定了他的言简意赅。

湖水平静，一个浪潮打退了静谧的气息，水花半天不散，把苏青的黑夜，拍成白天，清醒无比。

刘恋啊，你这分手是闹哪样呢？

3

爱情中有很多禁忌，苏青是最无可救药的迷信者。

情侣不能一起坐摩天轮，不能一起去泰国旅游，这类大众款迷信就不用说了。

苏青有自己的禁忌，在心中的庙里每日默诵，拜了又拜。

例，若你与他的手机里都没有对方合影照片，必分手。

一直想出去旅游，但拖延症犯了，一直等着对方安排，必分手。

第三个月时便忍不住秀恩爱，必然死得快。

而一直贱贱地带他去见你的朋友，则是这种禁忌的进化版，恋情必然不得好死。

谈恋爱如怀胎十月，未出三月，便提前大告天下，肚中小人自然闹情绪，很容易走掉。

而恋爱也是个爱闹脾气的小孩，若根基不稳，三月未出，也只能带着残体专心致志地失恋。

那枚代表苏青目前感情状态的钻戒因为戴上就从未摘下，已经油润无比，此时已经可以顺利摘下，每天可以按照心情十个手指头轮流戴。

而见 Ethan 之前，苏青把戒指摘下，放到钱包里。

秀恩爱，死得快。

而且，何必要在刚刚恢复单身的 Ethan 面前，秀自己得之不易的幸福呢。

能秀出的幸福，都不会太过珍贵。

午餐在友好的气氛中进行，地点是 Ethan 挑的，是对外经贸大学对面的烤鱼店。

在吃东西方面，这个 ABC 的胃倒是像他的中文名周歧发一样——高唱《我的中国心》。

Ethan 依旧是开朗的 ABC 男孩模样，讲了他朋友去泰国旅游时听到的真人真事。

一个在饭店做服务员的泰国女子，与一个英俊的瑞典男人一见钟情。

五天之后，男人当场跪地求婚，女子含泪应允。

瑞典男人回国后，迅速帮这女子办好手续，女子也立即飞到瑞典，准备与之结婚。

“啊，好浪漫啊！”

Ethan 笑笑，接着讲。

瑞典男人开车来接她，一上车就奉上精美的欢迎蛋糕，并播放了他录制的瑞典歌谣。

是首很轻快的曲子，女人虽然听不懂，但是觉得好窝心。

车开到一半，在加油站附近，一个老太太用英文说，她从英国来瑞典看朋友，车坏了，能搭车到前面的百货吗？

瑞典男人用瑞典语问哪个百货，老太太听不懂，改用英文问她才说清楚。

于是他让老太太跟泰国女子坐在后座，才开了五分钟，女人发现老太太脸色大变，偷偷拉着她的手，全是冷汗，示意她不要说话。

苏青开始意识到，这故事还带反转的：“这老太太是鬼吧？”

Ethan 摇摇头，烤鱼点的是中辣味的，他喝了一口酸梅汁，接着说故事。

车到路口，红灯，老太太突然打开车门就跳，还使尽力气把这泰国女人也拉出来了。

一落地，老太太就高喊警察。

让女人意外的是，她男人一脚油门闯红灯走了。

警察来后，老太太用流利的瑞典语跟警察说了好多，警察脸色凝重，把老太太和女人保护了起来。

老太太这时候才跟泰国女人说，她在瑞典生活了很久，会瑞典语。

刚才搭车时，她怕男人觉得自己是当地人不让她搭顺风车，所以故意装成外国人的样子。

老太太说，车里面，瑞典男人放的自录 CD 是这么唱的：

我是一个慕残者，我已经弄残了五只小羊，关在地窖里，现在这个女人快乐地跟我回家，小羊听不懂这首歌，无知而暧昧的外国女人，你的双脚双腿都会被砍下。

后来呢，警察在这个男人的地窖里找到五个肢体残缺不全的女人，都是他从国外带回来的。

Well，故事讲完了，Ethan 笑眯眯地看着苏青。

苏青被一根鱼刺卡在喉咙里，正使劲咳嗽："Ethan，我谢谢你请吃烤鱼，没请我吃烤羊，否则我会以为吃的是那五个女人的大腿。"

"刘恋说，这个故事告诉我们，不能随便跟外国男人去他的国家。"

"她才不会这么说。"

"上个月我朋友从泰国回来，给我和刘恋讲这个故事，她就这么说。后来第二天我醒来，发现刘恋做好早餐，叫我起床吃饭。吃完后，刘恋跟我说，Ethan，我们分手吧，我不能跟你结婚……"

"你开玩笑吧，刘恋怎么能因为这个故事跟你分手？"

"她说，我是个好男人，应该有更好的女人跟我在一起，否则就是对我不公平。即使跟我结婚，她也比较爱自己，我不是她的那杯茶。"

"你没问真正原因吗？"

"这就是真正的原因啊，她不爱我了，或者不够爱我到可以相伴终生的地步，还有什么原因比这个更有说服力？"

啊，这就完事了，分手时不作不能活女王苏青纳闷。

按照常年自己以及大部分群众的规律，不是总要逼着对方撕破脸说出真相，两人天翻地覆地吵一架，到老死不相往来。然后外人问你俩怎么分手了，一方说我不爱他了，另一方则急赤白脸地说出一堆过往没解决的问题。

总之，三流的分手理由总是令人不能平静，可是太文明了，也会让苏青心有不甘。

想到这里，苏青悚然一惊，也许她才是这个世界上最难伺候的女子。

只是她一直浑然不觉。

"Ethan，就这么算了吗？"

尽管苏青和刘恋已经偏离了彼此的轨道，但是若我已经不再拥有占有你余生时光的权利，也请有个好男人来照顾你吧。

而苏青，暂时还想不到比 Ethan 更好的人选。

Ethan 笑得毫无心事："那又能怎么样，她连东西都从家里搬走了。她很潇洒干脆，作为爱他的男人，我也得有接受的勇气对吧？"

苏青点头。

Ethan 一副 well 的表情："她和我在一起，我很开心。我不能保证她跟我一样开心，但是我能做到的，我都去做了，没有遗憾，对吧？"

苏青又点头。

Ethan 又说："她不想跟我结婚，我很难过。但我去喝酒，去找人做爱，去哭，她也不会回来。我又不是在演电影，是吧？"

苏青继续点头。

"我想找个她爱我，我也爱她的人。我性格很好，长得也 OK，我在中国发展不错，我对女生也很好，小时候我也玩够了，这样并不难是吧？"

苏青不点头了，头有点儿晕。

Ethan 继续说："Well，我虽然对这样的结果不满意，但是重新开始，我作为一个男人，要有能力去接受。这样下次刘恋遇到我，她也不会担心，她也会开心以前跟我在一起过吧？"

苏青把头支在桌子上，看着铁盘里的鱼继续无辜地被烤得咕嘟咕嘟："我头点不动了，Ethan，我真羡慕刘恋，被你这样一个内心阳光的男人爱着，或爱过。"

"哦，这是对我最大的夸奖了，知道吗，我以前有点儿吃你的醋，"ABC 腔，发醋这个音，总是很幼稚的感觉，"我和刘恋约会的时候，她老是说，这个，苏青最喜欢吃，这个衣服，苏青一定会买。去三里屯，我说在三里屯太古里的 UNIQLO 门口见，她说哦，那是苏青最喜欢逛的店了。我约她看电影，她会说苏青说不好看，换个吧……"

苏青拿筷子翻了翻鱼，又翻了翻藕片和青笋，咕嘟了半天了，藕片和青笋沾满了汁水，不复从前的颜色。

原来我是那么重要地镶嵌在你的生命里啊，刘恋，可你干吗不说呢。

"所以，以后我见到她的机会不多了，请你帮我多多照顾她。毕竟，你和我都是爱她的人嘛。"

苏青一时觉得胃里的烤鱼真够辣的，发酵成酸辣味儿的，冲得嗓子眼发疼。

“Ethan 啊……”

“你有了男朋友后，刘恋挺低落的。她虽然不说，可是我看得出来。月底你们去马尔代夫玩，你得多开导开导她。”

苏青看着内心毫无阴暗面的 Ethan，三秒钟做出决定，还是不把她与刘恋的现状告诉他了。

何必要在一个男人面前，破坏那么美的姐妹情呢。

“马尔代夫我可能去不了了。”

“怎么？刘恋前几天还在微信上跟我说，她在做旅行攻略呢。”

“最近发生了点儿事儿……我快结婚了……”苏青从钱包里掏出钻戒给他看，“月底，我们可能会有个订婚 party……Ethan，你来吗？”

“好哇，告诉我时间……”毫不触景生情的样子，让苏青都有点儿爱上眼前这个拿得起放得下的男人了，“哈哈，前不久你还参加我们的订婚 party 呢，不知道刘恋介不介意我去。”

呵呵，跟 Ethan 分别后，他的这句话，很黏，一直黏着自己的心。

苏青想起，她俩都单身时，苏青怨天怨地怨没有好男人，刘恋一脸嫌弃的表情说：“你结婚，我可不想当伴娘。”

“你有脸说不想？！”苏青一副遇人不淑的表情。

“我这么美，肯定会抢你的风头。我倒不怕出风头，关键是你认识的人，那么 low（低水平）。新郎估计也好不到哪儿去，他亲戚朋友也 low，这决定了伴郎铁定是 low 的，不能勾搭伴郎的伴娘，有什么好当？”

啊，我认识的人终于不 low 了，你看，我还洋气地有订婚 party 呢。

登记的日子也选好了，双方家长也谈好烦人的婚礼怎么举行了。

北京一场，山东一场。

还有，你看李文博，多精神，多体贴，多青年才俊，我跟你说他的影视公司接了一笔大案子吗……

可这些话，该怎么说出口呢？

从苏青的角度看，这些话，连标点符号，都透着炫耀的因子。

虽说，苏青也知道刘恋会明白，她无心炫耀。

4

当日历表上定下去马尔代夫的日期越来越近，然后变成了今天、昨天，甚至三天前时，苏青突然觉得，订婚 party 没意义了。

一切都好，不缺烦恼，但是你不在了，谁来见证我这朵野百合的春天呢？

唉，算了，你无法见证，我的春天，也是你的冬天，怎样见证呢？

因此，苏青最近染上了毛病，是痴痴地看着李文博，还要陪送一句："你可得对我好点儿啊。"

李文博因为印刷厂送来的请柬有色差，软硬兼施地在电话里跟他们吼过，没好气："我对你还不好？这订婚 party 简直像是我自己跟自己订婚呢！"

本来呢，苏青一想到在北京和山东有两场婚礼，头都大了，巴不得订张机票俩人旅行结婚算了。

没想到李文博又搞个什么订婚 party，订场地、买酒水、订蛋糕、选鲜花、选服装，忙得不亦乐乎，事无巨细。甚至很传统地自己设计请柬，还找纸张和印刷厂，显得事情更多。

苏青觉得他这是给自己找事儿："发个短信打个电话就行了，还快递请柬过去……光统计地址就一堆事儿呢。"

"苏小姐啊，你结婚前好吃懒做的真相就要败露出来了，你做甩手掌柜之前，能把你的邀请名单给我吗？你的朋友都不在人间吗，这么难统计？"

"我公司真的一堆事，我忙得大姨妈都不来了，你心疼心疼我。"

"那你也得心疼心疼你老公啊，我这黑眼圈都出来了。甭废话，你现在就坐在这里，当着我的面给我统计出来。"

苏青拿过一张纸，皱着眉头，咬着笔头坐在那儿想，跟只刚被主人骂完的小狗一样。李文博斜眼看了一眼，内心不忍，揉了揉她的头发："傻死了……"

苏青知道，在李文博的字典里，傻死了等同于你真可爱 or 真招人喜欢。

趁着他此刻松口，苏青讨好："名单我过几天给你行吗？"

李文博吹胡子瞪眼，真急了："你把咱们的事儿当成回事儿，成吗？！你以为闹着玩呢？北京的婚礼我爸妈做主，山东的婚礼你爸妈做主，咱们就这事儿能自己做主！你还准备再结一次婚呢？"

苏青求饶："我不是这个意思，你别这样，我害怕。"

“害怕什么？害怕跟我结婚？我发现了，上杆子真不是买卖！算了，不办了！爱谁谁！”

苏青拉着李文博手：“哎。”

“你哎什么哎，我就知道，你就这样了，追你的时候就成天犯浑，我李文博没你还不行了！”

苏青使劲抱住李文博后背，李文博挣脱出来，没想到把苏青推倒在地板上，“咣当”一声，苏青疼得眼泪都出来了，“你干吗啊你！”

李文博觉得自己也有点儿过分，赶紧扶她：“摔哪儿了？”

苏青一脚把他踹到一边：“走开！”

李文博也被踹到地板上，却又起来：“哪儿疼啊？”

“尾巴根。”苏青指指屁股上面。

李文博被逗笑了，还尾巴根呢，苏青恼怒：“你还笑！”

“我给你揉揉。”这男人还真听话，还真给她揉了半天尾椎骨。

苏青也破涕为笑：“家暴！我去妇联告你去！”

“这还叫家暴，我让你知道什么是真正是暴！”

李文博把手伸进苏青衣服里使劲挠痒，苏青痒得不行，连忙抓住他手，不让他挠。

两个人搂在地板上抱着笑了好一会儿，胸贴着胸，李文博感到苏青的心脏从笑得怦怦跳，变得平静，苏青轻轻地搂着李文博，不说话了。

“嗯？怎么了？”

“刘恋，跟她未婚夫分手了。”

“嗯……”

“别光‘嗯’啊，说话啊。”

“说什么？”

“说什么都行，你可以说，她分手，跟咱俩没关系。”

李文博适时地沉默，默契的感情如果是道白墙，刘恋就是这扇墙上的蚊子血。

本来随着岁月模糊了，只剩淡淡的印迹，李文博大部分时候都忘记了这血迹的前世今生。

苏青到来后，白色颜料又覆盖一层，那痕迹已经淡到跟没存在一样。

然而苏青却记得，只因为这蚊子血，活生生地占据了她生命中最重要的一段，她怎能忘记。

忘记刘恋，也许就是杀了过去的那个苏青。

“你知道为什么我交不出名单吗？是因为名单上的第一个人，已经不会来了。我好几次写着写着，就把她的名字写上去了，我写不下去了……”

李文博摸了摸苏青的头，把头发抚乱，又抚平：“有时候，我就觉得，你爱她，比爱我多。”

苏青不想接这个茬儿。

李文博也不想再过多提起刘恋。

到晚饭了，两人兴致不高，想随便煮点儿速冻饺子对付一口。

李文博在电脑前继续弄订婚 party 的流程，苏青在厨房，看着锅咕嘟咕嘟地开着。

此时，放在客厅里的手机响起。

苏青朝着外面喊：“帮我把手机拿进来。”

半分钟时间，李文博呆萌呆萌的，跟拿着贵重物品一样，拎着手机进来了，看着苏青。

苏青手忙脚乱地拆开两袋饺子：“你帮我先接吧……你吃什么馅儿的？”

电话依旧在响，李文博食指与拇指夹着手机，依然要让苏青接。

“干吗啊，你就说我做饭呢。”

苏青把湿手往围裙上蹭了蹭，拿过手机一看，是刘恋打来的电话。

李文博还真没办法接。

苏青抬眼看李文博，李文博说，饺子煮好之后就叫他。

深吸一口气，苏青接电话，假装什么事情都没发生，那句“喂”刚要说出来，刘恋的笑声传来：“苏青，你猜我在哪儿呢？”

苏青听着，那是海的声音，呼啦呼啦。

“我在马尔代夫呢，对比一下，青岛的海就是老年人，这儿的海就是个骚妞儿！”

“那边热吗？”

“热，我现在天天在海滩上晒太阳，浑身油腻腻地发呆。实在是晒久了，就到海里扑腾两圈。”

"到那边都得穿比基尼吧？"

"是，输人不输阵，这边洋妞儿的比基尼，也就刚好能勒住奶头和屁股缝。人家晒太阳还光着上半身呢，我咬咬牙，怎么也不敢，要是咱俩一块儿来，互相激励下，没准儿我能成。"

"哎，你身材好，也有资本，我觉得应该晒出来。就我这太平公主，估计光着上半身，别人都分不清哪个是我背面。"

"哈哈哈，你在鬼佬眼里，是大美女呢！老娘我这么闭月羞花的，他们都不欣赏，跟我搭讪的，都是亚洲人。好不容易有个肌肉男，我一问，还是个 ABC。"

"身在异国，你还挑三拣四的。遇到一身好肉，就应该二话不说直接推倒啊！"

表面的和平维持了大概五分钟。

笑声过后，好久不见、默契消退的沉默声，伴着呼吸，以及刘恋电话那边热闹的海滩声，仿佛一个巨大的黑洞，吸掉了两个人最后一丝客套，她们都不想再去客气了。

"Ethan 跟我说了，恭喜你，听说这几天就是订婚 party 了。"

"嗯，只是个朋友间的聚会，你知道我不爱这个的，太闹腾，太浪费时间。"

"多好啊，时间就是拿来浪费的啊。更何况，不是还有他帮你呢。"

"我临阵脱逃了，都是他在弄。"

"哈，这可真不像他。我现在都在怀疑，你眼前的这个李文博，到底是不是我之前认识的那个。"

"……"苏青沉默片刻，"刘恋，能告诉我，你为什么跟 Ethan 分手吗？他做错什么了？"

"怎么说呢？我这一辈子，得意的事情不多，但 Ethan 跟我求婚，肯定能算是我最得意事情的前三件了。他是那么好一个男人，体贴、成熟、独立、有情调。有人跟我说过，刘恋，你太不知足了，这样的男人你都不爱。谁说我不爱？我愿意永远牵着他的手共度一生，那会是多安逸的一生啊。可是，人不能只为了安逸活，人偶尔也得听从自己内心的那点儿小躁动。我跟 Ethan 分手时说，你爱我，我也爱你，但问题是，我爱的不是你这个人，而是跟你在一起生活的安定感。我不是个贪得无厌的女人，想要找到多牛多了不起的男人。我只是想一个能让我幸福的人，让我有爱人的感觉，而Ethan，你不是。所以，对不起，我想赌一把。离开你，离开现在的安逸，去远方赌一个幸福的可能。Ethan虽然点头同意了分手，可是我知道他不懂，男人不会懂的。苏青，我知道你懂。”

她的话里，充满了告别的味道，苏青突然害怕起来：“远方？刘恋，你要离开北京吗，你要去哪里？”

“傻姑娘，远方有的时候不是一个地方，也许只是一种新生活的可能。不过，没准儿我会离开北京，也许也会继续留在北京，谁知道呢。我不设限自己，你这么争气，你找到了你的幸福，我也得加油！”

“我不准你走，你走了我怎么办？”苏青的声音有些干涩。

“北京城啊，说大不大，说小不小。不想见一个人，你会永远见不到。想见一个人，无论隔得多远，你终究能见到。亲爱的，无论之前我说了多重的话，我也想让你知道，你也一定得知道，我们是最好的姐妹，可能因为机缘巧合，我们不复从前。但绝不是因为李文博。一个男人，没办法毁掉我们姐妹的情分。这么多年，我们相依为命，我们的感情是最真的。而且，你知道吗？我做出离开Ethan的决定，很大程度上，是你给了我勇气，我得谢谢你。”

苏青在电话那端哭了：“刘恋你永远是我的公主，我不介意永远做你的茶水妹。”

刘恋在那边笑：“你别哭啊，还是那傻样子，我打你那一巴掌的疼你忘了？真好哄，说几句掏心窝子的话，你就受不了了……苏青……这么多年，我不是公主，你也不是茶水妹。你是我最亲爱的妹妹，千金不换。你告诉李文博，他要是对你不好，我真会杀了他，我不怕坐牢。他欠我的，都算在你身上，他现在欠你的，他得让你幸福，你一定要幸福。”

“刘恋，你也一定要幸福，你一定得幸福。对不起……对不起……”

苏青的泪水不知不觉流了满脸。

她在对不起些什么呢？她也说不清。

“我……当然会幸福……我是谁啊……我野火烧不尽，春风吹又生的……”话没说完，刘恋也在电话那边抽泣起来。

亲爱的，我们口口声声说着幸福，一定要幸福。

可我们走到这一步，如何能幸福呢？

世界就像是巨大的马戏团，我们携手相看，时间久了，总有个人会先把注意力放在别的精彩纷呈的节目上。

彼之兴奋，我之惶恐。

因为我知道散场后的感觉，有限的温存只能被记忆的福尔马林保存起来，等着无限的心酸，又一轮袭来。

而那时，我们拉着的手早已被冲散，你已不在我身旁。

仿佛是一场永无止境漫无天日的诅咒。

要是能回到古代就好了，那个时候，我们一辈子，只有时间爱上一个人。

只可能跟一个人，相依为命。

李文博觉得饺子煮得太久，去厨房看苏青，却见苏青握着手机，小声哭泣。

而锅里的饺子已经被热汤泡得不成样子。

李文博，悄悄地把门关上了，留给苏青一个安安静静的空间，让她痛痛快快地哭一场。

但关上门后，李文博也哭了。

何德何能，她爱他，他爱她，她爱她。

而自己这个他，却让她与她之间，再也重合不了一个圆。

爱的代价，为何总是这么大？

老天啊，我过去做了错事，有一笔债。现在，总归还上了吧？

若你觉得不够，那拿走我十年寿命，总够了吧？

还不够？我再给你十年。

但求你，别再折磨我们了。

别再让情两难。

第二十章

朝阳公园新居的夜，总会想起流着泪的你的脸

1

李文博千辛万苦策划的订婚 party，被井上那美夏小朋友抢了风头。

在场所有人玩着击鼓传花的游戏，这朵花就是这个小婴孩。

李文博郁闷得想抽烟，被方怡然赶到外面。

他叼着烟沿着楼梯往下面走，好家伙，冰冰倒像是今晚的男主角，正给被赶出来的男人们派烟：“小孩抽不了二手烟，哥们儿啊多包涵……啊，新郎官抽抽我这日本烟。”

这次订婚 party 的地点，在工体北门的里面，VIC 再往南边的喜喜酒吧。

一楼是舞池，二楼都是包间，酒吧外面有个院子，露天桌椅总有人喝酒，从大门口能瞅着那小小的舞池竟然也人头攒动。

冰冰特崇拜李文博：“你怎么找到这么有个性的地方，我以为按照你的浪漫性子，得包个草坪打个阳伞，有牧师出席呢。”

"被苏青给否了，她说这是咱们爽了，来的朋友大太阳晒着，光好看不实用，而且那样太像婚礼了。不知道的，到真正婚礼时，还以为我俩二婚呢。"

"嗯，苏青想得对，大家在一起乐乐多好。"

"你也不能把那美夏抱来这种地方啊，是从小就熏陶她变成夜店咖啊。"

"哎哟，这儿不挺好嘛，二楼包间一关上，啥声音都听不到。我们这也是没办法，我老丈人恨不得在公司开会都抱着我闺女。方怡然都有点儿生气了，再这么抱下去，估计遗产继承人都得写我闺女名了。"

"现在就开始惦记这个了？"

"我算是想明白了，找方怡然这样家底的北京姑娘，我也不能硬逼得她跟她爸划清界限啊。他家有钱也不是错啊，我还非得倔非要过苦日子，来表明我不稀罕他家钱？这是小男人的做法。而且，那美夏越来越大了，我不想她都懂事儿了，还问我，你还在给李大爷打工吗？咱们这种接单子跟作坊一样的影视公司，这种生活我过够了。"

李文博怒从心中来："听你这意思，你是想入赘他爸公司了？告诉你，甭想！你不干活我都养了你快一年了，现在想走？打断你的腿。"

"你对我，要是像对苏青那么有耐心就好了，谁说我要抛弃你，除了亲嘴上床给你生孩子，我什么没为你做过？"

"滚蛋，少跟我说好听的！

"我是想，咱们这么混日子该到头了，为了方怡然，为了那美夏，我也得重新想想日后怎么过了。"

"反正不管你怎么过，必须跟我搭伴儿过。"

"瞧你这样，你还记得，咱俩当时是怎么认识的吗？"

李文博一愣，跟冰冰相处太久了，开头的记忆都有点儿模糊了。

韩国釜山影展有个新导演培植基金计划，冰冰和刚从美国回来的李文博本来是最有力的竞争者。

嗨，这话说得有点儿客气，冰冰接地气的风格，比爱玩先锋、玩概念的李文博靠谱多了。

两个人斗得你死我活，结果螳螂捕蝉，黄雀在后，最终大奖被一个参加过印度什么影展的新导演给抢了。

冰冰和李文博这两个失败者才抱成团，二人相互在首尔明洞边上的咖啡店交流了一下国内制片人天天吹牛逼的风格，以及扶不起来的群众观影品味，自此成了朋友。

李文博和冰冰在中国电影界又转悠一年，发现新人出头太难了，重新遇到的时候，已经是冰冰山穷水尽的时候。

李文博开着车拐过山路十八弯，来到冰冰在燕郊的房子。

进屋一看，一堆啤酒瓶，遍地烟灰缸，只有一个床垫子，十分符合他典型不得志的新晋导演的身份。

后来在楼下吃到一顿难吃得令人发指的烤串，听冰冰讲拉不到投资的一个剧本，十分精彩，李文博发现写剧本写不过冰冰，又不能吃苦，钥匙包都是 PRADA 的。

得了，那就走曲线救国，先赚钱混个圈里熟。

李文博把车卖了，两人合伙开了个工作室，李文博找活儿，冰冰管拍摄。

两人在办公室睡了三个月后，一查账单，发现收入还行，就逐步把公司建立起来，现在公司法人还是李文博呢。

时光荏苒啊，虽然赚不了什么大钱，但是这种自己做主的生活还挺安逸的，这几年，李文博换了两辆车，冰冰说每次看到工商银行爱存不存的缩写，总有一种温馨的感觉——如果按照 2009 年的房价，他的存款也能交得起首付了呢。

冰冰跳着脚："咱们这两年光顾着赚钱了，那些拍电影的梦想呢？！咱俩都忘了吗？"

李文博觉得他今天有点儿疯："跳之前先把烟掐了行吗？你烟灰都掉到我身上了，不太适合这么文艺腔的聊天。"

冰冰望着天，一副被岁月蹂躏过平静的样子："我都当爹了，你当爹还会远吗？你要是当爹了，咱俩除了定下娃娃亲，还有什么指望？不趁着现在市场对好剧本、好电影求贤若渴到变态的好时候，搏一把，还等什么时候呢？"

"你想怎么搏？"

"上周，我老丈人跟我说，有个电影项目，想找他做植入广告，他找我问意见，还特意味深长地跟我说，那导演比我还小两岁呢……这句话刺痛了我……"

李文博一愣："你想找你老丈人投资？甭逗了，万一赔了呢？你家刚过几天好日子。"

“也不一定是找他，咱们找找别的投资啊，我老丈人认识这么多人，也会帮忙找金主啊。”

李文博把烟头扔在地上，用力地踩了踩：“这事儿，咱哥儿俩得好好谈谈。这可不是拍广告拍 MV，这是电影啊，得从长计议。”

正在这时，楼下跑来一个朋友，他一副呼朋唤友看热闹的口气：“快回去看看，一个老外喝多了，脱衣服跳舞呢，这老外是谁的朋友啊，干健美的吗？”

抽烟小组的人集体掐灭烟头，进入包间时，最精彩的脱衣部分已经结束。

肌肉帅哥正对着方怡然猛跳呢，全场大部分女性都变成了鸡尾酒，调酒的比例是 30% 的兴奋要猛摸帅哥，30% 的传统教育又告诫自己不要变成荡妇，30% 的又在意别人的目光，10% 的想法蠢蠢欲动：这帅哥单身吗？活儿好吗？推倒他需要钱吗？

鬼佬跳的不是舞蹈，简直是诱惑。

苏青公司的小女生们过来邀功：“怎么样，我们请的帅哥还不错吧，我都湿了。”

大家这才明白，这是请的脱衣舞男呢。

如今的北京城可真够先进的，看来前几天有人说三里屯已经有洋妞儿站街的传闻不是假的。

鬼佬此时正搂着苏青跳贴身舞，苏青满脸尴尬，手和眼睛不知道往哪儿放。

眼见方怡然在一边都春心荡漾了，连忙把她拉过来推到舞男身边。

连生孩子这么有技术难度的事情都做过了，人妻方怡然小姐尺度大开，来者不拒。

此时那美夏也被人抱着乐得哈哈的，也变相开展了人生的第一堂男体审美课。

李文博连忙找人把音乐关了，给这位帅哥奉上丰厚小费，连忙让他走。

这惹得众位女宾客十分恼怒，冰冰也抱过那美夏，埋怨方怡然不守妇道：“怎么，还想给那美夏找个后爹？她看着你呢！”

“得了吧你，你当爹了，走到路上眼睛还不是乱瞟。”

“看看也不让啊？”

“我摸摸也不行啊？”

或许这个小节目让众多一直矜持的女人尺度大开，场子这时才真正热络起来。

方怡然恋恋不舍地被夫君以及睡着的闺女逼着不得不回家："哎哟，场子刚 high 起来，真不想走啊。"

有小朋友喊："苏青姐，你点首歌唱啊，你是今晚的女主角。"

苏青冷笑："别人唱歌要钱，我唱歌要命，你确定要我唱？"

还没见过苏青麦霸风采的小朋友啊，总是不知天高地厚："让我们见见你怎么要别人命的。"

现场混乱，点歌要靠吼，苏青连忙喝杯酒来润润嗓子，李文博打趣："这位壮士，你待会儿唱什么啊？"

"《祝你幸福》。"

"啊，谁的歌？"

"凤飞飞啊，多应景啊，光靠目测，我就觉得今晚有四位女士不会睡到自己床上，希望大家都性福。"

李文博也笑："哈哈，那就算是为咱俩积福了。"

2

苏青电话确认方怡然和冰冰上车回家了，才放心。看到微博提示有很多条新消息，打开一看，是今天订婚 party 上，好多人跟她合影，祝她订婚快乐。

在一堆 @ 她的喧闹祝福之中，刘恋的那条微博更显得孤单单："等着看马尔代夫的落日，海水突然变成白色，是一艘载满牛奶的船在附近沉没了吗？希望载的不是蒙牛啊。"

配上的照片，是大片云朵拥着橘色残阳。

苏青抬头，在场子里找 Ethan。

嗅觉灵敏的单身女孩，自然嗅到了 Ethan 是个条件不错的男人，他正被两个女生围攻着。

跟刘恋分手后，Ethan 积极健身，那点儿小肚子瘦下去了，依旧爱穿又骚又花的衬衫，不抽烟，不酗酒，说几句话就满面笑容，永远带着请来请去。

多好的男人啊。

尤其是，刘恋跟他解除婚约后，他不自怨自艾，大大方方地迎接一切。

如果她有儿子，真应该送到 Ethan 那里接受培训。

Ethan 抬头，看到了苏青的目光，他跑过来，“嗯？”

苏青看了看周围人：“有喜欢的女孩吗？”

Ethan 笑了：“有几个女孩要了我的电话，这两天应该会约出去玩吧，不过……我最近不太想谈恋爱。”

“遇到好的，也别错过啊。”

Ethan 调皮地贴过来：“是很好，但是没有刘恋好。为了刘恋，我也要找个比她好的啊。”

苏青看了一圈场中的女孩，肯定地说：“是没有刘恋好，也很难再有比她好的女孩了……Ethan，她在马尔代夫看落日呢，你看。”

苏青递过手机，Ethan 翻了翻手机，递回来：“让她一个人散散心也好。”

苏青正要说话，那边有人喊她：“苏青姐，你的歌到了。”

她连忙找来一个麦克风。

今晚的女主角要唱歌，大家都停下聊天，鼓掌。

苏青像个在香港红馆开演唱会的巨星，挥挥手，准备以一首没几个人会唱的老歌艳压全场。

旋律一进来，苏青看屏幕，连忙对点歌的人说：“错了，是《祝你幸福》，不是《祝我幸福》。”

“啊，那这首歌切掉？”

“算了，身为人肉点唱机，我什么歌不会唱！”

啊，陈小霞写的曲子真好，杨乃文倔倔的嗓子，唱的满是温柔和不甘。

“满天星星在眨眼，他陪在我身边，轻声细语温柔的眼，看着我的脸。”

这样的美好，苏青嘲笑自己的公鸭嗓，真是无法描绘。

不过她懂。

唱着唱着，她唱进了这首歌里，这哪是一首杨乃文的流行曲，这根本就是她的故事。

幸福离得越近，人心越是感慨万千。

“一段回忆翻箱倒柜，跟着我在追，想的是谁？”

是啊，想的是谁呢？

心里那些模糊的影子又翻动起来，飘过来，仔细看，又看不清楚脸。

好像谁都是，好像谁又都不是。

曾经深爱过的人啊，如今散落四方，缘分尽了。

“一枚戒指在我眼前，是他的诺言，爱我永远。”

有时候跟李文博拥抱，苏青会悄然感激得热泪盈眶。

这散发着香甜滋味的男人肉体，不知道需要经历多少人的爱，才浇灌成今天的模样。

她又何德何能有这样的好运，接收这一切。

“我很幸福，真的幸福，却渴望得到你的祝福。”

所以，爱与伤害都成前尘往事了，分别太久，因为无缘再遇到，他们逐渐在心里被磨得珠圆玉润，旧日里棱角的枝丫早已不见，多希望你能见到我如今的一切。

我不是炫耀，我只是最后想念你一次，我曾那么用心地爱过你，你的笑脸曾照亮了我黯淡的生命，忘记过去，就是否定自己。

“好想听到你说，祝你幸福，只想听到你说，祝你幸福。”

一张张模糊的脸，在变得清晰之前，忽然成为记忆片段的主角，跟放电影一样昨日重现。

校园里，穿着白衬衫的李川迎着人流，走向她，他的脸，明媚了整个青春。

而后，那脸又变了，是白凯南细长的桃花眼，孩子气的脸，高大的个子，他左右寻找，终于找到她，奔向她，穿着一件运动衫，背着双肩背包。

她笑着等着他，心里却想，这场景我在哪儿见过。

后来，又是时一鸣，年画娃娃的两团红晕，拿着相机偷偷地拍她。

所有的面孔又都模糊了，而后又是刘恋那张脸，永远无懈可击的样子，苏青默默地看着她。

祝我幸福吧，刘恋。

间奏散去，一切恢复如初，游离的灵魂又回到肉身。

此时，抬头看，周围人鼓掌，李文博在那边笑盈盈地看着她。

哦，是她的订婚 party。

一切如旧，又一切如新，这是她实打实的生活。

往事不能忘，浮萍各西东。

李文博说："你正经唱起歌来，跟说唱一样，都是一个调。"

苏青正想说个俏皮话，以此掩饰这首歌的不祥，Ethan一把拉住苏青，面无血色。

包厢里乱哄哄的，Ethan的话说不清，李文博以为Ethan要走，打开包厢门，送他出去。

门关上，喧闹消失，Ethan的话更显得清晰而残酷。

"我刚在微博上看到，最新消息，马尔代夫海啸了。"

苏青一时没反应过来。

北京，越来越像个国，三教九流，车龙混杂，喜剧不断。

日本、汶川、北川、马尔代夫，仿佛都是千里之外的虚幻之地。

海啸？会啸到北京来吗？苏青还想开玩笑，然而绝望的火苗渐渐蹿上来了。

"刘恋一小时前，还在马尔代夫的海边看落日。"

"咣当"一声，苏青心底原本的担心终于被落实。

Ethan握了握苏青的手："我得先走了……"

Ethan和李文博抱了抱，噔噔噔地下楼了，李文博推了推苏青。

"苏青？"

苏青脸上硬挤出一个笑容，却像是流浪狗讨好人的表情一般："你说，刘恋肯定没事吧……"

李文博不置可否。

苏青摇着他的手："她这么彪悍的人生，怎么可能一下子结束，谁出事也不能她出事吧。"

然而李文博的表情很严肃，他想用手扶着苏青的肩膀，跟她说……

苏青却自言自语："不行，我得跟Ethan一块儿去问问。"

没等李文博反应过来，苏青却像是离弦的箭，冲到了楼下。

她冲过人群，冲过大门，冲过工体北门前面的小贩，她穿着白色的礼服裙子，夜晚有风，吹得她裙角飞扬。

人群带着奇怪的目光，看着这个打扮太过隆重的女人，发疯一般向前跑。

跑到十字路口，李文博才追上她："苏青，你冷静点儿！"

"她在海滩上啊，她去哪儿了，她一定提前离开了，没事，她一定没事。"

苏青这是安慰谁呢？

拉不住她，十字路口的车不断鸣着喇叭，在她身边闪过。

Ethan 去哪儿了，他怎么跑这么快呢？机场？大使馆？三里屯附近有好多大使馆呢，马尔代夫的大使馆在哪儿？

脑中的念头不断闪过，苏青刚跑过去，一辆车几乎贴身擦过苏青，轮子扯住了她的裙角。

“刺”的一声，裙角被撕破，强大的力量把苏青拽到了半空中。

苏青转了个半圈，后背的肌肉扭在一起，痛得她缩成一团。

但她没精力惦记落到地上该有多痛了，她脑中只想着。

1/ 我不能死。

2/ 刘恋，你也不能死。你还没亲口跟我说上一句，祝我幸福呢。

在头撞到地上昏厥之前，苏青狠命地咬住这两个念头。

3

你最爱的电影台词是什么？

很多人会愣一下，然后使劲想最近看的电影，那些永远缺爱的少女心会说《河东狮吼》里张柏芝那段“从现在开始，你只许对我一个人好，要宠我，不能骗我……”，敷衍派或许会学起中山美惠在《情书》里的经典桥段，“你好吗，我很好……”

如果有人说最爱的台词是，“I am Bond，James Bond”。

基本上，你就可以跟他绝交了。

对比一下，刘恋在这个问题上比较有诚意，她会说最喜欢的电影台词是，“死并不可怕，可怕的是孤独地活着”。

来自于《东方不败之风云再起》。

东方不败跟虐待狂一样把深爱她的雪千寻手脚打断，然后东方不败问她，你不怕死吗，王祖贤演的雪千寻于是说出了这句话。

说完后，东方不败豪气万丈地说，“不愧是我的女人”，blabla 的。

初中时，刘恋在同学家看了这个电影，因为回家太晚，爸爸还站在院子里一顿骂她，晚饭都没让吃。

刘恋说不知道为什么，站在院子里，就想起雪千寻那句话了。

从那一刻起，我就知道，我跟班上玩命学习的、瞎胡混的及那些没主意的孩子不一样了，因为我知道孤独是怎么回事了。

电影里的故事，和现实的状况，打通了任督二脉。

所有早熟并聪慧的女孩，成长故事都大同小异。

不过，刘恋没机会将她的成长故事讲给别人听了。

没事，苏青记得，替刘恋记得。

苏青问方怡然："你最爱的电影台词是什么？"

方怡然纳闷："啊？"

苏青笑笑："我可能撞痴呆了，你要适应我现在的思维方式。"

方怡然放心了："甭逗了，你见过哪个傻子主动说自己痴呆。"

好在天气没有那么热了，苏青戴上帽子，别人也看不出她的头发楂儿。

医院的玻璃大门映出了她现在的样子，毛线帽，一身厚运动衫，医院人来人往还有穿夏装的。

对比一下，苏青觉得自己像是病入膏肓，而且还是得癌症化疗、头发都掉光的那种。

苏青对着玻璃大门咬嘴唇笑，方怡然安慰她："行啦，头发过几天就长出来了。"

那场车祸，苏青的脑袋上磕了一个洞，为了缝合伤口，把头发都剃掉了。

苏青当场被撞成脑震荡，昏了过去。

不过医生说，莫不如说这病人自己害怕疼，直接睡过去了。

醒来后，苏青摸了摸自己的光头，头发的生命力真顽强啊，才一晚上，就能感觉到头发玩命地从头皮下钻出来。

住了一星期院，等伤口好利索了，苏青获得了一个小鹿般生机勃勃的短发，比李文博还要短的头发，以及后脑勺一块永远都长不出头发的伤疤。

李文博和冰冰出来，李文博还是有点儿不放心："这么就完事了？不用交其他的单据？"

冰冰一副老前辈的样子："对啊，上回报销时，人家告诉我的窍门，这样咱们还能赚点儿保险公司的钱。"

上车之后，苏青觉得路不对："这是往哪儿开啊？"

方怡然说："往毛主席纪念堂，咱们看他老人家去……多新鲜啊，当然是回家啦。"

"路不对啊。"

李文博边开车边说："回我家啊……应该说咱们家。"

咱们家，其实是个新房子，在朝阳公园那边，离方怡然家倒是挺近的。

一楼，房子80平方米，南北通透的房子，公共区域很大。

李文博知道苏青的喜好，特意把过多的间隔给打通了，纯木地板，淡黄色墙漆，窗户都打开放着味道呢，白色的窗帘飘啊飘的，简约得一塌糊涂。

苏青走到窗子前面，外面还有个小院，铺着防水松木，中间有块黑土部分，可以种东西。

苏青一下子就喜欢上了。

冰冰给她泼冷水："你别瞎喜欢，这是一楼，虽然这小区环境还挺静的，但这一水儿的落地窗，这小院的墙可不高，屋里啥样，外面看得清清楚楚。还有这楼下的地下室，可潮呢，万一下雨，水再淹进来，那可就成池塘了。"

方怡然拍了他一下："你属乌鸦嘴的吗，当时看这房子的时候，你不也是喜欢得不行了吗？"

"那都是啥时候的事儿了，现在我是居家好男人，看问题更深刻了。"

方怡然翻白眼："别听他瞎说，反正我是特别喜欢这房子。"

李文博也挺兴奋，对着房子指指画画的，买什么家具，床摆哪儿，地下室怎么弄投影，都有个主意。

"当然，还得看你的意思。"

苏青微笑："你也知道，我有选择综合征，特别怕麻烦。"

在李文博的家里，冰冰刚抽了两根烟，方怡然和冰冰怕苏青累，聊了一会儿就走了。

李文博搂着苏青："累不？"

"只是皮外伤，别跟我残废了一样。"

"那你下楼洗车去好了，我想想还有什么脏活儿累活儿让你干。"

"真舍得！"

"我想到了，有个活儿，最费力气了！"

大概是因为憋了一个星期的缘故，李文博在床上这次兴致很高。

一泄如注后，他边抽烟，边用手指捋着苏青头上绑伤口的网袋。

“这么看，还挺性感。”

“不觉得我现在特别丑吗？”

“挺好的，我发现你后脑勺挺圆的。咱俩现在一出去，大家肯定知道这是两口子，两个人头发都差不多长。”

苏青的手指在李文博的胳膊上画着十字，假装一副很随意的样子：“她还在失踪名单里吗？”

“新闻都报了，Ethan说，可能要找到她父母，跟马尔代夫那边做个DNA对比什么的。”

“哦。”

李文博伸过手臂：“怎么了？”

苏青笑：“最近，你特别爱问我怎么了？”

“我怕你一个人憋着。”

“没事，胖子走了之后，你不是也好好的吗？我都马上三十岁了，难道要自拍一张掉眼泪的照片，发到微博上？该干吗干吗吧。”

“真乖，真好。”李文博搂住苏青。

苏青突然问：“你最喜欢的电影台词是什么？”

“嗯？什么？”

苏青适时制止了自己的病态问答：“没什么。”

“是不是想看电影了？要不过几天咱们去看？”

“好。”

待李文博的鼾声起来，苏青抬起身子，下床，去卫生间，对着镜子，使劲地看着自己的样子。

这一周，她根本没机会看看自己的样子。

医生的剃头发技术可真不怎么地，新长出来的头发楂儿高高低低的。

后脑的疤痕隐藏在头发楂儿之下，估计头发再长点儿，就看不出来了。

脸色不太好，病态般白得厉害，因为缺少运动，脖子下面的纹路很多，一笑，眼角都有干纹了。

笑，苏青对着镜子里的自己笑。

这笑容挺唬人的，所有人都以为苏青还跟以前一样，甚至连李文博都信了。

原本，苏青觉得，生活步入正轨，有李文博在，即使与刘恋失和，她也坚信心里的那个黑洞已经逐步缩小。

而刘恋的离开，却让这个缩小的黑洞顿时发生坍塌。

苏青觉得，心的一块缺失了。

其他人，都不懂刘恋对她的重要意义。

你可以不懂我，你也可以不爱我，但是你要完完整整健健康康地站在那里。

即使你跑到冰岛去，与我老死不相往来。

只要我知道你还在这个世界，我赠予你的情感就不会消失，我的人生就是完整的。

然而现在你死了，带着你知道的苏青纷纷扰扰的情绪与过去，永远消失了，那个载体消失了。

好可惜，我那么多的故事、心事和情绪，都被马尔代夫的海水淹没，跟刘恋的尸体一样消失得无影无踪。

刘恋，你怎么这么不爱惜自己的生命啊，你好自私啊，我该怎么办呢？

苏青变成了一个没有过去的人。

她颤抖着捂住了自己的脸，背对着镜子。

多可怕，刘恋就像是她身体中隐藏的一部分，早就习以为常。

一旦消去，这个人还像往常一样活着。但内里，一切早已改变。

行尸走肉？苏青被自己这个奇怪的念头激得笑了起来，笑得很狰狞。

好在，有时间。

老张很奢侈地给苏青两个月病假，住院时，还亲自去医院絮絮叨叨了半天公司的事情。

公司的同事们也纷纷去医院看她，她也是好人缘的人。

其实，苏青难过得脑中的那根弦都快断了。

然而这么多人关心她，她咬着牙，笑对众人，身体被压制得微微颤抖，不想让别人担心。

但是，她知道，事情不会就这么结束的。

4

李文博的生日快到了，苏青实在懒得选礼物，直接去三里屯苹果店买了台 iPad mini。

交钱的时候，苏青多嘴问一下："时一鸣在吗？"

"他在二楼呢，你要预约他上课？"

"哦，不是。"

苏青突然鬼使神差地想去见见时一鸣。

很多年后，苏青再想到这一幕，会觉得，接下来发生的事情，完全是老天爷想告诉她点儿什么。

她老远就看到一个黑黑的、高大的男人，丹凤眼，穿着一件很熟悉的格子衬衫，时一鸣很耐心地在一个 iMac 前给他讲着什么。

男人抬起眼，随意地瞟了苏青这边一下，继续看着屏幕。

很快，他换上一张不可置信的脸，重新看着苏青。

时一鸣看他不盯着屏幕了，也朝着苏青这边看。

时一鸣笑了，招了招手，苏青走过去，时一鸣说："你怎么来了，稍等啊，我先给这位先生讲课。"

男人的丹凤眼依旧很孩子气，他薄薄的嘴唇开启："苏青……"

时一鸣惊讶："你们认识？"

苏青回答："是，我们认识……"

她对着这个男人笑："白凯南，好久不见。"

你若去过北京三里屯的苹果店二楼，就会知道，最里面靠近落地窗的地方，是个很适合跟旧日情人相见的地方。

旁边人依旧在忙碌，这个角落自成一体得仿佛天赐。

白凯南说，当时应该听苏青的话。他去上海做英语教育的销售后，果然不适合。

后来他又干回老本行做设计，做了一段时间，还是觉得没意思。

跟在上海认识的女朋友分手后，他就辞职了，回到北京。

"接下来做什么呢？"苏青问。

“没想好，先休息一段时间，我买了个 iMac，想先做点儿自己喜欢的事情。”

白凯南胖了好多，脸部更粗糙了，生活的失意终究在他身上留下了一点儿痕迹。

与苏青翻天覆地的人生变化相比，这个曾经爱过的男人，依然停在原地。

不过苏青愿意他依旧是那个样子，毕竟，那是她曾最爱的样子啊。

时过境迁，苏青突然发现，其实白凯南是个很好的男朋友，起码跟他在一起的时候，他总是百般迁就苏青那时的倔脾气。

至于结局的不堪，在某种角度上看，其实完全是她一手造成的。

现在，苏青终于可以心平气和地跟他聊着生活的状况。

是，她还在原来的公司做，升职了，涨薪水了。

白凯南赞叹：“苏青你真的变了好多。”

苏青想想自己刚出院，脸色一定不好看：“老了是吧？”

“不，觉得你现在特别笃定，以前我们……认识的时候，你特别让人如履薄冰，总是有情绪……唉，不说过去了，你什么时候开始剪短头发了？”

“哈哈，记得我们最后一次见面吗？”

白凯南依然记不住细节，一副茫然的样子。

不过，现在的苏青已经不在意了。

她帮白凯南回忆：“我们在金鼎轩，我拎着一大包宜家的东西，后来我们不欢而散。我先走了，你去我家给我送手机，结果我不在。其实，我在楼下的理发店剪头发，从那个时候开始，头发就这么短了。”

“很好看，很适合你，显得特洒脱。对了，待会儿你干吗？要不要一起吃个饭？”

“呃，时一鸣让我等他一会儿。”

“哦，我听说你快结婚了，是跟他吗？”

苏青大笑：“不是，他是我的朋友……我未婚夫，其实你应该听说过。记得我跟你说过，跟我一块儿合作的影视公司的老板，我管他叫李贱人吗？”

白凯南依然是一脸问号，弄得苏青哭笑不得：“老白，你怎么什么都记不得啊。”

他一脸的自我解嘲：“我这脑子啊，这几年也不知道用来干吗了。”

后来，两个人互相加了微信，就此分别。

不一会儿，时一鸣手上的事儿也结束了，扔过来一个盒子，苏青打开看，是一个星空投影灯。

比以前送她那个要更精致一些，苏青看了一下材质："何必要送我这么贵的礼物呢？"

"就当是你的结婚礼物了。"

苏青笑了。

当你过得不好的时候，你会发现北京城很大，大到没人管你死活。

当你重新又抖起来时，北京又变得很小，你的任何变化都会被口耳相传。

苏青结婚的消息被传播了，刘恋死亡的消息却没人知道。

"结婚时，记得叫我……"

"带着女朋友哟！"

"算了，我怕她认出你，她现在还以为你是个 les 呢。"

"还记得呢？"

"记得，谢谢你那晚的玫瑰花，我很感动。"

跟白凯南相比，时一鸣是个恋旧的老好人，唯一的缺点就是太典型处女座，暧昧得太患得患失。

苏青和时一鸣就这样相互看着，苏青想想，也说不出什么了："好了，我走了。"

时一鸣送她下楼，到门口，临走时，时一鸣忽然快步上来："苏青……"

"嗯？"

时一鸣迟疑了一会儿，终于说："祝你幸福……你是个好女孩，谁跟你在一起都会幸福的。"

苏青歪头，调皮地对他一笑："那你怎么不跟我在一起？"

"因为你从来都不爱我啊，我很清楚，"时一鸣轻轻地说，"跟你结婚的这个人，是有次我们看电影，在电梯里遇到的那个男人吧？你看他跟一个女孩在一起，你就挺不高兴的。我想，当时你可能还后知后觉，不知道自己已经喜欢他了吧。可是我很了解你，你从来都没对我这样，甚至你来我家找我，碰到别的女孩，你也是特大度地离开。所以，只能说，我没那个运气跟你在一起。"

时一鸣伸开双臂："祝你幸福，我们还是朋友？"

"是，你是最了解我的朋友。"

坐在回家的出租车上，苏青觉得人生有些奇妙，苏青最想听到刘恋亲口说声祝你幸福。

结果老天不给她机会，却又在这里，让她遇到白凯南与时一鸣。

她隐隐约约地感觉老天似乎提供了一个哑谜。

谜面渐渐展开端倪了，谜底是什么？

不容细想，这时，一个陌生电话打来，是运家具的师傅，他说马上就到。

5

李文博现在正拿着冰冰的一个旧剧本，忙着跟各大电影公司见面拉投资呢，安装家具这事儿，只能她一手张罗了。

苏青对新家还不太熟悉，找了半天，才找到。

运家具的师傅也迷路，苏青在电话里忙活半天，才指对路。

刚找出钥匙开门，苏青收到一条微信，是白凯南的。

她看了一眼，又继续把注意力用在开门上，然而脑中却不断浮现白凯南那条微信的内容。

"我们在一起的所有细节，你今天依然能说出来，我又高兴，又难过。也许关于过去，我会忘记很多事情，但我依然记得，在我的世界里，你不叫苏青，你叫乐乐。乐乐，祝你幸福，你值得拥有世界上最好的幸福。"

这门为什么这么难打开呢？苏青反复拧了几次，钥匙最后竟然断在里面。

而那边，一辆运家具的货车缓缓地开到楼下。

哎呀，怎么办？

苏青突然号啕大哭起来。

刘恋，我把钥匙拧断了，运家具的人来了，我该怎么办，你教教我。

刘恋，他们今天为什么要摆出一副祝福的样子，早知今日，何必当初？

难道一句祝福，他们就觉得，可以轻轻抹掉对我的伤害是吗？

泪眼婆娑中，她仿佛看到了那个快被溺死在破败感情里的苏青。

那些痛苦、那些挣扎、那些不甘，原来一点儿都不值得。

想到如此，她哭得更厉害了。

亲爱的苏青，你是什么时候，把自己活成了一个不好笑的笑话。

而在搬家具的师傅眼里，这只是一个因为打不开门，就哭得鼻涕都出来的女人。

他们连忙给李文博打电话：你快回来吧，你老婆哭得不行了，我们也没干啥啊。

待李文博赶到时，夜色已黑。

运家具的师傅说，你可算来了，快看看你老婆，吓坏我们了，保安还觉得我们欺负她呢。

苏青蹲在门口，哭皱的脸，挤出一个歉意的笑容："我记错门了，我把咱们家钥匙，拧断到邻居的锁里了。"

李文博搂住她的脑袋，拍了拍："没事没事。"

他用自己的钥匙打开了门，师傅们嘟嘟囔囔地把家具抬进去，李文博掏出几包烟，还有两张粉色纸币给师傅，他们这才嘟嘟哝哝地组装好家具。

一切都忙完了，这都半夜了。还好邻居家还没开始装修，他们免去了道歉的麻烦。

因为白天跟电影公司舌战群儒，晚上又干了运家具这种体力活儿，李文博在床上很快就睡着了。

睡到半夜，他习惯性地往右扑，却发现床上扑了个空，他看看床头柜上闹钟，才凌晨两点半。

客厅里，烟头像萤火虫一样一闪一灭，苏青看到李文博，举了举手里的烟头："再抽一根我就睡觉。"

李文博也抽出一根烟，点燃，揉了揉困晕了的眼睛。

他躺在沙发上，把苏青的大腿当枕头："想什么呢，还不睡？"

"电影谈得顺利不？"

"那帮老狐狸，看剧本都说好，一说投资，就开始挑毛病了。"

"亲爱的，你最喜欢的电影台词是什么？"

"什么？"李文博睡得有点儿迷糊，没听懂。

"你最喜欢的电影台词啊，你是学电影的……"

"怎么突然问起这个？"

"没事，我就随便问问。"

"中文的吗？"

"都行。"

李文博翻了个身，弹了弹烟灰，闭上眼睛，突然乐出了声："一时都想不起来了……嗯，不过有个台词很好玩，《大话西游》快结束时，那个夕阳武士搂着朱茵，看着至尊宝的背影，说，那个人好像一条狗哦。"

突然，李文博睁开眼睛，觉得不对劲："亲爱的，你这是怎么了？"

"你看，又问我怎么了。"

"你今天的确有点儿不对劲，你一个人平常兵来将挡水来土掩的。怎么今天搬家具，你就哭了呢……"

"嗯，我也奇怪"，苏青不准备把今天遇到两位前男友的奇遇告诉他，"可能是当时那个场景，让我想起一件事。"

我爸妈上班，把我关在家里，为了给我解闷，他们给我买了一只荷兰猪。

我跟它们玩得特别好，有一天，荷兰猪自己跑到厨房，掉进下水道里了，在那里嗷嗷叫。

我就拿着铁钩子，想把那只荷兰猪掏出来，那天下午阳光很好，想赶在爸妈回来之前弄出来，没想到掏了几次，就把那荷兰猪捅死了。

我哭着不知道怎么办，我怕爸妈打我，就继续掏。

而这时，我爸妈用钥匙开门，打开门的声音，是我最害怕的。

那个下午好漫长，荷兰猪死之前的叫声，现在还能萦绕在我耳边，一听就心慌。

今天，搬家师傅都来了，钥匙断在里面了，不知为何，那个声音回来了，我一下子就乱了。

李文博半天没说话，苏青还以为他睡着了。

她起身，要给他盖件衣服，没想到李文博眼睛眨呀眨的，清醒得很。

他坐了起来，看着苏青。

"其实你，还是在介怀刘恋的死，对不对？"

苏青凄惨地笑："对不起，我骗不了自己。"

"她的死跟你没关系啊，是她自己要去马尔代夫的！"

苏青摇摇头：“不是这回事！”

“那你告诉我是怎么回事？”

“我们每个人都以为自己会活得很长，所以就得过且过，就混日子，就不追寻真正的答案。可胖子的死、刘恋的死，死亡离我们这么近，我害怕，但我不害怕死。”

哦，雪千寻对东方不败的台词，“死并不可怕，可怕的是孤独地活着”。

又一个镜头闪现，刘恋说这句话台词的样子。

苏青闭上眼，努力把这两个镜头驱除掉，又张开眼：“可我不想这么不明不白地活着，我不想骗自己了。我发现，我过去的日子，刘恋对我太好了。她哄着我，不让我发现自己原来那么可悲，她一直让我觉得我还挺厉害的，其实真不是。”

是啊，过去的苏青多可悲，她遭受的那么多遇人不淑的苦难，并不能化成日后生命中的宝藏。

一切都是她自我感觉良好，自己想象出来的形象：我是自立、自强的女人，我一直在进步。

然而白凯南的那条短信，以及时一鸣对她说的话，打破了这一切。

原来被伤害，就是被伤害。

别理解错了，对方不会觉得有丝毫不对的地方。

他们只会在时过境迁后，看你过得还不错，才要默默献上迟来的温柔。

万一有一天，我也像刘恋那样死了，我的遗憾就真的是遗憾了。

去他妈的释然吧，如果你不主动去解决问题，遗憾就会自动释然？

不可能！

在我跟你结婚前，我要把我过去的遗憾好好弄明白。

你这么好，你不能跟一个稀里糊涂的人结婚。

我要了无遗憾地嫁给你，即便这行为，做到不可原谅。

“亲爱的，我要去纽约，我要为过去的自己，讨个说法。”

老天的谜语终于露出谜面，白凯南和时一鸣都站在三里屯苹果店的二楼，还缺点儿什么？

哦，李川不也曾站在这个地方吗？

谜底终于揭晓：找李川，问他讨个说法。

起码，能当面对他说一句我曾爱过你，也算了无遗憾了。

“哦，好啊。”李文博燃起一根烟，在黑暗中，微笑地看着苏青说，“像我这样开明的丈夫，你去哪里找。”

夜深了，遗憾总会像花季一样过去的。

人没多少机会随心所欲，苏青的人生，终于肯不理智一次。

她忽然想起《颐和园》里的余虹，春光烂漫的时节，她只身一人，躺在操场上看柳絮纷飞。

那么寂寞，但倔强得从不后悔。

苏青没有郝蕾那么美，但她也不后悔，永不后悔。

第二十一章

冬天的纽约，冷得这样直接，像是你千真万确让人心淌血的拒绝

1

去纽约的机票是早上七点四十的，港龙航空。

飞三小时四十五分钟，到香港转机，停留接近五小时，再飞十七小时，到纽约。

全程下来，要接近二十六小时。

没办法，苏青贪便宜，中转一次的机票便宜小三千呢。

李文博其实一晚都没睡，免费三陪了那么多电影公司的老板，他和冰冰终于发现说，妈的，不陪这帮犊子玩了。

他们商量了一宿，怎么说服方怡然同意让她爸投资。

李文博回来时，已经凌晨三点半了，他蹑手蹑脚地在沙发上看了一个半小时的购物台，早上五点钟，李文博就把苏青从床上拽了起来，送披头散发的她去机场。

是，可以披头散发了。

前阵子脑袋跟光头一样，早晨不用洗头发了，哪承想这头发的生命力真旺盛，不到半个月，早晨起来头发又有跑偏的趋势。

李文博又开始后怕："我不怕方怡然他爸不给投钱，万一真投钱呢？万一超支呢？万一赔了呢？冰冰和方怡然别再离婚了！"

他使劲地拍着方向盘，一路上絮絮叨叨这一切，熬红的双眼，像个疲惫又不肯睡去的包子。

李文博边开车边唠叨："手机、现金、护照、签证，一个都不能少。"

签证有现成的，这要多亏了刘恋，她计划中的所有旅程，都有着苏青一个位置。

所以彼时她签美国，也拖着苏青签了一份，只是眼看着签证快过期了，都没用上。

而且，永没机会用上了。

恍恍惚惚的苏青想到签证这一茬儿，在路上，于一片隐约的天光中，脸不由自主地就垂了下来。

当然，她没在演悲情的友情大戏，斯人已逝，签证仍在，一切情绪的问题，更多的是来源于起床气，这苍茫大地还没睡醒呢，她的丧逼人格占据顶峰，一不注意，已经要丧出国门，走向世界了。

只是走向世界舞台的丧逼们，她们的丧可有李文博这样的对手接着她们的丧吗？

李文博知道她早起时总是一副苦大仇深的样子，在车里开着玩笑："你去了要赶紧回来啊，不然北京这么多嗷嗷待哺的女性，一个两个还成，多了没准儿我可能就跟人跑了。"

苏青看着自己的指甲："她们敢泡你，我就敢挠破她们的脸！你万一误入歧途，我追到天涯海角，先杀那贱人，再干掉你，然后我再自杀……算了，我不怕你出轨。"

李文博一脸的不服气："你不怕我出轨？我很抢手的你又不是不知道。"

"我更怕你出柜。"苏青翻白眼，自己为这个梗而感到满意，为自己鼓掌，内心却一片柔软。

李文博对她真是如同再生父母，把之前所有男人欠她的债，都通通还了回来。

想到这里，苏青把头垂在了李文博的肩膀上，车里一下子变得很安静。

“要不……咱们别去了吧？”李文博轻声说。

苏青的身子轻微地颤抖了一下。

在跟李文博提出要去纽约的要求之后，他继续忙着手头那个电影项目，苏青都开始怀疑，那个失眠的夜晚发生的一切，是不是又是她自我纠结的一个梦。

过了半个月后，李文博说，如果你觉得去纽约特别重要，那你就去吧。

苏青说她要去纽约找说法，什么说法？为什么去？待多久？去干吗？去见谁？不去不行吗？

他不问，也不敢问，也不应该问。

李文博特别爷们儿，他的女人要作，就让她作好了，既然你做出决定，我就支持你，全力支持，不问出处。

何况，苏青内心的这股负能量，他已经嗅到了蠢蠢欲动的劲头，他知道在苏青孤独的小世界里，谁都 hold 不住她。

与其人在心不在，不如让她把这股负能量释放于四海，起码，她的心还在这儿，只是肉身出门找说法去了。

但李文博是该留她一次，他之前的表现太体贴爽快，简直可以划分到事不关已希望苏青赶紧滚蛋客死异乡的范畴之内。

苏青心想，自己还真难伺候。

“特价票，退不了。你知道我的，这比死难受多了。”

“我给你报，十倍。”

苏青沉默了，过一小会儿，又觉得自己沉默不好，只能虚弱地说。

“不是钱的事儿……”

“算啦！”李文博故做轻松地打断苏青的为难，“我就是觉得不留你不好，所以象征性地留你一下，你该去去，知道回来就行。”

苏青拍拍李文博的肩膀，特潇洒：“我倒是想不回来呢，可我留那儿干吗呢，给人刷盘子擦桌子做代孕？你太高估我，我在大北京都混成这样，在纽约只有让人当街一击爆头的份儿。你放一万个心，估计你还没反应过来，我就回来了。”

“无论如何，记得北京有个人在等你呢，不准做女版陈世美。”

苏青摸摸李文博的额头："你正眼看看我，你觉得有这可能？"

开着车的李文博急了："我正认真地情真意切呢！不带你这样的！"

苏青哈哈大笑，不管不顾地把头往李文博怀里钻。

李文博也没闪躲，任她把头埋在自己的双腿间，乍看上去，特别色情。

要是被摄像头拍到，绝对值得做新浪微博一天的热点话题，"饥渴男女置交规于不顾，机场高速欲火焚身"什么的。

"谢谢你，"躺在李文博腿上的苏青说，"我爱你。"

"我也爱你。"李文博目视前方，一脸严肃。

经典的浪漫喜剧从来不会发生在困得人仰马翻的清晨时刻，各有心事的男女，只能各藏悲哀。

2

苏青的大肠永远没有时差，总是在起床一小时后准时排泄米田共。

一到机场，苏青就闹着要去厕所，出来的时候，李文博扬扬手中的票："你没托运行李，票我给你办好了。"

苏青觉得其中有诈，接过票来一看，李文博把她的票换成了商务舱。

"钱多烧的啊你！直飞才多少钱，你这就给换成商务舱了。"

"我疼自己媳妇儿不行吗？我这就是用事实告诫你，你要是不好好对自己，有我加倍着来。怎么？还没过门，就开始心疼咱们的共同财产了？"

苏青不作声，拽着李文博就往航空公司的柜台走，李文博拉住她："你这是干吗啊，想退票是吧？我还特地问了，退不了。"

苏青叹口气："加了多少钱？"

"没多少，两万。你这要不是特价票不能退，我就给你买直飞的了。"

"可我这往返的经济舱的票才差不多七千啊！他们也太黑了，商务舱有猛男陪睡是吗？"

"商务舱可以让你躺着睡，不用跟鹌鹑一样坐着待几十小时。"

苏青还要说几句什么，李文博一把把她拉至怀中，轻抚她的发，柔声说："你给我乖乖的。"

因为苏青可以走商务舱的通道，两人看一眼时间刚六点，决定去机场的汉堡王坐会儿。

到了之后两人都没什么胃口，随便点了点儿薯条可乐鸡翅找了个角落就坐下了。

这一顿早餐，吃得味同嚼蜡，相顾无言。

苏青就换了个位置，坐到了跟李文博同一边，从包里掏出耳机来，塞一个到李博文的耳朵里，两人就跟高中生似的，肩并肩地听歌。

机场，满是来来往往行色匆匆的人，不时有广播的声音传出。

耳机里，传来的都是些日本的和平之月的唱片，音乐纯净得不带有任何一点儿小心思小情绪。

音乐在说，世界这么大，人性有那么多宏大的悲伤，何必关注这枝丫的小角落呢。

苏青的内心有种焦灼的悲伤，无以名状，不可言说。

她觉得自己自私极了，她一辈子都没这么任性过。

可事已至此，她不准备回头。

她何尝不知，爱情到最后都是瞎掰，人最后就想有个伴相互陪着搀扶着。

现在的苏青，已然找到了那个可以相互搀扶的人。

人间烟火气，他洗去繁乱世间的尘毒，就把你捧在手心，视若珍宝。

蝇营狗苟间，他一眼在人群中把你挑出，手拉手，那些嘲讽或是踩低逢高的嘴脸，咱不看，爱人的脸就是最好的风景。

他懂你，纵容你在心里藏个小花园，从不强迫你全盘托出。

他静着，无论时间如何变化，他就在哪儿等着你，不吵不闹，他抬眼看你的时刻刚刚好。

她可以为自己的幸运落泪，她可以为全天下相信爱情的女子代言，可以高唱陶晶莹的《女人心事》，说我在这岸看着你游，为你的坚持感动，你会的，有一天会幸福的。

亲爱的，容我最后一次任性，为我，也为了你。

她不能忘了过去的那个苏青，那个在无数个夜里，空跟寂寞搏斗的女子。

那个为爱情憋得头破血流一身是伤的女人，最终发现，这些难过与情绪都是她自己创造出来的，没人在乎她的隐忍与困顿。

她不能这么不负责任。

所以她得去这一趟，给过去的苏青一个了断，做人不能忘本。

去日苦多，人生又苦短，遗憾，终究不能等着它变成一个肿瘤。

时针指向六点半，李文博把耳机摘下来，提起苏青的包，默默送她到出境的入口。

送到不能送了，李文博张开怀抱："来，抱一个。"

苏青有点儿不好意思："这儿人挺多的。"

"少废话，你再给我叽歪，我就退后一百米让你从远处跑过来抱住我，更丢人。"

苏青不知道哪里来的勇气，心一横，指着李文博："那你，现在退后一百米。"

李文博一愣："你玩儿真的？我可是没再怕的。"

是啊，苏青何尝又怕过各种丢脸呢？

她在工人体育场当着千万乡亲的面吐着，吐完后战斗力还十足。

加班时，她满脸油污一嘴臭气看着广告片，继续夜照亮了夜。

她一副自我放弃地踏着夹脚拖就化身夜店咖，玩游戏的筹码是跟人扇巴掌。

扇吗？她是真扇，一个彪字在她头顶迟迟不肯散尽，生人勿进，熟人勿惊。

李文博微笑着往后退，一会儿，就变得遥遥远远的。

李文博张开双臂，苏青看着不远处的他，眼里腾起了雾气，她深吸一口气，往前冲去。

一百米，五十米，十米。

机场的早晨，两个年龄加一块儿可以退休的大儿童，在玩一种告别的游戏。

苏青冲得很用力，几乎是跳到李文博的腰间。

李文博双手搂得紧紧的，巨大的冲击力让两个人转着圈，终于失去重心，合体倒下。

李文博躺在地上，苏青骑在他腰上，两个人对着乐。

路过的群众，以一种不忍直视的目光看这两人容易让人想歪的姿势。

操，还在意别人的目光干吗，眼前这个人还在意不过来呢。

苏青庆幸，刚才的百米赛跑，多亏跑出风来。

风把眼中的雾吹得一干二净，吹得月朗星稀、山清水秀，李文博变成电影里的男主角。

这部电影叫作《我爱你的十件事》，这是其中一个镜头。

可是，即便如此，她也不能告诉他。

迷信者苏青，信奉糟烂的巫术，分别时，勿开口，勿透露真心。

若真弄出生死离别的范儿，怕是老天也信以为真，到时候一拍两散可怎么办。

所以，她在出境口挥手，笑面如花，几乎花成一个满园春色出来。

仿佛一名女烈士，高唱着《红梅赞》，把白围脖一围，就差喊共产主义万岁了。

可是转过头来，她就流了满脸的泪，哭到不能自已，却也不能拭泪。

她替自己和李文博都委屈。

他在背后一直看着她远去。

直至她的背影消失，也依旧在看。

苏青，你何德何能，你要拿什么来回报这一份爱？

坐在前往登机口的小火车上，哭成傻 × 的苏青，这样问自己。

3

从香港飞到美国的十多个小时航程，苏青完成了人生中《舞！舞！舞！》的第七十三次阅读。

羊男说，你别问，你别说，在人生中，你继续踏着舞步，跳舞吧，人生这么残酷。

可惜李文博不在身边，否则，她一定会问。

“怎样让自己看起来不像是第一次坐商务舱呢？”

傻笑了一会儿，在苏青踏上美国土地的那一刻，排队过海关之前，她预设了无数跟海关斗智斗勇的场景。

对于其中最关键的一幕，她想，海关的秃顶警察。一定会问她，为什么要来万恶的资本主义国家。

她会说，为了爱，英语怎么说，For love？

不，不对，是为了过去的爱，For the past love？ For my ex？

不管怎样，说此话之时，她一定要挺直腰板，宛若一个活明白的女人，她知道自己做什么，操蛋的生活依然让她会做出一些不聪明的蠢事。

英姿飒爽到见者流泪，听者闻风丧胆。

苏青自己都觉得有点儿荡气回肠。

但是，不幸的是，苏青的这一想象迅速落空了。

海关警察是一位金发的年轻男性，他瞄了苏青一眼，连年龄都懒得问，就盖章放她过关了。

这直接导致我们亲爱的苏青走出纽约机场的时候，有一种茫然之感：这么轻易我就来美国了？敢情电视里演的刁难都是假的？

在纽约机场排队乘出租车，天灰蒙蒙的，有飘荡的云。

苏青抬头，以为自己把北京的雾霾带来美国了。

就在她望天的那一刹那，有一片雪花，飘入了她的眼睛。

紧接着，大片的雪花落下，天地瞬间一片白。

苏青的心中有没来由的感动。

那感动，无关伤感。由内心蒸腾，无人可诉。

哦，纽约下雪了。

是迎接她的雪吗？是窦娥冤的雪还是瑞雪兆丰年的雪？

啧啧，苏青有一种入戏感，心里为自己配乐，《漂洋过海来看你》。

言语从来没能将我的情意表达千万分之一，为了这个遗憾，我在夜里想了又想，不肯睡去。

等自己哼到，"记忆它总是慢慢地累积，在我心中无法抹去"。

Bingo，感觉对了，这首歌真应景。

入住了机场附近的酒店，给李文博打了报平安的电话。

"你去过美国吗？"苏青傻傻地在电话问。

李文博疯了："我在美国读的电影好吗？怎么一踏到资本主义的世界，就把我忘了是吗？"

"我是问，你回国之后，又去过美国吗？"

李文博说没有。

苏青"嗯"了一声："美国不好玩，咱俩以后别一起来美国。"

李文博说："行，蜜月，必须不能去美国，等咱孩子要留学，也送英国去，好不？”

“好。”

报了平安后，苏青觉得，其实自己也不是那么离经叛道，这只是一个人生的小旅行是吧。

这么想，心里好受了很多，苏青睡了一个踏实觉，第二天一早九点多就起床了。

出租车在美国的道路上高速行驶着，苏青没太多的雀跃和忐忑，心如止水到不像自己，如果真有什么波动的情绪，那就是看到出租车计价器上不断跳动的美元肝颤儿。

美元啊，这黑人大叔不会欺负她不认路，绕远道吧，她刚才发的梅西百货的英文是对的吧。

她没有直接奔向李川家，而是先去了梅西百货。

因为她记起许多年前的一个冬天，准确地说，是她跟李川认识的第一年。

两个人相约去北海滑冰，她迟到了，气喘吁吁赶到时，李川已经等了她半个多小时。

她一个劲儿地道歉，可是他却丝毫没有生气的意思，反而赞她身上的那件红毛衣好看。

原话是怎么说的来着？

“你皮肤白，穿红真好看。”

一句普通而客气的赞美，在彼时苏青的耳中，却已然是全世界最美好的情话。

那一年的那一天，也有这样的一场雪吧。

于是穿得像海绵宝宝的苏青，决定去买一件红色的战袍，穿着去见李川。

她想跟他说，你还记得那一年吗？在北海，你说我穿红真好看。其实那个时候，我已经很爱很爱你了，我迟到是因为在宿舍里选衣服，选到忘了时间，我就那么几件衣服……

呵呵，少女情怀总是诗，往事说出来都带着风雅的味道。

只可惜，物是人非，再过几年她就快做少女的妈了。

这件事情，还是隐藏在心里吧。

好久不见，还是喝喝咖啡聊聊最近改变吧，让彼此心安即可。

纽约真心是购物天堂，海诺德广场的梅西百货大到不像话。

连苏青这种不怎么迷恋购物的女人，逛了一会儿之后都有些迷失自我了，只恨自己没有干爹。

路过 KENZO，她瞄到一条领带，暗绿色，像是蜥蜴的纹路，精美得让人惊叹。

有一种默默的风骚。

苏青的手摸上去，质感好得令人要原地旋转。

嗯，写满了李文博的名字，他那么爱现，整个人生就是在低调地华丽。

这条领带搭配浅色衬衣一定亮眼到刺瞎小姑娘的双眼。

哼，万一他戴着这条领带去勾搭别的小姑娘怎么办？

苏青一边愤恨地想着，一边又欣喜地刷卡买下了这条领带。

李文博一定会喜欢的，他那么骚。

是，想到新家那个步入式衣柜，花了那么多钱，估计自己的衣服一个柜子就装满了，而剩余的部分，都得被李文博染指了吧。

他光白衬衫，就有十七件！苏青看着衣服的牌子，在淘宝上搜一下。

妈的，这几件衬衫就能买到一辆国产车了。

想到李文博，苏青有一些甜蜜的悲伤。

自己真够贱的了，谁对她好，她就抓紧每分每秒想念他。

趁着售货员包领带的间歇，苏青拿起电话，打给了李文博。

苏青絮絮叨叨地跟她讲了今天看到什么，李文博跟接到刚进大学的女儿的电话一样，特别耐心地听着。

小别胜新婚，苏青想，这何止是新婚呢。

她顿时决定，见过李川一面后，她立即就要回北京，飞扑到李文博怀中，商务舱是可以改期的，这个她知道。

结了账出来，在 Alexander McQueen 的橱窗前，苏青愣住了，巴巴地站在橱窗前，仿佛卖火柴的小女孩。

橱窗里不是火鸡，是一条杀千刀的裙子。

大红底色，仿佛是跟最妖艳的罂粟花借来的颜色，腰部是螺纹的设计，宽下摆裙身，点缀着夕阳般的金边。

曾经，苏青经常梦到，在梦里面，穿过一条特别美的裙子，知道梦要结束时，她还不舍醒来。

睁开眼，又回到一个没有漂亮裙子的世界。

而这条裙子，的确清清楚楚地出现在梦里。

生活的某个时刻，会让你突然意识到面前的这一切，在早年的梦中曾经出现过。

就是这种感觉，这是我的裙子。

苏青第一次没有看标价，就去试了衣服。

这一年折腾，抵过了不再年轻的新陈代谢变慢而带来的浮肿肥胖。

身形变瘦，头受伤后，剃过的头发重新长出，发型师重新剪过的头发，让整张脸的线条都露出，因为前阵子住院，不见阳光，皮肤更显苍白。

苍白的是尘埃落定的过去，血红的是告别过去的坚决。

人说，女人的美，三分外貌，七分颜色。

这条裙子，颜色岂止七分！

就是它了，苏青咬牙心想，她直接把信用卡丢出去，连价格都不看，给自己一个先斩后奏。

她需要给自己的青春，一个昂贵的结束，她要留下最美好的一抹面庞，留给李川，留给这个下着雪的纽约。

这一场见面，对于苏青来讲，已经等同于一场婚礼。

对，苏青笑自己这样的想法，婚礼？

或许是冥婚吧，她要亲手埋葬过去的那个苏青，对于李川所有毫无指望的爱情。

毫不留情。

然后，春雪融尽，又是一轮火热的夏天。从彼夏到今夏，其实不过是一个年轮而已。

然而这个年轮上，若是去掉李川这个遗憾，李文博的那张笑脸该有多温暖啊。

想到这儿，苏青挺直了腰板，不顾外面的寒冷，在一片灰色的人群中，咬着牙穿了这条裙子出去。

去哪儿去找她的过去？

过去里曾有的那个女人刘恋，不知去处。而过去里曾经的那个男人，就在这座城市。

你还等什么？找他呀。

4

出租车行至布鲁克林区，从手机的 google 地图看来，拐角之后的第五户人家就是李川租的房子了。

他会在家吗？苏青的心跳猛然加速，他见到我会一脸诧异吗？他会欢迎我的到来吗？如果他没在家我要在哪里等？会有《欲望都市》里的男主角从天而降救我于水火自此我就住在了上东区成为一代女王新款邓文迪吗？李文博会不会从北京过来千里寻妻我会成为一代妖妇万人唾骂吗？

为了让自己清醒一下，苏青果断地叫停司机，下了车。

雪下得很安静，她在零下六摄氏度的天气里，穿着一条艳光四射的裙子，脚蹬七厘米的高跟鞋，提着一个旅行包，里面有她打死也不肯再穿上的羽绒服，因为跟裙子不搭，跟她目前的凄厉和霸气不搭。

她在厚厚的积雪中略带蹒跚地移动，像一只被剥了皮血淋淋要来寻仇的北极熊。

这是一条不长的街，美剧里的街，李川就在前方的那一栋房子里。

是那一栋，苏青记得他在门口微笑着的那张照片，门口有星条旗，台阶是绿色的。

苏青一步步地往前走，一步步变沉。

仿佛前方是潘多拉的魔盒等待着她去打开，她心里想要退，脚步却依旧在向前。

她在被宿命推着走。

仿佛某种感召，抑或是小小奇迹，苏青一直目不转睛盯着的那一扇门开了。

里面走出来一个人，不过不是李川。

是一个戴着眼镜文质彬彬的男生，头发梳得一丝不苟，穿着浅褐色呢子大衣和蓝色衬衣，褐色皮质文件包夹在腋下，一切都恰到好处，让人心生好感。

咦，是李川的室友吗？还是我找错地方了？

苏青停下步子，又拿出手机来，地址没错啊。

正想着，李川走了出来。

分别这两年，这张脸在她心里面不知描绘了多少遍，连自己都觉得，时光这边，他的脸早就有变化了吧，街头偶遇，说不定她已经认不出他了。

然而他没变。

寒冷彼岸，他的脸，依旧荡漾着一个春天。

苏青也笑了，这个男人啊，到底什么高兴的事情，随随便便，嘴角还这般含着春光呢？

他的头发短了，他的脸上有从未见过的光彩，仿佛笼着一个梦。

他手上拿了一条格子围巾，他帮眼镜男生围上了围巾，他人真好，他抱了一下眼镜男。

苏青想，嗯，他真有礼貌。

然后呢……他……亲了他。

他亲了他。他亲了他。他亲了他。

苏青忽然感觉不到冷了，她身上的血液瞬间凝固。

她被莫须有的风，吹成了一块冰。

她下意识地想要找个地方躲起来，腿却迈不动。

眼镜男生感受到了陌生人注视的目光，向着苏青的方向看来，李川也顺着他的目光看过来。

《漂洋过海来看你》在苏青心底又配唱起来。

“为了这次相聚，我连见面时的呼吸，都曾反复练习。”

想象中相见的第一面存在很多种可能，而现实的这一切，永远不在苏青的剧本里。

电光火石间，苏青突然发现，过去的李川，对待她的一切，这个逻辑，通了！

5

李川的家不是很大，却很温馨，布置得很中式。

客厅有一个小小的桌子，放着茶盘，苏青和李川面对面坐着，李川燃起了一炷沉香，把茶沏上。

被苏青看到两人接吻，眼镜男生表现得很自然，李川却尴尬万分。

李川简单地介绍了苏青，眼镜男生亲切地同苏青打了招呼，说自己今天要去公司，晚上回来他下厨，买螃蟹来，请苏青吃大餐。

苏青表现得差极了，魂不守舍唯唯诺诺的样子，甚至有些不礼貌，对方也丝毫不介意，笑笑走了。

苏青望着窗外，纽约真好，这建筑若是放在中国，早就被拆掉了，五十年前的人站在窗户外面，看到的也是这片风景吧。

苏青真羡慕五十年前站在这里的人，起码，他不用面对这么无法收尾的局面。

她都不知道如何进行下来。

接下来，应该如何应对？

“你怎么来了？”李川问。

哦，苏青想到了，我该这样。

“我不能来吗？”苏青的语气像个捉奸在床的大奶，“你什么时候开始喜欢男人的？”

“生下来就是。”李川也没客气，的确，她这话问得实在太不礼貌。

苏青俨然没想到李川回答得会如此干脆，她愣了一下，恶向胆边生。

“李川，你真让我恶心。你喜欢男人你早说啊，这么多年，你是拿我当挡箭牌了是吗？我对同志群体没意见，我还挺喜欢他们的。可是你这样的人，让我都恐同了，你真给你们的群体丢脸。”

“这么多年，我根本没怎么着你。苏青，我们就是朋友而已，我跟你相处的一切时光，连发乎情止乎礼都搭不上。其实都是你多想了，你曲解我的每一个眼神动作，去拼凑一个属于你的李川，你幻想的李川，仅此而已。”

“那你就早应该告诉我，你喜欢男人，你就应该离得我远远的，你太不道德了。你毁了我的梦，你让我最美好的时光，只剩下一片呕吐物。”

“别骗自己了，苏青，根本就没有什么最美好的时光。你对现实失望，就躲到过去里。没有一个过去，你就自我制造一个。一方面抚慰自己，一方面却用来指责我。你的人生永远没有错，错永远都是别人的。事实是，你根本就没对过。我早就看穿你了，如果说我真的对你挺好过，那也是因为我觉得你可怜。没想到却给了你可乘之机，农夫与蛇的故事再现……”

“我真后悔认识你，你连不道德都称不上，你只是蠢。你知道吗？蠢也是恶，最大的恶。”

"我是蠢，蠢到一直对你心存怜悯和侥幸。我活这么大，没做过什么错事，也没什么后悔的事情。可现在有了，我最后悔的事情，就是当初没有离你远远的。"

"别说了！"苏青开始尖叫，一只手掀翻面前的茶盘，"我要杀了你！"

滚烫的茶水，洒到李川身上，弄脏了他的白衬衣，他缓缓站起身来，轻蔑地看着苏青。

"来吧。"

那眼神，空洞而漠然；那语气，满是不屑。

这让苏青的最后一丝理智崩塌。

她几步跑到开放式厨房，拿起一把锋利的双立人要向李川砍去。

李川没来得及反应，刀距离他的脖子只有零点零一厘米，苏青眼角的泪从眼眶中滚出。

不，她不能这样做，她怎能这样做？

这是她用全部灵魂去爱过的男人啊。

瞬间，她掉转刀口，往自己身上割去。

一刀，两刀，三刀。

血从苏青的身体里流出来，把她的红裙子染得更美了。

她仿佛削骨剜肉的当代版哪吒，凌迟着自己，以命试探。

她希望能从李川的眼神里，看到一丝怜惜。

可是，他没有，他眼中只是满满的嫌弃，以及永无止境的厌恶。

苏青眼里的光渐渐散掉了，她缓缓沉入一片永远的黑暗中……

6

"苏青，发什么呆？喝茶啊。"

李川温柔的问话，把苏青从另一个臆想的平行时空里拉了出来，她悄无声息地出了一身冷汗。

"啊……好。"苏青举起杯子，喝了一口，"这茶真好喝，里面有茉莉吧？"

"嗯，Alex亲手做的，还有上好的明前龙井和几种我叫不上名字来的红茶，他就爱捣鼓这些没用的东西。"李川的脸上不由自主地又透出那种幸福的光，他大概也意识到了，赶紧掉转话头，“哎，你最近怎么样？你是怎么知道我地址的？”

“我学会翻墙了啊，Facebook 很万能的。”

“行啊你！”李川赞叹，又有些不好意思，“其实应该我主动跟你联络的，只是不知道该怎么开这个口。”

“你们俩是怎么回事？还不跟我交代一下？”苏青拙劣地挤挤眼睛，想营造一种俏皮的效果。但是很拙劣，她自己虽然看不到，都觉得会仿佛是眼睛生病了。

“嗨……这从哪儿说起啊。”李川挠挠头，“他是我高中同学……”

此时，门铃响起，李川跑去开门。

“你怎么回来了？”

苏青探头望，是 Alex 又折回来了，两人四目相接了一下，Alex 向着苏青笑了，迷人到苏青第一次在一个男人面前自惭形秽。

Alex 向苏青扬扬手上的纸袋：“知道你们俩许久没见肯定要喝茶，我特地买了一点儿喝茶的点心送回来，没咱们中国那么讲究，但聊胜于无。我撤了啊，要迟到了，咱们晚上见。”

话音刚落，他把东西塞给李川，一溜烟儿地跑了。

苏青看到他矫健的背影，看到李川望着 Alex 远去的那一点儿小犬般的小眼神，忽然就什么都不想知道了。

她还能知道些什么呢？

这个家里的一草一木，两个人谈话时的细枝末节，早就说明了一切。

自己仿佛这世间最为粗暴和多余的闯入者，多停留一秒钟，都仿佛会破坏了这一切平安静好的美景。

李川在开放式厨房里拿碟子装点心，苏青站起身来：“我得走了。”

“啊？这不是刚到吗？Alex 还等你晚上一起吃螃蟹呢。你不能走，你走了他肯定得跟我急。我们俩平时没什么客人，好不容易来一个……”

李川满嘴的客套，苏青在那一刻如有神助，她扯了一个好无聊又好完美的慌。

“我是来美国陪大老板开会的，一会儿的飞机，不然也不会穿成这样。”

“我觉得你穿成这样挺好看的，很久之前我就说过，不知道你还记得不，你穿红，最好看。”

苏青笑了，李川站在阳光中，她微眯着眼睛看他，忽然觉得值得了。

多年之后，他还记得他曾经讲过的话，记得有个女孩，于花样年华，这样爱过他。

苏青上前，张开双臂：“来，抱一个，下次见就不知道是什么时候了。”

李川乖而沉默地抱住苏青：“我跟Alex确定不准备回国了，但是随时欢迎来美国看我们。”

苏青没有松开李川的准备，她紧紧地抱着他，有些哽咽：“李川，有件事儿我得告诉你。”

“一定要说吗？”

“一定要说。”

“那我先说吧，苏青，谢谢你，这么多年。”

苏青一下子忍不住了，鼻涕眼泪一起流下来，她松开李川，看着他褐色的眼眸。

“李川，我曾经很爱很爱你，爱到可以跟全世界为敌。但是现在，我爱上了别的男人，我来跟你告别。”

李川眼眶微湿，爱怜地摸摸苏青柔软的发：“你是个多好的女孩啊……我就知道，你一定会幸福的。谢谢你，苏青，谢谢你爱过我。这么多年，委屈你了。”

李川毫不介意地把她揽入怀中，紧紧地，爱怜地。

他身上依旧是洗衣粉同阳光混合的味道。

这么多年，苏青从未奢望过这一幕，梦都不曾梦到过。

此时仿若幻梦，却没那么多幸福感，伤感的成分居多。

这两个人，终于要告别了。

这样的告别，等同永别。

所有的痴缠，在今日，终要付之一炬，一笔勾销。

7

李川很体贴地站在路边陪苏青打车，他知道她包里有羽绒服，拿了出来给她披上。

苏青说羽绒服太丑了，最后一别，她要给他留下最美的印象。

李川笑，说此时此刻，她在他心里，怎样都是美的。

两人在一片雪白的世界里谈笑风生，那样轻松和谐。

桃花潭水深千尺，不及李川送我情。

可这份情是什么呢？苏青说不清。

一会儿，太阳变大了，洒在两人的头发上，凝成一片暖黄色斑驳的光。

车一会儿就等到了，李川绅士地上前开车门，苏青上车。

车门关上，缓缓开走，在雪地上留下两条浅浅的辙。

苏青回头看他，看他由不远变远远地向自己招手，忽然觉得心中有些东西放下了。

她长叹一口气，像是呼出自己内心最后的羁绊，跟司机说，机场。

她没有再回头，已然没有再回头的必要。所有的不舍，都已冰释。

她闭上了眼睛，恨不得这车能直接开到李文博的面前。

此时此刻，她只想与他相依为命。

李文博，我终于可以把我自己全部都交给你了，希望你不要嫌弃。

从今往后，我一定安分守己，知足安乐，只求平淡幸福。

也希望老天足够仁慈，让我们可相伴终老，终此一生。

回程的飞机是凌晨一点半，苏青没有告诉李文博她改了机票，她想给他个惊喜。

她要在茫茫人海中抱住他，告诉他说，李文博，我要嫁给你，给你生个娃。

全世界，我只要嫁给你，只要给你生娃。

苏青被自己的潜台词逗乐了，这没什么，她是自得其乐王国的公主嘛。

商务舱的小小半密闭空间中，苏青做了一个很安稳的梦。

梦里一片空茫的白，无悲无喜，妥帖安全，她却也流了仿佛是没来由的泪。

那是幸福的泪吗？抑或是告别的泪？

醒了，继续努力睡，梦里美了，死命不愿意醒来，可是又惦记着现实这一边，苏青甚至连水都不愿意喝。

她口干舌燥，企图把所有力气都用在做梦上面，以此消减对现实的失望。

飞了十四小时，到香港转机的时候是早上五点二十。

等待转机的时间是两小时四十分钟，然后再飞三小时十五分钟就可以回到北京。

香港机场，苏青晕晕乎乎地对着显示屏幕，一点点地希望时间可以快一点儿。

中午一点左右，她就可以见到李文博了。

她要直奔李文博的公司，逃难一般把他拽上出租车，回家跟他大战三百回合。

她要让他感受到自己汹涌的、毫无保留的、无可挽回的爱。

可上天对这个女人，没那么仁慈。九九八十一难，她还差了一回。

她人生的正前方，依旧还矗立着一座要跳的悬崖。

只是来路太难，云海太美，她被迷了心智，以为历尽劫难，已然修成正果。

不过这样也好，没有预设，痛来的时候，也就不会那么疼。

接下来，是死是活，就要看她的造化了。

苏青不知是在纽约臭美穿裙子，冻坏了，还是情绪使然，她越发觉得眼前的一切都带着光晕。

香港真是个神奇的地方，这样晕晕地看，好似到处都在拍王家卫的电影呢。

高大的金发鬼佬与晒得黝黑的亚裔女子在那个角落亲吻，亲了得有半小时了吧。

那边，一堆发胖的香港夫妇，身边围着好几个胖得如出一辙的熊孩子，熊孩子蹦啊，跳啊，让冷气开得很足的机场有了点儿生机。

哦，冷气，苏青这才想起来已经是香港，她身上还围着羽绒服呢，皮肤上的汗水冒出来，又干了，油腻腻的。

如果能回到新家就好了，李文博订了一个按摩浴缸，我爱洗澡，皮肤好好，李文博跟我一起洗吧，哈哈哈。

而一旁，一个秃顶中年醉酒的韩国大叔，一遍遍地哭着用英文说，我爱你！你！你！

Only you，do you know？

旁边坐着候机的旅客站到一边，生怕惹麻烦。

几个警员超耐心地，跟哄孩子一样哄他："Lie down，buddy，relax，don't cry."

韩国大叔依然哭得像一个孩子，是不是人受伤时，都像是一个孩子。

苏青突然觉得，她比这个韩国大叔幸福多了，起码那边的北京，有个男人，他的怀抱就治愈一切。

苏青站起来，走向韩国大叔，她想用她的破英文，告诉他。

哭什么啊，如果没有这伤痛，怎么能证明你爱过，怎么能证明你还活着。

过两年，你再看这伤痛，都是屁。

苏青觉得，要以过来人身份告诉她。

她现在只觉得失落，并不难过，因为李川给她带来的寂寞与伤痛，如今看，都不算什么了。

现在她也很好，了断了过去，可以重新跟李文博好好过日子了。

快走到那韩国大叔身边时，苏青觉得几个警察迟疑地看着她。

在苏青想告诉他们，她是过来安抚这位韩国大叔的前一秒钟，她忽然晕倒在了地上。

在失去意识前，苏青突然觉得好了一点儿，冰冷的机场地面大概是大理石做的吧，冷得仿佛可以击退她高热的体温一样。

这感觉，就像是穿着厚厚的羽绒服，在太阳底下跳进泳池。

果然，这么想，苏青好像真的在泳池里游了好久，羽绒服沾满了水分，她一沉一浮，生怕自己完全掉进水中。

有个声音，不断地呼唤着她的名字。

可真烦，苏青这么想，可是她又不能完全不管这个人，多不礼貌啊。

听出来了，是个香港男人在说普通话，喉咙喊起来，一字一句："小姐，你能听见我说话吗？"

苏青不想理他，紧紧地闭着眼，还是想沉浸在泳池里。

那个男人的声音似乎放弃了，旁边有人问他："现在怎么样？几个月了？"

男人不耐烦地回答："你说的是她的孩子，还是她的肿瘤？"

身上的羽绒服终于沉重到把苏青拽到池底，苏青觉得，如果自己不必醒来也很好。

她放开手，静静地等着水淹没她的头顶，

然而，两个小念头，依然在脑袋里环绕，绕得她一片坦然。

1/ 待会儿，是先见到胖子，还是先见到刘恋呢？

2/ 李文博，你知道吗？为什么我能听懂那香港男人的粤语呢？因为李川是深圳人啊，当年我可是下了好大功夫呢，童子功不能忘。你知道后，可不能吃醋啊，因为我最爱你。

呀，苏青似乎有点儿后悔了，她拼命地挥动着手臂，想脱掉身上沉重如千斤坠的羽绒服，想游上去，因为李文博还在水面之上等着呢。

她可不能留在一个没有李文博的世界。

然而，一切来不及了，游泳池蔚蓝的水淹没了她头顶。

她毫无力气，意识也陷入了死一般的静谧，她沉了下去，仿佛没有底，也再没有苦。

尾声

又见工人体育场，慈悲恩赐一个完满的圆，你还好吗

1

苏青死了吗？

别开玩笑了，怎么会，她是我们的女主角呢，怎么可能会死？

可是，当苏青因为高烧在香港机场晕倒，退烧醒来后，却被医生告知她得了乳腺癌之时，命瞬间就丢了半条。

乳腺癌？还好是早期。可是治疗的话成功率有多少？

接踵而来的第二个消息，让苏青平静了下来。

她怀孕了！孩子已经三个月。

三个月，苏青在心底倒数，不正好是那一场海啸的时间吗？

刘恋，是你吗？你不舍得跟我说再见，所以通过这样的方式要来陪我是吗？

那一刻，丢掉的半条命，回到了她的身上。

不，不止一条，她仿佛成了一只猫，拥有九条命。

她现在是一个母亲了，肚子里有她跟李文博的孩子。

孩子，会让一个女人瞬间变为无坚不摧的雅典娜。

医生，我该怎么办？苏青冷静地问。

打掉孩子，早日开始做治疗，这样可以保住乳房。

如果我不想打掉这个孩子呢？

那可以先进行乳房切除术和腋窝淋巴结清扫术。然后，在妊娠进入中期的三个月时，进行辅助化疗。在分娩后，再进行放射治疗和内分泌治疗。

这样的话，孩子会健康吗？

会的，但是你会面临风险。

好的，谢谢你。

从医院出来后，苏青没有在香港停留太久，她直接去了机场。

在香港机场，她问自己，苏青，你要这孩子吗？

我要。

可是你现在回北京，李文博会要这个孩子吗？

他不会要的，他不肯让我面临一点点的风险。

那现在怎么办？

我要这个孩子。我要这个孩子。我要这个孩子。

苏青在香港机场，喃喃自语地哭了，泪水滂沱。

此时的香港机场，山雨欲来，整个城市被浓厚的雾笼罩，雨开始下了。

仿佛一场漫无天日的告别。

几分钟后，苏青打电话给招商银行，问了一下自己的银行存款，忽然做了一个决定：她要从李文博的世界里消失，去到一个陌生城市，运气好，就能把孩子生下来；运气差，那就一尸两命死在那里。

对不起，李文博，也许我们有缘无分，也许我们只能来生再见了。

如果我和孩子能活下来，就再让老天来安排一切吧。

如果我跟孩子都死了，我现在提前离场，你也不会太伤心。

亲爱的刘恋，你会骂我傻吗？可如果有可能，保佑我把孩子生下来吧。

你当初说，要李文博把欠你的债，还到我身上。

那么现在，我也要从他的人生里消失一次，让所有的债，一笔勾销。

大家好重新再来。

如若还有重新再来的机会。

对不起，李文博，对不起。

2

几年的时光，很快就过去了，仿佛白驹过隙一眨眼。

就跟每一段感情里，那些声称自己什么都不要的男女，都是来要命的。而那些每日抱怨的群众，却往往也是最为安心知足的人一般。

之前怨至昏天黑地人神共愤的苏青，在真正面临生活苦难之时，忽然不怨了。

人面对真正的苦，是不会怨的。

要不笑着吞下，要不死。

苏青还不能死，她也不想死，活着多好啊，好不容易才活下来的，她总是这样想。

既然如此，那不如拿命来搏，抛掉所有的不好意思，换得一片璀璨未来。

在上海，上天眷顾，她成功地生下了孩子，而后开始了乳腺癌的治疗。

一开始她过得不怎么好。

这个社会，一个得了癌的单身妈妈无依无靠的前几年，能有多好呢？

可是苏青撑过来了，不是没有撑不下去的时候，可是看看那个活蹦乱跳的孩子，摸摸自己胸口的那一片平坦。

眼看着孩子叫出第一声妈妈，会跑会跳，会像机关枪一样滔滔不绝地跟她讲话。

她的乳腺癌，也好了。

从医院出来的那天，她想，自己现在的命，是老天爷赏的。

她得珍惜，她相信大难不死必有后福。

事实是，她真的成功了，在上海滩的公关界，人人都知道苏菲姐。

只要苏菲姐一出，就没有搞不定的活动。

她是一个为了陪孩子，跑去大老板的办公室，拍着桌子申请一周只上四天班的传奇女性。

她是一个感情问题成迷，却能跟抬头仰望她崇拜她的小女生说出“不经历人渣，怎么能当妈”“你们这算分手了，也算终于真的认识了”“你来了，我相信你不会走。你走了，我当你没来过”“会枯萎，只因为曾经收过花，放下吧”等金句的专业感情专家。

苏青活成了一个传奇，她自己也知道，她变自信了，美艳如一朵牡丹花。

但每每夜深人静，她也清楚，自己的这份别人眼中的传奇，只不过是烟火生活里的人，被逼急了。

她是一只跳墙的狗，抑或是一只会咬人的兔子，仅此而已。

孩子如同一棵小树般渐渐长大了，上了幼儿园，回来的时候也会问爸爸。

苏青每每都很好地搪塞过去，但有几次，她也在想，现在一切尘埃落定，她如果回去找李文博，该会是怎样。

当初在香港机场做出的那个决定，是错的吗?

每次想想都会挺难受，苏青没时间难受，她逐渐让自己想明白了。

李文博，我可以等着你，等到忘了时间，却不能去找你。

若是等你，至少只是等你不来，大不了赔上一辈子。

若去找你，那就真的是一拍两散，永无归期。

好多事情，其实想明白了，也就放下了。

苏青好久都没有再想起过李文博。

这一日，苏青去浦东的香格里拉见一个湖南的客户。

刚下出租车，就接到客户的电话，气急败坏地说是飞机遇到交通管制，现在还在长沙的机场呢。

苏青安抚了几句，挂了电话，准备去咖啡厅慢慢等。

走几步，发现皮鞋的鞋带开了，蹲下系，眼睛却无意中扫到酒店大堂的一个背影。

那背影，这么近，那么远。

无数次在梦里出现过，醒来后，总会依稀有泪光。

那是刘恋的背影。

苏青顾不上系鞋带，步入转门，却因为太心急离得太近，“咯噔”一下停了。

终于出了转门，她踉踉跄跄地追那个背影，却见她远远地上了电梯。

苏青赶到电梯边的时候，发现停在了三楼宴会厅，她等不及上电梯，转身一路小跑到了三层。

一到三层，就发现是茫茫的人。啊，原来有婚礼。

苏青在人群里找了一圈儿，却再也不见刚刚的那个背影。

她拍一把自己的脑袋，在心底暗骂自己魔怔了，这时却有些恍惚地看到新郎新娘人形看板，那新娘，不是小天是谁。

苏青刚要转身去问下今日新娘的名字以防认错，身后却传来一个有些颤颤巍巍的声音："苏青姐，我没认错吧？"

苏青回头，眯着眼看眼前这个光彩夺目的女子。

是小天，好久不见，别来无恙。

新娘化妆室里，小天絮絮叨叨地说着自己的近况。

苏青在一旁微笑着侧耳倾听，绝口不提自己。

倒是小天，略带迟疑地主动问起她同李文博怎么了，几年前，李文博甚至辗转找到了远在异国的她，问她是否知道苏青的下落。

苏青笑而不答，只拍拍小天的手说，妞儿啊，这世界太多解释不了的事情。别管我，今天你是唯一的主角，咱们就说说你，这是要嫁给谁，哪家的小伙子，有这样的福气。

说到他，小天脸上有了笑。

是个好家庭出来的上海男生，温柔体贴，人也帅，小她三岁，刚好是女大三抱金砖的年龄差。

两个人是在法国认识的，她被偷了钱包，茫茫人海，是他走了过来，问她是不是要帮忙。

本来也没想怎样，觉得就是一杯咖啡的情缘，所以连个电话都没留。

没想到，在回国的飞机上，两人再次遇到，就坐在相邻座位。

一看到对方的脸，两人就都笑了。

苏青拍手，捏一把小天的脸蛋，这是小说里的桥段啊，够幸福的你。

小天却有些恍惚地伤感，忽然安静下来，看着苏青说："姐，我觉得是胖子在保佑我呢。他走之后，我摸爬滚打，跟谁恋爱，都会想他，总觉得谁都没他好。"

苏青摇摇头："别这样想，胖子死了，那么他在你的记忆里就是最好的。

可你不能因为他的‘最好’，就谢绝了一切幸福的可能。看，这不是幸福来敲门了嘛。胖子的存在，只是提醒你，你曾经那么好地被一个人爱过，要更努力更勇敢更无所忌惮奋不顾身地爱下去。”

小天刚要说句什么，伴娘却来叫了，她抱歉地望一眼苏青：“姐，有一肚子的话要跟你说，你不能走啊。”

“赶我都赶不走，赶紧去，一帮人等着呢，我一会儿上去抢捧花。”

小天被人拽着走了，身后有人帮忙拖裙角，消失在一片光的尽头。

苏青略带恍惚地看着她消失在走廊的尽头，嘴角是微微的笑。

苏青啊苏青，你自己这辈子还有机会穿上婚纱吗？

会有吧。一定得有。

婚礼开始了，新郎的确一表人才，每一个眼神里都是对小天的爱意。

看着两人交换戒指，在台上拥吻，虽许久未见，但苏青觉得自己有嫁女儿的心情。

好女孩上天堂，这话没错，苏青有点儿想去信基督了。

小天好美啊，结婚的时刻，应该是一个女人一生里，光彩夺目的巅峰吧。

到了丢捧花的流程，一堆女孩儿“嗡”一声冲过去，小天却没有丢。

她穿越重重人群，走到苏青面前，把捧花递给苏青。

苏青愣在那里，不知道该不该接。

小天回头，对着上前要抢捧花的女孩儿们大声说：“姐妹们，今儿我要自私一把，把这捧花，亲手交给我一个很重要的姐妹，对不住了！”

看着眼中含泪的小天，苏青懂得。

换做几年前的她，铁定早已泪流满面。

可是这一刻，苏青笑了，她接过了捧花，用力扯开，花束散了一手。

苏青上前，把白玫瑰一朵朵地分给女孩儿们。

她一边分一边讲：“这是天儿的幸福，我不敢独享，会折寿的。大家见者有份，皆大欢喜。”

等花分完，还剩几朵，苏青拿在手里，咧嘴朝大家笑。

“分完了我还是比你们多，我没亏。”

众人哄堂大笑，一时间，空气里洋溢着人与人之间情感流转的动人香气。

苏青无懈可击的表现，完美得仿佛是早就安排好的。

她转头看，小天早就哭成了泪人，那一刻，小天有些不管不顾了。

她上前，握住苏青的手："姐，胖子死之后的每一段恋爱，都像是在花光我好不容易积攒起来的银行存款，花光后，大家也就一拍两散，情意两清。可一次又一次的失望并没有改变我，我继续努力，我百折不挠，我每一次爱得都仿佛十八岁。我一直坚持着那么爱下去，就是想要让胖子，想要他，因为曾拥有我而感到光荣。今儿，我修成正果了，我对得起他了。"

苏青伸手擦掉小天脸上的泪："傻姑娘，别哭了，有个傻瓜那么爱过你，你得惜福。一个幸福的人，是不能哭的。"

说罢，苏青一把把小天推到走来查看发生何事的新郎怀中："你看嫁给你把我小天妹子给幸福成什么样儿了，我作为娘家人真是各种羡慕嫉妒啊，你可得把她捧在手心里。"

新郎被夸得各种不好意思："一定，一定……我含在嘴里。"

3

婚宴苏青没有吃，趁着新郎新娘挨桌敬酒的空当，苏青走了，没有留个联系方式给小天。

终于能开始新生活了，那就别再联系了。

一看到过去的这帮人，难免就会想到天上的那个胖子。

该忘掉的，就忘掉吧。

苏青步出宴会厅，这样想，不免叹了口气。

走过宴会厅边上的健身房，苏青眼角的余光仿佛看到了点儿什么，她又退了回来。

透过玻璃窗，她看到一个在跑步机上挥汗如雨的女子，绑着马尾，身姿像一匹马。

她是谁？

苏青看着看着，就捏了一把自己，怕是幻觉。

怕眼前的这一张脸，瞬间幻化成另外一个人。

可此时此刻，眼前的又能是谁？

她是刘恋啊，她是无数次午夜梦回，出现在自己幻境里的刘恋啊。

她没有死，竟然没有死……她还活着……

此时此刻，她健康地在跑步机上活得照旧光彩夺目。

她安之若素地活在这个世界上，甚至跟自己生活在同一座城。

我最亲爱的姐妹啊，为何你会这样做?

苏青有太多个问题想要冲上去问，可是，她那样远远远远地看着她，看着她迈着步子，哼着歌儿，那么生动地活着。

那些迎面而来的问题，瞬间就像肥皂泡一样，消散了。

知道你还活着，是幸福的样子，就够了不是吗?

上帝已经足够仁慈，我又何必粗暴地试图一探究竟，以此来打扰别人的生活。

坐电梯下楼，她看一眼手机，客户依旧没到，她在咖啡厅等着，用手机上淘宝给宝宝买童书，脑子里却是一片“嗡嗡”声。

咖啡在面前，她却连举手端起的力气都无，只想窝在沙发中。

酒店的服务生走过来，给苏青递来一张纸，说是有位小姐要转交的。

苏青打开，是刘恋的笔迹，只有简单的一行字：我们改日是不是应该约在街角的咖啡店，带着笑脸，挥手寒暄，坐着聊聊天。说一句，好久不见。

后面，是一串手机号。

苏青拿着那张纸，追出了咖啡厅。

此时刘恋的背影，已经远远地在酒店门口了。

有人来接她。

在刘恋要跨上车的一刹那，仿佛是感知到了苏青的眼神，她回了头。

两个人，一刹那，四目相接，电光火石，沧海桑田。

刘恋跟苏青挥了挥手，把手放在耳边，做了一个打电话的姿势，两个人都笑了。

苏青看着刘恋上了车，半晌，才挪着脚步，回了咖啡厅。

那一天，苏青坚持等到了那一位湖南的客户，成功地签下了那份很大的合同。

客户说，苏小姐等了这么久，连一句话都没有多说，直接签吧。

苏青脸上是职业的笑，她说，谢谢，这是我应该做的，一定不会让您失望。

犹豫了几天后，苏青给那个号码发了条短信，问有没有时间见一面。

刘恋却迅速地回了电话过来，劈头盖脸地就骂说："直接打个电话能死么，发短信发一块钱都说不清楚。"

苏青也不甘示弱："谁知道你是不是在跟野男人乱搞 ing，宁毁三座桥，不拆一夜春。"

一瞬间，两人都仿佛回到了过去。

外滩十八号六层的 Mr & Mrs Bund，法国餐厅，靠窗的位置，苏青订的。

刘恋迟到了五分钟，苏青就笑骂："你这迟到的老毛病，还是没改。"

头盘上来，两人碰杯，香槟的味道略酸，不知为何，一杯下去，就有些冲头。

苏青把酒杯放下，服务生上前斟酒："你装死装得够成功的，这些年，你知道我为你掉了多少眼泪。"

刘恋甜甜地笑，把那场噩梦说得云淡风轻，"没想装死来着，差一点儿就真死了。看到浪打过来的时候，我其实都放弃抵抗了。是一个鬼佬救了我，你别说，外国人的体力还真好。在自然现象面前，都显得强大。"

餐桌上，苏青伸手过去，握住刘恋的手，一脸的心疼。

"少装开朗了，我知道那像噩梦一样。"

"是啊，这几年偶尔还会梦到自己一个人在海里，孤立无援。所以我现在出去度假，封杀一切靠海的地方，实在不想再被勾起回忆。"

"你没事，那为什么失踪名单上有你的名字？"

"因为他们统计获救人员的时候我用的是英文名啊……后来等失踪名单一出来，我看到名单上有我，心想也许这是老天冥冥之中给我的暗示，让我重新再来。于是……我也像当年的李文博那样，玩儿了一把消失，来了上海。对了，你怎么会在上海？跟李文博最近如何？"

"挺好的啊，我外派上海一段时间，过一阵子就回北京了。"

苏青面不改色心不跳地撒了一个谎。

"那就好，看到你幸福，我也就安心了。"

菜一道道地上来，沙拉、主菜、甜点。

那是很温暖和谐的一餐饭，但是谈笑风生地吃着这餐饭的两人，都明白，这也许是最后的晚餐了。

出了外滩十八号的大门，凉风习习，华灯初上，两人在昏黄的灯光下拥抱告别。

来了一辆出租车，苏青要刘恋先上，她也没让，上车就走了，说有空常联系。

刘恋没有回头，车很快开远了。

视网膜上仿佛还存留着车灯留下的残影，苏青决定沿着路缓缓地走一段。

漫步在外滩，回望过去的自己，苏青其实一点儿都不为那个她而感到惋惜。

渺小的她，卑微的她，站在墙角变路灯的她。

可是，又不免心疼和委屈。

她特别想回到那一个个无语凝噎的寂寞寒夜里，静静地陪着那个稚嫩的自己相视无言抽一根烟。

走之前，再拍拍她的肩，告诉她：傻姑娘，别难过了，前边的路还长，你得快些走，总会好起来的，一定会好起来的，我拿命跟你赌。

人山人海里，她同刘恋告别离开，上海这么繁华，像个永远不要醒来的梦。

苏青刹那就落了泪，轻微地，倏忽就被风吹散。

她这时才发现，那个对过去的自己讲这一番话的人，原来早已出现过。

那人是刘恋。

她妥帖地陪了自己一段最难熬也是最温暖的时光，转身就是一辈子。

而她变成了她，她也变成了她。

亲爱的朋友，我之前曾经无数次地问过自己一个问题。

我们从哪里来，又要回到哪里去。

看着你的背影，我忽然明白了，我们从缘分里来，最后回到忘记中去。

地球上几十亿人，茫茫人海，那么苍茫。

对此，我们应该感恩知足，拈花微笑。

为这一生之中，短暂而温暖的相聚。

我们终于再也不用怕，说再见。

4

过了没多久，苏青出差去北京开会。已是十一月的初秋，北京最好的时节。

孩子刚好放假，闹着要出去玩，她犹豫了下，便带着孩子一起飞到了帝都。

开会的地点是三里屯SOHO，孩子很乖，苏青在会议室舌战群雄的时候，他就在前台跟前台姐姐玩。

苏青开完会出来的时候，远远地看着他，把前台姐姐逗得花枝乱颤。

苏青也笑了，觉得自己儿子有颠倒众生的潜质，这应该不是遗传于她。

男生还是像爸爸比较多啊，苏青心说，牵着孩子的手跟前台姐姐告别。

小姑娘对他还挺依依不舍。

小蹄子，幼童你也动情不放过。

想想自己这般的护犊子，将来会不会变成电视剧里的恶婆婆。

那戏份很过瘾的样子，苏青这爱演独角戏的毛病，依旧没改。

只是时光流逝，她罩了一个更妥帖安全的壳，演归演，但纯属自己玩票，再也不会影响到生活了。

人戏不分，只有死路一条。

她带着一个孩子，貌不惊人，家境平平，早就成了刀枪不入的女金刚。

没太多时间再做春秋大梦，演一出几天几夜的大戏。

时间已经近黄昏，华灯半遮半掩地开了一些，三里屯好热闹啊。

苏青跟孩子走到街上，抬眼一看那熟悉又陌生的三里屯太古里，店铺还是那些店铺，但有些东西，却变了，再也回不来了。

刘恋被求婚，自己偶遇小天和鬼佬，跟方怡然在地下的美嘉影城看的无数场电影。

那些画面仿佛已经泛黄，却又历历在目，已然不再触目惊心，却又销魂蚀骨。

只是，她没有想到李文博，有些人是无须被想起的，有些人只会被放在心底。

因为，一碰就疼，一触就痛。

做人呢，总得让自己好过一点儿。

所以苏青从来没有想过自己当初的决定是对是错，她已经不再是过去那个优柔寡断的女子了。

只要她选了，她做了，那她就是对的。

有了孩子之后，她想清楚了很多事情。

人生是没有对错的，只有后不后悔。

如果不跟自己过不去，想在这兵荒马乱的人生里换得半晚安睡，那就绝不后悔。

孩子闹着要吃甜品，苏青想想周围可以吃甜品的地方，也就只有鹿港小镇了。

于是牵着孩子沿路往工体西路走，她不习惯带着孩子打车，家里的父亲角色缺失，所以她尽量让孩子不要娇生惯养。

一路走着，绿树成荫，空气中有植物的香，苏青牵着孩子的小手，有些恍惚。

直到孩子问她："妈妈，怎么那么多人都穿着一样的衣服呀？"

苏青看一看四周穿着绿色T恤的男男女女，才意识到已经走到了工体北门，今儿应该有国安的球赛。

苏青驻足一会儿，听门口的票贩子吆喝，知道是北京国安对战广州恒大。

又是一年决赛季了吗？

不知哪里来的兴致，苏青蹲下身来："李星野小朋友，想不想去看叔叔们踢球啊？"

星野眨眨眼："想看呀，可……看完后还有甜点吃吗？"

苏青刮一下星野的鼻子："小东西，少跟妈妈讨价还价。妈妈答应你的，一定会兑现。"

从黄牛手中，以还算合理的价格买了两张票，本来买一张就可以，但苏青把孩子当大人看，要他自己坐一个位置。

快走到入口了，苏青又牵着孩子折返，在路边买了两件国安的队服。

既然来看了，那就要全套着来。苏青不是球迷，可是她觉得跟几万人一起大喊"国安是冠军"的滋味儿棒极了，比去唱KTV解压一千倍。

5

步入体育场，已是一片绿色的海洋，喧闹得让人迷失，可又有一种集体的安全感。

印象中，2009 年国安夺冠之后，就没有这么接近冠军过了。

今天，对于国安球迷来说，应该是个比过年还重要的日子吧。

星野第一次来这样的场子，兴奋异常，上蹿下跳，苏青也就由着他。

到了位置坐下来，小小而漂亮的星野，成功地引发了周围群众的喜爱，纷纷过来跟他合影。他也不卑不亢的，特别配合镜头地比着剪刀手。

苏青环顾四周，看到有人满脸汗地举着红条幅，上面写着："赢就一起狂，输就一起扛。"

这句在广告营销学上完全失败的话，却让伪球迷苏青瞬间鼻酸。

她身上的汗毛顿时竖了起来，心中腾起一股没来由的斗志，热血沸腾得要站起来振臂高呼。

可看看身边的孩子，考虑到自己做母亲的权威性，她暂时性地 hold 住了自己。

距离开场的时间还有十分钟，孩子口渴，要喝可乐。

苏青环顾一下四周，发现卖可乐的人就在不远处，便给了孩子钱，要他自己去买。

孩子拿了钱，蹦蹦跳跳地跑上台阶，苏青看着他的小小身体，忽然一阵感慨。

那背影，真像李文博啊，他现在还好吗？还爱看球吗？会不会也在这个场子里？

时光荏苒，他应该有了新的女友了吧，抑或是早就结婚了呢？

他会恨我吗？还是早就把我忘了？

我宁肯他恨我，也不愿他把我忘记。

前排的座位忽然一阵喧嚣，苏青侧头看，有一男孩单膝跪地，正在求婚。

周围的爷们儿齐声喊，嫁给他！

苏青微笑着听那男孩儿讲，妞儿，无论今晚的冠军是不是咱们国安，我都想娶你，成为今儿的冠军。我活这么大，没当过冠军，这么多年，是你在我身边陪着我，让我觉得自己还挺像个人的。现在，我想跟你过一辈子，你给我这机会吗？

女孩儿早就哭成了个泪人儿，张嘴开始骂周围的人，选在这么一日子，你们丫这么瞎起哄，我想不嫁，能成吗？臭小子，我上辈子欠你的，这辈子活该搭给你。来，给我把戒指戴上。

球场的大屏幕直播了这一幕，姑娘戴上戒指，全场欢呼沸腾。

两人孩子似的哭着拥吻的刹那，屏幕的角落里，铁娘子苏青也哭成了个傻×。

苏青一边抹泪一边想，这男孩儿，怎么那么像胖子呢？他投胎的速度也快了点儿。

北京这个鬼地方，我刚回来，就把在上海几年的泪流光了。

苏青不知道，就在求婚大戏发生的前一秒，李文博和冰冰迈进了工体的大门。

方怡然正在坐第二胎的月子，冰冰终于洗完了今儿的尿布，被准了假，来看决赛。

在门口，两人决定做一牛×的事儿，振奋一下，也纪念纪念这个日子，他们在门口买了件北京国安的球衣。

三局两胜的剪子包袱锤过后，李文博输了，他蒙了，有点儿想耍赖。

“我剪子包袱锤就没输过啊，这不科学！重来！”

“不带你这样的，我儿子旺我，没办法！怎么，你是想耍赖？想耍赖也成，求我，说自己不是个汉子，那我就放你一条生路。”冰冰小人得志地抚一下头发。

“激我是吧？我告儿你，我的人生就是三个字：不能激！”

李文博猛地往后跳一步，想摆个“只识弯弓射大雕”的 pose，结果用力过猛，后面也没长眼，把端着两杯可乐的星野撞倒了。

可乐洒了一地，星野倒在地上，李文博和冰冰都愣住了。

星野反应了几秒钟，从地上爬起来，没哭。

李文博这个时候才反应过来，赶紧上前蹲下，手忙脚乱拿手上的国安队服给星野擦身上的可乐，连声问没事儿吧？

星野特淡定，说没事儿，但是你得赔我可乐，二十块。

李文博赶紧掏一百出来，恭恭敬敬地递过去，说剩下的拿去买零食吃，叔叔请客。

星野拿着钱就走了，李文博站在原地惊魂甫定。

“幸亏孩子家长没在附近，要是我孩子，铁定勒索死你。”冰冰翻白眼，

“你胆儿可真小，看把你吓得。”

“我吓什么了，我是真怕把人孩子给伤了。冰冰，我怎么感觉有点儿出师未捷身先死的意味啊？要是待会儿我给广州的那帮人给打死了，你可得为我树碑立传。”

“没问题，我下一部电影就拍这个了，片名就叫《一个傻 × 的毁火》。要是还能见到苏青姐，我也告诉她，你死得光荣……”话说顺嘴了，看到李文博的脸色变了一变，冰冰伸手打了自己一个嘴巴，“瞧我这张嘴，哥们儿，你别介意啊，今儿这赌算了，咱们好好看球……”

看冰冰那么紧张，李文博却笑了。

那笑容，英姿飒爽视死如归，铁血男儿到不行。

任哪个姑娘看到，都要被那玩世的魅力迷得一愣神。

“不，我愿赌服输。”李文博伸手套上那件满是未干可乐的球衣，“另外，我还想赌一把，说不定我真死了，上了头条，苏青能看到我，来我的葬礼，哭着告诉我到底发生了什么。哼，让丫后悔去！不过，她到时候要以身殉我，想模仿祝英台什么的，你可得拦住。”

冰冰想说句什么，星野却走过来拽了拽李文博的衣角。

李文博蹲了下来，摸摸星野的头。

星野昂着头：“把你的手伸出来。”

李文博乖乖伸手，就差吐舌头了。

星野把买可乐找的八十块交回李文博手上：“妈妈说了，不能拿别人的钱。找的钱还你，不用跟我说谢谢。”

说罢，星野端着两杯可乐，略带颤颤巍巍地走了。

李文博看着他的背影，一拍大腿说：“操，这孩子真棒，要是我儿子就牛 × 了。”

冰冰在一旁笑他：“一帮姑娘哭着喊着要跟你生呢，谁让你铁了心要做男版王宝钏。哎，不过你别说，这孩子走路的样子吧，还真有点儿像你。”

李文博一巴掌拍到冰冰头上，“没准儿就是我的呢，老子虽然万花丛中过片叶不沾身，但也肯定会有些漏网之鱼。那些深爱我的姑娘绝对会死心塌地地给我生下来啊！”

“嗯，真的像，都像动物。但是人家走路像企鹅，可爱。你走路像狗，猥琐。”

“别骂我还捎带上狗行吗？狗是人类最好的朋友。”李文博昂头，“我真是越活越有爱心了，以前是舍己为人，现在是舍己为动物。得了，不贫了，哥们儿去了。你要有良心，就在心底为我唱一首祝你平安。”

冰冰一把拉住他：“你还真要去啊？”

“废话，你哥们儿我是条汉子。”

说罢，李文博一摇一摆地转身走了，向着广州恒大的看台。

那是一片蓝色的海洋。

不知为何，冰冰没有再拦他。

他遥遥地看着李文博穿着国安队服的背影，凝成一片小小的绿色，咧嘴笑了。

这才是他认识的那个李文博，好起来，悲天悯人；浑起来，天地不吝。

此时，大屏幕正在直播求婚的一幕，两个人抱在一起哭了。

李文博回头瞄了一眼，他没看到屏幕一角渺小的苏青。

他发了片刻的呆，晃晃悠悠地继续迈起了步子，仿佛夕阳武士。

6

星野拿着两杯可乐回到座位，递一杯给苏青。

看到她眼红红的，他把小手伸过去，拍拍苏青的膝盖。

“妈妈的眼睛怎么红了？”

“刚刚有人求婚妈妈感动的。”

“求婚是什么呀？”

“求婚就是……你遇到一个很爱的人，想一辈子跟她在一起。”

“那我要向妈妈求婚。”

苏青大笑，把星野搂在怀中：“你不能向妈妈求婚，因为一个人啊，一辈子只能求一次婚，妈妈已经被人求过婚啦。”

“那人是谁呀？”

“那人……”苏青愣着，想要想想李文博的脸，却怎么样都是模糊的，凝不成一个完整的他，“是一个很棒的人……咦？星野的衣服怎么弄脏了？”在岔开星野的话题方面，苏青是个高手。

“刚刚有个叔叔把我的可乐打翻了，不过他给了我钱让我去买新的。他还给了我很多很多钱要我买零食，可我没要，我还给他了，因为妈妈说不能拿别人的钱。”

“星野真乖，你坐着，妈妈给你买零食去。”

苏青起身，对面那片蓝色的海洋却忽然间沸腾起来了。

她歪着脖子看，看到一个绿色的小点，缓缓前行，仿佛夜空中最亮的一颗星，滑到那片蓝色海洋的正中间，停了下来。

这一边绿色的海洋也沸腾了，大家齐声喊：“牛 ×！”

而那边的蓝色海洋也不甘示弱，同样齐声喊“傻 ×！”作为回应。

大屏幕扫过去，试图在一片蓝海中照见那个绿色的小点。

苏青望着那个点，咧着嘴，随着又一波的人声，第一次在星野面前讲了一句不是脏话的脏话。

她大声喊：“牛 ×！”她听到自己的声音，融在一片海里，波涛汹涌。

她忽然挺幸福，应该说是特别幸福。

而后她转身，去给星野买爆米花了。

此时大屏幕捕捉到了那个绿色的小点，那是在一波愤怒的人群中，笑得如此璀璨的李文博。

他也看到了大屏幕上的自己，他淡定地比了一个剪刀手。

星野也看到了他，正兴奋地要跟苏青分享刚才的叔叔。

转头看，苏青却步上台阶，走得些许远了。

望着苏青的背影，小小的他陷入了短暂的犹豫，要不要追上妈妈跟她说呢?

此时，一声哨响，划破了体育场的天空。

这个夏天，最激动人心的时刻，到来了。

[后记]

所有人事已非的景色里，
我最喜欢你

一

一直以来，都特别怕自己成为一个无趣的人，恨不得学尽十八般武艺讨人喜欢。

但事实是，我们灵魂里的沮丧是伪装不了的。

练习过再多次的温暖笑脸，也抵不过一个不经意的索然眼神。

我失败了无数次，得到的结论是，如果你是跟我一样的沮丧鬼，那就别假装活泼了。

一是你真心不需要被那么多人喜欢，二是你多努力也不会有太多人喜欢的。

但总会有一小部分人懂你，知道你，想要待你好。

就如同我写这个故事出来，也许大部分人不会懂。

但我知道，有些人会懂。

这就够了，人的一生这么短，又如此长，还介意那么多干什么呢?

就如同，无论我们多么爱过一个人，因缘际会分开后，我们始终会爱上别人。

我们都得慢慢学会，只要一点点，别太奢求，别太为难自己。

二

进入工作期之时，时间仿佛是凝固在我的小小房间中，日夜都是暗的。

我的窗帘一直拉着，光透不进来，也出不去。

除去那一行行的字，一切都有着一种相对恒定的静止。

事实是，我的年岁，也只是由那一个个的渺小 WORD 文档标注，并无长进。

我意识不到自己的衰老，也感觉不到又有什么在离我远去。

而那些爱人，他们走了，又来了。

而有一天，我也会走的，并永无归期，我知道。

对于现时一切，我有眷恋，却并无执迷。

年岁一大，一个写字的人，翻云覆雨写下那么多人的人生，总归会变得有些淡漠。

但我心依旧，从第一本到这一本，你会懂得，我知道。

三

这大约是一个绝望的故事吧，虽披着一层戏谑而诙谐的皮。

每一个字，都是对生活嬉皮笑脸的绝望。

还好在结尾之时，我强迫自己，给了一束光。

即便它那么微弱、渺小，再望回去，却依旧是有希望的。

仿佛痛哭过后的一抹笑，我坚信，这其实才是生活的目的。

快乐和幸福，哪里有那么容易呢？我厌倦讲述连我自己都不相信的故事了。

我书中亲爱的你们，我能做的，就只有这些。

从此之后，我们互为两个世界，永无交集，我却只希望你们一切都好。

万般皆是命，唯有业随身。

众生虽皆苦，却依旧希望，你们能感到生活角落里那隐蔽的一束光。

四

这个故事的开始是夏日，写作的起始，也是从夏日开始。

我想，这会是我最好的一本书，无论从哪个方面来看。

它原本的名字叫作《镜花水月》，所有的情爱，都仿佛是镜花水月，最终只会落得一场空。

考虑到市场，改成了现在的名字，我其实更喜欢它原本的名字。

写在这里，你们知道，便好了。

这本书完结在一个夏季，你们拿到它的时候，应该是秋天或冬天。

希望你能在一个依旧会飘雪的冬日拿到它，在一个不被打扰的晚上，为自己沏上一杯清茶，燃上一炷香，让它陪伴你，迎接希望之春。

一切都会过去，一切都已走远，一切都将值得。

我们现在做的每一件小事，都是因，终有一日，会寻得果。

我们因为爱一个人，所以总想把自己世界里所有的美好，都捧给对方看。

即便它们，在另一个人的世界一钱不值。

我把这本书，于你们的世界里，双手奉上，只希望，它能让你的时间，没那么难挨。

能让我制造这份虚妄的时间，没那么虚度。

五

我们每个人的一生，总会有一些不能说的秘密。

他们隐藏在记忆的最深处，不可碰触，妥帖而安全。

却能在每一个脆弱的时分，把我们一击即溃。

那些挽不回的遗憾，那些不能兑现的誓言，那些触不到的梦想，那些忘不掉的爱。

伴随着汹涌的希望之光，最终组成了我们的全部人生。

再圆满，抑或再遗憾，终须付之一炬。

生命，也许只是一场，你我之间盛大且丰盛的幻觉。

这场幻觉，让我们在轮回的路上，蒙起双眼，永不复见。

但始终有一些肉眼无法触到的微尘，能于这浩瀚宇宙中留下。

也许，已然悄然改变了一些什么。

一切将不得而知，一切也许没有什么意义。

但想想，总归在清醒到绝望之余，能留下一丝不易辨别的暖。

人年纪大一点儿，对于感情的渴望，已经不再是那种激烈的类型，一秒钟见不到他就会想念，时时刻刻都想腻在一起。

而是简简单单，一个人爱着另一个人，知道离了他也会活得好，可若他在，便是家。

这份感情，也许已经不能叫作爱情了，但相较起来，也许更为珍贵和舒畅。

苏青同李文博，到故事的最后，便是如此。

也许彼此都不是人生里最爱的那个人，可是，却已不再重要。

在某种意义上，心安之处便是家。

六

总是会爱过一些人，能让你想到一辈子。

无论后来的结果如何，请记得那笃定的瞬间，因为那会是你一生之中，最美好的时光。

苏青放下手中的一切幸福，去看李川，如此坚持。

纽约的大雪飘飞，她身着红衣，于一片漫无天日的苍白背景之下，这一幕，我忘不了。

我仿佛能看到站在街角的她，忐忑而满是希望，不管即将看到多么残酷的现实。

可那一刻，她那么美，那么勇敢而奋不顾身。

某种意义上，苏青的抉择，让她在那一刻，是倾国倾城的。

只是，在小说的宇宙中，无人看到，无人懂得。

但是，我知道，捧着这本书的你懂。

每一个人，在一生中，都会有一刻颠倒众生的机会。

那点石成金的魔力，大约叫作爱。

总有一些人，是他们伤害过你，把你推入万劫不复。

可真正面对面，是依旧恨不起来的。他们是命里的劫，也是恩赐。

在所有人事已非的景色里，也许有朝一日，你会明白，我最喜欢你。

七

在这个故事即将画上句号的几天，我的睡眠很不好，无数次，睡几小时便要醒来。

有一天，我又在黑暗中睁开眼，知道天没多久即将亮起。

脖子疼得仿佛要断掉，案前永远有一堆做不完的工作，仿佛再多正能量都无济于事。

我把床头的小灯打开，我的小狗牛奶走过来看了我一眼，我们对视了几秒，它走开了，仿佛在告诉我：人生不就该是如此？也许你会活得比我长一些，但痛苦也许也会多一点儿，幸福呢？不一定。

那一刻，我想到苏青，忽然泪如雨下。

她太苦了，你我太苦了。

蜷缩在床头，伴着那盏孤灯，仿佛故事里大家所有的委屈，都重新应在了我一人身上。

亲爱的苏青，希望你能跟李文博，携手过上饮食男女的生活。

也许留在北京，也许去往另一个城市，你们要好好的，相互搀扶着，熬过生之孤独。

长路漫漫，我在故事里，还给了你一个孩子，让他仿佛一束光，伴随着你，走过之后的人生旅途。

我相信，你会过得很好，很知足，很淡然。

脸上会有沧海桑田的笑，发端终将落下岁月晨辉的霜。

到时候，若有缘，能于这世界的某一角落擦肩而过，我希望远远地看你一眼，便走开。

你一定不会认识我，我亦不希望，你认得我。

但只需看你一眼，知道你会好，那样也便够了。

这是我不为人知的痴。

是我于满天星空下，空无一人旷野中，独自低吟喃喃自语的痛。

八

谢谢你们怀着耐心，看完这个故事。

谢谢丹丹对这本书的推荐，你是我心目中苏青的样子。但是，你比她美多了，笑。

谢谢给我写序的三位作家大咖，有了你们的加持，相信拿到这本书的朋友们，应该有买序送小说的值得感。

谢谢把歌给我用的四位歌手大咖，杨刘藤紫，好妹妹乐队的秦老师和小厚、汤旭，有了你们的无私援助，相信拿到这本书的朋友们，应该也有买

CD 送小说的满足感。

这本书，不仅仅是我一个人的故事，还是我的工作伙伴赵鹏的，他对这个故事的贡献是难以估量的。

如果你看到这本书，觉得喜欢，请跟我一起谢谢他。

谢谢你，赵鹏。

九

这说不定会是我三十岁前的最后一本书了。

写完后，我觉得自己已被掏空。

合上书，我希望你们忘掉苏青，忘掉我们，好好过自己的日子。

我希望你们能看到简单的爱情，不铭心，但刻骨。

若有缘，能让你静下来想想，自己想要拥有何种人生。

我便自觉已做了无比大的功德。

珍惜眼前人，爱护自己，这才是最珍贵的事情。

别的一切，皆是虚妄。

谨以为记，愿平安喜乐。

祝好。

（全文完）

图书在版编目（CIP）数据

我也会爱上别人的 / 自由极光著．-- 长沙 : 湖南文艺出版社，2013.9
ISBN 978-7-5404-6367-0

Ⅰ．①我…　Ⅱ．①自…　Ⅲ．①长篇小说—中国—当代　Ⅳ．① I247.5

中国版本图书馆 CIP 数据核字（2013）第 192396 号

上架建议：爱情小说

我也会爱上别人的

作　　者：自由极光
出 版 人：刘清华
责任编辑：薛　健　刘诗哲
监　　制：蔡明菲　潘　良
特约策划：邹和杰
特约编辑：杨丽娜
整体装帧：车　球
内文排版：百朗文化
出版发行：湖南文艺出版社
（长沙市雨花区东二环一段 508 号　邮编：410014）
网　　址：www.hnwy.net
印　　刷：北京天宇万达印刷有限公司
经　　销：新华书店
开　　本：880mm × 1230mm　1/32
字　　数：480 千字
印　　张：14
版　　次：2013 年 9 月第 1 版
印　　次：2013 年 9 月第 1 次印刷
书　　号：ISBN 978-7-5404-6367-0
定　　价：45.80 元
（若有质量问题，请致电质量监督电话：010-84409925）